政协委员文库

*Zhengxie Weiyuan Wenku*

政協委員文庫

# 在时光中行走

范小青 著

中国文史出版社

# 政协委员文库

## 编辑委员会

# 目　　录

## 第 一 辑

## 第二辑



## 第三辑

## 第四辑

# 第 一 辑

# 家在西山湖水间

我想做个这样的比喻：如果太湖是一位胸怀宽广的母亲，那么湖中的七十二峰，就是她的孩子。母亲永远拥抱着孩子，养育着他们，滋润着他们。

太湖的孩子，一个比一个出色哦。

说说太湖洞庭山。有洞庭东山和洞庭西山。

东山是半岛，西山是岛。

我再用一个比喻吧：如果说东山是美丽大方的姐姐，那么与她隔水相峙、遥遥相望的西山，更像是一位深藏闺中的妹妹。

石笋如林的林屋洞，“白银盘中一青螺”的石公山，明月湾古村，古樟园……无不隐约在茫茫湖水中。

曾经，上岛的路只有一条：水路。

早年的时候，从岸边码头坐船到西山，在茫茫的湖上行走，在滔滔的浪中前行，从“吱呀吱呀”摇橹的木船，到“突突突突”噪耳的机动船，少则要走一两个小时，多呢，那没法说的啦，若是碰上恶劣天气，风大，浪急，那更是惊险之行，甚至是生死之旅啦。

就这样，数百年，上千年，西山一直就藏在太湖的最深处，藏在我们时时想见却又十分难见的那一处。

一直到1994年，这里建成了全国内湖第一长桥——太湖大桥，轻轻地撩开了西山掩隐了数千年的神秘的面纱。

从此以后，到西山，就是我们生活中的一件常事了。

你看，今年我又来了。

只是，今天我来的时候，已是冬天，似乎已经错过了最好的时节，早春的梅花、菜花，温暖的太阳，温和的湖水；夏天里，被太湖的风、太湖的浪、太湖的热烈，包围着的青绿的西山；还有初秋的美景、晚秋的意韵；等等等等，都已经飘过，统统地融入了太湖。

天已经有些冷了。冬天的西山，多少有了一点儿“墙角数枝梅，凌寒独自开”的静谧之意。而这一份静谧的意境意趣，恰好配合和烘托了西山的另一个面貌、另一种情怀：西山的古村、古宅、古桥、古道、古庙、古埠、古墓、古石刻、古遗迹等等，因了这一种独特的配合和烘托，它们呈现出更浓、更静、更深、更厚、更古朴的意味和气息。

虽然眼前没有了花红柳绿，但是有了这一份古朴的气息，让我又从另一个角度看到了西山的特殊的魅力。

出发之前，我以为这一趟的西山之行会比较拘束和局限，伸展不开，因为天冷，因为不是旅游的季节，因为没有了花红柳绿。

但是等到我走进了冬天的西山，我才发现，这虽然不是我头一次来西山，却似乎是头一次认识它。

许多年来，神秘美丽的西山岛，既深藏在我们的内心深处，又常常让我们置身其中，和我们零距离亲密接触。

或者来了远方的朋友，或者自己忽然产生了悠闲的心情，或者有什么任务了，我们都可能会说，走，到西山去。

是的，那里有许多许多值得我们去走一走的地方：太湖七十二峰之首的缥缈峰、奇幻神秘林屋洞、地质奇观石公山、沉静厚重古樟园、江南名刹包山寺……

曾经的，许多次来西山，会看到很多很多的游人，会感受到很热烈的气息，今天却不一样。

天气冷了，游人少了，在寒风飕飕的湖边不宜逗留太长时间，于是，我们走进了西山的古村落。

明月湾古村。

明月湾还是那个明月湾，只不过不是“春花秋月”的明月湾，不是“水抱青山山抱花，花光深处有人家”的明月湾，这是冬天的明月湾。冬天的明月湾，别有一番滋味在眼前，上心头。

游人是有的，不多，也不少，恰恰正好。既有鲜活的声响，又不至于过分喧哗，既给安静的古村带来外面世界的现代气息，又不是那么的莽撞和突兀。

现在，我们走在明月湾的石板街上，我们经过村落里的一些老宅、旧宅，我们看到村落里的门楼、窄巷，我们站在一棵古树下面，我们停在一座祠堂前面，我们不但放慢脚步，连说话交谈都是轻轻的，好像怕惊动了什么。

那是什么呢?

那是历史沉淀下来的生活，那是现代社会的另一个面目。

就这样，虽然在冬季，明月湾仍然如同一幅长轴画卷，全方位地、毫无保留地展示出来了，这是一幅天然去雕饰的自然长卷，这又是一幅经受了风雨洗礼的社会长卷。

现代社会的快节奏，使得我们的心也悬浮了起来，对生活对人生对世态，常有一种不真实感、不确定感。不过，现在不一样了，现在我们走在明月湾的古街上，我们的心，落回了原处，我们的情绪，已经安稳笃定了。这里的一切，是那么的平常、那么的普通，平常普通得那么踏实，那么真实。

细细长长的老街上，除了少量的旅客，少有行人经过，一眼望过去，似乎是空的，是轻的。但是在这个空的和轻的里边，却是神秘的，是有力量的，隐藏着许多奇特的故事，掩饰了许多辉煌的往事。

且让我们踏进一座老宅去看一看。

黄氏宗祠。

大门口的台阶上，随意而又零散地坐着几位大妈和老太太。早晨的雾气散了，太阳出来了，她们在这里晒太阳，做着手工活，看看游人。所以，说这里是一个景点，其实它更像是一个日常生活的普通场所，是明月湾老人们的一个聚集处。老人和老宅，都是一个“老”字，却让我们感觉到了新鲜，感受到了真切，让我们怦然心跳。

给门票打眼的，也是明月湾的大妈，她告诉我们，这个景点里有什么什么样的内容。她还叮嘱我们，进村时买的门票不要弄丢，在村里进每一个景点都要在门票上打个眼。

一切都是那么随意轻便，一切都是那么顺其自然，我们走进了黄氏宗祠，原本是想看看这座建于乾隆四十九年清代建筑的特色，结果第一眼就被大厅的几副对联吸引了：

人居东晋风流后　家在西山湖水间

心气和平事理通达　德性坚定品节详明

守古老家风惟孝惟友　教后来恒业日读日耕

被它们拖住了脚步，挪不开了，不想走了，细细地读了一遍，再读一遍，用手机拍下来，回家去、以后、再以后，都还会慢慢地品味——总共不到五十个字，已经概括出这个家族的林林总总、许许多多，甚至一切的一切。

老宅之所在

做人之准则

良好的家风

严格的家教

深厚文脉

渊博知识

……

就五十个字，已经足够了，已经让我们的内心沉甸甸、热乎乎，似乎已经可以满载而归了。

如果说我们刚一进入黄氏宗祠，就被这几副对联打动了初心的话，那么，在宗祠的村史馆里，我们肯定再一次被征服了。

尽管今天我们已经无从考证明月湾的建村年代，但是感谢一代又一代的文人墨客，他们的诗文留到了今天，才让我们得以知晓，早在一千多年前的唐代，明月湾就已闻名遐迩了。

先看看来过明月湾的几位唐朝诗人的来路：

刘长卿，706 年生人；

释皎然，760 年生人；

白居易，772 年生人；

贾岛，779 年生人；

皮日休，834 年生人；

……

一千多年过去了，沧海桑田，世事变幻，诗人们却将从前的明月湾留给了后人，留给了我们。

试问最幽处，号为明月湾。

湖山处处好淹留，最爱东湾北码头。

一千多年过去了，沧海桑田，世事变幻，诗人笔下的明月湾今天犹存眼前。

后来，一些南宋高官从战乱中南迁而来，明月湾就成了他们的首选之地，而他们中的大多数，后来都成为西山的望族。他们和明月湾本地人一样，是明月湾历史文化的创造者和见证者，最终也成了明月湾人。

今天的明月湾，还留有他们的痕迹，邓宅、吴宅、秦宅，无不于无言之中，向我们传递着历史的精彩；今天的村史馆里，更是记载了明月湾人农耕、经商、建设家乡的业绩。

这是什么？这就是文化，这就是文化自信，这是值得我们骄傲自豪、一直传承至今的中华文化的优良的美好的内涵。

走出明月湾村史馆，我们是不是觉得，我们已经了解和知晓了西山的文化、西山的民间信仰、西山的世俗生活，等等等等。

其实不然。

那是纸上的和墙上的历史。

历史还在现实生活中鲜活地存在着，热烈地延续着呢。

我们继续沿着石板街往前走吧。太阳升高了，气温也高了些，暖和多了，整个村子都活泛起来了。在小街的拐角那儿，飘过来一阵香味，一位明月湾大叔，正在做油氽萝卜丝饼，让我们顿时馋涎欲滴，赶紧买了来吃。

大叔的女儿在帮着大叔张罗生意，她戴着眼镜，文文静静，看上去是个学生，不知是高中，还是大学。我们没有和她交谈，只是猜想，在假期的时候，明月湾走出去的女儿回来了。

是的，今天的明月湾，像许多的老村子一样，年轻人越来越少，只剩下留守着的老人。

但是，年轻人会回来的，他们的心会牵记着家乡的，何况是明月湾这样的家乡。

又何况是明月湾的年轻人，即使是许多外来的年轻人，他们本来只是来走走看看，当成一个一般的游客，当成一个一般的旅游之地，但是，当他们走过了明月湾，明月湾就在他们心里留下了，不可磨灭了，也和他们自己的故乡一样，值得他们永远去怀念，常常去回忆。

因为明月湾，就是我们每一个人的童年呀。

它就是那么的简单而丰富，它就是那么的朴素而饱满，你在石板老街上这么随便地走着，忽然就多愁善感起来，忽然就心思细腻起来，一个粗糙的小竹篓，一捆杂乱的干柴火，都能够激荡起情感的涟漪。也许，这些年来，我们将这些普通而又朴素的情感丢失了，遗忘了。

于是，我们在明月湾流连忘返，我们在寻找我们远去了的童年呢。

童年的气味引领着我们，我们又进了另一个院子。另一种院子，一个崭新的院子，满院子挂满了腌制的鱼、肉、鸡、鸭，简直成了一道独特的风景线。

在明月湾的这一幅风俗风情画中，游人渐渐地多了起来，大家走过了明月湾，已经把明月湾留在心里，可是，如果还能带上一点儿看得见摸得着吃得香的东西，真是何乐而不为。

问价的，讨价还价的，你买一只咸鸭，他买一袋腌鱼，声音也渐渐地响起来了。和声音一同蒸腾起来的，是地气，是明月湾的浓郁的乡情乡意。

我看中的是一只咸猪头，猪头肉是我的最爱，也问了价格，可是最后却没有买下来，主要是担心回去拾掇起来有点儿麻烦，就这样一步三回头地离开了这一个院子。

然后就后悔了。

和原汁原味的童年美味擦肩而过了。

就这样，我们在明月湾，从童年的味道里钻进去又钻出来，钻出来又钻进去，终于，我们回到村口了。

村口有一棵千年古樟树。

在古樟树隔河的对岸，是一家茶室，里边热气腾腾地坐着一群来旅游的上海大妈，满屋子的沪方言，说话，喝茶，嗑瓜子，忆旧，迎新，向未来。

村里还有一家名叫“知青缘”的小客栈，在一条小巷的深处，我们虽然没有走进去，但是看到这个名字，就已经感受到了旧日时光在这个冬天的温暖回照。

冬天的明月湾，就这样刻印在了我们的生活中。

西山有很多的景点，世界上有更多的景点，而明月湾只是其中之一。但是我想，明月湾是一处最接地气的景点，是一座最鲜活的古村，是一段最真切的历史，是一幅最精致的天然长卷。

终于要离开明月湾了，有些不舍，有些依恋。其实我们都知道，西山岛上的古村落，保存下来的，为世人所熟知和所不知的，还有好些好些，它们像散落在小岛各处的明珠，一颗一颗都值得细细品鉴，一颗一颗都值得留下记忆。走过了明月湾，还想再去东村，去阴山，去植里、堂里、角里、蔡里……去更多更多的古村落。

回家去。

# 山塘画卷

一个人。

没有邀约身边的朋友，也没有陪同远方的客人。

一个人，就这样，说来就来，就到山塘街来了。

这必须是一个人。因为这是一次专一的约会，是一个深情的凝望，不要多余的陪衬，也不要世俗的什么干扰，就是一个人和一条街的交流，一个人和一条街的相遇相拥。

秋已经很深了，很有些凉意，风，从长长的街头过来，一直穿到街尾，没有人能够躲避掉风，但心里头却是暖暖的，因为回家了，因为回到童年了。

家是暖和的，童年是温馨的。

此时此刻，怀揣着浓浓的回家的情意，我站在了山塘街这里，可是我的思绪却又飞出去好远好远。我在回想，回想在许多忙乱的年岁中，回想无数置身他乡的时光，在这些岁月，在这些时光，忽然地，甚至是完全没来由地，思乡的情绪就会生出来，思绪飞越距离，飞越繁杂，落在我家乡的山塘街。比如有一次，我在鼓浪屿的沉静的悠远的气息中，忽然就想家了，想家乡的山塘街了，在鼓浪屿的某一幢墙面斑驳的旧宅前，在鼓浪屿的某一条蜿蜒细长的小巷里，我恍惚以为我已经回到了家乡，我甚至以为这就是山塘街。可能还有一次，我身处大厦高层上，事务缠身，心绪烦乱，望着窗外烈日下的幢幢高楼，被高楼的玻璃墙折射的阳光灼伤了眼睛的时候，我又一次，忽然地想起了山塘街。

现在好了，再也不用恍惚，再也不用似醒似梦了，我真真实实就回到山塘街了。手真真切切触摸着青砖墙，脚踏踏实实踩着条石地，眼睛也明明白白地看着了山塘街，甚至我呼吸的空气，我都知道是山塘街的。

曾经的苏州城里处处都是山塘街，山塘街曾经就是我们的窗景，就是我们挂在墙上的画，推开前门，打开后窗，家家临山塘，户户尽枕河。但是现在，我必须要到山塘街去寻找山塘街，去寻找山塘街的这些曾经的生活场景了。

幸好还有山塘街。

小时候，年轻的时候，曾经多少次去虎丘，又多少次去阊门，也多少次听说山塘街就是连接虎丘和阊门的纽带，但在心理位置上却始终没有搞明白，只是觉得，虎丘是那么远，远到只有远方来客的时候才有可能去看一看虎丘，而阊门又是如此的近，近到想买个什么日用品了，就去了，方便得就像是自家门口的小烟纸店。把那么遥远的虎丘和如此近切的阊门联系起来，这根纽带得多长呀？

七里，这么多年我们耳熟能详的不就是这个“七里”吗。一直以为七里山塘只是一种说法，这个“七里”，也许就像过去苏州人常说的“六门三关五钟楼，七塔八幢九馒头”“商量北寺塔，兜转六城门”等等，这其中的数字，恐怕大多是虚指而非实在。

所以，七里，可能只是一种概念，是一种象征的意义，不一定就是七里。苏州的大街小巷是深的，是长的，长七里，甚至比七里更长的也有。

只不过那是在从前。经过了千百年历史风雨的洗礼，经过千百次时代变革的切割，如今的“七里”还剩下多少？七里山塘这座宝库里还留下些什么残余剩渣给它的后人？

很长的时间里，我的内心就这么担忧着，我的思想就这么犹豫着。小时候曾经走过山塘街的哪一段、哪几段，如今已忘得一干二净，等到长大了，等到要老去了，苏州的街街巷巷，都已经改变了面貌，变得我们不认得了，变得令人感叹令人扼腕，苏州城都已经变了模样，山塘街还在哪里呢？

历史似乎也强行地跳过了一段又一段，让人找不到历史与历史之间的链接了。于是，总有些怀疑，经历沧桑后的山塘，还值得去走一走、看一看吗？

我还是来了。我一定会来的。

因为热爱，因为热爱苏州，因为怀揣着对山塘街的期望。

车子停在车水马龙喧嚣繁华的大马路上，在广济路新民桥堍，下十几级台阶，忽然地，顷刻间，就换了一个世界。

古老的山塘街就在桥下，就在我的眼前，从遥远的历史中突然地显现出来了。

我在桥下站了一会儿，头顶上是轰隆隆的车声，桥下却一片宁静，虽然人并不少，南来北往的游客和苏州本地的老百姓，在山塘街穿梭往来。有许多人慢慢悠悠的，体会着山塘街的内涵，这是渗透着丰富情感的文化之行；也有许多人脚步匆匆，但那是一种过滤了浮躁的行走，无论快还是慢，你到了山塘街，你就不一样了。

就这样，我开始行走在山塘上，我一个人，和许许多多来到山塘街的人一起，走在山塘街上。

先往东走，这是修旧如旧的一段山塘，一路看会馆，看戏台，看工艺大师的作坊，看各色商店小店，看沿河的景色，短短数百米，已经看得眼花，走得腿酸，而新修复的这一段，仅有整个山塘街的七分之一的长度。到这时候，我才刚刚开始了解七里山塘的货真价实，才刚刚开始领略和体会“七里山塘七里船，船船笙歌夜喧天”的意境。

站在修复了的玉涵堂前，几乎不敢相信自己的眼睛，六千多平方米的玉涵堂，四路三进后花园，大到全宅规模结构，小到砖雕门楼漏花窗，都完整得让你忘记了今天，忘记了时光的流逝，恍惚间就身处在吴一鹏的时代了，恍惚间就回到了明朝，回到了一个遥远的梦中。站着，看着，一时间竟觉得什么话都说不出来，无尽的无限的感叹，堵塞了嗓门和心眼。

这座号称“苏州城外最大建筑群”的玉涵堂的保存和修复的过程，无疑是充满艰辛充满矛盾的，保护者和修复者们所付出的代价，更是我们难以想象、难以估量的。我们只是站在戏台下看戏的观众，享受着戏台上炉火纯青的表演，光会咧着嘴傻乐，却又何曾去体会这炉火纯青的艺术是怎么得来的。

在山塘街上，如玉涵堂一般重新获新生的古建筑，那许多会馆，那许多亭台楼阁，那许多旧址遗迹，虽然无声无言，却无不用它们弥坚的身影在向我们倾诉着：重回山塘，不是梦。

看过玉涵堂，我就往西走了。穿过桥洞，西边立刻又是另一番天地，浓浓的生活烟火气扑面而来，卖货的和买货的挤挤攘攘，狭窄的街道两旁，摊开的是苏州百姓的日常生活，地摊上，应有尽有，什么都有，只有你想不到的，没有它不存在的。

不知道是因为东西多，人才会多，还是因为人多，东西才多，总之这里的人群是比肩接踵。有一辆误入小街的外地小货车，被人群和非机动车堵住了，进退两难。还有一个外地的单身游客，被这尽情铺展的平常生活场景迷惑住了，他一定在想，这就是名闻遐迩的山塘街吗？这怎么像是我家附近的菜市场呢。他把疑惑抛向了路旁一位摆摊卖棉鞋拖鞋的苏州大妈，我好奇地凑过去听大妈的解释，我听到大妈告诉他，你往东边走吧，东边那里，是古色古香的山塘街。那个单身游客，似信非信，但是他听从了大妈的指点，往东边去了。

我感受到大妈身上散发出苏州人的热情、好客、要面子。其实大妈，你所在地方，也是山塘街呀，只不过它是山塘街存在的另一种形式。

这种形式太过世俗，太过实在，让远方来的客人无法与自己梦中的山塘对上号，于是，他们往东边去。

而我，则继续往西走。

我终于走到了我最想去的山塘街。

静静的山塘街，基本保持了原貌的山塘街。

很奇怪，那一段人物混杂、繁乱的山塘街和这一段平静空灵的山塘街之间，并没有什么东西加以隔断，更没有什么明显的标牌，但这种宁静，说来就来了，一下子，就从乱哄哄的街摊那儿，来了。

街上几乎没有行人，但街两边的民宅却几乎全都敞开着大门或小门，一种久违了的、闲适的、世外桃源般的生活图卷，展现出来了。

我不由自主地放慢了脚步，在这个幽静的山塘街街段上，慢慢地行走。太阳升起来了，寒气退了许多，居民出来晒衣被了，邻居间也有一些招呼声，但是很平常很低调，没有惊动任何人。就这样，我从山塘街的东头一直往西走，对山塘街上的老宅，一家一户，有滋有味地看过来，看过去。在普通的甚至是低矮旧陋的民宅之间，我看到了汪氏义庄，看到了柳氏家祠，我走过了陕西会馆、山东会馆，面前，还有许多……间夹在普通民居中的深宅老院，那真是庭院深深深几许。

在我的印象中，山塘街的东段修复之后，东西两段相映相衬，体现的历史与现实结合点上的山塘街，应该是一幅双面绣，但现在我知道了，山塘街已经不是双面绣，它是三足鼎。一条长街，三段精彩，七里山塘，多样风貌。它涵盖了古今，它融合了现实与浪漫，它让我们知道，生活，本来就是多面的，是立体的，是什么都有的。

某个小楼的窗口，飘出了熟悉亲切的评弹声，那一瞬间，我感觉到，我饿了。

为了吃，我又折回了山塘街的东段，坐到五芳斋吃了鲜鲜的大馄饨和香香的臭干，不光嘴上吃着，眼睛还瞄着那一长溜的苏州小吃：鸭血粉丝汤、豆腐花、生煎、小笼、汤团、酒酿圆子……真是既饱了口福，又饱了眼福啊。

我坐在店里吃东西，看着店外街上的人继续来来往往，我忽然想，我们的古城已经丢失了许多山塘街、山塘河，我们不能再丢失一草一木一寸土地了，坚守住古城最后的老街，是我们每一个苏州人的责任。修复一条老山塘，留下苏州人以前的生活的旧影，这一种功德不亚于建设十条百条“新山塘”。让今天的苏州人，让苏州人的子孙后代，也让无数的外地人外国人，都来走一走老山塘，从老街上获得感受，从旧巷里汲取养料。

我在一家小店买了一张水墨山塘手绘图。从山塘街回来，我要做的第一件事，就是打开地图，将眼前的地图和刚刚走过的山塘实景配合起来，山塘街在我心里的痕印就更深刻也更生动了。山塘街，它是清泉，是拂面的春风，是一弯细细长长多彩的水袖，是一条串起了无数珍宝的神奇的链，是一艘承载着普通和特殊、携带着昨天驶向明天的航船。或者，它什么也不是，它就是独特的一条存在了上千年的实实在在的老街。老街本不是什么稀罕之物，凡过去的街，都可称为老街，但是在新时代，过去的街越来越少了，保持着原貌的老街更是凤毛麟角。走在这样的老街上，你的心里会涌起很多很多东西，但是你说不清楚它是什么，你甚至一句话也说不出来。也许，正是因为说不清楚，说不出来，才会去走，才会走了还想再走，才会回去以后心心念念地想着它，才会梦回萦绕地丢不开它。

如果把山塘街比作一幅画，我希望这幅画，从古代挂到今天，再从今天挂到未来，历经风雨，不褪色，不走样，常挂常新。

# 从宝带桥到宝带桥

在我的人生经历中，有一段时间，常常沿着运河走，准确地说，那是非常有名的京杭古运河。

运河曾经离我很远。小时候我一直住在苏州城里，运河从我们的城外流过，可惜的是，我并不知道，一直长到十多岁，我还没见过运河，甚至没有听说过运河。

忽然有一天，运河一下子就出现在我的眼前，出现在我的生活中了。

那一年，我们全家人从苏州城里下放到江浙交界的吴江农村，我们乘坐的航船，在运河的河道里走了整整一天。

真是没有想到，第一次看到运河，竟让我看了个够。

下晚的时候，我看到了我们的新家，一个紧靠着运河的小村子。从此，我和运河有了紧密的联系。

我们乡下的家离茅盾的故乡乌镇不远。农闲时，我们沿着大运河一直走，路上需要一个多小时，却从来没觉得路途遥远，因为这一路上，有运河陪伴着。河上的船，河上的桥，河上和河边的一切，都是我新鲜而又有趣的生活经验。早晨出发，桑树叶上的露水还没有消，如果是有桑枣的季节，我们钻进桑地吃一个饱，弄得满身大红大紫，就下运河去洗净，然后再走。

沿着运河，走。

就这样，我就在大运河边，走呀走呀，走进我的少年时代。

我在农村的片中读初中。所谓的初中，其实就是一间教室，复设班，初一初二的学生坐在同一个班级里，教室外面，又是运河。我们的午饭都是自己带的，到中午的时候，我们下河打水，用运河的水在土灶上的大锅里蒸饭。运河就这样紧紧地拥抱着我，哺育着我。

后来，初中毕业考上了设在另一个镇上的高中，每学期几次来来回回，都坐运河航船，运河的水又将我送向知识的远方。

再后来我高中毕业，又独自到另一个地方插队。说来也巧，这又是一处运河沿岸。每天我和农民一起下地劳动，收工回来，就在大运河里泡一泡，洗去一天的疲劳，我的游泳就是在运河里学会的。我们喝的水，是从运河里挑起来，我们洗菜淘米都在运河里。每天每天，站在运河边，看着永远流不断的运河水，当时想些什么，早已经忘了，也许我曾经像运河一般激动奔放，或者，我又像运河一样平静淡泊。

我在农村拼命干活，把腰搞坏了，我父母亲托人替我在苏州联系了一位推拿医生，在老阊门一带，于是，每隔一天，我就从吴江乡下坐乡村班车赶到苏州城里去治疗。我的乡村班车，我的那一段乡村公路，也是沿河而筑，也就是说，这一路上，我一直是与大运河同行的，这个同行的距离，十分十分的近切，十分十分的亲密，甚至坐在车上，都能够听到运河的水浪声。

记得那时候医生对我说，唉，你年纪轻轻，腰就这样，以后怎么办。我坐在乡村班车上，透过车窗看着大运河的流水，时而急湍，时而舒缓，我看到一掠而过的运河桥——宝带桥，我数着运河上的船只，我一点儿也没有为自己的前途着急。运河博大的胸怀，运河从容不迫的气度，抚平了我内心的焦躁。

运河上的那座特殊的桥——宝带桥，就是从那时候开始，走进了我的内心。

只不过，那时候的我，并不了解宝带桥的前世今生，只是在每次经过的时候，认真地快速地数着桥洞，可笑的是，几乎每一次数出来的桥洞数都不一样，有时候是五十二，有时候是五十四，也有的时候是五十三。

以至于以后有好长一段时间，我都不敢确定宝带桥到底有多少个桥洞。

我们知道，几乎所有的运河桥都是横跨运河的，唯独宝带桥例外，它是与运河平行的。

到了很多年以后，我才知道，宝带桥之所以例外，是因为这个河段地貌的特殊。在水网密布的江南水乡，河湖港汊，纵横交错，在运河和澹台湖交界处，有一条玳玳河，恰好横卧在运河之中，隔断了纤夫们沿着运河前行的路，漕运受到影响。

于是，就有了与运河平行的宝带桥，让纤夫继续前行。

本是一条平常的纤夫通道，却建造得如此精巧绚丽，如此惊艳，苏州人的工匠精神，苏州人追求完美的习性，在这里得到了充分的展示和体现，一如苏州无数无数的遗产，一如苏州永远割不断的文脉。

宝带桥风姿蜿蜒，真如一条飘逸的宝带，凌空悬架在运河之畔，给运河添彩增色。

更有传说，是唐朝元和年间苏州刺史王仲舒为筹建此桥，变卖束身宝带而得名。

无论是什么样的传说，无论是什么样的故事，宝带桥站在那里，就说明了一切。

今天回想，也是幸运，也是缘分，如果宝带桥是横跨运河的，我可能就无法如此全面而细致地观察到它的桥体的全部。

其实，在我的人生道路上，我已经走过了好多好多的桥了，但是因为我们过桥，仅仅是从桥面上经过而已，或步行，或驾车。这时候的桥，更多的只是一个交通工具，我们只是借助于桥，走向远方，一般不会停下来细细地看桥，即便是停下来，因为你站在桥上，你也无法看清桥的全部面貌，也就难以留下全面而深刻的印象。

除非你能够与桥同行，比如宝带桥。

就这样，日子一天一天过去，岁月一天一天流逝，我一天一天地认识了母亲河般的苏州运河，一天一天地了解到，运河对于苏州的意义。

又过了一些年，我回到了城市，离开了运河，很多年也没有再见宝带桥一眼。

再过一些年，运河也渐渐地老了，河道窄了，河床高了，河岸也不那么坚固了，河里的船只船队经常堵塞，河上的桥梁也经常会被碰撞。尤其是流经那些城市的河段，更是老态龙钟，船只繁忙穿梭，随意停靠，运河不仅不再为城市的面貌增色，反而成了城市发展的阻碍。偶尔在夜深人静时，隐隐约约听到远处传来航船汽笛着急的鸣叫，我心里一动，就想起自己的少年时代，想起那时候运河少年般的活力，想起了令我魂牵梦绕的宝带桥，想来它也已经老态龙钟了。

无论运河是不是沉闷了，无论宝带桥是不是老了，我毕竟已经远离了它，它从我的生活中淡出了。

可是，谁知道呢。

在四十多年后一个秋日的下午，阳光很好，微风轻拂，我从家里出来，驱车几分钟以后，就看到了通往宝带桥的路标。

当年的那条乡村公路，还可见最后的一小段，那是旧日时光最后的一点儿影子，仿佛是特意给我留下的乡愁着落点。

从南边通往宝带桥的路正在翻修，站在坑坑洼洼的路边，一时间恍惚起来。

携带着往事的我，又到宝带桥来了。几十年后的再见，宝带桥竟然一点儿也没见老去，它仍然是古朴的，也仍然是充满活力的，只是不再有纤夫经过，也不再是行人的必经之路。宝带桥已经成为苏州市的一个景点，一个不收门票的景点，有少许游客，在桥上桥下转悠，用手机拍照，也有几个人，操着外地口音，围着介绍宝带桥的碑子，历史修缮、造桥工艺，还有古代诗人给宝带桥留下的诗文等等，他们仔仔细细地看，还议论着、探讨着什么。我不知道他们从哪里来，也不知道他们是干什么工作的，但是我喜欢他们对于宝带桥的认真态度。

我在宝带桥西侧的河水中，看到了当年乡村公路桥的几个桥桩，就是这些普通的桥桩，曾经架起了宝带桥西侧的公路桥，让我能够在某一段日子里，经常从宝带桥身边经过，看到它，亲近它，数着它的桥洞，成长起来。

慢慢地走在宝带桥的桥面上，散发着旧日气息、镌刻着历史印记的青石板，让脚底心温热起来，这种温热，瞬间传达到心间，瞬间让思绪飞扬起来。一座为便于纤夫行走而建起来的桥，能够被冠为“苏州第一桥”，或中国几大桥之一，实在是让人感慨万端。

纤夫的日子早已经过去，作为交通要道的宝带桥，以及建在桥头供行人和纤夫休息避雨的石亭，都成了观赏的景点。起始的功能虽然不在，甚至我们知道，作为物质，终有一天，它们会消亡，但是，从人民群众生产生活出发的历史功绩和造桥工艺的精湛内涵，那些却是永存的。

运河上的宝带桥，一如我们的运河，以及运河沿线的无数的遗产点，一直以来，就是这样的，与民众紧密相连，从为民众的目的出发，给历史、给未来留下了珍贵的文化遗产。

老话说，北人骑马，南人乘舟。如今苏州交通发达便利，人们出行再也不用坐船，四通八达的高速公路和不断提速的高速火车，早就解决了人们南来北往的时间问题。运河上，客运船没有了，但货运的船只仍然是一派繁忙景象。站在宝带桥上的短短的时间里，不断看到有货运大船和长长的船队从身边经过，和船员船工及他们的家人互相看望着，备觉亲切，虽然没有挥手致意，但这份心意却在心里回荡着。看着长长的船队，看见船上的小狗小猫、小小的盆景、晾在船上的衣物，一切都是那么的亲切、那么的温馨。日子虽然是全新的了，却保留了老运河的气韵和风度。

站在宝带桥上，我的目光沿着运河一直投向远处、更远处，在那里，苏州环古城河正以它古朴而又新鲜的面貌，散发出灿烂的惊艳的光彩和气韵。

且让我的思绪暂时地离开宝带桥，飞扬到那边去停留一会儿吧。

是否可以这么说，在过去的漫长岁月里，日常和平凡遮挡了我们的双眼，或者说，曾经贫乏的物质和精神生活羁绊了我们的脚步，让我们在很长的时间内，淡忘了我们身边的许多瑰宝，忽视了我们脚下的这片沃土，也忽视了运河沿岸的许许多多历史文化遗产。

但是，历史却是那么的慷慨大度，我们可以忘记它，它却绝不抛弃我们。年年月月日日，历史留给我们的宝贵的文化遗产，无时无刻不在渗透着丰富的养料，千年不变地传递到我们的身心。

终于，在新的时代里，我们和它们重新相遇，开启了全新的相融模式。

沿环古城河健身步道行走，即便是于浑然无知中，也会不知不觉地接受历史的滋养和文化的浸润，于有意无意之间，于用心与不用心之间，就收获了，就厚实了。因为这条步道，是沿着运河延伸的，就是一座敞开的大博物馆，这里遍地珠玑，处处景观，虽历经风雨，但历史的格局没有遭遇根本性的改变，文化的景观在劫难之后又重获新生。我们欣喜地看到，古往今来的历史之树仍然郁郁葱葱，数千年的历史信息依旧在不断传送。灵魂没有丢失，由众多的文化和自然景点组成的和谐格局，由古代文化和现代景观完美结合的圆融整体，让这个古老的曾经破旧了的环古城运河，焕发出了青春的时代的光芒。

环古城河健身步道，不仅让沿河而居的市民开门就能看到这条绿色的项链，还有许多并不是沿河而居的市民，每天都会来这里行走，亲近运河，了解运河，观赏风景，锻炼身体，舒适心情。沿途处处有文化底蕴的景点和历史遗迹，更有助于提高市民的文化品位、知识积累和素养境界。

是的，在今天，我们重新开始保护运河也好，利用运河也好，建设运河沿岸文化带也好，就应该是这样的，这是最接地气的，是与民同建与民共享的。就像在我的童年和少年时期的运河，和我们的生活，是真正的零距离，正因为如此，运河才是鲜活的、亲切的，才能够最大限度地发挥它的作用，哺育运河儿女。

我将思绪收回来了。

“宝带桥头水满矶，小舟双桨暮渔归。”

我的宝带桥还等着我呢。

我仍然站在宝带桥上，太阳还是那样的温暖，风还是那样的轻柔，真是一个美好的秋天。

从宝带桥到宝带桥，时间差不多已经走过了半个世纪。

如果我想回家了，家很近，与宝带桥有两公里的距离，出门步行不出半小时，就可以看到宝带桥，开车的话，十分钟足矣。

这是缘分吗？

从小，运河就陪伴着我，一直到我老了，她还在呵护着我，滋养着我。

所以，无论运河离我很远还是很近，无论我是经常见到它，还是难得见到它，它早已经留在了我的心底深处，永远不会离去。

# 到平江路去

在一个阴天，将雨未雨的时候，带上雨伞，就出门去了。

小区门前的马路上，是有出租车来来去去的，但是不要打车，要走一走，觉得太远的话，就坐几站公交车，然后下去，再走。

走到哪里去呢？是走到自己愿意去的地方、喜欢的地方，比如说，平江路，就是我经常会一个人去走一走的古老的街区。

其实在从前的很漫长的日子里，我们曾经是身在其中的，那些古旧却依然滋润的街区，就在我们的身边。它是我们的窗景，是我们挂在墙上的画，是我们伸手可触摸的，跨出脚步就踩着它了。我们能听到它的呼吸，我们能呼吸到它散发出来的气息，我们用不着去平江路，在这个城里到处都是平江路，我们也用不着精心地设计寻找的路线，路线就在自己的脚下。我们十分奢侈，十分大大咧咧，我们的财富太多，多得让你轻视了它们的存在。

日子一天一天地过，我们糊里糊涂，视而不见，等到有一天似乎有点儿清醒了，才发现，我们失去了财富，却又不知将它们丢失在哪里了，甚至不知是从哪一天起，不知是在哪一个夜晚醒来时发生的事情。

我们的时代，是一个新闻接一个新闻的时代，这些新闻告诉我们，古老的苏州正变成现代的苏州，这是令人振奋的，没有人会不为之欢欣鼓舞。只是当我们偶尔地生出了一些情绪，偶尔地想再踩一踩石子或青砖砌成的街，我们就得寻找起来了，寻找我们从小到大几乎每时每刻都踏着的、但是现在已经离我们远去的老街。

这就是平江路了。平江路已经是古城中最后的保存着原样的街区，也已经是最后的仅存的能够印证我们关于古城记忆的街区了。

平江路离我的老家比较远，离我的新家也一样远，我家的附近也有可去的地方，比如新造起来的公园，有树，有草地，有水，有大小的桥，有鸟在歌唱，但我还是舍近而求远了，要到平江路去，因为平江路古老。在一个欣欣向荣的城市里，古老就会比较金贵值钱。

在喧闹的干将路东头的北侧，就是平江路了，它和平江河一起，绵延数里。在这个街区里，还有和它平行的仓街，横穿着的，是钮家巷、肖家巷、大儒巷、南显子巷、悬桥巷、菉葭巷、胡厢使巷、丁香巷，还有许多，念叨这一个一个的巷名，都让人心底泛起涟漪，在沉睡了的历史的碑刻上，飘散出了人物和故事的清香。

要穿着平跟的软底的鞋，不要在街石上敲击出的咯的咯的声音，不要去惊动历史。这时候行走在干将路上的一个外人，恐怕是断然意想不到，紧邻着在现代化躁动的，会是这么的一番宁静，这么的一个满是世俗烟火气的世界。

曾经从书本上知道，在这座古城最早的格局里，平江街区就已经是最典型的古街坊了，河街并行，水陆相邻，使得这个街区永远是静的，又永远是生动活泼的。早年顾颉刚先生就住在这里，他从平江路着眼，写了苏州旧日的情调：一条条铺着碎石子或者压有凹沟的石板的端直的街道，夹在潺缓的小河流中间，很舒适地躺着，显得非常从容和安静。

但小河则不停地哼出清新快活的调子，叫苏州城浮动起来。因此苏州是调和于动静的气氛中间，她永远不会陷入死寂或喧嚣的情调。

以前来苏州游玩的郁达夫也议论过这一种情况，他说这街上的石块和人家的建筑，处处的环桥河水和狭小的街衢，没有一件不在那里夸示过去的中国民族的悠悠的态度。

这是从前的平江路。令人难以想象的是，生活在今天的我们，走在今天的平江路上，仍然能够感受到昨天的平江路的脉搏是怎样地跳动着。我们一边觉得难以置信，一边就怦然心动起来了。

很多年前的一天，白居易登上了苏州的一座高楼，他看到：远近高低寺间出，东南西北桥相望，水道脉分棹鳞次，里闾棋布城册方。不知道白居易那一天是站在哪一座楼上，他看到的是苏州城里的哪一片街区，但是让我们惊奇的是，他在一千多年前写下的印象，与今天的平江街区仍然是吻合的，仍然是一致的，甚至在他的诗文中散发出来的气息，也还飘忽在平江路上，因为渗透得深而且远，以至于数千年时间的雨水也不能将它们冲刷了、洗净了。

现在，我是踏踏实实地走在平江路上了。

更多的时候，到平江路是没有什么事情的，没有目的，想到要去，就去了，就来了。除了有一次我忽然想看看戏剧博物馆，那是在某一年的国庆长假期间，我正在写一个小说，写着写着，就想到戏剧博物馆，它在平江路上的一条小巷内，我找过去，但是那一天里边没有游人，服务员略有些奇怪地探究地看着我，倒使我无端地有点儿心虚起来，好像自己是个坏人，想去干什么坏事的，这么想着，脚下匆匆，勉强转了一下，就落荒而逃了。

那一天的时光，是在逃出来以后停留下来的，因为逃出来以后，我就走在平江路上了。

世俗的生活在这里弥漫着，走着的时候，很有心情一家一家地朝他们的家里看一看，这是老房子，所以一无遮掩的，他们的生活起居就是沿着巷面开展着，你只要侧过脸转过头，就能够看得很清楚。我不要窥探他们的生活，只是随意的，任着自己的心情去看一看。

他们是在过着平淡的日子，在旧的房子里，他们在烧晚饭，在看报纸，也有老人在下棋，小孩子在做作业，也有房子是比较进深的，就只能看见头一进的人家，里边的人家，就要走进长长的黑黑的备弄，在一侧有一丝光亮的地方，摸索着推开那扇木门来，就在里边，是又一处杂乱却不失精致的小天地。再从备弄里出来，仍然回到街上，再往前走，就渐渐地到了下班的时间了，自行车和摩托车多了起来，他们骑得快了，有人说，要紧点啥？另一个人也说，刹得来哉？只是他们已经风驰电掣地远去了，没有听见。一个妇女提着菜篮子，另一个妇女拖着小孩，你考试考得怎么样，她问道。不知道，小孩答。妇女就生气了，你只知道吃，她说。小孩正在吃烤得煳煳的肉串，是在小学门口的摊点上买的，大人说那个锅里的油是阴沟洞里捞出来的，但是小孩不怕的，他喜欢吃油炸的东西，他的嘴唇油光闪亮的。沿街的店面生意也忙起来，买烟的人也多起来。日间的广播书场已经结束，晚间的还没有开始。河面上还是有一两只小船经过的，这只船是在管理城市的卫生，打捞河面上的垃圾，有一个人站在河边刚想把手里的东西扔下去，但是看到了这个船，他的手缩了回去，就没有扔，只是不知道他是多走一点儿路扔到巷口的垃圾箱去，还是等船过了再随手扔到河里。生活的琐碎就这样坦白地一览无余地沿街展开，长长的平江路，此时便是一个世俗生活的生动长卷了。

就这样走走，看看，好像也没有什么多余的想头。

所以，到平江路来，说是怀旧了，也可以，是散散步，也对，或者什么也不曾想过，就已经来了，这都能够解释得通，人有的时候，是要做一些含含糊糊的事情。但总之是，到平江路来了，随便地这么走一走，心情就会起一点儿变化的，好像原本心里空空的，没有什么，但是这么一走，心里就踏实了，老是弥漫在心头的空空荡荡、无着边际的感觉就消失了。

这一种的生活在从前是不稀奇的，只是现在少见了，才会有人专门跑来看一看。因此在这一个长卷上，除了生活着的平江路的居民百姓，还会有多余的一两个人，比如我，我是一个外来的人，但我又不是。

不是在平江路出生和长大，但是走一走平江路，就好像走进了自己的童年，亲切的温馨的感觉就生了出来，记忆也回来了，似曾相识的，上辈子就认识的，从前一直在这里住的，世世代代就是在这里生活的，就是这样的一种感觉。

知道平江路上有许多名胜古迹、名人故宅、园林寺观、千百年的古桥牌坊。我去过潘世恩故居，去过洪钧故居，去过全晋会馆，尤其还不止一两次地去过耦园。但是我到耦园，却不是去赞叹它精湛的园艺，觉得耦园是散淡的，是水性杨花的，它是苏州众多私家园林中的一个另类，它不够用心，亦不够精致，去耦园因为它是一处惬意的喝茶聊天的地方，或者是一个温婉的情绪着落点，也因去耦园的路，不要途经一些旅游品商店，也不要有乌糟糟吵吵闹闹的停车场，沿着河，踩着老街的石块，慢慢地走，走到该拐弯的地方，拐弯，仍然有河，再沿着河，慢慢地走，就走到了耦园，其实就这样地走，好像到不到耦园都是不重要的了。

就是以这样的实用主义的心思才去了耦园，因为耦园是在平江路上，耦园与平江路便是一气的，配合好的，好像它们只是一个平平常常的百姓的栖息之地，是没有故事的，即使有故事，也只是一些平淡的不离奇的故事。

平江路是朴素的，在它的朴素背后，是悠久的历史和历史的悠久的态度。历史到底是什么呢，难道不就是人民群众的普通生活吗？

所以我就想了，平江路的价值，在于那许多保存下来的古迹，也在于它的延续不断的、任何力量也不能使之中断的日常生活。

在宋朝的时候，有了碑刻的平江图，那是整个的苏州城。现在在我的心里，也有了一张平江图，这是苏州城的缩影。这张平江图是直白和坦率的，一目了然，两道竖线，数道横线。这些横线竖线，已经从地平面上，从地图纸上，印到了我心里去，以后我便有更多的时间，有更任意的心情，沿着这些线，走，到平江路去。

# 南来北往都是客

2008年春节前，遇上了多少年未遇的大寒天气，向来温和的苏州城竟然也大雪纷飞冰冻三尺，就是那样的一个日子，我要到南京去工作了。

城里的街路已经完全堵塞封闭，我先生开车送我去火车站，车子开到一半，开不了了。雨雪纷纷地下着，地面结冰打滑，似乎是老天在试探我，考验我，往前走，还是向后转。

做了过河卒子，只能拼命向前。

于是，将车子停在路边，上了一辆人力三轮车，小小的车上，坐了两个人，还加上携带到南京去生活的那许多行李。三轮车顶着风雪，艰难地行驶在冰冻的街面上，我这儿还有心情撩开那破旧的门帘朝外张望，顿时冷风灌进来，冻得直打哆嗦，这可真是命运给我的一个下马威。

哼，一个在苏州生活了近半个世纪的苏州人，到了这把年纪，还想到南京去蹈那里的江湖，先给你点儿颜色看看。

只是我这个人，虽不是色盲，却也可以是色盲，如果看到的颜色不好看，我也可以只当作没看见。

于是我闭了闭眼睛，就顶着风雪到南京去了。

后来在南京的漫长的日子里，最最给我安慰的就是我所住之处的大门口旁边不远处，有一扇绿色的小门。门很窄，大约只有八十公分，小小的门，载着我的乡愁，它抚慰着一个孤独的异乡人的孤独的灵魂，那就是我至今想起来都会备感温馨的地方——火车票预售处。

到了逢年过节时，这里会排起长长的队伍，我也就是队伍中的一员，等待的焦虑被回家的幸福击得一败涂地，所以再长的队伍，我也会挤进去的。这时候，一向急性子的我，会变得很有耐心。

曾经许多人都奇怪我的行为，我工作的单位，有行政办公室，可以为大家订各种车票机票，一个电话就能解决问题，票还能送上门来，再说了，后来网络订票也已十分成熟，为什么我偏偏要自己排队去买票呢，很好玩吗？

虽然不很好玩，但是很有意思——对他人来说也许完全没有意义，对我而言，却是心灵深处的一种渴望，一点儿小小的微弱的甚至是可怜的“神经”需求，就不要被那一点点的小小的“权力”和小小的“便利”剥夺了吧。

记得刚到南京的那些日子，十分不适应，每天早晨醒来，首先要想一想自己身在何处，等想清楚了这是在一个不是家的家里，顿时心情就变得不那么美好，又何况，起床出门以后，需要面对的是和苏州文化差别蛮大的另一种文化。

那时候有位作家兼书画家的人才画了一幅画送给我，一个背对画面席地而坐的老和尚，老和尚面对一轮红日。看着和尚的光脑袋和那一轮红日，我自然是悟不透的，但是他题了“梦里不知身是客，一晌贪欢”，算是十分符合当时的我的心境和情绪。

好了，不说苏州的小资了。苏州人其实没有那么矫情。

就这样，一个苏州人，成了一个南京客。

南京好啊，南京才大派呢，南京才厚重呢，那可是曾经的帝都啊。

不信你到南京明孝陵那地方去走一走，遇不见皇帝，也能感受到皇气；不信你攀爬三百三十九级台阶上中山陵登顶极目，那就是站得高看得远啊。

仅仅说了一两个陵，就拔着南京往高大上去了。

有事情来了，无论事情轻重大小，南京人潇洒地说：嘁，多大个事啊。

这可把苏州人吓坏了，苏州人紧张兮兮地说：哦哟哟，勿得了哉，豁边哉。

感觉苏州人就那么的不经事，就那么的懦弱胆小，这等于就是来吹捧我的客乡了。

其实，也不一定哦。

待在南京的日子长了，我有时候会以为我就是南京人了，和远方的朋友通信的时候，会顺便说一句，欢迎来南京走一走，看一看。等到人家真的来了，说，好吧，找个清静雅致的园林喝茶去吧。

我又以为我还是在苏州呢。在苏州，随便的一个日子里，约两三好友，到街上随便走走，就走到了园林。苏州园林真多，在小巷的深处，在街边的角落，在平常人家的隔壁，园林几乎就是苏州百姓家的窗景、壁画。

我不会说拙政园、留园、沧浪亭这样的名园，我只说我们随便一走就能走到的那些个默默无闻的遍布街巷的小园——耦园、可园、曲园、半园、朴园、柴园、听枫园……哦哟哟，简直如数家珍，当成自家的了。

最小的一个园叫残粒园，一百四十平米，还不抵现在一个普通人家的公寓面积呢，却有假山、石洞、池水。到残粒园去坐一坐吧，除了自己，别无他人，真是清谈闲聊的好去处。

可是南京难道没有园林吗？有呀，玄武湖，那可是好大的一个园，计有五百多公顷，相当于苏州小园的无数无数倍，两三文人晃荡进去，如同蚂蚁般，要用放大镜才能照出影子来了。

还有白鹭洲，听着就诗意，听着就让人思春怀秋。可那也大呀，那是南京城南一带最大的公园，如果算上紧邻着的夫子庙秦淮风光带，堂皇多少平方公里，差不多抵上一个小城市，恐怕已经不能用“园”来冠名了。

那地方的日人均流量，据说有达到数十万之多。

那弱不禁风的两三文人，又不知被挤到哪个旮旯里去了，什么低吟浅唱，什么风花雪月，休也休也。

不说是说南京就没有小园林，但南京毕竟不是以小园著称的嘛。

又说现如今人人健身，许多南京朋友在微信晒出来的步数，一万步，两万步，甚至更多的万步，这许多多到令人恐怖的步子，大多是在玄武湖周围踏出来的。你若是到苏州小园去散如此大规模的步，采着细小圆滑的鹅卵石，围着小亭子小池子打转，你说那是在健身吗，真心不像。

那么到底是小好呢，还是大好呢？

谁知道呢。

想说的是，大也好，小也好，你适应就好；南也好，北也好，你喜欢就好。

我喜欢的东西挺多，其中那一个“吃”字，硬是少不得的，经常会无端地馋得咽唾沫。在微信的海洋里，我基本上是个躲在阴暗角落里的窥探者，但是只要有吃的东西出现了，我会忍不住冒泡的，至少要用出一个流口水的表情。他们说那个表情是代表“色”，对了呀，就是好“色”嘛，当然，除了“色”，还有“香”还有“味”呢，只可惜表情中没有提供更丰富更多项的选择。

于是又有了双城的比较。

苏州的吃，那个讲究，那个精致，那个什么什么，我都无法说得齐全，记得传说中有一个菜叫绿豆芽嵌鸡丝。要在很细很细的绿豆芽中再嵌入鸡丝，说弄这样的菜是吃饱了撑的，这话在理，有闲阶级嘛，不弄干吗呢。不过其实，苏州即便是寻常百姓的家常便饭，也是很考究的。不像有的地方拿七八十来种的菜放在一个锅子里煮，也不像有的地方拿个馍掰碎了泡汤，就算一顿正餐了，苏州的小老百姓即使炒一个蔬菜，也要炒得油汪汪绿生生，叫人看着就好，别说吃了。至于什么菜该红烧，放酱油再加糖，什么菜该生炒，放盐加味精，什么菜是清蒸的鲜，什么菜是水煮的香，什么菜放粉着腻更入味，都是很有讲究的。

相比之下，南京的日常菜饭，没那么复杂，也没那么讲究。我在南京，有苏州朋友来了，请他们到南京的小饭店一聚，结果相当不满意，说：“这种菜也叫菜吗?”或者说：“你就请我们吃这样的东西吗?”苏州人的嘴巴真是刁，简直让我无地自容，好像我把南京的好东西藏起来没给他们享用似的，其实哪里有呢。南京的吃，就是这一番风格，一个豆腐鱼头汤，做得又咸又浓，不像苏州人的鱼头汤，要用文火熬上多少时间，达到鲜而不腥、清而不淡的境界。有一位领导兼朋友，和我一样，苏州人，到南京工作，一个人吃在南京的食堂，想念那个苏州菜呀。春天的时候她先生托人从苏州捎带来一些时鲜的菜苋，交给单位的食堂，请大师傅做一个清炒菜苋。这菜可是再普通不过了，原材料就是青菜在那个时节长出来的正要开花而未开或者已经开了一点点花的嫩枝。那一整个下午，心情都比往日要欢快得多，终于到了晚饭时，却没有看见馋涎欲滴的菜苋，怎不着急，但见大师傅指着一盆菜说，这就是菜苋。天哪，师傅把嫩枝掐掉了，留下了粗梗，又加入豆腐干，还用淀粉着了腻，一道本应该碧绿生青的鲜美清爽的菜，就整成了一个黑不溜秋的糊糊。

呵呵。无语。

可是南京也有让苏州人赞叹不已的菜，就说一个鸭子吧。盐水鸭，你不承认吗？你苏州菜再怎么精美，你那鸭子就做不出南京鸭子的味儿和范儿。

再往下说，南京人能够把鸭子做得那么好吃，同时又能把面条做得那么难吃，这实在是有本事，实在是让我佩服得五体投地，而又十分疑惑不解。为什么在南京的菜市场里买的生面，回家去简单地糊弄一下，也能下出一碗有筋骨有温度的好面条，而在南京的任何一家饭店，就从来没有吃出过面的意思，那基本上就是一撮淡而无味的粘牙的糊状物。

是否和南京人的大大咧咧的性格有关呢，做得好就做得好，做不好就做不好，多大个事；好吃就好吃，不好吃就不好吃，多大个事。

南京人真的很潇洒。

南京人不仅潇洒，南京人还散淡。

一般“散淡”这两字，应该用在苏州人身上的，可其实南京人才是真正的散淡呢。我的同事到某处去开展工作，要挂两块牌子，先到一处挂了一块，等到了那第二处，才发现第二块牌子根本就没带上，或者原本是带着的，后来不知怎么搞没了，反正到了那第二现场，该挂牌子了，却没牌可挂。怎么办呢？没事没事，好办好办，这边厢大家先等着歇着，喝喝茶，聊聊天，派人到头一家挂的那里，把那一块先借过来用用，完全可以，无甚大碍，小碍也不碍，工作就这样皆大欢喜地搞定了。多大个事。

但是苏州人碰到这样的事情，肯定很着急，他们慌慌张张地说：哦哟哟，勿得了哉，出大事体哉！

你看看，其实苏州人才是计较的，苏州人表现出散淡，小扇子一摇，小茶壶一捧，他们骨子里却是执着而较真的。

苏州人的散淡只是外在的表现吧，或者说，该散淡的时候散淡，不该散淡的时候绝不散淡？

苏州和南京，有的说头呢，可苏州人是认真的，规定写多少字就写多少字，不得逾越；而南京人呢，是散淡的，写了这么多，大差不差了，可以交差了——瞧瞧，我是不是把苏州人和南京人结合起来了。

我在两个城市间一并展开生活和工作，八年啊，似乎那么的漫长，又似乎眨眼就过去了。往来穿梭于苏州和南京两座城市之间，那种匆匆忙忙赶火车的利索形象，那种高速公路呼啸而过的潇洒气派，可像个朝气蓬勃的女汉子？嘿嘿，只是时间的风霜雪雨，人生的刀剑棍棒，早已将朝气毫不留情地磨成了“嘿嘿”。蓬的是头还有垢的面，勃勃的生机也在时空的穿梭中迅速远去，不知不觉，老，它老人家已经来了。

来就来吧，没什么好计较的，至少我用这八年的时间，积累了对两座城市的热爱，沉淀了对两座城市的感情，还比较了两座城市的某些差别，还知道了两座城市的某些秘密——总之，最后要坦白的是，我这篇文章的题目，是从我的一个短篇小说的题目中改造过来的，那个小说叫《南来北往谁是客》，这篇文章改为《南来北往都是客》。

苏州人，南京人，都是这个世界的客人啊。

# 在时光中行走

深秋了，有些凉意了，但还不是那种刺骨的尖利的凉。

因为天气好，太阳将凉意晒得有些柔软，有些温和；而太阳，也因为深秋的凉意的抚拂，体现出了它的柔软和温和。

就是这样的一个日子，我们一路往北，再往北，到邳州。这是江苏省最北边的一块地方，是江苏正北的一扇门、一扇窗、一个交界处，一脚跨过去就是山东境内了。

现在我们来了，站在这块江苏的“北地”上，感受着这个“北”，却不是印象中的那么坚硬，也不是想象中的那么凛冽。

一切都是那么的和谐。气息是宁静的令人神往的，空气是清新的带着甜味的，心情是美好而激动着的。

因为在我们的面前，满眼的，满天满地满世界的，都是银杏树——我们来到了著名的银杏之乡，我们是来看深秋的银杏的。

现在，此时此刻，我们就在美色的包围之中了，我们在成熟的饱满的气味里，在金黄色的天地里，闪亮得似乎灵魂都跃动起来，浪漫得仿佛身体都飘浮起来。

是银杏，给了我们如此的馈赠；

是银杏，让这片土地变得柔软、温和，却又不失大气，豪放依旧；

是银杏，让邳州这个地方变得更加有名，更具魅力。

于是，我们来了，于是，许许多多的人，认识和知道邳州的人，或者从前不认识甚至完全不知道邳州的人，都来了。

并不是双休节假日，交通也不能算特别方便，但是这里游人如织的情形，令我们十分吃惊，大家既激动又安静地走在这条道路上，这就是著名的“银杏时光隧道”。

并不是头一回见到银杏树，银杏树在我们的日常生活中也许是常见的。但是在我们曾经的记忆中，在许多人的心目中，或者想象中，银杏树总是要和其他东西相配的。一座中式的老旧庭院，庭院中的一棵银杏树，给典雅的院子平添一份活力；一条老街的街角，一口水井，依傍着一棵银杏树，给充满烟火气的日常生活增添了一份典雅；或者，那银杏树是在大师的画作中，那是一种无声的回响，唤起人们心中的热情……

似乎，从前在我们印象中的银杏树，都会配以其他一些东西，而今天，我们面对的银杏树，不需要任何陪衬，它们就是银杏树，不是我们通常所见的一棵或几棵银杏树，而是大片大片的，是银杏的海洋，是银杏的世界，是银杏的天下。

试想，从前，深秋里的一棵银杏树，就足以让我们动心，让我们浮想联翩，让我们流连忘返，让我们拍个不停、赞叹不已。

而现在，出现在我们眼前的，不是一棵，不是两棵，甚至不是几十棵，这真是太奢侈、太惊艳、太震撼。头一次看到银杏树如此之多地集中在一起，它们是如此地紧接地气，如此地相互紧贴，不用陪衬，不用点缀，大片大片的，有如看大片的感觉，但它是真实的鲜活的大片，是触手可及的，不是虚拟的。

金黄的，闪亮的，目不暇接的，我们眼花缭乱了，心也乱了，心跳加速了，然后，乱过之后，又平静了。

悄悄地捡几片金黄的落叶，夹进笔记本白色的页面里，将现实生活中已然少见的浪漫情怀，收藏起来，带回家去。

这是邳州银杏引导我们的一次精神之旅，这是邳州银杏赠送我们的一份心灵之礼。

行走在“银杏时光隧道”的途中，我忽然分了一点儿心，看到路的一旁，专门辟出了一块地方，已经形成了一个小集市。自从时光隧道的名声传出去之后，来旅游、来观赏银杏的人越来越多，附近村子里的农民也就有了一个新的展示自己的机会。他们纷纷把本地的小吃土特产摆到集市上，让远方的朋友，让外来的客人，在观赏银杏的同时，能够通过另一种方式体会生活在这个曾经无人关注的苏北小村庄的滋味。

于是，我们在这个小集市驻足了，饶有兴致地看着这些曾经是我们生活中的最爱、后来又逐渐消失了的食物，都有点儿嘴馋了，买了麦芽糖，买了花生，买了童年的印象，买了过去的日子，生活的烟火气就在美景如画的这里升腾起来了。

这是别的旅游景点不多见的生活常态，这里没有粗糙的旅游纪念品，也没有高声吆喝的买卖，只有乡土的气息，只有纯朴的气韵。

这个小集市，使得银杏的美，更有了生活的真实感，让我们知道，我们的生活，就如这里的银杏一样，本来就是自然普通，本来就是深扎泥土，美，就在我们身边，美，就从我们脚下的泥土里生长出来。

如果说，铁富镇姚庄村这个本来没有多少人知晓的苏北小村庄，因为一条“银杏时光隧道”而吸引了众多游人，那么，邳州这个种植银杏历史悠久的银杏之乡，如今已经以银杏之名为天下人所知。几十万亩，上千万株，无论是有一千五百年树龄的树王，或是有着动人传说的神树，还是新近生长起来的小树，这里的许多数字，代表了邳州银杏的质与量，展现了邳州银杏的昨天和明天。

一缕缕的阳光从树的缝隙中洒下来，我们的心灵像被清水洗过后那般洁净，与深秋的银杏树在一起，你能想到的就是干净、纯洁、安静、敬畏、境界等等。

银杏是贵族，是金色的皇冠，银杏又是平民，是普通的日子。

多情多义、意境幽远的邳州银杏，我们会将你永远地定格在我们的人生相册里。

# 苏绣的故事

关于苏绣，有许多数字：

一、苏绣的历史，自春秋开始形成一定规模，至今已近三千年；

二、苏绣的花线色泽种类，达七百种之多，真可谓万紫千红；

三、仅一个苏绣重镇镇湖镇，就有八千多绣娘绣匠、四千余家绣庄绣坊；

四、苏州地区曾经号称十万绣娘；

……

数字很多，数字很大。

数字前面，是苏绣业的辉煌；

数字背后，是苏绣人的努力。

让我们暂且放开数字，去寻找那许许多多努力着的苏绣人吧。

## 三十多年前的相遇

记得在多年以前，大约20世纪80年代的初期或者中期，有一天，我们几个写作的朋友，突然生出一些想法，就相约了，坐小船到乡下去看看。

我们去到了苏绣的故乡。

用从前的话说，这一带是“闺阁家家架绣绷，妇姑人人巧针习”。

姑嫂对绣，母女同绷，在那时候是很平常的景象。农家女做绣品除了向绣庄交货，还会绣许多自己用的东西，在郊区吴县一带，乡间妇女一身穿着，可说是无一不绣。头上的包头巾，身上的衣服，腰间的竹裙、肚兜，脚穿的绣鞋，真是一身绣服。

传说西施当年同吴王泛舟游湖，看到民间的采菱女子，在荷莲间嬉戏，莲荷遮顶，玉藕围身，非常好看。西施回去后就命宫女照此情景绣成藕荷腰兜和包巾，腰兜系于胸前，所以常常在正中绣主花一枝，再配以散化绿叶，据说苏州民间的刺绣就是发源于此的。

西施的故事，更多是传说，或者是戏说，但是生活中真实的沈寿，就不仅仅是传说了。

清末明初的苏绣艺术大师沈寿就是吴县人。沈寿开创了苏绣中的仿真美术绣，她的名作《意大利皇后》在意大利都灵万国博览会获“世界最高级卓绝奖”，另一名作《耶稣像》获 1915 年巴拿马万国博览会一等大奖。

那么现在呢。

在沈寿获奖大半个世纪之后，在沈寿的故乡，苏州民间的刺绣又是怎么一种状况呢。

小船一靠岸，我们就看到沿河的人家家家盖的新楼房，而且家家敞开着大门。我就近走进一家，就看到一位二十六七岁的少妇正坐在门前，她的面前是一副绣绷，她正飞针走线绣着。我上前一看，绣的是一幅花鸟，那丝线真是细到无以复加。

我由衷地赞叹了一声。

不料，年轻的绣娘笑了起来，她对我说，这根丝线算是很粗的了，是把一根正常的丝线分成了十二根，我们做的活，最细的需要把一根正常的丝线劈成四十八根，那才真是很细很细的呢。

我简直、简直觉得像在听一个传奇。

但其实它并不传奇，这就是绣娘们平常的日子，它就是苏绣中最平常和最基本的功夫。

在苏绣中，如果需要绣出生动活泼的小动物，比如绣双面小猫之类，那丝线必须非常非常细，要求非常非常高。她们绣猫的时候，光一只猫眼珠就要用二十多种色线来绣。

我再一次张口结舌。

虽然嘴上不知如何对答，心里肯定是暗自佩服。

随着对乡间苏绣的深入了解，我才知道，这些绣品大部分是外来的加工活，是给乡镇的刺绣厂做的。乡镇的刺绣厂每年需要大量的绣品，常常是供不应求，全国的市场，还有外国人都来买她们做的绣品。

她说话的时候，显出一种应该有的骄傲。

我直起身子，站得稍远一点儿，带点儿距离地欣赏着这一幅情景，门前的小河，河边的竹林，绣娘身着的绣花服饰，绣绷上正在创作的绣品，真是一幅完美的苏绣风情画啊。

年轻的绣娘见我们对苏绣有兴趣，主动提出让我看一看她婆婆的一些旧物。我更是十分开心地跟她进了屋，看她打开一只旧衣箱，拿出一些旧衣物，其中有大襟的上装，有竹裙和小围裙，都是绣了花的，就连平时家居随便穿穿的肥肥的裤子，在裤脚边上也都绣着花，有一双绣鞋，特别细致，以五彩的线配色绣成。

我一时兴起，经得主人的同意，穿上这些绣服，到她们家的衣橱前一照，自己也笑了出来。只可惜那绣鞋实在太小，怎么也穿不进去，只好作罢。

我和农家女一起在绣绷前合了影，又在她的指点下坐上绣绷假模假样地绣了几下，为的是拍几张假模假样的照片，也为了自己的一份朴素的情趣。但愿那几下粗疏的针脚不致破坏了她的精致美好的绣品才好。

那还是在80年代初期，这一带的农民都已经富起来了，一般的人家一年总收入总不在一两万之下。记得那时候我大学毕业当助教，一个月工资是五十元。比比他们，自叹不如啊。在绣乡这一带，男人们大多在乡里的工厂上班，女人在家制绣，把日子过得火热，从他们的新居，从他们新居中的摆设，再从他们的精神状态中我都能看出他们很富足，用现在的话说，幸福指数蛮高。

坐上回家的小船，不由想起了苏州的刺绣研究所，我曾经陪一些客人多次去过那里，和乡间农家绣女的环境相比，当然又是另一番景象了。

苏州刺绣研究所坐落在世界遗产著名园林环秀山庄内，在这里，苏绣艺术与园林艺术交相辉映，成为苏州文化古城的一张出色的城市名片。

这是一座有相当规模的上档次的研究所，几十年来，他们继承发扬优良传统，总结汇集了四十多种针法，发展了独具匠心的双面绣和运针自如的乱针绣，并且在此基础上创造了三异绣、环形绣等新品。他们以技艺研究为主，结合生产实践，为国家提供了大量的具有地方特色民族风格的礼品和展品，也创造了丰富多彩的经济衫等日用品。更因其凝聚了苏绣艺术的核心和精华，苏州刺绣研究所成为当代苏绣艺苑中的领军者，具有不可替代的龙头地位。

研究所的陈列室，真是让人饱享眼福，那些名不虚传的苏绣精品，让人怦然心动。如《春回大地》，是由当代十二位名画家作画，赵朴初题词，在研究所工艺美术家顾文霞亲自率领下，许多刺绣能手通力合作完成的；双面绣《月季群猫》、乱针绣《小白狗》、双面三异绣《松鼠葡萄》等每一幅都让人惊叹着迷，每一幅都有着以假乱真的效果。

其实，那时候我们去刺绣研究所，更想看的还是那些巧夺天工的能工艺师，很可惜，有些老艺人已相继去世，像金静芬、杨守玉、沈金水等大师都是为苏绣艺术贡献了自己毕生的精力和心血的。我们见到了健在的周巽先、朱风等老人，她们都以自己七八十岁的高龄继续从事着自己所热爱的苏绣艺术，培养和携带了一批又一批的后来人。

无论是在自家门前搭绣绷的农家绣女，还是刺绣研究所的艺术大师，他们组成了苏绣的整体。这是一个优秀的让人惊叹甚至惊艳的群体，他们的工作让世人知道了什么是“精致”，什么是苏州人的特有的“精致”，他们以自己一生的努力描绘苏绣巧夺天工的精彩画卷。

这就是苏绣，上得高雅殿堂，入得寻常百姓家。

## 后来认识了姚建萍

是在什么场合、什么时间认识的姚建萍，现在我已经记不太清了，似乎这也并不太重要，重要的是，在我第一次知道了姚建萍这个名字以后，就会经常地不断地听到她的名字了。

自从我认识姚建萍以后，发现她身上、她头顶上、她的周围，有许许多多耀眼的光环围绕着她，笼罩着她。

那是当然。

她获得了全国最高的山花奖，她当选为全国十大艺术英才，她被联合国教科文组织授予“民间工艺美术大师”的称号，等等等等。

只是我，更愿意穿过这些光环走近姚建萍。

我努力地试着穿越这些光环，甚至拨开这些光环，从光环中把她剥离出来，去看一个光环背后的姚建萍，寻找靠近她的机会，去了解一个真实的姚建萍。

我的目光穿越了时间和空间，来到了三十多年前苏州郊区的一个农家，八岁的农村女孩姚建萍，从母亲手里接过了那根细小得几乎看不见的绣针，开始了她的苏绣人生。那时候的姚建萍，完全没有对前途对未来的思考和憧憬，她只是一个孩子，受母亲和苏州农村风俗习惯的影响和熏陶，从她开始学刺绣的那一刻起，她只是知道，她就是应该学刺绣的，她就是应该做一个和母亲一样的绣娘，无论她喜欢还是不喜欢，这是她人生必须走的一条路，甚至是唯一的一条路。

姚建萍自己也没有想到，一根小小的针，几缕细细的线，竟然能够为她开辟出如今的这么一个大的世界和高的境界。一个生于农村长于农村的普通绣娘，凭着她的飞针走线的功夫，为苏绣艺术的传承和发扬光大做出了重要的贡献。

大家看见的姚建萍，是功成名就的一个典范，她所获取的荣耀，令人赞叹和羡慕。但是在我的内心，我却始终觉得，姚建萍最值得庆幸的是，她的职业就是她自己的最爱，也就是说，她在漫长的刺绣生涯中，深深地爱上了苏绣，深深地了解了苏绣，她是凭着对刺绣的热爱和执着在工作，在创造，做刺绣早已经成了生命的一部分，哪一天看不到苏绣，哪一天不提苏绣，浑身就会难受，心里就会空虚慌乱。我想，除此之外，没有更有力的理由能够让她一再地克服重重困难，去攀登新的高峰。

如今的时代，无疑是快节奏的，在快节奏的时代，要安心地慢慢地做一件细致的工作，体现出难能可贵的工匠精神，这是一个巨大的考验，要有板凳坐得十年冷的定力，要有铁棒磨成针的耐力，要有顶尖的过硬的艺术水准，而这些年的事实告诉我们，姚建萍经受了这样的考验，她和她的团队的作品，就是最好的证明。

在刚刚召开的苏州创博会上，姚建萍和她团队展示的《丝绸之路——西出长安》，通过3776种彩线的精心叠加，描绘了汉武帝送张骞出长安的盛景，备受瞩目，获得高度评价。这幅作品，是姚建萍和三十多位绣娘用了三年的时间完成的；同样，多年前创作的《奥运中华圆梦》，是姚建萍专为北京奥运会绣作，作品长2.9米，高1.12米，历时三年多，至今姚建萍谈起这幅作品，还深有感慨，它艺术上的高难度和它紧迫的时间要求，都是姚建萍前所未有的经历。这幅作品付出了许多绣娘艰辛的劳动，但功夫不负有心人，后来它被奥林匹克博物馆永久收藏。

对于这样的一些任务，经济上的收入是有限的，有时候甚至还要倒贴，但是姚建萍能够辩证地看待这个问题，她觉得这是一个互相作用的机会，多出这样的作品，可以让社会更了解她，也给她提供了更好的机会去提高技艺。

在姚建萍的艺术馆里，集中展示了姚建萍和她的团队的精品，其中有传统的苏绣作品，也有创新的内容，还有部分是“命题作文”，是接受了任务创作出来的。但这几部分的作品，却又是互相补充、相映成辉的。即使是传统手法，也纳入了创新的意识，即使是创新的作品，也继承了传统的优秀，许多作品更是融传统和新意为一体，达到了苏绣艺术的新高度，令人十分欣喜。

我们再看一看姚建萍刺绣作品的影响：

《我爱中华》搭载卫星遨游太空，是艺术史上首个飞天的刺绣艺术品；

《富春山居图》合璧卷及《世纪和平——百鸽图》在天津文交所成

功上市；

《英国女王》作为白金汉宫首次收藏的中国当代艺术品被英国王室正式收藏；

《春早江南》陈列于北京人民大会堂全国人大常委会全体会议厅；

《海纳百川》收藏于中南海；

……

姚建萍早已经不是一个单纯的绣娘了，自从建立了以她的名字命名的刺绣艺术馆后，姚建萍肩上的担子就更重了。她的团队越来越壮大，她的名声越来越响，创新的要求也就越来越高，接受的任务也越来越多。一个从农村走出来的普通绣娘，成就了那么多优秀的苏绣作品，在创作出苏绣精品的同时，苏绣自身蕴含的丰富的文化积淀和无尽的艺术养料又滋润了她，饱满了她，让她不断地成长，在不断提高刺绣技艺的同时，也不断提升着思想的境界。

我在了解和结识姚建萍的过程中，有两个字是给我留下了非常深刻的印象的，那就是“奋斗”。但是姚建萍自己，却一直在讲时代，讲机遇，讲社会各界给她的平台，她没有把自己的成果看成自己个人的行为和骄傲，她的认识令我对她刮目相看，也让我相信，姚建萍一定会在自己的道路上走得更远，走得更好。

其实，姚建萍只是苏州绣娘中的一个代表，在今天的苏绣队伍中，有无数的姚建萍在共同努力着，梁雪芳、姚惠芬、薛金娣，等等等等，无一不是成就斐然、无一不是视苏绣艺术为生命的优秀的非遗传人。正是由于苏州绣娘绣匠们继承了优秀的传统文化的精髓，他们持续不断地“架绣绷”“巧习针”，打造出了苏绣的一片新天地。

# 苏州美食

苏州，堪称美食之城。

苏州人讲究吃，这是不容置疑的。

即使自家烧菜自家吃，也是马虎不得的。红烧的，一定要浓油赤酱；生炒的，要碧绿生青；清蒸的，要用文火；一盘普通的咸泡饭，也一定要用骨头汤煮，要加入鲜虾仁、鲜贝、咸肉、大青菜，最后还要加一点儿胡椒粉，还要趁热吃。

若要上个馆子，更是不会随意。不中意的地方，是决不会将就着去的。

为了吃一碗可口的面，苏州人可没少浪费时间和汽油，远的地方开车去吃碗面的也大有人在。凡苏州做面稍有点儿名气的饭店，朱鸿兴、同德兴、陆长兴、陆振兴、绿扬、胥城大厦，苏州人都是如数家珍的。

红汤面、白汤面、宽面、细面、硬面、烂面，夏天吃拌面，冬天羊汤面，许多老苏州，早晨的一碗面，比早晨的懒觉要紧得多。

至于专程远道去木渎石家饭店吃饭，到藏书喝羊汤，到昆山吃奥灶面，对别人来说，不甚麻烦，对苏州人来说，那都是家常便饭，跑一点儿路算什么，吃得称心才是最重要的。

现在的人都讲究养生、保身，很少吃猪油了，但是苏州有好多人依然热爱猪油，用他们的话说，香呀，实在是香，馋涎欲滴。

只可惜现在用猪油做菜做点心的越来越少，商家商贩为了讨好顾客，也和他们一样戒了猪油。所以留在我们记忆中的印象最深的猪油大饼，几乎绝迹了，找不到了。

可是真正讲究吃的苏州人，照样有本事在苏州的小巷角落里找到带有历史气息的猪油大饼，然后，每天早晨，上班路上，舍近而求远，在车流高峰的时候，绕道去那个地方。据说有一个是双塔定慧寺巷附近，还有一个是苏苑街道一带，我没有去过，但是我却听许多苏州人说过许多遍。在那些个巷子里，你能看到，普通的老百姓、公司的白领、机关的领导，他们都在一起，排队买猪油大饼。

在苏州，且跟着吃货走一走吧，肯定不虚此行的。

## 木渎石家饭店

说的是木渎老镇老街上的那个老石家饭店，是苏州人的最爱。经常会有苏州人三几成群，不嫌路远，结伴驱车，前往木渎石家饭店去。

一进木渎古镇，扑面而来的是一条老街，更是一股久违了的亲切的气息，是一种似曾相识的熟悉的气韵。其实这种气韵许多年来一直在我们心里弥漫着，结集着，终于，今天，我站到了这里，和它零距离地接触，和它全方位地融合，我们怀着的乡里乡亲的感觉，终于舒展开来，我们沿街而行。

老街是古老的，屋檐上那些精致的瓦片，脚底下那些沉静的麻石，无不与我们意气相投。随着老街的延伸，我们还可以继续往前走，我们可以在这里流连忘返，只是，现在，我们停下来了，没忘初心，我们是来吃的。

石家饭店，已经出现在我们眼前了，在老街的中段，它既低调又热烈，在那里迎接我们。

木渎老镇老街上的老石家饭店，仍然保持着的质朴的纯真的乡土气息，一下子就熏醉了我们。

走进一楼的大厅，这里如同从前我们熟悉的大食堂，老式的方桌和普通的凳子不疏不密恰到好处。一些穿着普通的客人正在吃饭，一些普通的服务员在工作，多半是些中年妇女，她们面色平和，不急不忙地穿梭在桌子与桌子之间，给客人上一盆盆看起来十分普通的家常菜。

再往二楼上去，总以为这里会有所包装、有所变化了，可是上得楼来，才发现二楼也是大食堂式的大厅，与富丽堂皇沾不上边，与高大上也不搭界，甚至没有什么新的感觉，仍然是一些普通的客人在吃饭，一些普通的服务员在工作。

我们坐下来点菜，然后开始品尝，毫无疑问，在普普通通的店堂里，和普普通通的客人一起，由普普通通的服务员端上来的看起来很普通的菜，那滋味那卖相，可是一点儿也不普通。

都知道能够把海参鱼翅做得好吃固然不简单，要把青菜豆腐做得令人称道恐怕也是不容易的，石家饭店的大师傅，端上他的石家酱方，会让许多人一辈子难忘。记得那一天，我们到石家饭店吃饭的几个人，有人平时不吃肥肉，有人有胆囊炎或者肠胃不好，却都没能抵御得了酱方的诱惑，吃了个满嘴流油，心满意足。

也有味鲜美而不油腻的菜，清清爽爽，三虾豆腐，用刚刚手剥出壳的虾肉虾子虾脑，和豆腐一起烧。这豆腐可也不是一般的豆腐，那是灵岩山的僧人专门制作，格外白净细嫩。

赶紧舀一勺，小心烫嘴，可是，烫也好，不烫也好，顾不上了，那真是打嘴不放的了。

好像那个季节，鲤鱼还没有长大，如果到秋天来，还能来品尝到天下闻名的鲃肺汤。

于右任题过：“归舟木渎犹堪记，多谢石家鲃肺汤。”原来在从前的时候，民国的时候，好多社会名流都来这里吃饭呢。更早的时候，据说连乾隆皇帝也来过。只是，无论谁来，石家饭店永远都是那么朴素，永远是那么讲究质量，这个品牌，是属于所有人的。

所以，苏州人专门跑出了苏州城，跑到郊区的饭店吃饭，值吗？

值。

石家饭店早些年已经在木渎镇上开出了大而新的店，近些年，又在苏州城里开出了连锁店，最洋气最现代的金鸡湖李公堤那里，也有了石家饭店。只是，无论石家饭店开在什么地方，石家菜的苏州味道，是不会改变的。

## 阳澄湖大闸蟹

春天的时候，来了几位北方的朋友，坐在苏州的茶馆里喝茶，谈说苏州，说着说着，就说到了阳澄湖的大闸蟹，害得大家开始偷偷地咽唾沫了。他们是经常走南闯北的，苏州来过不止一两次了，只要在秋天来，都能吃到阳澄湖大闸蟹，吃过也不止一两次了。但是其中有一个人有一点儿疑问一直在他的脑海里，因为大家都说阳澄湖大闸蟹好，他却不敢说出来，为什么他的感觉不怎么样呢？

直到去年秋天，他又来了，这一回不是在宾馆饭店里吃大闸蟹，他被领到阳澄湖里的莲花岛上，吃了大闸蟹。所以他说，我这才知道什么是阳澄湖大闸蟹。原来从前吃过的，都不是阳澄湖大闸蟹。

作为一个苏州人，阳澄湖我当然是知道的，近距离接触过，亲近过，坐着快艇在湖上转圈，水花在脸上飘飘点点。至于阳澄湖中的莲花岛，那也是颇有名气的，是我向往已久却一直未能去到的地方，有一次已经走在去往莲花岛的路上，走到一半，差不多快听到湖的声音了，却忽然因为另有事情，中途返回了；还有一次，也已经约好了朋友去莲花岛吃螃蟹，结果朋友却把饭局放在了城里的饭店里了。一次一次与莲花岛擦肩而过，使莲花岛在我的心里越来越神秘，诱惑也越来越大，忍不住向一个去过莲花岛的朋友打听莲花岛，他说，莲花岛啊，除了你可以想象的湖光水影、农家风景、鲜鱼土菜，还有一道风景煞是壮观，家家有快艇，河面像街道，快艇来来往往，就像船开在街上，两边围起来养蟹的围栏，就像是城里的高楼大厦。这道奇特的风景线，越发地牵动了我的向往，我想，到今年的秋天，我的这个愿望应该实现了吧。想象着，秋风渐起天高气爽的那一天，呼朋唤友去阳澄湖上的莲花岛品尝阳澄湖大闸蟹。

这一天终于来到了，尽管有些阴雨，但大家情绪高涨，也顾不得先看看莲花岛上是怎么绿荫覆盖，也来不及感受这世外桃源的气韵和气息，甚至没想到先看一看那些养蟹的渔民正在干什么，我们就急急地直奔主题了。

且看端上桌来的蟹，只只体大肥硕，红壳白肚，金爪黄毛，十肢矫健，如假包换。

不能客气了，不能再等了，再客气再等馋涎就要掉下来了，赶紧开吃吧。

那叫一个肥嫩鲜美，那叫一个膏腻黄香，从来都是能说会道的一帮文人，到哪里一张嘴都是不肯停息下来的，且又喜欢形容，又习惯夸张，可是，到了大闸蟹面前，嘴巴不够用了，词语也不够用了，实在是妙不可言，无语凝噎。

从前大家都认定，只有吃过了螃蟹，其他再好的菜肴都会索然无味，这真一点儿不假，名副其实。

而我的嘴巴似乎更刁，因为从此以后，我几乎很少再吃别种的蟹，享用过莲花岛正宗的阳澄湖大闸蟹以后，真的很难再对别的蟹移情别恋。这种对于正宗阳澄湖蟹的一蟹定终身的感情，虽然有些偏执，更有些狭隘，却是作为一个苏州吃货的不变的坚守。

## 藏书羊肉

秋天快过去了，冬天来了，苏州郊区藏书乡的农民就到苏州城里来开羊肉店了。他们在苏州的大街小巷租一间旧的房子，门面都是沿街的，店堂里放几张旧的方桌和一些长条板凳，靠门的地方也有一张桌子的，桌子上有一个碗橱，里边是烧熟的羊肉、羊杂碎，有红烧的，也有白烧的，还有羊腰子这样的东西。冻羊羔是比较贵的，天气不太冷的时候，它也能冻起来，冻成方方正正的一块，刀切下了去，也仍然是方方正正的。桌子上还有一块砧板，是用来切羊肉的，砧板很厚，上面有一层油腻，用刀刮一刮，可以刮下很多的，但是他们一般也不去刮它的。一只很大的木桶坐在炉子上，总是热气腾腾的，有的人买一份羊肉或者羊杂碎，要加两次汤，还有的人要加三次汤，所以羊肉汤一定会保证好的。旁边的碗里有一碗碧绿生青的大蒜，切碎的，吃羊汤的人可以自己动手抓大蒜的，也有的人不吃大蒜，但是一些吃大蒜的人总是说，喝羊汤不放大蒜怎么吃法？每一张方桌上都有辣椒和盐，也都是由吃羊肉汤的人自己放的。在大冷的天气里，人在外面走路，冻得瑟瑟抖，走进羊肉店，喝一碗羊汤，就暖和了，心情也会好起来，精神也焕发了，走出去的时候，就像换了一个人。

羊在乡下的羊圈里养着，到了时候，就把它们拉出来杀了。家里的人把刚刚杀死的羊装在蛇皮袋里，坐中巴车，把羊送上来。在店堂后面的灶屋里，他们把羊肉烧熟了，就拿出来卖。羊肉是新鲜的，不是冷冻肉，经常吃羊肉喝羊肉汤的人一吃就能吃出来的，所以到秋天的时候，羊肉店开出来，生意十分的好。李时珍在《本草纲目》里说：羊肉，甘，苦，大热，无毒，可以医治很多病的。从前在中药里边，用羊肉做主料的药方也是很多的。

这样的生意可以维持几个月，等寒冷的冬天过去，开春了，不等到春暖花开，他们就要关门回家了。这个房子就由东家收回去，再租给别的人开其他的店，一般人家只能开到十月份，那时候，羊肉店又要来了。

每年到那个时节，某个农民就会到街面上租房子，他就从农民成了一个临时的老板，香喷喷的羊肉味道飘到街上，会有很多苏州人进来，喊道：羊汤，羊肉，羊杂碎。生意是很好的，天越冷，生意越好。

这位临时老板如果是年轻的，那么可以想见的他的父辈爷爷辈早就在苏州城里做羊肉生意了，也许这个店面都是他父亲或爷爷都租过的。但这种可能性并不大，因为苏州的城市建设变化很大，冬天的羊肉店一定也是随着搬迁又搬迁的。只是无论它搬迁到什么地方，总是有人进来吃羊肉喝羊汤。

羊肉店的店面不能算是新租的，但也不能算是常租的，它是季节性的。现在苏州羊肉的店已经开到其他地方去了，上海有，南京也有，但是在其他地方吃苏州羊肉，吃不出苏州的味道，这也不能算是奇怪的事情，毕竟水也不一样，火也不一样，环境也不一样，吃的人也不一样嘛。

羊肉店一般在晚上的生意要比白天更好，苏州人喜欢夜里甚至是很深的夜里出来吃羊汤，他们夜里在街上行走，看到羊肉店，会有回家的感觉，很温馨的。他们会停下脚步，或者从自行车上下来，或者从小汽车里钻出来，走进店堂去，一碗很便宜的热腾腾的鲜脱眉毛却一点儿也不膻的羊汤下肚，真是赛过神仙日子。

# 灵山的夜晚

这是初秋的一个夜晚。

是过去和未来的许许多多的初秋夜晚中很普通的一个夜晚。

天气渐渐起了凉意，没有月亮，傍晚的时候还下了点雨，平添了一些“空山新雨后，天气晚来秋”的寂静清幽。

那时候，在灵山景区，我们从梵宫出来，坐着电瓶车，穿过斜风细雨，回到精舍，回到了自己的宿舍。

事先并没有相约，也没有沟通，几分钟以后，我们不约而同地走出自己的宿舍，每一个都换上了为修禅准备的衣服，是棉麻质地的，深咖啡色的，有点儿像汉服，宽松柔软，朴素大方。穿上以后我照了照镜子，一下子看到了两个字：安静。

这是一种很奇怪的感觉，仅仅是换了一套衣服，你的心情就起了变化，你纷乱的情绪就平静下来了。

真的就是如此。

我没能有机会确定或确认一下，我们换上的这个服装它应该叫什么，禅服？修禅服？居士服？我也没有机会了解它到底有没有专设专用的名称。我只是在想，叫什么也许并不太重要，重要的是，换上这样的服装，就给我换上了完全不同的一种心境。

其实，在宿舍里穿上它的时候，我脑海里曾经掠过一丝疑虑，我不知道其他人，他们会穿吗？

结果，当我们在走廊里碰面的时候，发现每一个都穿上了。

我们共同的，觉得应该换上，这是我们的内心，存有某种需求，存有某种念头？那是什么需求、什么念头呢？

一堂名曰“禅悦我心”晚间修禅课，就要在灵山精舍开始了。

这是我平生以来头一次有机会体验禅修课，在通往禅堂的过道上，我们不由自主地降低了语调，放慢了脚步，轻轻的，又很庄重，怀着敬畏的感情和求学的心愿，在门口排队，顺序而进，净手，再到堂内盘腿坐下。

已经有先到的人，在禅修开始之前，他们大多已经进入了一种境界，双手合十，双目微闭。还没有人指导或要求他们这么做，这是一种自觉的行为，似乎进入这个地方，就身不由己地会产生一种自我要求。

一位年轻的相貌清秀的法师，给我们讲禅，也许我记不住他讲的那些内容，也许我不能完全理解或十分明白他讲的那些禅理，但是这一堂课，却真真切切实实在在地印记在我的生命中了。

法师让我们做了三次功课。

第一次，法师让我们抄写心经，我抄了这么一段：般若波罗蜜多心经：观自在菩萨，行深般若波罗蜜多时，照见五蕴皆空，度一切苦厄。舍利子！色不异空，空不异色；色即是空，空即是色。

因为没戴老花镜，我抄得很慢，抄得歪歪扭扭，就是在这个慢慢的过程中，感觉自己的心境愈加平和了。只是因为盘腿坐的原因，腰腿有些酸疼了。忽然就听到法师说，可以不用再继续盘腿，直接坐到凳子，也可以继续盘腿坐。

这是方便法。盘腿打坐是方便，直接坐到凳子上也是方便。

接着就是第二次的功课，法师说，你们闭上眼睛，什么也不要想。

我们闭上眼睛，试图什么也不想，但是做不到，不仅做不到什么也不想，脑子里的东西反而比平时更多更乱，多得吓人，乱得出奇，乱七八糟的念想纷纷涌了出来。

我们向法师诉说自己的心很乱，静不下来，并且为此感到惭愧不安。法师却告诉我们说，这说明你们已经进步了，因为你们已经意识到你们的意识，比起一些心乱而不知乱的人，你们已经开始靠近禅了。

第三次功课来了，法师说，你们仍然闭上眼睛，用心默念南无观世音菩萨。

我们又遵照着做了。这一次念头集中起来了，在几分钟里，除了偶尔走岔一下，瞬间又回来了，回到南无观世音菩萨上来了。

那一刻间，一屋子的人，心意一致。

这是一种力量。

无形的，却有力，能够让人心安静下来的力量来之于禅。那么，禅又来自哪里呢？

来自人心。

是我们通过修禅这种方法，用自己的心让自己的心静下来了。

我们这一些人当中，好像没有真正意义上的佛教徒，但是为什么我们都愿意在这个初秋的夜晚，来到灵山精舍的这个禅堂，在这里静静地打坐，什么也不想。

因为我们已经想得太多了。

因为我们已经拥有和获得太多，我们的脑子里塞满了信息，我们的心里堵满了事情，还须臾离不开手机、电脑。

白天里，我们乘坐着提速又提速的高速列车，我们行进在一往无前的高速公路，我们安排了一场又一场的热烈的活动，我们走过了一座又一座的喧闹的城市。

夜晚降临的时候，我们聚集在酒店饭馆，我们以最快的速度干掉一瓶又一瓶的高度白酒，我们以最美好的胃口吃掉一盘又一盘的高蛋白高脂肪高热量的食物。

深夜了，我们还在引吭高歌，声嘶力竭，灯红酒绿……

我们在高节奏超负荷的旋转人生中已经转晕了头脑，转迷了方向。

所幸的是，虽然我们晕了，虽然我们迷了，但是我们还保持着最后的一点儿清醒，我们还留有最后的一点儿疑问，这真的就是我们想要的终极生活吗？

就像法师说的，我们已经意识到了我们的意识，我们已经进步了。在我们的平常生活中，我们也已经意识到了我们的节奏，意识到我们的失度，意识我们在哪里出了一些问题。

于是，我们来到了灵山。

于是，我们能够看到，从青铜大佛，从九龙灌浴，从梵宫，从精舍，从灵山的每一处，渐渐地升腾起两个字：静和净。

这两个普普通通的汉字，是我们这个时代，是我们这个社会，最渴望最需要的两个字。

我们站在灵山的任何一个地方，放眼望去，无论是看到大佛，还是看到千树万花，无论是看到梵宫，还是看到连绵山峦，我们看到的都是静和净。因为它们早已经弥漫在灵山的每一处丛林、每一块砖石，它们渗透了灵山的每一个寸土地、每一个角落。

于是，我们的身心，就被静和净浸染了，包裹了，融化了。

于是，我们忽然明白了，我们到灵山来干什么。

“万籁无声添佛像，一尘不染证禅心。”

这是我在灵山梵宫的妙行堂抄录下来的。

在灵山，将这一个普通的夜晚，变得那么的不普通，将这一个每天都有的平常夜晚，变得特殊而又难忘。

夜渐渐地深了，且让我们既怀着满满的敬畏之心，又放空心里的一切，睡觉去吧。明天一早，我们将要参加另一次体验：过堂。

那必将是又一次的学习，又一次的历练，又一次的洗涤。

# 文蕴高新

1990年的秋天，苏州古城以西，太湖东岸，运河之畔，狮山脚下，在那一片土地上，出现了两个字：高新，成立了一个区，全称是苏州高新技术开发区。

在那个时代，在那些特殊岁月中的早一些的日子，或者迟一些的后来，在全国各地各处，出现了许许多多的“高新”，许许多多的“经济发展”“技术开发”，如雨后春笋，星罗棋布。

而今，近三十年过去了，许多“高新”已不再高新，许多“开发”也已成为过去时，而当我们回望苏州高新区的前进足迹时，我们欣喜地看到，苏州高新区的路，越走越新，它展翅翱翔，越飞越高远。

天高任鸟飞，海阔凭鱼跃。

因为土厚，所以根深，因为根深，所以叶茂，这就是苏州高新区的今天：梦想照进现实。

苏州西部的这片土地，是热土，是厚土，是沃土，是一片神奇的地方，是一块遍地珠玑的宝地。千百年来，这里洒落了一地的文化的种子，沉淀着浓厚的内力，积累出非同一般的耐力，所以——

苏州以西，有山，山不在高，有满山丰硕的果实，那是文化的力量所滋养所催生的果实；

苏州以西，有水，水很辽阔，太湖运河相辅相成，那是历史的风雨所荡涤所洗礼的结晶；

苏州以西，有艺，艺很精湛，妙手撷英一应俱全，那是民间大家工匠精神的具体体现。

阳山耸秀，白云红叶影离离；

运河流芳，姑苏城外寒山寺；

太湖纵澜，湖山处处好淹留；

遗韵撷英，一方素帕寄心知；

锦绣兰心，瑶姬学绣流苏幔。

是的，我们知道，苏州高新区遍地胜览遍地贤，满山珍宝满山趣。我们愿意尽情地去行走，我们希望全身心地去投入，只是可惜了，我们的足迹，恐怕无法踏遍高新区的每一寸土地，即便是随意地走一走，看一看，对于忙碌而焦虑的现代人来说，可能都是十分奢侈的梦想；我们的目光，被城市的高楼遮挡，也无法将这个缤纷灿烂的世界全部地一一地看过来。

其实，不用担心，也不必着急。

从前，关于苏州园林，有“不出城郭，可享山林之美”的说法，而今天，现在，我们眼前的这套《文蕴高新丛书》，几册在手，随意一翻，便可让我们历经高新区文化之精华，遍览高新区文脉之印迹，了解高新区文本之渊源。

这是站立在纸上的文化高新，它不是地图，却像是一幅地图，沿着它的指点，我们就行走在苏州高新区这片古老宁静又阳光普照欣欣向荣的土地上了；

这是流动在心头的鲜活高新，它不是乐器，却弹奏出延续了千百年而仍然生机勃勃的音乐之声；

这是厚重的源远流长的历史高新，它不是一座博物馆，却是行行珠玑，页页有宝。

我们在这里尽情地徜徉，在这里恣意地行走，说不定就遇上了夜宿寒山寺的张继，还能看到王鏊登阳山、沈周畅游白马涧；

我们细细地鉴赏那些精湛的民间工艺，从而体会到从古至今苏州以西这片土地上的人民是怎样将精雕细刻融入生命和灵魂之中的；

我们来走一走长达二十五公里的环太湖风光带，饱览着湖滨自然山水风光，再到沿岸看一看遍布着各具特色的生态村庄和传统人家，历史悠久的古街、古建、古迹；

我们再沿着大运河看一看，经过浒墅关，跨过枫江桥，穿过横塘路，运河文化的浓郁风情一路伴随着我们；

我们一路走来，满目青山绿水，处处名胜古迹，我们还听到了纯朴的“小姐嫁郎歌”，我们还品尝了著名的太湖三白，我们还看到了惊为天作的苏绣精品……

《文蕴新高丛书》犹如一根长链，将苏州高新区遍地的珍宝，串联起来了，集中起来了。手执一册丛书，高新区的过往今来，一下子尽收眼底，一下子看个够，了解个透。

这几乎就是一部关于苏州高新区文化传承的小百科全书了。

《文蕴高新丛书》无疑会将苏州高新区独树一帜的标识和印记牢牢地烙在每一个读者的心灵深处，它不仅是一本书，更是苏州高新区向世界传递出的一张精彩名片，一张带着体温和情感、带着浓郁乡情的名片。

# 树和山的那一边

树山一直是在那儿的。

只是过去的许多年，它一直掩隐在树和山的那一边，我们的目光，我们的脚步，我们的灵魂，还没有能够抵达到那儿。

我们的目光，被高楼遮蔽了；我们的脚步，被大马路粘住了；我们的灵魂，又是那样的纷乱喧闹、找不着北，甚至忘记了这世上原本是有树有山的。

其实，从前的时候，我们都是置身在树和山之间的，只是后来，树和山，似乎与我们渐行渐远。

好在，又有了新的后来，那就是现在。

现在不一样了。

时代的风吹过来了，历史的车轮也转到这儿来了，有一天，树山终于撩开了它千百年的神秘的面纱，向世人展示出它的惊艳的天然美貌、超群的文化品位、深厚的历史底蕴。

许多人舍近求远地去看树看山，许多人忍不住从膜拜追求的高楼大厦中逃跑出来，去寻找树和山，在从前随随便便的遍地青绿的树和山，在现代社会，成了人们的深呼吸之所和精神寄托之处。

于是，我们知道了树山，我们到树山来了。

树山在大阳山和鸡笼山两座山峰的环抱中，处处山坞处处家，处处梨花处处茶，青山绿水，寺庙掩隐，春笋节节高，云雾任缥缈……也罢也罢，在树山村面前，再美好的文字，也难以穷尽对它的再现，再精准的书写，也无法复制出它的气韵。

所以，我们的摄影家来了。

在春天秋天，在夏季冬季，在一年四季里的任何一天，在三百六十五天里的每一天，他们都对树山村情有独钟，他们都对树山村爱不能舍。他们守候在这里，他们以树山为家，树山就是他们的欢乐所生之地，就是他们的心灵所依之处。

他们捕捉树山最真实又最玄幻、最华丽又最朴实、最壮阔又最精细的那一刻、那一时、那一段、那一片。

他们用镜头，用画面，用他们的心，抒写了树山的清明上河图，描述了树山发生的许许多多。

在这里，我们几乎看到了树山的方方面面，我们已经围绕着树山转了一圈又一圈了，我们已经把树山林林总总的美色、大气、神韵欣赏个够。树山，通过我们的眼睛，刻印到了我们的内心深处去了。

且慢。

其实还不止于此。

还不止于用眼睛，不止于看见。

照片是无言的，但是在树山的照片这里，我分明听到了它们的清澈悠扬的声音。你看那绿荫环抱的山中的寺庙，它是那么的安宁沉静，但是，我听到那里回荡着的钟声，听到那里均匀沉稳而又悠扬的木鱼声。

照片是静止的，但是在树山的照片这里，我分明感受到了它们的鲜活生动的节奏。你看云谷茶室门口的舞蹈者和观赏者，他们是活动着的，是踩着节拍在跳跃的，这分明就是历史的回音，就是时代的鼓点，就是生活的反响。

照片是没有气味的，但是在树山的照片这里，我分明闻到了久违的气息，呼吸到新鲜的迷人的空气。你看看《云中树山》《竹林深处》，一定就会想到“含氧量”“负离子”这些词语，这些对于生活在雾霾中的城市人来说都是十分奢侈的词语，在树山这里，它布满了，满山满世界都是。

照片是平面的，但是在树山的照片这里，我分明体会到了它的立体感、纵深感以及它们给我带来的诸多联想。你看这雾里的山村，你看那梨花夜景，简直让人飘飘欲仙，这是平常百姓家吗？这是普通的乡村民居吗？当然，这里就是。真是免不了让人心生感叹，艳羡不已。

在这些摄影作品面前，我们可以静静地观赏，也可以细细地聆听，我们甚至可以暂时地闭上眼睛，体会它们背后的绵长的言外之意，回味它们深邃的弦外之音。

是的，我们的摄影家们，被树山折服了，被树山感动了。他们用画面说话，用图片倾诉，此时无声胜有声，他们说出了树山的真实印象，也说出他们自己对树山的无比热爱。

我们知道了树山，我们每一个人都想去树山，但是未必有许多机会在等着我们。所以，当你手执一册树山摄影集，你就跟着摄影家的镜头，在纸上走了一遍树山。

所以，即使暂时还没有去到树山，但是我们已经知道了，知道了树山是什么。

树山是树和山。

树山又不仅仅是树和山。树山既是大自然的鬼斧神工之作，又有着深厚的人文积淀，古迹众多。在树山的大石胜境入口处，有一座石牌楼，上有一副对联：山含图画意，水洒管弦音。沿山坡拾级而上，不仅峰峦叠翠，景色宜人，更是留下了古代文人墨客的诸多印记。所以，这上山之路，便是一路故事一路景，历史在这里沉淀着，并时时散发出它的光芒。

树山是一个村，树山又不仅仅是一个村，它是一种代表，是一种文化，是一股清流，是一道清亮的风景线。

就这样，树山，位于苏州高新区大阳山国家森林公园的西部的这个生态村，从这个摄影集里走出来，走进我们每一个人的生活中。

苏州的山水，苏州的文脉，实在是太富足、太绚丽，苏州是处处山水，遍地名胜。也许有人会觉得，多一个树山，或者少一个树山，并不会影响到苏州的什么，但是我想，有树山的苏州，和没有树山的苏州，是大不一样的。

树山就是树山，没有什么可以替代的独特的唯一的树山。

## 自然　不是仙境胜似仙境

树山是实实在在存在的，就在我们身边，就在离我们不远的地方。只是，现在呈现在我们眼前的树山之境，却如同仙境，宛在梦中，似乎又是那么的缥缈和不真切了。

不是仙境胜似仙境，这就是树山的自然，这就是树山的境界。

树山真是树的山呀，无论是从高处俯视，还是就近观察，无不是绿荫遍地，绿树满山。树山山虽不高，但是满山的树，便将一座山装点成了至高无上的自然。

远处的掩隐着的村庄，近处山头上的石亭，山坡上的茶树，茶树丛中闪现的早起的采茶人，当第一缕阳光来的时候，所有的一切，都生动鲜活起来了。

放眼眺望，山、雾、村庄，组成了立体的有层次的效果。山在雾的那一边，村庄在雾的这一边，一会儿，太阳起来了，雾就散去了，山和村庄，就连成一片了。

雾里的村庄，雾里的大石山，还有山坞里的寺庙，还有竹海深处的竹屋……大自然真是十分眷顾树山，自然之气，自然之色，自然之趣，树山，就是自然的树山。

## 村庄　这是我们的童年我们的家

如果你回忆你的童年了，如果你想要回家了，那么，你到树山村去走一走吧。那里的气味，就是你童年的气味，那里的感觉，就是你回家的感觉。

池塘边洗涤的妇女，就是奶奶，就是妈妈，就是姐姐。水是那么清澈，照见了你的记忆和你的成长。

青山环抱、绿树缭绕的村庄，粉墙黛瓦、朴素精致的民居，就是小时候的家的样子。

春天里，大片大片的油菜花，满村满山坞的梨花；秋天是满山遍野的五彩缤纷的烂漫；还有早晨的云雾，傍晚的炊烟，这，就是你的童年你的家，你记忆中永远抹不掉，而今天终于又重回眼前了。

戈家坞的老婆婆，把自家的农产品摆在我们面前，牵引着我们走进戈家坞，走进历史。历史在这里站住了脚，停顿下来了，但是并没有画上句号，最多只是一个分号、一个省略号，无论是在戈家坞还是在其他任何地方，历史正在延续。

对了，你还看见了共享单车，这时候你恍然明白，我们已经从童年来到了今天。

## 物产　树山物与树山人

树山是物产的树山，树山的物产丰富多样，树山的物产满山遍野，吃不了，兜着走。

梨树梨花和梨，这是树山的恒远和树山的片段。梨树是一直在那里的，每年每年，梨花和梨，就像固定要来走亲戚一般，就像规定要来报到一样，你看，它们来了，给人们带来美景和美味，然后，它们走了，然后，它们又来了，它们又走了。来来往往，春夏秋冬，梨树无言，树山有幸。

树山物产如此多娇，是因为树山的环境实在太优美，你看那些普普通通的生态鸡，都美得让人怀疑，怀疑它们化了妆，怀疑它们整了容。青绿的大地青绿的树，配上鲜红的鸡冠，或金黄或乌黑的鸡毛，这哪里还是普通的鸡，它们简直可以和孔雀媲美。

再来看看树山的茶吧，满山的茶园，青翠欲滴，还有那些辛苦采茶、精心择茶的树山人，带着我们走进了他们的生活，茶没醉人人已醉。

是的，在树山丰富的物产背后，是忙碌而又安静的树山人，所以，树山又是人物的树山，树山的人物和树山的物产一样，多姿多彩。端坐的老爷爷和排得整整齐齐的鹅，这是有模有样的生活，这是大地里生长出来的生活；做青团子的夫妇，打造木桶的大哥，笑容写在脸上，生活在身边流动。

## 活动　鲜活的地气

山的深处，树的丛中，不是刻在墙上的画，不是停止在镜头中的图片，而是生动的鲜活的，行进中的一切，活动中的一切。不像是你在欣赏照片，而像是你就置身其中，感受到热烈，感受到活泼，接收到普通的、朴素的、真实的地气。

梨花树前的合影，背景写满了欢乐，那个给父母亲拍照的孩子，连她的背影都是幸福的。

民俗节上的糕点团子、包子橘子，散发出浓浓的民俗的香味，即便是在图片里，也让人馋涎欲滴呢。

这是一些弥漫着生活烟火气的场景，这是古老的乡村向现代社会传递出它的声响的活动，这是在安静的大背景下的鲜活的人生。

# 在 路 上

1978 年春天，我上大学了。

很幸运，赶上的是改革开放最前边的那趟车。

大学在苏州，当时叫江苏师范学院。

那时候我的家，已经经过了几番周折。最先是在苏州城里，后来全家下放到苏州地区吴江县最南边和浙江接壤的农村，当了农民，挣工分吃饭，又后来政策有所松动，全家又从农村到了县城，那就是吴江县的县城。

吴江县现在已经改名叫吴江区，不再是一个县，而是苏州的一个区了。我现在的家，在苏州的南边，靠近吴江区，说得夸张一点儿，我站在家里门口，甚至都能望得到吴江的高楼了。

但是当年，在我考上大学的那时候，吴江和苏州，还是蛮遥远的。至少那是两个不同的地方，至少对于像我这样，长到二十多岁，都还没有走出过苏州的人来说，去任何地方，都是远行。

上大学也是。

我父亲，还有我的一个最要好的高中女同学，陪着我坐上乡村的长途汽车，从吴江出发了。

我的那位女同学，那一年她虽然没有考上大学，却愿意陪着我一起跨进大学的门，可见我们友情。她后来还是上了大学，并且成为了一位优秀的法官。

乡村的公路坑坑洼洼，从吴江到苏州，二十公里，走了一个多小时。到站后，我父亲不知从哪里借来一辆破旧的自行车，驮着我的行李，我们一起步行，走到了江苏师范学院，看到了欢迎新生的标语。

我父亲已经去世多年，我再也无法知道，当年那辆自行车是从哪里借来的。为什么父亲在的时候，我不能问一问呢？

许多事情，只有在失去后，才知道后悔，才知道珍贵。这句话，是真的。

从家，到学校，这一段路，我们走了半天时间。

就在前几天，我们中文系七七级的同学聚会，纪念入学四十周年，从吴江赶来的同学，走出家门，踏上苏州地铁四号线，“嗖”的一下，就到了苏州市中心，再转公交，顺顺畅畅，一个小时就来了。有一个吴江同学告诉我，地铁站离他家只有六十米。

四十年，就这样拉近了距离。

何止是时间，何止是空间。

还有许许多多的距离。

其实，在更早的时候，我们在路上花的时间，还要多得多。

1969 年年底，我们从苏州出发，到吴江县的桃源公社插队落户，走的是水路，在大运河里，整整一天的航行，也没有航到我们要去的那个村子。天黑下来了，我们在公社招待所住了一个晚上，第二天又坐上村里派来接我们的机动船，再一个多小时后，终于到达了我们的新家，一座江南农村的典型院子。

在四十年前，我们走在路上，就是这样的时间、这样的情形。至今还是记得很清楚的。

后来，我在大学期间谈恋爱了，当然是地下的。那时候的大学，是不允许学生谈恋爱的，凡是谈了恋爱的，都没好果子吃。但是即便如此，还是阻挡不住年轻人对爱的追求呀。不像现在的大学生，好多都已经懒得恋爱了。佛系青年。呵呵。

说到恋爱，这就说到了长江。

我从小住在苏州这座古老的小城，也许曾经听说过长江，但一定以为那是很遥远很古老的故事，与自己是没有什么关系也不会有什么关系的。一直到进入大学的中文系，忽然就在眼前打开了一个全新的世界，在图书馆在阅览室，我认识了长江，唐诗中的那些写长江的诗句，总是令人心动不已、吟诵不止。但是，这毕竟还只是纸上的长江、诗中的长江、古人笔下的长江，自己与长江，还一直未曾谋面呢。

终于，因为恋爱，我与长江结识了，因为那个小伙子的家，在长江的北岸呢。头一回去他家，就给了我一个大大的下马威，长途汽车清晨五点出发，一直开到下午六点才到盐城，直坐得两腿发麻，两眼发直。记得那是一个非常寒冷的冬天，汽车开到江边的渡口，停下，乘客下车，空了身子的汽车开上停在江边的渡船，下了车的乘客，再逐一步行上船，混浊的江水就在脚下，滔滔的波浪拍打着渡轮，水花一直溅到甲板上。习惯了江南和风细雨的我，确确实实被这个长江震撼了，甚至震惊了。

后来毕业分配，把我们分开在长江两岸，那真是我住长江南，君住长江北，日日思君不见君，隔着长江水。因为思念，就忍不住经常地要跨越长江到北岸去。

有一天从江北回江南，狂风暴雨，车到长江边，一眼望去，江水滚滚之势，让那般巨大的渡轮可怜得就像一叶小舟在风雨中飘摇。那一天封江了，车就停在江边。这是我头一次听到也是唯一的一次遇到“封江”这个词。

一车的人，无数车的人，就在江边，就在车上，度过那个难忘的风雨之夜。

除了风雨，还有暴雪的日子，强劲有力的米雪直打车窗，汽车像蚂蚁一样地在结了冰的公路上慢慢地爬行，一小时十码。

我们的心都提在手上。司机的脸色铁青冰冷，像车外的天气。

气温骤然下降，毫无准备的我们，既没穿上足够暖和的衣服，也没有准备多少食物充饥。以往常的经验，从苏州往苏北这一路，可以停车吃饭的地方多的是，到处能看见花红柳绿的饭店打工少女站在公路边甚至站在公路上向你的车招手，路边各种各样的干净的和不干净的装修得很好的和装修得不怎么样的饭店张着大嘴向你笑。可是今天，路边的店几乎都关了门，把我们和我们的车无情地挡在风雪之中。

饿了，又冷，长时间坐车，又累，怎么办呢？不可能有任何别的办法，唯一的办法就是继续往前开。

那一年我儿子五六岁，在任何场合从来都不肯安分的儿子，这会儿却安静得出奇。他靠在我的身边，默默地看着车窗外的大雪。

后来司机总算发现了路边有个小店开着，赶紧让大家下车吃点儿东西。车门已经被冰冻住，费了很大的劲才打开，一群人抖抖索索下车来。这是一个叫作季市的苏北小镇，大家踩着冰雪拥向这条漫长的公路上唯一开着的小店，看到店门口大炉子上的大锅里腾出热气来，我们的魂魄一下子又回来了。

只有一个品种的食物：馄饨。

两元钱一碗。在饥寒交迫中我发现我儿子的目光始终追随着小店店主的动作，一会儿，馄饨端上来了，是用苏北特有的那种装汤的大海碗装的，实实足足，看起来不止有三四两。都说苏北人实在，这馄饨真是够实在，在苏州，怕能分作三四碗卖还不止呢。美味可口的一餐饭，一个个狼吞虎咽，哪里的山珍海味也比不上这一碗季市馄饨。

终于暖和过来，车子又上路了。雪仍然下着，但是大家的心平稳多了。

儿子再一次感叹说，馄饨真好吃。车上的人笑起来，说，当年皇帝的“红嘴绿鹦哥，天下第一菜”，就是这样的感觉吧。那时候儿子还完全听不懂。

这样的经历和体验，后来在不知不觉间就离我们远去了，而且一去不再回来了。因为有了高速公路，建了江阴长江大桥，又建了苏通大桥，从苏州到盐城，两个小时就到了。当年那隔断了南北相思的滚滚长江，如今已经畅通无阻了，仅在江苏境内，就有了十几座长江大桥和长江隧道，还有正在建设中的，其中的苏通大桥等都创下建桥史上许多个世界第一和中国第一。

正所谓千里江苏一日还。

听说沿海高铁已经在建，在不远的将来，苏南苏北就完全连成一体了，我家和婆家也就完全是一个家了。

而在我的家乡，曾经是唯一的交通工具的船，已经成了一道风景线，成了让远方的朋友零距离感受水乡水巷的一个道具。

从船，说到汽车，还有飞机和火车呢，我想说说火车。

四十年来，我与火车的交道，打得可真不少。

20 世纪 80 年代初，我发表了一些文学作品，开始有了一些到全国各地参加笔会的机会。在 80 年代和 90 年代的相当漫长的时间里，出远门基本上以火车为主，因为那时候的会议邀请上，常常会有“请勿坐飞机”的要求。我还记得，我到广州、到重庆、到成都、到哈尔滨等等，都是火车，一坐就是十几小时、几十小时。绿皮火车，是那个时代的交通运输主力军。到今天，所剩无几的绿皮车，在高铁乘客的眼中，已经成为了一道怀旧的风景线。有时候在高大上的高铁站台候车的时候，旁边的老旧轨道上，来了一辆绿皮车，很多人都会不由自主地回头张望，真是有情有意。

再后来，我的家仍然在苏州，工作单位却到了南京，于是开始了我在苏州和南京之间的无数无数次的往返。80 年代，火车十分拥挤，经常没有座位，一站就是几小时，一直站到南京也是家常便饭。

所以我经常要去搭乘陆文夫老师的汽车到南京，那时候沪宁高速公路还没有建成开通，走 312 国道，或者更狭窄更颠簸一些的其他乡村公路，如果路况或天气不好，甚至要走六七个小时，所以，那一天的中午饭，就要到国道常州与镇江之间的那些路边小店里解决了。

其间我们还结识了一位爱文学会画画的年轻的老板娘赵一丽，留下了我和陆老师赵一丽三人的照片。我还曾经在一些文章中写到过她，也算是人生的一个美好插曲。

后来陆老师的身体一年比一年差，不再去南京开会，从此以后，我的生活，我的工作，就都交给火车了。

从没有座位的挤满了乘客的冬冷夏热的绿皮车开始往前走，到了 90 年代中后期，有了提了速并且带空调的双层列车，从苏州到南京，两个多小时，然后，和谐号动车来了，苏州到南京，时间缩短为一小时四十分钟。没有人再站在车厢里，没有人再挤在车门口，看看四周同行的乘客，几乎人手一机，不是电脑就是手机。

从 2008 年 1 月开始，我不再是一名专业作家，我到南京去上班了，而我在苏州安顿了几十年的家，是不会搬到南京去的。这下子好了，南京的工作和苏州的家庭的连线，就更是寄托在火车上了。

那时候我坐在动车上朝外看，车窗外，近处是沪宁城际铁路，远处是京沪高速铁路，正在快速建设中，一天一个样。

很快，我去南京上班的两年后，沪宁城际高铁通车了，时速三百，从苏州到南京，一小时十分钟。

现在，我下了火车，零换乘地铁，地铁出口离家不远，天气好的日子里，走走晃晃，就到家了。

就这样，我一直继续着南京的工作和苏州的家庭，也继续着我的火车之旅。就这样，伴随着时光，一直在路上，走啊走啊，不知不觉，四十年过去了，蓦然回首，才知道身边的一切，都发生了什么样的变化。

四十年，在路上我们看到了不同的风景，看到了巨大的变化。今天，今后，我们会继续向前走，继续用我们的努力去实现新的更大的变化。

# 第 二 辑

# 恣意徜徉九龙口

筹划已久的九龙口之行，终于就要兑现了。

兴致在好些天前就已经提起来了，想象的翅膀也早已施展开来了，真的就是那种很强烈的心向往之的感觉。越是临近行期，心情越是美妙，似乎已经看到，江苏建湖县九龙口旅游度假区，它一直在向我们招手、一直在呼唤着我们呢。

清澈的水，绿的芦苇，数十种知名的和不知名的、熟悉的和陌生的野生鸟类禽类，数十种的鲜活的无污染的水产品，数以百计的平常的和不平常的植物，等等等等，正在那个叫作九龙口的地方等候着我们呢。

不料却在出发前感冒了，咳嗽连连，精神疲软，先从苏州乘坐火车到南京，再从南京坐汽车到建湖，说好的三个小时路程，走了四个小时。车上虽然也和大家说说笑笑，但那是强打精神，边说边咳，连笑带呛。况且，天气也有点儿不肯帮忙的意思，其实早几天就为此行查看了天气预报，预告中的这几天，气温二十六七度，天气多云到阴，真是行走九龙口的好时节啊。可是没想到，天气是说翻脸就翻脸，这一天，烈日当空，气温突升，到了三十七度，毫不客气地开启了严重的高温晴热模式。

难道外因和内因，都要先给我来个下马威？

威是有威，但并没能让我下马。我行走在去往九龙口的路途上，想象的翅膀，依旧顽固地翱翔着；积攒的情绪，依旧紧紧地环绕着。去往九龙口，是一直以来的念想，现在，念想成为现实了，这是一股力量，这是一腔情怀。

到达建湖已经是晚饭时间，在餐厅正面的墙上，我们看到了一幅油画——《九龙口》。

这是墙上的九龙口，这是画中的九龙口，它让我们这些对九龙口完全无知无识的远方来客，一下子对九龙口有了一个虽然平面却又很直观的认识。九条河流奔涌而来，汇聚到这个地方，这个地方，在一大片水面之中，就是九龙口，它是一个小岛。

这是一种很特殊、很奇怪，甚至很神秘的现象。

这是我们从来没有接触过、没有见到过、没有听到过的姿态。

这是一种很稀少罕见的地貌。

我们知道的是，条条江河通大海。

我们知道，无数无数的河流，日夜奔腾，奔向大海。

大海有宽阔的胸怀，大海有磅礴的气势，大海有无限的容量，大海有超凡的能力，所以，大海亘古不变地夜以继日地一刻不停地接纳天底下所有的河流，大海呀，你真牛！

可人家那是大海呀，你有得比吗？

我们且试着往下看。

先将那幅油画留在梦里吧。

第二天我们赶早出发了，很快就到了九龙口。

当然，这里可不是大海，它只是苏北里下河地区的一个普通地段，特点就是水多，大小河流层层密布，水巷交错处处相叠。

这真是：“里下”虽然不是河，水网交织赛江南。

但是，即便是水网交织，水系遍布，即便是赛过了江南水乡，九条河流通小岛的奇观，还是十分的令人惊异、令人赞叹。

何况在我们眼前的、在我们脚下的这座叫作九龙岛的小岛，真的很小很小，小到只有十来亩，小到几乎称不上是一座岛，它只是水中的一个土墩墩而已。

所以从前人们确实称它为九龙墩。

不过且慢，可别小瞧了屹立在水中的这个土墩墩。我们登上小岛的最高处九龙楼，举目远望，从东西南北四个方位，有九条河流朝着小岛蜿蜒而来，它们紧紧环绕着小岛，共同托举起小岛。

小岛像是它们的目的地，它们是来向小岛报到的，报过到后，它们转身离去，又重新开始它们的日夜行走，然后它们再回来；

小岛又像是它们要捍卫的主权，水是会流走的，但是河永远在这里，永远围绕着小岛，保护着小岛；

当然，我们知道，大自然是会变脸的，河流也是会翻转的。

风平浪静的日子，九条河的河水缓缓而来，轻轻地抚摩着小岛，安慰着小岛；

风大浪急了，它们就不再蜿蜒，不再温和，它们会汹涌奔腾而来，急急地扑向小岛，去拍打它，去考验它，甚至威胁它。

可是我们的小岛，是经得起考验的，是受得起打击的，发大水的时候，周边地势差不多的村子都淹了，但是小岛总是安然无恙，连积水都没有。

多少个年代以来，无论水有多大，无论浪有多高，小岛就是淹不掉，沉不了，丝毫不受损害，着实令人称奇，也让人费解。

所以它曾经还有另一个名字叫永安岛。

永远平安。

这是上帝的眷顾，这是子民的福祉，这是大自然给九龙口的珍贵的馈赠。

人间变幻，我自巍然，世事沉浮，我且稳坐。

所以，小岛又叫作沉浮岛。

一个土墩墩，竟有着这么多的名字，可见这个地方，它的不同凡响，它的稀罕奇特。

九龙口确实是神奇的，是大自然的鬼斧神工造就了它。你看那九条河流均匀分布，看起来比人工设计出来的还要规范，它的九龙戏珠的姿态，它的九九归一的形状，它是恣意纵横的，它是浑然天成的。但是我相信，我们看到的，只是它的外部、外形，在它的内部，在它的看不见的某个地方、某个关键之处，一定是有逻辑的，是有规律的，只是我们暂时还无法了解，不能掌握。

也许，我们就不要去了解，不要去掌握。

可能更好。

这是里下河地区的一个奇葩，奇葩就是让它奇去吧，有许多谜底是解不开也不一定要解开的。

九龙岛离岸边只有五十米，我们乘船上岛，又坐船离开。船在芦苇荡中缓缓绕行，成群的鸭子在水上和我们同行，奇异的水鸟在不远处划水而过。我们没有看见濒危物种震旦鸦雀，但是我们知道，震旦鸦雀的生存要求十分苛刻，九龙岛的芦苇荡，就是它们的家，就是它们的栖息之地，我们虽然不能遇见它们，但是我们能够感受到它们赖以生存的这片水土。九龙口的生存环境，这样的湿地生态，这样的天然氧吧，无论对于人类，还是鸟类，都一样是福音福地。

在九龙岛的九龙楼上，我看到在不远处有一片村庄，四面环水，这是一座水上的村庄，一眼望去，就能感受满村的生活烟火气息。可惜因为行程的安排较紧，我们没有来得及到水上的村子里去看一看。

其实我非常想去那里看看，看看生活在九龙口、每天与九龙岛遥相对望的村民们，他们的日子，他们的梦想，他们的未来，是什么样子的。

我想，这恰好是留给下次再来九龙口的一个理由。

走过九龙口，一切都是那么的敞亮与和顺，我自己的感冒咳嗽，天气的晴热高温，好像都退到一边去了，都远离了，只有对于九龙口的兴趣，紧紧地缠绕住我们了。

傍晚时分，我们相聚在会议室里，听本地的同行们给我们介绍九龙口的历史，也一起讨论着九龙口的未来。

关于在九龙岛上，要不要重修建筑；关于在九龙岛上，应该修建什么样的建筑，大家热烈地探讨着。

有很多建议，也可以有很多答案。

不过，在我的心里，却没有答案。我只是想，如此特殊的天然的九龙岛，不知道应不应该有什么人工添加。

我把问题留在这儿了。

我想，这也同样是我再次去往九龙口的一个理由。

# 古往今来　千灯照亮

去昆山千灯镇的这一天，是大夏天，天气很热，晴空万里，烈日当头。以为在这样的日子里，大家都要躲在空调里享受安逸，贪图清凉，是懒得出门的，或许，我会又去到一个烈日下的冷清的千灯？

不过，我错了。

车子还没有到达，远远地就已经感受到古镇景区那边的热烈了，人来人往，人声鼎沸，像是个十分喜庆的日子，又像是某个重大的节日。

其实，这只是很平常的一天。

停车场车位已经满，只有等待里边的车出来，外面的车才能进去。这一出一进，一批人走过了千灯，又一批人来到千灯。

我无意去打听，这一天千灯的人流量有多少，数据是能够说明问题的，但是首先让我觉得疑惑的是，这么热的天，怎么会有这么多人来到千灯？

说是疑惑，其实更多的是兴奋，是感慨，至少，我知道了，有许许多多的人都知道千灯。

至少，我看到了，许许多多的人都愿意来千灯。他们真的就来了，顶着烈日，冒着酷暑，比天气更热的，是对于千灯的热情。

我在停车场和附近的路边，看到不仅仅是苏州的车、上海的车，还有河南河北、四川江西、辽宁吉林，等等等等，各地都有。

原来千灯的灯火，已经放射出灿烂的光彩，一直照耀到了很远很远的地方。

十分意外，更是十分的欣喜。

现在我已经站在千灯古镇这里了，熙熙攘攘的人流，闹哄哄的场面，并没有影响我对于千灯探古寻悠的情绪。正如我常常一个人在拥挤的车站放空心情一样，人山人海的老街，恰恰烘托了我内心的宁静，店招林立的旧巷，我们在这里与历史相遇了。

在繁华的热闹的街道两侧，镶嵌着过往的丰厚的文化印记，而现代的时尚的表象后面，背景是遗存的明清和民国初的古建筑，或者是修旧如旧气息依然的老宅子。

让我们一一地看过来，走过去。

让我们细细地体会和品味，千灯到底是什么。

顾炎武故居，故居内景点分立，诗书画遍布，无不体现出先生“天下兴亡，匹夫有责”的精神风骨；

顾坚纪念馆，六百年前，顾坚在这里开创了他的“昆山腔”，从此，昆曲从千灯走了出去，走得很远很远，走得很长很长；

余氏典当行，一座明末清初徽商典当行，让今天的我们，看到了从前的民间烟火仍然在这里升腾；

秦峰塔园，始建于南朝的秦峰塔，这是一座历经沧桑、千年不败的信仰之塔；

千灯馆，灯，是旧日的重温，是记忆的涟漪，是文化的追寻，千灯馆的一千五百盏灯具，带着我们从原始社会出发，穿越五千年的光明之路；

还有，世界第一大玉佛；

还有，徐福东渡启航之地。

……

还有许许多多的桥，歇马桥、永福桥、汶浦桥、西宿桥……跨过这一座一座的石桥，像是走在自己的童年；

还有许许多多的地方，尚书浦、七千湾、三官堂、剪刀浜……念叨着这一个一个的名字，找到了回家的感觉。

这就是历史，就是往事，就是千灯的底气，也就是千灯的昨天和今天的交会之处。

眼前的千灯古镇，已然将昨天和今天这样的两幅两极图融合在同一页画面里了。

一幅小镇全景图，盛世滋生图，夏日繁华图。

一幅风情长卷，一派生活的生动，一片民风民俗民情的烟火。

千百年的时光已经流逝，但是，生活仍在延续，古镇仍在生长。在这里，昨天和今天，没有违和感，没有丝毫的割裂感，它们是融合的，是一体的。

是的，历史是安静的，现实是喧闹的，但是喧闹的现实没有割断历史的传承，历史在这里，不断散发出它永不磨灭的光泽；

是的，往事是沉默的，今生是灵动的，但是灵动的今生没有中止往事的动静，往事在这里，仍然回荡出它的永不喑哑的声响。

我们看到，在众多的江南古镇中，千灯注重了它的差异化发展，千灯打造了它的小而全的特点。在这里，先贤文化、戏曲文化、典当文化、灯文化、水乡文化，交相辉映，展示着这片土地物质和精神的富饶。

千灯就是这样一个小而全的独特的典范，小镇大世界，古地文脉深：“一街一河”“一山一塔”“一寺一佛”“一人一曲”，江南古镇的文化积淀，这里应有尽有，砖砖瓦瓦，渗透着浓郁的江南味道，小桥流水，流淌着深厚的文化气韵。

千灯的这一切，既是大自然的馈赠，更是千灯人持续不断的努力，是继往开来的奋斗得来的。

无论是从前的大户人家，还是今天的普通百姓，或者只是当下的一个远方游客，在这里结下和千灯的缘分。无论浅与深，无论长与短，无论多与少，缘分让我们走进千灯，让我们记住千灯，让我们在往后的日子里，想念着千灯，让我们寻找一切的机会，再来千灯。

在离开千灯古镇前，我被香味扑鼻的臭豆腐拖住了。那北方的大姐问我要辣酱还是甜酱，我是苏州人，口味清淡，什么酱也不要，那大姐笑道，呵呵，干吃？

千灯街头的那一声质朴的笑，穿入了我的心脾，留在了我的心底里。

# 梅花开在诗歌里

香雪海是我家乡的海。

可我的家乡是水乡，是没有海的，所以香雪海它其实不是海。

但是，谁又能说这个“海”字不是它的恰如其分的写照呢?

所以，香雪海，它又确确实实是海。

沿着邓尉山，沿着太湖，延绵伸展，弥漫绽放，几十里啊，全是梅树。你极目远眺，你尽情展望，你的眼前，你的身旁，你的脑海，你的心头，全是的，尽是的，梅林梅树梅花，一望无际，如海如雪，你已经淹没在如雪的梅花的大海之中了。

我家乡的香雪海，我去过的次数是不少的。从前，孩子小的时候，会带着孩子去看海，后来，来了远方的客人，会陪他们去看海，或者，哪一天自己的心思忽然就动了起来，想海了，就去。

总之，既然是家乡的海，就会随随便便跑一趟，方便，有点儿像自家的后花园，很亲切，很自在，很嗨的感觉。真是很拿自己当自己人的。

怎么不是呢？香雪海就是苏州人的骄傲呀。

就算不能常常地去看海，心里也是一直记着的，就像“梅痴”吴昌硕，想海了，没有去，就写诗道：“十年不到香雪海，梅花忆我我忆梅。”

正因为觉得它就是自家后花园，似乎闭上眼睛也能看到，听到，感受到它的秀美、它的壮阔、它的气势……明代就有人说过“梅花之盛不得不推吴中，而以广福诸山为最，若言其衍亘五六十里，窈无穷际”。

如此，大约真的就是熟读香雪海，熟识香雪海，真正是和香雪海亲密无间了。

且慢。

因为现在，我的手边有了一本诗集，一本今天的诗人吟咏香雪海的诗集，让我们从另一种美好而独特的角度，再一次打开香雪海，走入香雪海。

这本诗集，是一次诗歌活动的结晶，是一次诗与梅花的相遇。

那时候，冬天刚刚过去，春天还在来的路上，走得比较慢。是的，就是那个“二月春风似剪刀”的二月。虽然“剪刀”是用来裁剪树叶的，却也让人领略着乍暖还寒的冷意，听上去，看上去，到处都是寒飕飕的。

可是，有一个地方已经十分柔软和温馨了，这里暖意四溢，这里满目美色，这里比真正的春天还亮丽。

这就是二月的香雪海。

在二月的香雪海，有人来了，有客人来了。他们从远方来，他们是一群诗人，是一群热烈的人，是一群忧伤的人，是一群性情与梅花相投的人，是一群会把心留给梅花的人。

这样的一群人，来到如此诗情画意的地方，于是，一场美好的约会展开了。诗人说：我要竭尽全力赴一场约会。

诗人说，遥远的春天，在记忆中慢慢苏醒。

在这里，诗人和梅花，相映成辉，珠联璧合。诗人在梅花的海洋里徜徉，梅花在诗人的心间行走。于是，诗人和梅，共同孕育出了他们的孩子：诗。

是的，后来他们走了，但是他们把诗留下了。

留下了诗，也就是留下了一切。

这才是真正地将自己融入了香雪海，也将香雪海融入了自己，这才是真正懂得了香雪海，懂得了广福，懂得了吴中大地。

梅的品质，梅的性格，梅的形象，汇成了诗海；诗的意境，诗的句子，诗的样子，还原和提升了香雪海。当下的鲜活的情感，现代的先锋的诗人，和古老的梅花，和永恒的梅花，组合成了这一部独放异彩的诗集。

当我们的短浅的目光还停留于梅花的具象美，诗人的灵魂已经升腾在梅的精神境界之上；当我们的笨拙的身体穿行在梅树的现实世界中，诗人的情绪早已经飞越了千百年的时光和千万里的空间。

从1696年江苏巡抚宋荦写下“香雪海”三个字，至今，已经过去了三百多年，几个世纪的风霜雨雪，又算得了什么，“不经一番寒彻骨，怎得梅花扑鼻香”。

待来年，诗人们还会再来的，因为他们知道，广福、香雪海，只是秀美吴中的一角，在我们的吴中大地上，有许许多多的香雪海，有许许多多美丽的海，等待着我们的诗人，等待着我们的文人，等待着我们每一个人。

# 油菜花开到兴化

我曾经多次来到兴化。

兴化饱满，充沛，底蕴深厚；兴化鲜活，生动，五彩缤纷。

所以我们会一次又一次来到兴化，会看了又看看兴化。

兴化就是这样的一个来了还想再来的地方；

或者说，兴化应该是一个来一次不够，来两次不够，来多少次也不够的地方；

又或者说，兴化是一个即使走了，心也会留在这里的地方。

兴化，让我们梦回萦绕。

所以，我又来兴化了。

这是一个初春情深深的日子，阳光温情十足、恰到好处地照耀着，既没有夏日那般强烈，也不像冬日的懒洋洋温暾暾。温和而多情的阳光下，满目青翠，一派温婉，让人的心思，格外跃动，让人的情绪，分外浪漫。

感觉就是在如诗如画的江南，感觉就是在柔软得要融化了的水乡。

不是错觉，不是误会，兴化就是如诗如画的，它是苏北的江南；兴化就是水乡，里下河中心地区，水道纵横交错，比江南小桥流水的水乡更多了一分壮阔和气势。置身于这样的气场和气息之中，你不会以为回到了江南，你知道，这就是兴化，独一无二的。

我确实多次来兴化，但并不一定都是在这个季节，有一次是冬天，还下了雪，很冷，还有一次是深秋，也有夏天，记得很多年前的一次，那倒是专门选了日子，专程来看油菜花的。

记得有一辆车，载着我们，进入乡间的路，开了蛮长一段，到了一处农田边上。那里有一个临时搭建起来的高台，供来客登上高台，眺望油菜花海。

那一次的兴化之行，就是这样的一个印象。大概那时候，大规模的垛田油菜花观赏还没有开始。

于是，今天，我们又一次来到兴化。

正是菜花黄时好风景，所以，今天在我们眼中的兴化，不要五彩缤纷，不要姹紫嫣红，我们的眼睛，我们的情绪，都很专一，我们是来看兴化盛开的油菜花的。所以，我们满眼满心，都是嫩黄加翠绿，铺天盖地，满了世界。

油菜花开好时节，这个时候的人们纷纷行动起来，要去看油菜花了。靠得近自然很好，三脚两脚就到了；即便离得远，很远，也无所谓，也要去看的，要去亲眼看一看，好像是一种规定的仪式。

其实并没有人规定，就是自己想看油菜花了。也有的人脚懒，就在微信朋友圈里看图片，再加上标题党炫一炫，手掌心里的那个视觉大餐也是很赞哟。还有的人，既不动脚，也不忙眼，他们是忙心。油菜花盛开的季节，大家的心都骚动起来了，身上的细胞也活跃了，好像是想要谈一场恋爱的意思。

其实这油菜花，地上到处都是，似乎并不稀罕的，却有着如此的魅力、诱惑力，谁也抵挡不住。

我经常坐车出门，或者火车，或者汽车，铁路或者公路的两旁，都有油菜花的，一小片，一小块，并不相连，也不大，是零碎的，随意的，屋前屋后，路边道旁，边边角角。

这好像只是大地上的一点儿点缀，就像一道大菜，花哨的厨子在盆子边上加一点儿胡萝卜丝或者青椒丝；

或者是几个羞羞答答的女孩，躲在墙角，探头出来，露一点点笑容；

也或者，这是有一点儿留恋和纪念的意思，油菜花像是我们的童年，童年早就走了，不会再回来了，但是看到油菜花，就像是回到了童年，心就年轻起来。

总之我在车上在路途上看到的油菜花，大多一闪而过，很不过瘾。所以我又到兴化来了。

兴化的千岛油菜花，那神奇而独有的垛田，那傲立水中的油菜花，一片又一片，一垛又一垛，组成了壮丽壮美的独一无二的奇观。

它们晶莹滋润，它们是水淋淋的，又是沉甸甸的，它们既空灵飘逸，又厚重沉稳。这是一道大餐，巨大的，满贯的。一到这里，你满眼就是铺天盖地的油菜花，再走几步，更是置身在一望无边的油菜花海之中。

花，绽开在水中的田上，根，深植于肥沃的泥土。

我们迈开脚步，尽情地行走在花海中间，我们乘坐小舟，悠荡和放飞着心情，与油菜花零距离地接触。我们的身体和灵魂，都进入了这个特殊的气场，我们呼吸到了兴化油菜花的特殊的气味。

这个气场不是粗浅的，不是季节性的，不是浮萍式的，不是擦肩而过的，是有感应、有灵犀的，是千百年积淀下来的气场；这个气味，也不仅仅是从油菜花中散发出来的，它有着深厚的积累，它来自昨天，来自历史。

是的，古往今来，兴化的文人、诗人，早就写下了许多兴化油菜花的感人的诗句，早就画出了兴化油菜花的最美的图画。

一船春酒郭家庄，两岸菜花黄。

连村接圃菜花香……披图指点郭家庄。

三十六垛菜花圃，六十四荡荷花田。

满地布黄金，买得春光少住。

也曾有人询问，也曾有人考证，诗中常出现的“郭家庄”到底在哪里。其实我想，今天的兴化大地，处处都是郭家庄，真正的“满地布黄金”。

兴化的油菜花，和日本的樱花、荷兰的郁金香、普罗旺斯的薰衣草跻身全球四大花海。我们来兴化，看的就是兴化名闻天下的油菜花，但是我们更清楚更明白，兴化不仅仅是油菜花的兴化，兴化的油菜花也不仅仅是单纯的油菜花。两千三百年的历史沉淀，郑板桥、施耐庵等无数文人雅士的文化深耕，兴化人民一代接一代的努力奋斗，才有了今天兴化油菜花的根深叶茂、辉煌灿烂。

今天，我们在这里穿行，感受到的不仅仅是垛田里的油菜花，更是历史的云烟和过往的风雨。

所以，兴化的垛田油菜花，它们是有着特殊气息的，这是历史的烟云中散发出来的新的生命的气味；它们是有色彩的，不仅仅是嫩黄和翠绿，这是兴化人民辛勤劳动种下的黄色油菜花中呈现出来的五彩缤纷；它们是有声音的，这是时代奏出的美妙音符。

# 从沉淀处飞扬

很多年前，有个北宋的官员，叫王禹偁，山东巨野人，他在朝廷做谏官，就是专门给皇帝提意见，进行规谏。这肯定不讨喜，所以后来三番五次被贬出京城，放在地方上当个小官。后来王禹偁还写了《三黜赋》来表达心情，说“一生几日，八年三黜”。

公元984年的时候，王禹偁到了苏州做知县。不过那一次好像还不是被贬出来的，而是正式上任。所以心情悠闲，何况是到了苏州，好地方呀。所以他游山玩水，喜欢上苏州了，写了不少关于苏州的诗，比如到了虎丘，看得开心，就写道：“珍重晋朝吾祖宅，一回来此便忘还。”把虎丘当作自己的家了。又去了太湖，写了“平看月上早，远觉鸟归迟”，和太湖边的僧人谈谈说说，感慨蛮多，说：“坐禅为政一般心。”后来又去南园，太喜欢了，忍不住说：“他年我若成功后，乞取南园作醉乡。”

他竟然要向人家讨要苏州的南园？其实是不会的啦，王禹偁是个廉政干部，不仅自己廉洁，他还忠诚担当，敢于向皇帝提不同的意见，所以后来仕途坎坷，官运曲折，先后被贬到商州、滁州、扬州、黄州。这中间亦是上上下下，来来去去，贬出去又召回来，召回来又贬出去，然后又再召回来，又再贬出去，最后贬到黄州三年后就去世了。

过了很多年，大概有一千年的时间，有一个后来人，就是生活在当代的这个“我”，无意中，在书本里遇到了王禹偁，看到他喜欢苏州，我就喜欢他了。我还将他写进了我的书里，也算是隔着千年的一次神交了。

又有好多年过去了。

我又一次看到了王禹偁的名字。这回是在滁州。

更具体一点儿说，是在滁州的琅琊山。

琅琊，这两个汉字长得真养眼。我喜欢。怎么看怎么舒服，怎么看怎么喜欢。有浪漫，有想象，有沉淀，有飞扬，一条幽深的山道、一座飞鸟展翅般的亭子、山间的泉水、繁茂的树木、幽深的山谷……所有这些，都是从琅琊两个字中衍生出来的。

所以，假如再加上一个什么字，即便是随随便便的任何一个字，也都好。

琅琊山、琅琊榜、琅琊阁、琅琊亭、琅琊溪、琅琊寺、琅琊月、琅琊林，等等，都是一样的好，又是不同的好。

除了景，更有人，来来往往的游人，曾经驻足的古人，顾况、韦应物、王禹偁、欧阳修、苏东坡、曾巩、王安石、辛弃疾、宋濂、文徵明……仅仅念叨着这些与琅琊山有关的名字，就足以让我们心潮澎湃。这些名字，足够让我们一辈子琢磨、一辈子念念不忘，这些名字，也是我们穷一辈子努力也难以望其项背的。

这就是琅琊山呀。

每天每天都行色匆匆的我们，终于在这里驻足了。

其实那时候我并不知道琅琊山和王禹偁有什么关系，在琅琊山我并没有遇到王禹偁。我遇到的是另一个人，也是千年前的人，他叫欧阳修。

在欧阳修的生平介绍中，忽然地，毫无准备地，就看到了王禹偁的名字。

一下子，心就像被击中了似的，变得柔软，变得多情，好像王禹偁就是我的一个亲人，一个故交，一个既崇敬又亲切的人。

介绍是这样描述的：

欧阳修十分仰慕王禹偁，他瞻仰王禹偁的画像，又作了《书王元之画像侧》。

王禹偁在995年到滁州，整整五十年后，1045年，欧阳修也来了。相差半个世纪的王禹偁和欧阳修，他们甚至都不能算是殊途同归，他们差不多就是同途同归的，他们是走着同一条路来的，他们经历的人生真是十分相似。

从小读书读得好，考试也考得好，青年才俊，被朝廷重用，又因同样的刚直不阿，反腐败，搞改革，大胆谏言，被贬黜被排挤，结果先后到了滁州。

“滁州太守”，也仍然是当官呀，只不过这个官，离“官场”太远，真是天高皇帝远，政治抱负无处施展了，歇菜了。

且别着急，王禹偁也好，欧阳修也好，可不仅仅是政治家，他们还是文学家，是诗人，他们的文章和诗词，还没有闪亮登场呢。

一前一后来到滁州的王禹偁和欧阳修，听说滁州有玩头，景色不错，就到处走走看看，一看之下，喜欢上了。

值得呀，滁州是值得喜欢的，更值得为它写点儿什么。

于是，同途同归的两个人，一前一后就留下了关于滁州、关于琅琊山的诗文了。

文如其人。同样是诗书大家，同样的人生经历，同样的心情，但是他们的作品风格却是各有不同。

在滁州，王禹偁心情始终是郁闷的，所以他感叹：

“一生大抵如春梦，三黜何妨似古人。”

眼里看到的景，也是灰色低落的：

“北楼出林杪，登览开病枝。”

那欧阳修呢，难道他被贬滁州，心情就不低落吗？

也低落呀，只不过他是用另一种形式来表现。同样是内心郁闷，王禹偁干脆就直抒胸臆，而欧阳修则用一个“乐”字掩盖或者转换了这种郁闷。

“醉翁之意不在酒，在乎山水之间也。”

写于琅琊山的《醉翁亭记》，流传千古，描写滁州自然景物的幽深秀美，描写滁州百姓和平宁静的生活。作者在山林中和大家一起游玩畅饮，其乐融融。

当然，能够品味出来的，这一个“乐”字，内涵是复杂的，意思是多重的，既有与民同乐的情怀，也有寄情山水背后掩藏着的难解的苦衷。

欧阳修，他上了琅琊山，用文章和琅琊山结下了不解之缘，而琅琊山，则因为一篇《醉翁亭记》名扬天下。

无论是怎样的遭遇，无论是怎样的情绪，无疑，文学艺术，在这里唱的是主角，琅琊山好地方呀，让壮志难酬的政治家，找到了艺术的归宿。

其实，又何止是欧阳修和王禹偁，来到琅琊山的诗人们、文人们，无论有无政治抱负，无论官场得意失意，无不在这里纵情山水，陶醉于民间生活。诗文的境界，得到了开拓和提升，诗文的意韵，更是生动而饱满。

苏东坡为欧阳修的《醉翁亭记》《丰乐亭记》书碑，留下感人至深的千古佳话和精美绝伦的艺术瑰宝。

在琅琊山，古人留下的碑刻比比皆是，有数百处之多。

我忍不住又要联想到自己的家乡了。

“三绝诗书画，一官归去来”；苏州向来是失意官员隐逸的好去处，所以才有了这么多的“隐于艺”的苏州园林，就说一个拙政园吧。

拙政园是苏州人造的，这个人叫王献臣，明朝的，也是做了官的，在皇帝身边。王御史原先在朝中也是想有一番作为的，只是争来斗去，倾轧不过朝中权贵，又有人说他是为官古直，敢于抗权贵，甚至有“奇士”之称（这个和王禹偁、欧阳修有得一比），那就更容你不得，老一套，仍然是被诬陷贬职。官场失意，此处不留爷，自有爷去处，回老家去，造一座园林，养养老吧。至于这园林，该寄托些什么，取个什么名呢，王献臣拿了潘安的一篇文章，说：“庶浮云之志，筑室种林，逍遥自得，池沼足以渔钓，舂税足以代耕，灌园鬻蔬，经供朝夕之膳，牧羊酤酪，以俟伏腊之费，孝乎唯孝，友于兄弟，此亦拙者之为政也。”

呵呵，把浮云般不值得一提的志向抛一边去吧，拙者呢，就是像我这样的人，就以种种花呀养养鸟啦这样的生活代替从政的志向吧。听起来，真是很想得开了，像是得道，像是出世，再仔细辨辨滋味呢，像又有些别的什么在里边。看透了官场吗？看透了政治吗？看透了人生吗？看透了那边却看不透这边呀，报国无门呀，满腔的政治热情怎么办呢，想一想古训，读一读潘安，一转换，就“隐于艺”吧，将政治的抱负移到了“造”园上来了，将个园林造得……怎么说呢，精妙绝伦，真正是“造”出一个自然清幽修身养性的好去处了。

“主人无俗态，筑圃见文心”，从前的人，极推崇“人品不高，用墨无法”的说法——还是从苏州回到琅琊山吧。

在琅琊山，处处都留下这样“隐于艺”的艺术精粹。

我们穿行在先贤们留下的气息之中，许多的碑刻，经历了风吹雨打、岁月的洗礼，字迹已经模糊不清，内容已经残缺不齐，但是，它们的精神仍然在这里，甚至仍然在这里升腾，在这里弘扬。一代又一代的后来人，来到琅琊山，站在这样的气息之中，朦胧中能看到历史的烟火气，能吸纳到知识的养料，感受到品格的力量。这里的一草一花一树一叶一山一水，这里的所有的一切，都是那么的有魅力，那么的亲切温馨，因为千百年，它们被道德文章熏陶，被名人的气质浸透了；与此同时的千百年，琅琊山又将它们吸纳的这些气息经久不衰地散发开来，弥漫开来，让它们布满在这个地方的土壤和空气中，感染、教育和帮助着一代又一代来到琅琊山的后来人。

走出历史深厚沉淀的琅琊山，我们来到了欣欣向荣的滁州凤阳小岗村，这里是一个真正的崭新的开端。历史在这里拐了一个天大的大弯，从此朝向了民族的希望，历史在这里飞扬起来。

沉淀和飞扬，在滁州，就是如此完美地融合了。

这正是：琅琊山上遇故人，小岗村头弄潮儿。

横批：滁州好。

# 好运来到紫山村

初冬，寒冷还没有到来。有一点儿温暖，有一点儿薄雾。不是雾霾的雾，就是那种熟悉的温馨的轻轻的雾气。让空气中有了清新的气息，让人的心情顿时就清爽起来了。

因为是风尘仆仆地来，因为迟到，所以马不停蹄，一路追赶。到了这里，匆匆的脚步忽然就慢下来了，心情也慢下来，在一个安静得只能听见自己内心声音的乡村，一切的快和杂乱，一切的欲望和焦虑，都被一种无形的力量收走了。

被无数的东西塞满的心，一下子变得那么的空洞，却是一种富有的空洞，是一种让人窃喜的空洞。

在一个“多”的时代，有一点儿空洞，真好。

这是一个小村庄的能力。

徐州汉王镇的紫山村，一个普通而又不普通的村庄，一个熟悉而又新鲜的村庄。

熟悉，那是再自然不过。天下所有的村庄，都是我们的故乡，都是我们心神的寄托之处。

回到故乡，我们都会感动，备觉亲切，会回想童年，会沿着旧日里走过的路去寻找儿时的身影。

可是，我的童年的村庄，是江南的，是小桥流水的，是雕梁画栋的，那是柔软的吴韵；而眼前的这里，却是大风起兮云飞扬的粗犷和坚硬，我却怎么将它也依偎成我的村庄了？

怎么不是。怎么不能。

出现在我们眼前的，紫山村的一幢连着一幢的农居，花窗，粉墙，黛瓦，精致的院门，院门上的“栖云”二字，院子里的花路小筑，屋子里的用心陈设……院子外面，村子里洁净而宽敞的道路，典雅的小桥，路边精巧的篱笆，温柔的花草，巷口悄然站立的小亭……确定，这是北方农村的冬天？

确定就是。

江苏最北边的徐州，徐州汉王镇紫山村，如假包换。

超出我们的想象了，超出我们的预期了，生态村庄，不是嘴上说说的，是货真价实的。

且让我们一路慢行，走过去，看一看。

山路蜿蜒，曲径通幽。

有个竹坡书院。

就是那位曾经四次应试落榜，却在天下名流荟萃的长安书社大展诗才，赋得诗词百余首，得“才子”之名的张竹坡。

虽然张竹坡去世时年仅二十九岁，但是在他的短短的人生中，却是屡创奇迹。他虽然仕途不顺心，却留下了极其珍贵极有价值的文学、文化遗产。1695 年，二十六岁的张竹坡点评《金瓶梅》，写下十万余字，成为后人研究《金瓶梅》的重要依据，确立了《金瓶梅》为我国四大奇书的地位。

竹坡虽早逝，遗产在人间。

是的，曾经在这里生活过的竹坡先生，把许许多多的精神财富留在了故乡。故乡的后来人，没有忘记先贤，更没有辜负先贤，他们努力奋斗，将紫山村建设成一流的生态乡村。这里的竹坡故里、竹坡墓，安顿在青山绿水之间。竹坡先生有知。

前边，还有张伯英。

张伯英是从故乡走出去的，后来虽然长居北京，但心中仍然牵挂故乡，编有《徐州续诗征》等著作。他虽是书法、金石、诗作、学者兼于一身，但是在创立彭城书派上，做出了非常大的努力和贡献。如今建立在徐州云龙湖畔的张伯英艺术馆，就是以研究和推广其创立的彭城书派为办馆宗旨的。

今天，我们在紫山村，我们和故人相遇了。张竹坡、张伯英们当初播撒文明的种子，早已经开花结果，他们的后人们，继承了优秀传统文化的精粹，将一个默默无闻的小山村，打造成了特色田园乡村。

是的，一路过来，这个小小的村庄，竟然景点连着景点，文脉织着文脉，沿途，还有紫金小筑、棋缘阁、古月轩、丝绫堆绣坊……仅仅念叨这些名字，就让人心里涌起一股股的暖流，升起一道道的感动。

遍地是历史的记印，到处是清新的气息。

这早已经不是我们记忆中的从前的小村庄了，那泥巴、田地、茅屋；那穷山、恶水、瘦人，早已经旧貌换新颜。

生态紫山，自然紫山，人文紫山，山上绿荫覆盖，有很长很长的环山步道，和大城市到处可见的健身步道一样。紫山村的农民，真正成为了新时代的新农民。他们的日常，比城市的日常更清新、更宁静，不是那种贫穷的宁静，而是致富以后，渐入佳境。

于是，在豪放的汉风中，也注入了吴韵的细腻温和，在北方凛冽的冬天，竟然也有了南方的温暖，连风吹过来都是柔柔的，带着清香的。

紫山村百姓的生活，就在这样的环境中展开了，如同一幅山水长卷，如同一幅江苏北大门那儿的清明上河图。

是的，紫山村仍然是我们儿时的家园，但它又不仅仅是儿时的情形了，它已经是新时代的一个缩影、一个典范、一个向往。

这里，有历史的沉淀，有现实的飞扬，有从前的积累，有今天的建树。如今的紫山村，定位为民宿农家乐产业，辽阔而又扎实的经营思路，让我们看到、感受到，“农”和“文”，相辅相成，相互依托。一方面，千百年的农耕文化仍然在这里延续延伸；另一方面，历史深处的深厚的文脉得到了发扬光大，一个曾经是典型的农业的村庄，具有了书画收藏等各种文化体验。

一户人家的院子门口，挂着“徐州好手艺”这样的门匾；另一户的家门口，写着“处世守信闻诗言”。良好的家风，就这样平平常常普普通通地展示在紫山村，融入新时代。

在一个历史源远流长的地方，新时代的气息，却也是时时处处在向我们传递着。我看到一块店招，叫“娜威饭店”，主营内容：铁锅炖、劈柴炖锅、家常菜。这分明是一种成功的结合、完美的融合呀。

离开紫山村的时候，我忽然看到墙上有很大的四个字：好运汉王。

好时才有好运。奋斗才有好运。

好运紫山，好运汉王，好运徐州。

# 淮 安 行

炎热的夏天快要过去，凉爽的秋风正在路上，人的心里也会升腾起一种跃动，就是这样的一个季节交替、人心纷繁的时候，我又一次来到淮安。

说又一次，不为过。

我来淮安的次数很多，或者说，在江苏的各个设区市，我到淮安的次数几乎可能是最多的了。

似乎始终是有什么东西拉拽着我，引吸着我，一次次来到淮安，来到运河之都。

淮安是一座与运河相伴相生的城市。距今两千五百多年前，大运河最早的开凿河段邗沟，位于邗沟北端的淮安由此兴起，逐渐成为运河名城，曾经有过“制盐甚多，供四十城市之用”“天下粮仓”的辉煌。淮安，见证了运河的繁荣；运河，则催生了淮安的发展。至明清两代，淮安更是交通发达，商业繁盛，人文荟萃。运河在促进淮安经济发展的同时，也大大促进了淮安文化，尤其是市民文化的发达，明清期间，淮安成为《三国演义》《水浒传》《西游记》《金瓶梅》四大奇书的重要发祥地。这是运河给予淮安的最伟大最了不起的馈赠，也是历史留下的最耀眼的文学瑰宝。

运河—生活—文学，就是这样，形成了一个良性的美好的循环。

我想，这应该是引导我一次一次来到淮安的重要原因。

## 清 江 浦

在运河之都的中心之中心，有一块不得不走、不得不看、不得不提的土地：清江浦。

清江浦，一个历史地名，那是一个记忆，那是一段往事。

但是，用“记忆”两字来命名一个博物馆的，我却是未曾见过。

记忆，让我们闻到了亲切而又熟悉的味道，激起了我们对于过往时光的追寻和探索。

这是文学的味道，这是在深厚的文化底色上，在新的时代，绽开出来的奇葩。

1415 年，京杭大运河开凿出了一条不平常的河道，这就是清江浦，这个南北方漕运的重要枢纽。

曾经有人说，因为清江浦是最靠近黄河和运河交汇处的城市，它的畅通或淤塞，甚至可以决定大运河乃至整个国家的生与死。

虽然那是从前的事情，但是今天听起来，仍然能让人身临其境地感受到其中巨大的力量和命运的安危。

那就让我们看一看这条河流、这块土地曾经的样貌吧。

清江浦记忆馆，在这里完整、完美地呈现了当年的河道中心、漕运转输中心、漕船制造中心、淮北食盐集散中心的风貌。这是运河沿线的一颗璀璨的明珠，它既有着深厚的文化底蕴，又展开着浓浓的民间生活的烟火气。

我们走过几百年前的清江浦老字号，经常懒得拍照的我，也忽然激动起来，拍下了这里的每一间店铺，东汤车骡场、兴隆粮行、大有粮行、茂盛盐栈、洪门寺豆腐店、戴燮春银楼、恒源泉酱园店、仁德生、庆生钱庄、震丰绸缎庄、电报局、景家花庄、山西会馆……

然后，再去赶一赶清江浦的庙会，然后，再走一走清江浦的古巷老街。走进清江浦的民宅看一看，你忽然发现，六百年过去，其实就是今天呀，六百年过去，一切仍然在我们心上。这许许多多老字号里渗透出来的气息，这一间连一间的民居以及其中的日常生活，那就是家的气息，那就是家的味道。

我们回家了。无论你的家在哪里，你都能在这里找到回家的感觉。

这一切，都是这个名为“记忆”的博物馆中发生的。一个他乡的博物馆，让远乡人寄托了自己的乡愁。

因为它是“记忆”。

## 河下古镇

去河下古镇，不是这一次，是上一次，和再上一次。

肯定不是一个人来的，有一群人，三五个，十多个。对于一个只有一条小石板街的古镇来说，忽然来了十多个人，算是车马盈门了吧，算是宾客如云了吧，会很吵闹、很喧哗了吧。

其实不用担心，不要说三五成群十来个人，即便来再多的人，即便有再大的动静，河下仍然是河下，它仍然是安静的、平和的，它有自己强大的气场。这个气场，外来的人，再多的人，也打不乱它的。

毕竟，河下有着漫长而深重的历史沉淀，两千五百年前，就有了河下，几千年来，历史在这里驻足，留下了痕迹，时光在这里停顿，抚摸过大地与山河。

几千年的积累，不是随随便便就能惊动的，不是你我数人就能冲破的。是的，凡是外来的人，凡是从外面来到河下的人，似乎都已经明白都已经知晓了，大家的脚步是轻轻的，说话的声音也放低了，好像要去配合河下天生的恒远的宁静。

河下完全有资格安安静静一言不发地待着，此时无声胜有声，因为在它十分平凡的外表之下，饱藏着令人惊叹的秘密呀。曾经的一百零八条街巷，曾经的四十四座桥梁，曾经的一百零二处园林，曾经的六十三座牌坊，曾经的五十五座祠庙……我们能够想象出这里曾经发生的故事、传说，我们可以看到这里曾经的辉煌……

不过，可是，千万别误会了，别以为河下只有一个“静”字。

河下的“静”，是和它的“动”紧紧结合在一起的。因为我们走着走着，就已经感受到了，我们走着走着，就已经呼吸到了，历史的人物就在这里，他们的精神气，在这里飘逸，在这里行走，韩信、枚乘、吴承恩……他们的身影融入在河下的空气之中，飘荡在古街的每一个角落。

这就是动感呀。

一直到今天，河下仍然是静的，同时也是动的。老街上普通民居的门前，摆着各色河下的土特产，满是民俗的样子和通俗的味道，老卤大头菜、顾家茶馓、德源酱园……热气腾起来，动感充沛，香味扑鼻来，烟火气十足。还有文楼里的正宗淮帮菜以及文人相聚的情趣，文友文心文趣，宜酒宜诗宜茶，还有一个上联“大小姐，上河下，坐北朝南吃东西”，据说至今无人对出下联，也算是河下一绝。

古镇是供人观赏的，更是让人体会的，体会它的古老的同时，也体会它在现代社会的模样。百姓的日常生活在这里继续展开，并没有因为它成为了旅游景点而被剥离出去，于是，历史也没有中止，继续书写着河下的册页。

河下的日子，就是这样，既静又动，既动又静，十分自然，十分融合。

这是真实的、普通而又不普通的河下，以及河下的日子。

## 周总理和故乡

在淮安，有一个不能不提的名字：周恩来。

古城淮安，古运河边，宋代的镇淮楼，明代的文通塔，两座古朴而又别致的古建筑，如同守护神般地护卫着淮安城里的街街巷巷。在这许许多多纵横交错的街巷里，有一条普通而又不普通、平凡而又不平凡的小巷。它就是后来被无数的人常常念叨、常挂于心间的附马巷。

附马巷是周恩来总理的出生之地。

一百多年前的1898年3月5日，农历二月十三日，周恩来出生在附马巷周宅的一间小屋里，他伟大而又曲折多难的人生从这里开始了。

我们没有理由不永远地记住这个地方，周恩来的故乡淮安，运河边的那条小巷——附马巷。

周恩来的童年和少年，生活并不平安，但是所有种种的际遇，并没有影响他对故乡炽热的爱、深厚的爱，走出故乡的周恩来，永远铭记着乡情，永远寄托着乡愁。

那一张写字的小方桌，那一棵百年的蜡梅，院子里的那一口水井，还有城里的镇淮楼、文通塔，南门大街，还有，大运河……

1959年1月，周恩来从广东飞回北京，飞机到淮安上空时，驾驶员降低了飞行高度，在淮安上空盘旋了三圈，就这样，总理在驾驶舱里，看到了淮安，相遇了日夜思念的家乡。

总理说：“淮安的变化不大，大运河、宝塔、镇淮楼都还在，只有南门大街好像变宽了。”

这是最真实的心声，这是最感人的文字，这就是文学最坚实的基础。

文学，就是人，就是感情，就是生活。

运河，给了我们感情，给了我们生活。运河边的淮安人，从运河获得生活的资源和理想的动力。淮安是运河滋养出来的了不起的城市，千百年来，淮安又以自己不懈的奋斗，为运河增光添彩。这里，始终展开着运河岸上的生动真实的生活图卷，始终叙述着有滋有味的运河风情画卷，始终书写着如同清明上河图般的运河长卷。

# 江海之间一濠河

那一个夜晚，我站在南通濠河岸边，濠河沿岸的璀璨灯火，照亮和拉动了我的情思。那一瞬间，我的念想，已经穿越大半个世纪而去。

许多年前的某一天，春天，或者，秋天。那一天我的父亲，一个年轻英俊的白面书生，怀揣着一颗跃动的心，从他的家乡——南通英雄乡范家庄走了出来，他一直往前走呀，走呀，终于走到了南通市中心的一个名叫中学堂街的地方，走到了这条街上的一座老宅面前。

站在这座陌生的却似乎又是十分亲切的老宅门口，我年轻的父亲有了什么预感吗？

这是我母亲的家。一座普普通通的老宅，三开间的朝南大屋，加一个院子，院子里有一间朝北的厢房。因为家庭生活的日渐困难，那时候朝北的厢房，被我的外公出租了，收一点儿房租补贴家用。

租我母亲家厢房的，是我父亲的一个亲戚。于是，我父亲这一步踏进去，就踏出了人生的命运的一条必然之路。那时候的我母亲，南通女子师范的高才生，作文好得老师都不知道怎么打分，她曾经不费吹灰之力替我舅舅胡乱敷衍了一篇小文，结果老师给了三颗星。母亲自己编印的文学小册子曾经到处流传，那时候母亲走在路上，常常有人在背后喊："手帕掉了。"呵呵，母亲回头一笑。

这就是我的南通的父亲母亲。从英雄乡到中学堂街，就是我的乡愁。

这一段既长又短、既遥远又近切的路程，就是我的故乡。我没有出生在故乡，我也不是在故乡长大的，但是我有故乡。

许多年后的某一天，我回到故乡，我到了英雄乡，找到了父亲的祖屋。那么低矮的一座旧破的老房子，曾经在父亲口中是那么的辉煌。同样破旧的门还上着锁，锁早就锈成一堆废铁了，窗户也洞开着，或者说，根本就没有窗户，只有几个墙洞，我透过它们朝里边张望，我看到了时间。我也知道了，时间是能够改变一切的。在中学堂街的我母亲的老家，我看到的同样是被时间改变了的一切。

我走进隔壁我堂舅家，看到堂舅家有一块石碑。堂舅告诉我，这是在冯氏的祖坟上得来的。石碑上刻着：

冯氏西宗

十八代哲庐

燕京大学地理系教授

冯哲庐是我外公的父亲。

这一瞬间，我穿越了，或者说，时间又回来了。

在我和父母共同生活的几十年里，父母亲几乎从未回过南通，但是他们无数无数次地谈到南通，谈过故乡的种种种种。只是不知为什么，在我的记忆中，他们好像没有说到过濠河，也或者，是他们曾经提及，只因我对濠河没有什么了解，没有什么感情，所以濠河就这么和我擦肩而过了。

但是生活和命运，却让我在许多年后的某一天，与曾经擦肩而过的濠河相遇了。

现在，我就站在濠河这里，我听它轻浪拍岸，我听它的呼吸声，我听它低吟浅唱。这条已经有了一千多年历史的护城河，如今焕发出了崭新的姿态，绽放出生命的新气象。

我们登船游赏。说实在的，现在许多城市，都有登船夜游的节目，只是今夜有所不同，今夜我所游之河，是我的乡愁之河，是我的情之所系。

其实，很快我就知道，不仅仅是因为乡愁，不仅仅是因为个人的情感因素，濠河的独特、濠河的豪迈和濠河的精致，很快就让我们惊叹不已、赞叹不止。我并不太了解，从过去到现在，有没有留下多少关于濠河的赞美之词，如同扬州的瘦西湖，如同苏州的太湖那样。但有与没有，并不重要，重要的是现在在我们身边行走着流淌着的濠河，它是那么奇特和与众不同，它是那么变幻莫测，它是那么令人难以捉摸。

全长十公里的濠河，最奇特的就是它的水面宽窄相差之大，最宽处有二百五十米，那真是一条大河波浪宽，最窄处仅有十米，那则是小河之水静静流，真所谓迂回曲折，真所谓忽浩大忽精细，真所谓错落有致，宽窄自如。

于是，我们已经知道了，濠河是一条潇洒之河、开放之河。它无拘无束，它有着无法之法，它自由自在。但是，你不得不承认，它是一条令你心动的，即便你走遍世界，也不多得见的特殊的河流。

与此同时，濠河又不是孤立的，作为一条环城河，它自然有自己的流向和走动，它又是丰富的、有故事有内涵的。凡濠河流水历经的沿岸，不是一览无余，也不是光靠几棵树数丛花组成的沿岸风景，濠河的沿岸，处处是经典，处处有传说，博物苑、文峰塔、纺织大观园、天宁寺、光孝塔……历史就在岸边，文脉源远流长，名胜遍布河岸。

如果濠河是一本书，这就是一本读不厌、读不完的书，因为它是有层次的，是层出不穷的，它可以展开无数的故事的篇章，它可以让我们想象的翅膀飞向无限；

如果濠河是一条奇异多姿的宝带，在它的四周，又散落着无数的宝贝，琳琅满目，遍地珠玑，濠河以水作绸带，把这许多散落的珍珠串成了一体，濠河似一条沉甸甸的缀满着珍宝的彩链就这样铺撒在南通的大地上。

我为我故乡的濠河骄傲，但我也奇怪，一条普普通通的护城河、存在了上千年的老河道，为何能在今天散发出如此灿烂的全新的能量？

且让我们把眼光放开来，放开去。我们身在濠河，放眼四望，濠河之南，即是长江，长江就在濠河的身边，滔滔江水之声，和濠河的波声融成了同一首交响曲；往东看，那是黄海，汹涌的波涛，拍打着濠河脚下的大地，传递着豪迈的情感和力量。在江与海的交汇之处，我们的濠河，酝酿于江海之中，得益于江海的滋润，它既继承了长江的高贵品格，又收受着大海的无私的孕育，它是江海交集的结晶，是江海文化的具体呈现。

江海文化，就是一个意思：开放；江海文化，就是一种感觉：包容；江海文化，甚至就是一次相遇：是过往的日子和今天的相遇，是时间和空间的相遇，是细致和豪放的相遇，是低调和进取的相遇，是精神和物质的相遇。

于是，我们今天看到的濠河，它是富丽豪华的，它是具有豪气的，它是无比豪迈的，同时，它又给我们呈现出它的另一面，它是细腻的，它是精心设计的，它是独具匠心的。

这是濠河的双重的形象，生发于江海文化中的濠河的性格，就是南通的性格，就是南通人的性格，就是南通文化的最具体最充分的体现。

濠河，我的父亲河，我的母亲河，让我这个南通籍的游子，永远地心系于此，永远地梦回萦绕。

现在，天色已晚，我们启船登岸，回到住宿之外，从宾馆服务员那里，听到了久违的亲切的南通乡音。这个晚上，我就这样枕着濠河的波声和南通的乡音入睡了。

# 平望散记

初秋的一天，起了个大早，就往平望去了。

平望其实是很熟悉的。

虽然去过的次数并不是很多，也许有两三次，也许就一次，但是无碍，即便没有去过，也像是去过的，因为“平望”这两个字，许多年来，一直就在嘴边，一直就在心里的。

就像自己的家乡一样。

确切地说，我的第二故乡吴江桃源，就在平望再往南往西一点点，离得不远，风土人情都是差不多的，口音也是差不多的。所以，往平望去，差不多就是回家看看的意思了。

天气很好，高温炎热终于消停了些，初秋的微微凉意，让人舒适，感觉良好。回家的温馨弥漫着，乡愁缠绕在心头，就是带着这样的一种情绪，就是怀揣着这样的一种情感，我们到平望去。

我们到平望去，是去参加一个叫作“诗话田园”的座谈活动。于是，早早地就想象着，在清雅的田园之中，竹林深处，或者，是在“接天莲叶无穷碧”的河塘那里，或者，要听着山涧小溪流水叮咚响，总之，是有一处清雅的茶室，四周有透明的玻璃，然后，三五七八文人，高谈阔论，说诗说人生，说田园，说风情，说喜欢说的一切。

心目中就是这样的一幅画面。

这样的画面，看起来清新脱俗，其实因为到处都是，用得多了，过度消费，就变得蛮老土，OUT。清雅得腻了，就是大路货了。

不知从什么时候起，不知不觉的，就好像，只有竹林，只有荷塘，只有山涧流水，才是田园，才会有诗意，才会让人安静和欢喜，差不多已经忘记了“田园”的本来面目。

真正的田园，是田野，是泥土，是庄稼，是沟渠。

它们在哪里呢？

在我们的童年，在我们的从前。

现在，它们离我们远了，很远了。田野，在画中，泥土，装在瓶子里，庄稼，已经做了花一样鲜艳的蛋糕。

还是回到平望吧。早晨我们从苏州出发，一路顺利，我们进入平望的地界了，导航十分尽职，指挥清晰明白，只是到了最后，我们有一点儿疑惑了，因为它将我们带到目的地，那不是一座雕梁画栋的仿古建筑，也不是一处四面玻璃的水上雅居。

它把我们导到了田野之上。

是的，就是田野，就是一大片一眼望不到边的久违的田野。

这是真正的田园。

这是一个意外。惊讶中，渐渐地有了惊喜。成熟的水稻，沉甸甸的稻穗，就在我们脚边身旁，我们伸手就抚摸到了它们，带一点儿湿润，露水还未消去，阳光正在升起。

真是从现代的城市，一步就踏到了稻田里。

这才知道，原来今天的诗话活动，就在稻田里，这是真正的田园诗话，这是名副其实地深入生活，这是最接地气的文学活动。

与其说是别开生面，不如说是返璞归真，回到原点，从前的我们，许多的活动，甚至我们的人生，不都是在田间地头展开的吗？

活动的舞台，就搭在稻田里。台前台后，都是成熟了的沉甸甸的稻穗，近处远处，都是丰收的景象。我们的诗话，是对着平望的老乡们展开的，我们的诗情就从泥土里生长出来了。

对着老乡谈诗，这样的场景，开始让我们有点儿慌乱，有点儿手足无措。但是很快，那成熟的稻子，那丰收的气味，带着大家融入了这种亲切而又喜悦的氛围之中，心渐渐地安静下来，思绪却开始奔涌了。

比如我，一下子就回到了我的童年和少年，又从童年和少年奔回了今天。看台下那个笑吟吟的老农妇，分明就是我自己呀。

这是农民丰收节，丰收的喜悦挂在老乡们的脸上，这也是诗歌的节日，诗和泥土紧紧拥抱，诗人和大地紧密相连。在搭建于田野中的舞台上，我们见证了平望镇的一个共建项目的诞生，这个项目叫作“村上·长漾里”品牌，不说其他，就冲着“村上”和“长漾里”这两个词，已经足够让我们想象的翅膀飞翔起来。

田园文化与村野旅游，村上和长漾里，共建乡旅生态圈，可能就是说：走过千山万水，回到出发的地方。

所谓乡旅，就是亲近大地，亲近泥土和庄稼，就是亲近大自然，我们终于穿过了人造的风景区，我们终于回到了最原始的最本真的土地和庄稼这里。

后来，我们走在后港村的集市上，听着那些亲切的乡音，闻到了乡间的气息，看到碧绿生青的鲜蔬和本色的糕团，我们就行走在了久违的情感之中，我们就行走到了一直存在于心底的老家的门前。

在平望，在庙头，在后港，农业示范区也好，乡村旅游点也好，正在向世人展示它的鲜活的地气和生动的平常日子。

# 东海的两座富矿

短短数年里，我来过东海好几次了。

二次？三次？更多次。

这似乎并不重要，重要的是，我又来了。

对于生活在江苏南部的我来说，江苏的北大门东海，并不切近，甚至还有点儿遥远呢。

当然，这个“遥远”的感觉，也是被时代惯出来宠出来的哦。

千里江陵一日还，早已经成为现实，甚至许多上海人到北京办事，也都是当天往返，只不过稍稍起早带晚一点儿就行。

自从高铁四通八达，大家便成了高铁的常客。高铁抵达处，不坐飞机，不走高速，渐渐地就惯出毛病来了。

奇怪的是，人们行走的时间越缩越短，进程越来越快，可人类的情绪却是越来越焦虑，耐心也渐渐地消磨掉了。

回想在从前的许多日子里，但凡有机会出门在外，都愿意在外面多待几天，再多几天，越多越好。记得 80 年代我头一回去四川，一走就是半个月，把四川的美景看了个够，最后要回了，还意犹未尽呢。

呵呵。可是今天不一样了。今天我们大家都急急忙忙，却不知急的什么，忙的什么，似乎永远都是在路上，又永远都是归心似箭。

至少，当天往返，是我们今天许多人的想法。

好了，还回到东海吧。我要去东海了。到东海去，从我的家乡苏州出发，坐车要五至六个小时，从我的单位南京出发，也得要走上四个多小时。因为腰椎不够坚强坚挺，我又是最怕坐车的，所以到东海，我得分两段走，先坐高铁到徐州，再坐汽车到东海，稍有些折腾。

但是毕竟，我又来了。

东海就是这样，吸引着我。

一个“远远”的东海，就这么一下子又出现在我的面前了，我又一次踏上了它的神奇而又富饶的大地。

我们都知道，东海是水晶的东海。到水晶之都，重点当然是水晶。

其实，即使不是冲着水晶而来，或者不仅仅是冲着水晶而来，你来到了东海，你就不可能不与水晶相遇，不可能不被水晶吸引，不可能不为水晶所赞叹、所震撼。

我们在水晶博物馆，在水晶文化创意产业园，所到之处，水晶观赏石、水晶雕刻、水晶球、水晶首饰，等等等等，一件一件地看过来，已经分不出哪件好，哪件更好，因为件件都更好，件件都让人弹眼落睛，真所谓“曲尽巧妙，非人间所有”。

五彩缤纷的，千姿百态的，晶莹透明的，有如皎洁月色般宁静，有如灿烂阳光般热烈，有如森林的气势，有如海洋的波涛，有如重重叠叠的山峦……

东海水晶的数量，那更是十分惊人的——东海的水晶矿藏占了全国一半以上，因为水晶的遍布，因为水晶的构架，因为水晶的渗透，东海这个地方，就是一块水晶大地，就是一片水晶热土。

水晶的优秀品质，聚集于东海，东海的优秀品质，映衬着水晶。

如果说，水晶是东海特有的富矿，那么，在东海，还有一座特殊的精神的富矿，那就是朱自清。

东海是朱自清的出生之地。东海平明镇，本来应该是一个陌生的与我们十分遥远的普通乡镇，却因为朱自清，让我一下子就感受到了那种特别的亲切和熟悉，尤其是走进平明中学，就像是走进了自己的母校那般，情感瞬间奔涌越来。

平明中学绿树成荫，十分宁静，也许是暑假的原因，但也许——其实不是也许，是我相信，即便不是暑假，即使课堂里书声琅琅，操场上活泼跃动，它仍然会是宁静的，是沉淀的，是从容不迫的，因为这里，有朱自清的气息，有强大的人文的精神磁场。朱自清，虽然早已经远离了我们，但是他的精神气，始终回荡在我们中间，他留给后人的那些文字，是无限的，是永恒的，是永远不会离去的。

是的，朱自清和他的精神，一直在平明中学行走着，在他的故乡东海行走着。平明中学的朱自清故居，虽然是后建的，并且我们也未知它是不是原样重建，但是我们却愿意相信，朱自清就在这里，就在我们身边，我们听得到他的呼吸声，感受到他的文字带给我们的力量。

东海还在县城建了一个朱自清文化园，这是一个关于朱自清的主题公园，朱自清纪念馆里内容丰富，展示了朱自清“出生东海”“成长扬州”“投身五四”“我的南方”等等的经历，展示了一位高可仰视、平亦近人的真实的可敬可亲的朱自清。

公园里，有退休老人在唱歌，有妈妈带着孩子在草地玩耍，有年轻的情侣在拍照，我想，无论他们有没有走进朱自清纪念馆，只要他们来到了朱自清文化园，至少在他们的心里，就留下了朱自清这样一个特殊的名字，一个让东海骄傲的名字。

作为朱自清故里的标志性园地，又是一座免费开放、可以让普通百姓随时进出的公园，将高山仰止的前辈，引接到民间；将文学的力量，渗透到百姓的心灵之中。

每一个东海普通百姓，都能在这里，接触、了解、深入朱自清这座精神的富矿，来收获自己人生的精华。

站立在这样的地方，我不禁感慨万千，《背影》，再一次出现在我的眼前，想起我曾经写过的一篇文章《又见背影》，“随着年龄的增长，随着对自己父亲越来越多的感悟和理解，《背影》也就越来越深入地走进我们的精神空间，我们会越来越深入地理解朱自清的情感世界，也越来越相信《背影》留给一代又一代后人的永久的力量”。

朱自清文化园，和水晶城遥相对望，双雄并立。这是东海的两座富矿，这是东海得天独厚的宝贵财富。

我们为东海这片古老而又开放、神奇而又秀丽的土地点赞喝彩。

# 在去往盂城驿的路途上

下雨了。雨越下越大。

就应该是一个下雨的天气，就应该是一个不太热闹的日子。

就这样，我们安安静静地走在雨中，心就像被洁净的雨水洗过一样的清爽透明。

我们是要去往一个景点，高邮的盂城驿，一座著名的古代驿站。

驿站，这一个久违的词语，忽然间地，就拨动了我们内心深处的那根弦。那一根弦，或许已经盖满了尘土，或许已经长出了锈迹，但是就在这大雨中的一瞬间，它又重新弹响起来。

是因要到驿站去，所以觉得应该下着雨。驿站，不就是为风雨兼程的旅人准备着的吗？

远行的人，归家的人，辛苦的人，劳顿的人，统统到这里来吧，来这里躲雨，歇歇脚，明天再前行。

家乡还在遥远的地方守着他，前途还在未知的方向等着他，先暂且，走进这个简朴的驿站，安顿歇息。夜来的风雨声，声声入耳，一边思念家乡，一边想象未来的旅途的情形。

其实每一个人的一生，都是行走在旅途上的，处处需要驿站，处处的驿站就是处处的新起点，一座从古代坚持到了今天的驿站，实在是让我们心驰神往的。

于是，我们来看驿站了，我们穿过了数百年的岁月，我们越过了重重叠叠的时光，来了。来寻找一种感觉，来对接一种情绪，来整理自己纷乱的心情。

好了，现在我们已经站在门口了。不过且慢，这里并不是驿站的大门，这只是这一个街区的敞开着的并没有门的大门。眼前的这个馆驿巷牌坊，像是古人张开了双臂在欢迎我们。

雨只管继续下，我们踏着雨，走在石子街上，街面的安逸和洁净，实在却不是因为下雨，而是一种生活的基本常态，是一种处世的基本观念，是高邮人的紧张与松弛的辩证法。

慢慢地往前走，慢慢地走下去，会有更深的感受，会有更全面的认识。

我们要去古驿站，需要穿越这个街区，也就是说，围绕在“盂城驿”周边，有一大片的区域。在一大片的区域里，我们即将看到诸多的景点，驿印流年、南海子河、马饮塘、柳荫禅林、柳泉草屋、同昌粮行、接官厅，等等等等，光听一听这些名字，就让我们死水般的内心泛起波澜了。

无论是微澜还是狂澜，总之是触动了心境了。

为什么我们总是会被“过去”打动，为什么我们总是会对“往事”感念，是因为在这些早已经陈旧了的名词里，有一股迷人的气韵通透着；是因为这许多早已经斑驳的痕迹中，依然焕发出历史的气息，故事仍然在继续。

总之，我们是怀揣着跃动了的心情，在这里行走。

我们还要继续往前走，我们要一一地经过这些景点，经过那些景点，我们还要了解这些景点和那些景点所蕴含着和承载着的历史的面貌和风采，我们还要知道许多与古代、与驿站有关的逝去的风景。

在雨中，一位白发苍苍的老人，倚着他家的门框，面对着雨巷中行走的我们，他的平淡而干净的目光，无意中掠进了我的相机镜头，忽然间就惊醒了我，打动了我——其实，在对古代遥望的同时，我们的眼前，还有一幅同样感人的画面，那就是今天的街巷里的民居和民居里居住着的居民。

我似乎回味过来了，为什么今天的高邮馆驿巷景区与往日的他乡的景区有所不同，它的近切，它的温馨，它的亲和，真让我有了一种回家的感觉了。

一条砖墙黛瓦的小巷出现在眼前，它是那么的整洁，那么的朴素。我们穿了过去，拐一个弯，仍然是一条砖墙黛瓦的小巷，它仍然是那么的整洁，那么的稳重。再拐过去，仍然是这样的小巷和这样的气息，再转过去——我们似乎是走在这个古老而又有着新鲜气味的八卦图、迷魂阵里了。

墙角有一辆自行车或电动车，后座上夹着一件红色的雨披；一个人打着伞在长长的巷子里走着；一扇大门打开的时候，对面的墙上，有“开门见喜”；一个不起眼的街巷拐角，挂着一盏古式的路灯，无不向我们传递和展示着普通的民间的气息和生活的常态常景。

再看那一扇又一扇敞开着的院门里边，虽然房型并不相同，但相同是的那一份宁静、那一份安逸。

在开阔一些的地带，也不完全是砖墙黛瓦的平房，也有小楼，也有多层的公寓，却同样是古朴简洁，同样是气韵沁人。那小小的阳台上，干净规整，那些仿古的窗栏，有腔有调——在这个生活的街区，完全没有生活中的杂乱和污脏。

后来我们知道，在这里我们走过了著名的十大景点，而留给我印象最深的，恰恰是这第十一个亮点，我以为这也是它的最大的一个亮点。在建造和恢复古意盎然的景区的同时，百姓的日常生活继续在这里展开，不仅没有受到影响，不仅没有改变性质，反而打造出了这里的文明居住，使得这个景区，不曾远离了生活，也不曾降低了标准。

我们曾经去过一些地方，为了打造景区，将居民全体迁出，缺少了生活的烟火气；也有的地方，原样地保留了居民的生活，但是脏乱差没有得到控制和解决。这确实是一对矛盾，景点，是让人游览欣赏，是需要行走的，是有动感的，是热闹的；而民居，却是给人居住，让人安歇，是安宁的，是静态的。

在高邮的这个馆驿巷街区，历史的景点和今天的普通百姓生活，两者是结合起来的，而且结合得那么自然，那么流畅，那么融和，那样的一种无缝对接，那样的一种天然重叠，景就是家，家就是景。这样的小街小巷，既是我们的童年之梦，亦是我们今天的梦中天地。

穿过这些纵横交错的简单而又复杂的小巷小街，我们终于抵达了今天的最终目的地：盂城驿。

雨一直在下着，并没有停息的意思。从雨中走了出来，从驿站走了出来，仍然是这样的感受。到这里来，就应该是一个下雨的日子。

# 永远的故乡

在1970年前后的两三年里，我们一家下放在苏州吴江桃源公社新亭大队。新亭在桃源的最南边，桃源在吴江的最南边，吴江在苏州的最南边，苏州在江苏的最南边。从地图上看，桃源和新亭都陷入在浙江的包围之中，如果觉得这样说比较被动，反过来说也一样，桃源和新亭，是江苏伸入浙江腹地的一个尖尖。我就是在这个尖尖上，度过了从少年到青年的人生的重要阶段。农闲的时候我们也和农民一样要上街。离我们最近的街，就是桃源公社所在地戴家浜，但因为当时戴家浜的商业不发达，我们就向往比戴家浜繁华一些而且稍有点儿名气的铜罗镇了。

那个时候大家并不管它叫铜罗，却叫作严墓。我们上严墓的街，是摇船去的，去过多少次，不记得了，但第一次却记得很清楚。那时候我们全家刚刚下乡来，新亭三队的农民对我们十分友好，今天你送几个鸡蛋，明天他送几个团子，而且一形成了风气，还互相攀比，弄得我母亲手足无措了，说，这怎么好意思，这怎么好意思。母亲和父亲商量，要上街去买东西还礼，我们就去了严墓，在南货店里买了几十包红枣和柿饼，是用很粗糙的黄纸包的，扎上红绳，放了满满的一大篮子。父母亲还要在严墓办别的事情，就吩咐我蹲在街角上，守住那个大篮子。我老老实实地蹲在那里，过了不多久，有人走过，就朝我看，又有人走过，又朝我看，还朝我的篮子看，再有人走过，看过我和我的篮子后，他终于忍不住了，问我，你是卖什么的？那时候我们才下放不到一个月，我还不会说乡下的话，不敢开口，只是惶惶地摇头。人家也不跟我计较，就走开了。我就那样蹲在严墓的街角上，眼巴巴地朝父母亲消失的方向看着，巴望着父母亲及早过来带我回家。

到了 1971 年，我去震泽中学读高中，路途颇多周折，要先从桃源新亭大队走到铜罗，再乘船去震泽，于是在那一年多的时间里，便有了无数次的往返，往返于桃源和铜罗之间，一路金黄的油菜花，一路青青的麦苗，一路红色的紫云英，至今都还历历在目。

从桃源到铜罗，途中是不是要经过青云公社，我不太清楚，但是在震泽中学时，我有几个家住青云的同学，他们曾经向我描述他们家乡的种种情形，于是，青云公社也就和戴家浜、和严墓一样，留在我的记忆深处了。

这是四十年多前的事情。四十多年过去了，有一次我又站在严墓的街上了，我不知道这是人生的偶然还是生活的必然，但事实上我又来了。我朝街头一看，就看到了我自己，一个刚从城里下乡来的小女孩，茫然地蹲在异乡的街角，看守着那一篮红枣和柿饼。我已看不清我穿的是什么衣服，也看不清我梳的什么头，但是我清楚地看见，包红枣的纸，蜡黄蜡黄的。

那一天严墓街上人很少，街是旧的，房屋是旧的，人是安静的。有一些老人坐在街边说话，打牌，看街前小河的流水。他们本来就很轻微的声音被安静的小街掩盖了，他们和他们所做的事情，对我来说，更像是一幅画。站在这幅画前，我没有多问一句，没有打听严墓有没有喧闹的新区或者发展中的工业园区，也没有打听严墓有多少历史和传说，我只是和严墓的老街一样安静地站在这里。

也许，严墓的名人故居正深深地隐藏着，严墓的历史遗迹正在悄悄地呼吸着，即使我们一时看不见它们，我们也知道，严墓是历史的，是值得我们流连忘返的。我看到的是许多普通的老宅民居，历史的沧桑落在它们的面庞上，时光的印记刻烙在它们的脊梁，我在这里与它们的交流，我觉得更亲近、更自然。走进名人故居，面对名胜古迹，我会升起敬意或小心翼翼，但走在这个普通的旧了的小街上，我收获的是自由和放松，拾起了自己的少年，就像在自己的家，不用肃然起敬，也不要用心听讲解员刨根追底的讲解。

这里没有很多的游人，也没有很多的旅游纪念品，甚至连他们的闻名的黄酒，也藏在深巷小街和村里乡间。但是酒香飘了出来，我们闻到了。从小街乡间飘来的酒香，让我深深闻到了安详和谐的气味。这种感觉，陪伴着我，温暖着我，一直到前不久，收到了桃源镇给我发来的《吴风越韵溢桃源》这部书稿。在这部丰润厚实的书稿中尽情徜徉，我再一次收获了我的桃源铜罗青云给我的心灵滋补，再一次享受了第二故乡给我的精神抚慰。

许多年以后，我才知道，“桃源”这个充满诗意的名字正是取之于“问津桃花何处去，为有源头活水来”的著名诗句；我又欣喜地了解到，在青云这片土地上，许多古桥保存完好，桥上的对联，比如“北望洞庭，山浓如翠；东连笠泽，水到渠成”“冰鉴一奁秋水影；渔歌两岸夕阳村”等等，宁静纯洁的品位，让我犹如置身在一个天然的文学氧吧之中；而铜罗和严墓的名称更替，更是别具意思：铜罗曾经是严墓的前称，后来因为发现了西汉严忌的墓，从此铜罗便改称为严墓。1957 年严墓区划分为铜罗、青云、桃源三个乡，此时的严墓又成了铜罗镇所在地的地名。现在情况又发生了变化，严墓之称已经真正消失，而铜罗镇也已成为桃源镇铜罗社区。

桃源、铜罗、青云，虽然是三个不同的名字，但它们是相依相存的，它们的气息是相同相通的，它们有着同一样的肥沃滋润的土地，有着同一样的悠久灿烂的历史，有着同一样的丰厚的文化底蕴，它们共同扛负起这个江苏最南端地区繁荣发展的重任。

历史可以变革，行政区域可以重新划归和变化，但这些都无法改变一个人对故乡的深情。

就说铜罗吧，许多年来，岁月流逝，铜罗消失了，变成了严墓，岁月又流逝，严墓又消失了，变成了铜罗，岁月再流逝，铜罗镇消失了，变成了铜罗社区。但是，我们知道，在这个世界上，凡有消失的，就必定会有不消失的。无论是铜罗也好，严墓也好，是镇也好，街道也好，就像改成了桃源镇的戴家浜，就像改成了青云社区的青云公社一样，永远留守在我们的心底深处。家乡安详和谐的美好形象，在我们心里永远不会改变。

说了青云，又说了铜罗，还有心底深处最牵挂最温馨的桃源呢。

去年春天的时候，我又到桃源了。

这是从我在 1972 年年底离开桃源后，第三次回到那个地方。

1972 年，多么遥远的一个时间概念。

从 1969 年年底到 1972 年年底，我的家就在桃源公社新亭三队。在那里，我很快就和农村的孩子成为了好朋友，自己也很快成了一个标准的农村孩子。十三四岁的年龄，正是一个人的人生观、世界观、价值观刚刚开始形成的时候，从城市封闭的小街小巷石库门里，一下子抛到了广阔荒野的天地中，一下子知道了世界上还有那么多那么大的土地，还有那么多和我们不一样的人，有那么大的差别。也许正是这种差别，启发了我的思考。当然，那时还根本谈不上是思考，只是懵懵懂懂的想法，正是它们后来让我萌动了写作的念头，也让我许多年来创作的目光和内容，始终沉在大地上，沉在人民中。

从80年代开始，我的写作中就始终潜伏着桃源这根线，虽然我并不是时时刻刻、每篇文章都在写桃源，但确实是无数次写到桃源。我知道，早在当年，桃源就已经沉潜到我的生命最深处，后来，它又沉潜到我的文章最深处。

许多年来，桃源在我的文章里出现，或小说，或散文，在小说里，它有时候叫“后窑村”，有时候叫“那片土地”；在散文里，它就是桃源，就是铜罗（严墓），就是青云，还有现实生活中的那一带的地名也经常出现，九里亭、大通桥，等等等等。我想，我这一辈子，它们都是我心底的涟漪，它们都是我乡愁的寄托之地，永远也不会消失和忘怀。

我写了许多和桃源有关的文章，今天，我又写了。似乎那个遥远的三年，那三年中留下的东西，是一辈子也写不完、写不够的了。

当然，不仅仅是那个三年，不仅记忆的长线绵绵不断，还有不断变化发展着的今天，还有更美好的明天。

今天我又到桃源，又到了当时我们全家下放的村子，从前的新亭三队，现在恢复了它的本名——荡头村。

我第一次回去，是在90年代中期的一天，因为是有其他的工作，到桃源镇采访一个企业，所以临时安排到荡头村转一圈，又匆匆赶去了乌镇。

那真是很匆匆。

而且，有些慌张，很慌张。

甚至来不及停下来和当年的老乡聊一聊，扯一扯。虽然有人认出了我来，喊出我的名字，小青，小青，还过来和我握了手，但我已经认不出他们，也记不得他们，甚至他们向我报出他们自己的名字，我都觉得很陌生。还没等我稍稍恢复一些记忆，陪同我的同志已经催着离开了。

所以 90 年代回去的那一次，我的第二故乡，似乎只给我留下了几张陌生的面孔。

我深深地愧疚，觉得自己走得太远了，走得太急了，走得忘记了初心。

我努力地慢一点儿，我终于开始走回去了，我回想起了许多人名，我脑海中出现了许多熟悉的面孔，我又可以回去了。

第二次回去，是 2006 年春天，我们苏州有五位女作家，都是从吴江县出来的，组织了一次回娘家的活动，说好了一定要走到时光和记忆的最深处。

第一站就到了最边远的桃源，到了荡头村。

这一次是有备而来，我找到了当年我们住的院子。院子还是当年的模样，格局没变，连进门处曾经有两位知青住过的小厢房的位子那里，也仍然是一间小厢房。只是房子从老旧的平房，变成了崭新的楼房，我们家的邻居仍然住在那里，当年抱在手里的婴儿，早已经娶妻生子了。

我和邻居一家合了影，这张合影今天在我的电子相册里，我时时能够看到它，或者说，我会时时地去看看它。

然后，到了今天，十一年后的今天，我又回去了。

这一次也不是专程回来，是参加一次由桃源镇组织的“作家眼中的桃源”采风活动。事先我并不知道会有回村的安排，到了荡头村，竟有好多人在那里等着我，我也竟然认出了他们中间的好多人。我叫出了他们的名字，我想起了谁谁谁、谁谁谁。

记忆有时候真是一种奇怪的东西。

我曾经丢失和忘记了的，它们又回来了。

我见到了老柴队长的儿子柴森林，他现在在当老师，我见到了阿八头队长的女儿美玲，她是我小时候最要好的伙伴。还有一个小伙伴叫秀带，早年就嫁到邻村去了，我前两次来的时候，都没有见到她，这一次她事先听说了，特意从家里赶回来，三个铁杆小姐妹，在分别了整整四十五年之后，终于相见了。

那时候，我们三个人形影不离，一起劳动，一起开会，所有的乐趣，就在劳动中，就在开会中。记得有一次赶集到乌镇，回来的时候下大雨，三个人被淋了个落汤鸡，互相看着，互相调侃，哈哈大笑。

少年时模样依稀，往事又浮现出来。

虽然短暂，却是难得，重逢的喜悦挂在脸。可不知为什么，我的眼中饱含泪水。

因为时间关系，这一次同样不能在这里停留更长，我们没有来得及说太多太多的话，我们几乎都没有说什么更具体更详细的内容，她们就一左一右地陪着我，走出了荡头村，目送我上了车，就这样，我们再一次分开了。

不知道下一次的见面会是什么时候，会是什么情形。

其实我想，即使时间允许，我都不知道我会和她们聊得怎样，会是滔滔不绝，还是一言难尽，还是哑然失语。

因为时间和空间的变化，因为人生的身不由己，我们已经回不去了。

谁也回不去。唯一的出路就是往前走，走自己的人生，但是，要留下心底的念想，要永远留着。

往前走，有一片新的天地，桃源也是如此。我站在昨天和今天的桃源的交叉口处，我站在今天和明天的桃源的交会点上，我站在桃源人引以为骄傲的万亩“林海天地”森林公园的丛林深处，我的眼前，浮现出当年的大片大片的红花草。

我曾经在好几个小说里写到过家乡的红花草，其中有一段是这样的：

> 到了春天，红花草开花了，大片大片的红花，田野上是一望无际的红。但是过不久，农民就要将红花草锛掉，沃在田里当肥料。我觉得很可惜。可农民告诉我，没有什么可惜的，今年锛掉了，明年又开了。
>
> 那是我第一次看到红花草。一直到很多年以后，我才知道，红花草又叫紫云英。或者更确切地说，紫云英又名红花草。我查过字典，字典上就是这样说的：紫云英又名红花草。蜜为浅琥珀色，气味芳香，鲜洁清淡，甜而不腻，为上等蜜。有清热利尿、清肝明目之功效。
>
> 字典上写的，跟我在农村看到的并不一样。农民种红花草，是因为它可以当肥料，滋养土地，而不是种来让蜜蜂采蜜的，更不是用来让人利尿清肝的。
>
> 在红花草盛开的日子里，我总是特别的兴奋，老往红花草田里跑……

这就是我的永远的故乡呀。

# 在那遥远的地方

清明时节，细雨纷纷，山路弯弯，云雾缭绕。

青山环抱，绿翠葱葱，春意盎然，生机勃发。

就是那样的一个上午，一个既普通又特殊的日子，我们来了，我们会集到与我们各自的家乡千里之遥的一座乡村敬老院。

瑞金叶坪乡叶坪敬老院。这样的一座普普通通的敬老院，已经出现在我们眼前了。

就这样，我就沿着敞开的门走进去了。

红砖红瓦的平房，檐是绿的，窗栏是黄的，所有的颜色，都是那么的干净朴素，院落也是干净朴素的，空气也是干净朴素的，还有，最干净朴素的是那些笑容可掬的老人。

院子并不太大，一目了然的，我沿着院子各处，走走，看看，真的没有看到什么特别，真的不觉得这里有什么特别之处。

但是，我却深深地感受到一种特别特别的感受，一种很少有过的特别特别的感受。

那是一种气息，是一种深藏于大山之间、深埋于泥土之下、深隐于树林之中、同时又四散在生活的经经络络里的气息。从前以来，叶坪这片土地上，就一直飘荡着这种气息，就始终饱含着这种气息，就不断酝酿着这种气息。

于是，这里的一草一木，这里的一砖一瓦，这里的天与地、人与物，都被这种气息浸透了，理想的种子，在这里埋下去，又生长出来；信念的养料，也在这里遍布开来。与此同时的一百年时间，叶坪又将它们吸纳的这些气息经久不衰地散发开来，弥漫开来，让它们布满在这里的每一寸土壤和空气中。

这样的生生不息，叶坪乡的这座敬老院，便成为可以处处燎原的发源地了。在史册的每一页，我们都能看见有先烈的英灵从这里升腾起来，在过往的每一天，我们都能感觉故人的精神气在这里行走。

我跨进敬老院的大门，我知道自己跨出了庄严的沉重的一步，即使不多久我们就会离开，而且，我们离开后，恐怕很难再次来到，但是，这一种的离开，却是永远地不离开，永远地留下了自己。

即使不可能再来，但内心里是一直想着还要再去的。

这就是这个地方的力量，这就是这个地方的奇特。

这里有一位老人，九十八岁的张茂钊老人。

他有一个特殊的名字：失散红军。

失散红军，这几个字，就是一部大写的历史，就是一段英雄的传说，就是我们今天想要寻找回来的曾经失落了的理想和信念。

在这里，它们从来也没有丢失过。它们一直就在这里。

张茂钊老人的一只眼睛已经失明，另一只眼睛视力也很差，他的牙齿基本脱落，说话不再清晰，加上乡音浓重，即使把耳朵凑到老人嘴边，也很难听清楚他在说什么。

但是老人的脸上，却闪现着心灵的光亮，显现着内心的力量和厚重。

多少年前，他失散了，他找不到那支队伍，他联系不上队伍中的任何一个人。他漂泊，成了一个孤独的身影。

一个孤独的人，在大山里坚守着自己的人生，他坚信，那支队伍一定会回来的。

所以，这个人是孤独的，但他的灵魂并不孤独。他的心始终和大家在一起，是那么的踏实、那么的热切，没有失散过，没有荒凉过，他的心始终系在那支队伍上，一直到今天，仍然如此。

因为很难和他交谈，我们也许无法完全知晓他的内心世界，也许不能清楚而完整地了解到当年以及这么多年来老人的经历，但是从老人仍然闪亮的目光，我们已经感受到了许许多多。

其实，我可以去请教当地的乡镇干部，他们能够为老人家担当“翻译”，但是我没有这么做。

我之所有没有特意地去问“翻译”，没有去挖掘更细更真实的故事，我想，我要的可能就是这种特别的感受，感受着一位百岁老人的生命，感受他年轻时留下的记印，感受他后来一个人走在路上的感受，感受一个年岁逝去、英雄气息仍在的老人的呼吸和他的深埋着的思想。

在一位失散的并且几乎失明的老红军战士面前，我们看到了光亮。

那一天在叶坪敬老院，我走了又走，也不知道会走到哪里去，也没有想过要走到哪里去，但是我对于这个地方，对于这座敬老院的情怀，就是从那时候结下去的，对于这里的老人的崇敬之意，也是从哪时候开始产生出来的。

即使我走了又走，看了又看，我也不能很彻底地理解和熟悉这个地方，它所容涵的博大情怀，它所承载的凌云壮烈，恐怕是我穷一辈子努力也不能望其项背的。它的廊上的一张旧藤椅，它的檐下的一盏红灯笼，它的院里的一块小草坪，甚至都够让我们惦念和体会大半的人生了。

我们走出敬老院的时候，许多老人站在那里，笑着，送别着我们，那么的亲切，那么的深情，那么的依依不舍。我无法表达对他们的敬意，我只能合十鞠躬感谢，我做不了更多。

忽然想到，这片土地，就应该是出张茂钊的，许许多多的牺牲了的张茂钊和很少数的还活着的张茂钊，就是这片土地养育出来的。

这片土地，离我们生活的地方很遥远。

但是它离我们的心很近，很近。

# 早春，我们到宜兴喝茶去

江苏境内的一些地方，因为工作，或者因为其他各种原因，我常常是去了又去的，但是似乎哪一处也抵不过宜兴的吸引力，或者，我也可以换个说法，哪一处也没有像我去往宜兴那样频繁。去过了一些地方，受到了多多少少的感染，激起了内心的涟漪，我是会写文章的，我忍不住要夸一夸这个地方的强富美高，但是，仍然没有哪一处，会让我一次又一次地在键盘上敲下“宜兴”这两个字。

所以，这一次，听说又有机会要去宜兴，我的第一反应是不能再去了。不是不喜欢宜兴，是因为太喜欢宜兴了，正因为太喜欢宜兴，每去一次宜兴，我都会写宜兴的文章，我都会把宜兴在我的文章里翻来覆去地折腾，这样写下去，我担心自己会把宜兴消费过头了，把我和宜兴的美好的缘分提前用完了。

所以，对于宜兴，对于宜兴的喜爱，我得要有所节制了，要省着点儿用了，要留在以后的日子里慢慢品味，慢慢欣赏，慢慢地去走、去看。

但是忽然，我听到了一个“茶”字，原来这一次，我们是要到宜兴去看茶。

顿时，又兴奋起来，顿时，又跃跃欲试、摩拳擦掌了。

宜兴为我所喜，茶亦为我所爱，既喜又爱，何由而不去，何乐而不为呢。

走吧。来一场说走就走的宜兴之旅，来一场如饥似渴的赏茶之行。

在去往宜兴乾元茶场的路上，雨下得很大，开始略有些扫兴，如果有蓝天配白云，再有绿色的山庄，那可是五彩缤纷，一幅生动的山水画。但是车开出宜兴城不久，我已经忘记了对蓝天白云的渴望，好像雨也是有颜色的，我忍不住拿出手机拍照了。

道路的两边，郁郁葱葱，不高的山坡，绿得那么惊艳，绿得那么水灵，绿得那么丰满，绿得让人神魂颠倒了。

虽然隔着车窗玻璃，还隔着雨，但是满眼绿色的山坳早已经入镜来，早已经入心来。

我们要去的乾元茶场，就在这样的一个山坳里。

一座仿古的建筑，精致而又大气，开朗而又讲究，它坐落在四面环山的山坳之中，点缀着这里的山坡和这里的茶树，使得它们更生动，更富有生命力。

从茶室的落地玻璃窗朝外看，一览无余全是茶，能够看到的三个立面都是茶，虽然我没有特意走到背后去看，但我知道，背后的那第四个立面，仍然是茶。这座建筑，站立在茶中央。

我们已经知道，在这里，茶围住了所有的一切，茶涵盖了所有的一切。

这就是宜兴茶，这就是宜兴的乾元茶场。近四千亩的面积，都是茶，看到，听到，触摸到，呼吸到，都是茶。如果是一个不喜爱茶的人，住在这样的环境中，不知道会是怎么样的感受。但是，不喜爱茶的人，我们平时还真的很少碰上，或者说，真的蛮难碰上的。

就像李允中跟我们说，没有饭吃是可以的，没有茶喝是不行的。我们只是普通的喝茶人，而李允中，既是喝茶人，更是种茶人和卖茶人。

我们已经感受到，在这里，人、屋、茶，是融为一体的，在这里，所有的谈话，几乎只需使用一个词，那就是茶。

这是一个四面环山的地方，或者说，它的四面，只是一些较为平坦的低矮的山坡。当然，山高不高，山势险不险，这是大自然的造化，是老天爷的安排——坡不在高，有绿则灵，山不在深，有茶则香。

我们面朝青山坐下来，一张古色古香的桌子，一杯浅色的红茶，一盏如茶一般温馨而有内涵的吊灯，无不映衬着这个地方的气息和韵味，连雨水也配合着这里的宁静和品格。

看起来，一切都是那么的自然和顺畅。其实，我们却是坐在一个反着的方向上，这座山中的房子，它是坐南朝北的。

原来我们正朝北而坐。当然，我们已经知道，这样一个特殊的地理位置，无论是它的哪一面，都是一样的风景。

冬天起风了，风从北面过来，吹到南面的山上，就穿不过去了。所以，在这个长满茶树的山坞里，它不用承受尖利的穿堂风的刮打，它可以少承担些许来自寒冬的凛冽的考验。相比别的位置，这个山坞里，你能感受到暖意在这里回荡，老天爷十分眷顾和爱惜这个地方。

于是，生长在这里的茶，自然也会用自己的高品格，来回报天意，回报茶人的努力。

所以，乾元茶场产的茶，就叫作“乾红早春茶”。

“早春”一词，暗藏的是对严寒的全方位的抗争，一个“早”字，更是谈何容易。

在一个激烈竞争抢上位的社会环境中，谁不想比别人抢先一步，拔得头筹。

可是，谁也都知道，这个“先”字，可不是那么容易抢容易占的。

乾元茶场所在的位置，地下是煤干层，产生地热；又是环形的山貌，遮风挡雪；还处于温泉地带，使得整个茶区温度相对偏高，利用得天独厚自然的条件，加上现代化的精致到位的管理，以高于别人一倍的管理成本来培植乾元茶。于是，就这样，“乾红早春茶”，硬是提前十五天，顽强而又骄傲地站立起来了。

虽然我们来到的时候，已是初夏，早已过了采茶季节，可是当我们坐定在茶树丛中的时候，眼前依然能够看到早春时节的那一幅动人的画面，漫山遍野的采茶人四散在茶树中，妇女们穿着随意的衣服，在绿的茶树丛中，点缀出许多色彩。好一幅清明采茶图，好一支早春的采茶队伍。来自远方的河南的安徽的乡村，或者，就是从本村走过来的，他们用不同的方言交谈着，用同样的身姿和手势与茶叶共舞。

我们也没有看到精彩的炒茶焙茶，没有看到炒茶前的拣剔，没有看到茶农的那一双神奇的手，怎么在几百度的热锅里将茶叶搓揉成形，搓团显毫，然而，这一切的过程，都融入了我们正在喝着的茶水之中了。我们在这里品茶，品的就是与茶有关的一切的滋味。

宜兴阳羡茶的历史，早在汉朝就有了记载，三国时遍传江南，至唐代由陆羽的推荐，更是纳为贡茶，阳羡茶“早”，名不虚传。“十日皇城路四千，到时须及清明宴”，若茶不早，若路不急，怎赶得上朝廷的清明“早”宴。

仍然是一个“早”字，如今已不再是少数人的专利专权了，在茶叶的“早”市上，即便是普普通通的平民百姓，他也一样可以喝到“乾红早春茶”。

我在想着，也许明年，我们有机会，早春，到宜兴喝茶去。

# 一个人的车站

经常一个人坐火车。有时候是出差，更多的时候是回家。因为回家，所以所有有关赶车坐车的焦虑、疲惫、倒腾、麻烦、不确定、不安定，等等，都无所谓啦。

我是个很怕迟到的人，开会的时候，每次都提前到会场，有时早到工作人员连席卡都没放好呢，他们朝着我笑，我很难为情。可下次会适度一点儿吗？不会的，又早了，脾性就是这样的。如果真的早到不好意思的话，就说，哎呀，怕堵车呀，提前出来了，结果它又不堵了。

至于赶车，那更是要超量提前了。且不说性格如何如何，人到了这年岁，可不敢把自己赶得像条被追打的狗一样吐着舌头喘气。我有位同事每次出差都最后一个出门，最后一个赶到车站，掐着最后的检票时间进站，还从来没有误过车，真是大将风度，淡定一哥。学不来的。

于是，我就可能会比别人有更多的时间待在车站。

于是就有了一个人的车站。

车站可不是只有一个人，车站的人太多了，逢到高峰，比如节假日，比如民工回乡或返城，或者学生放假或开学，人会多到候车大厅连站的地方也没有。

我就在许许多多的人中间，感受着独自一人的感受。

我坐着，或站着，脚边搁着简单的行装，看或不看眼前来来往往熙熙攘攘的人群，因为我知道在我身边，几乎人手一机，不是手提就是平板，没有平板，也一定有手机，前几年还可见 MP3，这两年连 MP5 都已绝迹。

欣赏影视剧，听音乐，发微博刷微信，玩游戏打扑克，也有的抓紧时间在办公，有的发邮件，总之不亦乐乎。

我知道他们在享受着。

我也享受着。

不过我的享受不是来自电子产品，我一般不带电脑，也没有平板，手机是有的，但基本只用来打电话和发短信，最多就是查一查火车时刻，或者查一查下一次出差的线路以便确定下一次回家的时间。

我其实并不是在看周围的人，此时此刻我应该是目中无人的。我的享受来自什么也不看，什么也不做，什么也不听，什么也不想，我在我自己的内心享受着自己的内心，相比身边的人，此时此刻的我，享受的是虚无、空白、空洞，享受两眼茫然。就这样。

一个人的车站，还有许多事情可说的。比如吃饭。我喜欢在车站吃饭，如果时间允许，我才不会吃过饭再去车站，相反我会提前出发，留出在车站吃饭的时间，我到永和去点一份套餐，偶尔也会开一次洋荤，吃个汉堡，或者二两白菜猪肉馅大娘水饺，哪天方便面馋虫爬出来了，我也会到水炉子上泡一碗面，过个瘾。方便面其实很好吃，只是平时被大家说得不敢多吃，在车站吃方便面，天经地义地哄哄自己。

开水炉的水很烫，一冲下去，香味就腾起来了，腾起来的可不仅是香味，那也是一种幸福的感觉。

有一个很大的话题叫作你幸福吗？我也想过这个题目，觉得幸福可能更是一瞬间、片刻间或某一时段。因为它是一种感觉，感觉这东西，那可靠不太住，也坚持不了多久，它可是随来随走的。

在我住处的大门外一侧，有一扇绿色的小门，门非常窄，这是一个火车票代售点，每每走向这里，或经过这里，心里总是备感温馨温暖。因为在漫长的日子里，那个小门不断地传递出一张又一张让我回家的车票。

幸福其实就是这么简单。

也有的时候，不知为什么忽然就心烦意乱，忽然就情绪不佳，这时候恰好要去参加一个枯燥冗长的会议，进入会场，悄悄地找到自己的位子坐下，忽然间地，一下子，心情好起来了，心生欢喜，心生宁静，一切烦恼皆已出窍飘走。感觉就是这样，说来就来，说走就走。

有一个人的车站，就有一个人的会场、一个人的闹市、一个人的世界。

你站在桥上看风景，看风景人在楼上看你。

当我进入一个人的车站时，一定有一个人在某个地方看着我。

# 常来常往瘦西湖

或者在烟花三月，或者是细雨飘落，也或者，雨过天晴，甚至也可以是冬天，只要有一点点温暖的阳光，更或者，就是一个平常到不能再平常的日子，一个随随便便的日子。

到扬州去，到瘦西湖去，是不用挑日子的，每一个日子都是好日子，每一次看到瘦西湖，都是她最好的面目。

这一天，在与瘦西湖相遇的这一个时刻，也许你的心情恰是十分的宁静美好，或者，你正碰上了烦心的事情，有着烦躁的情绪，都无所谓。到扬州来，到瘦西湖来，随便地走一走，步行在岸上也好，坐船在水上也好，你走了一走，你看到瘦西湖的水在你的身边和脚下，你不一定要知道它来自何方，又去向何方，但是你已经真切地感受到了它的生命，此时此刻，你本来宁静的心就更宁静了，你本来烦躁的情绪，也平静下来了。

这是什么呢？

这就是瘦西湖。她已经流进了你的心田。

如果身边有三两个志趣相投的好友，当然是最好，如果你是独自一人，也不错，或者是参加一个普通的旅行团，跟着一面小红旗，和一群寻常百姓大妈大叔一起走，也很好。

瘦西湖是不挑人的，无论什么人来到这里，他就已经和瘦西湖紧紧相连、融成一体了。

这就是瘦西湖的魅力。

好了，今天我们已经来了，已经零距离地站在瘦西湖这里了。

故人一曲“二十四桥明月夜，玉人何处教吹箫”，传唱了一千多年，“故人西辞黄鹤楼，烟花三月下扬州”，又让我们歌吟到今天，跟着历代文人的千古绝唱，我们来了。

既然瘦西湖是不挑时间，不挑心情，也不挑人，那么我们也就随意了，我们就随意地走一走、看一看。路就在脚下，就从脚下开始吧。

据说本真的瘦西湖，只是扬州城外一条普通的河道保扬湖，唐起至清，扬州盐业发达，巨商辈出，实力雄厚，争相围绕保扬湖占地造园，构筑胜景，于是，就有了“也是销金一锅子，故应唤作瘦西湖”；于是，就有了“十余家之园亭合而为一，联络至山，气势俱贯”；于是，就有了康熙皇帝、乾隆皇帝来了又走，走了又来；于是，就有了历代文人瘦西湖云集，并留下无数典籍诗文和优美的故事……从保扬湖到瘦西湖，那可是富商大把大把银子砸出来的，是曾经富甲天下的扬州全城举力打造出来的，是下江南的帝王点赞点出来的，是历代文人吟诵出来的。

满月之夜，天上一个月亮，五亭桥下，水中十五个月亮，此情此景，人间天上，如梦如幻，真所谓“天下三分明月夜，二分无赖是扬州”；

湖中之岛，瘦西湖中小金山，小而精致，小而深远，小得有腔有调，是少少许胜多多许之小，真所谓“山不在高，贵在层次，水不在宽，妙在曲折”；

不胜枚举，举不胜举，钓鱼台、熙春台、望春楼、锦镜阁、白塔……

在这里驻足停留，在这里远眺近望，偷得浮生半日闲，轻轻地，静静地，感受一下你的感受吧，你已经碰见了杜牧、李白，或许还能和冯梦龙聊上几句。是的，千百年来，瘦西湖将它吸纳的无数的气息经久不衰地散发开来，弥漫开来，让它们布满在瘦西湖的每一寸土地和每一滴湖水之中。这样的生生不息，时隔数千年，我们仍然能够感受到，故人的精神气还在这里升腾。

这是瘦西湖魅力之根本。

瘦西湖是美的，她的美不仅是自然景色的美，更在于她的丰富的人文积淀，那许多的传说、许多的故事、许多的篇章，造就了瘦西湖的灵魂。

而瘦西湖，则是扬州的魂，是扬州的梦，一个现实的梦，一个真实的梦，一个让比梦更美好的真实的梦。

这就是梦想实现。

还有什么比梦想实现更令人振奋，更令人热血沸腾。

但是瘦西湖却不是沸腾的，它是安静的，它是低调的，无论它拥有多么婉丽的姿色，它都是质朴的，无论它的名声有多大多远，它始终是“瘦”而“小”的。正所谓天下西湖，三十有六，唯扬州西湖，占得一个独特而又恰如其分的“瘦”字。

怎一个“瘦”字了得。

“瘦”字的后面，或者前面，或者它的左右前后上下四周，都是一个“清”字。

现在我们走得有点儿累了，好吧，到依水的清幽茶社，泡一杯清香的、绿雪般的清茶，或近或远地望着清清的湖水、岸上清绿的树木，清风轻轻拂面，清淡的日子轻轻地飘逸。好一个清静悠闲的去处，好一块清心自然的地方。

这也是瘦西湖的特质。

曾经是帝王巨商的最爱，却无浮华富贵之意，曾经是风花雪月之所，却也少一些妖妩，多一分清爽之气质。也许是挑剔的历史已经将富贵沉淀，也许是固执的文人选择了他们之所爱，于是，今天在我们眼中的瘦西湖，就是“瘦”的。

在一个追求利益最大化的时代，瘦西湖始终都是瘦西湖。

如果瘦西湖是一本书，这就是一本永远也读不厌、永远也读不完的书。因为它是有层次的，是层出不穷的，它可以展开无数的故事的篇章，它可以让我们想象的翅膀飞向无限；

如果瘦西湖是一颗奇异的珍宝，那么在它的四周，还散落着无数的宝贝，琳琅满目，遍地珠玑，于是，瘦西湖以水作绸带，把许许多多散落的珍珠串成一体，就这样，今天的瘦西湖风景区，就是一顶镶满了钻石的皇冠。

今天，现在，此时此刻，站在瘦西湖这里，尽情地呼吸着她的醉人的气息，尽情地欣赏着她的常看常新永不褪色的画面。忽然就想，从前，只有帝王和富商能够在这里赏景，今天，瘦西湖已经成为天下最普通百姓的最精美又最普通的往来之地。

真好。

# 东关街随想

那天走在东关街上，已是傍晚时分，因为白天天气好，傍晚也就显得特别的清爽，不仅是天气的清爽、空气的清爽，街也清爽，人的心情也清爽。白天的游客已经散去，晚上的行者还未出来，所以街上人不多。

人虽不多，东关街却一点儿也不冷清。零零散散走着的行人，散发出快活轻松的节奏，随心的，自由自在的。他们的表情，他们的气息，让此黄昏时的东关街，又添了一份喜庆，有一份看起来并不热闹的热闹。

我们从东关街的入口处朝里走，朝东关街的深处走，街两边是旧式的房屋，是明清的传统样式。这自然是修成的旧式，或者是新建的旧式，却因为东关街的古旧气氛始终还在这里徘徊，历史的浓墨重彩也未曾磨灭，所以，即便是新修新建的旧，也仍然能够让人的内心荡起层层的涟漪，如烟的往事如蓝天上的白云又飘过来了。

东关街，曾经就是扬州最赞的一条街，许多人用“繁华”来形容东关街，而我的感觉，繁华是它的一个表象，在它的内里，有着比繁华更丰富的内涵。说它繁华，是因为这里商贸密集、人气兴旺，而与这样的繁华热闹同在的，是它的小巷深深深几许的宁静。鱼骨状的街巷体系之中，遍布着的深宅老院、精致小园、名人故居。许多年许多年的日子里，商业气和书卷气在这里同时升腾、弥漫，许多年许多年的日子里，东关街将繁华和宁静吸收进去，又吐纳出来，年长日久，把老街熏陶得如此别致。

商业气和书卷气，本来是很难融合成一气的，但是在东关街，它们却是和谐的，它们互相容纳，它们互相弥补，它们从两个不同的侧面共同造就了东关街的特色。

一千多年过去了。

一千多年过去以后，今天的东关街，全长一千多米的老街上，仍然有着五十多处盐商大宅、寺庙书院、老树古井等重要的历史遗迹；同时，东关街商业重地的名头，也依然响亮辉煌，富有浓厚传统色彩的手工艺、特色小吃、商业老字号，依然遍布于此，其中，仅餐饮业，就有二十四家。

看起来是嘴馋了，或者是饿了，这么多的特色店，这么多的老字号，怎么就专拣餐饮说事呢。

那是，民以食为天嘛。何况，今天我们来东关街，还真就是冲着吃来的呢。

我之于吃，一向是感兴趣的，每每外出参加会议或什么活动，先要看看会议的日程，晚餐在哪里吃，明天的早餐又如何，明天午饭怎么样，都是我喜欢操心的事。

扬州的晚餐是在一个叫“街南书屋”的地方，我先看了一眼这四个字，可是没有记住，过了一会儿，又把那张日程表拿出来看一眼，放下后，又忘记了。上了年纪记性差那是事实，但可能还有一个蛮重要的原因，就是这四个字不像是吃饭的地方，倒像是让我们去读书开研讨会呢。

现在，在这个清爽的傍晚，我们正走在去往“街南书屋”的路上。这条路，就是东关街，“街南书屋”，在东关街的那一头。

我们终于穿过长长的曲曲弯弯的街，来到了“街南书屋”。这果然是个书屋，进门的大堂里，布置着各种书籍和文房四宝，虽然灯光有点儿暗，但不影响我们小心地怀着敬重的心情和它们打招呼。我们细细地研读着一字一句、一图一像，哪里像是来吃饭，更像是来朝圣的。

穿过大堂，又绕过几条走廊和过道，终于，我们看到晚饭的餐桌了。

它搁置在“街南书屋”的最里边的一进，面对一个小天井，天井里有叠石树木，这可是典型的园林人家的园林生活啊。

用“街南书屋”这样的名称来命名餐饮饭店，这是东关街留给我的一个很深的印象。于是，人在吃饭的时候，常常就会联系到书，联系到读书，联系到很多与书有关的内容。其实本来，读书也是用餐，那是精神的大餐。

或者，“街南书屋”根本上它就是一个书屋，只不过是一个有地方吃饭的书屋。

我觉得它更像后者。

晚上在回住处的路上，我已经在看明天的行程了。明天的中午，是在一个叫“皮包水”的饭店吃饭。

从“街南书屋”到“皮包水”，光从名字上体会，我们似乎从扬州的这一头赶到了扬州的另一头。

第二天，当我们游了瘦西湖、大明寺，又前往天宁寺听了关于《四库全书》的许多精彩片段后，车子把我们载到某一个地方，停下来。我们被告知，从这里走进去，就是“皮包水”。

这才发现，原来这个“皮包水”，也在东关街。

原来这条东关街，容纳了各种风格，却又纹丝不乱。

很快，我们在东关街找到了“皮包水”，这是一家普通的民间饭店，没有包间，只有大堂。大堂里挤得满满的，桌子与桌子挨得很近，端菜的服务员得小心翼翼地穿梭其中，免得汤汤汁汁泼洒到客人身上。和昨天晚上“街南书屋”精致典雅、宽大安静的独一桌相比，真是大不同的两类风格、两种气场。

一桌又一桌的外地人、扬州人，在这里品尝最有扬州特色的美食。这里升腾着民间的幸福和普通老百姓的满足，这里体现出世俗的烟火气，让我们体会了现实鲜活的扬州生活。

评话表演艺术家的扬州曲艺，更是给这个“皮包水”增添了独一无二的扬州趣味，和我的家乡苏州茶社里那一曲弹词开篇，有得一拼。

我们从“皮包水”走出来，再一次踏上东关街。正午时分，人多了起来，街两边的商店也正热火朝天地做着生意，但奇怪的是，街上并不嘈杂，也不混乱，与昨天傍晚安静中的热闹相比，这会儿则是热闹中的安静。

我们到过不少的历史文化街区，常常会碰到两难的尴尬，希望静一些吧，就希望人来得少，或者采取什么方法限制人流，但是，限制了，人来得少了，经济收入就低了，知名度也打不出去。对于古旧的历史街区，我们常常希望它既是古旧的，同时又应该是有现实的烟火气的，但是一旦有了烟火气，常常就伴随着脏乱差；如果要想干净整洁宁静，就难以展开百姓的日常生活。

我们到底要哪样呢？

到底怎样才能将这两者调适至恰到好处呢？

在东关街，我惊喜地发现，它竟将两者兼顾了。“街南书屋”和“皮包水”，两个同是吃饭的地方，却是两种不同的风格，而不同的风格又都是属于扬州的，是扬州风格。“街南”的典雅精致，水包皮的世俗风情，都是扬州的典型代表。

东关街，它是一幅双面绣，一面承载了历史留传的深厚文脉，另一面展现着紧接地气的百姓生活，这就是历史的东关街，这就是东关街写书的历史。

又感觉东关街是一台时光机，走在这里，你既置身在千年历史的长河中，瞬间又切换到当下的平常日子里，像是一种转换，像是一种挪移。

其实是没有转换，其实也没有挪移，历史和现实，它们就在那里，它们就共同地存在在东关街上。

# 第 三 辑

# 纠缠的粮食

那时候，我们所有的日子，就是两个字：粮食。

那时候，我插队在农村，所干的农活，也就是围绕着两个字：粮食。

1974 年 12 月 22 日，吴江县湖滨公社红旗二队的贫下中农，他们开了一条水泥机动船到吴江城里来接我。当时在河边码头上，有许多下乡的知青，有许多来接知青的船。吴江是个水乡，在 1974 年的时候，县城与乡间的公路不像现在这样四通八达，下乡去多半是要乘船的，南人乘船，北人乘车，从古就是如此的。

就这样，一艘水泥船载着我驶向新的生活。我的许多女同学，她们陪我一起来到我将要待很长时间，也许待一辈子的地方，她们帮我布置房间。中午队里给我们烧了一大桌农家的饭菜，有大块的红烧肉。我们无忧无虑地吃着，说着，笑着，最后她们终于走了。

现在只剩下我一个人了。

队里只有我这么一个知青，没有集体宿舍，我寄住在一户农民家里。他们家的住房比较宽裕，有空房间，我就住了那间空房子。

新的日子就这么开始了。

那时候我还不知道，从今往后，我的日子和生活，都是围绕着粮食展开的、进行的。

怎么不是?

没有粮食，还能有什么?

没有粮食，我们就一无所有。

水乡地区，以水稻种植为主，开春的时候，天还很冷，田里的水刺骨地凉，但是不能等，因为种的是双季稻，所以这时候必须要开始培育水稻的秧苗了。

种粮食，那可不能随心所欲，一切的时间安排，都必须在计划之中。哪怕这一年的春寒特别，哪怕这一年的春雨不尽，大家都光着腿下田了。先将水田做成一方一方的，四周的水沟要保证畅通，然后将稻谷的种子均匀地撒下去，看着幼小的种子嵌入泥土地，似乎就已经展望到粮食丰收的年景了。

其实，艰辛的劳作还刚刚开始呢。

老实坦白，我在农村的时候，几乎什么农活都干，重的累的脏的苦的，挖沟渠，挑河泥，撒猪羊粪，甚至连农村妇女从来不干的赶牛犁地之类的活，我也都干。但是唯独撒种的时候，我只有资格站在旁边观看，因为从手指缝里出来的种子，怎么才能均匀地落入田里，这可是一门高难度的技术活，我学不来。

很快，种子就发芽了，再过一阵，芽就长高了。

这个时候，旁边的大片农田里，麦子要收割了，收割过麦子的田地，重新翻耕，然后就灌水，平整，再平整，整得水田像一面镜子了。

就在这个过程中，这边的秧苗已经长起来了，已经长成了，插秧的日子也就到了。

接着就是拔秧，捆扎好，挑到田埂上，抛秧、插秧的人就开始行动了。

再接着，等秧苗长大些，就要开始耘苗、拔草。两条腿要在泥地里跪行，那样才能深耘，两只手拼命抓泥，给秧苗松土透气。

还有洒药，还有追肥，还有放水排水，最后水稻终于长大了，成熟了，那就是收割、脱粒……

这一年的日子，这一年的农活，真正地都献给了粮食。

苏南地区的农民卖力呀，因为土地好，就想着要多多利用，多多种粮食，北方农村只种一季的田，我们要种三季，一季麦子两季稻。所以当北方农民还在焐着热炕头的时候，苏南的农民就已经起床下地了，真是从鸡叫做到鬼叫，一切为了粮食。

我曾经写过这样的文章，回忆自己在农村种粮劳动的情形：

> 到了三抢大忙，每天早晨三点钟，队长的哨子就响了，每次都把我从梦中唤醒。在我听来，队长的哨子好像是专门对着我的窗子吹的，我真是有点儿委屈，我想我不过是一个插队青年，难道也非要跟你们土生土长的农民一样拼命吗？其实队长的哨子根本不是在我的窗下吹着，也绝对没有人非要我和农民一样拼命，这种压力来自我的内心。于是我也每天三点钟起来，下田拔秧，天还不亮，也看不清田里什么，只知道那是秧田，下去拔便是了，常常有水蛇从指间游过，滑腻腻，凉飕飕，也常常有蛇扎在秧捆里，到天亮时，你看那蛇被扎得死去活来，你自己也惊得死去活来。上午下午打田插秧，一直从太阳出来做到太阳西沉。吃过晚饭就上打谷场，开夜工脱粒稻谷，做到几点，那要看当天的进度如何，也有到九点来钟就收

场的，那一日必是皆大欢喜，队长说，你们看，叫你们抓紧点儿，早收场自己惬意。也有的时候要弄到很晚很晚，十一二点，队长就骂人，大家也互相骂，说要作死了，骂天骂地。常常也有姑娘小伙子实在累得受不了，就一边轧稻一边打瞌睡，被家长一把头发揪醒了，一记耳光打醒了，说，你不要命啦，于是才稍稍清醒一点儿。左邻右村被轧稻机弄死弄残的也不是没有的。

双抢结束，放假几天，我都没有回家，因为我没有力气回去了。

那个时代，我们就是这样与粮食结下不解之缘，紧紧纠缠在一起；那个时代，我们所有的生活，所有的努力奋斗，所有的汗水泪水，都是为了粮食。

那是当然，没有粮食，人怎么活下去，人类怎么发展下去。

当然，我们种粮食，我们也吃粮食。粮食收起来以后，时间就到了冬天，冬天我们上河工了，开河挖渠，是为了让明年的粮食长得更好。

在开河的工地上，我们吃到了自己种的粮食，新米，我吃了两碗米饭，其实那个碗并不太大，吃两碗也没觉得怎么饱。烧饭的农民炊事员告诉我，这一碗是半斤。

于是，我就有了一顿吃一斤粮食的纪录，这大概也是我人生中最高的吃粮纪录了。

那时候，粮食就是这样主宰了我们的日子、我们的生活，生命、思想、精神，统统在它的笼罩之下。有时候，这种笼罩是幸福的，是温暖光明的，有时候却是一大团的阴影，甚至是灾难，是痛苦。

后来，时间就走到了今天。今天真是大不一样，太不一样。似乎走着走着，人们对于粮食的依赖、对于粮食的感情，就渐渐地走没了。现在大家都不怎么在乎粮食，无所谓粮食，瞧不起粮食，远离粮食，冷淡粮食，甚至居然有人说，粮食是万病之源，只要不吃粮食，就什么病也没有。是不是有点儿过分啊？

日子就是这样改变人的。从前没有粮食吃的时候，饿死了许多人，现在，不吃粮食，成为许多人的人生准则、健康手册、保命哲学。

当然，也有人仍然是和粮食纠缠在一起的，比如我自己，虽然再不可能一顿吃下一斤，但是每顿都得要吃一点儿米饭，哪怕一两，哪怕比一两更少，哪怕一口两口，总得有米粒下肚，好像心里才踏实，好像才算吃过饭了。我也有一些朋友，参加宴会，开吃之前，先要上一大碗米饭，或者，大家都已经酒足饭饱了，连一片水果也撑不下了，他们还能吃下一碗米饭。呵呵，牛人。

人与粮食，就是这样地纠缠着的关系。

# 坐 火 车

我曾经写过一个小说，题目就叫《火车》，写的就是几个人晚上上火车早上到站的事情，途中没有发生任何意外的惊悚的好玩的刺激的事情，却一口气写了几万字，真是“小青式的唠叨”（评论家语）啊。

这和我经常坐火车肯定是有关系的。

其实我的乘火车史开始得并不算太早，那是在 1982 年初，我大学毕业留校后，由我的导师带着，去扬州和南京的两所师范学院商量改编教材的工作。第一站，我们从苏州上火车坐到镇江。我和我的导师都没有座位，是站票，火车十分拥挤，要想站稳一点儿都不容易。那是我有生以来头一次乘坐火车，那一年，我二十七岁。

有许多孩子小小年纪就跟着父母家长坐着火车东奔西走，跟他们比起来，我的火车处女乘，算是很晚的了，但是和同样多的一辈子都没有乘过甚至没有见过火车的人来说，我又算是早早地登上了开往时代的列车了。

我只是没有想到，在我的人生后面的那些日子里，会和火车有这么密切的联系。

在上世纪80年代和90年代的相当漫长的时间里，我们出远门，基本上以火车为主，因为那时候的会议邀请上，常常会有“请勿坐飞机”的要求。我还记得，我到广州、到重庆、到成都、到哈尔滨等等，都是火车，一坐就是十几小时、几十小时，还坐得有滋有味，有情有趣，一点儿也不着急，从来也没有觉得几十个小时有多漫长。

现在肯定是不行了。现在的人，出了门就着急着想返回，好像家里或单位里有什么要紧的事情等着，其实根本没有。

于是，火车就一步一步地提速了。

比如在沪宁线上，这几十年，我不停地不断地来来往往，亲历了火车的一次次提速。从绿皮的慢车、红白色相间的普通快车，发展到加了速的双层游车，后来又有了动车，现在是高铁，尤其是沪宁城际高铁，真就是在我的眼皮底下一天一个样地建设起来的。

现在我从苏州到南京，一般只要一个小时多一点点，快一点儿的和慢一点儿的，相差最多不过一二十分钟，但就是这个“一点点”，我在买票的时候，如果条件允许，我还是会挑更少的“一点点”，哪怕只快几分钟也是好的。

为什么这么着急呢？

因为这是现代社会呀。

你还能想象你去乘坐几十个小时的长途火车吗？现在接到会议邀请，首先看交通方不方便，然后才决定去不去。一切都在飞速向前，人类似乎已经不能忍受“慢”了。

从慢到快，似乎只是一眨眼的事情。

紧接着，再用一眨眼的时间，大家又都已经感觉到太快了，快到控制不住了，快到心慌意乱了，所以，人们又开始提倡慢生活了。

只是，我们知道，提倡归提倡，又有谁不想快一点儿到达呢。

我们这是要快快地到达哪里呢？

火车速度越来越快，这就意味着，从出发点到目的地的距离越来越近。可是我们人与人的距离呢？

我从前乘坐慢车，在漫长的旅途中，经常会有一些美好的或不美好的际遇。有一次我在火车的过道上和一个采购员说话，这个人是这条线上的常客，哪一个小站有些什么特产，哪一段线路情况如何，他都了如指掌，说起来头头是道。我们正聊得来劲，一个卖盒饭的列车员推着小车过去，他在那采购员身后朝我做手势，又是摇手，又是眨眼，我明白他的意思，是让我不要和那采购员多接触。我不知道他是了解那个人的什么底细，还是仅仅是出于关心我，我只是感受到那一份真切的关怀，那一种没有任何代价的呵护。

当然也有不愉快的经历，有一次我带了一套武侠小说上火车，睡了一夜，上册没了。我一直希望能够有人还来，可是一直到终点，也没有人来还书，就这样，一边拿了上册，一边带着下册，就各奔东西了。

那时候的座位，是面对面的，长时间这样坐着，大眼瞪小眼，一句话不说，真会被憋坏的，而且座位与座位之间，没有扶手隔断，是连成一体的，所以人与人的距离很近，倒杯水啦，递个东西啦，不小心碰着脚啦，都能成为开始聊天的起因。有一次我坐夜里的火车从南京到苏州，车到镇江，上来一些人，其中有一男一女，坐我在对面，从他们的谈话中，我知道他们并不是一起的，男的是无锡某企业的职工，女的是扬州某专科学校的学生，他们一起从扬州渡江过来，又一起上了这趟火车，就认识了。上车不久男的就买了饮料小吃，那女生也不客气，两人边吃边聊。我大体听出来，男的在给女生介绍无锡，并希望女生跟他到无锡下车，他陪她在无锡玩一天，到明天晚上这时候，他保证将她送上火车继续赶路。看得出来那女生有点儿动心，又有点儿犹豫，就在犹豫中，火车很快就要到无锡了，那男的攻势越来越强，那女生的脸则越来越红，奇怪的是，我的心也跟着紧张起来。最后，无锡站终于到了，那男的站起来等女生，女生终于红着脸说我不下去了。我长长地出了一口气，看着那男的怏怏地下车了，我心里居然踏实了。

我这样的想法也许很多余，很老派很老土，会令人发笑，但无所谓，那就是我坐火车的真实感受呀。

现在没有这样的事了。现在的火车座位和飞机座一样，都是朝着同一个方向排着的，你坐下来只能看到前排的椅背，不用面对面地看别人的脸，这是时代的进步，人性化、个性化，保护了你的个人自由，不让你的脸老是暴露在别人的盯注之中，于是，互相的影响减少了，骗子也很少得逞，情感也很少交流。上了火车，大家的脸色都是刻板着的，神情或紧张，或淡漠，几乎人手一个手机或一台电脑，坐下来不等开车，就旁若无人地进入了与火车车厢完全无关的另一个世界。只是偶尔在假期里，有家长带着孩子坐火车的，才会给车厢里带来一点儿生气。

有一个女孩带着一个巨大的红色箱子上车了，她没有力气把箱子扛到行李架上，行李架恐怕也承受不了它的重量，列车员让她推到车厢门口的行李专设处，她不放心，怕被人拿走，就搁在了自己身边的走道上。于是这个箱子引起了众多的不满、不爽、皱眉、冷眼相看。食品小车推过的时候，女孩赶紧将箱子挪到自己腿前，将两腿蜷起来，小车走后，她又挪出来，有乘客上车下车的时候，她又得挪动，整个旅程，她几乎没有停歇过。有个妇女经过，碰着了箱子，嘀咕说，这么大的箱子，怎么能放在过道上？女孩也不是好惹的，回嘴说，关你什么事。幸好那妇女走得急，没有听见，否则不知道会不会吵起架来。

难道这就是现代社会，火车快速地奔向时代的前方，同时，一张无形的大网罩住了我们，让我们无法摆脱。

前几天看到一个纪录片，片名好像是《摘棉工》。河南民权县的农村妇女到新疆去摘棉花，她们排着长队，携带着行李，互相拉扯着，上了一列在中国大地上已所剩无几的绿皮火车，每一节定员一百零八人的车厢，都卖出了二百多张票，还是不能保证想去新疆摘棉花的妇女都能上车。

那个车厢，就像一个大集市，坐的、站的、挤着的、蹲着的，完全是浑然一体的。妇女们兴奋，紧张，茫然，也许还有一点点慌乱，但唯独没有焦虑。她们对即将到来的日子充满耐心的期待。

这趟行程五十多小时，到郑州还要转车。

# 醉酒的日子

饮酒史上趣闻很多，我单说说醉酒界的事情。

以我的这一点点上不了台面、扶不上墙面的饮酒史，却也已经见识过不少的行状，够得上写几句“醉酒现形记”。

一个平时你很讨厌的人，喝了酒，就变得那么讨人欢喜，亲热的肉麻的话说个没完；

一个老成持重的人，喝了酒，就像孩子一样天真起来；

一个吹胡子瞪眼的老头，即刻和蔼可亲；

一个高高在上的领导，立马稀松随和了；

也有反的，平时温和谦恭，忽然就拍桌子打板凳爆粗口，甚至要动手了；

有的闷葫芦，平时八棍子打不出一个闷屁的，这会儿滔滔不绝，那口才绝对可以舌战群儒；

也有反的，平时能说会道，此时一言不语了；

也有只是借点儿酒意，说说平时想说而不敢说、想说而不能说的话；

也有平时想拍人马屁而找不到机会，喝了酒，机会就很合适，给人派烟——比如本人，喝多酒的时候，就要站起来，围着桌子转一圈，硬给人点烟，不受还不依不饶，这也值得赏一个嘲笑。

当然，还有种种种种。

放声大哭的；

疯狂大笑的；

边哭边笑的；

边哭边笑边诉说的。

有夸人的，把人夸到天上去了；

有说人坏的，把人骂得如臭狗屎；

有人是世人皆醉我独醒；

有人是世人皆醒我独醉；

好多好多。

醉酒真是件奇妙的事情。

只是，以上所列种种，其实都不能算是真醉，有的只是微醺，有的只是小醉，甚至假醉。真正醉了的，大醉了的，要不就是烂泥一摊，要不就是九死一生。

不说别人了，说说自己的事吧。

年轻的时候，我和我先生一起出去战斗，大醉而归。怎么归呢，自行车带人。两个醉鬼一辆车，骑车的摇摇摇晃晃，坐车的摇摇摆摆，速度还不能慢，一慢就会倒下来。然后就到了拐弯的地方，连人带车跌倒。呵呵，跌倒算什么，爬起来再骑便是，然后又到了拐弯的地方，再跌倒，再来，跌倒算什么，爬起来再前进。

那可算是最典型的醉驾了。还好驾的是自行车，那时候街上汽车也少，若是出个车祸，基本也祸不着别人。

我自己喝酒的故事，说多不多，说少也不算少，壮壮胆的话，也可以和酒兄弟酒姐妹们比一比。当然，最敢比的不是酒量，也不是所谓的酒风酒品什么的，那个东西不好说，没有统一标准。最敢比的，就比一比谁喝醉了进医院的次数啦。

到了医院，那可都是晚上，甚至半夜，急诊哦，我蓬头垢面嗯哼嗯哼地坐到医生面前。医生麻木地看着我，等我说话。我很难受，又很难为情，只好低声坦白说，喝酒了。

有时候还要面子，会补充一句，其实也没喝多少，或者说，是红酒啦。

总之，不要让医生觉得我是个醉鬼。

你不是醉鬼，谁是醉鬼？

医生看我一眼，他有点儿想笑，但是没笑出来。他大概在想，一个女同志，也这一把年纪了，看起来也不像是彪悍型，能把自己喝成这样，什么人啊？

不等医生思维走得多远，痛苦难挨的我，就迫不及待地指导医生了。我说，医生，我胃痉挛，我要打一针胃复安，还要挂一瓶水。

医生终于笑了起来，呵呵。

然后医生按照我的吩咐，就打一针胃复安，然后挂水去吧。

这是说的喝醉了有条件上医院的情况，也有的时候，身在异乡，还死要面子，喝醉了，大半夜的，哪有脸去打扰人家。只有自救啦。一般先是醉死过去，到半夜胃痉挛开始的时候，就挣扎着起来喝水。喝水不是因为口渴，是为了让胃痉挛。水在胃里翻腾，然后吐出来，再喝，再翻腾，再吐，如此折腾几个小时，胃终于累了，痉不动挛了，人也虚脱了。这时候天亮了，可怜的虚脱了的人啊，要起床开会了。

这只是通常的醉酒的一个小小的一晃而过的镜头而已，写的时候真是云淡风轻，甚至口气轻佻，甚至无关痛痒，犯的时候可是要死要活。心里已不知多少次赌咒发誓，再喝酒就是什么什么，再喝酒就怎么怎么，也不知多少次骂酒、骂酒厂、骂自己，可那都不算数。

从前在武侠小说里，经常看到说，有一种人叫记吃不记打。

是呀，喝酒的乐你都记着呢，醉酒的痛，你倒忘得快，那活该你下次又会再痛，再哀求医生，医生你给我打一针胃复安。哈哈。

我这样写酒，读者诸君会有意见吧。人家喝酒，那是美事、幸事、开心事、优雅事。“举杯邀明月，对影成三人”；“开轩面场圃，把酒话桑麻”；“我醉欲眠卿且去，明朝有意抱琴来”；“金陵弟子来相送，欲行不行各尽觞”。真是意境高雅，情怀美妙。还有，“酒酣胸胆尚开张”“呼儿将出换美酒之类”，气势磅礴，豪情万丈，等等等等。

喝酒如我，自然也是从好的愿望出发，自然也是愿意高雅美妙，只不过常常掌握不好分寸，就成了好了伤疤忘了疼的那种“酒极则乱，乐极则悲”。

只不过，在“乱”过和“悲”过之后，回想起来，谈论起来，却又是那么的美好而令人神往，会被反复地提起，还津津乐道，还流连忘返。

所以才会又有下一次嘛。

酒之妙，酒之不妙，成也萧何，败也萧何，成败之间，自有奥妙，是成是败，只在你自己。

# 在水开始的地方

一个人朝着某一个地方出发，因为目的地的不同，行前的心情自然也是不一样的。今年春夏交际的时候，也是今年的第一波热浪来袭的时候，那一天，我出发到宜兴去。

宜兴是江苏西南部的一块地方。往宜兴去，一切的燥热，一切的烦乱，就被关在车窗外了，心中已经满是青绿，满是清凉，满是宁静，一片惬意。

进入宜兴地界，那活生生的青绿和清凉就扑面而来了。在不高的山区群落中，我们拐了一个弯，又拐了一个弯，再拐一个弯，每一个新的弯头，都是赏心悦目的清新，都是耳目一新的变化。

就在清新的变化之中，我到达了我要去的这个地方。

其实我要去的这个地方，既是宜兴，又不是宜兴，它是宜兴的一个镇，也就是我要写的这个地方。

我怎么老是绕来绕去，还没写到这个地方呢？

因为我要写的这个地方，这个地名中的一个字，字典上找不到，电脑里找不到，手机里也没有，什么地方都没有，我又不会造字，所以，我无法让它呈现出来。

这个字的结构却是很简单明了、很容易说清楚的：父字加上三点水。

因为打不出这个字，这篇文章就写不起来，为此我纠结了很长时间，差一点儿想放弃它，或者想用另外一个名字替代它，但又于心不甘，所以一直没有动笔。直到有一天，我无意中在一个茶叶包装盒上，看到他们用“父”字替代了那个字。

那一瞬间，我释然了。

于是，我开始写湖父镇了。

我们的一生中，可能会去到很多乡镇，就像我们会遇到很多人一样，我们也许早晚会忘了他们，就像我们忘了许多我们曾经去过的乡镇一样。但是我想，这个湖父镇，可能是你想忘也忘不了的。

因为它有一个独特的字，一个我们到处找不到它、用不上它的字，这个字，因为它不出现，无法给人留下它的印象，却恰恰又因为它的不出现，给人留下了深刻的难以磨灭的印象。

恰如这个地方本身，在它一百平方公里的范围之内，居然有着数十近百的溶洞，其中，有名扬四海的江苏最长水洞张公洞，有奇峰突起、鬼斧神工的灵谷洞等；更有六十多个尚未开发的溶洞，这些溶洞，无数的朝朝代代以来，一直深藏闺中，始终未曾向世人展露出它们的姿态。

我们曾经看过了湖父的张公洞，看过了湖父的灵谷洞，于是，会对这些不曾显现的溶洞更有一种向往，更有强烈的探视的欲望。你看看这些溶洞的名字，落户洞、克漏洞、耳朵洞等等，就已经在我们的眼前，施展开了一幅幅远古的、原生态的、既生动朴实又神奇神秘的画卷。

这些未曾露面的溶洞，它们存在于我们的想象中，存在于我们内心的再创造中，它们的影响力，就像那个找不到、写不出的字一样，已经深深地刻印在我们的心中了。

湖父，就是以它独特的魅力和吸引力，征服了我们。

就在湖父镇的一个会场里，镇长和几位老师向我们介绍湖父，介绍这个三点水加一个父字的字，与我们望文生义的义是一样的，它就是水的父亲，或者换个说法，是水的源头，是水的开始。这时候我忽然想，无论是谁，来到了湖父，头一件要做的事情，恐怕都是围绕这个字展开的。人们会认真研究起来，互相询问和探讨，表达疑惑和表达理解，引经据典或旁征博引，经过这个过程，最后的结果是一样的，我们都知道了，湖父就是这样的一个地方：

溶洞、竹海、水、茶、壶、禅……这都是和我们的习性最相吻合的，也是许许多多现代人在繁忙操劳中内心最渴望的东西。于是，我们来到了湖父，于是，许许多多的人来到了湖父。我们就这样与湖父相遇，湖父就这样走进了我们的世界。

虽然这一次在湖父待的时间并不长，但是这里的一切，和那个找不到的字一起，已经成为我心中长驻不衰的记忆。在湖父的时候，我又想到了父亲，父亲给我们依靠，给我们力量，给我们未来，无论父亲在还是不在了，父亲都会鼓励我们踏踏实实地去飞扬。这也正是湖父这个地方给我的感受，湖父是踏实的，又是飞扬的，可以长居长住长相守，也可以永远地藏在心头。

水的源头是隐秘神奇的，它不要轻易地显现；水的父亲是广阔博大的，它无处不在无处不有。

湖父就是这样的一个地方。

# 惠山古镇行

在一个春光明媚的日子，去往无锡惠山古镇。

这不是我头一回去惠山了。

较早的一次，是几年前吧，那时候古镇正在修复之中，可能还没有开放旅游，或者，它的名声还没有传出去，或者，古镇还没有完全从旧日子中醒来，或者它已经醒了，但尚不知道自己该朝着哪个方向出发，也还不太清楚自己的明天是什么样的。

所以，那一次的惠山古镇之行，留下的是宁静甚至有点儿冷落的印象，而那种印象，恰是与我们的习性相吻合的。我们走在几乎没有行人的古街上，像是走进了自己的童年，像是走进了自己的梦中天地，像是找到了自己心仪的对象。

那一座又一座，几乎座座相连并且形成群落、组成团队的祠堂，是惠山古镇最重要的特征、最珍贵的遗产，也最能引人浮想联翩，范文正公祠、周濂溪祠、杨耦芳祠、顾可久祠，等等等等，甚至都不一定进入祠内，就在门口站定了，抬头看一看门楣上的这些祠堂的名字，看一看那样的字体字迹，难道你不能想到很多很多吗？

再看看街镇上那一条一条的石板街、石子街，亲切到甚至想俯身去亲吻去抚摸它们，小心着皮鞋跟不要敲打街面发出“的咯的咯”的不和谐声音，不要惊动沉睡的历史，不要打扰古街的清悠。

就在这条连接着历史和未来的街上，陪同我们的主人，向我们描绘起修复以后的惠山古镇的情形，和我们畅谈了古镇发展的愿景。我们在这样的了解和倾听中，是否在心中为古镇的明天画出了一幅图画呢。

又一次去惠山的时候，古镇已经完成了它的整改修缮任务，既修旧如旧，又有着满满的新鲜气息、生动气氛。只是因为那一天去的时间迟了，到达古镇已是下晚时分，所以仍然人迹稀少，十分安静祥和。我们踩着街上的石子，轻轻地交谈，生怕惊动了什么的，或者，不想打扰了谁。

我们去到一间民间玉石收藏博物馆，大伙儿一群人，无论内行外行，都赏玉观石，谈艺论道。在惠山这一条古老的街上的一座古老的房屋里，与许多饱藏而神秘的玉、石相遇，也可算是一种艳遇。

玉石无言，它们和惠山古镇一样，散发出生生不息的历史的文化的内涵，升腾起我们内心对于传统的敬重和热爱。

走出博物馆，走进古镇的夜色中，虽然灯火并不是那么的灿烂辉煌，但是星星点点的光亮点缀在古镇的角角落落，使古镇平添了许多魅力。

我没有想到的是，一年以后，我再一次到惠山来了。我从来都是一个安坐多于行走的人，一般的地方，去过一次就不会再去了，两次以后又去第三次的，更是非常之少，也许我是和惠山有缘，或者是曾经有约？

反正，就在这个春意浓郁的美好日子里，我又来了。

呵呵，今天的情形可是与前两次不大相同了，因为是周六，上午，又因为春暖花开，用游人如织、眼花缭乱来形容，可是一点儿也不过分。到处是舞动的小红旗，到处是熙熙攘攘的人群，如果你一眼朝古镇的街上看过去，街就是由人头组成的了。

好呀，古镇的名气终于打出去了，古镇的人气终于聚起来了，古镇的优良文韵终于可以向外传播了。

只是，我们是一群散散漫漫、自由自在惯了的文人，爱往哪儿走就往哪儿走，爱在哪里停下来就在哪里停下来，基本不听指挥，也基本不跟上队伍，似乎根本就没有什么组织性纪律性的概念啊。

组织方的领队，眼看着我们这支并不大的队伍要被人流冲散挤乱，最后丢掉了谁也都麻烦，所以，在带领我们匆匆参观了几个著名景点后，干脆一起进了寄畅园，直奔茶室而去。

接下来的时光，就十分惬意而自在了。我们坐在湖心亭，面对一潭清爽的池水，泡一杯碧绿的本地新茶，茶叶根根竖起，漂在杯中，看着也是赏心悦目，然后，开始了大家最喜欢的闲聊。

在闲聊中，我还是另外拿出一点儿心思，做了一会儿有心人。我观察了寄畅园内的一些情形，感觉有些奇怪，寄畅园外的街上游人如织，可寄畅园内游人却很少，十分安静。寄畅园地处热闹的古镇中心，它和街上的熙攘仅有一墙之隔。而这一隔，却隔出了两个不同的世界。

那么我们到底喜欢哪个世界呢？

无疑的，我们向往安静的环境，在快节奏的时代中，我们喜欢过上慢生活，但是“慢”必然和“少”是连在一起的，你看眼前的寄畅园，多么缓慢的一种节奏，多么悠闲的一幅画面，是因为人少；

同样无疑的，我们向往热闹，向往大家快一点儿有钱快一点儿有好日子过，自然，和“快”是紧紧连在一起的，就是“多”了，比如古镇，想要快快地发展经济，就希望人来得越多越好，想要让更多的人了解古镇、喜欢古镇，也一样希望人来得越多越好，而古镇如今的繁荣，是因为人多；

人多了，古镇的独特的韵味就少了，许多人来了，看到拥挤的乱哄哄的老街，叹惜找不到感觉了；

人少了，古镇的发展就慢，古镇的知名度也低，据说惠山古镇也正在考虑实行用一票制来控制人流……

那么到底是多好还是少好，到底是慢好还是快好呢？

在惠山古镇，这是一对矛盾，在任何地方，这都是一对矛盾。将矛盾调至最和谐处，就是我们要努力去做的工作。

当然，这种工作只有进行时，没有完成时，当你觉得调好了一对矛盾，另一对矛盾早已经产生了。

从寄畅园走出来的时候，惠山的街上仍然人山人海，可是我的心情已经不那么躁动了，我的眼睛也不再烦乱，再看眼前的人流，我从每一个人的兴奋的脸上，看到了欢畅愉悦，我从那些嚷嚷声中，听到了自由奔放。这种欢畅，这种自由，让我平静，让我心生欢喜。

世界就是这样的，这又有什么奇怪呢，人类不就是这样纠结着一点一点往前走着的吗？

如果还有缘分，如果还有机会，我还会来惠山古镇，无论人少人多，无论宁静或喧哗，惠山都是我人生中的一个重要的驿站。

## 泰顺的村庄

有一座小村庄、古村庄，在浙江温州泰顺县，它既普通又典型，普通到不能再普通，同时又典型到不能再典型。

村中小路蜿蜒，旧檐老墙斑驳，大院里空旷荒芜，和天底下许许多多的村庄一样，年轻人外出了，留下少许不愿离开或不能离开的老人，在村子里继续着他们平静而漫长的生活。

某一天，我们一群人来到了这个小村子，但是，我们并没有惊动这个安静的世界。

这个世界有它自己的气场。这个气场，我们无法惊扰它。

甚至都没有零星的鸡叫狗吠迎接我们，我们踩着村庄小路的石子，走进一些旧宅老屋，说话声音都放低了，连脚步都是悄悄的。

就这样，我们无声无息地融入了这个陌生的、遥远的，却又是触手可及的村庄。

我的家乡苏州那里，也有许多古村落，明月湾、堂里村、陆巷、杨湾……无不是我梦回萦绕之处，无不是我心灵向往之地，我闭上眼睛也能勾勒出它们的风貌，即使身在异乡，我也经常与它们相遇。它们是我人生最珍贵的收藏，它们是我内心最柔软的部位。

奇怪的是，这一天早晨，就在我走进泰顺的这个小村庄时，我内心最柔软的部位被拨动了。

这里是浙江最南部，和福建交界的地方，这里的乡村，无论是村庄的整体布局，还是建筑风格，无论是风刮过的气味，还是池塘水的颜色，甚至是天空中飘过的云彩，都和我家乡的村庄不甚相同。

但是，我却在那一瞬间接收到了熟悉而亲切的信号，我觉得我是认识它的，我甚至觉得我是见过它的，我曾经来过这里。

细细长长、弯弯曲曲的村中小路，很长时间，一个行人都没有，一眼望过去，这里像一座被废弃了的村庄；跨过门槛，踏进大院，更是空空荡荡，有些阴郁，有些神秘，似乎隐藏着许多奇特的故事。

再往里走，终于看到村庄里的村民了，一两个，很少很少。

在一个很大的一眼望不到尽头那样大的院落里，在一个置放着各种旧物杂物的院落里，在一个墙角，有一位老人靠在一张旧藤椅上晒太阳，如果粗疏一点儿，我们甚至无法发现老人的存在。但是我们会细心的，我们十分细心，我们会看到老人的。我们就是来看他的，我们不应该看不见他。

在另一个院子，同样是一位老人，他在厨房的灶下忙碌，并不在意我们朝他的厨房张望。我一度非常想进去看看他的锅里煮的什么，但是最后我放弃了这个想法，似乎是不想打扰他，也不应该打扰他。

再进一个院子，仍然是一位老人，老奶奶抱着她的孙子，神情友好又坦然地看着我们。我们也一样，友好而坦然地看着她和她的小孙子。

此时此刻，我在想些什么呢，她在想些什么呢？

我们从一个大院出来，又进了另一个大院。这个小小的村庄里的大院真不少，大院连着大院。大院的开间都很大，院墙下半截多为石筑，院内房屋则多以木板为墙，木作雕刻十分精致，内容丰富，几乎每一家的门楼上都有对联、匾牌，依稀可见的内容有：

鹤语春秋

身齐律度

……

我总共在村庄里看到几个人？

三个？四个？

寥寥的几个老人，承载着无数的故事，承载着村庄的历史，承载着时代潮流奔涌时保存下来的珍贵的记忆。

一直往前走，人，一直很少，村，仍然寂静。虽然人少，虽然寂静，生活的烟火还在这里弥漫着，历史的光芒也依然在这里闪烁，这是我们童年的记忆，这是我们儿时的生活，这是中国社会曾经的写照，这是现代文明出发的地方，这是喧嚣世界的另一面。我们来到这里，重温了许许多多的东西，足够我们在今后的漫长路途中慢慢回忆，久久品味。就这么在泰顺的一个小村庄里转着，一路走着，一眼久违了的土灶，一张破裂了的长条凳，一只生了锈的铁壳水瓶，都在内心荡起一些情感，是不是因为，这些年来，我们走得太快，我们丢得太快，将这些普通而又朴素的生活场景遗忘了。

平时的我，不是一个拍客，走到哪里都不愿意东张西望，都无甚惊奇。紧张的生活节奏，焦虑的思想和灵魂，让我们对许多东西都已麻木，眼睛里已没有了色彩，耳朵也听不进曼妙之音，情绪之门总是关闭着。

却在那一个秋天的早晨，我走进泰顺的这个古村落，忽然有一股灵动的微风扑面而来，穿越了我的身体和灵魂。我听到了一个声音，一个声音在我心里说话了。

我取出手机，十分不熟练地开始用手机拍照。

我特意打听了这个村的村名，为了牢牢记住它，我又特意找了一张纸，把村名记下来，以为这样就万无一失了。但是这张记录着村名的纸，后来却怎么也找不到了。因为有了纸上的记录，就没有再用心去记忆，一直到现在，我也没有能回想起来，这个村子，它到底叫什么名字。

我到底是把这个村庄的名字留在村庄里了。

庆幸的是，虽然没有得到名字，但我得到了它的气息，得到了它的滋养。所以在离开它以后的许许多多的日子里，它是会始终存在的，不仅存在于我的手机相册里，更存在于我的精神世界里。

我想我应该不会忘记那个不知名的村庄，这不仅因为我拍下了一些照片，更是因为我们对这样的村庄，有更多的想法，有更多的情感寄托。所以，这个没记住名字的村庄，我是永远地将它带走了。

泰顺是廊桥之乡，到泰顺来的人，大多是来看廊桥的。我们也看了廊桥，我们为廊桥所震撼，甚至为廊桥骄傲。

只是，更让我流连忘返的却是那座默默守着旧日时光、与新世界遥相对望的小村庄。

# 微山湖的新一页

几乎整个的少年时代，几乎少年时代的全体少年伙伴，都会唱几句“西边的太阳就要落山了，微山湖上静悄悄——”。只不过，那个时代的少年，没有地理知识，没有方位感，不知道微山湖在哪里，不知道微山湖有多大、有多好，也许有的人会想，自己这一辈子，有没有可能看到微山湖。

我也是那时代少年中的一员，我甚至连这样的想法都没有。那个年代的人，是没有想象力的，是没有翅膀的，除了会唱一唱“弹起我心爱的土琵琶，唱起那动人的歌谣”，再也没有其他的动人的想法，更不可能有什么动人之举。以至于歌里的“微山湖”对于我们来说，那就是一个神秘的传奇，是一个远在天边的梦幻。

在后来的漫长的岁月里，少年长大了，渐渐地有了些地理知识，渐渐地有了点儿方位感，也渐渐地有机会听说微山湖了，甚至有了住在微山湖的友人了。于是，觉得离微山湖越来越近了，传奇就要成为现实了，梦幻也已经伸手可触了。

就这样，似乎一直是渐渐向着微山湖而去，只是走得够慢，也走得够长，一直到几十年以后，我终于走到微山湖来了。

眼前的微山湖和歌里唱的微山湖一样，仍然是静悄悄的，一片安宁，一派广袤。

似乎微山湖从来就是如此，永远就是如此。似乎微山湖从来不曾有过任何的历史风云刮过，也不曾有过任何的时代风雨侵袭。

但是其实我们都知道，微山湖此时此刻的宁静一定已经不是当年的“静悄悄”了，因为我们是穿越而来的，因为我们恰好越过了它的不静不宁的激烈动荡的时空。

在一些了解和熟悉微山湖的作家的笔下，在许多历史的记载中，我们得知，在过去的很长很长的时间里，每年微山湖地区都有江苏和山东两省农民的械斗，都会有伤亡、出人命。每年的打斗，无论出多大的事，下一年仍然会重复，似乎是永不能禁止的了。

那时候，人们的生活几乎全部依赖于微山湖，微山湖就是两岸农民的存在所在，几百里湖荡不仅养育了湖上数十万渔家，而且养育着沿岸几百万湖民。就连远处的农民，每到冬天，都会聚集到微山湖来打湖草，以增加收入养家糊口。

微山湖就是大家的口粮，微山湖就是大家的日子，没有了微山湖，就没有了活下去的依靠，所以就有争抢，有械斗，不打死就得饿死，不想饿死就得打。

多少年来，微山湖的农民用生命换来的，只是一点点温饱而已。

今天我们站在风平浪静的微山湖边，知道这平静来之不易，是时代的变化，是经济的发展，改变了微山湖从古至今的农民械斗的历史，还了微山湖一个和谐的“静悄悄”。

在新的经济时代，农民的收入实现了多元化，对农业的依赖性在降低，温饱问题解决了，不再会有人愿意为了增加少得可怜的一点儿收入、争夺湖区资源而丢掉自己的性命了。

微山湖的历史被改写了。

或者说，微山湖的历史重新回到了“青螺秀出银盘里”的那一页。

今天，我们坐船行驶在微山湖上，从荷莲中穿行，与鱼儿同游。在苍茫湖面上，我们向西岸眺望，那里正在打造一个微山湖千岛湿地，让我们所有人存于心间许多年的微山湖情结，在这里找到了归宿，找到了寄托。

我们的耳边，再一次响起“西边的太阳就要落山了，微山湖静悄悄，弹起我心爱的土琵琶，唱起那动人的歌谣”，心中真是感慨万端，那一种无比美好的意境，又回来了。时光、历史、人类的努力，终究给我们带来一个既似曾相识又光鲜崭新的美好世界。

# 暗　号

2017 年我家里装修老房子，于是肯定的也真的就出现了许多新情况。

老房子前一次装修是 2000 年，一晃就过去了十七八年。十七八年里发生了什么变化，那当然自以为是很知道的，甚至以为心明眼亮如我，就没有我所不知道的。不过在装修老房子的过程中，才知道“所谓的很知道”其实是很自以为是。

我已经为此写了小说了，反映现实也算得是快的了。但是从写小说到今天又写这个随笔杂谈，看起来我是很想再说说这个事情呢。

你不会以为我要说建材和人工贵得离谱吧，或者你以为我想说装修市场混乱得吓人吗，或者，你觉得是因为预算超支，承受不起了。

才不。

我这样的老派人物，死要面子的，即便承受不起，也要打肿脸充胖子，硬挺，咋哩，砸锅卖铁吧，砸了旧锅买新锅，呵呵。

我才不要说这些话题，我要说的是产生话题的源头：人。

是的，就是人。

先说说租房吧。家里要装修，全家人要出去住，临时租个房子住，现在中介市场那么活跃，承租出租兴旺发达，还愁租不到个房？果然的，上网一看，额滴个神，出租房多到你眼花缭乱，多到你心慌意乱。于是尽情地挑选呀，比较呀，可以很任性哦。我想要的条件，它应有尽有，于是一口气选了十几个，截了屏，这就是有备无患嘛。

然后，人就出来了。在电话那头，说，我正在陪客户看房，一会儿再联系你，你先加我微信。

好，你不空，我找另一个，反正“人”多的是。可是另一个人也和前一个人一样，甚至一模一样，正忙着呢，先加微信吧。

好了，一下子，现在，我的微信圈里，多了好多以“中介”开头的人名，中介张三，中介李四，中介王五，他们在朋友圈里推销房子，卖的或租的，有一个晒感冒照片，还有一个转让电影票的。有时候看看，也挺有意思，凭良心讲，比那些养生的、炫耀的之类，也不差到哪里去。

然后，经过无数次的联系、中断，中断、联系，终于有一个人对上话了，当然，用的微信语音，是我最不喜欢的方式。

阿姨，你要的这几套，全无。

全无，是租掉了，还是本来就无？

这样的问题是不用回答的，直接说，我这里有一套，三楼，挺好。

我说，电梯吗？

他说，三楼，不高。

我略有点儿沉不住气了，我说，我的必须条件之一，就是电梯，哪怕是二楼，也要电梯，毕竟上了年纪，还有许多东西要往上搬呢。

再重新来过，那么，这一套你看看，电梯房，两室。

我说，我说过了，要三室。

他说，挤挤可以了。

我沉不住气，我说，我把条件写得清清楚楚，你没有看我写的条件？

他不会回答我的任何问题，也不说是自己看了还是没看条件，只是再推出一套。

我暗自思忖，这就是套路吧。现代生活处处是陷阱，是套路，我自以为是时刻保持警惕的，难道也跌进来了？

套路是什么，就是想多挣点儿钱吧。

想多挣点儿钱很正常，直说就是啦，跟老人家捉什么迷藏嘛？

然后又报来一套，是沿大马路的，我从沉不住气，到有点儿来气了。

如此这般，纠缠了很长时间，捉了很多迷藏，我的耐心差不多要磨尽了，但是磨尽了又能怎样，一气之下，不租房了？不装修了？不能够呀。只能继续咬牙耐心。

当然以上这些，都在看不见的地方交流的。再然后，终于有一个人真正地出现在我的眼前的了。

无疑的，“80 后”，或者“90 后”，干净利索，胸前戴着工作卡。

阿姨，你想要的都没有呀，我这里有三套，带你去看。

那只能走吧，还能怎样？

那时候我已经很失望，甚至心灰意懒，光在微信里就纠缠这么久，要看现房，还不知道要看到猴年马月，跑断了脚筋？

你们知道的，我错了。

中介甲带我们看了第一套就 OK 了，所有条件都满意。

接着就是我的心理活动了，恐怕要被狠狠砍一刀了。

我又错了。

他报出来的租金离我的心理价位还差远远一截呢。怎么叫人不要偷偷一乐？

我以为他们纠缠来纠缠去，这套没有，那套没有，这个不合适，那个不合适，是为了多挣一点儿钱设的套路，原来不是。

我惭愧地低下了头。原来我人虽老了，心却还是小的——小心眼。

一直躲在幕后的我的淡定的儿子，这一次算是请了半天假，一起看房。

整个过程中，中介甲一直在和我儿子交谈，像是多年不见的老友那样默契投机，很有话说，有的话我甚至都听不太明白。我这个老阿姨，已经被撇到一边了。

无所谓啦，只要能租到满意的房子，跟谁说话不是说话。

我受教育了。但我并不知道为什么。难道我这个人很烦、很讨人嫌吗？我请教同是“80后”的我儿子，他惜字如金地说，沟通吧。

沟没通，我倒掉沟里了。

日子一天一天过去，我们家的装修工程很正常地延误了，所以租的房子需要续租，我又出面来搞定。

我打电话找中介甲，中介甲改用微信语音说，阿姨，这套房子不是我手里的，是我同事的，我让他和你联系哦。

我等。可一等再等，那个同事中介乙一直没有联系我。眼看着原来的租期还剩不多几天了，我等不及了，再次询问中介甲。中介甲说，阿姨，我跟他说了。我说，你把他的联系方式给我行吗，我来联系他。

我有了中介乙的联系方式，想必事情搞定了一大半哦。

我还是错。

还一大半，连影子还没有呢。且听我慢慢道来。

我和中介乙联系，说要续租三个月。中介乙说，哎哟，这事情不太好办，人家房东说想一年整租的。

老革命碰到新问题，自以为万事都能想周全的我，却没料到有这一出，顿时哑了。我挣扎着说，哎呀，那可怎么办，我们也没有办法啦，房子没装修好，如果这时候房东收回出租房，我们到哪里去住？

什么什么什么。

中介乙肯定不会听我的解释和求助的原因，他只是说，好吧，我帮你问问房东。

这一问，又过了好多天，一点儿音讯也没有。

我压着心里的火气，硬着头皮再联系，询问和房东联系进展咋样。中介乙回答：哎呀，房东想要整租一年呀。

跟第一次的回答一模一样。我怀疑他根本没有和房东联系。

如此这般来过几次，好几次，不能怪我肝火旺吧，我只好回头找中介甲了。中介甲说，阿姨，我这同事是蛮拖的，我催他。

然后又没下文了，中介公司后台却来催缴最后一个月的房租了。我赶紧向后台报告，说想续租，却没人理我，真可怜。

后台说，没问题，我和他联系。

我也不知道说的是哪个他。

其实后台也一样没有声音。

于是我又再回来找中介乙，我说话不好听了，我又小鸡肚肠了，我说，你们是不是想再收一笔中介费，我们愿意出，哪怕是你个人要，我也可以给你呀，你直说就是了，但是你得帮我解决问题呀，什么什么什么。中介乙说，不是这个意思，是房东不想零碎出租。

我说，那请你帮我们和房东做做工作，你怎么这么多天一直不给回音呢，因为前面的租期快到了，而我必须要续租三个月，否则什么什么什么。

中介乙还是说，好的，等我去问过房东再回复你。

肯定又是一去无回音。

我真生气了。但是我的气完全无处使，我在家里唠唠叨叨，成了个碎嘴子，我的小人之心又出来了。

怎么能不出来。

一气之下，我撂挑子了，我对我儿子说，续租的事情，我不管了，你们看着办吧，要是租不起来，到时候房东来赶人，你们也看着办吧。

我儿子平静地看了我一眼，说，好的，我联系。他实在不知道我为什么情绪要这么激烈。

一天以后，中介上门来签续租合同了。

而且，没有多收一分钱，如我所说，多收什么什么费，甚至给个人的什么，等等，都没有。

我受刺激了。

我问儿子，你是怎么跟他们打交道的。儿子说，没怎么呀，就和你一样呀，告诉他要续租三个月呀。

还呀了呀的，真来气，我说，那是他瞧不起老太婆啊？

我儿子说，你又不是老太婆。至少你看起来还不太老。

我叫我儿子给我个理由，道出个原因，他说，也可能前面他们已经把工作做得差不多了，正好你撂给了我。

他这算是安慰我吗？

且不管他了，好歹续租的事办成了。

再说一件事，当然仍是家里装修中的事情，买家具。在淘宝上看中一款椅子，但是对靠垫颜色把握不准，想让店家增加一套其他颜色的靠垫外套，有备无患。为了让店家明白我的意思，我写了一封长长的信，一二三四五六七，说得清清楚楚，解释得仔仔细细，有条有理，理由是什么，希望怎么样，一应俱全了。

当然我还很懂礼貌，使用了很多客气的词：请、谢谢、抱歉、对不起、辛苦你了、添麻烦了，等等。

结果店家就如同房屋中介甲乙丙丁一样，似乎是和我对不上话，好像不在同一个频道，不过这回倒不是不理我，而是看不懂我写的信，有许多疑问，比如很奇怪地问我，你需要三套靠垫外套吗？

我不知道他（或她）从哪里算出来的三套，后来仔细想想，也不是没有可能，卖的椅子上本身带着有一套，我在说明中反复强调我需要两套和为什么需要两套，加起来不是三套吗？

他（或她）没错，是我错了。

我又跌到沟里去了。

我只好又跟我儿子诉苦，我说，你看我好辛苦，我算得卖力、算得认真了，我都写得这么详细了，我都说了这么多好话了，什么什么什么。

事情仍然由我儿子去解决，儿子很快告诉我，搞定了，两天后送货，然后上门安装。

我又受刺激了。

我儿子说，你用了那么多的谢谢、抱歉、请、对不起、打扰了。还有你跟他们说什么理由干啥，还一二三四五六七呢，谁会看。

我真不知道他是嘲笑调侃，还是用心指点。

难道谢谢也会把人吓跑吗？

也许真有这样的事哦。

或者，这些字眼被人家闻出了异样的异类的异族的气味。

那就是不同的人类了呀。

确实是不同的。

你看他们的聊天：

在吗?

在。

买某某款椅子。

好。

加一套黑色靠垫套。

OK。我算一下价。

真的就 OK 了。

没有我的小心眼里想的那样敲一记竹杠，或者是心怀其他什么。

一切都简单轻松 OK。

后来有一天，我和叶弥聊天，不知不觉，就聊到了这个话题。叶弥一听，立刻就冒出一个词来：暗号。

他们之间有暗号。

他们之间有同一种气味，再遥远的距离，也能相互闻到，相互吸引。

说话的时候，叶弥虽然没有从椅子上跳起来，但是我感觉她跳了起来。

以我们这些人的几十年的自以为是的理解，去理解“85 后”“90 后”，然后是“00 后”，我们的暗号无法使用了。

叶弥说，你写个小说吧，题目就叫“暗号”。

我没有写小说，不知道以后会不会写，我先写了这篇文章交差。这算是一篇什么文章呢，我想了想，算是生活杂谈吧。一种新型文体哦。

# 从前的病

1975 年的一天，天下雨，队里不劳动，我和几个姑娘一起到同里镇去玩。

同里是江南水乡的明珠，但当时我是不知道的，我们只是常常到同里“上街”。我们南方乡下说的“上街”，大概就和北方的赶集差不多吧，也就是说在农忙过后或者农闲的日子里，队里会放假，让大家上街看看热闹，买些生活用品。碰到这样的日子，一般都是很开心的，只可惜那时候谁的身边也不会有很多的钱，上街去总是看得多买得少，也不失为一种乐趣。我们穿上自己最好的衣服，沿着大运河，快快活活向同里走去。一路上我们可以饱览水乡风光，满眼可见碧绿生青的秧苗，也可以看到打谷场上堆着金黄的稻谷，有一群小鸡在觅食，一只小狗在树荫下打盹，真是一派田园风味。只是在我们眼里这风味什么也不是，因为这些金黄和碧绿，都是经过我们自己的手创造出来的，也就没有什么味道了。我们倒是对小镇上的东西感兴趣，小镇上商店里琳琅满目，让我们看一个够，恨不得什么都要买上一点儿，只是钱不够。镇上有照相馆，我们曾经一起去合影，几个乡下姑娘对着镜头咧着嘴傻笑，其中有我。这照片永远留在我的相册也永远留在我的记忆中。我们在小吃摊上每人要一碗豆腐花，鲜得砸嘴，很想再来一碗鲜肉小馄饨，但是考虑半天终于没有舍得。我们在同里走累了就很随便地在一座桥的石阶上坐下歇歇，也不知道这桥有些什么来历，是哪个朝代建造，哪一位大诗人是不是为它写过千古绝唱。我们走在同里小镇的小街上，看那些深宅大院，也没有任何感觉，对一些精雕细刻的门楼花窗什么更是熟视无睹，我们真的很轻松很愉快，我们是一群浑然无知的乡下姑娘。我们开始往回走的时候，心里还惦记着店里的一块花布，不知道下次来，东西还在不在，若是还有得卖，一定是要买的。于是我们慢慢地走出同里，踏上归程，我们再一次回头，这就是同里。

过了好多年以后，我又来到同里，我觉得自己已经不再认得同里，我再找当年的那种感觉，却是茫然无存。这时的同里已经不是那时的同里，那时的同里，只是我们乡下姑娘赶街的一个小镇罢了，现在我再到同里来，同里已经是江南水乡的明珠。其实同里一直就是江南水乡的明珠，只是我自己从前不能明白。我再过同里的桥，就会有人介绍，这是一座宋桥，始建于某某，重建于某某，你看这桥的桥对，句式多么严格工整，出自大家之笔，你看这桥栏，石刻多么传神，出于名匠之手，你再看这桥的气势，多么古朴逸秀。我再走同里的小街，大家就说，这一宅是谁谁谁的家宅，那一幢是谁谁谁的财产，这一宅又是什么典型的什么风格，那一幢又是杰出的什么什么遗产……

但这一切，都只是后来发生的事情，在一九七几年的日子里，我是一个浑然不知世事的乡下姑娘。我到同里镇上街，为一块花布犯愁，为一双人造革的鞋踌躇。

1975 年的某一天，我从同里回来，天下着雨，路上比较滑，在跳过一道沟坎的时候，只听得腰间嘎巴一声响。

其实不是因为沟坎，也不是因为跳跃，腰早已经受过伤，只是我年纪轻，根本不去在意腰伤是什么。

腰很酸痛，我回到家，队长的哨子响了，因为水大了，下午冒雨突击开沟。

贫下中农、铁姑娘们投入了开沟的战斗，我去不去呢？去！一咬牙，我和贫下中农一起冒雨参加开沟。

开沟中，腰越来越疼，雨也越下越大，从里到外几件衣服都湿透了，但我还是坚持干，到三点钟左右就开了一百二三十公尺沟，坚持战斗到结束，虽然腰疼，衣湿，但心里却暖烘烘的。

——这是我自己当年写的日记中的内容。

这是冬天，12 月。

心里虽然暖烘烘，但是腰直不起来了。

从这以后，便开始了辗转治病的经历。

医生看了片子，皱眉说："你年纪这么轻，就得了这病，以后你怎么办？"

我莫名其妙地笑了一下。

医生说："你还笑得出来。"

我也不知道自己笑的什么，总之我没有一点点难过的心情，也没有一点点紧张不安，没有被医生的危言耸听吓倒，甚至我到底得了什么病我也没有问清楚。一直到现在我也还是不太清楚，只知道是第五腰椎的问题，到底什么问题，要问医生的，医生跟我说不清楚，医生说："第五腰椎是最下面的一根腰椎，人的腰部活动主要靠这根腰椎，这一根腰椎有了问题，人的腰还能怎么样，你自己想想吧。”

我没有想。

当时我并不明白医生说的“以后怎么办”意味着什么，现在回头再想，我才明白了医生的担心和关切。虽然我根本就不记得他是怎么样的一个人，是老医生还是年轻的医生，也许他的子女或者亲属也在农村插队，或者他并没有子女亲属在农村，他只是对我的同情，一个伤了腰很难再从事重体力劳动的、前途渺茫又浑然无知的女知青。

谁也不会没有个三病六灾的，谁也不可能没有个三病六灾，其实有时候生些小小的无伤大害的病也是生活中的一种调剂呢。按现时流行的观点说是容易伤风感冒的人不容易得大病重病绝病，不知道这种说法有没有科学的根据，有没有严格的考证，但是来由总是有一点儿的。

我小时候生过的病是很多很多还是很少很少，已经不怎么记得，唯有的两次比较大的病的记忆，一次是冬天的猩红热，一次是生在夏天的副伤寒，都是很厉害的。但是当事者迷，也不明白那两次病如何把大人折腾得要命。以后长大了才知道这两种病都是比较危险的，弄得不好就会要了我的小命，发烧不退，夏天我躺在地板上看到斑驳的天花板上好像在走马灯。母亲和外婆忧心忡忡，母亲说：“这孩子不太好呢。”

和我同一天住病房的一个女孩，第二天就去了，和我生的一样的病。我看着她躺在担架上，身上盖着白床单，被人推着走向了她短短的人生的终极，我一点儿也不悲痛，也不害怕，没有兔死狐悲的伤感，也没有唇亡齿寒的恐惧，不是我没有心肝，因为我还小，根本不明白生与死的意义。当我终于从死亡线上挣扎回来后，我才第一次知道了什么叫饿，伤寒是不能吃东西的，于是家里大人如临大敌，在我病好后仍然不敢让我吃东西。有一天母亲带我去复查，我实在饿得不行，却又不敢说要吃，看到医院门口有卖茶水的，我对母亲说：“我要喝水。”其实我哪里是要水，只是饿得没有办法，水也是能够救命的东西呀。母亲买了一杯茶水，我还没有端起杯子，就倒下去了，母亲吓坏了，抱起我冲进急诊室，医生看了一下，笑起来，说：“没事，肚子饿了。”

母亲飞走的魂魄才回来。

医生补充说：“她的病已经好了，可以让她吃东西了。”

慢慢地长大起来，我一般很少在医院的病床上躺好多好多天，只有一次骑车摔了跟头，脑震荡，休息了好些天，但也不是在医院的病床上，是在自己家的床上。医生对像我这样的轻度脑震荡，是很不当回事的，处理完伤口，医生说：“回家吧。”

我说：“不用住院?”

医生说：“医院有什么好住的，你以为比你家里舒服?”

医生说的是实话，只是我们小的时候，总是幻想自己生病躺在医院的病床上，身边是浑身雪白的医生护士，步履轻盈，语气温和，真让人有一种入仙境遇天使般的感觉。到大了才知道，那一切只是一种美好的幻想，多半的医院，只有死亡，只有痛苦、烦躁、嘈杂，没有天使，只有痛苦的人，病人痛苦，医生护士也痛苦，于是幻梦终于破灭。

1975 年或者 1976 年医生将我浑身的骨头扳得嘎巴作响，医生的额头上渗出汗来，母亲也在一边出汗。我浑然无知，可能还唱着什么歌曲，从医院里走出来。

直到现在我的腰一直是有病的，只要稍做弯腰姿势，就有颜色看，但是不管怎么样，我并不后悔，真的一点儿也不后悔。一个人一生中必然会有，也确实需要许多次的作假，但是我的这一份感情却不作假。

我听到母亲对父亲说：“这样不行，孩子一辈子的大事。”

后来母亲到处打听，终于辗转得知苏州老阊门附近有一位推拿老医生，姓楚。

母亲领着我从吴江坐乡村班车来到苏州，这里是我的故乡，我从小在这里长大，现在重新回来了，却是为了治病。

苏州的一切，对我来说，已经是那么陌生、那么遥远了。

楚医生在哪里呢？老阊门是一个很大的概念，幸好我们知道楚医生在老阊门的一所医院工作，但是听说楚医生病人特别多，没有熟悉的人介绍，恐怕他不肯收下新的病人。

我和母亲天不亮就从吴江出发，赶在医院上班之前到了医院门口，我们守在进门的地方，不知道哪一位是楚医生，母亲看到一个人就问："您是不是楚医生?"

都不是，有的人摇摇头，有的人笑一下否认了，也有的人很不高兴，态度很不好地说："不是。"

母亲说："这肯定是和楚医生关系不好的，或者是忌妒楚医生的。"

像这样病人守在医院门口慕名找医生的，不知道多不多，如果我是楚医生，我会很高兴的。后来母亲又问了一个人："您是不是楚医生?"

楚医生点了点头，说："我是的。"

母亲说："好不容易找到您了，楚医生。"母亲像是看到了救星，她急着诉说我的情况，楚医生说："进来说吧。"

我们跟着楚医生走进医院，来到推拿病房，我看到许多病人，他们都在等着楚医生。他们看到楚医生走进来，他们的神态都和我母亲差不多，楚医生让他们再稍等一下，他问我："你怎么啦?"

"她是下放青年，腰坏了。"我母亲急着把拍的片子拿出来。

楚医生说："不用看片子。"他的手在我腰里推了几下，脸上已经露出知道了明白了的意思，他说："你来推拿吧，每天一次。"

我母亲"啊呀"了一声，说："我们在吴江。"

楚医生说："那就两天一次，不能再少了。"

母亲和我互相看看，我们说：“好。”

楚医生说：“今天就开始。”他向其他老病人说：“她是乡下的，你们等一等，我先给她推拿。”

在这个过程中，我不知道母亲是怎么打听到了楚医生家的住址。

我们走出医院的时候，心情好极了，我可能没有钱买什么好吃的东西，但是我们肯定吃了点儿什么，肯定非常好吃。母亲说：“后天再来的时候，带些什么给楚医生呢?”

第三天早晨，母亲起了大早，去买了一大块猪肉和一些鲜活的鲫鱼。我们提着肉和鱼在老阊门到处打听母亲得来的那个地址，最后终于在某一条小巷的深处，找准了地方，敲开门，正是楚医生家。

我们母女俩都有些慌张，我们把肉和鱼往地上一放，就退出来。

因为一天隔一天需要治疗，父母亲商量让我住在苏州，他们找到苏州的老熟人，替我联系了住的地方——吴县第一招待所。

吴县第一招待所现在已经不复存在，在它的旧址上，建起了苏州人民大会堂和苏州会议中心。我十分喜欢它的格调和感觉，有许多人认为在古城苏州的市中心地段建这么一座大会堂，是破坏了苏州的整体风貌。我无法对此做出我的评判，但是我确实从心底里喜欢这座建筑，每次经过那里，我便有自豪的感觉，好像那是我造起来的。

退回去许多年，吴县第一招待所是一座很普通的县级招待所，因为吴县是一个没有自己县城的县，吴县的地盘也就在苏州市区内，而且在市区内许多好的地方都给吴县占了，比如第一招待所。

我在 1976 年的一些日子里，住在这个招待所里，每两天用在治病上的时间，坐车往返、等候、治疗，等等，是两到三个小时，剩下来的时间干什么呢?

我开始创作我的长篇小说，题目记不得了，也许根本就没有题目，也许有个《枫树湾的战斗》之类的题目，因为记得我写的那个地方就叫作枫树湾，是枫树湾的贫下中农和知识青年与走资派斗争的故事，编的。

过了三年，我进了大学，又写小说，我的一篇日记中写道："写了一篇批判血统论的小说，底稿还没有脱手，报纸上已登出党中央关于地富摘帽及其子女成分问题的决定，我迟了，落后了，失去了作用和意义，真悔，要接受这一教训，万事不能拖。"

从前就是这样写小说的，这篇日记的时间是1979年初。

我住在吴县第一招待所写的那一部长篇，主人公是个男知青，叫华铭。为什么让他姓华，当年正是华国锋被毛主席看重的时候，毛主席说："你办事我放心"。

具体内容记不起来了，我试图寻找到当时写作长篇小说的笔记本，但是怎么也找不到了，我有些失落。我唠唠叨叨地向家人和朋友讲个不停，我说我记得前几年翻箱倒柜的时候还看见那几个笔记本，是牛皮纸的小笔记本，现在怎么会不见了呢，我不会将它们扔掉的，到哪里去了呢，我的长篇小说说不定已经完成了呢。

他们说，逃走的鱼总要大一些。

我不知道自己在吴县招待所住了几天，反正时间不是很长，后来就发生了变化，父母亲的一位老同事老领导，无意中知道我住在苏州治病，而且一个人住在招待所里，他们说："这怎么行，这怎么行。"不由分说将我接到他们家住下。

那时候他们家的住房条件也不宽裕的，都是几人同住一间的。每次他们家来了客人，都看到一个陌生的我坐在那里，客人都要问："这是谁家的孩子?"

他们就回答，这是某某某的女儿，他们说出来的是我母亲的名字，而不是我父亲的。

客人说：“哦，怎么住在这里的呢？”

他们说：“她在乡下劳动，腰伤了，在苏州治疗。”

我低着头，因为我没有地方可躲，我在他们面前抬不起头来。有一次我干脆走了出去，他们也没有在意，等到客人走，才发现我不在，一家几个人出来找我，他们很担心我。

我住不下去，回家了。

治病期间，我再也没有在苏州住过。

再下次来苏州治病就是我一个人，我坐了长途汽车，到苏州南门的汽车站下来，再坐 1 路车到观前街下车，再转 5 路车或者 3 路车到石路下来，再走一段路，过一顶小桥，穿一条小巷，就到了医院。这所医院当时叫作延安区人民医院。

延安区后来就恢复了原先的区名：金阊区。

# 后来的病

整整二十年以后，我来到苏州另一个区沧浪区医院治疗。沧浪区曾经有一段时间改名为红旗区。

二十年后我是因为颈椎病日益严重来看医生的。

许多年来我一直伏案写作，我不知道生活中还有别的快乐和轻松，我几乎将写作视为我的唯一，我在写字台前一坐就是一整天，又一整天。

大家说：你要活动了。

我说：噢。

他们又说：你写得太多了，可以停一停。

我说：停下来干什么？

有人说：你哪怕干干家务带带孩子。

我没有听从大家的劝告，我仍然一如既往地写作，作品很多，因而大部分是粗制滥造的，有人说：你宁可把写五篇十篇的精力和想法写成一篇。

我却不这样做，在写作这许多粗制滥造的作品的过程中，我十分愉快。

不知从什么时候开始我得了颈椎病。我想这很正常也很合理，我并无很多的怨言，一个人付出什么就得到什么，他得到什么同样也就要付出什么，这道理我想得通。

我的颈椎病已经有相当长的时间了，只是我从来没有把它当作是什么病，也不愿意去看看医生，也不曾去接受过什么治疗。我不知道这是惰性还是什么。我在忍无可忍和暗自担心的情况之下，也向人说说我的颈椎病。大家听了，说：哦，职业病。

没办法的。

或者说：颈椎病，我也有，谁也有。

基本上大家不把颈椎病当一回事儿的。

在阴雨连绵的天气里，它不客气地发作起来。我时而头晕，时而头疼，时而胸闷透不过气来。在夜晚我的肩和背疼得难以入睡，因为根本不能使用枕头，倒栽葱似的躺法让我觉得天旋地转，常常用安眠药帮助睡眠。并且像神经衰弱病人似的，以为黑夜是世界末日，而早晨又会感觉一片光明。可是颈椎病的早晨一样让人感到沮丧，在早晨起床时感觉到从后脑勺到背部整个就是一大块铁板。我活跃不止的思维和它的外壳形成了强烈的反差。我若想回头看看窗外的景象，我必须带着我的背一起去看。我觉得我开始像个老人似的感到行动不便。

我想起多年前我在乡下做铁姑娘时，逞英雄，挑起自己本来承担不起的担子，又在寒冬腊月光着脚下河挖泥，努力表现出英勇气概。一直到许多年以后，我才知道那一段岁月把我的腰掏空了。现在我的腰间像两个空虚无底的深渊，我无法重新将它们填满，除非我有本事使时间倒流，倒流的时间也许能填满它们，当然也许不能。因为我好像从来没有为我过去的岁月后悔，即使能够还我一个从前，我想我大概仍然是那样度过。

有一次我从家里高高的桌子上摔下来。我是为了往樟木箱里收藏毛衣准备过夏才爬上高高的桌子。我在家并不做什么家务，但是像爬高这样的事情，我不能让年近七十的老保姆去做，我虽然生性懒惰，但自以为良心还是有一点儿的。那一天我爬上了高高的桌子，我收藏了由保姆洗干净的毛衣。我从桌子上摔下来，我毫无防备地让我的尾骨对准了水泥地。事后我丈夫以及许多关心我的人都认为我没有应变的能力，我对此颇为不服，我想我无论如何不可能在八十公分的空间距离内来一个前滚翻或者后滚翻，然后双脚稳稳落地，得一个九十五分，正因为我无法做到，所以我的尾骨摔断了。只是在当时我并不知道尾骨已断，我在地上像死狗似的躺了一会儿，双手不是抱住屁股而是抱住了头，以至于听到沉闷落地声而赶来的保姆老太在一边连连问道：是不是摔着头了，是不是摔着头了？

事后老太还常常说起，她大概不明白，我怎么不抱住断了的尾巴，却抱住头。

我努力回想当时的情形，我想我抱住头而不抱屁股是有道理的，因为我的全部感觉都在我的头部。

我在地上躺了一会儿，我爬起来，摇摇摆摆地走向我的电脑，那几天我正在赶写一篇稿子。我不知道在现代这样的社会，还有什么稿子是需要赶写的，也许赶写的并不是一篇稿子，而是一种习惯，是一种毫无价值的固执。我坐在断了的尾骨上继续写作，五天后，我赶写的稿子写完了，我到医院去拍片子，医生说，你的尾骨摔断了。医生为我做了复位手术，医生没有成功。医生说，你来得太迟了，尾骨只能永远让它断着了。我心里很害怕，医生安慰我，医生说幸好是尾骨，医生说尾骨是人身上最无关紧要的一块骨头，即使割掉了也没有什么大的妨碍。医生最后说，也许，以后到了阴雨天，会酸疼，会有所感觉。医生的话说得不错，在黄梅天的时候，我的尾骨和着我身上的其他骨头一起来凑热闹。

在折断了尾骨后不久，我的左脚踝扭伤了。大家都对我另眼相看，以为我这一年交了什么华盖运，我亦有同样想法。但是我毕竟走过了这一年，到来年的现在，我的左脚踝又开始发出嘎巴嘎巴的声响，我的脚筋酸疼，我走路的时候，脚踝软弱无力，经常左拐又扭，像跳秧歌。

另外我还有许多别的不适，它们在黄梅天里都一起来了。我的自我感觉一败涂地，我像个老人似的老是追忆着什么，我思前想后，觉得自己似乎在生命的路上走得太快了一些，我大概性子太急，预支了我的生命的一部分，不然的话，我怎么像个老人似的在黄梅天里乱发老伤。

我终于有了一点儿危机感，我想到虽然我可能是预支了生命的一部分，但是我即使偿还了预支的部分，我的生命毕竟也还有很长的路要走，我为了在以后的日子里好好地走我的路，我想到我应该去治一治我的老伤了。

但是我一直犹犹豫豫，治病将要花去很多时间，说心里话，我的时间常常只舍得花在写作上，在其他事情花费时间我会觉得是一种浪费和罪过。

于是在隔了整整二十年后，我来到另一座区医院。

说起来我的时间是够多的，我不用每天去上班，我也不承包什么任务，但是我仍然觉得我没有更多的时间，我的紧迫感不知从何而来，也不知为何而生。我不上班，但是我对时间却掌握得很准确很精细，我想象不出这世界上还有一个谁会像我这样把时间抠得那么紧。我每天每天都得把时间的分分秒秒把握得一丝不差，对于我来说生活中最重要的东西是手表和钟。我离不开它们，我不知道我一旦看不到手表和钟，一旦我觉得自己再也掌握不了时间，我会变成什么样子。

我曾经在插队期间写过这样的日记，1975 年 1 月 2 日日记片段：

回吴江过元旦，家里人其他同学都劝我多待几天，但我内心感到很惭愧，贫下中农元旦还在坚持劳动我却回家舒舒服服地过节，还要多住几天，真不像话，内疚的心情焦虑的心情迫使我一分钟也待不住了。今天一大早我就赶回生产队，下午参加了集体生产劳动。

1975 年 4 月 25 日日记片段：

“懒”字千万不能让它冒头，情况往往是越懒越懒，甚至有许多坏事都是从懒开始的。

最近我身上的懒字比较重起来，比如晚上不想学习，不是玩就是睡觉。这是非常不好的，我决不能让懒字毁掉我的青春。

1976 年 4 月 18 日日记片段：

看电影、看书，不能为消遣而看，为的是受教育，从中汲取对自己有帮助的东西。

这是从前的我，现在的我仍然如此。

因为我永远觉得时间不够，所以即使我生了病，我也找离家最近的医院看病，节省时间。

医院虽然离我家不远，但是我从来没进过这家医院。我记得我母亲被病魔折磨得无路可走的时候，她出入了许多家大医院。后来有一次，母亲走进在我家附近的这座小小的区医院，医生给她开的药是食母生，母亲捧着食母生回来。母亲在她过去的许多年中，顽强地和病魔做斗争，不知服用过多少食母生以及许许多多其他的药。母亲从小医院里捧回一小袋食母生的时候，像是捧着一袋救命丸，母亲说：也可能的，说不定大医院治不好的病，小医院的食母生就治好了。食母生到底没有能够挽救我母亲的生命。但是母亲在她的生命的最后几年里，她对于病魔的不屈服，对于生命的渴求，我永远不能忘怀。

现在我也走进了我母亲曾经满怀希望走进去又满怀希望走出来的区级小医院，我想我也同样满怀着希望。

医院的门廊昏暗而潮湿，我在平时无数个日子里经过这座医院，我偶尔也回头朝里看看，完全无目的，我看到的就是阴暗而潮湿的景象，我知道这类级别的医院不能指望它有多么好的医疗条件。门廊两边各有两个窗口，挂号，划账，付款，发药，我站在挂号窗口前，抬头看到墙上贴着满满的门诊指南，有许多专家门诊，但在专家门诊中我找不到伤科，也找不到和我的老伤多少有些关联的科室。我茫然地看着老专家们的名字，我突然想，这每一个名字都是一部厚厚的书。对我的这种想法我自己一点儿也不怀疑，我的思绪奔放激动起来。商人对着满街的人流感叹，呀，都是钱哪，虽然未免贪婪，思路却绝对正确，心理学家则说，你们每个人都能给我提供一份临床实例报告，虽然过于自信，却也得之无愧，和他们一样，我想我的职业病又犯了。我立即对自己的思想进行批判，我想到我是来看病的，我看病是为了今后更好更多的写作，我并不是来找写作素材，关于写作和写作素材，我应该将它们托付给来日方长这个词。我努力收回自己的奔放的激动的思绪，我怀疑在我对区级小医院尚未有一定的了解之前，我是否能够贸然把自己的病和自己的未来交给它。小医院的较差的医疗设备和条件，使人不能立即对它产生一种完全信赖的感情，我想这也是正常的。我犹豫再三，没有先挂号，按照就医指南的指示，我先在一楼转了一圈，又上了二楼，在贴近楼梯的地方，看到了一块伤科的牌子。我向里边探了探头，我记不清我当时看到了什么，到以后日子长了，我自然会知道，那天我看到的无非也是病人和医生，医生在替病人推拿，病人在等待医生推拿，我只是记得并没有人和我说话，大概会有人向我看看，但是确实没有人同我说话。我退开来，又向走廊里头走去，我看到了内科、小儿科、针灸科等等。我心里越发地茫然起来，其实我并不知道我该看哪个科，我不知道是针灸更好呢，还是吃西药、喝汤药，或者是做牵引，做理疗、推拿，也或者还有别的更好的办法。那一时刻，我站在区级小医院的二楼走廊上愣了一会儿，最后我义无反顾地走向伤科，不知道因为什么，也许就因为它靠着楼梯，当我再度走到伤科门前探头探脑的时候，我终于引起了医生的注意，医生说：你看病？

我点点头。

医生说：这是伤科。医生打量了我一下，又说：你看什么？

我说不出我看什么，我要看的地方似乎很多，从头到尾，发了许多老伤，一想起我的老伤，我心绪就烦乱起来。我尽量使自己的头脑不受烦乱心绪的影响，我镇定了一下，想到我必须有所取舍，突出重点，所以我只是稍稍地犹豫了一下，我说：我看颈椎病，是这儿吗？

回想那一刻我义无反顾地抛弃了其他的老伤，突出我的颈椎病，我想我的意思再明显不过，我完全服从于我的写作事业。许多日子以来我已经感觉到我的颈椎病开始影响我的写作生活，我想我也许无法承受不能写作的打击，为了使我在生命的后半辈子仍然能够写作，我开始治疗我的颈椎病，别无他意，我这个人真是很简单、很专一，所以我对医生说，我看颈椎病，是这儿吗？

医生似乎有点儿怀疑地再将我打量一番，然后他点点头：挂号去吧。

我重新下楼挂了号，就这样，我走进了伤科门诊，我开始接受推拿治疗，连等待加治疗每天大约需要两个小时，碰到病人多的时候，时间更长些。医生说：这第一阶段的治疗，你至少需要三个疗程，三十天。

我莫名其妙地又心疼起来，好像我花时间治病是浪费了我的生命似的。其实，我明明知道我已经预支了生命，我从来没有浪费过生命，但我的思想列车固执地坚持着它一贯的轨道，不肯有半分偏差。我无法控制我的思想列车，它有一种与生俱来的执拗，我无可奈何。

我每天上午到医院去接受治疗，在时间流逝的过程中，我不断地安慰自己，我对自己说，来日方长。我并且告诉所有关心我的人，说我现在每天花整整半天的时间进行治疗，关心我的人都认为这很有必要，认为早就应该如此。我每天到医院去的时候，面容平静如水，步履坚定沉着。在每天的治疗过程结束后，我的头部背部感觉确实轻松多了，我慢慢地走回家去，相信没有一个人看到我的从容不迫的样子，他还会有别的想法。其实我内心完全不是这么回事，真正知道我内心是怎么回事的大概只有我自己，毫无疑问，我的内心一点儿也不平静，我焦虑不安，心情毛躁，思绪烦乱，面对电脑我的头脑里竟然一片空白一片苍茫。我写作许多年思路基本上是畅通的，不敢说行云流水，至少也是缓缓细流，虽无磅礴的气势，却也源源不断，现在我的思路终于堵塞起来。我情绪波动，忽而沮丧，忽而悲哀，忽而又很亢奋，我不必奇怪，我知道这是因为我的写作碰到了障碍。许多年来，我一直写作，我其实并不知道我写作的目的是什么，活着写着就是目的，除此好像再无别的目的，当然我不能不说在我开始的时候，我确实怀有种种目的，但是多年以后，我再回想那种种目的，我发现自己已经找不到它们。我曾经在一些文章中或者直接或者间接地谈到过写作的事情，我说我不知道为什么要这么拼命地写作，我也不知道我写到什么地方什么时候才是结束，我觉得我活得不够潇洒。可是有许多人认为我还是蛮潇洒的，其实我知道不是这回事，我从来没有把写作当作游戏或当作休息，也不是为生活做一些点缀，也不是为生命增加些色彩。我想我大概是太认真，我把写作看得太认真，做得也太认真，正因为如此，我不能把这个工作做得更好一些，年复一年，我生产出大量的作品，能让人记住的却很少很少，我被普遍认为是“可惜”了，对此一说，我亦有同感。就像我们平时经常能见到生活中有这样的人，他们多才多艺，能歌善舞，吟诗作画，书法也写得不错，文章也常常上报，自己又会修理电视机录像机，玩古董也玩得内行，集邮票也集得专门化，总是无所不能似的。这样的人受社会欢迎，这里开会请去写会标，那里歌咏比赛又去做指挥，有时候我们看到这些人忙前忙后，觉得他们若是能朝专一的方向发展，也许能够成更大的气候。这想法大概是不错的，但事实上，多才多艺的人他们仍然是那样生活着，就像我一样顽固不化。我想我自己几乎是一年忙到头，一日忙到夜，我这样做的结果，大概使我的才能像细细的流水似的一点一滴流走，而不是将它们聚成某一种较强大的力量。我可惜了我自己，但是我并没有改变自己的想法，我一如既往，我的思想列车固执地沿着旧轨道向前开着，我依然如故生产大量的作品，其中有许多粗制滥造的东西，自己也不忍卒读。我不知道我到底算是对自己负责还是不负责，有时候我觉得自己有一种走火入魔的恐怖感，我无法做到使自己不去想写作的事情，我很害怕。

也许我现在就说这是一种恐怖仍然为时过早，也许人在他的一生中碰到许多次的恐怖，但没有一次可以算作是真正的恐怖。其实人也只是在想象恐怖的时候，心理上对恐怖更有畏惧，一旦真的感觉到恐怖，也就那样。能怎么样呢？像我，总以为万一有一天因为种种原因而不能写作，我会怎么怎么样，其实，真的不能写作，我又会怎样呢，我想一定不怎么样，我至少不会去死，我会活下去，会好好地过日子，会找些别的同样适合我的工作来做，或者我能将那一份新的工作做得更好也是可能，就像热恋中的男女都有非你不娶非你不嫁的痴迷，却不知任何一个正常的男人和女人都可以在婚姻和爱情问题上进行多种可能性的组合，谁也难说究竟哪一种组合更合适。如果有人告诉我说，写作对我来说并不一定就是最佳的选择，我想我也无法解释，因为我无从对比。

现在我唯一要做的事情就是认认真真地治疗我的颈椎病，我不应该再有多余的想法，我应该让我活跃不止的思维休息一会儿。我每天按时往医院去，医生说：你很准时。门诊室里等着许多病人，像这样的门诊治疗，医生对每一个病人都应该约定时间，既不让病人等着，医生也可心中有数，医生说：可是我们这里做不到。

时间是捉摸不定的，更多的人没有能力掌握自己的时间。在医院的伤科门诊，我看到许多和我一样发着老伤的女人，医生告诉我，她们大部分是女工。

我和一位四十多岁的女工说说话，我说：你什么病？

女工说：呀，我的病呀，多着呢。她指指自己的腰，然后是颈，然后是腿，然后是头，说：到处是。

我说：怎么得的？

女工笑了，说：他们都说我是做出来的病。

女工在工厂上班辛辛苦苦，下班以后立即奔到菜市批发部批发了菜到市场上去卖。女工自己拼命挣钱并且省吃俭用，所有的生活用品都拣处理品买，女工脚上的皮鞋，女工手里的提包，无一不是削价商品。女工抬起脚让我看她的鞋。

我不知说什么好。

大家都笑，说：活该。

女工也笑，说：是活该。我做了也是白做，我节省了也没有用，我男人讲面子，穿要名牌，吃要高档。

大家说：你做了给他用?

女工说：每一对夫妻总是搭死的，你这样，他便那样。

大家又笑，说：那是，要不然你家不发死了，只做不用，钱往哪儿堆呀。女工突然叹息了一声，过了好一会儿她说：现在我想通了，我再也不做了，我也不节省了。

大家一片笑，说：不会的，你仍然是要做的，你也仍然是要节省的，这才叫搭死。

女工笑着默认大家的话。

我想，原来，我就是那位女工。

黄梅天还没有结束，雨还在下着。我从医院回来，又坐到电脑前来了。

生活就是这样。

在我辗转在苏州老阊门的金阊区医院治疗腰病的时候，我不知道二十年后我会在另一所区医院治疗颈椎病，治疗手法是相同的。

# 大道留真

一直以来，对于画家，我总是从心底里生发出敬畏。因为敬畏，多少会有一点儿敬而远之。而这个远，则是生发于底气不足，担心太近了会出乖露丑，你什么也不懂，跟人家聊什么呢。

受我大学同学周和平的邀约，让我给他撰写的宋玉麟传记《大道留真》写几句话，说实在的，那一瞬间，惶然之情油然而起。隔行如隔山，我对于绘画，实在是个百分百的外行，连一知半解也没有，更何况，如宋玉麟这样高山仰止景行行止的艺术家，那是让我们“心向往之”，而不是让我们指手画脚随便说说的。

但是又想，文字和画，本来不应该是有隔膜的，本来就是很近的亲友，而这一本精心撰写的文学传记，同时又收录了宋玉麟的部分精品画作，把文字和画作结合在一起，文字是画的，画又是文字的，那更是亲上加亲了——怀揣着这样的想法，我开始读《大道留真》。

初读之下，甚至还没来得及细细地品、细细地想，就已经去除了我心中的那一丝怯意、那一丝间隔，就觉得这是一位老友，是往来多年的旧交，是心心相印的同行，是可以神交的知音。

我开始努力地回想，最早和宋玉麟认识，是在什么时候、什么场合，现场是什么样的情形，都记不太清了，但是最初的印象，却深深地印在脑海里，那就是四个字：玉树临风。其实，从第一次见面到今天，我们之间的交往并不算多，多半只是在某些会议、某些文化活动上相遇，有时候甚至会擦肩而过，但那最初的印象，却是可以保留一辈子的。多年以后再细细回想，仍然还是这个印象，或许因为他的名字中有个“玉”字，但我知道，更是因为他身上始终透出淡定、从容、儒雅的气质，不可多得的那个印象就这样定格了，始终没有改变。他那时候是不是画院院长或美协主席，这都无关紧要。

就这样，我随着《大道留真》，跟着传者的笔墨一起走着传主的人生，十分随和惬意，十分妥帖自然，一开始，就让我的神思一下子飞到了一个叫作嘉定的地方。嘉定这地方我没有待过，但是偏巧我的父母亲待过，就在我出生前的两三年，我父母就在嘉定工作，所以在我成长的岁月中，曾经经常听到嘉定这个名字。现在这个久违的名字，居然在《大道留真》中出现了，心中真是有了一份特别的亲切和熟悉；尤其当我读到宋玉麟小时候在农村的那些经历，无论是上学走夜路，还是用心学农活，无论是艰辛生活中的和睦，还是懵懵懂懂的理想，就像是看到了我自己的童年，就像是回到了我自己的童年，真是感慨万端。

世界其实是很小的，人类的情感其实也是常相通的。

从嘉定写起，从父亲写起，从父辈的大师们写起，宋家的家风就从这里生发出来，弥漫开去，升腾起来。家风，就是一个人成长的土壤，是一个人的品格和气质形成的雨露阳光，毫无疑问，那一个朴素无华又认真精致的家庭，那一种植根乡土又文脉深厚的成长环境，最后是一定会酝酿出“玉树临风”的。

从容淡定，是《大道留真》一以贯之的风格，无论是传主的人品，还是传者的文风，无不处处渗透出这种风格：经历风风雨雨，求真求美之心不改；穿越坎坎坷坷，积淀学养阅历无数。于是，就有了海纳百川有容乃大的气度，就有了卓尔不群特立独行的风格，就有了谦谦君子冰清玉洁的品质，就这样，一个真实而又生动的人物形象站立起来了。

在这里，从文字中，从画作中，我们听到了宋玉麟对我们说的话，听到了他的心声。他借着山壑，借着老树，或枝头小鸟和我们交谈，他让画笔下深藏的山中茅屋、依稀的古代老者、远泊的秋江小舟和我们靠近，走进我们的心灵，贯穿我们的气脉；于是，在每一注笔墨中，我们看到内心世界的起伏；在每一种色彩里，我们感受人类情感的缤纷，在每一笔线条下，我们体会现实世界的纠缠。画家的丰富情感和高超技艺，无不渗透在我们平时常见的山水花鸟之中，便使得这普通的山水花鸟，变得如此的不普通、不平常，变得如此的深邃和迷离。在一张薄薄的纸上，体现出宁静且又热烈、简单且又丰满、单纯且又繁复的意韵，这意韵伴随着我们，敲打着我们的心灵，让我们深深地被震撼、被感动、被折服。

然而，穿过这些繁复的画面，我又看到了简简单单的两个字：讲究。

讲究可不是一件简单的事。

宋玉麟的山水被称为“细笔山水”，细，就是讲究，就是永无止境的追求。从《大道留真》的讲述中，我深切地感受到，许多年来，宋玉麟是以他全部身心，扑在了这一个“细”字上，使之不断地完善，不断地形成自己独有的“讲究”。无论是“无为”的创作状态，还是“空灵”的艺术表达，或是结构上的松秀，或是意境上的幽远，都能从这个“细”字里体现出来。这个细，细而不弱，细而不小，细而不碎。它是精细的，又是大气的；它是雕凿的，又是浑然天成的；它是讲究的，却没有丝毫刻板之感，这正是“细笔山水”独创之处，画家是用全部的人生积累在做“细”，是用融会贯通的中西文化在做“细”，是用执着的创新创优在做“细”。

这一个“细”字之中，又充分地挥洒着江南文化特有的韵味和品质，在这里，江南文化的底蕴，江南文化的特点，都得到了最充分的展示和体现，同时也在最大限度上得以发扬光大。所以，无论是画家宋玉麟，还是宋玉麟的画，都不仅仅只代表宋玉麟，它们承载了江南文化的精髓。

从文字中的宋玉麟，到画里画外的宋玉麟，就这样玉树临风地、真实而又精彩地站在读者面前了。《大道留真》的成功，有一个极为重要的原因，那就是传主和传者的相互理解、相互融合。无疑，这是心性相投、习性相近的两个人，既有传者的慧眼识英才，又有传主真诚坦然的自我画像。

于是，这本书的风格，让我们颇觉新意盎然。一方面，它有着和读者家常式、面对面聊天式的近切，使读者在阅读的过程中，不知不觉就身在其中了；而同时，这本书又有相当的高度和深度，有理论，有分析，举一反三，开拓视野，并不仅仅是做一次流水账式的成长叙述、绘画记录。

传者周和平不仅学养深厚，可贵的是，他对于传主的经历和事业感同身受，他是完全彻底地进入叙述，完完全全把自己放进去了；更可贵的是，他又能够随时走出来，用理性的眼光清醒地看问题，让许多实践性的过程和论述得以提升，得以实现思想的高度和宽度。

所以，我们读《大道留真》，实际上是和传主及传者一起经历精彩的人生，一起感受艺术的滋养，一起接受思想的熏陶。

《大道留真》真正地走进了人心，这是成功的文学作品给人带来的喜悦和收获。

# 画家高云

最早的时候，只是知道和认识了省文化厅的高云厅长，并不是太清楚高厅长除了“厅长”以外的其他什么。一来是因为我这个人不善交际，导致孤陋寡闻；二是隔行如隔山，写文章的和画画的，虽然都属于“文艺界”，都被称为“文人”或“文化人”，但其中的差异和距离，也许隔着千山万水呢。

但是好在自从认识了高厅长以后，我就渐渐地、不是快速而是匀速、不是刻意而是自然而然，开始了解和熟悉高厅长，渐渐地知道高厅长除了“厅长”之外的其他种种，开始认识了“画家”高云。

高云，就这样走进了我的写作视野中，所以，我今天要写的高云，是画家高云。

他分明是来考验我的脚力眼力脑力和笔力的啊。

人与人有没有缘分是难以预料的，是不可强求的。我和高云的缘分，似乎没有什么必然性。但是有时候，缘分说来就来了。2013 年，我们两人走到了同一个小组，全国政协文艺界第二十八组。此后的整整五年，每年有十多天的时间，一起开会，一起学习，一起讨论，尤其是小组会的时候，常常会坐到一起。在全国性的会议上，江苏人和江苏人就显得特别亲特别近了，哪怕只有两三个人，也会给人成群结队的感觉。

于是在会议时间，我们就进入了互相熟悉的打开模式。我不太清楚，高云对我的了解是不是逐步增加了，但我对高云的认知确实是渐渐地多了起来，厚实起来，并且越来越生动，越来越真实，越来越感动和打动我的内心世界。

高云是个早起的人。

十七岁，插队农村劳动，开始自习绘画。

想想十七岁的我，懵懵懂懂，在农村的学校念书，两眼一抹黑，人生的路根本就不知道在哪里，文学的梦更是遥不可及。

高云不一样，十七岁的他不仅拿了画笔，他已经有了人生的理想。我想，早起的高云，之所以能够早早地就确定了自己的奋斗方向，这和他的家庭影响不无关系，尤其是他的父亲，收藏了很多大家大师的作品，父亲对于艺术的挚爱和鉴赏水平，无疑是高云学习绘画的坚实基础。但那个毕竟是外部的因素，更关键更重要的，一定是高云听到了自己内心的声音。

我不太清楚，十七岁的少年高云，画下他的人生第一笔的时候，他想了什么，他有没有想到，这一笔，是他今后所有的生活所有的日子的起点，这一笔，开启了他人生的全部内容。他这一辈子，无论在什么岗位，无论在什么地方，都不曾改变，都不会改变。

这些我都无法给出明确的答案，但是有一点我想是可以肯定的，就是十七岁的高云，内心有一个声音在告诉他：画吧。

这就是初心。这就是开始。

早起后的努力，让高云有了第二个早：成名早。

十七岁拿起画笔的高云，十八岁就画出了平生第一幅完整的绘画作品《小小神枪手》。这幅源于生活又高于生活的处女作，一下子受到了广泛的认可，并且正式出版了。凭着这幅画，高云借调到宿迁县文化馆美工组。如果说十七岁的画笔，还有些胆怯，还带着些对人生的试探，那么十八岁《小小神枪手》助力的这一借调，促使高云目标更加明确、意志更加坚定地踏上了艺术创作之路。

用高云自己的话说：那是我一生的转变。

果然的，接下来，年纪轻轻的高云，成果就接连不断了：

1975 年，十九岁，国画《时时刻刻》首次入选省青年美展；

1978 年，二十二岁，考入南京艺术学院中国画专业，成为南京艺术学院恢复高考后的第一批学子；

1980 年，二十四岁，出版第一本单行本连环画册《灯花》，发行二十万册，作品入选江苏省第二届青年美展；

1982 年，二十六岁，南京艺术学院毕业，毕业创作长卷《植物节》被南京艺术学院收藏，并分配至江苏人民出版社美编室工作；

1983 年，二十七岁，应约创作《罗伦赶考》，并在《连环画报》发表，获江苏省连环画评奖一等奖；

1984 年，二十八岁，作品首次赴国外（瑞士）展出，获特别荣誉奖，《罗伦赶考》获第六届全国美术作品展览金奖，作品首次被中国美术馆收藏；

1985 年，二十九岁，成为中国美术家协会会员。

1986 年，三十岁，获第三届全国连环画评奖最高奖，作品赴英国展出。

等等等等。

成名真的很早啊！

我又想到我自己了。

三十岁的我，虽然已经开始了文学写作，但是仍然懵懵懂懂，仍然是浑浑噩噩，只顾埋头写字，不知道方向在哪里，那个散发着耀眼光芒的“奖”字，还远在天边呢。

一个这么早起的人，碰到我这样一个相对迟缓的人，也是一种奇妙的平衡，相遇或许就是一种互补。

还是回到高云这里吧。

从十七岁到三十岁，十三个年头，高云已经跨越了许多人一辈子也没有跨越的宽度，达到了许多人竭尽全力也难以达到的高度。

可以想象，少年得志，风华正茂，年轻的高云该是如何的意气风发，如何的壮志凌云。

是的，成名要早。高云果然早早地成名了。

成名早当然是好事，谁不想早早成名。可是成名早，也是一个负担，也是一种压力，三十岁的高云，今后还有很长的路要走，怎么走，走得如何，这是摆在年轻的高云面前的难题，是伴随着名气和荣誉一起来的难题。

成名早，创作量大，获得的荣誉多，容易产生自满，产生审美疲劳；才华和精力的过度消费，也会自我厌倦；如果不能创新，没有后劲，也许早早的，起点就是终点了。

我们且看高云如何面对成名早。

高云是淡定的。

也许他的名字里有个云字，成名后的高云云淡风轻。

因为云淡风轻，所以，早起的高云，又变得“迟缓”起来。

高云有几个迟。

画了四十多年，作品无数，按理说，在业内办高规格的个人画展是顺理成章的事情，可是几十年来高云唯一的一次画展，却是办在社区的民间美术馆，直接面对百姓，践行了以精品奉献人民的理念。他在业内的正式个展，却迟迟没有来到。

画了四十多年，获奖无数，出版个人画集应该也不是一件难事，可是高云一直在推迟，一直到2016年（?）也就是他拿起画笔后的第四十三个年头，他人生中第一本个人画集才正式出版。高云集四十年之积淀，不急不忙，缓缓而行，为的是给自己一份留得住的、经得起看的记忆。

画了四十多年，好评无数，但是高云出手始终谨慎，他始终让自己处于“不满意”的状态之中，对自己的作品精益求精，不求速成……

所以，我们如果换个角度打量高云，早起的、早成名的他，同时又是淡定的、迟缓的。我想，这种节奏，正是来自他的自信。他从来没有停步，从来没有放弃探索，他一直在努力，在创新，所以，在高云这里，没有疲劳，只有铆足的干劲，只有不断发生的变化和保持不变的初心。

我终于要说到高云的画了，这是我想避开却又避不开的话题。

我之所以想避开，是因为我不懂画，觉得自己没有资格对高云的画作指手画脚说三道四，而之所以又避不开，则是因为高云的画，触及了我这个不懂画的外行的心灵和灵魂。

高云的画，多以人物为题材，人物大致有两种，古代的和现代的。而无论是古代还是现代，始终贯穿在高云所有画作中的，我觉得有两个字：讲究。

讲究是风格，讲究是习惯，讲究更是灵魂。

高云是个讲究的人，穿着永远得体，脸上永远是谦和的微笑，咖啡要喝自磨的，红酒要讲究酒庄和年份，白酒也有他的标准……

通常都说，艺术来自生活，而我对高云的感觉，却是一种倒置的印象。我觉得高云对于生活的讲究，恰恰来自他对于艺术的讲究，是艺术的讲究影响了他的日常生活，艺术的讲究，渗透了他的人生。

高云古代题材的《魂系马嵬》，这是一个千古悲剧，可是这个千古悲剧在高云的画中，体现出来的却是沉默和平静：红衣禁军的怒，压抑在沉默中，白衫杨贵妃的悲，埋伏在平静中。完全可以直表胸臆、淋漓尽致地大悲，它的展示手法却是曲折的，有着充分的内在张力，是深层次的，是一股看不见却感受得到的强大的暗流，因此，它会比表面化的大悲大喜，更能够一击而中人心。这幅作品色彩的运用，更是体现了画家的精心设置，将对题材的思考，对故事的审视，对历史的反思，融入了奇异惊艳的色彩。

《江南好》《了无一点尘凡气》《门里门外》等，无不是极致的精品，江南女子的气质扑面而来，那么的近切，那么的生动，让我们几乎能够听得见她们的呼吸，闻得到她们的气息，宁静背后的故事，微笑中藏着的心思，无不得力于画家的穿透人心的功力和精致精细敏锐细腻的描绘。

还有那一组十分接地气的《都市行走》系列，处处弥漫着生活的烟火气，处处渗透着画家对于都市普通人群的关爱和呵护之情，以精湛高超的艺术手法，描绘出普通百姓的日常生活，这不是为讲究而做出来的讲究，这是有境界的讲究，是有独到想法的讲究，这是来自生活感悟、理解了生活真谛的讲究。

从厚实的泥土中生长出来的这支画笔，时时着墨于大地，服务于人民。在连环画获得成功之后，高云又开始设计创作艺术邮票，将艺术的品位直接寄给普通百姓，既为群众服务，又以其精湛的艺术引领群众的精神文化生活。一枚小小的原本很平常的邮票，成为艺术家和人民群众牵手相连的彩线。

有人评价高云的画："高贵而不炫富，雅淡而益显隽永。"真是恰如其分的。

理想照进构图，思想融入色彩，情感牵引线条，品位穿透画面，这就是高云画作讲究的体现。

讲究，就是工匠精神。在当今这个快速前行的时代，工匠精神更加体现出它的难能可贵的价值和重大深远的意义。

一个人做一件事情讲究并不难，难的是一辈子都讲究，要做到一辈子对艺术精益求精，就必须是一个顶真的人、执着的人。高云就是如此。认定目标，就要排除一切干扰，向着目标前行。所以，早在上大学的时候，同学就送了他一个"个别人"的称号。

许多年来，他一方面担负着各种工作，和各种人打交道，而另一方面，他始终是一个"个别人"。他必须尽可能地放弃一切与画无关的人和事和应酬，才能尽全力当一个好画家。

面上合群，心里不合群，这不是虚伪，而是一种积极的人生态度，对人宽容相助，对己严格要求。保持内心的平静和宽阔，静静地吸纳生活养料、世道万象，再静静地用画笔吐出对生活对世道万象的艺术的理解。

高云的这个"个别人"，让我特别感同身受。一个艺术家的内心，一定是丰富复杂的，甚至是奇怪的，是不可捉摸的，别人从表面看不出来的。正如也有朋友对我的评价：表面随和，内心孤寂。这样的说法，我不反对。

这不是两面性，不是虚伪作假，而是真实。

随和是送给别人的，孤独是留给自己的。

在我看来，高云也挺随和，总是笑眯眯的，因为颜值高，他的笑还很有迷惑性，让人备感温暖。我不敢说有着温暖的笑容的高云，内心有多孤寂，但我知道，他的内心是独立的、奇特的、别人进不去的。

我平时更多地依靠感性去了解和认识他人，所以我写的高云，可能更多的是我直觉中的高云，与真实的高云，到底有几分相像，或者，到底相差了多远，我不知道。我只是把我对画家高云的一份敬重一份感慨记录下来。

至于画家以外的高云，高厅长、高社长，或者其他的什么身份，其他的精彩生活，就让它们藏在背后，作为画家高云的广阔的背景和有力的支撑，让站在前台的画家高云，站得更高，走得更远，画得更精彩。

# 水墨水乡

不知是什么原因，也努力过，也向往过，但从小长到大就是没能画出过一幅像模像样的图画来。儿时的美术课也不记得是怎么混过来的，倒是记得儿子小的时候，作业老是来不及做，常急得跳脚，做母亲的实在于心不忍，有一次帮他做美术作业，还很怕老师看出来。结果老师倒是没有看出来，但得的分数，比他自己画的分数还低，从此倒也不再有代画的麻烦和错误发生。

也许因此，便一直觉得画家这个职业很神秘，对于画家，又总是从心底里生发出敬畏，也就有一点儿敬而远之，接触甚少，了解也就少，想不明白，他们怎么能将活生生的人和景，就搬到画纸画布画板上去了呢。而且更多的时候，你看到这些真的人和真的景，你没有很在意，忽略过去了，但是你看到画作上的同样的人和景，那应该说是假的了，你反倒激动起来，感动起来，心被震撼了，或者笑，或者甚至哭起来。

这就是画家。

这是融入了画家的情感和生命的艺术。

杨明义这个名字，是常常听人提起的。虽然隔行，但是在文人的圈子里，喜欢画、懂画的却是不少，他们会常常地提起画家的名字，对于我们真是如雷贯耳，也是高深莫测的。不过最近有机会见到他，透过神秘的光环，看到杨明义，在他的普通公寓里，在他的“近日楼”上，过着并不神秘的日子。

杨明义送给我一本新出的画册《水墨水乡》，我读的时候，肯定是猪八戒吃人参果。但是我可能比猪八戒稍微聪明一点儿，猪八戒吃人参果，是不知有核无核，生吞了下去，所以不知滋味，我看了《水墨水乡》，多少还能胡乱说几句，柔中的刚，远中的近，淡中的浓（写着写着，就发现一个窍门，可以专拣反义词用嘛），纤细中的大气，简单中的复杂，灰白中的缤纷，等等。忽然想到，其实我们写小说，考虑的也是多义多元，讲究的是普通题材和简单故事中折射的意义的多层，于是我就觉得，杨明义的画，恰是这种理论的生动形象的解说。

你看这一幅《水乡情》，阔朗的天地间，只有两种颜色：白和灰。白即是白，灰是由浅至深，深到似黑，但在我的视觉里，我依然以为它是灰色。远山、近水、石桥、草庐，信手拈来地结构出一个丰富的世界，牧童、水牛、飞鸟、渔舟，随心所欲地搭建了一片宁静的天地。

再看这幅《秋荷》，是具象的，占据了大半画面的是眼前的荷，应该说，这个主题既不深远，也不广阔，但是，因为那一片乌重的云，它的大气已存，它的抽象意义也已经升华起来了。

我还留意了，在杨明义的作品中，在他的灰淡的色彩下，在他的缥缈的背景前，经常会隐隐地站着一位身材苗条的浅红色的乡村女子。她或者穿着浅红的衣饰，或者打着浅红的雨伞，也或者，头上有一顶浅红的笠帽。她的这一点红，实在是很浅很淡，浅到淡到几乎说不上是“红”。她的形象，在整个的画面中，比率亦是很小很小，小到几乎可以忽略了她，而且，更多的又是她的背影和侧影，线条简单单纯，似乎是画家全不经意漫不经心地随手点上去的，若即若离，似有似无。但是我想，读这样的画，恐怕谁都不能忽略了“她”的存在，她的形象是简洁的，无足轻重的，她的面貌是飘忽而遥远的、看不清的。我觉得，此时此刻，面对这个画面，也许无须去看清什么分辨什么，我们都知道，这个“她”，是画家对美的诠释，对美的追求，是轻轻的，体现出无限的生命内涵。

从杨明义清淡无言的画作中，我们还能够感受到隐藏在平静背后的激情，那就是杨明义对于故乡的浓郁的眷恋。

跟着杨明义的《水墨水乡》，我们去看苏州的雪，看周庄的雨，看湖面上的早晨和稻田里的夕阳，去听春风，沐月光，便将自己对于故乡的爱和杨明义对于故乡的爱紧紧地拴在一起了。杨明义远去美国已经十多年，但是他又回苏州来了。那天我们从杨明义家出来，正是下班时间，新村里有人来车往大喊小叫的嘈杂，杨明义说，这里的环境，是有些乱哄哄的，甚至有点儿脏，但是没有办法，我习惯这种气息。在离家不远的小酒馆，和三两好友，温一壶黄酒，嚼几颗花生，那天晚上，杨明义就是这样带着我们在小酒店里品味埋藏于每一个人心底的故乡的风情，感受我们每一个人都喜欢的乡土气息中的温馨。

这样才有一点儿明白杨明义的回归，也才有一点儿明白他的画为什么会有如此独特的气韵。杨明义曾经踏遍了家乡的山山水水，然后远离了家乡，去走遥远而陌生的路，然后又回来，重新再走家乡，经历着“看山是山看水是水—看山不是山看水不是水—看山仍是山看水仍是水”的过程。杨明义说：“许多年来，我沾了家乡这块水土不少光，古老的苏州不论过去和现在一直是画家和文人向往、寻觅灵感的地方。”

恰好我也是这么想的。谁说隔行如隔山，这不是英雄所见略同吗？

# 背后的力量

陆伦章一直是站在背后的。

今天，他将要走到台前，他将要登上封面，会有一个淡定微笑的陆伦章出现在我们眼前。

其实，我知道，我也坚信，无论他登不登封面，无论他有没有机会出现在台前，也无论他能不能听到送给他的掌声和喝彩，都不会影响他的人生和他的事业。

这就是陆伦章。

这就是陆伦章几十年如一日的平凡而精彩的人生。

如今这时代，有人称之为粉丝经济时代，我们放眼看去，满世界是眼花缭乱的粉丝现象，我们也知道，粉丝们粉的，大多是演员，他们在荧屏上施展才能、在舞台上直接面对观众，他们是有头有脸的人物。粉丝粉导演的也有，虽然数量少得多，但至少在某些为某剧某片造势的宣传活动上，我们也能看到导演的表情和表演；最后就说到编剧了，除了名字，通常我们几乎看不到编剧的任何信息，无论是脸面还是八卦，都没有，所以，粉编剧的粉丝大概几乎少到可以忽略不计了。

这是一个繁华却很浮躁的年代，大家的眼球和兴奋点，更多地集中在光鲜明亮的台前，对于背后的故事，少有人关注。

可是，如果没有背后的故事，怎么可能有台前的精彩情节，如果没有背后的力量，哪能托举起历史的高度，哪能造就出时代的辉煌？

背后的力量之所以是一种力量，就在于它的永恒和自信。没有人粉吗，没有人捧吗？那怎么样呢？不怎么样呀，影响我做一个地方戏的编剧吗，影响我写剧本吗？才不会呢，因为我做的是我真正热爱的事情，是我离不开、放不下的事情，一切都在自己的内心，和其他无关。

这就是陆伦章。

一个普通的但又极不普通的地方戏的编剧。

认识陆伦章，是二十多年前了，已经记不清第一次见面的详情，应该不外乎是在文联的什么会议上，或者是在哪一次与文化文艺有关的活动上。和更多的人一样，熟悉陆伦章，是在他写出了《快活的黄帽子》的时候。

《快活的黄帽子》并不是偶尔得之。早在陆伦章少年时期，就已经与戏剧结下了不解之缘，1976 年，他进入苏州地区文化局，开始了他的写戏人生。了解陆伦章的这段经历，我忽然想起我自己的往事，1976 年，我在吴江插队，那一年我也在写小戏。为了印证自己的记忆，我特意翻出了当年的日记。怎么不是，1976 年 9 月，我参加了苏州地区文化局举办的一个小戏创作会议，难道那时候我就已经和陆伦章相遇了，或者，我们是擦肩而过了？

后来我写了一个名叫《金钥匙》的小锡剧，这恐怕是我人生中第一次也是唯一的一次写小戏剧本。和陆伦章的执着、坚韧相比，我属于半途而废了，甚至还没有上路就改道了。

《快活的黄帽子》应该是陆伦章创作的第一部有较大影响的滑稽戏

剧本，这部戏演出后带来的口碑和荣誉，既给了陆伦章极大的鼓舞，也给了他很大的启迪——问渠那得清如许，为有源头活水来。

写《快活的黄帽子》，陆伦章和搬家队的外来务工人员交上朋友，他和他们一起去现场，一起给别人搬家，一起了解各式人家的各式生活，从这些外来务工人员身上，感受艰辛生活中的乐观，感受底层劳动人民的胸怀，这样的体验，为陆伦章今后的剧本创作，迈出了极其可贵的第一步，打下了良好的基础。从《快活的黄帽子》起步，在陆伦章后来二十多年的创作过程中，从来没有偏离过这条航线，也从来没有怀疑过自己的感受，因为那是最真切最深入的生命体悟。

从搬家队开始，陆伦章穿过警察制服，到派出所当编外民警；他曾用整整五年时间，蹲在一所中学里，和老师同学共商创作之计；他关注农民工，感受母爱，他始始终终是从火热的生活中汲取文学和艺术的营养。对生活的敬畏和热爱、体会生活的质感，不仅使他的剧本创作有了用之不尽的题材，不仅使他的写作生涯灵感常现，更使他的作品能够把戏剧性和文学性结合得如此完满和妥帖。

于是，我们看到，《一二三，齐步走》走出来了，在全国巡演数千场，我们不说它所获得的多种奖项，光凭这个演出的场数，一切都不用多说了，桃李无言，下自成蹊；

于是，《青春跑道》跑出来了，获得了中国戏剧文学的最高奖——曹禺剧本奖；

于是，《顾家姆妈》的凡人善举，让观众在笑声中掉泪，在泪水中欣慰；

于是，《探亲公寓》中，乡下人一步一步走向城市，走得艰难，走得辛酸，走得勇敢坚强。

一个地级市的滑稽剧团，在连续多年的时间里，用一部又一部的滑稽戏，数进北京城，数进中南海，在全国各地的演出场数惊人，更值得一提的是，这二十多年的时代变革、科技发展，电子化、娱乐化，一日千里，许多传统文化被挤出了市场，也挤出了观众的视线，就是在这样的大环境之下，苏州滑稽剧团取得如此骄人的成绩，着实令人惊叹。我想，他们手里始终握有过硬的一剧之本是功不可没的。

过硬的一剧之本，一定是正气上扬、精神饱满的，一定是有大气场的。不靠多少小噱头撑场面，不靠多少小段子逗乐，现在民间段子满天飞，而且有许多相当有水平，相当有内涵，如果再去引用这些别人用过、听过、已经笑过的段子，那不仅是简单的重复，更是写作者的无能或偷懒。所以，在陆伦章的剧本创作中，他始终深知一个道理，“匍匐在地，用心去聆听来自大地深处的颤音”，才能丰富创作的内涵。

如今的艺术市场上，要不是娱乐至死甚嚣尘上，要不是恶搞无底线，如果以此为艺术之手段或目标，那么滑稽戏似乎是最应该恶搞的，因为它本来就叫“滑稽”。但是在陆伦章的剧本中，从来没有为搞笑而搞笑，没有硬滑稽，在大俗中有大雅，在小事中有大爱。

他是有强大的精神支柱的。

他自信。

他不会被所谓的潮流裹挟而失去自己。

2013 年，陆伦章荣获江苏省紫金文化荣誉奖章，在这之前，先后有国家舞台艺术“十大精品剧目”、文华剧作奖、曹禺剧本奖，五次蝉联中宣部“五个一工程奖”，中国戏剧奖，等等等等。

我无意将陆伦章所获得的奖项全部列出来，我想，这些奖，这些荣誉，对陆伦章来说，就是一个新的起点，一次再出发的推动力。陆伦章前行的脚步是轻盈矫健的，因为他没有背负着荣誉的重压，因为他知道，奖不是目的，写作本身才是最永恒的目的。

陆伦章曾经自己写过这样的文字，他说在演出时，他会独自一人找个角落悄悄坐下，看着自己的本子、自己的文字——一个字一个字辛苦写出来的文字，在舞台上演绎，在演员精湛的表演中，得到最大限度的施展。然后，他听到了满剧场的掌声，他热泪盈眶。

他所描绘的这个画面，十分感人，这是一个特殊的场面，于热热闹闹的戏剧表演中，有一个安安静静的角落，有一个悄无人知的位子。

这个位子，就是背后的位子。

在别人看不见的地方，有一股力量，一股不可低估也不可抵挡的力量，这就是编剧的力量，这就是精神的力量。

# 往 前 走

和盛小云一起相聚、开会、聊天、吃饭，都是一种难得的享受，因为她的一举手一投足，她的一言一语，她的一笑一颦，都有滋有味，有姿有态，有模有式，富有特殊的感染力。有一次她说到家里养的一条小狗时，那神情，那动作，那声调，生动逼真，活灵活现，令人捧腹，令人浮想联翩。有时候我会想，她是不是把日常生活也当成演出了，她是不是把会场、饭局也当成舞台了？后来接触多了，我渐渐地了解她理解她，我想，她确实已经把自己的人生融进了她的评弹事业。过去常说“台上一分钟，台下十年功”，而盛小云入行许多年来，因为功随人走，功随人进，她的“功”已经达到不分台上台下，不分舞台演出和日常生活的境界。经过了许多年的历练，她已经把自己练成了一个融艺术人生为一体的特殊的人物了。

说盛小云特殊，是因为她被誉为“东方戏剧之星”“中国最美的声音”，而且是当之无愧的；但同时，她又是平凡的，又是日常的，在和她一起外出开会活动的时候，我最多听到的就是她给母亲、给丈夫、给儿子打电话，琐琐碎碎，什么事都要关照个细，关照个遍，典型的贤妻良母。在外面，要挺起胸膛，振奋精神，巾帼不让须眉，而心里又放不下家长里短、儿女情长，这就是盛小云的丰富人生，这才是盛小云的完满人生。

近年来，盛小云的进步如日中天，中国曲协副主席、江苏文联副主席、江苏曲协主席，等等等等，许多荣耀包围着她，罩在她头顶的光环不可谓不亮堂，不可谓不耀眼。她凭借自己的实力得到了这些称号和光环，更可贵的是，盛小云没有被光环罩盖了她的纯真，也没有被荣誉阻挡了她的进取，熟悉她的人，不会被那些光环遮住眼睛，我们都能看到她光环背后的艰辛和付出。

她始终扎根在民间。她十分清醒，只有扎根民间，她的事业才会有生命力，这是她在成长过程中感悟到的真理，也和她从小就跟着父母下放到农村的那段生活不无关系。无论是出道之初，还是成名以后，她都长期在基层演出，先是跑遍了江浙沪的大小码头，一年几百场演出，默默无闻，一演就是十多年。书场里的掌声、笑声就是对她最大的鼓励，也使她逐渐地成熟、逐渐散发出耀眼的光芒。我经常有机会和盛小云一起外出开会，每次她的行头总要比我们多得多、重得多，演出服装、道具，光盘磁带，那是她的吃饭家什，到哪里都得带上。一个柔弱的女子，许多年来拖带着沉重的行头东走西奔，南来北往，其中的艰难和辛苦，不是光凭我们的想象就能体会得到的。不像我们写字的，走到哪里，有小小一支笔就能解决问题了。盛小云从乡间出发，从基层出发，一直走向了全国，走向了世界，多次出访美国、加拿大、法国、荷兰、新加坡和中国香港、澳门、台湾地区等地演出并获得赞誉。但是她的心仍然在基层，在苏州，那是她艺术和人生的根基所在。

我没有问过盛小云，如今她身兼数职，事务繁忙，她的表演艺术也已经达到了相当的高度，她还有时间，还有愿望再提升自己的水平吗?

但是我相信，她一定不会因为当了这个当了那个，就荒废了专业，无论身在何处，她都念念不忘自己的业务的精进，不断谦虚地向同行学习，向群众学习。我记得她曾经向我们力荐周立波，当她绘声绘色地给大家讲述周立波的表演时，那种真情，那种敬重，那种打心眼里发出的钦佩，那种广泛吸取各家所长的开放精神，都让我们深受感动和启发。

评弹作为地方曲种，受众更多地集中在江浙沪，如何突破语言的局限，将这个曲种推广开去，让更多的人了解它、喜欢它，盛小云做了许多努力。她曾经参加过一部电视剧的拍摄，出演的就是一位评弹演员。盛小云说，她并不看重戏份的多少，主要希望通过镜头，把苏州评弹的魅力尽情展现给全国的观众。去年秋天，江苏台湾周期间，江苏的文艺家在台北举行了一场文艺晚会，晚会集中了江苏众多的演艺节目精粹，其中就有盛小云的弹词《情探》。演出结束后的第二天，我们江苏教育文化团的几十名团员聚在一起谈论这台晚会，评论一个个精彩的节目，最后得出了基本一致的意见，把最佳节目给了盛小云。其实，整个教育文化团里，苏州人很少，我特意询问大家，是不是听懂了这个最佳节目，大部分人说，听不懂，但它还是最棒的。听不懂，竟然能为之折服，除了说噱弹唱炉火纯青，盛小云表演的架势、韵味、眼神、表情，无不令人魂牵梦绕，这就是盛小云精湛艺术的功力、魅力和魔力，这也是值得盛小云和所有的评弹演员骄傲和自豪的。也许盛小云并不知道大家在背后对她艺术造诣的高度评价，但这些评价听到或听不到，对盛小云来说并不重要，重要的是她在每一场成功演出之后，不会停留在获得荣誉和取得成就的地方，她会立刻往前走，去付出更大的努力，进一步开掘和提升艺术才华，走向新的艺术和人生的境界。

# 从光裕社出发

有一次我到一个乡镇的社区活动中心，那里有一个书场，每天下午都有评弹演员来演出，几乎场场满座。看过书场以后，我们又去看了演员歇脚的地方，社区负责人不无骄傲地介绍说：现在条件好了。

从前跑码头的评弹演员，到一个地方住上十天半月，甚至更长时间，是谈不上“条件”两字的，有什么地方住什么地方，茶馆、灶间、小旅社，有的就在舞台背后地上铺个被褥就将就歇了。现在我们看到的这个休息处，床铺干净整齐，冷暖空调，还配有卫生设备，和从前比起来，确实是大为改善了。但是说实在话，看过之后，心里还是觉得它很简陋，甚至有些寒碜。可能是因为我们这个时代，到处都是星级宾馆，到处都是豪华奢侈，有时候，你进到一个宾馆的房间，五彩缤纷，眼花缭乱，你简直不敢相信这就是给人睡个觉的地方。相比之下，眼前的这个小房间，就朴素到令人感慨了。

这时候，我忽然就想起了一个熟人：盛小云，苏州评弹团的演员。我和她见面的时候，她或者是在台上演出，或者是参加什么会议，所以，在我面前的她，几乎总是盛装打扮，在舞台上演出，光彩照人，像不食人间烟火的仙子；在会场里静坐，端庄安详，似一幅舒缓平和的人物肖像。

其实我知道，这只是我见到的盛小云生活中的一个小片段、一个小场景，更多的时候，作为一名评弹演员，她不是盛装打扮，也不是休闲端坐，而是拖着沉重的行头，和她的同行——苏州评弹团的演员们一起，行走在去往演出的路途中。

他们要去的那个地方，一定不是金碧辉煌的大剧院，也一定不是花团锦簇的厅堂楼馆，因为评弹这个艺术行当，本身就是存活在最民间、最基层的百姓中的。于是，许多年来，他们南来北往，风雨兼程，不停地行走在去往民间书场的路上。

盛小云是苏州评弹团的一员，她的一言一行，就是这个团体折射在她身上的投影；或者，我们也可以换一个说法，盛小云的举止作为，应该就是苏州评弹团的真实写照。

一个独特的地方曲种，一个在喧嚣繁华的时代坚守着自己独特性的艺术团体，艰难而又辉煌地走过了六十年。无论是有人鼓舞还是无人喝彩，无论是受到追捧还是遭到冷遇，苏州评弹团一如既往地走着自己的路。评弹演员，唱的是自己一生的追求，演的是自己与生俱来的渗透在血液中的热爱，所以，甚至不必怎么鼓动，甚至无须什么奖赏，他们总是在努力，总是在奋斗，观众坐到书场里，就是对他们的最大的安慰和激励。如今，他们一年的演出场次是六千余场，那么，六十年积累起来的总数，六十年沉淀下来的成果，既是一个惊人的数字，更是一部感人的大片。

他们始终行走在坚实的大地上，为百姓演出，为大众服务，才会有如此顽强而灿烂的生命力；他们把握时代脉搏，融入时代大潮，对艺术精益求精，对书目整旧创新，不断地应对市场，才能有如此生动不衰的艺术活力。他们以自己不懈的努力，为评弹这一门优秀地方艺术的生生不息、代代相传、发扬光大，做出了非凡的贡献。

在过去的许多年中，我经常会在下午时分，在苏州的旧街小巷转悠，到苏州的老宅中探望，时有天籁之音飘飘而来，又飘飘而去。六十年来，苏州评弹团的演出，像风一样吹拂着苏州以及苏州以外的许许多多的大街小巷。它的美妙的音韵，随着时光，随着岁月，散落在每一寸土地的经经络络之中，艺术的养料，渗透了一处又一处，与此同时，这些地方，又将它所吸纳的这些珍贵的文化气息，经久不衰地散发开来，弥漫开来，让评弹之声，布满和飘动在每一寸土地、每一方天空。

在过去的许多年中，我也时时穿过宫巷第一天门的光裕社旧址，每每这时，似乎都能看到浓浓的艺术烟火依旧升腾而起，能够感觉到故人的精神气仍然在这里行走。六十年，弹指一挥间，苏州评弹团从民间出发，从基层出发，从苏州出发，一直演到了海峡对岸，演到了大洋彼岸，为苏州评弹这部艺术画册，增添着一幅又一幅的新册页。作为一个地方曲种，苏州评弹团的这种开拓的进取的精神，令人感佩，他们为我们的文明社会所做出的贡献，都已经记录在历史的长卷上。

写着写着，忽然又想起一件事，一天晚上我在苏州火车站候车，碰到了评弹团里一批大有名头的演员，团长金丽生，盛小云，吴静，还有好些面孔熟悉的著名演员，他们带着庞大的行头，那是他们的吃饭家什。他们也在等火车，等的是一趟开往天津的普通夜车。在候车室告别的时候，我想到他们年复一年、日复一日地东奔西走，给更多的人们送去欢乐和享受，心中充满敬意。

火车开了，他们又出发了。

从光裕社出发，他们一路努力地走过来，今后，他们一定会走得更好，走得更远。

# 第 四 辑

# 安得广厦千万间

常常被人介绍说，这是陆文夫的学生。心下暗自得意，想，作为作家的陆文夫老师最正宗的学生大概应该算我一个吧，尽管陆老师再三地否认自己收过学生，对于我的投拜好像也从未正式地承认过，最多也不过一笑，意思说，你们说你们的，我没有学生还是没有学生，但我还是死赖活赖要投在他的门下。为什么呢，却也说不很清楚。

自从许多年前暗自将自己拜为陆文夫老师的学生，便自以为和陆老师有了特殊的一份感情，逢别人提到陆老师，谈论陆老师，不仅脸上光彩，骄傲无比，心中更涌起无限温暖，这不算奇怪吧。

其实和陆文夫老师接触真是不算多，外地许多人都以为你们同住一个城市，还能不常来常往？许多人羡慕不已，说我们想见陆文夫见不到，也有的千里迢迢万里迢迢地来了却不知陆文夫此时正在你家的那个地方开会呢。也有许多人找不到陆老师的时候，就来找我，说，你替我们引荐一下吧。我便欣欣然，得意扬扬，引领而去，也不知曾经给自己尊敬的老师领去了几多麻烦。

非常喜欢听陆文夫老师讲话，讲课也好，随便聊天也好，是一种难得的享受。陆老师的讲话，既不是冷幽默，也不是硬滑稽，他只讲生活中的最平常的道理，或者也没有什么道理，就说说平时的大事小事，大家谈论的随随便便的话题他都可以和你一起有滋有味地谈论。陆文夫老师的谈吐充满智慧，极富魅力，浸透了人生之悟，只是，我们谁也没有听陆老师说过诸如我看透了之类的话，也没有听陆老师讲过一句禅或者讲什么深刻的哲理。也许，陆文夫老师的悟、他的深邃、他对世界的看法，早已经融入了他的生命，他不必特别地说出来，他站在那里，不严自威的人格力量就是他的形象。有一回外出开会，和陆老师一起遭遇惊险，我们一大堆人乘坐的电梯突然在中途停了，漆黑一片，人人怕得要命，有的骂宾馆经理，有的怪停电，有的说透不过气来。黑暗中陆老师说，我肚子饿了，我要吃早饭，说得大家不好意思害怕，说说笑笑等待解救，终于我们大家平平安安走出电梯，跟着陆老师一起去吃早饭。另一回，陆老师和我们几个人一起吃饭，席间的话题不知怎么绕到做人这个问题上，大家纷纷发表高见，说做人难呀，说做人辛苦呀，说做人就是一种不断学习、不断进步的过程，等等。最后陆老师忽然笑了，说，人生一辈子讲究做人，到了我现在这年纪，我该说一声，我不做人了。嘿，这样一位陆老师，真是可敬可爱。

读陆老师的作品，则是另一种享受。尤其是最近读了陆文夫老师的长篇小说《人之窝》，要想说的话很多很多，但想来想去，却又不知从何说起，突然就想到老苏州茶酒楼，这是陆文夫老师在苏州开的一家颇具特色的饭店。

去老苏州吃饭，品尝的是最正宗的苏帮菜。松子虾仁，虾仁都是当天上来的新鲜河虾，从来不进冰箱，而且是那种很小的小虾。老苏州饭店每天请两位老阿姨，从早晨开始，坐在那里慢慢地将虾仁掐出来，虾仁极富弹性，通体透明，真是粒粒皆辛苦，颗颗见功夫。陆文夫老师写过一篇关于苏州菜的文章里，提到一只绿豆芽嵌鸡丝，在一根根纤细的绿豆芽里嵌入一根根更纤细的鸡丝，这是真功夫，这让我联想到陆文夫老师写作品，不急不忙，娓娓道来，文火炖肉，辛酸与甜蜜，痛苦与幸福，点点滴滴的滋味都浸透入字里行间，耐人寻味。但是，苏州菜和苏州园林一样，精致而未免小巧，这便有了一个“小”字。陆老师的作品也是以“小”见称，小街小巷小人物小事情，但通篇却透出大气派。这就使陆文夫老师的作品有别于某些苏州园林和苏州菜了。

陆文夫老师作品中的“大”气却又从不见字面，可以说没有一个字一句话是写“大”的，那么作品的整体大气，从何而来？读了《人之窝》我忽然就有了一个全新的感觉：安得广厦千万间。纵观陆文夫老师的文章，从来都将人物置于历史的大背景之下，写人的命运，写人在最最绝望的时候，不放弃自己的希望，“安得广厦千万间”，这就是大气，这是陆文夫老师的作品的灵魂和精华，也正是陆文夫老师的活生生的形象。关于《人之窝》的更多的想法，统统融于这七个字中。从作品所反映的实实在在的现实生活中，我读出了浓郁的浪漫，读出了崇高的理想，深深感受到“安得广厦千万间”的诗人气质，我想，这大概可以称作举重若轻的大手笔吧。

和陆文夫老师在一起，还有一种愉快的享受，那就是看陆老师喝酒。陆文夫老师对酒是很讲究的，但他从不重名牌，和他的为人实实在在一样，他对酒的要求也是实实在在，只问酒好不好喝，好喝的，喝了舒服的，就是好酒。陆老师懂酒，知道哪样的酒是好酒，哪样的酒不是好酒，并且陆老师是真正的爱酒，喜欢喝酒。不像我等，哪里是爱酒，哪里是喜欢喝酒，不过借酒耍耍赖皮，发点儿平时一本正经不敢发作的小毛病吧。看陆老师喝酒，如欣赏一幅意境深远的山水画，他慢慢地，咪一口，再咪一口，流水般从不间断，有人敬他，他也是这么个喝法，没人敬他，他也是这么个喝法，不受激将，也不对其他喝酒的人有任何要求，你爱喝不喝，不爱喝，我也不劝你喝。

因为身体缘故，陆老师现在基本上不喝酒了，但是陆老师仍然出现在酒桌上，他满心喜欢地看着我们喝呀闹呀，眼睛是淡淡的、平静的，心却是甜甜的、火热的。从喝酒到看酒，过来人的宽容、平和、对人类对世界的爱、安得广厦千万间的博大胸怀，尽在不言之中，陆老师的看酒，似乎比陆老师喝酒更丰富更有魅力呢。

很想再写一篇文章，叫作《陆文夫看酒》。

# 追忆陆文夫老师

在上世纪90年代中期的一些年里，我曾有机会经常和陆文夫老师一起上南京开会。我们的情况有一点儿相似，都在江苏省作家协会挂一点儿虚名，但又都住在苏州，不肯搬去南京住。所以，每到单位要开会了，就是我们一起上路的日子了。起先是坐火车的，进站出站，上上下下，不甚方便。后来陆老师有了一辆车，我就跟着沾光了。车一般会先来我家接上我，再去接陆老师，也有的时候，车到我家门口，我下楼来时，看见陆老师已经笑眯眯地坐在车里或站在车门外了，于是我们相视一笑，就上路了。

那时候沪宁高速还没有建成开通，要走312国道，或者更狭窄更颠簸一些的其他乡村公路，时间比较长，如果交通拥挤，路况不好，走六七个小时甚至更长的时间也是可能的。所以，如果是上午出发，那一天的中午饭，就要在路途中吃了。

于是，在312国道常州与镇江之间的那些路边小店里，常常就留下了我们的买饭钱。如果八九点钟从苏州出发，过常州已经是中午十二点，陆老师会说，我饿了，走不动了，要吃饭了。其实我知道，陆老师这时候是有点儿想酒了。公路边一排一排的小饭店，大多是当地农民自己建的住房，因为沿了公路，就改成饭店做生意。许多饭店门口都会站着一两个年轻的女服务员向过路的车子招手，也有的饭店更小，请不起服务员，就是老板娘自己在那里招手了。

开始的时候，我们是没有目的的，看到哪家就进哪家。陆老师虽然是中外著名的美食家，对吃菜也蛮讲究，平时有什么宴请宴席，吃到最后要请他指点一二的话，他就指着其中的一道菜说，这一大桌子嘛，就这个菜还像个菜。这可算是较高的评价了。所以苏州城里有许多自以为很了不起的大厨师哪天听说陆老师到了餐厅，都是要提点儿神留点儿心的。但在公路边那样的情况下，他倒反而马虎随便了，也因为重点在酒不在菜，只要一两个土菜、一小碟花生米，就喝起来了。那几年我也算是能喝点儿酒的，但我的喝酒，与陆老师不同，是一种逞能，是好表现，不是真正的爱酒，所以不到热闹场合，是喝不出酒兴来的，一旦喝起来，又大呼小叫，比较猖狂，你敬过来我敬过去，结果常常就败下阵去，或者就是借着喝酒耍耍赖皮，发一点儿平时一本正经不敢发起来的小毛病。陆老师完全不是我们这种野蛮喝法，我曾经写过一篇陆老师喝酒的文章，我说，看陆老师喝酒，就像欣赏一幅意境深远的山水画。他慢慢地，咪一口，再咪一口，流水般从不间断，有人敬酒没人敬酒于他是没有关系的，别人闹不闹酒与他也是没有关系的，甚至身边有没有人也都一样，桌上有菜没菜也一样，你激将不了他，你也阻挡不了他，他与酒，是完全融为一体的。对别人喝酒呢，他也没有要求，你喝也好，不喝也好，他不来管你，只要自己有的喝就好。不像我们这些浅薄之人，自己喝了两口，就要逼着别人也大杯大杯地往下灌。所以，当年在公路边的小饭店陪陆老师喝酒的时候，我不是因为酒喝多了胃疼，就是因为人少不热闹，总是象征性地应付一下。这时候就看到陆老师不急不忙地抿着酒，抿着抿着，一杯酒就没有了，抿着抿着，酒瓶就浅下去了，陆老师虽不言语，但他好像在说，看看，姜还是老的辣呀。也有几次在回家的路上，酒是在南京喝剩下来的，随身带着，碰到这样的时候，因为酒少，陆老师不仅不会怪我不陪他喝酒，甚至还暗暗希望我别抢了他的份额，甚至忍不住乘我不备之时将我的杯中酒倒入他自己的杯里。在公路边喝酒的时候，他常常跟我说起他的一些酒友，高晓声、叶至诚、汪曾祺、林斤澜等等，他虽然称汪曾祺为酒仙，心里却颇不服汪老的酒量，喝得高兴起来就说，汪曾祺，其实他喝不过我的。还有一次，谈到一位不喝酒，甚至一点儿也不懂酒的老友方之。那是“文革”刚结束后不久，饱经磨难的老友重逢，陆老师到南京方之那里去。那天到的时候已经很晚了，方之赶紧出去给陆老师买晚饭，结果买回来了一大碗面条，看着热气腾腾的面条，饿坏了的陆老师赶紧就吃，但第一口就发现味道不对头，怎么一股浓烈的酒味？问方之怎么回事，方之说，咦，你不是喜欢喝酒吗，我给你买面的时候，顺便买了一小瓶白酒，省得再把酒瓶拿回来，就把酒倒在面里了呀。这就是劫后重逢时，不懂酒的方之，给喜欢喝酒的陆文夫的一个见面礼。我听了就忍俊不禁了，还笑着问他那碗面最后怎么样了，陆老师说，当然吃下去了，那时候，刚刚从农村回来，怎么舍得浪费那么好的一碗面啊。

毕竟路边店的饭菜不是那么理想，也有不干不净的，陆老师的夫人管阿姨有些担心经常这么在路边吃，对身体不好，也有一两次，管阿姨给准备了凉菜和馒头之类，不让上小饭店吃。我们就在中途停下，站着或蹲在路边吃中饭，身后的车一辆一辆地驶过，扬起灰尘一片又一片。这么吃了一两次，陆老师觉得过不了酒瘾，很快又恢复了原来的吃法。

后来时间长了，次数多了，我们结识了一位路边店的老板娘，她的饭店叫“斌斌酒家”，我一直以为这位比我年轻些的老板娘就叫斌斌，也没有认真去问过她。但一旦认识了以后，我们吃饭就有了固定的地方。并不是说“斌斌酒家”的饭菜要比其他店的好多少，但这位热情大方的“斌斌”是个文学爱好者，从小就知道陆文夫的大名，如今看到这么有名的陆文夫竟然到自己的小店来吃饭了，真是喜出望外，她还能说出她读过的陆老师的许多作品。后来渐渐地传了开去，省作协省文联的同志经过312国道的时候，也都到“斌斌酒家”吃饭，一来二往越来越熟悉，才发现“斌斌”还是个业余画家，后来听说省文联的领导还介绍“斌斌”参加了文联方面的什么活动。这事情已经过去十年了，1996年秋天沪宁高速开通了，我们就再也没有走过312国道，从苏州到南京，如果路上畅通，两个小时就到了，用不着再在中途停下来解决吃饭问题。和“斌斌”的交往也就从此结束了。近十年后的2004年秋天，我忽然接到来自常州的一封信，打开一看，是一张照片，就是当年我们摄于“斌斌酒家”的，照片上有三个人，陆文夫老师、我和“斌斌”，看了“斌斌”写在照片后面的一段话，我才知道，她原来不叫“斌斌”。她在照片背后是这样写的：“摄于江苏常州邹区镇‘斌斌酒家’。今寄去加印的给你留念。《于老师的恋爱时代》（注：这是我的一部长篇小说）我从《翠苑》杂志上读了，遗憾只刊了节选。我很喜欢这张照片。代向陆先生问安好！小朋友：赵一丽敬上。2004年11月11日。”可惜的是，我不慎将她的信封地址弄丢了，所以一直没有能给她回信。她寄来的照片，因为只有一张，我曾想拿去送给陆老师，但又有些舍不得，就一直珍藏在家。去年11月这时候，陆老师的身体已经不太好了，已经住在医院里。到了年前，陆老师病情好转，出院了，我去陆老师家看望他，因为过春节，他家里人多，乱哄哄的，也没有来得及回忆“斌斌酒家”，想着等到年后清闲一点儿了，再去看望陆老师时，一定要和他聊聊“斌斌酒家”，他一准也和我一样，以为那个热爱文学又会画画的女老板叫“斌斌”呢。在过去的许多年里，每当去南京开会的通知一到，陆老师就心惊肉跳，因为那时候去南京不是受教育就是挨批判。坐上火车，虽然铁路两边有田园风景，可哪有心思欣赏，只有一肚子的愁肠，考虑的只有一件事：怎么面对这又一趟的南京之行，不知道这一次又要批判哪一篇小说哪一件事情了，自己该怎么检查怎么挨过去。那种无奈，那种沮丧，那些阴影，一直到许多年以后，还留在陆老师的心里。陆老师始终没有搬到南京去住，他在担任江苏省作家协会主席的时候，也仍然住在苏州。我不知道这是不是与陆老师早年的那许多次的南京之行有关，陆老师并没有跟我说过，我也没有问过，只是我的一个猜测。

陆老师一生坎坷，即便是到了后来，每次去南京，也并不见得都是高高兴兴的事情，有几次甚至都是给陆老师的老友送别去的。记得一次是送高晓声老师，在悼念会上，由陆老师介绍高晓声老师的生平事迹，刚念了个开头，陆老师就泣不成声、难以支撑了。这么多年的相处，让我了解陆老师，他的情，他的爱，是深深地藏在心底里的，当到要流露出来，必定是情到极致不能控制了。

但无论心情是沉重还是轻快，那些年，我们走在路上的点点滴滴，都深深地印在我的心里。这几年来，我的思绪也常常会回到312国道，我一直想问问陆老师还记不记得在路上的那些事情，但我并没有着急，总觉得来日方长。哪曾料到，一过年，陆老师就因病情加重，再次住进医院，每次我到医院看他，看到他病情一日重一日，总是心情沉重，无法多说什么。7月9日早晨，陆老师走了。我想再和陆老师谈谈“斌斌酒家”，谈谈我们当年一起在路上的许多往事的愿望再也不能实现了。现在我只想找到“斌斌”赵一丽的地址，告诉她，我们敬重的陆文夫老师走了，我们再也不能坐在小饭店里看他喝酒，听他谈往事、谈文学、谈酒了。

# 我要用余下的全部生命，来寻找你

我不能写，心底里的痛，是写不出来的。

可是我要写，文瑜在等我，我想，他希望我跟他说说话。就像过去了的无数个日子一样，他的电话来了，先说一说要说的事情，或者甚至根本就没有什么正经事要说，就是想说说话了。然后他开始调侃我几下，我出了小说集，他说是女巴尔扎克，我离开《苏州杂志》到南京工作，他一直说我是改嫁的母亲，两头放不下，等等。

当然我也不是省油的灯，也不好惹，我会回敬他的，我特别喜欢跟文瑜绕嘴皮子，用苏州话，如果苏州话不足以表达了，就用苏州普通话，甚至用网络语言，反正是无所不用其极。因为如果在嘴皮子上胜了他，那是多么有成就感啊。

或者，他怕我在开会，就发个微信来，多半是他截屏朋友圈的一段内容，他的一幅字，或者一首诗，有多少人点赞，他会毫不谦虚地问我，我阿牛？

我嘲笑说，牛。

如果我没有及时回复，他就不管我开不开会了，电话就追过来了，范老师，你看了没有？

我说，我在开会。他说，哦，那你等会儿看一看，我牛得不得了。

别以为这就是我和文瑜的全部日常，我们也有生气翻白眼的时候，不过多半是我惹他生了气。有一次他筹划着他的隆重的书画展，问我时间，某个周六行不行？我一算，这个周六正在开一个漫长的会议，我说不行。那就定下一个周六，我又算了一下，下一个周六应该散会了。于是那一次的陶文瑜书画作品展就定的那一个周六了。

结果，我闯祸了。我没有料到这一次会议比往年多了两天，到周六没有散会，我心中还偷偷希望，希望他激动于书画大展，把我忘了。哪能呢，电话已经到了，我赶紧“哎呀”了一声，憋出十分讨好的声音对他说，今年会期长，会还没散呢。可是已经来不及了，他的声音顿时僵掉了，冷冰冰地说，那就这样吧。电话就断了。

我这人，做了坏事不自知，所以我并没有以为他生气了，当他在朋友圈里显摆书画展成果的时候，我肯定是要上前凑热闹的，结果没有受到搭理，碰了个冷脸。然后我又私信他，再表祝贺，他礼节性地回复了恐怕是他和我的无数通信中最简短最干巴巴的，也是从来没有用过的两个字：谢谢！

再麻木如我，终于知道他生气了。有好长时间不理我了。万一在什么场面躲避不开，碰到了，他那脸就涨红了，真是十分的尴尬，十分的好玩。我在心里偷偷地笑。

没事没事，不会长的，但是我得先讨好他一下，这一点我完全做得到，分分钟都做得到，因为我的生活和生命中不能没有文瑜的存在。

于是我们又和好如初了。继续我们的日常的不算太多的电来电去，信来信去，偶尔呼朋唤友去吃个饭，偶尔乡间去采个风，跟他掼蛋的时候，把我气得喷血，他一边学，一边就把我们打个三比零。因为实在奈何不了他，我就称他为“阿爹上身”，因为他说过，他的爷爷是喜欢赌的。

有文瑜的日子，我的心一直是踏实的，虽然我母亲走得早，我父亲也在十年前离开了我们，但是我的心不空，我的心是完整完美的。

来日方长。

人到了一定的年龄，就会想到“老”，就知道要老去了。但我不怕。我不怕老，不怕老了无聊，不怕老了寂寞，因为有文瑜在。我们可以到苏州杂志的院子里或者其他的任何地方，坐坐，喝茶，三两好友，像从前的许多日子一样，下雨的话，我们坐在走廊里，看雨，谈风花雪月，谈家长里短，或者谈小说诗歌，或者东拉西扯，老不正经，这都是我为自己的以后的日子所作的想象。

文瑜在我心中，就是这样的一个人，一个世界上我最依恋的人，他像我们的父母一样爱着我们，给我们温暖。12 月 4 日，小海对我说，昨夜我仿佛成了孤儿。

是的小海，我也成了孤儿，好多人都成了孤儿。

没有来日了。

文瑜和我哥小天是挚友，他俩情深嘴凶，斗嘴是他们交往中的常事、乐事、不可缺少之事，经常斗得不可开交，胡言乱语，互相讨便宜。我父亲还在的时候，有一次他们竟然让我父亲做评判，好个我父亲，不假思索，就指着文瑜说，你，是他（小天）的精神父亲。

小天一跳八丈高，大喊，我才是他的精神父亲。

哥啊，你若不要这个精神父亲，我要。

哥哥啊，你知道，我知道，你我兄妹，今生能与文瑜相遇，是多么的幸运和开心，让我们寡淡的人生，变得那么有意思有意义。

只是如今，留下的只有悲痛和空。意思在哪里、意义在哪里啊?

从前有一次文瑜突发奇想，跟我父亲说，我这辈子没有大哥，我认你作大哥吧。我父亲即刻回答，不，还是我认你作大哥吧。一个老顽童，一个小顽童，就这样让欢声笑语不断地在我家回荡。

已经记不太清文瑜和小天最早是怎么结识的，牢牢记得的是，我在自己的房间，埋头写作，两耳不闻窗外事，他们在另一个房间下棋，忽然之间，就听得"哗啦"一声巨响，两人中的不知是谁，愤怒地掀翻了棋盘，摔门而去。

不要紧，不要紧，过不了一天，甚至过不了半天，一两个小时以后，他们又在一起下棋斗嘴了。

几十年来，文瑜就是这样，把他的所有的好，善良、天真、厚道、智慧、幽默、才华、温暖、体贴，一切的好，带到了我的家。渐渐地，让我们越来越离不开他。

就在昨天，我知道了最后的晚餐是在7日的晚上，是在文瑜自己给自己安排的最后的晚餐。我的心顿时纠痛起来，有一个早就定好的活动，我需要在7日下午出发，可是7日的晚上，我不能缺席。

我碰到难题了，那一瞬间，我忽然想应该打个电话问问文瑜，然后，猛然惊醒。

一直就是这样的，有什么大难题小问题，打个电话问问文瑜，已经成为我的习惯。虽然我不一定会听他的建议，因为他经常会有很馊的主意，但是我习惯了依赖他、依靠他。

可是文瑜生病了。

文瑜早就生病了，十年来，他每周要做三次透析，每次四到五个小时，其中的辛苦难受，只有他自己体会。我能够做到的，就是在每周的周一周三周五的下午和晚上，再大的事情也不打扰他，并且告诉所有能够告诉的人，请他们也不要在那个时候打扰他，其他，还能为他做什么呢？有时候他自己反倒坚挺，做完透析还给我打电话。我说，你嗓子哑了，今天不说，休息，明天再说。

现在文瑜又生病了，生了更重的病。他，要走了。

在查出病症的前一阵，但凡有人到杂志社去办什么事，他几乎见人就说，你到《苏州杂志》来工作吧，你到《苏州杂志》来工作吧。他这是要干什么？年初的时候他就跟张黎说，想年底出本诗集，如果我不在了，就给你写个出版遗嘱。

文瑜啊文瑜，难道冥冥之中，你已经得到什么暗示，你只是不肯告诉我们，你只是不想让我们为你难过。

文瑜，你一定看得见，朋友圈里，都在读你的诗，都在说你这个人。是的，你很牛，你太牛了，正如你自己在生命最后的日子里跟我们开玩笑说，你和江姐差不多，明知来日无多，还在一针一线绣红旗。文瑜啊，听你在电话里这么说，你让我怎么回答你啊。我只能强行地笑出一声，说，你就好好绣红旗吧。文瑜开心地笑了。

文瑜，我真的没有想到，你有如此之大的勇气，死亡也不能夺走你的高贵，你就这样昂首挺胸地走了过去。你也害怕，你也恐惧，但是你的高贵，战胜了它们。

文瑜，真的真的没有想到，我一生的挚友，调皮的文瑜，竟然如此英勇。

但是，但是，但是，如果能够重新来过，我宁可你㞞一点儿，不要你那么高贵，不要你那么高傲，不要你做英雄，只要你活着。

但是你不会听我的，你就是你，你还是你，你在生命的最后一刻，仍然在关心着他人。

11 月 29 日上午，文瑜还主动为了我的家事，给我发了截屏，说，你自联吧（你自己联系吧），我不行了。他真的不行了，多两个字也写不动了。

同一天，他给小天发信，希望小天“和自己及亲人互相温暖”。小天说，他在离开世界之前，却是牵挂我。

治疗用药，快速地损害了他的身体，用药的第二个月，他已经难以承受药的打击了，只要哪天一停药，他的精神头又起来了，他又要绣红旗了。他打电话给我说，医生吩咐每天都要吃，但是他想吃吃停停了。我怎么办啊，我怎么回答啊，我既怕他离去，又怕他痛苦，我跟他讨价还价，我说，你根据自己的情况，要不，吃五天，停两天？他说不，我吃四天停三天。

11 月 28 日，他给我打电话，说，这一次真的不行了。他已经无力行走，无力起床，甚至一点儿也不能动弹了，病魔残忍凶恶地将他“抽丝剥茧”。再次入院后，仍然每隔一天要送到透析室做透析，需要几个人把他抬上担架床，到了透析室，如果各项检查达不到指标，不能做透析，再推回来。

如此折磨。他迅速果断，决定放弃治疗。11 月 29 日那个周五，他不再做透析。

他是很清楚的，以他的身体状况，只要停一次透析，就会出现什么情况，但是他已经决定坦然地接受。

可是文瑜，我们不知道呀，我甚至不太知道他的“放弃治疗”是什么意思，我一直以为是停止使用靶向药。即便如此，我们都觉得，还会有一段时间的。

可是已经没有时间了。

11 月 29 日下午我去了并不算太遥远却感觉无比遥远的驻马店，30 日晚上急赶回来，没有音讯，我有不好的预感，因为时间太晚了，我没敢给周曼珍发信。

第二天起来我赶紧问曼珍情况怎样。曼珍说，今天早上有点儿迷糊，现在好一些了。

12月2日上午，我正准备去医院，手机来电了，一看是陶理的电话，我心里“咯噔”了一下，赶紧说，陶理啊？那边却是文瑜的声音，他用儿子陶理的手机，给我打了他生命中的最后一个电话，他用非常微弱的声音说，你今天空吗？（我真不是人啊，我有那么忙吗？）我说，我这几天都在，过一会儿我就来看你。他说他不行了，又说了说出书的事情。然后他让我看微信，用他自己的手机，给我发了他生命中的最后一条微信。那是一个截屏，是11月30日晚，他发给曹后灵市长的：“我已放弃治疗，就这两天了，麻烦你关照院方认真做好我的临终关怀。谢谢。朋友一场，就此别过。”

我看了这个信，立刻回电过去，他抢先就说，你看到了？我说看到了，我马上过来看你——电话忽然就中断了，我等了半天，一直没有声音。我的撕心裂肺的文瑜啊！

过了几分钟，陶理打电话给我，说爸爸电话打到一半，昏迷过去了。

我立刻赶到医院，在病房门口看到里边有很多人，我稍稍站立了一会儿没有进去。文瑜的妹妹看到我了，赶紧出来喊我，说，现在还有点儿清醒，你快进来看看。

我进去，拉住他的手，他有感觉的。人已经不行了，还能说话，他说，要随时喊医生，不要让我痛苦。我告诉他，你安心，医生都在这里。

这是他说的最后的一句话。

片刻之间他又昏迷了，这是12月2日上午，他第三次昏迷。他是在昏迷中醒来的那一点点时间里，给我打了最后的电话。

我哭了。我哭得无法停止。

一直到现在，仍然无法停止。

他没有再醒过来。

我守到傍晚，回家后一夜心神不宁。12 月 3 日，起来先问陶理，情况怎样，陶理说情况还是那样，昏迷，上午我急着赶一篇稿子（该死的稿子），匆匆吃过饭急急忙忙赶到医院。

他的呼吸已经很微弱，生命即将耗尽。我默默地坐在他的床前，过了一会儿，忽然听到他重重地呼吸了一声，我顿时心生奇想，会不会有奇迹发生了。这么想着，我看了一眼监护器，就是那一瞬间，心跳停止了。

时间永远停留在 2019 年 12 月 3 日下午 3 时 53 分。

荆歌说：失去了才知道他的重要，我们永远没有他了。没有人再会对我们这么好。

小海说：今夜我仿佛成了孤儿。

费振钟说：文瑜去世是今年最大痛事。

北北说：这个人死出骨气和诗意了。

有多少人在为文瑜流泪，无眠，叹息，包括无数的并不认得他的人：

小菲说：我好喜欢他，字里行间都是亲切、体贴、安慰、温馨。

杜怀超说：虽无缘谋面，可哀恸，沿着这些柔软而透明的文字之岸，潮来。

可是我只有一个字：哭。

哭文瑜。

哭永远没有了的文瑜，因为下辈子是不会再见的。

我一直在想，文瑜你回来吧，你回来，绘声绘色地给我们讲你和死神搏斗的经历。

文瑜不会回来了。

大家说他的诗好，他却一直想出一本小说集。11 月 26 日，他去世前一周，把十六篇小说发给了我，说，没写好，不入法眼的，你全权做主，不行就不出了。

文瑜，一定会出的，只要是你的心愿，我一定做到的。

“面对任何人，他是一律如常地插科打诨，消解富贵者的那份妄自尊大、道貌岸然，消解贫困者的那份窘迫局促、手中无措。”（小海语）

那些不良的世风，在文瑜的至情至性面前，是那么的猥琐不堪。

“这诗不是写出来的，而是活出来的。你没有活到他的纯净和透彻，你没有活到他的这份赤子深情，你没有活出他对生死大事的举重若轻，哪里可以写出这等好诗来呢?!”（小海语）

那些装模作样的文字，在文瑜的诗文面前，又是多么的无趣无聊。

文瑜，虽然你不会回来了，但是你始终没有离开，你一直就在，你永远都在。在我们这里。

文瑜活着的时候，我没有喊过他文瑜，要么是喊陶文瑜，要么是跟着别人喊陶老师、陶主编，要么是跟着我儿子喊他师傅。

我希望，他能看见我写的字，如果写得不如他意，他还会跟我生气，不理我。他如此热爱生活，热爱生命，他是舍不得离去的，但是他无惧无畏地面对了。

文瑜平日私信聊天，或者发朋友圈，不怎么多用表情，几乎从来不用拥抱的表情，但是在最后的日子里，他用了很多拥抱的表情。他想抱住世界，抱住大家，直到他抱不住了。

文瑜，我还想看到你貌似骄傲其实厚道的笑脸，我还想听到你得意扬扬却又有点儿害羞地对我说，我阿牛？

对不起，我不能再写下去了。我很凌乱，我语无伦次，我很痛，我撑不住了。

文瑜，我以后还会写，再写，再写，一直写。因为我还有太多太多的话要和你说，我还有太多太多的事情想跟你聊，我还有太多太多的心思要向你倾诉。

附陶文瑜诗一首：

我要将身边的你
打发到很远的地方
并且
忘了你的地址

我要将所有的积蓄
换成一张车票
不久以后
所有城市
每一个路口
都有我张贴的
寻人启事
我要用余下的
全部生命
来寻找你

这时候思念

是我的唯一行李

我要在风烛残年
喊着你的名字
倒在异乡的小旅店里

# 文瑜是一面镜子（代序）

感谢作家出版社，给文瑜出版他的第一部也是唯一的一部小说集。

文瑜走了快九个月了，我一直在记录对他的思念的点点滴滴，借这个机会，我写几句，为了文瑜，更是为我自己。

## 一、想念文瑜

**陪文瑜过年**

大街上的人，看起来是那么匆忙而又庄重并带着些兴奋，街上的车，也多了起来，更加堵了，高大上的高铁站，一下子就变得像个巨大的难民营了，我忽然明白，年，渐渐地逼近了。

这是一个没有了文瑜的年。

有文瑜的时候，我们过年也未见得必须见面，互相都会说，过年忙，等闲一点儿再说。

其实，年还没有逼近的时候，我早就想到了年。

想到要陪文瑜过年。

文瑜爱热闹。今年他一个人独自去了，不知道在那边交上新朋友没有，留在这边的老朋友，是一直永远把他放在心里的。

在文瑜离去的这些日子里，几乎没有一天，没有一刻不想到他，耳边听到任何的词语，眼睛看到任何的事物，都会难过，都会暗自哀伤。冬至，圣诞，元旦，过年，黄天源糕点，评弹的调调，18 点 18 分，苏州新闻，甚至看到街上行走的每一个陌生的人，一切的一切，都能和文瑜的在与不在联系上。

一切的一切依然，只是没有了文瑜。

1 月 19 日晚上，苏州的文瑜的朋友，聚在一起，地点是文瑜的恩师华永根帮忙订的，新梅华，在清静的十全街上。进门大厅，就有一幅文瑜的字，桌上清一色的苏帮菜，都是文瑜喜欢的。

大家纪念文瑜，同时互道珍重。本来是文瑜共同的朋友，也有亲疏的区别，文瑜走了，我们之间，更像是亲人了，文瑜远去了，我们走得更近。这种情感，就叫陶文瑜。

知道我们吃得满意，文瑜会开心的。

文瑜，我们陪你一起过年。

1 月 19 日，那一天，我们还不知道，即将到来的是什么。

**清明去看文瑜**

是的，陪文瑜过年的那一天，我们谁也没想到，即将到来的疫情会把我们互相隔离了这么长的时间。

但是我们和文瑜，却没有隔离。

人间和人间，是会隔离的，但是人间和天堂，却是永远连接相通的。

这几个月，是我们心情最慌乱、思绪最紊乱、感受最混乱的时间，就在这样的漫长的惶惶的日子里，听到某个信息，看到某篇文章，随时，随时，我都会想着，给文瑜打个电话吧，和他说说话吧，我需要。

然后心里一阵疼痛，空。

今年的清明，文瑜走后头一个清明。清明去看文瑜，这是我们从一开始就不约而同的坚定的想法。可是疫情来了，因为疫情，停止扫墓，得到消息的那一刻，心中备感苍凉。

后来却有了惊喜，转机来了，可以先网上预约登记，一车三人，有健康码，有身份证和口罩，我们就能去看文瑜了。

于是，由燕华君代为预约，4 月 7 日上午，我和燕华君周毅一起去看文瑜。苏州越溪清泉公墓，5F8 排 15 号。

文瑜就在这里，他的正对面，是一大片竹林，风吹过，有声音。

这声音陪着文瑜。但是他会寂寞的，他一个人在那里，会寂寞的。

我们要多陪他一会儿。在他的坟前，我们说着家常的话题，带了他喜欢吃的酱汁肉、青团子，我们又念叨了许多他喜欢吃的东西给他听，又说了他的许多可笑的好笑的事情，笑到我们眼泪都出来了。好像他就坐在我们身边。

他就坐在我们身边。

但是无尽的悲伤在我的心底。

回到家不久，小天的电话来了，着急说，我怎么找不到 5F8 排？

我说，你往前走，去找竹林，他就在竹林那边。

**见字如面**

薛亦然建了群，在朋友中征集文瑜的字画，大家想着，行动着，要为文瑜出一本书法集。

荆歌提议，书名《见字如面》。群名也是见字如面。

看到这四个字，忽然就潸然泪下了。

潘向黎也在群里，我和向黎说，他们建了群，才知道心里还是很痛，很痛。

向黎则告诉我一个事情，无锡有个作家，某日下午到书店，看到书架上陶文瑜的诗集《随风》，“心里一沉，想起三十年前他到我家吃水饺，我到他家吃糖芋头”。陶文瑜的诗集放在底下一层，他趁工作人员不注意，悄悄把《随风》挪到了上面。

见字如面。

见字如面。

见字如面啊。

**探梅**

五月七日，文瑜生日。

苏州相城区音协在这一天推出了以文瑜的诗为歌词的民谣单曲《探梅》，纪念文瑜。

> 缥缈山下看梅花
> 又看旧人又看花
> 花是萍水相逢人
> 人是一生一世花

是文瑜在向我们诉说，也是我们在向文瑜诉说。

**过河卒子**

那些年我从苏州到南京工作，生活发生了很大的变化，表面也许还淡定，内心肯定是焦头烂额的。

文瑜是知道的。

后来他抄录了胡适的诗送给我：“偶有几茎白发，心情微近中年。做了过河卒子，只能拼命向前。”

这幅字我一直搁在我办公室的书柜里，每天看到。

**文瑜是一面镜子**

大家想念他，纪念他。许多人写了纪念文瑜的文章，读过这些文章的人，都被感动。那是因为文瑜感人，也因为写文瑜的人感人。

我们已经有多长时间不为他人流泪了？

在精致的利己主义盛行的当下，文瑜是一面镜子。

人人防范别人，不敢把心里话告诉别人，但是在文瑜这里，没事，尽管说，不用担心，他从不做挑拨之事，更不会嘲笑你的隐秘的不可见人的内心。

有意见他会直说，甚至吃相难看，但不玩阴谋，他生气了，只会当场翻脸。

所以，写文瑜的文章很多，但我还是要继续写。人可以不看，我不能不写。

我可能就是写给自己看的，我从文瑜这面镜子照着我自己。

有的人看起来很了不起，很高大上，其实只有一个卑鄙的灵魂和低贱的内心。文瑜也有很多毛病、缺点，但他是一个高尚的人。

文瑜走了以后，我的内心变得更加柔软，看到所有的人，都感觉很亲，都想和他们亲近，大街上的人，车站的人，陌生的人，想要对他们好。

一个女士的大衣带子掉下来了，我喊住了她，替她捡起来；

一个不会取票的农民工，我帮他取；

就是这样。

茶缸插梅花，想你又一年。

我曾经在《赤脚医生万泉和》这个小说的创作谈中写过：我们身边聪明人很多，聪明人也有情怀，但是聪明人的情怀大多是留给自己的，反而只有一个笨人，一个脑膜炎后遗症的人，能够心疼农民，为农民做事。

文瑜是个聪明人，但他的聪明是和大家一起分享的，从来没有单独留给自己。

文瑜就是这样的一面镜子。

文瑜在他最后的诗中写过：

散去的时候
你把我送到路口
我们挥挥手告别
然后你拿出手机
把朋友圈里我的名字删去

其实他知道，不会的，不会删去，无论是手机里还是心里，天老地荒，永远在。

其他的信息，都是来来去去，去了又来，来了又去，只有文瑜的，永远定格，不会离去。

因为我们离不开他。

## 二、关于小说

文瑜在的时候，我们交谈聊天中的一个重要话题，是小说。

当然，我们也会聊电影和电视，多半是他看完某个电影或电视剧，来谈观后感了。

有一次电话通了他就说，我推荐一个电影，你一定喜欢的。

我说，你不用说，我知道，《一次别离》。

就是这样的默契。

反过来，如果是我推荐给他的，他看了，多有不满意，因为他眼高，他骄傲，就说，一般。并勿高。或者直接就贬低说，勿灵勿灵。

文瑜最早是写诗的，后来写散文，曾经在90年代前后，他也写了一段时间小说，于是我们也就有了更加共同的话题：小说。

他曾经多次跟我说，你就歇歇吧，不要写了，你的小说高峰，在90年代、新世纪前后已经达到了，你再写，也写不过那时候了。

真是一点儿也不客气。

幸好我皮厚。我才不理睬他，我继续写我的小说。于是过了不多久，他就来提供素材了。说，我看到一个故事，赞的，送给你。或者说，我有一个金点子，灵格，送给你。

可是白送他又不甘心，所以又说，如果写成了，你要意思意思的。

多年来，他隔三岔五就会给我“送”小说，那是他自己对于生活的感受和在生活中获得了灵感，但是他自己不写，他也不是特别希望我写，他只是要找个人“送送”，浪费了可惜。

他跟我喋喋不休地叙述，有时候我烦他，我说，你不是说我可以歇歇了吗？

他就不好意思地笑了，说，你不会听我的。

确实，我不会听他。我写小说，管它好不好，管它高峰低峰，管它有没有人关注，我总是要写的。

文瑜当然是知道的。所以他一直在关注我写小说。他并不读我的小说，或者说，读得很少，但他是关注的。

有一天他又突发奇想了，跟我说，你写半小说吧。

或者，我一下子就听懂了，也或者，我根本没有听懂。于是我纠缠住他让他跟我讲解“半小说”，他却支支吾吾讲解不出来。文瑜不是个逻辑性强的人，他有的只是直觉直感。这个“半小说”，并不是他苦思冥想专门为我量身定制的，这就是他一时的心血来潮，灵感突降。然后他想到了我，把它“送”给我。

他原来只打算送我这三个字，超过这三个字，他也许就说不出更多了，却不料被我缠上，为我所逼，他后来又强行地挤出一些想法：

就是说，什么都可以写成小说。

打破固有小说模式。

没有小说，我就是一切，我就是掌控者，我想怎样就怎样。

打乱一切。

说得乱七八糟。却隐隐地有根线牵连着整体。

我仍然不放过他，让他再说得具体一点儿，他吭哧了半天，被逼无奈，只好说：

比如吧，写《香火》的那个你，可以在南京夫子庙吃小吃，或在南京的办公室办谈事情。

将虚构的小说随意穿插在生活的真实的内容中。

和原有的小说故事既要有距离、有分别心，又要无距离、无分别心。

随意进出，随意上下，随意来回。

我仍然一头雾水又仿佛于迷雾中看到什么。

许多年来，文瑜就是这样一边“打击”我的写作热情，一边不停地煽动我的写作热情。

**说说《下午》**

收集在《下午》这部小说集里的文瑜的二十个短篇小说，大多写于上世纪90年代。这些小说中的大部分，我在从前是读过的，读过之后，肯定会和文瑜说点儿什么的，只是已经记不清说了些什么。今天重新再读，无语凝噎。

我喜欢文瑜的意境小说，这一类，比如《如意》《水月》这样的，沉得住气，屏得住气，不会让气息轻易散掉泄掉。自始至终，都是水波不兴的，却又是水底波澜的；它们是轻盈的，又是沉重的；它们空灵得让人感到压抑，它们明白剔透，却又雾里看花，等等这些，都拿捏得很到位——不对，那不是拿捏出来的。犹如文瑜为人。他生活，他写小说，更多的不是拿捏，甚至是从不拿捏，他就是直接的、率性的、行云流水的，没有精心设计，却呈现出了精致。

我更喜欢他的状态小说，像《102次列车》《夫妻》这些。这种状态，是无状，是无限，是无穷数，这也是我个人对好的小说的理解和定义。

《102次列车》不到三千字，过去未来，历史与现实，人性和人心，世俗与梦想，生活的无状和人生的无限的可能性，在这短短的篇章里，看似平平淡淡却是尽情尽性的铺展和挥洒。

文瑜的小说里，有许多神来之笔，一如他在生活中，在写诗的时候，都会时不时冒出来的那种机智、那种与众不同的天赋。

许先生再抬高眼光，就碰到了从前的自己。脖子上挂着的围巾和长衫翩翩然在轻风里，清瘦的脸庞，双眼炯炯有神采。

——《如意》

李萍进了值班室，莫名其妙地转了一圈，又打开抽屉，见里面有一块臂章，上面写着：值班长。

这是我的抽屉呀。她想，对了，值班长不就是我吗？刚才为什么不戴上臂章呢，找得好苦呀。

——《102 次列车》

文瑜的小说是独特的、不可多得的，如同文瑜自己一般。

文瑜是写诗的，他的散文也一样的精彩，但是我知道，他的心底里是有小说的。

文瑜最后的那几天，我去医院看他，他又一口气“送”了三个故事给我。他的身体已经非常虚弱，但是讲这些故事的时候，他精神气十足，两眼放光，还不忘记提醒我说，你欠我的多了，你的哪个小说插图是我画的，你的哪个小说故事里有我的影子，你的哪个小说题目不灵，我叫你换一个，你不换，结果就是不灵吧。

是的文瑜，我欠你的太多，我要还你的。

可是，文瑜等不及了。

那个下午，文瑜走了。

其实我知道，文瑜一直都在，他一直在看着我们。

文瑜，别闹了，你回来吧，我们想你。

你留给我的小说，我还没有完成呢。

# 纪念何锐老师

我在《山花》上发表的第一篇作品，是个短篇小说，题目叫《又在秋天》，那是1995年12月。

1980年发表小说处女作，过了十五年，我才遇到了《山花》。

那之前我已经在《人民文学》《上海文学》等刊物发表了多个小说，而且还和其他许多文学刊物建立了联系，发表作品。其中有些刊物，今天的年轻作家，大概都没有听说过，比如《启明》《希望》《织女星》等等。

由此可见，我和《山花》的结缘真不算早，甚至是比较迟晚的了。

对于《山花》来说，一个作者的出现，可能无所谓早晚，你不出现，自有别人出现，但是对于我和《山花》的关系，却确实是有点儿迟晚。

但是我想，起步不在早晚，缘浅缘深，与时间有关，又无关。

反正在1995年，我们已经开始了。

1995年《山花》的主编是谁，我记不得，也许是何锐老师，也许不是，但是后来把我和《山花》紧紧连在一起的，一定就是何锐老师。

1995年在《山花》发表了第一个小说以后，不知为何中间又停了四年。从1999年开始，我与《山花》的关系就紧密起来，后来是越来越紧，每年都会在《山花》上发表一个小说，不是几乎，而是完全没有中断过，这样的状况一直持续了十多年。

一切来之于何锐老师的鼓励、推动、不折不挠的催促。

那些年里，经常接到何锐老师的电话，说实在话，每次电话，基本上听不太懂何锐老师说的什么，正如叶兆言说的那样，接何锐老师的电话，基本上只能听懂三个字，"我何锐"。

而其实，这三个字基本上也不是真正听清楚的，是因为了解因为熟悉因为亲切，所以就知道是他，那是感觉出来的。

接下来说什么并不重要，重要的是，赶紧答应给《山花》稿子。何锐老师的要求还蛮高的，不仅要答应给稿，还要答应给一个最好的，还要答应什么时间给稿。就这个月，不行，那下个月，下个月也来不及，那么，你三个月之内一定要给哦，也或者，到了年底的时候，电话来了，说，我何锐，给我个稿子，我发明年一期。

这真是立等可取的态度啊。

以至于我还真有几个小说，发表于《山花》的某某年和某某年的第一期。当然这样立等可取的小说，肯定不是立等出来的，多半是已经完成，正打算投给别的刊物，结果何锐老师来得及时，手到擒来。

因为我的态度尚可，何锐老师常以我为榜样，约别人稿子的时候就刺激别人说，你怎么拖三拉四的，你看看范小青，我一约，她稿子就来了。

当然，我现在写下的这些和何老师的对话内容，基本也是想象出来的，但是这个想象不是天马行空的胡乱想象，是建立在真实可信的基础上的想象，因为只要你答应给稿，而且保证了给稿的时间，电话就戛然而止了。

这就是我接触的何锐老师，也是许多作家了解的何锐老师。

在何锐老师的心中，没有别的事情，也不想聊别的事情，只有稿子，只有给《山花》投稿。

就这样，一个乡音重到让人几乎听不懂的主编，因为他的隔三岔五的听不懂的电话，我和我的很多同行都被他征服了。

我们虽然听不懂他电话里的话，但是我们听得懂他的心声。冲着他的这份心意，冲着他对文学、对文学刊物这样的挚爱痴爱，我们都愿意给《山花》写稿。事实上，从1999年开始，我连续在《山花》发表了十多个小说，几乎每一篇都被各选刊和年选选载。2007年第四届鲁奖开评，《山花》在有限的推荐名额中，居然推送了我的两个短篇小说《城乡简史》和《我们的战斗生活像诗篇》。这两篇小说，题材和风格差异较大，但是它们携手共进，在评奖中走得都蛮远，最后《城乡简史》获奖，后来有的评委还跟我说，其实另一篇也挺棒。

何锐老师的工作可不仅仅就是约稿催稿，他对于文学也不仅仅就是挚爱痴爱，他对小说的判断，他对文学的理解，他的文学观，他的写作理念，等等，影响着《山花》，渗透了《山花》，使得《山花》从许多省级文学期刊中脱颖而出，一飞冲天，真正成为绽放在高山顶上的烂漫之花。

听口音看相貌都有些老土的何老师，骨子里却是一位先锋战士。

对于我来说，何锐老师的认同、肯定和鼓励，不仅是激励我写作的极大的动力，更是我在写作中不断探索的极大的动力。记得有一次，我尝试了一个路数比较奇怪的小说给了《山花》，心中正忐忑不安，就接到何老师电话了，我能听懂的大约是“这篇小说有变化，好”。

后来就出事了。

在第四届鲁奖颁奖的晚上，何锐老师摔成了重伤，当我们在热闹的舞台上头顶光环的时候，何老师躺在冰冷的地上，昏迷不醒。

我闻讯到医院看望他的时候，经抢救他已经醒过来了，但意识并不是十分清醒，眼睛也睁不开。陪护他的女儿凑到他的耳边告诉他，范小青来看你了。

那一瞬间，何老师睁开了眼睛，他的灰暗的眼睛发出了光彩，他不仅睁开了眼睛，他的一只手，从被子底下伸了出来，伸到我的面前，口齿含糊地说，范小青，你给我送稿子来了。

虽然口齿含糊，但每一个字我都听懂了，听得分分明明，真真切切。

看着那只瘦骨嶙峋却刚强有力的手，我想，回家第一件事，就是打开电脑，给何老师写稿。

再后来，何老师退休了。

从《山花》退休后，何老师并没有停止他的文学追求和事业，他又给我们打电话了，我们仍然听不太清，我的大致感觉，好像是他到了一个什么企业性质的什么刊物，而他借用这个刊物的平台，开始做他的新的文学项目、小说项目。

果然的，连续几年，何老师组织出版了多部多题材的当代中国经典小说丛书。何老师编经典丛书，不仅仅是选择作品，还必须配上作家自己的创作谈，所以在后来的几年中，他仍然一直来电话，第一年让我写一篇关于经典的创作谈。我这个人，向来不怕写小说，却怕写创作谈之类的文章，但是既然是何老师约的，没有二话，写。第二年何老师又要一篇，我又写了。到第三年电话又来的时候，我忍不住说，何老师，关于经典我已经写了两篇了，实在写不出来了，他则简洁果断地说，还要再写一篇，什么什么时候要。

没有讨价还价的余地，也没有人想跟何老师讨价还价。

因为我们都知道，文学是他的生命，是他的灵魂，是他的所有一切。无论在哪里，无论在这个世界，还是在另外的世界，何锐老师永远在这里。

# 后来的花絮

——纪念我的父亲

我是“春来沙家浜”征文大赛的评委之一，大赛结束后的一天，我父亲忽然当着大家的面对我说，你是一个大义灭亲的人。我吓了一跳，不知所指。接着父亲告诉大家，他也参加了这次大赛，用的是笔名，投稿后连水花也没见溅起一点点，就别说获什么二等奖三等奖了。父亲这个人向来爱开玩笑，碰到我这样的老实人，总是会把玩笑当真，我急了，说，不是我大义灭亲，是你自己大义灭亲，你参加征文赛，我怎么一点儿都不知道？父亲没有回答我这个问题，却说，我一看到“沙家浜”三个字，就想起了你母亲，一想起你母亲，就想起了弗拉基米尔·伊里奇·乌里扬诺夫（列宁），于是我就用了伊宁这个笔名。

我父母亲都是南通人，他们的相识相恋，肯定不是在沙家浜，确切地说，是在南通市中学堂街我母亲家的老屋里，与远在苏南常熟的这个水乡小镇一点儿关系也搭不上，他们也没有去过苏联，与列宁更无半点儿牵扯，但是父亲却把这些事情联系在一起了。但是如果我可以沿着父亲的思绪走一走，我就会发现，在毫无关联的几件事情背后，是有着一个共同的词语的，那就是：革命。

两个革命的青年，一个是我父亲，一个是我母亲，因为革命的理想和革命的浪漫主义，走到了一起，结成了夫妇。那时候两个革命的小知识分子谈得最多的就是弗拉基米尔·伊里奇·乌里扬诺夫（列宁），那时候他们还不知道沙家浜，沙家浜是后来的事情，是艺术家的创造。但后来被创造出来的事情，也能后来居上，和先前的事情赶成了一趟，因为它们共同的背景是革命。

于是就出现了沙家浜—我母亲—伊宁，这样奇怪的组合，我仿佛看到我年轻的母亲，和她的女师的同学们一起走在游行的队伍里，她们一边喊着口号，一边听见调皮的男生骗她们说，手绢儿掉了。这时候我父亲参加了华大，正随着解放大军，走在苏北赶往苏南的路上，从地理方位上推测，从南通南下的队伍，那一天很可能途经了沙家浜。

我想我能够理解父亲看到“沙家浜”三个字，顷刻间就产生出的联想和感动。当然，一代人有一代人的回忆。当我们站在今天的沙家浜风景区修旧如旧的老街时，我们这一代人，心里浮泛起的是青少年时期乡间的那些苦涩而又甘甜的日子。我们在土灶上做饭，蹲在田头吞下大碗大碗的青菜米饭，或者没有青菜，几根腌萝卜条也咬得嘎嘣香脆。一天的食量，放在今天吃三四天一星期都没问题，我自己就有过一顿吃下一斤米饭的纪录。还觉得不算多，因为那是新米，不吃水，一斤饭也就两碗而已。所以那天当我们走过沙家浜老街的第一家小饭店，看到店里那些歪歪歪歪的木条凳，大家忍不住蜂拥而入坐了下去，吃面条吃馄饨，更是去重温久违了的乡村时光，寻找丢失在从前的朴素和单纯。果然，那位农村大嫂的面和馄饨做得实在朴素，朴素得尽是土气，就歪打正着地吻合了我们的情感所需。这样的精神需求，也许带了点儿矫情，但是在一个残酷激烈、大踏步向前走着的时代，少来一点点矫情也蛮温馨的。

对于我们这一代人来说，沙家浜还是一个重要的情结，那就是儿时样板戏的华美旋律和精致唱词，这些东西几乎刻骨铭心，以至于几十年过去，仍然一张嘴就能哼唱出来。你看在荆歌的文章里，在陶文瑜的文章里，都提到小时候唱《沙家浜》，也都提到一个女同学，好像商量好了来写的，只是不知他们各自的女同学，现在还都好吗？他们牵挂着她们，是不是该去找一找她们，有些事情，错过了就再也来不及了。

沙家浜，是革命往事的代名词，是情感寄托的着落点。沙家浜，让许多人回忆过去，让许多人重拾感动。许多新的事物，常常从回忆开始。“沙家浜”就是这样引导着我们，从回忆走进展望，从过去走向未来。

我是个不省心的人，就把“伊宁”这事情搁在心上了，老是拿不掉，就老是想探听到底是真是假。但父亲他老人家总是一脸似真似假的笑，让我实在捉摸不透。直到我记录下这些发生在征文赛后的花絮，我仍然不知道父亲到底有没有用“伊宁”的笔名写过这篇文章。但无论他写没写过，我都能体会到他对沙家浜的敬意和感情，就像他对我母亲、对列宁、对革命的敬意和感情一样。

**后记**：我一直以为我是个很认真的人，没想到《春来沙家浜》一书的主编范培松先生比我更认真，他看我的这篇《后来的花絮》后，竟真的到三百多篇初稿中去寻找“伊宁”了，还竟然真的给他找到了“伊宁”。他觉得这是大赛中的一段佳话，决定把“伊宁”的文章《红色魅力》也收到这本集子里。这真是一波未平一波又起，潮潮迭起，让人欢喜。

**补记**：这篇文章写于2006年，那时候，父亲的身体还非常好，当他听说有“春来沙家浜”征文大赛，便独自一人去了一趟沙家浜，回来就写了文章参加大赛，却故意对我保守秘密，特意用了笔名。父亲是个老顽童，喜欢到处跑，又喜欢动脑子，总觉得自己还很年轻，他是一个闲不住的老人，不老的老人。

在这里我摘取父亲文章中的一段文字：

春暖花开，一位老先生，来到沙家浜。

没有长官陪同，也无名人相伴，独自个儿走走，看看，好不自在自由，胜似乾隆皇帝下江南。

乾隆下江南，不是访贫是访美。山美水美人也美，是江南美的共有特色。老先生在江南工作五十年，走遍苏杭，城里的园林，古镇的小桥、流水、人家，早就尽收眼底，新鲜感渐渐失去，但一进沙家浜，感觉迥然不同。

满湖碧水，一片片芦苇荡，一条条小木船，穿着灰色军服的新四军，缠着绷带的伤病员，在和鬼子捉迷藏。汽艇进荡，枪声骤起，人呢？人来了！在郭建光的指挥下，小木船从芦荡深处突然涌出来，一束束手榴弹摔过去，鬼子人仰艇翻。一股敬意在老先生的遐想中油然升起。

……

我的心好疼，我抄不下去了，因为，父亲已经不在了。

在这段“让人欢喜”的佳话发生后不到一年时间，父亲就病倒了。

父亲的病来得太突然，2007年5月下旬，他参加围棋队到安徽去下棋，回来后觉得身体不适，在家熬了两天，6月2日晚，我从外地开会回来，到父亲房间看望他，他跟我说："小青，我明天要去医院查一查，身上怎么都黄了，社区医院的医生怀疑我得了黄疸肝炎。"

第二天一早，我就联系了医院，让父亲住了进去，我相信父亲不出几天就能出院，他是一个永远生龙活虎的父亲啊！

我永远记得那一天，2007 年 6 月 5 日，这是个黑暗的可恶的我要永远诅咒它的坏日子。那一天，天崩地裂，最后的诊断结果出来了：父亲病了，病得非常重，几乎已经无可挽救了。

2009 年 2 月 12 日，在我们和父亲一起与病魔惨烈搏斗六百多个日日夜夜之后，父亲走了。

若有来生仍然你为父亲我为儿女。

从今往后谁来送我出门迎我回家？

2 月 16 日，我和哥哥在父亲的告别会上对父亲说：

爸爸走了。

这么好的爸爸走了，说什么都是多余了。但是爸爸，我们有太多太多的话要跟您说，我们有太多太多的爱还没有来得及给您，您就急急地走了，给我们留下了终身的遗憾和悲伤。

爸爸，您这一辈子颇多坎坷，但是您从来没有抱怨过生活，您对生活始终是那么的热爱，那么的宽容，那么的充满感情；您为人善良，极尽一生的努力，唯一一个目的，就是善待和帮助一切您认识和不认识的人。您身患重病手术后病情一直没有好转，2008 年春节前，拖着虚弱的身子，还是坚持按照往年的老习惯，让司机送着您，一家一家上门去看望您以往每年都要去看望的一些老领导老同事老朋友；到 2009 年春节前，也就是您临走前二十天的左右，您已经不能下床了，还在遗憾，说今年不能去看望他们了。去年汶川地震时，您的病情已经很重，躺在病床从电视里看着那些悲痛和感人的场面掉泪，并让家人代为捐款。爸爸，您生性豁达，个性开朗，朋友众多，社会各界都有您的老朋友和忘年交，有您这样的好爸爸，是我们这辈子最大的幸福和骄傲。

爸爸，您对儿女的爱，是一座让我们可以依赖的大山，也是一股暖暖的细流，五十多年来，不断地淌进我们的心底和血液，我们在您的呵护和教育下，一步一步踏踏实实地走着人生的路，慢慢地成长着，爸爸，谢谢您！

爸爸，在您得病后的近两年时间里，您以坚强的毅力，与病魔进行顽强的斗争，为了战胜病魔，您逼着自己改变了许多生活习惯，您逼着自己喝下了一碗又一碗的苦药，您几乎从来没有对儿女诉说过自己有多么的痛苦，虽然最后病魔夺走了您的生命，但是您没有输。

爸爸，您的人生态度，您的积极进取、乐观主义精神，是您留给我们的最美好最宝贵的财富。谢谢您，我们的好爸爸！

从2007年6月爸爸得病去上海手术，一直到爸爸去世的近两年的时间里，各级领导，爸爸生前的许多同事、朋友，都非常关心爸爸的病情，从联系医治到术后恢复等，大家都给了我们极大的帮助；许多人多次去医院或到家里来看望爸爸，送来祝福，这些都给予了爸爸最大的安慰，尤其在爸爸生命的最后日子里，还能和棋友们下棋，这也应该是您留在人世间的最后的也是最美好的记忆。

亲爱的爸爸，今天我们不是来向您告别的，我们没有分别，我们永远也不分别。今天只是一个新的开始，您没有走，没有离开我们，您的音容笑貌，您的优秀品德，始终陪伴着我们，鼓舞着我们，支持着我们。

爸爸，您永远活着！

今天，我给当年的文章做“补记”的时候，父亲离开我们已经一年半了。但是我从没感觉父亲已经走了，我有很多很多的话要对父亲说，我要为父亲写很多很多的文字，可是这一年半，偏偏是我人生中最为艰难最为辛苦的时间，我一直没有动笔写父亲，我也一直不敢想父亲去世这件事，因为只要一想，我就会撑不下去，我就会垮掉，我就会瘫倒。

每每从南京辛苦工作后身心疲惫回到苏州的家，第一件事情就是推开父亲房间的门，仔细端详父亲的照片，然后我和父亲说话，告诉他一些事情，给他泡一杯茶，给他加一点儿酒。下次回来的时候，酒杯里的酒少了，我知道父亲回来喝过了，我再给满上一点儿。

就这样，日子一天一天地过着，父亲始终没有离去，我也始终没有动笔写我的父亲，直到今天，我也只是做一点儿补记。我仍然克制着自己，但是我知道，有一天，我对父亲的全部的情感会奔泻而出。

# 母　亲

## 从 1986 年到 1966 年

我母亲去世二十六年了。

1986 年 4 月 8 日，我生孩子后的第十七天，母亲离开了我们。

母亲去世前，替我的孩子取了名字，这是她为我做的最后一件事情。我孩子很小的时候，就把这件事情永远地记在心上了。在他慢慢地长大的过程中，也会有人跟他开玩笑，说，你改个名字吧，叫什么什么吧。我的孩子会很认真地告诉他们，不行，我的名字是外婆取的，不能改。那时候他还很小，根本还不能理解人的名字到底算是什么，更不知道大丈夫行不更名坐不改姓一说，但他已经认定了这一个理。

为什么外婆取的名字不能改，谁也没有告诉过他，谁也没有向他灌输过这样的想法，但这样的想法就天生地存在于他的心中。我想，这是解释不清楚，也不用解释的。有一点是肯定的，我的孩子对外婆替他取的名字有一种特别的感觉。他心中始终有这么一个单纯而坚定的信念，我想，这也许是他对外婆的一种特殊的感情。

家里来了新的朋友，或者不知道他的名字来历的人，我常听儿子告诉他们，我的名字是我外婆取的，我生下来十七天，我外婆就去世了。

有一位退了休的医生告诉我儿子，医生说，你外婆那时候，躺在病床上，你妈妈将生下才七天的你抱到医院给你外婆看，你外婆摸了摸你的脚，笑了。

我生孩子时的病历记录，一直在我家放着，儿子从那上面看到了他自己的小小的脚印，儿子很惊讶，他反复地说，我的脚这么小？外婆就是摸的这只脚?

从某种意义上说，我母亲和我儿子是见过面的，但是从另一种意义上说，他们没有见过面，因为我儿子没有印象，母亲是有印象的，但她的印象只维持了十天。在这十天中，我母亲曾经向守护在身边的人说起她的担心。

母亲说，这个孩子，怎么这么黑？

我们都还没有来得及告诉他，那是胎气的缘故，很快儿子就脱了胎气，一点儿也不黑，但是，母亲她竟没有等得及听一听，更没有等得及看一看。

值得欣慰的是，儿子虽然对外婆没有印象，但外婆的一切，在他心中却是最神圣的。

儿子自己的东西，如学习用具之类，总是丢三落四，乱七八糟，从来不知道整理。你替他整理也是白搭，你前脚收拾好了，他后脚就给你搞乱了，没有办法。可是有一天，儿子忽然很紧张很严肃地跑到我身边，说，妈妈，床头柜里掉出一包东西。

床头柜本来是我父亲用的，后来移到儿子床边，里边塞得满满的，都是旧报纸包的，儿子从来没有想到要看看是些什么。这一天突然从柜子里掉出一包东西，儿子打开来，他看到里面都是些信件啦，笔记啦，他看着那陌生的笔迹和陌生的语句，心里突然涌起一种说不清的感觉，慌慌张张来告诉我，并且问我，妈妈，那里边是什么？

我知道那里边是什么。

母亲的遗物。

我说，是你外婆的东西。

儿子默然，他郑重地将纸包重新包好，从来没有见过他如此的认真和细心，将纸包重新放入床头柜，并且放得很严实了，确信它不会再次掉出来。

最后，我儿子对保姆老太说，这个柜子里装的，是我外婆从前写的东西，妈妈说，外婆的字，写得很好。

现在我应该回到从前了。

1966 年的深夜，响起了惊心的敲门声，有人来抄家，他们是我父母亲的同事。我睡在隔壁的小房间，听到我母亲不断地说，这是我的东西，这是我的东西。母亲说的是家里一口书柜里的东西。

母亲房间里有一只小小的木门书柜，对我来说，书柜的门永远是关闭着的，书柜因此显得神秘，有一天我在里边发现一本《欧阳海之歌》。欧阳海几乎是几代人的英雄偶像。

我相信他也是我母亲心目中的偶像。

## 母亲与人生

小时候我去上学，走在路上摔了一跤，我从地上爬起来，一时不知道发生了什么，茫茫然地想了一会儿，才知道是跌了跤。我有些狼狈，问站在一边的哥哥，哥哥，阿有血？何止有血，还有一个大窟窿。哥哥飞奔而去，叫来了母亲和一辆三轮车。母亲将我抱在怀里，坐上三轮车。在去医院的路上，母亲一路呻吟，三轮车工人忍不住回头看着我们，他说，你们到底是谁摔破了头?

我那时候是无声无息地躺在母亲的怀里，一点儿也不疼。后来在医院的手术台上，医生拿一块纱布盖住了我的头，露出那个血肉模糊的窟窿。母亲后来说，那窟窿像一只眼睛。母亲一看就晕过去了。医生说，这怎么行，回去回去，换个人来。结果就换来了外婆。

母亲脆弱而敏感。

记得我小的时候，母亲患神经衰弱病休在家，她觉得因为生病使自己的外貌比实际年龄大，怕见人，怕人问年龄，生理和心理的双重痛苦折磨她。母亲开始抽烟，她听说烟能镇定人的神经。

时代发展到今天，女士抽烟，更多的人已经习以为常。

女人抽烟，架势好的，让人看了真是很美，细细巧巧的摩尔烟，细细纤纤的手指，真是柔情万般，风情万种。听说还有比摩尔更精致的女士烟，没见过，想起来一定味道好极了，不仅是烟的味道，更是女士吸烟的味道。女士抽烟，似乎越来越成为一种时尚、一种风格，据说在西方的一些国家，男士抽烟的越来越少，而女士抽烟的人数日甚一日，或者就是时代的进步呢。

我母亲抽烟。但是母亲的烟，抽得很痛苦。

许多年后的今天，回想起来，深深为母亲的痛苦而心酸，身体的病痛，生活的贫困，感情的寂寞，也许，正是这许许多多的因素，积累成了母亲抽烟的结果。从我懂事的时候起，印象中的母亲，抽烟总是掩掩藏藏，若在抽烟的时候，听到有人敲门，母亲会慌张得将烟头到处乱藏，来不及掐灭就往床下一扔，或者随手往什么地方一塞，有几次差点儿酿成火灾。

有一次邻居家的阿姨拉住我问，你妈妈抽烟的？

阿姨的脸色和口吻，让我至今难忘，就像她抓住了我母亲的犯罪事实。这情形让年少的我不知所措，我惶然地摇摇头说，我妈妈不抽烟。

阿姨怀疑地摇头，笑着走开了。

我回家告诉了母亲，母亲大惊失色，整日坐卧不宁，惶惶不安。许多年下来，母亲的敏感，母亲怕人知道她抽烟的与生俱来的惊恐，随着时间的流逝，一点一滴地刻进了我的内心深处，永远也不会淡忘。

母亲已经去世多年，我常常想，如果母亲活着，如果在某一次宴席上，母亲被人敬一根烟，母亲会有什么样的想法呢？我不知道。

每年扫墓，都不忘记在母亲的坟头点上一根烟，在山脚下的小店里，我们寻找飞马牌或者南京牌，这是母亲生前最喜欢抽却抽不起的烟，更次一点儿的红金烟，现在已经看不见找不到了，飞马、南京也很少，我们就点红塔山或者中华给母亲。母亲生前没有抽过这两种牌子的烟，日子过得好了，母亲却去了，让人说不出话来。

在我二年级或者更小一点儿的时候，邻居阿姨问我，你妈妈几岁？

我其实并不知道，但是随口说了三十岁。

邻居阿姨敲开了我家的门，说，冯同志，我来问问你是不是三十岁，你女儿说你三十岁。

母亲十分紧张不安，她责怪我，小孩子出去瞎说什么。

我很害怕，不知道自己犯了什么错。

世俗的风霜雪雨无情地泼打着母亲柔弱的心，母亲越来越怕出门，怕见人。她心底里的善良和浪漫被淹没着，但时不时也会渗出来一点儿，她会给我们讲林妹妹的故事，也许就是这一点点的无意中流露出来的小资情调，影响了她的一双儿女。

母亲能说出许多关于我们兄妹小时候的故事，我后来对于孩子童时的记忆，大部分来自我母亲的讲述。母亲说有一次我和哥哥抢一只藤椅脚架玩，争抢之中，我居然晕了过去，母亲一气之下，把藤椅的脚架当柴烧了。我们家的那只藤躺椅从此没有了脚架，躺着的时候，脚只能放在地上，或者蜷起来。

母亲一辈子经历的苦难足以将她的心磨出很厚的茧子来，但是母亲一直到生命的最后，她的心始终是柔弱的、浪漫的，母亲的心里，有太多的爱。

## 母亲与外公

我没有见过我的外公。

外公曾经在很长很长的时间里一直一个人住在老家南通。

当我的外公和我的母亲都已不在人世的某一天，我回到了我母亲的老家。

那是我第一次回故乡，走进了外公许多年一直一个人住的那个老屋。在过去的许多年里，我曾经一次次想象我外公坐在朝南的堂屋里，我们家朝南的堂屋应该是很宽敞很气派，屋中间有很粗的原木柱子，母亲和我的舅舅们小时候围着柱子捉迷藏。这是母亲告诉我的。从前在南通大家都知道冯财徐势。我外公姓冯。我想象着我外公坐在堂屋中央高高的红木太师椅上，威风凛凛。

在我外公去世很多年以后的这一天，我来到外公的家。

我没有找到我母亲向我描述的关于老屋的那种感觉，外公的老屋破落成这样子，这是我没有想到的。我想外婆和母亲她们几十年不回老家，她们一定想象不出老家的画面已经完全改变。

我茫然地站在小小的院子里，回头发现，从小院子里能够看到街口的一棵高高的香樟树。我想象外公在他的漫长的生命历程中，他每天坐在院子里，看着树上的鸟窝，老鸦在头顶飞来飞去。我不知道外公对此有什么想法，也许外公什么想法也没有，在漫长的生命历程中，外公的唯一想法就是一天一天过下去。

我一直住在老家的堂舅舅闻声出来迎接我们。堂舅舅告诉我们，外公后半辈子的生活主题，就是老屋，或者说得更具体些，就是卖掉老屋。

生活日渐艰难。这是外公活着的最强烈的几乎可以说是唯一的感觉。从前家里留下的一些东西，能当的都当了，能卖的都卖了，外公再也找不出一件值得让人看一眼的东西去换钱。外公向我母亲和我舅舅提了增加生活费的要求没有得到回答。于是，外公开始想办法。

母亲接到外公的信，信上说，老屋是国家的，过去给我们家白住了，从现在开始要收房钱，外公说我付不起房钱。其实这样的理由也许经不起推敲，老屋的性质是早已经确定了的。

母亲多少明白一些外公的把戏，她给外公回信，她说既然国家要收房钱，当然是要交的，她让外公把房租的收据寄过来。在下一封信里，外公说：随信寄上房租收据。可是母亲怎么也找不到收据，母亲哭笑不得。外婆说，江山易改，本性难移。外婆对外公的本性看得很透吗？我不知道。许多年以后，当我回想母亲满地寻找房租收据的情形，我想那时候我们为什么不能挤一点儿钱下来给外公过日子？其实我的想法根本不可能实现，为了给我的外公寄生活费，我家、我大舅舅家和我小舅舅家已经挤了又挤，不能再挤，这是不用怀疑的。

过年的时候妈妈总能在枕头边给我和哥哥每人放一个纸包，里边有柿饼、花生、糖，但是后来，这样的日子也没有了。

外公后来得了肺病，孤独和贫困侵蚀了他的身体，在他身体的某个部位，蛀出一个洞，再蛀一个洞。母亲到医院配了链霉素给我外公寄去。我随母亲一起到邮局去，我看到母亲在药包里夹了小小的一包水果糖。我没有吃到糖。我想我母亲也已经尽力了。

现在，我站在外公的老屋前，想着母亲，想着外公。我想象外公坐在朝北的小屋门前，他看着街头香樟树上的鸟窝在风中摇摆，外公那时候已经心如死灰。

我忽然想，有一次外婆偷偷地告诉我，她说，你外公是个白面书生。

我看着雨，渐渐地有些明白，在外公的小院里弥漫的那种气氛，一定是外公内心深处的某种情绪的流露。外公虽然已经去世多年，但是他的气场仍然回荡在小院子里，不肯离去。我感受到了。作为我母亲的孩子，作为外公的第三代，从来没有见过外公的我，现在确确实实感受到了外公的气息。

这是一种带着永远的愧疚的感受。

我在堂舅舅家里看到一块石碑。

堂舅舅说，是在冯氏的祖坟上得到的。

石碑上写着：

冯氏西宗

十八代哲庐

燕京大学地理教授

冯哲庐是我外公的父亲。

我被这块埋在地下许多年的石碑搅动了心灵。我想象外公年轻时，白面书生，西装革履，学识渊博，感觉良好。

我母亲是我外公唯一的女儿，也是我外公最喜欢的孩子。可是，从1949年我母亲离开老家后，她就再也没有见过她的父亲。我想，之所以我母亲活着时候，常常跟我说起我的外公，外公是我母亲心头的一个结，一直到她去世，也没能解开来。

## 母亲和父亲

我外公曾经坐在堂屋中间高高的红木太师椅上，指桑骂槐地说我父亲。

父亲那时候是一个十八九岁的毛头小伙子，他寄人篱下住在继母的一个远房亲戚家里，远房亲戚又恰恰租了我外公家朝北的小屋居住。父亲在南通城里读书，到这里来玩，便走进了我外公的家。

以后才有了一切。

父亲站在我外公家的门槛上，尽量地踮起脚跟，这是我母亲告诉我的，父亲大概觉得他的个子不够高，身材不够魁梧。母亲说这些话的时候，抿嘴笑了。我看到母亲的脸颊有一个浅浅的酒窝，在母亲后半辈子的人生中，苦难的阴影始终笼罩着她，笑容很少出现在她脸上，她长年身患重病。

再往前回想，在母亲前半辈子的生命中，也没有多少快活，但是我记得母亲的笑是那么的纯真美好，尤其当母亲说起往事，母亲永远像个长不大的女孩，她曾经饱经风霜，她笑的时候总是带一点儿害羞，她有一个不太深的酒窝。

父亲那时候踮着脚跟朝里边张望不已，我外公很威严又很不屑地说，头顶的人家，脚踏的人家。

这是对我父亲寄人篱下的形象描述。

其实父亲大可不必为此感到屈辱，父亲可以想象他家族的历史和气势远比我外公家族的历史和气势要大得多长得多也辉煌得多，只是到了我父亲那时候，家族败落了，这事情与我父亲无关。我爷爷死的时候，我父亲七岁，在以后长长的历史过程中，曾经有人说我父亲七岁就做了地主，向人收租，我想这也不是全无道理，老地主死了，小地主就是地主，顺理成章，就像老皇帝死了，小皇帝就是皇帝，与年龄全无关系。作为土财主家后代的我父亲，我的书香门第的外公是不屑一顾的，在我外公心里，我母亲像公主一样的高贵。

母亲在年轻的时候，是高贵的，她是女师的高才生。母亲不费吹灰之力替我舅舅做的作文，得了三个星，母亲自己编印的文学小册子到处流传。好多年后我走上文学创作的道路，母亲什么话也没有说，我一直不知道她对此有什么看法，现在我再也没有机会向我母亲问及此事。

母亲走到哪里身后总有一串影子，他们在背后说：手帕掉了。

母亲回头一笑。

那时候母亲曾经跟着高年级的同学上街游行，喊着要民主要自由的口号，母亲年轻的脸庞激动得大放光彩。后来她曾经告诉我，谁谁谁是地下党，谁谁谁是三青团，其实我根本不知道谁谁谁是谁。

母亲在大操场上唱《北风吹》，可以想象母亲那时候的骄傲。外公坐在朝南堂屋里高高的太师椅上，他听我母亲边做作业边唱歌，外公心里真是涨满幸福。

其实父亲完全不必因为我外公的良好感觉而自惭形秽，事实上我外公家在我父亲出现的那个年头，也已经走过了他们的高峰期。外公将家里的房子租出去，换取些房钱以平衡开支，只是因为外公那时候仍然坐在高高的太师椅上，使我父亲暂时较难感受到这种衰败气息的日趋逼近。

父亲躲躲闪闪和母亲接头，母亲也大有私奔的念头。其实到了那时候，我外公已经不可能一锤定音地包办我母亲的婚事了，父亲和母亲大可不必如临大敌，后来的事情也证实了这一点。

后来我母亲义无反顾地跟定我的一无所有的父亲时，我外公什么话也没有说。

我小时候经常听到母亲和外婆历数父亲的不是，于是父亲说，我回家就是冷言冷语冷粥冷饭。其实有时候是，有时候不是，家庭总是有温暖的。

父亲没有自己的父亲和母亲，他们都早早地离开了人世。父亲从一开始就是独自一人，母亲和外婆在更多的时候是同一条战线。父亲在辩论不过的时候，他大声喊，毛主席万岁！然后冲出门去，是决不再回家的样子。

过了一天，至多两天，父亲回来了，他带回来我母亲最喜欢吃的东西，母亲的心便融化了。

## 艰辛生活中的母亲

小时候家里的钱总是在半个月以后就用完了，不到月底父亲就要东借西挪将剩下的日子过完。

在生活的另一个角度，母亲在家里翻箱倒柜，家里几乎没有什么东西是多余的。天气热起来，有一条回纺的粗布裤子，也许暂用不着它了，母亲折叠起来，交到我的手上。母亲对我说，你拿到宫巷的当铺去，他给五毛钱你就卖。

我是个小孩。我不知道为什么母亲自己不去，却叫一个小孩去。但我还是乐意去的，因为我知道，去了就可以带一点儿钱回来。后来我渐渐长大了，我当然就知道了母亲为什么不去当铺。许多年后哥哥对我说，那是你的第一次出征。

去当铺当家里的东西，对一个有小资情调的知识女性来说，无疑是一件非常艰难的事情，是心灵的煎熬。

对无知无畏的我却不一样。

于是小小年纪的我，穿过一条街，又穿过一条街，来到宫巷，这里有一个旧式的当铺，踩着狭窄的旧木楼梯吱呀吱呀地上来，我把裤子搁上当铺高高的柜台。当铺的老先生简单地翻了翻，从眼镜下面向我看了一眼，说，不要。

我走出来，茫然地站在街上。

事实上我后来又到了另一家当铺，仍然是一个旧式的当铺，仍然是狭窄的旧木楼梯，我踩着楼梯吱呀吱呀地上楼，把裤子搁上高高的柜台。当铺的老先生简单地翻了翻，从眼镜底下向我看了一眼，说，八角。

我紧紧捏着八角钱，心里一定掀起波澜，满是欢喜。回到家我把八角钱交给母亲，母亲接过钱，无言，然后就到食堂去买饭票了。

1968 年和 1969 年母亲在五七干校，许多事情是母亲后来告诉我的，干部们白天劳动，晚上开会学习，批斗一个新揪出来的同事，每一个人都担心自己明天会不会被揪出来。

母亲说了一句梦话，我手无缚鸡之力。

第二天早晨就有一个同事说，冯石麟昨天晚上说梦话，她说手无缚鸡之力，这是什么意思？

另一个同事说，梦话是不足为据的。

前一个同事说，日有所思夜有所梦。

母亲每天都担心自己会说出什么被人抓住把柄的梦话来。母亲说，他们在我的床头墙上，贴着揪出隐藏的阶级敌人！母亲胆战心惊。

有一天一个同事钻进自己的蚊帐，紧紧抓住帐门，再也不肯出来，他不断地说，我不是特务，我不是特务，我不是特务……

神经高度紧张的母亲，我不知她是怎样度过那些日子的。父亲在另一个连队，他是属于已经被揪出来的，反正死猪不怕开水烫了，埋头劳动，老老实实改造。

我和外婆哥哥待在城里的家里，没有钱用了，外婆让我去五七干校找妈妈要钱。我从家里出发，向一个不知道在什么地方的地方走去，五七干校在哪里？

我梦游般地走出了城门，向南，到了农村，再向南，遇到一条大河，后来我知道那是运河。我无法过河，我问一个农民，我怎么能够到河对面去？

农民说，摆渡。

我知道了摆渡是什么。

摆渡船到了对岸，对岸是一个小镇，小镇上的妇女把我吓了一大跳，她们不穿上衣，在街上走来走去，后来我问母亲，母亲说这是风俗习惯。我走过小镇，走上了通往五七干校的道路。路边是许多许多的桑树，穿过桑树地，我终于看到了一些房子，但是我找错了一个连队。我继续往某个方向走，又走到一个连队，仍然不见母亲，再走一个连队。

最后我一定是找到了母亲的那个连队，终于看到了母亲，也一定从母亲那儿带回一些钱去给外婆，但后来的一切，我都忘记了，我只是记住一个不完全的梦，记住了其中的不连贯的一些部分。其中最重要的部分，就是母亲内心所承受的压力，政治的、经济的、情感的，这些压力之大之重，母亲之无法承担，使得它们甚至从母亲那里传递到了我的身上，虽然我只是一个孩子。

母亲从来没有跟我说过她爱我，但是母亲对我的爱，像一条永不断流的河，永远流淌，永远滋润。

我有一个小学同学，我们分手的时候只有十来岁，上小学，遇上“文革”，就停课了，不再到学校，也不再和同学在一起，许多年以后谁也不知道谁到了哪里，过得好不好。大约在分手近二十年以后，我的这位同学，突然找到我家来了。那一阵我被车子撞了，轻度脑震荡，影响睡眠，她来的时候，我正在睡觉。母亲说，我是叫醒她呢，还是不叫醒她？叫醒她吧，又有些不忍心，不叫醒她吧，你们二十年没见面了，你能找来，真是不容易，也不忍心。我同学说，别叫了，我以后会常来的。母亲就没有叫醒我。母亲和我的同学聊了很长时间。在母亲细心的呵护下，我一直没有醒，睡得很香很香。

有一段时间我的同学却没有常来。她到外地去学习或者是去干别的什么工作了。

当她再次来到我们家，已经是几年以后，她一进门，就看到了我母亲的遗像。

她很伤心，眼睛红了。

## 母亲与文学

我母亲在世的时候，读过我的短篇小说。我的第一个中篇小说发表于 1985 年年底，那时候，离我母亲去世只有几个月，生命即将离她而去。我告诉母亲我发表了第一个中篇小说，母亲笑了，但是，这时候，母亲已经没有力气去读我的第一个中篇小说了。

于是，留在我母亲的已经带走了的印象中，只有我的短篇小说。

1980 年我发表了我的第一个文学作品，短篇小说《夜归》。我母亲正住在医院的病房里，我父亲从我母亲的病床边一直冲到很远的邮局，购买了十几本当期的《上海文学》，不停片刻急急赶回到我母亲的病房。我记得那一期的《上海文学》是淡绿色的封面。

我父亲拿《上海文学》翻来覆去看了又看，并且向别人介绍了又介绍，他说，这是我女儿的小说，这是我女儿的小说。我母亲躺在病床上，身患重病，她满心欢喜笑眯眯地听我父亲朗读我的处女作。母亲将淡绿色封面的《上海文学》搁在她的床头，那一段时间，我每次去看望母亲，都能看到那个淡绿色的封面。

在 1980 年到 1986 年的日子里，我母亲的生命里也曾经出现了一些奇迹，久病不愈的她，有一阵身体突然好起来，于是母亲将堆积了许多年的家务一一做起来。当母亲感到疲劳的时候，她在一张旧的躺椅上躺一会儿，这时候，母亲的灵感突然而至，母亲从躺椅上起来，找出纸和笔，她写道：在到了快要做外婆的时候，我想起了我的外婆。母亲在这篇小说的开头写她小时候跟着母亲坐船到外婆家去，母亲抱着弟弟睡在船的那一头，她睡在船的这一头，听着河里的流水声，听着岸上的狗叫，母亲说：我既害怕又兴奋。

不久以后，母亲再次病倒，她再也没有能够起来，做家务，写作。

母亲终于没有能写成她的任何一篇小说。

但是有一个声音始终在告诉我，母亲的灵魂是文学的灵魂。

我总是觉得，我的小说，是母亲赠给我的生命礼物。

我母亲生前只读过我的短篇小说，我现在已经记不很清母亲对我的短篇小说有过什么样的评价，我只是记得在那些岁月里，母亲与病魔进行着生死搏斗，但是最终母亲输了，我们都输了。

记得在我母亲去世十周年的时候，我出版了一个短篇小说集，我写了一个序，将它献给我的母亲。

遗憾的是，到小说集出来以后，我才发现，这个集子里收集的是我1988年以后的短篇小说，我没有能把我母亲读过的我的短篇小说中的某一篇收进这个集子里。

遗憾是永远的，难以避免。母亲的去世，就是无情的上苍给我的一个永远的遗憾。

我无法代替母亲去实现她也许曾经有过的作家梦，但是我做母亲希望我做的事情。

# 外公和外婆

在过去的许多年里，由于一些特殊的原因，外公一直是一个人住在老家，他的子女和孙儿们离他远远的。

在外婆生命的最后几年里，她常常对我说：我看到你外公来叫我，他病了，病得很重，他叫我回去，我也应该回去了。

其实，外婆对我说外公叫她回去的时候，外公已经不在人世了，只是母亲和舅舅们商量，认为这件事不必告诉外婆。外婆当时已经很衰老，母亲和舅舅们认为没有必要再在外婆布满创伤的心灵扎一刀，能瞒就瞒，就像后来母亲对我隐瞒了外婆去世的消息一样。

我不知道这是不是母亲家族的传统习惯。

就这样，外婆一直到死也没有得到外公的确切消息。但是，在很长时间里我一直在想，外婆到底是一无所知地被我们大家瞒住了，还是她早就知道了一切，只是不说罢了。就像母亲在她生命的最后几年里，我们一直对她隐瞒她的真实病情，母亲一会儿充满信心，一会儿又万念俱灰。我也不知道母亲对自己的病到底是怎么想的，她是充满希望地走向另一个世界，还是怀着绝望的心情离去？

在外婆常常对我说起外公的时候，离外婆的归期无疑也不太远了。

其实，外婆和外公算不上什么恩爱夫妻，他们的旧式婚姻以及他们各自的性格脾气，决定了他们不能平平静静地走完共同的一生，而只能在两地思念着对方；他们若是走到一起，在一起过日子，就会吵得过不下去，他们在年轻的时候，就已经明白了这一点。所以，外婆离开外公，并且一走就走到了生命的尽头。但是，不管外公和外婆怎样合不来，外婆对于她的这一走就只能在另外一个世界和外公相见这样一个结果大概也是始料未及的。

就这样，外公在无声无息中走完了他的一生，而外婆也追随而去了。

在漫长的岁月里，外公一个人是怎么熬过一天又一天的，我无法想象得出。尽管我能够想象在某一个特定的时间里的形象，但是我无法把这许许多多的形象连接成一串历史。每天太阳升起又落下，每天月亮升起又落下，外公每天早晨起来面对着一个又一个完全相同的、毫无新鲜感的沉闷的日子，他活得怎么样，我一点儿也想象不出来。

外公曾经因为历史上的某些不知道算不算问题的问题蹲过监狱。在狱中的时候，我小舅舅去看望过他。事后，小舅舅对我们说，他给外公带了一点儿香蕉，和外公同室的犯人，把外公吃下来的香蕉皮都吞进肚里。我想外公也一定吞过别人的香蕉皮。

外公在狱中的时间并不算长，很快就出来了，更长、更沉闷的是他出狱以后的日子。

外公每天面对的是另一座监狱，他坐在破败不堪的屋前，听着乌鸦在头顶盘旋聒噪，看着别人忙忙碌碌，大哭小叫，他是不是觉得自己早已经是另一个世界的人了呢？

那些年月里，唯一联系外公和外婆、联系外公和他的子女的，是一张汇款单。

每个月的15日，他坐在旧宅门前的小矮凳上，翘首盼望着一个身穿绿色制服的人骑着自行车从巷口出现，走到他面前，笑一笑，说：敲图章。

外公起身去取图章，他的动作一个月比一个月迟缓，一年比一年麻木。然后，外公从邮递员手里接过一张填着“壹拾贰元整”的汇款单。外公戴上老花眼镜，颤抖着手，仔仔细细地看一遍汇款单上的笔迹。有一次汇款单是我填写的，外公一眼就看出是我的字，他立即来信说我把他名字中的一个字写错了，它是这个“扬”，而不是这个“杨”。外公看过汇款单后，叹息一声，说：这怎么够用哦。但是，他的脸上还露出一丝宽慰的微笑。然后，到邮局去取钱。每个月的10号大舅舅领取工资以后就给外婆寄来一张十七元的汇款单，外婆从中取出五元，这是大舅舅给外婆的零用钱。外婆再把剩余的十二元寄到老家去。与此差不多的时间内，小舅舅也从另一个地方给外公寄去五元钱。在过去的许多年里，外公这十七元生活费一直没有变化过。我想，当外公从邮递员手里接过汇款单的时候，他同时也接到了子女们平安的消息。他一边牢骚满腹地抱怨子女让他孤苦伶仃一人度过贫困的晚年，没有人陪伴，没有人看望，生了病也没有人照顾；抱怨子女们不能再多给他一点儿生活费，使他过着一日三餐粗茶淡饭之外再不能有丝毫改变的生活。一年又一年，不知重复了多少个日夜。外公一边抱怨并且自己向自己诉说子女的不是，一边在他的内心深处祈祷，祈祷子女们平平安安，也许还希望子女们兴旺发达。在我的记忆中，母亲和舅舅们很少给外公写信，所以，这每个月的汇款单，就是外公联系他的子女的唯一纽带。我不知道在这漫长的岁月中，邮局的汇款单是否出现过差错。外公在汇款单该到却没到的时候，心情一定很糟糕，他一边骂着母亲和舅舅们，一边又心急如焚地以为子女们出了什么事。我虽然没有亲眼看到外公那时的情形，但是，我能够体验出外公的心情。

就这样，在每个月的“敲图章”的喊声陪伴下，外公走完了他的一生。我不知道外公在生命的最后时刻，是不是仍然有力气坐在门口等候穿绿色制服的邮递员出现，是不是仍然有力气起身去取图章，然后到邮局去取钱；我不知道在外公不能起床的那些日子里，是谁替外公在汇款单上“敲图章”。

外公已经去世很多年了。

像我这样以写作为职业，常常有汇款单寄来。邮递员只需将汇款单放在传达室，由传达室师傅代签收下，然后再交给我就行；我拿汇款单的时候，再签一次字。所以，基本上见不到邮递员。

但是，我总不能忘记外公坐在小屋前，等候那个身穿绿色制服的身影出现，等候那一声“敲图章”。

虽然我从来没有见过我的外公。

**图书在版编目(CIP)数据**

在时光中行走 / 范小青著. -- 北京 : 中国文史出版社, 2020.12
(政协委员文库)
ISBN 978-7-5205-2437-7

Ⅰ. ①在… Ⅱ. ①范… Ⅲ. ①散文集-中国-当代 Ⅳ. ①I267

中国版本图书馆 CIP 数据核字(2020)第 209456 号

责任编辑：卢祥秋

出版发行：**中国文史出版社**
社　　址：北京市海淀区西八里庄路 69 号院　邮编：100142
电　　话：010-81136606　81136602　81136603（发行部）
传　　真：010-81136655
印　　装：北京新华印刷有限公司
经　　销：全国新华书店
开　　本：720×1020　1/16
印　　张：20　　　　字数：238 千字
版　　次：2020 年 12 月第 1 版
印　　次：2020 年 12 月第 1 次印刷
定　　价：65.00 元

湖北省学术著作出版专项资金资助项目
现代航运与物流:安全·绿色·智能技术研究丛书(2期)

# 港口节能与能效评价技术

李海波　著
李庆祥　审

武汉理工大学出版社
·武　汉·

## 内 容 提 要

本书是作者从事港口节能与能效评价技术研究的全面总结,是一部系统论述港口节能与能效评价技术的学术专著。主要内容有:能源效率和节能面临的形势和任务、基本概念、发展历程、政策及管理要求;港口耗能单元及影响因素分析;港口设备节能增效技术及措施;港口能耗现状分析、能耗评价标准、评价体系及案例分析;港口设备能效认证路径、能耗检测和诊断技术;交通及港口能源与能源消耗发展趋势分析等。

本书可为港口能源管理、能源效率和节能技术研究、政策制定、技术和工程应用提供重要的数据和技术支撑,不仅是港口企业进行能源管理的指导用书,也是社会各界关心港口能源效率和节能技术、政策发展的相关人士的参考资料。

**图书在版编目(CIP)数据**

港口节能与能效评价技术/李海波著. —武汉 :武汉理工大学出版社, 2021.12
(现代航运与物流: 安全·绿色·智能技术研究丛书)

ISBN 978-7-5629-6445-2

Ⅰ. ①港… Ⅱ. ①李… Ⅲ. ①港口装卸-装卸工艺-节能-研究 Ⅳ. ①U691

中国版本图书馆 CIP 数据核字(2021)第 160545 号

**项目负责**:陈军东　陈　硕　　**责任编辑**:陈军东
**责任校对**:张明华　　**版式设计**:冯　睿
**出版发行**:武汉理工大学出版社
武汉市洪山区珞狮路 122 号　邮编:430070
http://www.wutp.com.cn　理工图书网
E-mail:chenjd@whut.edu.cn
**经 销 者**:各地新华书店
**印 刷 者**:武汉兴和彩色印务有限公司
**开　　本**:787×1092　1/16
**印　　张**:16
**字　　数**:385 千字
**版　　次**:2021 年 12 月第 1 版
**印　　次**:2021 年 12 月第 1 次印刷
**定　　价**:85.00 元

# 前　言

中国是世界上第一大能源生产国和世界上第一大能源消费国，虽然中国的能源结构在不断改进，天然气、水电、核电、风电等清洁能源消费量逐年提高，但中国煤炭和石油等化石能源在能源结构中占比仍较高，能源效率较低。中国是世界上第一大油气进口国，石油和天然气等对外依存度较高，能源供应安全面临挑战。能源带来的环境问题也日益突出，温室气体排放限制、大气污染物治理力度逐渐加大也为化石能源的应用带来挑战。

随着我国国民经济的高速发展及与世界各国经济交往的不断增加，国内各主要港口货物吞吐量呈现稳步增长的趋势。2020 年全国港口完成货物吞吐量 145.50 亿吨，比上年增长 4.3%。随着港口货物吞吐量的增长，港口能源消耗量增大导致大气污染物排放量大幅增加，严重影响了港区及其周边地区环境质量。港口是用能大户，港口能源消耗在交通运输能源消耗中占有举足轻重的位置。港口发展面临的能源和环境挑战日益严峻。

能源效率提升和节约能源是建设生态文明、实现绿色发展、打好污染防治攻坚战的重要抓手，是实现碳达峰、碳中和的关键支撑。党的十九大以来，国家对生态文明和绿色发展越来越重视，能源的使用会带来环境污染和碳排放，因此要从根源上遏制污染、减少二氧化碳排放，就必须实现能源结构转型，加强能源管理，提高能源效率，实现节能。港口是国家经济运行的重要窗口，也是能源消耗和碳排放的重要节点，港口能源转型和节能任务艰巨，港口企业在能源管理和节能方面做了大量的探索性工作，并取得了很好的经济效益和社会效益。目前鲜见系统介绍港口节能与能效评价方面的著作，本书是在上述背景下撰写的学术专著，作者希望本书能为从事港口能源管理和节能工作的相关人员提供一些技术资料和工作思路。

本书共 10 章。第 1 章主要论述能源效率和节能的基本概念与发展历程，能效和节能面临的形势和任务；第 2 章主要论述主管部门制定的港口设备能效政策及管理要求；第 3 章主要论述港口设备能耗单元及影响因素分析；第 4 章主要从结构节能增效、管理节能增效和技术节能增效等方面系统总结和分析了港口设备节能增效技术及措施，并对技术现状进行了分析；第 5 章分析了港口及港口设备能耗现状，包括港口总体能耗情况，主要设备单耗情况及典型码头的能耗构成和比例分析；第 6 章总结了港口设备能耗、能效检测和评价标准，并进行了案例分析；第 7 章主要论述港口能效评价体系及案例分析；第 8 章主要分析港口设备能效评级认证及认证路径研究；第 9 章论述港口设备能耗监测方案、检测监测仪器设备、监测系统应用；第 10 章主要论述世界能源生产和消费情况、中国能源和交通行业面临的主要问题与挑战、世界能源的发展趋势和港口能源和管理的发展趋势等。

本书的特点：系统全面，全书涉及港口能源、能源消耗、能源效率等方面，主要围绕能源管理、技术以及能源效率提升、节能几个角度系统展开分析和研究，既有政策分析，又有技术研究；成果丰富，全书以能源、能源消耗、能源效率、节约能源等维度为对象，以来源、现状、发展趋势为时间轴，在政策、技术、监测、评价等多个方面展开研究和前瞻性分析。

本书由李海波研究员主持撰写，李庆祥研究员负责全书审核。孙晓伟博士参与了第2、6、7、8章的撰写。本书借鉴了港口装卸机械节能系列标准研究、港口设备能效等级认证及评价方法研究等科技项目的研究成果，在此对该项目的主管部门和项目全过程参加人员表示感谢，他们是：交通运输部水运局的李雪莲、谢燕等；交通运输部水运科学研究院的崔艳、李睿瑜、李雯、韦树宝、李益琴、杨瑞、孙建锐、任川、庞博等。在项目研究和书籍编写过程中得到了交通运输部水运局、交通运输部水运科学研究院、武汉理工大学、港航企业相关领导和人员大力支持，以及本书所列的参考文献的作者，在此表示感谢。

由于作者水平、研究工作的深度和时间有限，书中疏漏和不当之处在所难免，恳请读者批评指正，共同为港口能源转型和能源效率提升而努力。

**李海波**

2021年6月于北京

# 目　　录

# 1　港口能源和节能概论

## 1.1　港口能源和节能的形势和任务

能源是经济和社会发展的动力。中国是世界上第一大能源生产国和世界上第一大能源消费国，2018 年中国的能源生产总量为 37.7 亿吨标准煤，石油、煤炭、天然气和电力的生产总量约占世界能源生产总量的 20%；2018 年中国的能源消费总量为 46.4 亿吨标准煤，比上一年增长 3.4%，约占世界能源消费总量的 24%，是世界能源消费增长最主要来源。中国的能源结构持续改进，天然气、水电、核电、风电等清洁能源消费量占能源消费总量的 23.4%，增长 1.3%。中国煤炭和石油等化石能源占比仍较高，能源效率较低。中国是世界上第一大油气进口国，石油和天然气等对外依存度较高，能源供应安全面临挑战。能源带来的环境问题也日益突出，温室气体排放限制、大气污染物治理力度不断加大。中国的能源现状是世界能源现状的缩影，世界能源也是以石油、天然气和煤炭等化石能源为主，水电、风电等可再生能源的比例仍然较低，世界能源依然面临碳排放量持续增加、能源系统效率总体偏低、化石能源依存度高的挑战。

能源的使用和管理更加重视能源利用效率的提高，更加重视生态环境保护及治理。党的十九大报告将建设美丽中国作为全面建设社会主义现代化国家的重大目标，提出着力解决生态环境问题，将污染物防治作为全面建成小康社会决胜时期要打好的“三大攻坚战”之一。能源的使用带来了环境污染，因此要从根源上遏制污染，必须实现能源结构转型。节约能源是建设生态文明、实现绿色发展、打好污染防治攻坚战的重要抓手。

交通运输是能源消费大户，2018 年交通运输行业能源消耗量占全国能源消耗总量的 9.4%。中国交通运输业能源消费增长很快，是继工业和生活消费之后的第三大能耗行业。交通运输油耗占全国油耗比重大，在分类的能源消耗中，交通运输行业的汽油（占比为 45.9%）和柴油（占比为 66.21%）消耗量处于绝对领先的位置。交通运输是发展的先行，也是资源消耗型和污染排放型行业。为加快转变发展方式，推进新时代交通运输业高质量发展，必须要把节能发展理念落实到行业各个环节中。

水运行业消耗的主要能源包括沿海和内河的船舶、港口消耗的能源，水运行业能源消耗量占交通运输行业的能源消耗总量的 16%～20%，港口能源消耗总量约占水运行业能源消耗总量的 10%。港口能源消耗在交通运输能源消耗中占有较为重要的位置。

党的十八大以来，中国水运发展进入新时代，开始由水运大国向水运强国转变。水运强国的一个重要内涵是人民满意，主要是注重绿色环保和平安发展，因此应发挥水运环保低碳的优势，推动水运绿色和平安发展，更好地满足人民美好生活的需要。

就港口生产而言，港口设备贯穿于港口生产作业的各个环节，且港口设备能耗大，占港口总能耗的50%以上，是港口码头能源消耗的主要单元。港口设备能源利用效率直接决定了港口设备能源的利用程度，对港口设备能耗大小起决定性作用。加强港口能源管理，大力推进节能增效技术改造、能源消耗评价、能源消耗监测等技术的应用，促使港口降耗提效，这也对港口能源和节能工作提出了新的挑战。

## 1.2 港口能源效率和节能概念

### 1.2.1 能源的定义与分类

能源就是含有能量的资源。现代汉语词典中对能源的定义为“能够产生能量的物质，如燃料、水力、风力等”。《能源分类与代码》(GB/T 29870—2013)中对能源的定义为，能源是可以直接或通过能量转换方式从原材料、自然资源及技术系统中提取或回收能量的资源。

能源有不同的分类方法，也从不同侧面反映了能源的特征，主要分类见表 1-1。

**表 1-1 能源的分类**

| 类型 | | 一次能源 | | 二次能源 |
|---|---|---|---|---|
| | | 可再生能源 | 非再生能源 | |
| 常规能源 | 燃料能源 | 植物燃料(柴薪) | 煤(煤矸石、泥煤、褐煤、烟煤、无烟煤)<br>石油(油页岩)<br>天然气 | 煤气、焦炭、汽油、煤油、柴油、重油、渣油、液化石油气、甲醇、酒精、丙烷、苯胺 |
| | 非燃料能源 | 大中型水电 | | 电<br>蒸汽<br>热水、余热 |
| 新能源 | 燃料能源 | 生物质发电 | 铀、钚、钍<br>氘、氚<br>(核能) | 沼气<br>氢能<br>生物柴油等液体燃料 |
| | 非燃料能源 | 太阳能<br>风能、潮汐能、波浪能<br>地热能、海水热能<br>海洋盐分能 | | 激光光能 |

目前比较常用的分类分析如下：

1. 按能源的生产方式分

按能源的生产方式可分为一次能源和二次能源。

一次能源，即天然能源，指在自然界现成存在的能源，如煤炭、石油、天然气、水能等。

二次能源是一次能源经过加工，转化成另一种形态的能源，主要有电力、焦炭、煤气、沼气、蒸汽、热水、汽油、煤油、柴油、重油、氢能、生物燃料等。

2. 按被利用的程度分

按被利用的程度可分为常规能源和新能源。

常规能源是指开发利用时间长、技术成熟、能大量生产并广泛使用的能源，如石油、煤炭、天然气、水能等。

新能源是指开发利用时间较短或正在研发和推进中的能源，如太阳能、地热能、潮汐能、核能、氢能等。1980 年联合国召开的"联合国新能源和可再生能源会议"定义的新能源是以新技术和新材料为基础，使传统的可再生能源得到现代化的开发和利用，用取之不尽、周而复始的可再生能源取代资源有限、对环境有污染的化石能源，主要包括太阳能、风能、生物质能、潮汐能、地热能、氢能和核能等。国家发展改革委定义的新能源汽车的动力来源主要可以分为六类：混合动力、纯电动、氢能和燃料电池、乙醇燃料、生物柴油及天然气。

常规能源和新能源是一个相对的概念，由于技术不断成熟和广泛应用，之前的新能源可能成为常规能源。目前国家发展改革委在汽车领域将使用电能的混合动力、纯电动也列为新能源，这主要是根据汽车通常使用的常规能源是汽油或柴油而定义的。

3. 按是否能够再生分

一次能源按是否能够再生分为可再生能源和非再生能源。

可再生能源是指不会随其本身的转化或人类的利用而日益减少的能源，《中华人民共和国可再生能源法》第二条规定"本法所称可再生能源，是指风能、太阳能、水能、生物质能、地热能、海洋能等非化石能源"。严格地来说可再生能源也不是取之不尽、用之不竭的，因为水力、风力、太阳能等可再生能源归根到底是来自于太阳，而太阳产生的能量来自于自身的核反应，随着反应的进行总有一天会耗尽其能量，因此可再生能源也存在总量的限制，只是随着人类开发利用技术的提高，其可再生能力满足人类社会的永续利用。

非再生能源是指随人类的利用而逐渐减少的能源，如石油、煤炭、天然气、核燃料等。

4. 按对环境的污染情况分

按对环境的污染情况分为清洁能源和非清洁能源。

清洁能源是指生产和使用过程不产生有害物质排放的能源，可分为狭义和广义清洁能源，狭义的清洁能源是指可再生能源，消耗后可得到恢复补充，不产生或极少产生污染物，对环境无污染的能源，如太阳能、风能、生物质能、水能、地热能等，可再生能源都是清洁能源；广义的清洁能源包括低污染的能源或经过洁净处理的能源，在生产及消费过程中尽可能减少对生态环境的污染，包括使用低污染的化石能源（如天然气等）和利用洁净技术处理过的化石能源，如洁净煤、洁净油等。清洁能源不但强调清洁性同时也强调经济性，清洁能源的清洁性指的是符合一定的排放标准。

非清洁能源是指对环境污染较大的能源，如石油、煤炭等。

5. 按能源本身能否储存的性质分

从能源本身能否储存的性质来分类，能源可分为含能体能源和过程性能源。

含能体能源是包含有能量的物质，如煤炭、石油、天然气、地热、氢能等，能够以非常密集的形式储存大量的能量，可以直接储存和输送，各种燃料能源都是含能体能源。含能体能源可以在车辆或设备上储存，方便携带，是非常适合作为流动性大的港口设备驱动燃料。

过程性能源是指物质在运动或转化过程中产生能量的能源，无法直接大量储存，如风能、海洋能、电能等，尽管电能可以在蓄电池等储能装置中少量储存，但不能大量有效地储存，电能一旦产生，必须尽快被传递和配送，并且需立即使用，从这个意义上说，过程性能源像是一种能量载体。

港口常用可再生能源、新能源和清洁能源种类与关系见图 1-1。

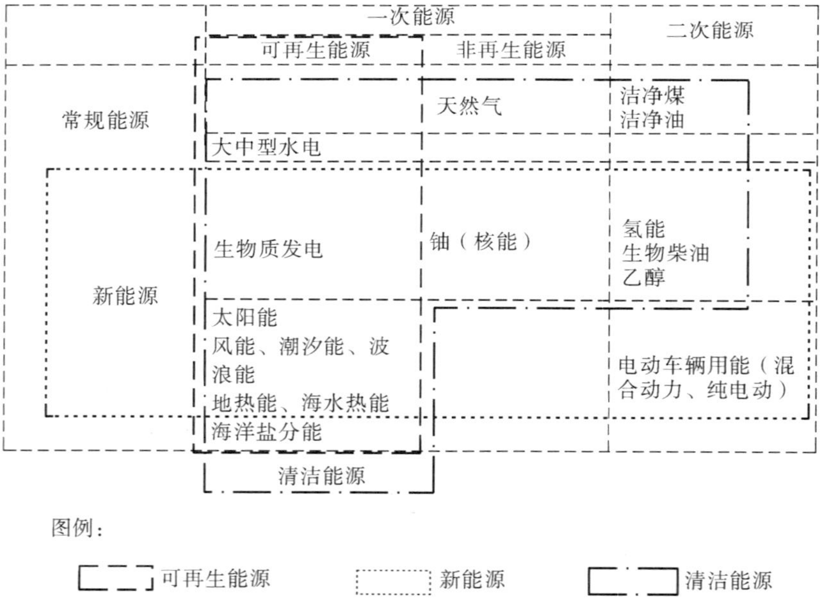


**图 1-1　港口常用可再生能源、新能源和清洁能源种类与关系**

综合以上分析，结合港口的应用实际，通常所说的清洁能源及新能源主要是指太阳能、风能、地热能、天然气、氢能、燃料电池、电动车辆用能（混合动力、纯电动）、生物柴油等。

能源是人类生存和文明发展的重要物质基础，中国是世界上第一大能源生产国和第一大能源消费国，有关我国能源生产和消费情况及发展趋势详见第 10 章。

### 1.2.2　能耗的测算方法

能耗是能源消耗的简称，是指设备所消耗掉的能量。单位能耗指标指的是生产单位产品的耗能量，如 kgce/t，kW・h/t 等。

按照《港口装卸术语》(GB/T 8487—2010)和最新的《港口能源消耗统计及分析方法》(GB/T 21339—2020)，港口能耗统计指标见表 1-2。港口能耗统计口径应与吞吐量口径一致。

**表 1-2　港口能耗指标及含义**

| 序号 | 能耗指标 | 含义 | 备注 |
|---|---|---|---|
| 1 | 综合能耗指标 | 港口各种能源消耗实物量折算成标准煤的总和，等于装卸生产能源消耗量、辅助生产能源消耗量和附属生产能源消耗量之和，单位为吨标准煤(tce) | |
| 2 | 装卸生产能源消耗量 | 港口装卸生产环节的各种能源消耗实物量折算成标准煤的总和，单位为吨标准煤(tce) | 主要包括码头前沿作业、水平运输、库场作业、现场照明和客运服务等能源消耗量 |
| 3 | 辅助生产能源消耗量 | 港口装卸辅助生产环节的各种能源消耗实物量的总和，单位为吨标准煤(tce) | 主要包括港作船舶、机修、候工楼、生产办公楼、集装箱冷藏箱保温、液体散货罐区及管道保温与扫线、口岸查验、采制样、锅炉、给排水、环保设施等能源消耗量。不包括供给商务船舶的燃料或岸电设施提供的电力 |
| 4 | 附属生产能源消耗量 | 港口附属生产环节的各种能源消耗实物量折算成标准煤的总和，单位为吨标准煤(tce) | 主要包括为生产服务的部门和单位的浴室、食堂等生活设施的能源消耗量 |
| 5 | 生产综合能源消耗量 | 生产综合能源消耗量为装卸生产能源消耗量和辅助生产能源消耗量之和，单位为吨标准煤(tce) | 序号 2 和序号 3 之和 |
| 6 | 主要用能设备能源消耗量 | 各种主要用能设备的能源消耗实物量折算成标准煤的总和，单位为吨标准煤(tce) | 主要是指装卸生产的用能设备 |

**续表 1-2**

| 序号 | 能耗指标 | 含义 | 备注 |
|---|---|---|---|
| 7 | 综合能源单耗 | 综合能源消耗量除以吞吐量，单位为 tce/万 t | |
| 8 | 生产综合能源单耗 | 生产综合能源消耗量除以吞吐量，单位为 tce/万 t | |
| 9 | 吞吐量能源消费弹性系数 | 能源消费增长率/吞吐量增长率 | |

注：按照“港口和船舶岸电管理办法”文件，岸电能耗不在港口能耗范围内。

### 1.2.3 能源利用效率定义

能效是能源利用效率或能源效率的简称，是指能源产出与能源投入之比。能源利用效率用来分析国家或地区、企业生产过程或产品或单台设备的能源效率水平和利用效果，是衡量能量利用技术水平和经济性的综合性指标，主要有单位 GDP 能耗、单位产值能耗、单位产品能耗等。能耗是一个累积量，是绝对值。能效是一个相对值。日常生活中常见的能效指标，如电动机等设备的百分比表示的能效指标，汽车（乘用车）能效指标为升/百公里（L/100km）。

### 1.2.4 能源利用效率指标和测算方法

能源利用效率可以用多种方法和多个指标进行测算分析，主要有单要素能效分析方法、多要素能效分析方法和能源效率评价指标体系等。

1.2.4.1 单要素能源利用效率测算方法

能源利用效率的计算主要参照以下公式：

$$\text{能源利用效率}=\frac{\text{生产过程的有用产出}}{\text{生产过程的能源投入}} \tag{1-1}$$

在上面公式中，生产过程的有用产出可以用能量来表示，也可以用生产的产品数量或是经济总量来表示。生产过程的能源投入一般是指实际投入的能源，常用标准煤、某种燃料的质量等来表示。按照投入和产出指标的不同，能源利用效率可以分为能量/能量指标测算方法、能量/物理指标测算方法、能量/经济指标测算方法等。

如果把能源利用效率分为能源经济效率和能源技术效率，那么能量/能量指标测算方法、能量/物理指标测算方法属于能源技术效率测算方法，能量/经济指标测算方法属于能源经济效率测算方法。

1. 能量/能量指标测算方法

能量/能量指标测算方法，即百分比能效表示方法，能源利用效率的计算公式(1-1)的分子和分母均为热力学的能量指标，分子是指生产过程的有用产出能量，分母是生产过程投入的总能量,单位为无量纲的百分比。

该方法测算的能源利用效率是指能源中具有的能量被有效利用的程度。通常以 $\eta$ 表示,其计算公式如下:

$$\eta=(\text{有效利用能量}/\text{供给能量})\times 100\%=(1-\text{损失能量}/\text{供给能量})\times 100\% \tag{1-2}$$

能量/能量指标是指一个体系(国家、地区、企业或单项耗能设备等)有效利用的能量与实际消耗能量的比率。它是反映能源消耗水平和利用效果,即能源有效利用程度的综合指标。通过对能源利用效率的分析,可以掌握企业工艺和设备的能源利用效率情况,从而进一步挖掘企业工艺和设备的节能潜力,有助于改进企业的工艺和设备,提高能量利用的经济效果。

根据研究对象不同,能量/能量指标测算方法通常有以下几种。

(1)按产品能耗测算法

对一个国家或一个地区可能生产多种产品,对主要的耗能产品,如电力、化肥、水泥、钢铁、炼油、制碱等,按单位产品的有效利用能量和综合供给能量加权平均,即可求得总的能源利用效率 $\eta$,即

$$\eta_t=\frac{\sum G_i\times E_{oi}}{\sum G_i\times E_i} \tag{1-3}$$

式中:$G_i$——某项产品的产量;

$E_{oi}$——该项产品的有效利用能量;

$E_i$——该项产品的综合供给能量(综合能耗量)。

上述综合能耗量包括两部分:一部分为直接能耗,即生产该种产品所直接消耗的能量;另一部分是间接能耗,它是指生产该种产品所需的原料、材料及耗用的水、压缩空气、氧等及设备投资所折算的能耗。

(2)按能量用途测算法

一次能源在国民经济各部门使用,除了少数作为原料外,绝大部分是作为燃料使用。其中一类是直接燃烧,如各种炉窑、内燃机、炊事和采暖等;另一类转换为二次能源后再使用,如电、蒸汽、煤气等。因此,按用途计算时可分为:发电、锅炉、炉窑、蒸汽动力、内燃动力、炊事、采暖等。先求得某项用途的 $\eta_t$,然后再将各种用途的 $\eta_t$ 相加平均,即可求得总的能量利用效率 $\eta_d$,即:

$$\eta_t=\frac{\text{某种用途有效利用能量}}{\text{某种用途有效利用能量}+\text{某种用途损失能量}}\times 100\% \tag{1-4}$$

$$\eta_d=\frac{\sum \text{各种用途有效利用能量}}{\sum \text{各种用途有效利用能量}+\sum \text{各种用途损失能量}}\times 100\% \tag{1-5}$$

(3)按部门能耗测算法

将国家或地区所消耗的一次能源,按发电、工业、运输、商业和民用五大部门,分别按技术资料及统计资料,计算各部门的有效利用能量和损失能量,求得部门的能量利用效

率 $\eta_t$，然后再求得全国或地区的总的能源利用效率 $\eta_d$，即

$$\eta_t=\frac{\text{部门有效利用能量}}{\text{部门有效利用能量}+\text{部门损失能量}}\times 100\% \tag{1-6}$$

$$\eta_d=\frac{\sum \text{部门有效利用能量}}{\sum \text{部门有效利用能量}+\sum \text{部门损失能量}}\times 100\% \tag{1-7}$$

(4)国家能源效率测算方法

国家能源效率通常用热效率来表示，将各部门的能源效率进行加权汇总计算。联合国欧洲经济委员会的定义是：在使用能源(开采、加工、转换、贮运和终端利用)的活动中所得到的起作用的能源量与实际消耗的能源量之比。

根据联合国欧洲经济委员会的物理能源效率评价和计算方法，能源系统的总效率由三部分组成：

①开采效率，即能源储量的采收率，采收率指的是采出能源数量与能源原始地质储量之比。

②中间环节效率，包括加工转换效率和贮运效率，后者用能源输送、分配和贮存过程中的损失来衡量。

③终端利用效率，即终端用户得到的有用能与过程开始时输入的能量之比。

中间环节效率与终端利用效率的乘积称为“能源效率”，把终端利用效率混同于“能源效率”是错误的。能源利用效率主要是指终端设备能源效率。

目前已有的文献中，王庆一对中国的能源效率研究最多，其数据和计算最为详细，根据其公开文献，2002 年中国的能源效率约为 33%，比国际先进水平低 10%；2010 年中国的能源效率约为 36%，比国际先进水平低 8%。

计算中间环节效率时，通常先算出中间环节的能源损失和能耗，再除以一次能源总消费量，即可得中间环节的效率。2010 年中国的中间环节效率为 70.6%。

终端利用效率是按农业、工业、交通运输、民用和商业五个部门的能源消费占比及各部门的终端利用效率加权算出总的终端利用效率。2010 年中国的终端利用效率为 51.2%，其中交通运输部门的能源消费占比为 14.2%，终端利用效率为 29.1%，计算过程见表 1-3。

**表 1-3　交通运输终端利用效率计算**

| 部门 | 品种 | 占比/% | 能源效率/% | 终端利用效率/% |
|---|---|---|---|---|
| 公路 | 汽油 | 37.3 | 25 | 9.3 |
| | 柴油 | 43.3 | 30 | 13.0 |
| 铁路 | 柴油 | 3.7 | 25 | 0.9 |
| | 电力 | 3.6 | 30 | 1.1 |
| 水运 | 燃料油、柴油、电力 | 12.1 | 40 | 4.8 |
| 合计 | | 100.0 | — | — |

根据以上中间环节效率和终端利用效率的计算得出 2010 年中国能源效率约为 36%。

(5)港口常用的能量/能量测算方法

在港口设备的能源利用效率检测方法标准中，一般采用能量/能量测算法。按设备能源利用效率计算：

$$\eta_{sb} = \frac{E_{sy}}{E_{sb}} \tag{1-8}$$

式中：$\eta_{sb}$——设备能源利用效率；

$E_{sy}$——设备有效利用能量；

$E_{sb}$——设备供给能量。

港口设备有效利用能量主要基于以下原则确定：

①起重机械设备的有效利用能量主要按提升货物时克服重力做功、在水平移动和旋转移动时摩擦力做功及下降过程中制动机构为减缓货物下降速度所做的功分别计算，再求和。

②装卸搬运设备的有效利用能量是按行走过程中克服货物重力和设备自重引起的与路面的摩擦所做的功计算，对带有提升货物的装卸搬运设备，也应计入提升货物所做的功。

③输送设备的有效利用能量是按在输送过程中提升货物做功和克服必要阻力做功之和计算。

在具体测算中，设备有效利用能量通常采用理论公式计算得出，设备供给能量通常由仪器设备测量得出。

2.能量/物理指标测算方法

能量/物理指标测算方法即单位工作量能效测算方法，能源利用效率计算公式(1-1)的分子和分母互换位置，生产过程的有用产出用物理单位表示，作为分母；而生产过程的投入以能量表示，作为分子。能源利用效率为单位工作量的能耗，如港口的吨吞吐量能耗、运输车辆的吨千米能耗、港口设备的操作吨能耗等。单位工作量的能耗越低，说明能源利用效率越高。该测算方法较为直观地反映出生产过程的能耗情况，便于与日常的统计数据进行比较。

集装箱正面吊能源利用效率可以用搬运单位标准箱的燃油质量来表示，单位为kg/操作 TEU；港口牵引车的能源利用效率用单位千米吨耗油量来表示，单位为 L/(t·km)；道路移动源(出租车、汽车等)能源利用效率可以用百千米耗油量表示，单位为 L/100km；电梯能源利用效率用单位高度单位载重量的电耗量表示，单位为 kW·h/(kg·m)。

百分比能效法和单位工作量能效法各有利弊。前者得出的能源利用效率是无量纲的百分数，不能直观地反映实际消耗的能耗值，而后者得出的能源利用效率虽然能直观表示其实际的能耗量，但无法确定其能耗比率，且不同设备的能源利用效率无法直接比较。

3.能量/经济指标测算方法

能量/经济指标测算方法，属于单位产值能效测算方法，能源利用效率计算公式(1-1)的分子和分母互换位置，生产过程的有用产出用经济活动的产出量(如市场价格)表示，作为分母；而生产过程的投入以消耗的能量表示，作为分子。最后能源利用效率为单位产值的能耗，如单位GDP能耗、单位总产值能耗等。这种方法是常用来表示一个国家能源利用效率的指标，也称为能源消耗强度，能源消耗强度主要是用于对比不同国家和地区能源综合利用效率的最常用指标之一，在进行国际比较时GDP一般会按购买力平价(PPP)进行折算。单位产值能耗即能源消耗强度越低，说明能源利用效率越高。

单要素能源效率分析方法简单、操作方便，不同方法的能源投入和有用产出各不相同，各种能源效率分析结果差异较大。因此出现了基于多要素的能源效率分析方法。

1.2.4.2 多要素能源效率分析方法

多要素能源效率分析方法是指社会生产的各投入要素在一定程度上可以相互替代，而决定最终产出的并非是能源或人力等某一个生产要素，而是各种要素的组合。

全要素能源效率能够弥补单要素能源效率的不足，它着重分析能源劳动资本等多元投入与经济产出之间的关系，可以将其定义为在能源投入外的其他要素保持不变的前提下，按照最佳生产实践，一定的产出所需的目标能源投入量与实际投入量的比值。比较常用的多要素能源效率的分析方法是数据包络分析方法(DEA)，它是在“相对效率评价”的基础上发展起来的一种系统分析方法，它是根据多项投入指标和多项产出指标，利用线性规划的方法，对具有可比性的同类型单位进行相对有效性评价的一种数量分析方法。用DEA衡量效率可以清晰地说明投入和产出的组合，因此，它比单要素能源效率分析方法更具有综合性并且结果更符合实际。

1.2.4.3 能源效率指标评价体系

由于能源效率指标的多样性，因此在实际的分析和预测中不仅采用单要素能源效率进行分析，还可通过建立能源效率指标体系，对能源效率进行综合分析。

如欧盟为了评测各成员国的能源利用效率水平、变化趋势以及进行国际比较，实施了ODYSSEE-MURE项目，采用自上而下和自下而上评估相结合的评价方法，项目依托两个数据库，覆盖欧盟全部成员国、挪威、瑞士和塞尔维亚，数据按行业进行分类，包括宏观、工业、居民、服务(包括农业)和运输等。ODYSSEE是关于能源效率指标的数据库，MURE是关于各部门实施的所有政策措施及其影响评估的数据库。ODYSSEE是一种自上而下的能源效率和二氧化碳强度评价方法，指标体系包括以下宏观性质的能源效率指标，用于评价和反映一个国家、一个行业的能源效率和二氧化碳强度，分别是：能源强度，表示宏观经济变量的能耗，与能源消费和宏观经济变化相关；单位能源消耗，是子部门和终端用户，实现指标的单位产量能源消耗；能源效率指数(ODEX)，用于对某一行业能源效率趋势进行总体评估，按各子行业指标的加权平均计算，其值降低意味着能源效率的提高；调整强度指标，用于进行国际比较，调整各国之间在产业结构、气候等方面的差异，根据价格差异(购买力平价)、气候、工业和经济结构调整的最终能源强度缩小了国家间的差距；扩散指标，用于监测节能技术和设备推广应用情况；基准比能耗，钢、水泥、纸、供暖等基础能耗；节能与能源需求分解；二氧化碳强度；特定或单一二氧化碳排放量；目标指标，表明一个国家可能达到的能效目标或提高能效的潜力。

### 1.2.5 能源利用效率评估方法

从评估的层次角度来分析，能源利用效率有两种基本的评估方法，自上而下评估方法和自下而上评估方法。

自上而下能效评估方法是从宏观角度分析在一定时期内能源消耗或能效水平的变化，比如，一个行政区域或经济部门的能源消耗变化情况。一般以单位能耗作为评估分析指标，如单位 GDP 能耗等。自上而下评估方法是利用专门统计的数据进行能效分析，这种分析方法主要是通过统计数据加以分析，方法简单、成本较低。由于自上而下能效评估法是统计的总体数据，无法对数据的变化给出深入的分析，也无法知道具体哪些节能技术对总体的数据起到了多大的作用。

自下而上能效评估方法是针对某一用能单位或用能设备进行的能效评估，主要是考察用能单位单位产量的能耗，或用能设备的单耗等。该评估方法的优点是各个单位、各台设备之间的能耗大小可以进行比较，可以用于企业间对标。将自下而上能效评估方法得到的数据进行逐级汇总，从而得到国家宏观层面的能效水平。

自上而下能效评估方法和自下而上能效评估方法可以相互验证、互相补充。

### 1.2.6 节能的定义和内涵

#### 1.2.6.1 节能的定义

节能是节约能源的简称，牛津词典对节能的定义是防止浪费能源，特别是为了确保能源的持续供应。

按《中华人民共和国节约能源法》(以下简称《节约能源法》)中给出的节能定义，节能是指加强用能管理，采取技术上可行、经济上合理以及环境和社会可以承受的措施，从能源生产到消费的各个环节，降低消耗、减少损失和污染物排放、制止浪费，有效、合理地利用能源。《节约能源法》以法律方式确定了“节约资源是我国的基本国策。国家实施节约与开发并举、把节约放在首位的能源发展战略”，说明节约能源在国家的经济建设中占有重要战略地位。

节能并不是简单的能源数量的减少，节能不能影响社会经济发展、不降低生产和生活水平，而是要充分发挥能源利用的效果和价值，力求以最小数量的能源消耗获得最大的经济效益，为社会创造出更多的财富，从而达到发展生产、改善生活的目的，因此应更深层地理解节能的内涵。

#### 1.2.6.2 节能的内涵

节能有狭义节能和广义节能两种，狭义节能就是指能源消耗数量的减少，是在满足相同需要或达到相同目的的前提下，采取各种措施减少能源消耗量，所减少的能源消耗量就是节能的数量，也可以理解为是实现同样的国民经济产值或同样的产品功能所消耗的能源量最少。

节能作为能源有效利用的重要手段，也被称为“第五大能源”，仅次于煤炭、石油、天然气和可再生能源，这说明了节能的重要性。

在实际应用中，节能不仅是简单的能源消耗数量的减少，而有更广泛的内涵，可以用价值工程理论来理解广义节能，广义节能是在不影响经济和社会发展、不降低生产和生活水平的条件下充分发挥能源利用效果和价值，做到以最小数量的能源消耗获得最大的经济效益或社会效益。也就是以同样数量的能源，能够生产出更多的产品或创造更多的价值，或者是生产同样数量的产品或获得同样多的产值，使用尽可能少的能源量。

价值工程理论是节约资源、提高效用、降低成本的有效方法。价值工程把价值定义为对象所具有的功能与获得该功能的全部费用之比。利用价值工程理论来理解节能，节能效益等同于价值，能源消耗等同于成本，那么根据价值工程的公式“价值＝功能/成本”可以得出“节能效益＝产品功能/能源消耗”。从这个公式可以看出，不论产品功能和能源消耗如何变化，只要最后节能效益提高，就实现了节能，因此可以从以下几个方面理解广义节能的内涵：

(1)能源消耗降低，产品功能不变，节能效益提高，称为纯节能，这是普遍理解的节能方式，港口大部分的节能技术应用也属于这种类型。

(2)能源消耗不变，产品功能提高，节能效益提高，称为增值节能或增效节能，如港口生产效率提高，消耗同样的能源装卸更多的货物。

(3)能源消耗降低，产品功能提高，节能效益提高，称为理想节能，这种节能方式的节能效益更好。

(4)产品功能大幅提高，能源消耗略有增加，节能效益提高，称为相对节能。

(5)能源消耗大量降低，产品功能略有降低，节能效益提高，称为简单节能。这种节能方式一般只有在能源短缺或能源成本较高时不得已才采用。

(6)能源消耗为零，产品功能或提高或不变或降低，节能效益提高，称为零点节能或超理想节能。如省去一道工序，或利用生产过程中的化学反应放热代替外供热源等，都属于零点节能形式。

#### 1.2.6.3　节能的分类

节能可分为直接节能和间接节能。直接节能是在满足相同需求或效益的前提下，减少能源消耗量，主要是通过技术手段提高能源利用效率、降低单位产品或产值的能源消耗量来实现。直接节能包括技术进步和创新的技术节能以及工艺操作方法和技能改进的工艺节能，在本书中统称为技术节能。间接节能是通过调整结构、加强管理等途径降低能源消耗，主要包括结构节能和管理节能。有研究认为，间接节能对实现节能目标的贡献率为60％～70％，直接节能的贡献率为30％～40％。

1.2.6.4 节能的计算

以港口为例，节能量的计算方法见公式(1-9)

$$E_j = (e_1 - e_0) \times T_1 \tag{1-9}$$

式中：$E_j$——节能量，负值为节能，正值为耗能，tce；

$e_0$——基期能源单耗，tce/万 t 或 tce/万 TEU；

$e_1$——统计期能源单耗，tce/万 t 或 tce/万 TEU；

$T_1$——统计期完成的吞吐量(操作量)，万 t 或万 TEU。

节能率按公式(1-10)计算：

$$\xi = \frac{e_1 - e_0}{e_0} \times 100\% \tag{1-10}$$

式中：$\xi$——节能率，%。

### 1.2.7 能源效率和节能的关系

美国能源信息署(Energy Information Administration——EIA)给出了能源效率(energy efficiency)和节能(energy conservation)这两个术语的不同含义：能源效率是使用需要较少能源的技术来执行相同的功能。如使用发光二极管(LED)灯泡或紧凑型荧光灯(CFL)灯泡比白炽灯泡需要更少的能量来产生相同数量的光，是一个典型的能源效率的示例。节能是任何导致使用更少能量的行为，如离开房间时关灯是节约能源的方法。这里的节能是以上所说的狭义节能。

提高能源效率和节约能源是降低能源消耗的两个重要手段。提高能源效率和节约能源是解决能源和环境问题的最现实、最经济的途径。

按照世界能源委员会(World Energy Council)1979 年提出的定义，节能是“采取技术上可行、经济上合理、环境和社会可接受的一切措施，来提高能源资源的利用效率”。这里的节能也包含了提高能源效率，把能源效率也纳入了节能范畴，是我们通常所理解的广义节能。同时实现节能的措施应该综合考虑技术、经济、环境和社会等因素，最终的目标是提高能源效率。

以上的定义也反映了我国节能工作的变化，我国节能工作重点从控制能源数量消费转向促进能源的合理消费，即从“减少用能”转变到“提高能效”上。节能的目的从原来的降低能源消耗数量转变为在现有技术经济条件下提高能源效率、提高竞争力。目前，节能已经成为企业技术创新、提高产品竞争力的重要途径。

## 1.3 港口能源和节能工作的发展历程

中国始终把节约能源放在优先位置。

1980 年原国家经济委员会和国家计划委员会发布《关于加强节约能源工作的报告》

《关于逐步建立综合能耗考核制度的通知》,国家成立了专门的节能管理机构,确定了“开发与节约并举,把节约放在首位”的发展方针。

1986 年 1 月 12 日国务院发布《节约能源管理暂行条例》(2001 年废止)。

1986 年 8 月,交通部发出《关于发布〈交通行业节能管理实施条例〉的通知》(〔1986〕交能字 589 号,已废止)。

1995 年和 1996 年,交通部发布《关于交通行业基本建设和技术改造项目工程可行性研究报告增列“节能篇(章)”暂行规定》(交体法发〔1995〕607 号)、《〈关于交通行业基本建设和技术改造项目工程可行性研究报告增列“节能篇(章)”暂行规定〉实施细则》(交体法发〔1996〕354 号),这两个文件于 2019 年 6 月废止。

1997 年 11 月,全国人民代表大会通过《中华人民共和国节约能源法》,1998 年 1 月 1 日正式实施。为配合该法律的实施,相关部门制定了配套法规和政策,包括《中国节能技术政策大纲》《关于固定资产投资工程项目可行性研究报告“节能篇(章)”编制及评估的规定》《重点用能单位节能管理办法》《中国节能产品认证管理办法》《能源效率标识管理办法》等。

1999 年 2 月,国家经贸委发布《中国节能产品认证管理办法》,确定了节能产品的定义,及节能产品认证方面的内容。

1999 年 3 月,国家经济贸易委员会颁布《重点用能单位节能管理办法》,明确了重点用能单位的定义等内容。

2004 年 6 月,国务院通过《能源中长期发展规划纲要(2004—2020)》,提出每万元 GDP 能耗下降到 1.54t 标准煤,节能重点领域是工业、交通运输、建筑、商用和民用等。

2004 年 11 月,国家发展改革委发布《节能中长期专项规划》,这是改革开放以来中国制定的节能领域的第一个中长期规划。

2005 年 2 月,第十届全国人民代表大会常务委员会第十四次会议通过《中华人民共和国可再生能源法》,促进可再生能源的开发利用,增加能源供应,改善能源结构,保障能源安全,保护环境,实现经济社会的可持续发展。

2006 年 3 月,中国的节能减排政策首次在《中国国民经济和社会发展第十一个五年规划纲要》中提出,以降低能源强度和主要污染物排放量作为主要目标。

2006 年 8 月,中国政府在《国务院关于加强节能工作的决定》中明确提出节能目标。

2007 年 5 月,国务院发布《关于印发节能减排综合性工作方案的通知》(国发〔2007〕15 号),全面部署了工业、建筑、交通等重点领域节能工作。涵盖了结构调整,加大行政管理力度,实施节能环保重点工程,加强节能减排投入,加强节能减排技术研究开发与推广应用。

2007 年 5 月,交通部发布《交通部关于进一步加强交通行业节能减排工作的意见》(交体法发〔2007〕242 号),提出加大交通节能减排科研力度,加快交通行业节能降耗基础性、前瞻性、战略性研究，积极推广使用交通节能新产品新技术。

2007 年 10 月，全国人民代表大会常务委员会通过修改后的《中华人民共和国节约能源法》，从 2008 年 4 月 1 日开始实施。

2007 年 10 月，交通部发布《建设节约型交通指导意见》。

2007 年 12 月，交通部发布《关于港口节能减排工作的指导意见》（交水发〔2007〕747 号），提出要转变港口经济发展方式，发展港口循环经济，推进港口节能减排工作的新进展，必须坚持依靠科技进步、技术创新，全面提升全员职工的节能减排意识，要坚持优化设计与强化管理相结合、应用先进技术与淘汰落后工艺相结合、健全制度与宣传培训相结合等工作原则。

2008 年 7 月，交通运输部发布《公路、水路交通实施〈中华人民共和国节约能源法〉办法》（交通运输部令 2008 年第 5 号）。

2008 年 9 月，交通运输部发布《关于印发公路水路交通节能中长期规划纲要的通知》（交规划发〔2008〕331 号），以公路、水路运输和港口生产为重点领域，分别确定了 2015 年和 2020 年的总体目标和主要任务，提出了重点工程和保障措施。

2011 年 8 月，国务院办公厅印发《"十二五"节能减排综合性工作方案》，提出"十二五"期间节能减排的主要目标和重点工作，把降低能源强度、减少主要污染物排放总量、合理控制能源消费总量工作有机结合起来，形成"倒逼机制"，推动经济结构战略性调整，优化产业结构和布局，强化工业、建筑、交通运输、公共机构以及城乡建设和消费领域用能管理，全面建设资源节约型和环境友好型社会。

2011 年 9 月，交通运输部发布《"十二五"水运节能减排总体推进实施方案》，以政策法规、标准规范、示范推广、重点技术攻关四方面为重点，明确了 10 项重点工作、35 项具体工作任务及实施计划。

2016 年 5 月，交通运输部发布《交通运输节能环保"十三五"发展规划》，提出节能目标为港口生产单位吞吐量综合能耗和二氧化碳排放量均下降 2%，新能源和清洁能源车辆占比在 2015 年基础上显著提高。

2016 年 12 月，国家发展改革委、国家能源局发布《能源发展"十三五"规划》，明确了中国"十三五"期间的能源发展目标和主要任务。

2016 年 12 月，国务院印发《"十三五"节能减排综合工作方案》（国发〔2016〕74 号）。

2020 年 9 月 22 日，习近平主席在第七十五届联合国大会一般性辩论上发表重要讲话，提出我国碳达峰、碳中和"3060 目标"的承诺，开启了全国各行业加速推进节能降碳的新征程。

## 1.4　开展港口能源及节能工作的意义

### 1.4.1　实现碳达峰碳中和目标的重要支撑

港口设备能耗大，是港口码头能源消耗和碳排放的主要单元。加强能源管理和节约能源不仅能够保证国家的能源安全，降低对外的依存度，而且能够有助于实现降低温室气体排放和大气污染物排放。

实现节能是践行我国对国际社会承诺的体现，一是我国对世界承诺，到 2030 年单位国内生产总值二氧化碳排放比 2005 年下降 60%～65%、非化石能源占一次能源消费比重达到 20%左右、二氧化碳排放 2030 年达到峰值并争取早日实现。我国是全球二氧化碳和二氧化硫排放的大国，来自于国际社会的压力很大，节能是降低排放的重要途径。二是对国际社会人类命运共同体的承诺。随着全球经济一体化的发展，环境问题和气候问题是影响未来世界及国家发展和安全的重要因素。可持续发展和绿色低碳发展是人类命运共同体的重要组成部分。

### 1.4.2　建设生态文明和绿色发展的重要抓手

港口企业加强能源和节能管理，是落实和执行政府部门生态文明、绿色发展要求的重要抓手，是港口可持续发展、环境保护和全球气候变化应对的客观要求。

随着我国经济的不断发展以及对节约能源和可持续发展政策的不断重视，要求港口行业要不断加强对能源和节能工作的管理。政府作为管理机构，肩负着对港口节能工作引导监管的重任。

港口能源效率提升和节能技术是实现环保、提高资源利用率、可持续发展战略的有效途径。要想使港口能源管理和节能工作真正地开展起来，必须从港口作业的最基本港口设备节能工作抓起，探讨各种港口能源管理措施，建立港口行业节能准入制度的可行性，从而为港口设备的准入和退出机制的建立提供科学依据，为我国港口向资源节约、成本节约、生态良好方向发展提供切实可行的技术措施。

### 1.4.3　建设世界一流港口的重要途径

一直以来单位吞吐能耗降低等节能指标是港口发展必须执行的量化指标，港口节能和能效评价是建设世界一流港口的重要指标。

《交通强国建设纲要》《关于建设世界一流港口的指导意见》均对节约能源利用能源结构调整、资源集约节约利用提出了要求。《交通强国建设纲要》提出优化交通能源结构，推进新能源、清洁能源应用。《关于建设世界一流港口的指导意见》提出构建清洁低碳的港口用能体系。未来一段时期是我国建设世界一流港口的关键时期，能源结构调整和节能是促进港口高质量发展、建设世界一流港口的重要途径。

### 1.4.4　企业降低经营成本的重要手段

港口经营生产的最大成本之一是能源消耗支出，所以港口经营者一直在寻求节省能源消费的措施，通过能源管理、优化工艺和实施新技术等手段，节省额外的能源。

节能能够降低企业的经营成本，因此企业有动力进行节能管理和技术改造工作。港口企业作为港口行业节能工作的主要实施者，在进行节能工作的同时，不但能够创造较好的社会效益，而且还能够创造较大的经济效益，因而企业的积极性较高。

目前港口企业能源管理已不再是依靠粗放式的降低能耗就能实现大幅节能目标的阶段，港口单位吞吐量能耗已经到了瓶颈期。港口企业面临着如何评价港口设备节能效果和能耗情况，以及如何评价企业运营过程中的能耗情况，尤其是在行业内其他企业的对比情况的难题。这种局面企业难以发现运行中存在的对能耗及环保有不利影响的环节，各港口企业在运行过程中也积累一些这方面的经验，但评价技术、方法各不相同，水平差别较大。因此港口企业深入开展能源管理和节能工作，有针对性地进行港口设备的节能评价、考核，采用统一及合理的标准和检测手段进行能源精细化管理，挖掘港口企业节能潜力，从而找出存在的问题，降低企业经营成本，提高企业核心竞争力。

# 2 港口能源与节能政策管理要求

## 2.1 我国能源发展和节能政策

### 2.1.1 我国能源发展政策

国家高度重视能源和节能管理。国家相继发布《可再生能源法》《电力法》等，正在筹划制定《能源法》。

氢能源产业得到迅速发展。早在2006年，《国家中长期科学和技术发展规划纲要(2006—2020年)》将氢能和燃料电池技术列为先进能源技术。2015年，国务院关于印发《中国制造2025》(国发〔2015〕28号)的通知中，节能与新能源汽车路线图上把燃料电池汽车作为了一个发展的主要方向。2016年国家发展改革委、国家能源局联合印发了《能源技术革命创新行动计划(2016—2030年)》(发改能源〔2016〕513号)，提出在可再生领域，要重点发展可再生能源制氢等技术。加强氢能与燃料电池技术创新：研究基于可再生能源及先进核能的制氢技术、新一代煤催化气化制氢和甲烷重整/部分氧化制氢技术、分布式制氢技术、氢气纯化技术，开发氢气储运的关键材料及技术设备，实现大规模、低成本氢气的制取、存储、运输、应用一体化，以及加氢站现场储氢、制氢模式的标准化和推广应用。研究氢气/空气聚合物电解质膜燃料电池(PEMFC)技术、甲醇/空气聚合物电解质膜燃料电池(MFC)技术，解决新能源动力电源的重大需求，并实现PEMFC电动汽车及MFC增程式电动汽车的示范运行和推广应用。研究燃料电池分布式发电技术，实现示范应用并推广。2016年12月国家发展改革委和国家能源局发布《能源生产和消费革命战略(2016—2030)》(发改基础〔2016〕2795号)，提出加强能源科技基础研究，开展前沿性创新研究，加快研发氢能技术。大力推进纯电动汽车、燃料电池等动力替代技术发展，发展氢燃料等替代燃料技术。2017年5月，科技部和交通运输部出台的《"十三五"交通领域科技创新专项规划》明确提出，推进氢气储运技术发展、加氢站建设和燃料电池汽车规模示范，形成较完整的加氢设施配套技术与标准体系。我国2019年《政府工作报告》提出，"推动充电、加氢等设施建设"。2019年中共中央、国务院发布的《交通强国建设纲要》提出加强充电、加氢、加气和公交站点等设施建设。

国家大力推进生物天然气发展。2019年12月，国家发展改革委等10部门联合发布了《关于促进生物天然气产业化发展的指导意见》(发改能源规〔2019〕1895号)，将生物天然气纳入国家能源体系，强化统筹协调，发挥市场作用，建立分布式生产消费体系，创新体制机制，完善政策措施，加快生物天然气专业化、市场化、规模化发展，增加天然气供应，保护城乡生态环境，促进生态文明建设。生物天然气是以农作物秸秆、畜禽粪污、餐厨垃圾、农副产品加工废水等各类城乡有机废弃物为原料，经厌氧发酵和净化提纯产生的绿色低碳清洁可再生的天然气。

### 2.1.2 我国节能政策

国家相继发布《节约能源法》《清洁生产促进法》等。这些法律法规为能源和节能管理提供了重要的法律依据，为制定相关政策提供支撑。《节约能源法》是我国节约能源的法律，其第五十二条规定国家加强对重点用能单位的节能管理。下列用能单位为重点用能单位：(一)年综合能源消费总量一万吨标准煤以上的用能单位；(二)国务院有关部门或者省、自治区、直辖市人民政府管理节能工作的部门指定的年综合能源消费总量五千吨以上不满一万吨标准煤的用能单位。《公路、水路交通实施〈中华人民共和国节约能源法〉办法》规定交通重点用能单位是指公路、水路交通年能耗超过 5000 吨标准煤的用能单位。按照 2019 年港口吞吐量单耗 2.1tce/万 t，一万吨标准煤相当于 2381 万吨吞吐量的能源消耗规模。2019 年中国沿海港口货物吞吐量排名第 30 名港口的吞吐量为5408 万 t，因此规模大点的港口均为重点用能单位。

国家大力推进电能替代。2013 年 8 月，国家电网公司发布《电能替代实施方案》，提出了“到 2020 年，累计替代电量达到 10000 亿千瓦时”的电能替代发展目标。2016 年 5 月，国家发展改革委、国家能源局、交通运输部等 8 部委联合发布《关于推进电能替代的指导意见》(发改能源〔2016〕1054 号)，在交通运输领域，支持电动汽车充换电基础设施建设，推动电动汽车普及应用。在沿海、沿江、沿河港口码头，推广靠港船舶使用岸电和电驱动货物装卸。

交通运输部重视港口用能管理。2019 年 9 月中共中央、国务院发布《交通强国建设纲要》，提出构建安全、便捷、高效、绿色、经济的现代化综合交通体系，在绿色发展节约集约、低碳环保任务中，强调优化交通能源结构，推进新能源、清洁能源应用，促进公路货运节能减排，推动城市公共交通工具和城市物流配送车辆全部实现电动化、新能源化和清洁化。2019 年 11 月，交通运输部等 9 部门联合发布了《关于建设世界一流港口的指导意见》(交水发〔2019〕141 号)，提出加快绿色港口建设，构建清洁低碳的港口用能体系。完善港口 LNG 加注、岸电标准规范和供应服务体系，鼓励新增和更换港口作业机械、港内车辆和拖轮等优先使用新能源和清洁能源，加快提升港口作业机械和车辆清洁化比例。《能源技术革命创新行动计划(2016—2030 年)》提出节能与能效提升技术创新，推动高效节能运输工具、制动能量回馈系统、船舶推进系统、数字化岸电系统以及基于先进信息技术的交通运输系统等先进节能技术创新。

## 2.2　港口能源和能耗考核指标要求

中国国民经济和社会发展规划纲要是国家层面的经济和社会发展纲领性文件，2011年，《中国国民经济和社会发展第十二个五年规划纲要》提出，到2015年，单位GDP能源消耗累计降低16%，单位国内生产总值二氧化碳排放累计降低17%。2016年4月《中国国民经济和社会发展第十三个五年规划纲要》提出，到2020年，单位GDP能源消耗累计降低15%，非化石能源占一次能源消费比重达到15%，单位GDP二氧化碳排放累计降低18%。2021年3月《中华人民共和国国民经济和社会发展第十四个五年规划和2035年远景目标纲要》提出，单位国内生产总值能源消耗和二氧化碳排放分别降低13.5%、18%。

《能源生产和消费革命战略(2016—2030)》提出，到2030年，能源消费总量控制在60亿吨标准煤以内，非化石能源占能源消费总量比重达到20%左右，天然气占比达到15%左右，新增能源需求主要依靠清洁能源满足；单位国内生产总值二氧化碳排放比2005年下降60%～65%。到2050年，非化石能源消费占比达到50%。

2016年12月，国家发展改革委发布了《能源发展"十三五"规划》，明确了中国"十三五"期间能源消费控制。国家在"十一五""十二五"节能工作基础上，实施能耗总量和强度"双控"行动，明确要求到2020年单位GDP能耗比2015年降低15%，能源消费总量控制在50亿吨标准煤以内，单位国内生产总值二氧化碳排放比2015年下降18%。2016年国务院印发《"十三五"节能减排综合工作方案》，提出了"十三五"时期能源发展主要指标(表2-1)，将全国能耗"双控"目标任务分解到了各地区。同时，实施重点用能单位"百千万"行动和节能自愿活动，推动能源管理体系、计量体系和能耗在线监测系统建设，开展能源评审和绩效评价。

**表2-1　"十三五"时期能源发展主要指标**

| 类别 | 指标 | 单位 | 2015年 | 2020年 | 年均增长 | 属性 |
|---|---|---|---|---|---|---|
| 能源总量 | 一次能源生产量 | 亿吨标准煤 | 36.2 | 40 | 2.0% | 预期性 |
| | 电力装机总量 | 亿千瓦 | 15.3 | 20 | 5.5% | 预期性 |
| | 能源消费总量 | 亿吨标准煤 | 43 | ＜50 | ＜3% | 预期性 |
| | 煤炭消费总量 | 亿吨原煤 | 39.6 | 41 | 0.7% | 预期性 |
| | 全社会用电量 | 万亿千瓦时 | 5.69 | 6.8～7.2 | 3.6%～4.8% | 预期性 |
| 能源安全 | 能源自给率 | % | 84 | ＞80 | | 预期性 |
| 能源结构 | 非化石能源装机比重 | % | 35 | 39 | (4) | 预期性 |
| | 非化石能源发电量比重 | % | 27 | 31 | (4) | 预期性 |
| | 非化石能源消费比重 | % | 12 | 15 | (3) | 约束性 |
| | 天然气消费比重 | % | 5.9 | 10 | (4.1) | 预期性 |
| | 煤炭消费比重 | % | 64 | 58 | (−6) | 约束性 |
| | 电煤占煤炭消费比重 | % | 49 | 55 | (6) | 预期性 |

**续表 2-1**

| 类别 | 指标 | 单位 | 2015 年 | 2020 年 | 年均增长 | 属性 |
|---|---|---|---|---|---|---|
| 能源效率 | 单位国内生产总值能耗降低 | % | — | — | (15) | 约束性 |
| | 煤电机组供电煤耗 | 克标准煤/千瓦时 | 318 | <310 | | 约束性 |
| | 电网线损率 | % | 6.64 | <6.5 | | 预期性 |
| 能源环保 | 单位国内生产总值二氧化碳排放降低 | % | — | — | (18) | 约束性 |

注:()内为五年累计值。

港口作为重点用能单位,肩负着重要的节能减排任务和面临着严峻的考核目标的挑战。《公路水路交通运输节能减排"十二五"规划》提出的"十二五"港口节能减排指标:以2005 年为基础年,能源强度方面,2015 年实现港口单位吞吐量的能耗总体下降 8%左右,其中沿海港口下降 8%左右,内河港口下降 3%左右。《交通运输节能环保"十三五"发展规划》提出,到 2020 年,港口生产单位吞吐量综合能耗和二氧化碳排放,在 2015 年基础上均下降 2%以上,见表 2-2。

**表 2-2 交通运输节能环保"十三五"发展具体目标**

| 所属领域 | 指标类型 | 指标名称 | 2020 年目标值 | 指标属性 |
|---|---|---|---|---|
| 节能降碳 | 能耗和碳排放强度 | 1. 营运客车单位运输周转量能耗和二氧化碳($CO_2$)排放在 2015 年基础上下降率(%) | 能耗 2.1<br>$CO_2$ 排放 2.6 | 预期性 |
| | | 2. 营运货车单位运输周转量能耗和二氧化碳($CO_2$)排放在 2015 年基础上下降率(%) | 能耗 6.8<br>$CO_2$ 排放 8 | 预期性 |
| | | 3. 营运船舶单位运输周转量能耗和 $CO_2$ 排放在 2015 年基础上下降率(%) | 能耗 6<br>$CO_2$ 排放 7 | 预期性 |
| | | 4. 城市客运单位客运量能耗和 $CO_2$ 排放在 2015 年基础上下降率(%) | 能耗 10<br>$CO_2$ 排放 12.5 | 预期性 |
| | | 5. 港口生产单位吞吐量综合能耗和 $CO_2$ 排放在 2015 年基础上下降率(%) | 能耗 2<br>$CO_2$ 排放 2 | 预期性 |
| | 能源结构 | 6. 道路运输清洁燃料车辆保有量在 2015 年基础上增长率(%) | 50 | 预期性 |
| | | 7. 内河运输船舶能源消耗中液化天然气(LNG)比例在 2015 年基础上增长率(%) | 200 | 预期性 |

除了对港口的单位吞吐量能耗和碳排放、单位 GDP 的能耗和碳排放等有考核要求外，目前国家也出台了一系列国家标准，对港口重要的能源消耗单元——港口设备的能源消耗进行评价，以便精细化地评价港口能源消耗情况。如《集装箱码头单位产品能源消耗限额》《干散货码头单位产品能源消耗限额》等。

## 2.3　港口能源计量与能耗统计政策

2018 年，新修订的《中华人民共和国节约能源法》对用能单位的能源统计给予了明确规定，用能单位应当加强能源计量管理，按照规定配备和使用经依法检定合格的能源计量器具；用能单位应当建立能源消费统计和能源利用状况分析制度，对各类能源的消费实行分类计量和统计，并确保能源消费统计数据真实、完整。同时，还对重点用能单位的能源消耗统计进行了更为详细的说明，重点用能单位应当每年向管理节能工作的部门报送上年度的能源利用状况报告。

2008 年 6 月 25 日，交通运输部第 7 次部务会议通过《公路、水路交通实施〈中华人民共和国节约能源法〉办法》，其中第二十条规定，交通用能单位应当建立能源消耗统计制度，建立健全能源计量原始记录和统计台账，确保能源消耗统计数据真实、完整，并按照规定向有关部门报送有关统计数据和资料。

2009 年 5 月，《高耗能特种设备节能监督管理办法》中指出，高耗能特种设备使用单位应当建立健全经济运行、能效计量监控与统计、能效考核等节能管理制度和岗位责任制度。港口设备，尤其是起重机，在使用过程中能源消耗量或者转换量大，并具有较大节能空间，属于高耗能特种设备。这也从侧面对港口的能源计量和统计提出了要求。

2010 年 11 月，交通运输部和国家统计局联合印发交通运输能耗统计监测报表制度，主要能源统计范围包括重点道路运输、水路运输和港口企业。

为切实推动用能单位，尤其是重点用能单位的能源计量工作，便于管理部门的监督管理，2010 年 9 月，国家质量监督检验检疫总局发布了《能源计量监督管理办法》(总局第 132 号令)，对用能单位的能源计量管理制度的建立健全、能源计量器具的规范性、能源计量器具台账的建立、能源计量数据的使用及重点用能单位的能源计量要求等进行了严格的规定。

为加强能源计量和能耗统计工作，《关于印发万家企业节能低碳行动实施方案的通知》(发改环资〔2011〕2873 号)中再次提到了能源计量工作，要求万家企业应按照《用能单位能源计量器具配备和管理通则》(GB 17167—2006)的要求，配备合理的能源计量器具，努力实现能源计量数据在线采集、实时监测。要创造条件建立能源管控中心，采用自动化、信息化技术和集约化管理模式，对企业的能源生产、输送、分配、使用各环节进行集中监控管理。建立健全能源消费原始记录和统计台账，定期开展能耗数据分析。要按照节能主管部门的要求，安排专人负责填报并按时上报能源利用状况报告。

2017 年 5 月，《企业能源计量网络图绘制方法》(GB/T 33656—2017)发布，对企业能源计量网络图的绘制原则、绘制方法进行了规范，进一步规范化能源计量工作。

为了推动用能单位能源计量工作的顺利进行，更好地把握用能单位的能耗情况，2006 年，我国出台了国家强制标准《用能单位能源计量器具配备和管理通则》(GB 17167—2006)，对用能单位能源计量器具的配备种类、范围、原则和要求，能源计量的人员、器具和数据的管理要求等进行了规定，以规范用能单位的计量器具的配备和管理，确保用能单位能源计量工作和能耗统计工作的顺利开展。

2020 年 11 月，《港口能源消耗统计及分析方法》(GB/T 21339—2020)发布，对港口能源消耗的指标及计算方法、能源消耗统计要求、能源消耗统计分析进行了详细说明。其中规定，能源统计的能源种类主要包含煤炭、柴油、汽油、燃料油、电力和其他能源(包括液化石油气、天然气、焦炭、热力等，不包含润滑油)；能源消耗量应以能源计量器具的计量数据为依据，能源计量器具的配备和管理执行 GB 17167—2006 标准的规定；在附录中给出了各种能源折算、能源比重参照表。

2019 年 3 月，《港口能源计量导则》(JT/T 1258—2019)发布，标准中对于港口能源计量工作给予了明确的规定，包括港口能源计量种类和范围、能源计量管理、能源计量器具及能源计量数据等。

## 2.4　港口能源管理和评价政策

### 2.4.1　港口能耗监测

港口能耗监测是对港口的主要能源(电、水、燃油、燃气)的消耗进行监测的活动，能使港口实时掌握能源消耗情况，及时发现能源消耗环节中的问题，从而有针对性地改进或制定节能降耗管理措施。

监测报表是对能源消耗监测的直观体现，为规范港口能源消耗监测工作，2010 年 11 月交通运输部和国家统计局联合印发交通运输能耗统计监测报表制度，主要监测范围包括重点道路运输、水路运输和港口企业，要求各填报单位上报的统计资料盖章签字后直接报送交通运输部综合规划司。其中，港口部分的季度报表包含了港口企业主要能源消耗调查表、装卸机械运用情况调查表、典型码头单位主要能源消耗调查表，年度报表包含了港口企业节能项目实施情况。

2014 年 9 月，交通运输部发布《交通运输部办公厅关于开展交通运输能耗监测试点工作的通知》(交办发〔2014〕182 号)，决定在部分城市交通运输部门开展交通运输能耗监测试点工作，要求试点城市参照交通运输部制定的能耗在线监测工作技术要求和组织方案，选取若干营运货车和内河船舶样本，完成样本车辆和船舶在线监测设备的安装、调试和运行，实时采集能耗监测数据，并交换至交通运输部能耗在线监测平台，从而探索推进交通运输能耗统计监测工作，检验营运货车和内河船舶能源消耗在线监测技术要求和组织方案，推动能耗在线监测平台建设。首批试点城市为北京、邯郸、济源、常州、南通和淮安。

2017 年 9 月，为加快建设重点用能单位能耗在线监测系统，健全能源计量体系，加强能源消费总量和强度“双控”形势分析和预测预警，推动完成“双控”目标任务，国家发展改革委、质检总局印发了《重点用能单位能耗在线监测系统推广建设工作方案》(发改环资〔2017〕1711 号，以下简称《方案》)，并要求各省(区、市)节能主管部门、质监部门联合编制本地区能源在线监测系统建设工作方案，并于 2017 年底上报。《方案》中指出监测系统采用“国家平台＋省级平台＋重点用能单位接入端系统”的框架，重点用能单位端能耗监测数据上传到省级平台，再由省级平台上传至国家平台，没有建设省级平台的，重点用能单位端能耗监测数据直接上传到国家平台；国家、省级平台实现数据同步和数据交互。其中，对重点用能单位接入端系统的建设主要由重点用能单位负责，主要功能应包含通过计量仪表、工控系统采集、汇总本单位能耗数据，将数据上传至省级平台，或直接上传至国家平台。重点用能单位接入端系统要通过网闸、防火墙、隔离等安全措施，确保内部系统安全和数据安全；要具备远程升级维保、一端多传、接收国家和省级平台推送信息和用能单位自身能源管理所需的功能。另外，《方案》指出，将监测系统建设工作纳入技能目标责任评价考核；在开展节能考核、节能监察、节能量核算、能效对标达标、能源审计、能源计量监督检查等工作时，优先考虑将监测数据作为评价或参考数据，这也体现了港口能源在线监测系统建设的必要性。

2018 年 3 月，国家发展改革委发布了《重点用能单位节能管理办法》(国家发改委令〔2018〕15 号)，其中要求：(1)重点用能单位应当结合现有能源管理信息化平台，加强能源计量基础能力建设，按照政府管理节能工作的部门、质量技术监督部门要求建设能耗在线监测系统，提升能源管理信息化水平；(2)重点用能单位不按要求开展能耗在线监测系统建设和能耗在线监测工作的，由管理节能工作的部门以书面形式责令限期整改；逾期不整改的或者没有达到整改要求的，由管理节能工作的部门处一万元以上三万元以下罚款。2018 年生态环境部针对“非道路移动机械污染防治技术”政策征求意见，该技术政策在有关大气污染防治中提出利用互联网、大数据等信息化技术监控在用非道路移动机械的污染物排放，推进环境保护行政主管部门和企业远程监控平台联网工作。鼓励地方环境保护行政主管部门监控和分析联网数据，筛查高排放非道路移动机械，在禁止使用高排放非道路移动机械的区域通过定位等手段禁止使用高排放非道路移动机械。该技术政策表明，国家相关管理部门将逐步加大对非道路移动机械的污染防治力度。另外，该技术政策拟配套发布生态环境部行业标准《非道路移动机械及其装用的柴油机污染物排放控制技术要求》，便携式排放测试系统(PEMS)已成熟应用到柴油车的整车排放监督检查中，当前已具备相应技术条件，将其引入到对非道路移动机械的排放监督检查中。因此，对现行的《非道路移动机械用柴油机排气污染物排放限值及测量方法(中国第三、四阶段)》(GB 20891—2014)进行必要的补充,制定针对机械排放的检验方法,为非道路移动机械排气污染物排放的有效监管提供了依据。该标准要求装用37kW到560kW柴油机的非道路移动机械应加装壁流式颗粒物捕集器(DPF),装用37kW到560kW柴油机的非道路移动机械,应能通过卫星导航精准定位系统实现对其的准确定位,为进行联网监控提供条件。

2019年7月,交通运输部发布了行业标准《港口能耗在线监测系统技术要求》(JT/T 1277—2019),标准中主要对港口能耗在线监测系统的设计、施工、测试与检验、验收和系统运行维护等方面的技术要求进行了规定,从而为港口能耗在线监测系统的建设提供了参考。

### 2.4.2　港口能源审计

能源审计是根据国家有关节能法律、法规、标准,对用能单位能源利用的物理过程和财务过程进行调查、测试和分析评价的活动,它是企业提高经济效益和社会效益的重要途径,有利于企业规范能源管理,科学节能,促进企业的能源管理信息化。港口企业开展能源审计工作,能够使港口企业全面了解港口的能源管理水平及用能状况,及时排查港口企业在能源利用方面存在的问题和薄弱环节,挖掘节能潜力,寻找节能方向,有针对性地采取节能措施,从而实现节能降耗、提质增效的目的。国家发展改革委、交通运输部等部门先后出台了多项能源审计方面的政策、标准和管理要求。

《重点用能单位节能管理办法》(国家发改委〔2018〕15号)指出,重点用能单位应当按照国家有关规定实施能源审计,分析现状,查找问题,挖掘节能潜力,提出切实可行的节能措施,并向县级以上人民政府管理节能工作的部门报送能源审计报告。县级以上人民政府管理节能工作的部门对重点用能单位的能源审计报告进行审核,并指导和督促重点用能单位落实节能措施。省级以上人民政府管理节能工作的部门会同有关部门可结合重点用能单位节能目标责任考核结果,对在节能工作中取得显著成绩的重点用能单位和个人给予表彰和奖励。对节能考核结果为未完成等级的重点用能单位,地市级以上人民政府管理节能工作的部门应当责令其实施能源审计、报送能源审计报告、提出整改措施并限期整改。

1997年12月,第一部能源审计的国家标准《企业能源审计技术通则》(GB/T 17166—1997)发布,在2019年进行修订,这也是现行较为完备的能源审计技术国家标准,该标准对企业能源审计的定义、内容、方法、程序及审计报告的编写等进行了原则规定,并重点对能源审计的共性问题和原则问题进行阐述和统一,为企业能源审计工作的开展指明了方向。随后相关国家、行业或地方标准也陆续出台,如《公共机构能源审计技术导则》(GB/T 31342—2014)、《钢铁行业能源审计技术导则》(GB/T 38284—2019)、《建筑材料行业能源审计技术导则》(GB/T 38294—2019)、《交通运输业用能单位能源审计报告编制及审核技术规范》(DB11/T 1207—2015)等。2019年10月《能源审计技术通则》

(GB/T 17166—2019)发布，替代《企业能源审计技术通则》(GB/T 17166—1997)，并于2020年5月1日实施。GB/T 17166—2019标准主要对GB/T 17166—1997标准中的术语、能源审计的流程和要求、内容等进行了删减、补充、修改和完善，为今后企业能源审计规范化、合理化提供了依据。

2011年12月，国家发展改革委、工业和信息化部、交通运输部等部门制定了《万家企业节能低碳行动实施方案》，要求对企业开展能源审计和编制节能规划，推动重点用能单位加强节能工作，强化节能管理，提高能源利用效率。

### 2.4.3 港口能效对标

能效对标是指企业为提高能效水平，与国际、国内同行业先进企业能效指标进行对比分析，确定标杆，通过管理和技术措施，达到标杆或更高能效水平的实践活动。企业是开展能效水平对标活动的实施主体。各相关行业协会对参与能效水平对标活动企业发挥指导作用。各政府主管部门对参与对标活动企业发挥组织、监督和指导作用。

能效对标最早出现于2007年5月国务院发布的《关于印发节能减排综合性工作方案的通知》(国发〔2007〕15号)，其第二十五条明确规定"启动重点企业与国际国内行业能耗先进水平对标活动，推动企业加大结构调整和技术改造力度，提高节能管理水平"。随后国家发展改革委发布的《重点耗能企业能效水平对标活动实施方案》(发改环资〔2007〕2429号)，该方案是重点耗能企业开展对标活动的重要依据。能效对标活动的实施主要包括现状分析、选定标杆、制定方案、对标实践、指标评估和改进提高等步骤。

2009年8月国家发展改革委出版了《重点耗能行业能效对标指南》，系统地阐述了企业能效对标管理的实施内容、步骤，对标管理综合评价方法、对标分析工具等。

2010年8月工信部发布了《关于开展重点用能行业能效水平对标达标活动的通知》(工信厅节函〔2010〕594号)，选择钢铁、有色、化工、建材等四个重点用能行业中粗钢、电解铝、合成氨、烧碱、电石、水泥、平板玻璃等13种产品(工序)，以国内同类企业能效先进水平作为参照值，确定标杆指标，开展能效水平对标达标活动。

## 2.5 港口节能资金支持政策

港口节能项目主要是建立政府主导、企业主体的节能投入机制，按照"谁污染、谁治理，谁投资、谁受益"的原则，主要采用市场机制的方法解决节能的资金问题。但由于节能项目在一定程度上降低了大气污染物排放，社会效益好，因此在节能技术推进过程中，政府部门对节能减排项目给予一定的政策和资金支持。

1. 对节能减排项目进行专项资金奖励

2007年8月，财政部、国家发展改革委印发《节能技术改造财政奖励资金管理暂行办法》(财建〔2007〕371号)，规定采取"以奖代补"方式对10大重点节能工程给予适当支持和奖励，并对奖励对象和方式、奖励条件、奖励标准进行了明确。

2011 年 6 月，财政部、交通运输部制定了《交通运输节能减排专项资金管理暂行办法》（财建〔2011〕374 号），中央财政从一般预算资金中安排用于公路水路交通运输节能减排项目实施的资金，该办法明确了支持范围和方式，明确了资金申请、审核与拨付要求、监督管理要求等。奖励资金额度根据项目性质、投资总额、实际节能减排量和社会效益等综合测算：

（1）对节能减排量可以量化的项目，奖励资金原则上与节能减排量挂钩，对完成节能减排量目标的项目单位给予一次性奖励。根据年节能量按每吨标准煤不超过 600 元或采用替代燃料的按被替代燃料每吨标准油不超过 2000 元给予奖励，对单个项目的补助原则上不超过 1000 万元。

（2）对于节能减排量难以量化的项目，可按投资的一定比例核定补助额度，补助比例原则上不超过设备购置费或项目建筑安装费的 20%；对单个项目的补助原则上不超过 1000 万元。

2. 对港口和船舶岸电项目进行专项资金奖励

交通运输部从“十二五”以来一直对岸电技术推广投入资金进行奖励。2011 年、2012 年将“靠港船舶使用岸电技术应用”独立列入交通运输节能减排专项资金奖励内容，奖励靠港船舶使用岸电系统建设或改造成本的 20%，支持经费共计 1195 万元。2013 年以后交通运输部将相关内容融入主题性区域性试点项目中，获评的 11 个绿色低碳示范港口中，岸电项目作为必选项目，得到了专项资金的重点支持，奖励额度为建设或改造成本的 20%。

2017 年《交通运输部关于印发〈靠港船舶使用岸电 2016—2018 年度项目奖励资金申请指南〉的通知》（交规划函〔2017〕100 号）对 2016—2018 年靠港船舶使用岸电项目进行专项奖励，奖励比例分别为 60%、50%、40%，截至 2018 年 2 月底，第一批次、第二批次和第三批次岸电奖励资金申报项目约 260 个，奖励资金 7.36 亿元。

2021 年 4 月 9 日，《国家发展改革委关于修订印发〈重大区域发展战略建设（长江经济带绿色发展方向）中央预算内投资专项管理办法〉的通知》（发改基础规〔2021〕505 号）指出，支持范围为沿江的上海、江苏、浙江、安徽、江西、湖北、湖南、重庆、四川、贵州、云南等 11 省市的船舶岸电系统受电设施改造项目，中央预算内投资支持标准按不超过项目总投资的 60%予以支持，该政策有效期至 2025 年 12 月 31 日。

国家正在研究继续对岸电进行资金支持，奖励政策将与使用效果挂钩，加大对使用效果好的岸电项目的奖励。

部分地方省市也出台了岸电建设资金补贴政策，如上海市、深圳市、辽宁省、广州市、厦门市、天津市、海南省等。

3. 对节能减排项目实施税收优惠政策

2012 年 3 月，财政部、国家税务总局、工业和信息化部联合发布了《关于节约能源、使用新能源车船车船税政策的通知》(财税〔2012〕19号),该通知规定了对节约能源的车船减半征收车船税,对使用新能源的车船免征车船税。

4.对天然气改造项目进行补贴

2016年,财政部颁布了《船舶报废拆解和船型标准化补助资金管理办法》的补充通知,其中提到了对LNG动力船舶的相关补贴政策:2017年12月31日前对新建LNG动力船或以动力系统整体更新方式改建为LNG动力船舶按规定享受有关专项补贴政策。补助标准如下:主机总功率300kW以下,单船补助54万元;主机总功率300kW及以上至未满600kW,单船补助66万元;主机总功率600 kW及以上至未满1000 kW,单船补助76万元;主机总功率1000kW及以上,单船补助89万元。该办法规定,在2017年12月31日前未完成船舶改建的,经省级交通运输主管部门和船舶检验机构核查后,统一由交通运输部汇总后报财政部,清算日可延长至2018年6月30日。

部分地方城市为响应国家号召,进一步促进绿色低碳工作的开展,各自颁布了地方级别的LNG等清洁能源动力船舶的相关补贴政策,如广州市、深圳市等。

2018年9月,深圳市交通运输委员会发布了《深圳市绿色低碳港口建设补贴资金管理暂行办法实施细则》,提出了深圳市的清洁能源动力船舶的相关补贴政策。该细则明确"清洁能源动力船舶补贴按照购置或建造船舶的发动机成本的30%予以补贴,每艘船最高补贴额度不超过1500万元"。该细则自2018年6月15日起施行,有效期至2020年12月5日。

2019年1月,广州市港务局颁布了《广州港口船舶排放控制补贴资金实施方案》,提出了广州市LNG动力船舶的资金补贴政策。以天然气或电力等清洁能源为动力的新增或改造的广州籍船舶,按照船舶动力系统成本(包括电池及电力推进系统)的30%予以补贴,其中珠江游船舶给予40%的补贴;每艘船最高补贴额度不得超过1500万元。该方案自印发之日起施行,有效期至2020年12月31日。

由上可以看出,国家层面出台的LNG动力船舶资金补贴政策已经于2018年截止,这从一定程度上减少了全国范围内LNG动力船舶建造、改造的积极性。个别地方城市,如广州、深圳的LNG动力船舶资金补贴政策目前仍然有效,可以预见在政策支持日期内,上述两个区域的LNG动力船舶改建造在地方补贴政策支持下仍会保持较高的积极性,但在补贴政策截止日期以后,也会面临积极性降低的问题。

# 3 港口耗能单元及影响因素分析

## 3.1 港口能源类型和能量转换

### 3.1.1 港口常用能源

港口主要消耗的能源有柴油、电力和煤炭，另外还有少量汽油、天然气、氢能等。港口消耗能源的过程就是能量的转移过程。

柴油是轻质石油产品，主要由原油蒸馏、催化裂化、热裂化、加氢裂化、石油焦化等过程生产的柴油馏分调配而成，分为轻柴油和重柴油两大类。与汽油相比，柴油能量密度高，燃油消耗率低。柴油在港口的主要用途是用于车辆、船舶的柴油发动机。目前港口燃油设备主要以柴油为主，《大气污染防治法》规定内河船舶应使用普通柴油，目前我国原有国家标准《普通柴油》(GB 252—2015)已废除，内河船舶使用的柴油要求已经并入到《车用柴油》(GB 19147—2016)标准中，目前柴油执行标准规定的硫含量为不大于 50 mg/kg。

电力是以电能作为动力的能源，是将煤炭、石油、天然气等一次能源通过机械能装置转化成电力，再经输电、变电和配电将电力供应到用户终端。根据 BP 数据，2018 年中国电力的各种能源发电的比例为：石油发电 0.15%、天然气发电 3.14%、煤炭发电 66.54%、核能发电 4.14%、水利发电 16.91%、可再生能源(风能、热能、太阳能、生物质能)发电 8.92%。据预测，到 2040 年，全球电力中可再生能源的比例将达到 30%，中国电力中可再生能源的比例也将达到 30%，达到世界平均水平，电力将越来越清洁，电能替代是国家大力支持的技术方向，港口除了在固定区域运行的设备采用电力外，港口水平运输车辆也逐步实现电气化，电力在港口能源消费中的比例越来越高。电能替代，尤其是“油改电”，可以替代石油消费，降低石油对外依存度，同时减少大气污染物排放和碳排放。

煤炭主要用于港口的锅炉等，煤炭是国家正在逐步降低使用的能源，目前在锅炉等使用场合逐步被液化天然气所代替。

液化天然气(LNG)，主要成分是甲烷，是最清洁的化石能源。液化天然气通常存储在气罐内，在使用时气化。港口牵引车“油改气”就是将燃料由柴油改为液化天然气。液化天然气车辆的非甲烷碳氢化合物和颗粒物排放量较低，但甲烷排放量较高，液化天然气车辆仍有少量的污染物排放，但液化天然气取代柴油后可以减少大量二氧化硫排放和氮氧化物排放，环境效益十分明显。目前液化天然气在港口的应用存在加气站选址和建设审批困难、泄露的安全问题等，应用进程减缓。

汽油是轻质石油产品，主要由石油炼制得到的直馏汽油组分、催化裂化汽油组分、催化重整汽油组分等经精制后与高辛烷值组分经调和制得。汽油是汽车点燃式内燃机的燃料，汽油是公路交通的主要能源，在港口汽油主要是为港作车辆提供能源。中国目前执行的是第六阶段车用汽油国家标准。

氢能是指以氢及其同位素为主体的反应中或氢的状态变化过程中所释放的能量。氢是宇宙中最丰富的化学元素，但氢元素存在于化合物中，因此必须从水或化石碳氢化合物等主要来源中提取氢气。氢气作为燃料不仅比能量高，而且不排放任何碳质污染物。氢气不含有碳，燃烧后不产生二氧化碳。氢气可以通过太阳能、风能等可再生能源获得，被认为是理想的能源载体。氢气作为内燃机燃料时，极易实现稀薄燃烧，排放污染物少，热效率高。氢气不是一次能源，作为能源载体，是燃料电池的最佳燃料，有专家认为氢能是人类能够使用的终极清洁能源。世界各国汽车制造商推出了燃料电池乘用车，截至 2019 年 9 月，全世界共有约 3.8 万辆燃料电池车辆，加氢站约 395 座，其中 200 座以上具备 70MPa 加氢能力。截至 2019 年底，全国累计建成 61 座加氢站，加氢压力以 35MPa 为主，最大压力 70MPa，我国燃料电池乘用车和商用车主要采用燃料电池-动力蓄电池混合技术解决方案，由于我国加氢基础设施建设不足，我国燃料电池乘用车处于小批量生产阶段，燃料电池商用车相对发展较快。截至 2019 年 9 月，我国燃料电池汽车累计产量达 4890 辆，其中 2018 年产量为 1618 辆，以商用车为主。未来，氢能可以用于目前使用锂电池的任何场合，如我们的手机可以用方便快捷的氢气盒充电。但氢气易燃易爆，如果泄漏可能会带来危险，氢气的安全使用中应避免泄漏。

生物质能是蕴藏在生物质中的能量，可直接或间接通过绿色植物的光合作用，把太阳能转化为化学能后固定和贮藏在生物体内，是一种可再生能源，具有再生性、低污染、分布广泛、低密度等特点。港口常用的生物质能主要有乙醇和生物柴油，乙醇是通过生化法水解、发酵生产出成品乙醇，生物柴油是通过化学法酯化生产成品生物柴油。

除了以上几种能源，港口常用的并在未来应用更多的能源还有太阳能、风能、地热能等，在其他章节中有简单分析，这里不再赘述。

### 3.1.2 港口能量转换

宇宙间一切运动着的物体都有能量的存在和转化。港口作为交通运输的枢纽，同样存在各种能量的转化。能量就是产生某种效果的能力，如港口水平运输车辆要使货物沿某一方向移动一定的距离 $S$，若施加在货物上的力为 $F$，则消耗的功为 $W=F \cdot S$，即需要消耗 $F \cdot S$ 的能量才能产生货物沿某一方向移动一定距离的效果。再如港口起重机将质量为 $m$ 的货物从静止状态加速到速度为 $v$，起升高度为 $h$，则要消耗 $1/2mv^2+mgh$ 的能量。

燃料（柴油和天然气等）能量的转移过程及港口应用见图 3-1，燃料通过运输到港口，加入到车辆的油箱中储存，供柴油机使用，通过柴油机将燃料的热能转化为机械能，柴油机输出轴驱动车轮运转，完成能量的转化。热能转换为机械能是传统车辆获得机械能的主要方式，其能量转换主要是在柴油机中完成的，如传统的港口水平运输车辆通过柴油机获得动力。柴油在柴油机气缸内燃烧，推动活塞上下运动，不同气缸相互配合从而带动曲轴转动。柴油机只能将 25%～45%燃料热能转换成机械能，其余部分能量大多被排气或冷却介质带走，经过涡轮增压技术后，效率会有所提高。

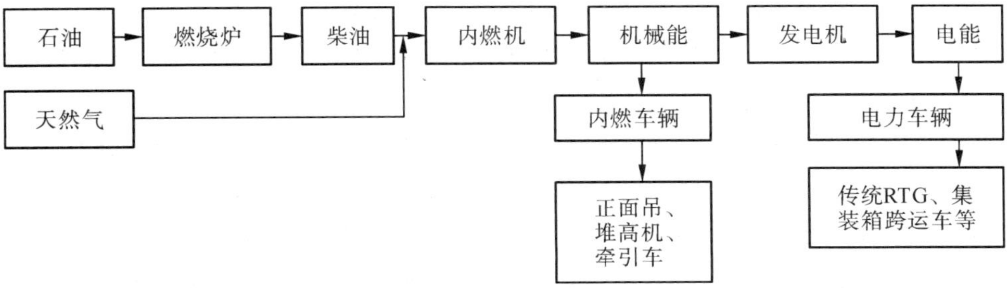


**图 3-1　燃料能量转换过程及港口应用**

另外，还有一种内燃机电力能量转换方式，柴油机的机械能可以通过直接连接发电机，发电机发出电能为内燃电力车辆供电，如传统轮胎式集装箱门式起重机（RTG）、集装箱跨运车均采用这种柴油机＋发电机即柴油发电机组的形式供电。

电力能量的转移过程见图 3-2，港口使用的大部分电力是由专门的电厂发电通过高压线路输送到港口高压变电所。煤炭、石油、天然气等在燃烧炉中燃烧产生热能，加热锅炉中的水，产生高压蒸汽通过汽轮机将热能转换为机械能，汽轮机带动发电机将机械能转化为电能。电厂能量转换效率一般为 40%。电能输送到港口后通过变压器为岸边集装箱起重机（岸桥）、轨道式集装箱门式起重机（RMG）、电动轮胎式集装箱门式起重机（电动 RTG）等港口电动设备供电。

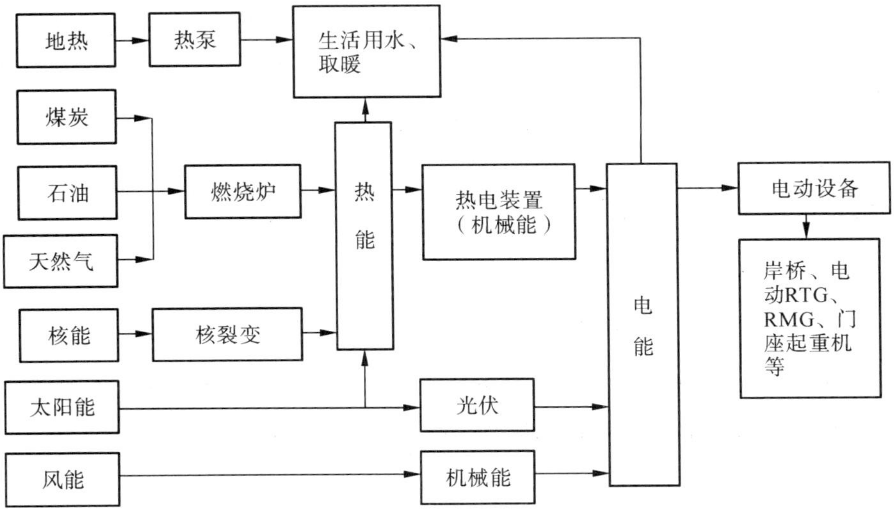


**图 3-2　电能及地热能能量转换过程及港口应用**

在港口区域还可以利用太阳能光伏发电、风力发电等产生的电能为港口供电。

港区生活用水、取暖的热量可以由电厂或港口锅炉的余热供应，也可由太阳能、地热能供应生活热水。

根据热力学第二定律，能量转换过程总是朝能量贬值的方向进行，高品位的能量可以全部转换成低品位的能量，而低品位的能量不能全部转换成高品位的能量。如有序的机械能可以自发地无条件地转换为无序的热能，而热能转换为机械能是有条件的，热能不可能全部转变为机械能，可以理解为在热能转换机械能的过程中不可避免地存在损失，任何热能转换为机械能的热机的效率不可能是100%。

氢能能量转换过程及港口应用见图3-3。根据制氢的不同途径，制造出的氢气分为灰氢、蓝氢和绿氢，氢气制好后液化储存，通过管道或车船运送到用氢地点进行集中储存，然后配送到加氢站，供氢气内燃机或燃料电池使用，为电动车辆提供动力，港口常用的电动车辆有港口牵引车、集装箱正面吊、空箱堆高机、叉车、装载机、挖掘机、推耙机等。

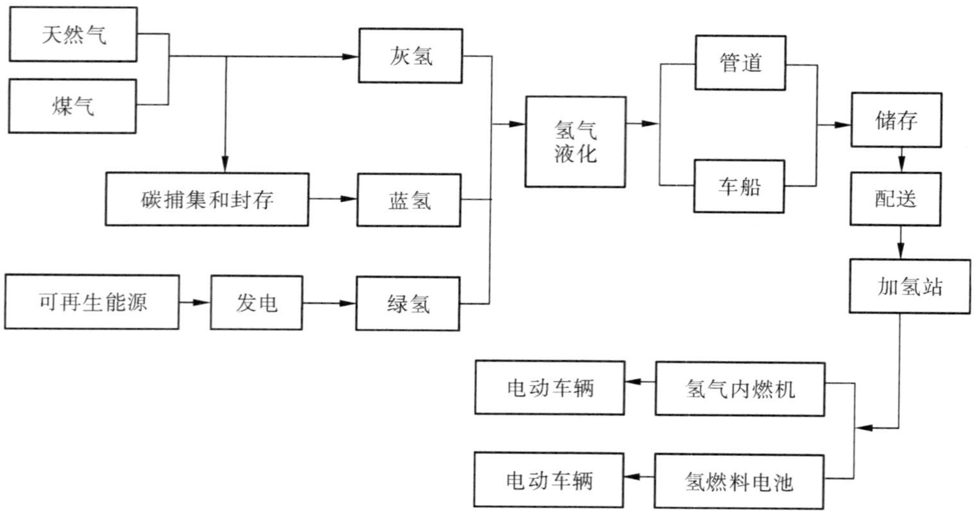


图3-3　氢能能量转换过程及港口应用

## 3.2　港口用能设备

### 3.2.1　集装箱码头典型设备

集装箱码头的装卸设备主要包括岸边装卸设备、堆场装卸设备和水平运输设备，另外还有现场照明和客运服务等设备。集装箱码头装卸设备及应用情况见表3-1。

**表 3-1　集装箱码头装卸设备及应用情况**

| 类别 | 设备机型 | 动力形式 | 备注 |
|---|---|---|---|
| 岸边设备 | 岸边集装箱起重机 | 电力＋电动机 | 沿海大型港口 |
| | 多用途集装箱门座起重机 | 电力＋电动机 | 内河等中小码头 |
| | 轨道式集装箱门式起重机(带悬臂) | 电力＋电动机 | 重庆港、长沙港等 |
| | 高架集装箱轮胎起重机 | 柴油机 | |
| | 固定式起重机 | 电力＋电动机 | 梧州港、南宁港等 |
| | 台架式起重机 | 电力＋电动机 | 柳州港等 |
| | 浮式起重机 | 电力＋电动机 | 重庆九龙坡港等 |
| 堆场设备 | 轮胎式集装箱门式起重机 | 柴油发电机组＋电动机或电力＋电动机 | 沿海大型港口 |
| | 轨道式集装箱门式起重机 | 电力＋电动机 | 多在内河港口 |
| | 集装箱正面吊运起重机 | 柴油机 | 辅助或小型码头 |
| | 集装箱跨式运输车 | 柴油发电机组＋电动机 | 厦门港，欧洲港口 |
| | 高架桥式起重机(OHBC) | 电力＋电动机 | 国外新加坡的一些港口 |
| | 空箱堆高机 | 柴油机或天然气发动机 | 空箱堆场 |
| 水平运输设备 | 集装箱牵引车 | 柴油机或天然气发动机 | 沿海大型港口 |
| | 集装箱卡车(公路用) | 柴油机或天然气发动机 | 小型集装箱码头 |
| | 集装箱正面吊运起重机 | 柴油机或天然气发动机 | 中小型码头 |
| | 牵引车-底盘车 | 柴油机或天然气发动机 | 部分多用途码头 |
| | 集装箱跨式运输车 | 柴油发电机组＋电动机 | 厦门港等 |
| | 集装箱缆车 | 电力＋电动机 | 重庆港等大水位差斜坡码头 |

根据对我国 39 个沿海港口(包括上海港、深圳港等集装箱吞吐量 10 大港口)和内河港口(包括宜宾港、太仓港、武汉港、重庆港等)的港口设备进行调查，共统计出岸边装卸设备 707 台，堆场装卸设备 2396 台，水平运输设备 3986 台。各类机型的分布情况见图 3-4、图 3-5、图 3-6。

由图 3-4 至图 3-6 中港口配备机型的统计分析可知，集装箱码头装卸设备机型较多，但大多数码头配置的装卸和搬运设备基本相同，典型集装箱码头主要设备类型为：

岸边装卸设备：岸边集装箱起重机、多用途门座起重机等。

堆场装卸设备：轮胎式集装箱门式起重机、轨道式集装箱门式起重机、集装箱正面吊运起重机等。

水平运输设备：集装箱码头牵引车、集装箱卡车等。

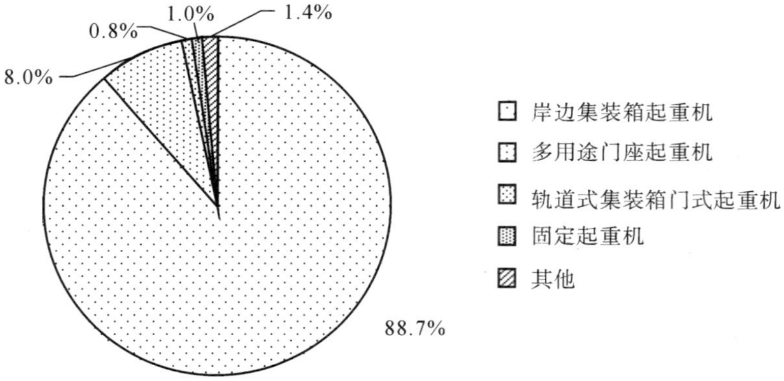


**图 3-4　岸边装卸设备各类机型占比**

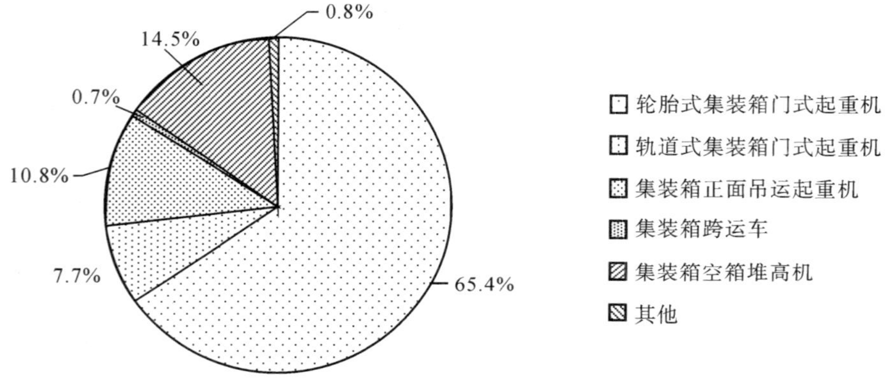


**图 3-5　堆场装卸设备各类机型占比**

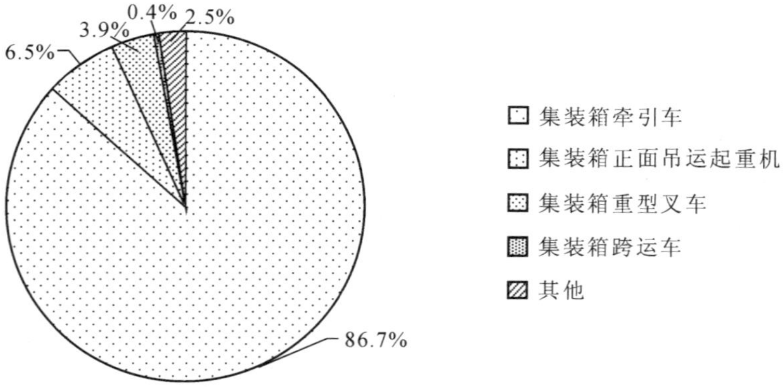


**图 3-6　水平运输设备各类机型占比**

集装箱码头主要设备介绍如下：

(1)岸边集装箱起重机

岸边集装箱起重机简称岸桥，是装卸集装箱船的专用起重机，布置于集装箱码头前沿，主要用于将船上的集装箱卸到码头面或码头水平运输设备（如集装箱卡车）上，或相反将集装箱装上船。岸桥在工作时,大梁处于水平状态。岸桥不工作时或在船只靠泊、离岸时,通常须将岸桥前大梁仰起以避让船舶上层建筑物。岸桥是集装箱码头装卸能力的决定因素之一,一台岸桥对应一条装卸线。岸桥的起重能力应保证吊起到港最大质量集装箱以及到港船舶最重舱盖板;岸桥的外伸距应考虑甲板上允许堆放集装箱的最大高度,当船舶向外倾斜 3°时,仍能吊起甲板上外舷侧最上层的集装箱。岸桥更换为双箱吊具,可以同时起吊两个 40 英尺集装箱。目前最大岸桥的额定起重量为 65～100t,最大前伸距为 68～73m,可装卸 24000TEU 集装箱船。

(2)轮胎式集装箱门式起重机

轮胎式集装箱门式起重机(RTG)是一种在集装箱场地上进行集装箱堆垛和装卸的机械,整机行走机构为轮胎式,与轨道式集装箱门式起重机相比,轮胎式集装箱门式起重机具有作业灵活、机动性能好、通用性强、不受轨道限制的特点。它不仅能前进后退,而且还设有转向装置,车轮能转向 90°,可从一个场区向另一个场区进行作业。常用的标准轮胎式集装箱门式起重机横向可以跨 6 列集装箱和一条通道,跨距为 23.47m,可堆 5～6 层。随着设备的大型化,跨度最大达到 9 列集装箱+1 条集装箱卡车车道。传统轮胎式集装箱门式起重机由柴油发电机组供电,目前已逐步实施“油改电”,即由柴油发电机组供电改为市电供电。

空箱轮胎式集装箱门式起重机在港口也有应用,用来替代空箱堆高机、集装箱正面吊等设备进行空箱的装卸,吊具下起重量一般为 5～8t。

(3)轨道式集装箱门式起重机

轨道式集装箱门式起重机(RMG)也是一种在集装箱场地上进行集装箱堆垛和装卸的机械,整机行走机构为钢制车轮,在固定的轨道上沿直线行走。轨道式集装箱门式起重机具有堆垛层数多、跨距大、效率高、场地利用率高、自动化程度高、故障率低、操作简单、维修方便、能耗低、运营成本低和节能环保等特点。轨道式集装箱门式起重机的跨度为 30～65m,可堆 7～8 层高,吊具下起重量为 35～60t,在结构形式上可设置不带悬臂和带悬臂、单悬臂和双悬臂等。轨道式集装箱门式起重机限制在所设轨道的某一场地范围内进行作业,不能像轮胎式集装箱门式起重机那样可跨箱区作业,但通过定位装置可以精确地控制位置,是自动化集装箱码头比较理想的一种堆场作业机械。

最近几年,空箱轨道式集装箱门式起重机得到发展和应用。空箱 RMG 集装箱吊具下起重量一般为 5～8t。

(4)集装箱牵引车

集装箱牵引车通常是指牵引全挂或半挂式平板车,在码头、货场、仓库或站台上进行水平运输的港口专用搬运车辆。集装箱牵引车的一个重要特点是没有承载货物的平台,必须与全挂车或半挂车配合使用,或直接牵引可行走设备,只能作为牵引工具,不能单独运输货物。

在集装箱码头使用的港口牵引车一般称为集装箱牵引车,可分为集装箱半挂式牵引车和集装箱全挂式牵引车，目前集装箱码头应用的主要是集装箱半挂式牵引车。集装箱半挂式牵引车(以下简称集装箱牵引车)与全挂式牵引车的主要差别是，其后部装有供连接挂车用的牵引鞍座，配套的集装箱挂车一般为半挂车，即牵引车承担挂车及集装箱的一部分重量，而全挂港口牵引车后面配套的挂车为全挂车。集装箱牵引车和半挂车应符合国家标准《道路车辆牵引车与半挂车之间机械连接互换性》(GB/T 20070—2006)的规定。在港口范围内使用的集装箱牵引车具有运输距离短、运行区间固定、低速重载、连续工作、挂摘板方便等特点，特别适合港口狭小场地进行繁忙、高效作业。集装箱牵引车配备不同的半挂车和鞍座，还可以运输件杂货，集装箱牵引车的牵引质量可达 65～80t。

传统集装箱牵引车的动力主要以柴油机为主，目前集装箱码头天然气发动机驱动集装箱牵引车应用也较多。锂电池、超级电容等电力驱动集装箱牵引车也有应用，是未来的一个重要发展趋势。

集装箱牵引车在一些码头称为码头牵引车、拖车、拖头、集装箱卡车(集卡)。在集装箱码头集装箱牵引车加上后面的半挂车，也称为集装箱拖挂车。

图 3-7　全司机室码头牵引车

图 3-8　偏置司机室码头牵引车

集装箱牵引车和集装箱卡车在各码头的称谓不一样，卡车又称作载货汽车，一般称作货车，指主要用于运送货物的汽车，有时也指可以牵引其他车辆的汽车。卡车的范围大，在港口应用的有自卸车、集装箱卡车等，集装箱卡车是能运送集装箱的汽车，实际是能够牵引装载集装箱的半挂车的汽车。因此，卡车的范围大，牵引车属于卡车，但卡车不一定是牵引车。集装箱卡车与集装箱牵引车的区别，集装箱卡车一般为全司机室样式（图 3-7），主要是指公路上行驶的功率大、速度高的牵引车，而集装箱牵引车大部分为偏置司机室样式，见图 3-8。

（5）集装箱正面吊运起重机

集装箱正面吊运起重机（简称集装箱正面吊）是一种用来完成集装箱装卸、堆码和水平运输作业的港口装卸搬运车辆，具有机动性强、作业效率高、操作简便舒适等优点。集装箱正面吊配有多功能自动伸缩式吊具，适用于 20 英尺和 40 英尺的集装箱装卸，能够实现回转、横移、倾斜动作，便于对箱和通过较狭窄的通道；能跨箱作业，堆码多层集装箱，但跨箱装卸作业能力有限，倒箱率高，单箱作业成本和维护成本高。集装箱正面吊最大装卸到第 4 排，第 1 排第 4 层的最大起重量为 45t，第 5 层的最大起重量为 35～42t。除了装卸集装箱外，集装箱正面吊使用不同吊具还可以装卸钢卷、木材等货物。集装箱正面吊主要以柴油机作为动力，目前少量应用天然气发动机或锂电池驱动的集装箱正面吊。

（6）空箱堆高机

空箱堆高机是用于堆场装卸、堆码空集装箱的港口装卸搬运车辆，具有流动性好、操作灵活等特点，一般作为集装箱码头的辅助作业设备。空箱堆高机的额定起重量一般为 8～9t。目前，空箱堆高机的动力以柴油机为主。柴油机的优点是动力强劲、适用范围广，缺点是排放和噪声污染较大，因此环保性更好的 LNG 发动机及电池＋电动机驱动空箱堆高机必将是未来行业发展的趋势。

（7）集装箱跨运车

集装箱跨运车是集集装箱搬运、堆码、换装和装卸功能于一体的港口装卸搬运车辆，集装箱跨运车一般用于集装箱码头的短中途运输集装箱并可用作场地的堆垛。集装箱跨运车分为以堆垛为主的堆垛型集装箱跨运车和以运输为主的低矮型集装箱跨运车，堆垛型集装箱跨运车的堆垛层数最大能达到 4 层，低矮型集装箱跨运车是用于岸桥与堆场间的集装箱运输的跨运车衍生出一种短程以水平运输为主的机型，其起升高度只能堆码二层集装箱。额定起重量为 40～50t。集装箱跨运车主要以柴油发电机组为动力，另一个发展趋势是采用混合动力系统，用小功率的柴油机配备可充放电的锂电池系统作为跨运车的动力源，降低柴油机的功率，大大地节省了对柴油的能源消耗，减少了污染物排放。

（8）集装箱自动导引车

集装箱自动导引车也称自动导向搬运车、自动引导搬运车，用于自动化集装箱码头前沿岸桥和堆场之间的水平运输，车体上部为装载平台，每车可装 1 个 40 英尺箱或 2 个

20 英尺箱，额定载荷为 60～70t。集装箱自动导引车自身带有车载传感器，可以精确确定自身位置、运行速度等信息，并具有一定的障碍物识别能力，在导航系统和车辆管理系统的指挥下实现全自动无人驾驶。自动导引车具有降低劳动力成本、24h 不间断运转、降低人员事故费用等优点，但自动导引车的购置车辆和软件系统的初始投资偏高。自动导引车的动力逐渐由柴油发电机组替换为锂电池电动形式，环保性越来越好。

### 3.2.2 干散货码头典型设备

干散货码头按照装卸货物种类不同，又可分为矿石和煤炭码头、散粮码头等。

矿石和煤炭码头主要是以装卸矿石和煤炭为主，矿石和煤炭的装卸、运输和储存条件相似，因此装卸工艺和设备基本相同，矿石和煤炭码头典型设备见表 3-2。

**表 3-2 矿石和煤炭码头典型设备**

| 类别 | 设备机型 | 动力形式 | 备注 |
| --- | --- | --- | --- |
| 岸边设备 | 移动式装船机 | 电力＋电动机 | 沿海大型港口 |
| | 固定式装船机 | 电力＋电动机 | 内河等中小码头 |
| | 门座起重机(带抓斗) | 电力＋电动机 | 重庆港、长沙港等 |
| | 桥式抓斗卸船机 | 电力＋电动机 | 沿海大型港口 |
| | 链斗式连续卸船机 | 电力＋电动机 | |
| | 螺旋式连续卸船机 | 电力＋电动机 | 海口、大连港等 |
| | 埋刮板式卸船机 | 电力＋电动机 | |
| | 双带式卸船机 | 电力＋电动机 | |
| | 装载机 | 柴油机或天然气发动机 | 清仓设备，岸边设备下作业 |
| | 推耙机 | 柴油机或天然气发动机 | 清仓设备 |
| 水运运输设备 | 带式输送机 | 电力＋电动机 | |
| | 自卸车 | 柴油机或天然气发动机 | 短距离水平运输 |
| 堆场设备 | 臂式堆料机 | 电力＋电动机 | 专业干散货码头 |
| | 斗轮取料机 | 电力＋电动机 | 专业干散货码头 |
| | 斗轮堆取料机 | 电力＋电动机 | 专业干散货码头 |
| | 挖掘机 | 柴油机或天然气发动机 | |
| 装卸车设备 | 装车楼 | 电力＋电动机 | |
| | 装车机 | 电力＋电动机 | |
| | 装载机 | 柴油机或天然气发动机 | |
| | 螺旋卸车机 | 电力＋电动机 | |
| | 翻车机 | 电力＋电动机 | |

散粮码头主要是以装卸玉米、大豆等散装粮食为主，散粮码头典型设备见表3-3。

**表3-3　散粮码头典型设备**

| 类别 | 设备机型 | 动力形式 | 备注 |
|---|---|---|---|
| 岸边设备 | 移动式装船机 | 电力＋电动机 | 沿海大型港口 |
| | 固定式装船机 | 电力＋电动机 | 内河等中小码头 |
| | 门座起重机(带抓斗) | 电力＋电动机 | |
| | 桥式抓斗卸船机 | 电力＋电动机 | 沿海大型港口 |
| | 链斗式连续卸船机 | 电力＋电动机 | |
| | 螺旋式连续卸船机 | 电力＋电动机 | 日照港 |
| | 埋刮板式卸船机 | 电力＋电动机 | |
| | 双带式卸船机 | 电力＋电动机 | |
| | 气吸式卸船机 | 电力＋电动机 | |
| | 波纹挡边卸船机 | 电力＋电动机 | |
| | 港口吸粮机 | 电力＋电动机 | |
| | 装载机 | 柴油机或天然气发动机 | 清仓设备，岸边设备下作业 |
| | 推耙机 | 柴油机或天然气发动机 | 清仓设备 |
| 水运运输设备 | 托辊带式输送机 | 电力＋电动机 | |
| | 气垫式带式输送机 | 电力＋电动机 | |
| | 埋刮板带式输送机 | 电力＋电动机 | |
| | 圆管带式输送机 | 电力＋电动机 | 环保性好 |
| 垂直提升设备 | 倾斜式带式输送机 | 电力＋电动机 | |
| | 斗式提升机 | 电力＋电动机 | |
| | 双带式提升机 | 电力＋电动机 | |
| | 埋刮板机 | 电力＋电动机 | |
| 装卸车设备 | 机械铲 | 柴油机或天然气发动机 | |
| 倒仓和灌包设备 | 仓顶埋刮板机 | 电力＋电动机 | |
| | 回转分料器 | 电力＋电动机 | |
| | 灌包机 | 电力＋电动机 | |

干散货码头的典型设备介绍如下：

(1)桥式抓斗卸船机

桥式抓斗卸船机是指适用于散货驳船和海轮的卸船作业的机械，桥式抓斗卸船机是以传统的抓斗的开闭和升降来搬运物料。桥式抓斗卸船机在作业时由抓斗从船舱内抓取物料，通过小车运行至料斗上方后打开抓斗卸料，物料经料斗、给料装置、物料切换装置送至码头地面带式输送机上。额定生产能力最小为500t/h，一般为1000t/h以上，目前最大能力达到4000t/h。桥式抓斗卸船机应用广泛，港口、电厂等需要卸载煤炭、矿石、橄榄石、硫黄等散状物料的场合，均可选用此类型卸船机。作为专业化比较强的设备，其工作效率较高，抓斗的适应性也较强，对于各种散状物料均有较好的接卸能力。

(2)门座起重机

门座起重机是用于港口码头进行船舶和车辆货物装卸、转载作业的起重机，属于码头前沿起重设备。门座起重机的主要工作机构有起升机构、变幅机构、回转机构和运行机构。通用门座起重机多用于港口码头前沿或货场采用吊钩进行件杂货作业或采用抓斗进行散货装卸作业。多用途门座起重机主要用于港口码头前沿采用吊钩进行件杂货作业、采用抓斗进行散货作业、采用集装箱吊具进行集装箱作业。带斗门座起重机主要用于大宗散货的抓斗装卸作业，是港口码头的专用散货装卸设备。门座起重机的常用起重量有3t到300t不同系列，港口常用带斗门座起重机的最大起重量为40t，幅度为45m。

(3)螺旋式连续卸船机

螺旋式连续卸船机(简称螺旋卸船机)是以水平螺旋输送机、垂直螺旋输送机以及特制的取料装置为主要工作机构的输送机械，螺旋卸船机具有装卸效率高、对货物与船型的适应性强、结构简单、质量小、对环境污染小、能耗较大、工作部件磨损较大等特点。螺旋卸船机已广泛地应用于港口散货专用码头的卸船作业。螺旋卸船机生产能力范围在100～2000t/h，适用于从1000吨级驳船至120000吨级远洋船的各种船型，可用于接卸水泥、谷物、木薯干、煤、化肥及化学原料、饲料、铝矾土等各种散粒物料。

(4)链斗式连续卸船机

链斗式连续卸船机(简称链斗卸船机)是以垂直设置的链斗提升机为主体，利用连续运行的串在一起的链斗从船舱挖取并提升物料，再通过回转给料盘授料机构、带式输送机等物料输送设备将物料卸至码头的输送机械。链斗卸船机具有出料能力稳定、对码头负载小、操作简便、易实现自动化、粉尘少、节能环保等特点。链斗卸船机生产能力范围在800～4500t/h，最大适用于40万吨级远洋船，可用于铁矿石、煤炭、石灰石、砂土、化肥原料和原糖等各种散装物料的卸船作业。与桥式抓斗卸船机相比，链斗式连续卸船机清仓效率高，辅助清仓机械的作业量少，环保性好。

(5)带式输送机

带式输送机是一种摩擦驱动以连续方式运输物料的机械，主要由机架、输送带、托辊、滚筒、张紧装置、传动装置等组成。带式输送机具有输送能力强、输送距离远、结构简单易于维护、能方便地实行程序化控制和自动化操作等特点。带式输送机适用于如煤、矿石、砂、水泥、化肥、粮食等散货物料的输送。随着技术发展，带式输送机已有托辊、圆管、埋刮板等多种形式。

(6)散货装船机

散货装船机是能够将大宗散货连续装入散货船中的装船输送机械。装船作业时，物料通常由后方皮带机系统通过尾车将物料装载到臂架皮带机送至臂架前端经溜筒装入船舱内。通过臂架的伸缩、俯仰、回转和整机行走改变装料点位置，以适应船型、船舱和水位及装船工艺要求。散货装船机的最大生产能力可达到12000t/h，适用于40万吨级远洋船型，可用于煤炭、矿石、散粮等货物的装船。散货装船机是相对环保的装船机械。

(7)散货堆取料机械

散货堆取料机械包括堆料机、取料机和堆料、取料一体的堆取料机。

堆料机是一种将散货在堆场上进行堆垛的机械。散货由卸船机或卸车机卸下后，通过带式输送机系统送至堆场，由堆料机进行堆垛。堆料机可分为单臂式、双臂式和悬臂式三种结构形式，主要适用于煤炭、矿石等物料。堆料机的常用生产能力的范围为1000～4500t/h，最大的理论生产能力可达15000t/h以上。

取料机是用于挖取堆场上的散粒物，连续供给地面或坑道带式输送机，是将散货从堆场取出的专用机械。取料机通常有门式取料机、斗轮取料机和螺旋喂料机等机型，主要适用于煤炭、矿石等散货。取料机常用生产率范围为1000～3500t/h，最大的理论生产率可达到10000t/h。

堆取料机是堆场上具有堆料和取料双向作业功能的装卸机械，主要以斗轮堆取料机为主，它既可以用于挖取堆场上的散货，连续供给地面或坑道带式输送机取料，也可以将卸船机等其他装卸设备输送过来的物料，通过臂架皮带机在堆场上进行堆料。斗轮堆取料机主要适用于煤炭、矿石等散货，常用生产率范围为1000～3500t/h，最大的理论生产率也可达到10000t/h。

(8)散货装卸车机械

散货装卸车机械包括散货装车机、链斗卸车机、翻车机、螺旋平料机等。

散货装车机是与码头后方带式输送机系统相衔接，用于将从堆场取出的物料装入火车车厢的大型散货连续式装车机械。散货装车机包括伸缩臂架式散货装车机和横移臂架式散货装车机等机型。装车机的效率较高，一般可达到3500t/h。

链斗卸车机是将火车车厢的散货卸车，并输送到堆场进行堆放的一种散货连续式卸车机械，主要由链斗提升机、升降机构、带式输送机等部件构成。链斗卸车机具有效率高、节省人力、能够降低装卸成本等特点，适用于煤炭、矿石等物料，链斗卸车机的生产率一般为300～400t/h，每小时可接卸5～6节敞车。

翻车机系统是用来自动翻卸铁路敞车的整套机械装备，主要由翻车机、重车调车机、空车调车机、迁车台、夹轮器、安全止挡器等组成，主要用于翻卸各种铁路敞车运载的煤炭、矿石等物料。翻车机可分为单车翻车机、双车翻车机、三车翻车机和多车翻车机，三车翻车机及多车翻车机大多数应用于港口等规模化、专业化码头。现有产品中最大的翻车效率可达到5600t/h。

螺旋平料机是对火车车厢内煤炭、矿石等散货顶面进行平整作业的专用机械。螺旋平料机用来替代人工操作挖掘机平车作业模式，具有平料效果好、效率高、节省人力、安全可靠等特点。螺旋平料机主要由螺旋推料机构、升降机构、行走机构等组成。螺旋推料机构主要由两组螺旋方向相反的螺旋输送机以及设置在螺旋输送机侧面的刮板组成，对物料进行平整。根据平料机整体支承结构形式不同可分为高架轨行式、地面轨行式、高架固定式、车帮行走式等四种，对煤、水泥熟料作业时的生产效率为60节/h，对矿石作业时的生产效率为40节/h。

### 3.2.3　件杂货码头典型设备

件杂货码头主要是以装卸大件、散杂货为主，件杂货码头典型设备见表3-4。

**表3-4　件杂货码头典型设备**

| 类别 | 设备机型 | 主要动力形式 | 备注 |
|---|---|---|---|
| 岸边设备 | 门座起重机 | 电力+电动机 | 一般件杂货码头 |
| | 港口轮胎起重机 | 柴油机或天然气发动机 | 一般件杂货码头 |
| | 多用途悬臂轨道式门式起重机 | 电力+电动机 | 株洲港等码头 |
| 水运运输设备 | 全挂港口牵引车 | 柴油机或天然气发动机或电动机 | 一般件杂货码头 |
| | 自卸车 | 柴油机或天然气发动机或电动机 | |
| | 叉车 | 柴油机或天然气发动机或电动机 | |
| 堆场设备 | 轨道式门式起重机 | 电力+电动机 | 较大件杂货码头 |
| | 港口轮胎起重机 | 柴油机或天然气发动机 | 一般件杂货码头 |
| | 汽车起重机 | 柴油机或天然气发动机或电动机 | |
| | 叉车 | 柴油机或天然气发动机或电动机 | |
| | 木材装载机 | 柴油机或天然气发动机或电动机 | |

（1）轮胎起重机

轮胎起重机是一种利用轮胎式专用底盘行走的动臂回转式机械，由上车和下车两部分组成，上车为起重作业部分，包括臂架、起升机构、变幅机构、回转机构、平衡配重和转台等；下车为支承和行走部分。轮胎起重机的额定起重量在不同的工作幅度时不同，根据起重机厂家提供的特性曲线确定不同幅度和臂长下的额定起重量。目前轮胎起重机的最大起重量可达到65t。轮胎起重机的动力主要是采用柴油机或天然气发动机。

（2）重大件装卸起重机

重大件装卸起重机主要有大件桥式起重机、大件门座起重机、大件门式起重机、桅杆起重机等，机构形式和工作特性与前面介绍的相近机型类似，各个设备具有不同的性能和优势，能源消耗的差别也较大。

### 3.2.4　其他码头典型设备

除了以上集装箱码头、干散货码头、件杂货码头外，其他码头还有通用码头、多用途码头、滚装码头、客运码头、邮轮码头、工作船码头等，下面主要介绍通用码头、多用途码头和液体散货码头设备。

通用码头主要以装卸件杂货和散货为主，典型设备见表 3-5。

**表 3-5　通用码头典型设备**

| 类别 | 装卸设备机型 | 主要动力形式 | 备注 |
| --- | --- | --- | --- |
| 岸边设备 | 门座起重机 | 电力＋电动机 | 内河中小码头 |
| | 港口轮胎起重机 | 柴油机或天然气发动机 | 内河中小码头 |
| | 岸边门式起重机 | 电力＋电动机 | 内河中小码头 |
| 水运运输设备 | 全挂港口牵引车 | 柴油机或天然气发动机或电动机 | 内河中小码头 |
| | 自卸车 | 柴油机或天然气发动机或电动机 | 内河中小码头 |
| | 叉车 | 柴油机或天然气发动机或电动机 | 内河中小码头 |
| | 移动带式输送机 | 电力＋电动机 | 内河中小码头 |
| | 固定带式输送机 | 电力＋电动机 | 内河中小码头 |
| 堆场设备 | 抓斗起重机 | 电力＋电动机 | |
| | 港口轮胎起重机 | 柴油机或天然气发动机或电动机 | |
| | 汽车起重机 | 柴油机或天然气发动机或电动机 | |
| | 叉车 | 柴油机或天然气发动机或电动机 | |
| | 单斗装载机 | 柴油机或天然气发动机或电动机 | |
| | 履带式斗轮取料机 | 柴油机或天然气发动机或电动机 | |

多用途码头主要以装卸件杂货、散货、集装箱为主，典型设备见表 3-6。

**表 3-6　多用途码头典型设备**

| 类别 | 设备机型 | 主要动力形式 | 备注 |
| --- | --- | --- | --- |
| 岸边设备 | 多用途门座起重机 | 电力＋电动机 | 主要以装卸集装箱为主，内河码头应用较多 |
| | 高架轮胎起重机 | 柴油机或天然气发动机 | |
| | 岸边门式起重机 | 电力＋电动机 | |
| 水运运输设备 | 全挂港口牵引车 | 柴油机或天然气发动机或电动机 | |
| | 集装箱牵引车 | 柴油机或天然气发动机或电动机 | |
| | 叉车 | 柴油机或天然气发动机或电动机 | |
| | 自卸车 | 柴油机或天然气发动机或电动机 | |

续表 3-6

| 类别 | 设备机型 | 主要动力形式 | 备注 |
|---|---|---|---|
| 堆场设备 | 轮胎式集装箱门式起重机 | 电力＋电动机 | |
| | 轨道式集装箱门式起重机 | 电力＋电动机 | |
| | 集装箱正面吊运起重机 | 柴油机或天然气发动机或电动机 | |
| | 空箱堆高机 | 柴油机或天然气发动机或电动机 | |
| | 港口轮胎起重机 | 柴油机或天然气发动机或电动机 | |
| | 叉车 | 柴油机或天然气发动机或电动机 | |
| | 汽车起重机 | 柴油机或天然气发动机或电动机 | |
| | 木材装载机 | 柴油机或天然气发动机或电动机 | |

液体散货码头主要是装卸化工品、油品等液体散货，典型设备见表 3-7。

**表 3-7　液体散货码头典型设备**

| 类别 | 设备机型 | 主要动力形式 | 备注 |
|---|---|---|---|
| 岸边设备 | 装卸臂 | 电力＋电动机 | |
| | 输油臂 | 电力＋电动机或液压 | 主要为各机构提供动力 |
| | 卸空设备 | 电力＋电动机 | |
| 吹扫设备 | 制氮设备 | 电力＋电动机 | |
| | 扫线设备 | 电力＋电动机 | |
| 辅助设备 | 管线伴热设备 | 电力＋电动机 | |

### 3.2.5　辅助生产设备

辅助生产设备是码头除了专业化设备外，保障装卸生产正常进行的设备，包括机修车间、办公楼、给排水等辅助设备。具体见表 3-8。

**表 3-8　辅助生产设备动力形式**

| 类别 | 设备机型 | 主要动力形式 | 备注 |
|---|---|---|---|
| 港作车船 | 拖轮 | 燃料油或 LNG 或电动机 | 靠港须使用岸电 |
| | 公务船 | 燃料油或 LNG 或电动机 | 靠港须使用岸电 |
| | 货车 | 柴油机或天然气发动机或电动机 | |
| | 加油车 | 柴油机或天然气发动机或电动机 | |
| | 检修车 | 柴油机或天然气发动机或电动机 | |
| | 消防车 | 柴油机或汽油机或天然气发动机或电动机 | |
| | 垃圾清运车 | 柴油机或汽油机或天然气发动机或电动机 | |
| | 洒水车 | 柴油机或汽油机或天然气发动机或电动机 | |

续表 3-8

| 类别 | 设备机型 | 主要动力形式 | 备注 |
|---|---|---|---|
| 辅助生产设备 | 铁路机车 | 煤炭或电力 | |
| | 冷藏箱保温设备 | 电力 | |
| | 口岸查验 | 电力或柴油 | |
| | 环保设施 | 电力 | |
| | 锅炉 | 煤炭或天然气 | |
| 建筑物 | 机修车间 | 电力 | |
| | 生产办公楼 | 电力 | |
| | 候工楼 | 电力 | |
| | 给排水设备 | 电力 | |

### 3.2.6 附属生产设备

附属生产设备是为生产服务的部门和单位的浴室、食堂等生活设施的设备，主要包括生活用电、用水等设备。

## 3.3 港口设备动力及功率分析

### 3.3.1 港口设备的主要动力形式

动力装置的作用是供给港口设备工作所需的能量，驱动港口设备的行走、起升、俯仰、回转等工作装置运行，以及满足其他能量的需要。

港口设备类型的不同对动力装置的要求不同，如港口水平运输车辆(即港口流动设备)为了保证良好的流动性——满场飞，应设有独立的随车能量来源，并且能够保证随时处于准备工作的状态，如港口牵引车、集装箱正面吊、空箱堆高机、集装箱叉车等，主要采用便携的能源——“含能体能源”。

而非“满场飞”的大部分港口起重运输机械对能源来源的要求相对固定，一般在固定区域内沿轨道直线运行，如岸边集装箱起重机、轨道式集装箱门式起重机、桥式抓斗卸船机、斗轮堆取料机等，可采用电力——“过程性能源”作为能源。

港口设备动力装置须满足以下要求：费用低；可靠性和稳定性好，维修方便；对环境污染小，噪声小，这一点对于近几年港口设备的动力装置选择尤为重要，因为随着国家对环境要求越来越高，要求港口设备采用节能环保的动力装置。

港口流动设备除了满足以上要求外，还需要满足以下特殊要求：便携的随车能量来源；质量轻，比功率高，占用设备空间小；原动机的工作特性要适应港口流动设备工作的特点，扭矩应随着运行阻力的变化而在较大范围内变化。

根据以上分析，对于“满场飞”的港口流动设备虽然还没有完美的动力装置，但能满足主要要求，实际使用的动力装置主要有：

(1)内燃机驱动，如柴油机驱动、天然气发动机驱动、氢燃料发动机驱动。

(2)内燃机电力驱动，如柴油(天然气)发电机组＋电动机驱动，即柴油机(天然气发动机)带动发电机发电，电能供给电动机驱动。

(3)电力驱动，包括蓄电池＋电动机驱动、锂电池＋电动机驱动、氢燃料电池＋电动机驱动等。

对于运行区域固定的非“满场飞”港口起重运输机械的动力装置，主要采用市电＋电动机的驱动模式，以市电作为能源来源，再由电动机驱动各个工作装置即可。按供电方式不同可分为电缆卷筒供电、滑触线供电等。

按动力的类别分别将以上动力装置形式介绍如下：

#### 3.3.1.1　内燃机驱动

内燃机驱动是港口流动设备最传统、最常用的驱动方式。内燃机能够在气缸内将燃料所含的能量直接转化为机械能，而使港口流动设备具有独立的能量来源。内燃机分为汽油机、柴油机、天然气发动机等。柴油机具有压缩比高、价格低、排放的污染物相对较少、故障率低等特点，在港口流动设备上多使用柴油机作为动力装置。而汽油机在轿车和小型港口流动设备上应用较多。由于天然气发动机不仅可以降低污染物排放，而且使用寿命长，越来越多的港口流动设备采用天然气发动机。

(1)柴油机

柴油机是以燃烧柴油来获取能量和动力的发动机。柴油机在气缸内燃烧，每个工作循环经历进气、压缩、做功、排气四个冲程，柴油发动机为压燃式。柴油机热效率和经济性较好，同时在相同功率的情况下，柴油机的扭矩大，最大功率时的转速低，适合于港口流动设备的使用。柴油机的缺点是运转时的振动和噪声较大，排放的废气污染环境。

柴油机驱动行走机构的连接方式是柴油机依次连接变速箱、传动轴、驱动桥、车轮，从而驱动车轮行走。

变速箱除了与传动轴相连驱动车轮行走外，一般还有一个输出口——取力口，可与液压泵相连，液压泵为港口流动设备的其他工作装置提供动力，如集装箱正面吊的臂架伸缩、臂架俯仰、司机室移动等都是由液压泵提供动力。

(2)天然气发动机

天然气发动机是以燃烧天然气来获取能量和动力的发动机。习惯使用柴油机的司机使用天然气发动机港口流动设备时，开始会感觉天然气发动机比较“肉”，因此便觉得天然气发动机动力不如柴油机。其实这完全是由于所使用燃料燃烧的特性不同所造成的错觉，在动力方面两者并没有本质差别。天然气发动机的优点是排放污染低，价格低廉，其应用日益受到重视，但还是存在排放废气污染环境等缺点。目前天然气发动机作为一种清洁型发动机在港口得到了广泛应用。天然气发动机驱动原理及其连接的零部件跟柴油机相同。

(3)氢燃料发动机

随着氢燃料技术的进一步发展，出现了将氢气直接作为发动机燃料的应用，这种氢燃料发动机驱动的车辆比氢燃料电池＋电动机的电动车辆更符合“氢燃料车辆”或“燃氢车辆”的称谓。氢气用于发动机有两种途径：一种是使用汽油发动机改造，主要是通过调整压缩比和使用气体燃料喷射器；另一种是使用专用的燃料发动机。氢作为发动机燃料主要存在氢储存困难，与氢燃料电池相比氢内燃机效率低，由于氢在高温下与空气燃烧，排放气体除了水蒸气还会有氮氧化物等污染物。

由于电动车辆电池的寿命低于发动机寿命，电动车辆的续航问题一直未得到解决。人们一直致力于将氢气直接作为发动机燃料的研究，既适合发动机能源、排放等方面的要求，又满足车辆连续行驶里程及能充分利用在用的发动机。如果优先考虑车辆尾气排放，氢气是最合适的内燃机燃料。目前实际应用较多的氢燃料发动机，是将氢与气化的汽油或柴油混合后再燃用，氢在混合燃料中占 30%～85%。

宝马公司在氢燃料发动机方面，成功开发了带有液态氢和电子燃料混合系统的轿车原型样机，能够达到最高 42%的热效率。马自达公司也是氢燃料发动机的重要研究者之一，马自达公司对氢燃料发动机的主要研究方向还是集中在转子发动机上，从 20 世纪 90 年代开始马自达公司就开发并测试了它的第一辆氢转子发动机原型车，又在 2004 年发布了 RENESIS 氢转子发动机。

3.3.1.2　内燃机电力驱动

(1)柴油发动机＋发电机＋电动机

柴油发动机＋发电机驱动就是柴油发电机组模式，由柴油发动机直接与发电机相连，发动机带动发电机发电，该电力可以为港口设备的各个机构的电动机提供能源。集装箱跨运车一般采用此种驱动形式，早期的集装箱自动导引车也是这种驱动形式。

(2)天然气发动机＋发电机＋电动机

天然气发动机＋发电机驱动就是天然气发动机发电机组模式，由天然气发动机直接与发电机相连，发动机带动发电机发电，该电力可以为港口设备的各个机构的电动机提供能源。由于使用了天然气，排放相对清洁，是未来发电机组的一个重要发展方向。

3.3.1.3　电力驱动

(1)市电＋电动机

市电＋电动机驱动模式是港口起重运输机械最常用的驱动形式，由于大部分港口起重运输机械都是在相对固定的区域内运行，一般都是整机通过大车运行机构沿一条直线来回运行，所以可采用市电提供动力。在起重运输机械移动时，供电线路也需随之移动，因此市电供电的方式需要采用移动供电方式，主要有电缆卷筒(或电缆卷盘)、滑触线供电等供电方式。采用该种方式供电的港口起重运输机械有岸边集装箱起重机、轨道式集装箱门式起重机、门座起重机、桥式抓斗卸船机、散货装船机等。电动机是设备的主要驱动装置，据统计，中国工业用电占总用电量的 70%左右，其中电动机的耗电量又占工业企业总用电量的 60%。

集装箱码头的传统轮胎式集装箱门式起重机除了在一条堆场内沿直线来回运行外，还需到另外一条场区进行作业，这时候需要将车轮转动90°，让起重机沿垂直于常规路线的方向运行，运行到另外一条场区时，再将车轮反方向转动90°，让起重机在另外一条堆场内沿直线来回运行，因此考虑到起重机满场飞的特性，传统轮胎式集装箱门式起重机采用柴油发电机组供电，即柴油发动机＋发电机＋电动机驱动模式。从2003年开始，全国大规模地进行了轮胎式集装箱门式起重机“油改电”，即将柴油发电机组换掉，改为由市电直接供电，在转场时仍采用小型柴油发电机组或锂电池等供电方案，在大部分的工作时间实现了市电＋电动机供电模式，实现的节能减排效益非常显著。

还有一种市电供电模式是无接触式供电，该供电模式适用于给“满场飞”的港口流动设备供电。无接触式供电是基于感应式电力传输原理，利用无接触式能量转换技术实现了零排放的要求，主要由基于地面和基于车辆的单元构成。基于地面单元的两个关键部件是电力电气单元和线圈组，它们能够使车辆在固定区域如起重机下面接收能量。基于车辆单元用同样的技术和超级电容来储存能量，以供特殊设计的电动机使用。无接触式供电可用于港口流动设备，是未来的一个发展方向。

(2)铅酸蓄电池＋电动机

蓄电池是一种能源转换和储存装置，充电时将电能转换为化学能，加以储存；放电时将化学能转换成电能，输送给电动机。蓄电池由正负极和电解质组成。根据电解质的性质，蓄电池分为酸性电池和碱性电池。较为常用的酸性电池有铅酸蓄电池，以硫酸为电解质；碱性电池由于成本较高，较少使用。

铅酸蓄电池是一种利用铅在不同价态之间的固相反应实现充放电的蓄电池，铅酸蓄电池是最早实现商业化的电化学储能技术。铅酸蓄电池为车辆提供了能源，与之配合的是直流电动机，两者一起为港口流动设备提供动力。在全电动港口流动设备中，一般采用分别驱动的方式，由多个电动机分别驱动运行机构、转向机构、装卸和起升等工作装置。驱动运行机构的电动机，一般称为牵引电动机，经常采用直流串激电动机。因为该类型电动机具有较好的机械特性，能够适应港口流动设备运行的要求。对于蓄电池＋电动机驱动模式，电动港口流动设备的牵引电动机一般用联轴器或传动轴与驱动桥相连。当港口流动设备分别驱动时，不再设置驱动桥和差速器，电动机通过减速装置直接驱动车轮。

铅酸蓄电池充电速度慢、能量密度低、循环寿命短，因此常用的牵引车型铅酸蓄电池仅适用于小型港口流动设备，如叉车等设备。铅酸蓄电池的比能量、比功率均比锂离子电池低，已逐步被锂离子电池所替代。

(3)锂离子电池＋电动机

锂离子电池是一种主要依靠锂离子在正极和负极之间往返移动来工作，电解液是硫酸溶液的蓄电池。锂离子电池是以锂离子为活性离子，充放电时锂离子经过电解液在正负极之间脱嵌，将电能储存在嵌入锂的化合物电极中的储能装置。与其他化学电源相比，锂离子电池具有长寿命、大倍率、高能量密度、无污染等显著优势，锂离子电池已经广泛地应用于各种便携式小型生活电器和各种车辆，是发展最为迅速的二次电池。锂离子电池在电动汽车领域已经获得了大规模的商业化应用，经过近十几年的发展，已经逐渐成为市场主流。目前，制约锂离子电池在电动汽车以及在电动工程机械上发展的主要瓶颈在于其单位成本、循环寿命、充电速度、安全性等方面，这些仍有很大提升空间。

锂离子电池主要有磷酸铁锂电池、镍钴铝酸锂三元材料锂电池、锰酸锂电池和钴酸锂电池，目前比较常用的主要是磷酸铁锂电池和镍钴铝酸锂三元材料锂电池。

在港口领域，锂电池＋电动机驱动模式已广泛应用于自动化集装箱码头的自动导引车等港口水平运输车辆上，电动集装箱牵引车、电动空箱堆高机、电动集装箱正面吊等也开始尝试使用。相关研发机构正在研发钠离子电池，预计2023年实现商用。

(4)超级电容＋电动机

超级电容是一种介于传统电容器和二次电池之间的储能产品。超级电容的结构包括双电动极、电解质、集流体、隔离物等部分。超级电容具有充放电速度快、功率密度高、循环寿命长、充放电效率高、操作安全等优点，但由于能量密度低，超级电容常与其他储能技术配合使用。超级电容可以为车辆提供全部动力，也可以与其他储能电池或发动机配合，形成混合动力驱动，作为电动车辆的短时驱动电源，并在制动时进行能量回收。

(5)燃料电池＋电动机

燃料电池是一种将燃料和氧化剂发生反应的化学能通过电极反应转换成电能的发电装置。燃料电池与常规蓄电池虽然都是将化学能转变为电能，但原理和结构完全不同，主要区别如下：

①能源转换和存储方式不同。燃料电池是能源转换装置，燃料电池的燃料（如氢气）和氧化剂由外部的存储器提供，当外部不断给燃料电池内输入燃料和氧化剂时，燃料电池可以持续发电，也就是在工作时必须有能量（燃料）输入，才能产出电能。而常规蓄电池只是能量储存装置，必须先将电能储存到电池中，在工作时输出电能，但电池内的能量消耗完后，电池需要重新充电。常规蓄电池在工作时不需要输入能量，也不产生电能。

②输出能量后，质量变化不同。燃料电池需要配备燃料储存装置获得氢气等燃料，在工作过程中，燃料会随着燃料电池电能的产生逐渐消耗，整车质量逐渐减轻，燃料会消耗掉不再重复使用，需要不断地输入反应物质。而常规蓄电池无需辅助设备，在工作过程中，无论是放电还是充电，活性物质反复进行可逆性化学变化，活性物质并不消耗，整车质量基本不变。

③续航里程和补充燃料时间不同。常规蓄电池驱动的电动车辆的续航里程有限，并且补充燃料即充电的时间较长。而燃料电池驱动的电动车辆具有较长的续航里程，补充燃料时间也较短，补充燃料类似于燃油车辆的加油过程，非常方便快捷。与电动车辆相比，燃料电池车辆在形式上更加符合车辆的要求。一般情况下燃料电池车辆几分钟便可充满满足500km续航的氢气；而目前最快的电动车辆，一般在20min内充满续航300km的电能。补充氢气更方便，是氢燃料电池的最核心优势。

氢燃料电池就是一个供电移动式的发电机，而且没有热循环，它可以把工作效率提升到90%,氢燃料电池输入的是氢气,输出的是电力,类似于柴油发电机组输入的是柴油,输出的是电力。燃料电池有很多类型,最常用的燃料是氢气,这是由于氢气在相对较低的温度下的高燃点反应,但是在更高温度下碳氢化合物也可以被氧化,燃料电池中使用最多的氧化剂是氧气。

氢燃料电池的基本原理是电解水生产氢气和氧气的逆反应,燃料电池由阳极、阴极和夹在中间的电解质组成,燃料电池的阳极输入氢气,阴极输入氧气,到达阳极的氢气分解成为两个氢离子和两个电子,电子通过外电路流向阴极,氢离子通过电解质到达阴极,电子和氢离子与阴极形成的氧离子重组成一个水分子。正氢离子和负氧离子形成过程中所发射的电子产生电流。燃料电池有电解质膜燃料电池(也叫质子交换膜燃料电池)、碱性燃料电池、磷酸燃料电池、熔融碳酸盐燃料电池和固体氧化物燃料电池,其中以质子交换膜燃料电池应用最多。氢燃料电池具有能量转换效率高、无污染、无噪声的特点。氢燃料属于“含能体能源”,氢燃料与电是最佳组合,推广使用氢气和氢燃料电池,可减少石油、天然气、煤炭这三种可产生温室气体的能源消耗。作为真正意义上“零排放”的清洁能源,氢燃料电池在发达国家的应用正在提速。目前已经有氢燃料电池+电动机驱动模式应用于汽车和港口水平运输车辆,燃料电池系统由燃料电池、压缩机、散热器、储气罐等,再加上氢气储气罐、电动机、驱动桥和车轮等构成车辆的动力及传动系统。目前,成本高问题、高温时寿命变短及稳定性差问题、燃料生产和供应体系有待完善问题等依然是阻碍氢燃料电池发展的最大瓶颈,随着技术的不断进步,成本会更低,相信不久的将来氢燃料电池会广泛地应用于港口水平运输车辆。

#### 3.3.1.4 混合动力驱动

混合动力技术是在设备动力系统中采用两种不同动力源的一种技术,按动力来源区分:有油电混合、燃料电池和锂离子电池混合、液压动力混合系统、多重燃料混合系统等。

混合动力按动力传输方式分为并联式、串联式和混联式三种,并联式混合动力是发动机和电动机以机械并联的方式进行驱动,既可以用发动机和电动机同时驱动车辆,也可以单独驱动车辆,主要包括发动机与电动机同时驱动、发动机直接驱动、电动机直接驱动等三种形式,以发动机驱动为主,电动机驱动为辅。并联式混合动力就是内燃机与电动机一起输出动力,但是动力相互分开,通过分别的机械装置将动力传递到车轮,并联式也常常被归类于重度混合动力中。并联式混合动力发动机直接通过传动机构驱动,能源利用效率较高。图3-9是发动机与电动机同时驱动的并联式混合动力模式。

串联式混合动力(图3-10)是发动机和电动机以串联的方式进行驱动,储能装置也与电动机串联,电动机是实际的驱动装置,在该系统中,发动机带动发电机对电动机和储能装置进行供电,由于发动机不直接驱动,发动机的功率可小些。发动机驱动发电机产生电能驱动电动机,同时由储能装置提供部分能量,如果储能装置可以外插电网充电,则属于插电式串联混合动力电动车辆。串联式混合动力能量转换过程多,能源利用效率较低。

混联式混合动力是并联式和串联式的结合形式,图3-11是发动机与电动机同时驱动的混联式混合动力模式。

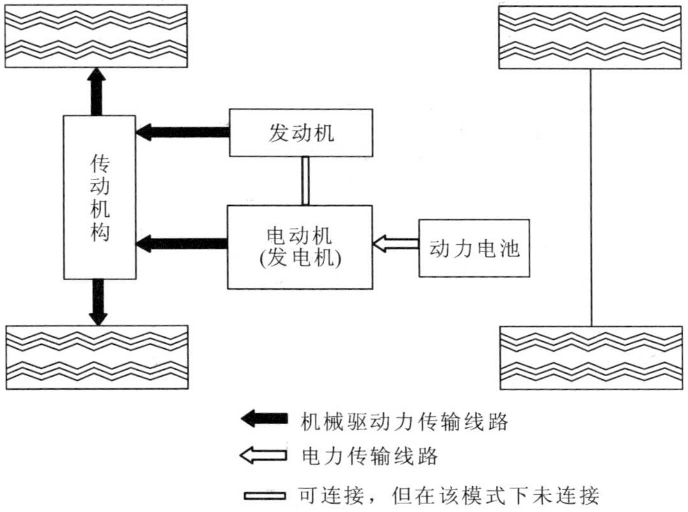


**图 3-9 并联式混合动力**

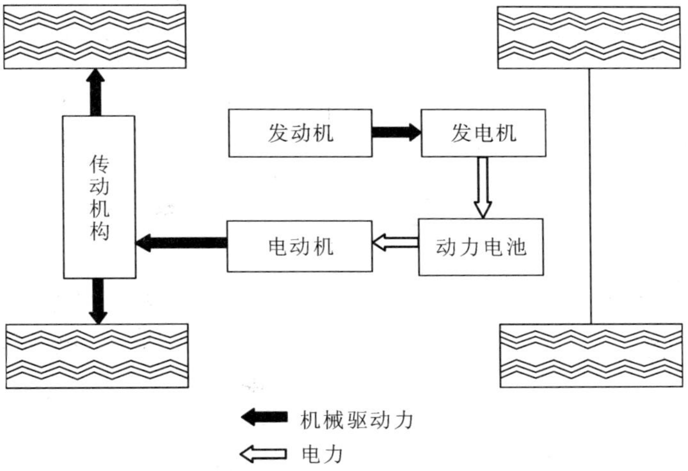


**图 3-10 串联式混合动力**

混合动力驱动在港口应用较多的形式有小功率内燃机驱动＋锂电池混合动力、锂电池＋氢燃料电池混合动力等。

典型的锂电池＋氢燃料电池混合动力能量转换见图 3-12。在混合动力车辆正常行驶时，燃料电池可以同时为电动机和储能装置（如锂电池）供电，此时根据驱动功率需要，储能装置也同时向电动机供电；在怠速状态时，可以关闭燃料电池，只有储能装置为电动机供电，这样可以降低怠速时燃料电池的过量能源消耗；在制动时，燃料电池可继续为储能装置充电，电动机反转产生的能量反向回馈到储能装置，实现能量回收；在驻车时，电动机停止运转，燃料电池可以继续为储能装置充电。如果是插电式串联混合动力，在驻车时可以插接外部电力对储能装置进行充电。

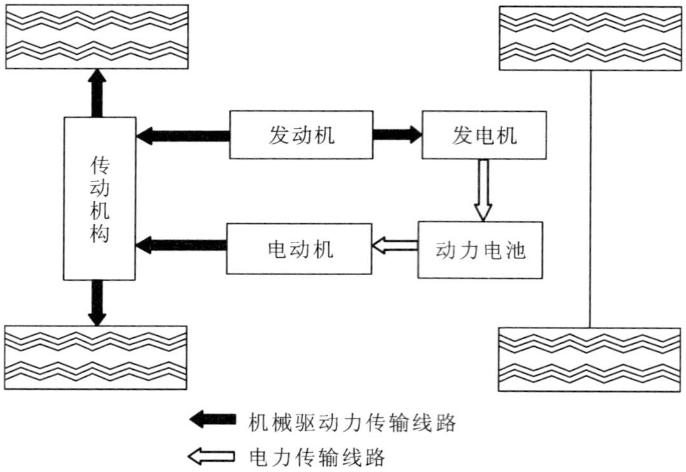


**图 3-11　混联式混合动力**

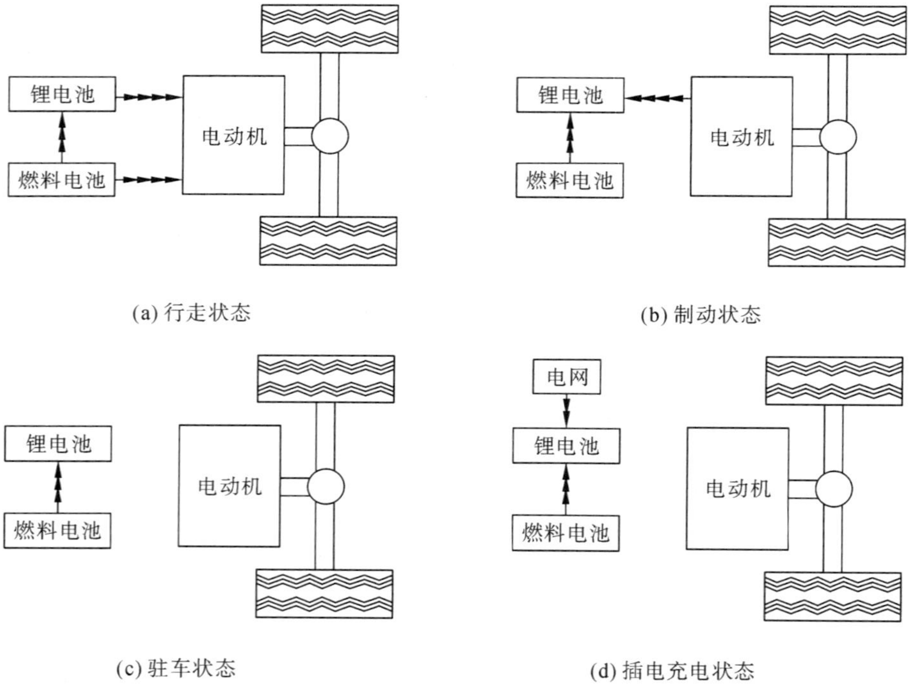


**图 3-12　混合动力车辆能量转换**

### 3.3.2　港口设备的主要驱动机构

#### 3.3.2.1　起升机构

实现货物垂直升降运动的工作机构称为起升机构，是起重机中最基本也是最重要的机构。

起升机构电动机功率的大小根据起升载荷、起升速度、加速度及机构效率确定，计算方法见公式(3-1)：

$$P=\frac{Q\times v}{\eta\times n} \tag{3-1}$$

式中：$P$——起升机构电动机功率；

$Q$——起升额定载荷；

$\eta$——机构总效率；

$n$——电动机数量；

$v$——起升额定速度。

3.3.2.2　运行机构

1.轨道式运行机构

大车运行机构(或小车运行机构)稳定运行的电动机功率大小由运行阻力(主要与机构自重和载荷质量有关)、运行速度、传动效率确定，计算方法见公式(3-2)：

$$P=\frac{F_{静}\ v}{1000\eta n} \tag{3-2}$$

式中：$P$——大车电动机功率；

$F_{静}$——运行阻力之和；

$v$——运行速度；

$\eta$——运行机构的传动效率，一般取0.85～0.9；

$n$——电动机数量。

小车运行机构电动机功率的大小也可根据小车的最大加速功率按公式(3-3)确定：

$$P_m=\frac{P_w}{C_{pm}\times n} \tag{3-3}$$

式中：$P_m$——小车电动机功率；

$P_w$——最大加速功率，即小车在运行时所需克服最大运行阻力的功率(由小车的匀速功率、小车的加速功率和驱动机构惯量加速功率叠加而得)；

$C_{pm}$——经验系数，对于岸桥一般取2.5；

$n$——电动机数量(通常钢丝绳牵引式$n=1$；自行式$n=2$或4)。

2.轮胎式运行机构

轮胎式运行机构主要采用内燃机驱动和电力驱动两种方式。

内燃机驱动轮胎式运行机构发动机功率的计算见公式(3-4)，考虑到除了运行机构外，还有动力转向油泵等功率消耗，可按计算所得最大功率再增加15%～20%来确定内燃机的标定功率。

$$P_{max}=\frac{GD_0 v}{3600\alpha\beta\eta_T} \tag{3-4}$$

式中：$P_{max}$——内燃机最大功率，kW；

$G$——满载时的车重，N；

$D_0$——高速挡的最大动力因数；

$v$——满载时最大速度，km/h；

$\alpha$——内燃机扭矩适应系数，柴油机取 1.10；

$\beta$——调整系数，对于装有调速器或限速器的内燃机一般取 $\beta=0.8\sim0.9$，对于未装的内燃机 $\beta=1$；

$\eta_T$——高速挡传动效率，取 0.8～0.9。

电力驱动轮胎式运行机构的功率计算见公式(3-5)：

$$P=\frac{fGv}{3600\eta_T} \tag{3-5}$$

式中：$P$——计算功率，kW；

$G$——满载时的车重，N；

$v$——满载时最大速度，km/h；

$\eta_T$——传动系统效率，取 0.85～0.9；

$f$——滚动阻力系数，一般取 $f=0.02$。

3.3.2.3 回转机构

回转机构一般根据等效功率选择电动机，等效功率主要由力矩和转速来确定，等效功率计算方法见公式(3-6)：

$$P=\frac{M_{摩}+M_{风效}+M_{坡效}}{9550\eta}\times n \tag{3-6}$$

式中：$M_{摩}$——摩擦阻力矩，N·m；

$M_{风效}$——等效风力矩，N·m；

$M_{坡效}$——等效坡道阻力矩，N·m；

$n$——回转速度，r/min。

3.3.2.4 俯仰机构

俯仰机构的电动机功率由钢丝绳的拉力以及钢丝绳的线速度确定，计算方法见公式(3-7)：

$$P=\frac{F_R\times v_R}{\eta} \tag{3-7}$$

式中：$P$——俯仰电动机功率；

$F_R$——钢丝绳的拉力(由前大梁的自重决定)；

$v_R$——钢丝绳的线速度(由俯仰时间决定)；

$\eta$——系统效率。

### 3.3.3 典型港口设备总功率和机构功率

典型港口设备的装机功率和机构功率见表 3-9 和表 3-10，表中的数据仅供参考，具体数值请以各厂家提供的设备技术参数为准。

集装箱码头典型设备的功率见表 3-9。表中“机构名称及驱动类型”栏没有标注驱动类型的为市电十电动机驱动。

**表 3-9 集装箱码头典型设备功率**

| 设备类型 | 性能参数 | 总功率/kW | 机构名称及驱动类型 | 机构功率/kW |
|---|---|---|---|---|
| 岸边集装箱起重机 | 额定起重量 100t,前伸距 65m,起升满载速度 70m/min,小车速度 240m/min | 3100 | 起升机构(个数×功率) | 4×450 |
| | | | 俯仰机构 | 450 |
| | | | 小车运行机构 | 450 |
| | | | 大车运行机构(个数×功率) | 20×20 |
| | 额定起重量 65t,前伸距 63.5m,起升满载速度 90m/min,小车速度 240m/min,总质量 1550t | 2544 | 起升机构 | 2×722 |
| | | | 俯仰机构 | 350 |
| | | | 小车运行机构 | 350 |
| | | | 大车运行机构(个数×功率) | 16×25 |
| | 额定起重量 50t,前伸距 35m,起升满载速度 50m/min,小车速度 180m/min | 1060 | 起升机构(个数×功率) | 2×280 |
| | | | 俯仰机构 | 90 |
| | | | 小车运行机构(个数×功率) | 2×85 |
| | | | 大车运行机构(个数×功率) | 16×15 |
| | 额定起重量 40t,前伸距 38m,起升满载速度 70m/min,小车速度 150m/min | 1202 | 起升机构(个数×功率) | 2×350 |
| | | | 俯仰机构 | 132 |
| | | | 小车运行机构(个数×功率) | 2×65 |
| | | | 大车运行机构(个数×功率) | 16×15 |
| 轮胎式集装箱门式起重机 | 额定起重量 40.5t,跨距 23.47m | 330 | 起升机构 | 170 |
| | | | 小车运行机构 | 37 |
| | | | 大车运行机构(个数×功率) | 2×45 |
| | | | 集装箱吊具油泵 | 7.5 |
| | | | 其他-液压系统等 | 25.7 |
| 轨道式集装箱门式起重机 | 吊具下 40t,轨距 37m | 300～400 | 起升机构 | 330 |
| | | | 小车运行机构(个数×功率) | 4×27.5 |
| | | | 大车运行机构(个数×功率) | 12×32.5 |
| | | | 其他-液压系统(吊具等) | — |
| 集装箱跨运车(堆垛型) | 额定起重量 40～50t,行走速度 30km/h | 318～354 | 柴油发电机组驱动,起升机构、大车运行机构、其他-液压系统(吊具等) | — |

**续表 3-9**

| 设备类型 | 性能参数 | 总功率/kW | 机构名称及驱动类型 | 机构功率/kW |
| --- | --- | --- | --- | --- |
| 集装箱跨运车（低矮型） | 额定起重量 40～50t，运行速度 30km/h | 270～320 | 柴油发电机组驱动，为行走、起升、转向、吊具等提供动力 | — |
| 半挂港口牵引车 | 牵引质量 65～70t | 170<br>190 | 发动机或锂电池＋电动机驱动，为行走、转向提供动力；主要是柴油或 LNG；也有锂电池全电动形式 | — |
| 全挂港口牵引车 | 牵引力 45kN | 82 | 发动机或锂电池＋电动机驱动，为行走、转向提供动力；主要是柴油或 LNG；也有锂电池全电动形式 | — |
| 集装箱自动导引车 | 额定载荷 60t | 242～257 | 发动机或锂电池＋电动机驱动，为行走、转向、液压提升提供动力；也有锂电池全电动驱动形式 | — |
| 集装箱正面吊 | 第 1 排第 4 层最大起重量 45t | 224～256 | 发动机或锂电池＋电动机驱动，为行走、臂架俯仰、转向、吊具等提供动力 | — |
| 空箱堆高机 | 额定起重量 9t | 142～174 | 发动机或锂电池＋电动机驱动，为行走、起升、转向、吊具等提供动力 | — |
| 集装箱叉车 | 额定起重量 5t | 72 | 发动机或锂电池＋电动机驱动，为行走、起升、转向、吊具等提供动力 | — |

散货码头典型设备机构及功率见表 3-10。表中“机构名称及驱动类型”栏没有标注驱动类型的为市电＋电动机驱动。

**表 3-10 散货码头典型设备功率**

| 设备类型 | 性能参数 | 总功率/kW | 机构名称及驱动类型 | 机构功率/kW |
|---|---|---|---|---|
| 桥式抓斗卸船机 | 生产率 1250t/h，物料煤炭，起升重载速度 120m/min，小车速度 180m/min | 1350 | 起升机构 | 450 |
| | | | 开闭机构 | 450 |
| | | | 小车牵引机构 | 200 |
| | | | 大车运行机构（个数×功率） | 16×7.5 |
| | | | 俯仰机构 | 75 |
| | | | 其他 | 55 |
| | 生产率 3500t/h，物料矿石，起升重载速度 160m/min，小车速度 240m/min | 4800（6000kV·A） | 起升、开闭、小车三合一机构（个数×功率） | 5×630 |
| | | | 大车运行机构 | 24×18 |
| | 生产率 2500t/h | 2500 | 俯仰机构 | 280 |
| | | | 其中起升、开闭、小车三合一机构（个数×功率） | 4×480+420 |
| 门座起重机 | 额定起重量 50t | 860 | 起升机构、变幅机构、回转机构和大车运行机构 | — |
| | 额定起重量 40t | 630～750 | | |
| | 额定起重量 35t | 400 | | |
| 螺旋式连续卸船机 | 生产率 400t/h，轨距 10.5m | 700 | 垂直螺旋输送机，输送高度 18.5m | 400 |
| | | | 水平螺旋输送机，输送距离 21.75m | 132 |
| | | | 门架螺旋输送机，输送距离 20m | 75 |
| | | | 取料装置 | 55 |
| | | | 大车运行机构（个数×功率） | 4×6 |
| | | | 回转机构 | 10 |
| | 生产率 1000t/h，物料煤 | 850 | 取料装置 | 90 |
| | | | 垂直螺旋输送机（个数×功率） | 2×250 |
| | | | 水平螺旋输送机 | 200 |
| | | | 大车运行机构 | 32 |
| | | | 回转（个数×功率） | 2×11 |
| | | | 其他用电设备 | 6 |

**续表 3-10**

| 设备类型 | 性能参数 | 总功率/kW | 机构名称及驱动类型 | 机构功率/kW |
|---|---|---|---|---|
| 链斗式连续卸船机 | 生产率 3800t/h | 3000kV·A | 链斗提升机、回转给料盘、皮带机、臂架俯仰机构、臂架回转机构、提升机回转机构、大车运行机构 | — |
| | 生产率 3500t/h | 2700kV·A | 链斗提升机、回转给料盘、皮带机、臂架俯仰机构、臂架回转机构、提升机回转机构、大车运行机构 | — |
| | 生产率 1800t/h | 1900kV·A | 链斗提升机、回转给料盘、皮带机、臂架俯仰机构、臂架回转机构、提升机回转机构、大车运行机构 | — |
| 散货装船机（臂架回转伸缩俯仰型） | 生产率 2000～3000t/h，轨距 30m，前伸距 28m | 350 | 电动机驱动，主要有臂架伸缩机构、臂架皮带机、大车运行机构、回转机构等 | — |
| | 生产率 5000t/h | 580 | | |
| | 生产率 10000t/h，轨距 10.5m，前伸距 34.5m | 1200 | | |
| | 生产率 12000t/h，轨距 18m，前伸距 41.2m | 1600 | | |
| 流动式带式输送机 | — | 7.5 | 电动机驱动 | — |
| 悬臂式斗轮堆、取料机 | 生产率 8250t/h | 1150kV·A | — | — |
| | 生产率：取料 5000t/h，堆料 9000t/h，物料矿石 | 1750 | 电动机驱动，主要有取料机构、胶带输送机、回转机构、俯仰机构、行走机构 | — |
| | 生产率：取料 2000t/h，堆料 3150t/h，物料煤 | 450 | 电动机驱动，主要有取料机构、胶带输送机、回转机构、俯仰机构、行走机构 | — |
| | 生产率：取料 1000t/h，堆料 1200t/h，物料煤 | 287.5 | 电动机驱动，主要有取料机构、胶带输送机、回转机构、俯仰机构、行走机构 | — |
| 斗轮取料机 | 生产率 8250t/h | 450 | 电动机驱动，主要有取料机构、胶带输送机、回转机构、俯仰机构、行走机构 | — |
| | 生产率 8300t/h，物料矿石；手动，半自动 | 1780 | | — |
| | 生产率 8000t/h，物料矿石；手动，半自动 | 1700 | | — |
| | 生产率 3800t/h，物料矿石；手动，半自动 | 830 | | — |

**续表 3-10**

| 设备类型 | 性能参数 | 总功率/kW | 机构名称及驱动类型 | 机构功率/kW |
|---|---|---|---|---|
| 斗轮取料机 | 生产率 3000t/h，物料煤；手动，半自动 | 577 | 电动机驱动，主要有取料机构、胶带输送机、回转机构、俯仰机构、行走机构 | — |
| | 生产率 2000t/h，物料煤；手动 | 420 | | — |
| | 生产率 1250t/h，物料煤；手动 | 255 | | — |
| 悬臂堆料机 | 生产率 10000t/h，物料铁矿石 | 900 | 电动机驱动，主要有回转机构、俯仰机构、行走机构、带式输送机等 | — |
| | 生产率 10000t/h，物料铁矿石 | 725 | 电动机驱动，主要有回转机构、俯仰机构、行走机构、带式输送机等 | — |
| | 生产率 7780t/h，物料煤 | 800 | 电动机驱动，主要有回转机构、俯仰机构、行走机构、带式输送机等 | — |
| | 生产率 5000t/h，物料煤 | 350 | 电动机驱动，主要有回转机构、俯仰机构、行走机构、带式输送机等 | — |
| | 生产率 1500t/h，物料煤 | 185 | 电动机驱动，主要有回转机构、俯仰机构、行走机构、带式输送机等 | — |
| | 生产率 1200t/h，轨上堆料高度 7m | 65 | 伸臂胶带机 | 40 |
| | | | 伸臂俯仰机构 | 9 |
| | | | 行走机构 | 16 |
| 门式堆取料机 | 生产率：取料 1000t/h；堆料 1500t/h | 330 | 电动机驱动，主要有大车运行机构 | — |
| 推耙机 | 使用质量 8.5～26.1t；行驶速度 9～13km/h | 55～240 | 柴油机驱动，主要有行走机构、推耙工作装置、转向机构等 | — |
| 装载机 | 装载量 5t | 147～162 | 柴油机驱动，主要有行走、转向、举升机构等 | — |
| | 装载量 3t | 92 | | — |

**续表 3-10**

| 设备类型 | 性能参数 | 总功率/kW | 机构名称及驱动类型 | 机构功率/kW |
|---|---|---|---|---|
| 挖掘机 | 铲斗容量 $1m^3$ | 93～110 | 柴油机驱动，主要有行走机构、转向机构、臂架油缸等 | — |
| 自卸车 | 载重量 5t | 115 | 柴油机驱动，主要有行走机构、转向机构、卸车油缸等 | — |
| 散货装车机 | 生产率 3500t/h，物料矿石 | 118 | 行走机构(个数×功率) | 8×7.5 |
| | | | 臂架皮带机 | 55 |
| | | | 臂架横移机构 | 3 |
| | 生产率 1500t/h，物料矿石 | 55 | 行走机构(个数×功率) | 4×5.5 |
| | | | 臂架皮带机 | 30 |
| | | | 臂架横移机构 | 2.2 |
| 链斗卸车机 | 生产率 400t/h，物料铁矿石、煤 | 103 | 链斗机构 | 22 |
| | | | 提升机构 | 22 |
| | | | 皮带机 | 15 |
| | | | 行走机构 | — |
| 螺旋卸车机 | 生产率 300～400t/h | 48 | 带式输送机 | 14 |
| | | | 输送机俯仰机构 | 2.8 |
| | | | 螺旋工作机构 | 28 |
| | | | 螺旋摆动机构 | 2.8 |
| 单车翻车机 | 翻车效率 1200t/h，M2 型 | 150 | 钢丝绳传动，钢丝绳压车 | 2×75 |
| | 翻车效率 1800t/h，侧倾式 | 220 | 齿轮齿条驱动，机械驱动压车 | 2×110 |
| | 翻车效率 1800t/h，月牙形 | 264 | 齿轮齿条驱动，液压驱动压车 | 2×132 |
| 双车翻车机 | 翻车效率 3600t/h，C 形或月牙形 | 200 | 齿轮齿条驱动，液压驱动压车 | 2×100 |
| 三车翻车机 | 翻车效率 5600t/h，O 形 | 300 | 齿轮齿条驱动，液压驱动压车 | 2×150 |
| 螺旋平料机 | 效率 60 节/h(煤、水泥熟料)、40 节/h(矿石) | 40 | 电动机驱动，螺旋机构 | — |
| 轮胎起重机 | 起重量 60t | 194 | 柴油机驱动，运行机构、起升机构、转向机构等 | — |

### 3.3.4　港口设备的能量损失和效率

3.3.4.1　跑冒滴漏能量损失

液体、气体在存放和运输等过程中，因管理不善及操作不当而产生跑气、冒水、滴液、漏液的现象。在港口主要是指柴油、天然气等能源在储存和使用过程中的跑冒滴漏，造成了能源浪费，应定期检查设备密封情况、关键部位的渗漏情况，以确保设备处于正常状态。

3.3.4.2　效率损失

效率可以理解为有效的比率，即有效的程度。效率一般是指有用功率对驱动功率的比值，同时也引申出了多种含义，比如机械效率、能量转换效率、热效率、能源利用效率等。港口设备要正常运行就要克服必需的效率损失，但从提高效率和节能角度，应了解效率损失的环节和原因，采取措施提高港口设备效率。

1. 机械效率

机械效率中的机械是指机器与机构的总称，而机器一般包括动力部分、工作部分、传动部分，港口设备就是机器的一种。机械效率是指机械在稳定运转时，机械的输出功（有用功量）与输入功（动力功量）的百分比，机械效率是表示机械在能量利用率高低方面的物理量，如3.3节中各个机构的计算公式中的效率参数。机械效率主要包括滑轮组效率、斜面效率、传动效率，一般机械必然要做额外功，都会有能量损失。各种机械传动效率概略值见表3-11，整个机械效率是机械中所使用的各个传动效率的乘积。

**表 3-11　机械传动效率概略值**

| 类　别 | 效　率 |
|---|---|
| 圆柱齿轮传动 | 0.88～0.99 |
| 带传动 | 0.90～0.98 |
| 链条传动 | 0.93～0.98 |
| 滑动轴承 | 0.94～0.99 |
| 滚动轴承 | 0.98～0.99 |
| 联轴器 | 0.95～0.99 |
| 减速器 | 0.92～0.98 |
| 滚动丝杠 | 0.85～0.95 |
| 滑轮组 | 0.50～0.70 |

2. 内燃机热效率

能量转换效率一般是指一个能量转换设备所输出可利用的能量相对于其输入能量的比值。输出可利用的能量可以是电能、机械功或是热量。

热效率可以理解为能量转换效率的一种。热效率是对于特定热能转换装置，其有效输出的能量与输入的能量之比，常见的有发电装置、锅炉装置、发动机装置等。热力学第一定律说明了能量守恒即不发生量的变化。热力学第二定律说明了在能量的传递和转换过程中，除了一部分可以继续传递和做功的能量（自由能）外，总有一部分不能继续传递和做功而以热的形式消散的能量，这部分能量使熵和无序性增加。不同的能量是有品质差别的，从高品质的能量变成低品质的能量，转换效率是100％，但是从低品质的能量转换成高品质的能量，效率不可能是100％。不同形式的能量之间互相转换有方向性。高品质的能量如电能和机械能，低品质的能量如热能。比如用电阻丝发热，消耗的电能可100％转换成热能，从理论上来说，电热水器的热效率极限值可以达到100％。但是把热量转换成机械能，是不可能达到100％效率，以内燃机为例，汽油或柴油燃烧时一部分能量转换为热能推动气缸活塞做了功，另一部分能量以热的形式消散在周围空间而没有做功，只是使熵和无序性增加。

热机效率是指热机的热效率，是转变为有用功的热量（一般为机械能）跟燃料燃烧时放出的热量的比值，也叫热机的有效效率，热机效率总是小于1，因为燃料不能完全燃烧（燃烧效率约为90％）、排气带走一部分热量、热传递损失能量（气缸冷却带走能量）等，没有将全部能量都利用起来。根据卡诺循环效率，一个热机的极限效率只和高温热源、低温热源的温度有关，而和热机没有关系，热机极限效率＝1－低温热源温度/高温热源温度，如果高温热源温度愈高，低温热源温度愈低，则卡诺循环的效率愈高，根据这个计算公式，汽油机的卡诺效率＝1－300K/2000K＝0.85，这个数值远高于目前的汽油机效率，因为汽油机还受到热力学循环的限制，可采用奥托循环效率计算理论热效率：

$$\eta_{Otto}=1-\frac{1}{\varepsilon^{\gamma-1}} \tag{3-8}$$

式中：$\eta_{Otto}$——奥托循环热效率；

$\varepsilon$——压缩比；

$\gamma$——比热容比，一般取1.35。

按照公式(3-8)，如果压缩比为14，则汽油机奥托循环的理论热效率为60％，理论上提高压缩比可以提高热效率，这是汽油机的理论热效率，实际效率要低。

柴油机、汽油机、天然气发动机等内燃机是常用的热机。整个发动机的总效率是燃烧效率、热效率、机械效率的乘积，通常所说的发动机效率就是指整个发动机的总效率。整个发动机的总效率可以理解为发动机的能源利用效率。而采用发动机作为动力的港口设备的能源利用效率包括发动机总效率、传动系统效率、执行机构效率等。

港口设备的能源利用效率一般是有用功除以使用的总能量。

3.3.4.3　常用设备效率

上面分析了机械效率和热效率，实际应用中各类机械因为受外部条件的限制，效率都远低于理论的最大效率，港口相关的常用设备效率如下，这些数据主要是根据现有资料整理得出，部分根据笔者实际试验测试得出，仅供参考。

1.通用件效率

柴油机效率一般为30％～50％，天然气发动机效率一般为40％左右。一般异步电动机在额定负载下其效率为75％～92％，电动机的效率远远高于内燃机。一般发电厂的效率为35%～42%(中国电力企业联合会发布的数据中有每一年的供电效率,如2010年为36.9%)。

2.港口设备能源利用效率

港口设备能源利用效率与通常所说的机械效率不同,传统的机械效率是有用功和输入功之比,有用功不包括克服摩擦做功。而港口设备能源利用效率反映了设备利用能源的效率特性,是评价设备用能性能、用能效率的一种指标。

港口起重机械可以分为电气系统和机械传动系统两部分,据相关文献报道,在港口起重机中电气系统的最高效率可达93%,机械传动系统最高效率可达92%,由此可计算得知,起重机起升的机械效率可以达到86%。从目前来看,据有限的测试结果,港口设备能源利用效率远没有达到这一数值,节能空间很大。

港口设备能源利用效率一般表示为有效能和输入能之比。有效能主要包括两部分,一部分是机械能,如势能和动能;另一部分是克服摩擦所消耗的能量,即摩擦功。输入能是一个测试周期所输入的总能量,由于起重机有能量回馈功能,受下降能量回馈的影响,总能量会比传统效率计算中的输入功要小。所以港口设备能源利用效率不是电效率和机械效率的简单乘积,能源利用效率一定要大于或等于总效率,对于具有能量回馈的起重机起升机构而言,能源利用效率可能大于1,但机械效率永远不会大于1。典型港口设备能源利用效率如下:

电力驱动起重机能源利用效率:30%～50%。

螺旋式、链斗式连续卸船机效率约为:40%。

集装箱正面吊、空箱堆高机、轮胎起重机等内燃机驱动港口流动设备的能源利用效率一般为:10%～20%。

带式输送机效率:20%～25%。

## 3.4　港口设备能耗影响指标分析

通过港口设备各工况下能耗的研究,全面了解港口设备在装卸工艺、技术特点、使用效果、能源消耗和环保等方面的情况,为制定合理的港口节能评价体系和节能措施奠定基础。

港口设备的能耗情况不仅与设备自身的能耗特性有关,而且与使用情况有着很大的关系。这与空调、冰箱的能耗情况不同,空调和冰箱工作在稳定状态的时间的比例相对较大,而且功率的变化范围较小。港口设备的能耗随着载荷的变化而变化,随着运行速度和行程的变化而变化,同时,不同工况下的能耗情况变化较大。所以港口设备的能耗评价不能像空调和冰箱一样以某一个工况下的运行能耗作为评价参数进行比较,应该同时考虑设备自身的能耗特性和使用情况。

### 3.4.1　能耗影响指标的分析

本书从4M1E的角度,即人机物法环来分析能耗影响。4M1E是人、机、物、法、环现场管理，五大要素用于生产质量管理，同样适用于港口能耗影响分析，“4M”指 Man（人）、Machine（机器）、Material（物）、Method（方法），简称人、机、物、法，即工作中要充分考虑人、机、物、法这四个方面因素，通常还要包含“1E”：Environments（环境），故合称 4M1E 法。

影响港口设备能耗的因素有很多，按 4M1E 法分析，分别有：

①人的方面主要有操作人员技能和水平、节能意识等；

②机的方面，就是设备，包括设备的规格、技术性能、设备维护、节能减排技术的应用；

③物就是物料，在港口主要是指装卸的对象即货物，如集装箱、干散货等物料，物料的质量、状态、存放、保管等同样影响能耗；

④法在港口就是工艺方面，组织调度、装卸作业效率、设备和工艺涉及港口规划、设计和运营全过程；

⑤环主要是指环境，实际作业船舶大小，也包括港口环境、气候、雨天等影响。

在以上影响因素中，机的方面影响最大，港口设备主要技术指标对能耗的影响有：

(1)起重量对能耗的影响

起重量对能耗的影响较大，由于大型起重机按照重载、高速的要求配置各机构设备，当用于作业小型船舶时，大马拉小车，与只适应作业小型船舶的起重机相比较，也会导致起重机单位操作量消耗电量相对较大。大型起重机无论用于装卸大型船舶还是小型船舶，通常单位操作量能耗均较大。

(2)起升和运行速度对能耗的影响

起升、运行速度对能耗有影响，不同挡位的起升和运行速度电动机能源消耗不同，而起升速度、小车运行速度和大车运行速度对能耗的影响程度亦不同。

(3)起升高度对能耗的影响

起升的高度不同，设备的能源消耗也不同，起升高度越大，能耗越大。

(4)前伸距(跨距)对能耗的影响

规格越大的起重机，作业的船舶越大，前伸距较大，小车运行的距离长，导致起重机单位操作量能耗较大。

(5)电动机容量对能耗的影响

当前，装卸机械都在往大型化、重型化、高速化发展。而伴随着这些发展，电动机的容量越选越大、加减速时间越来越短，而这些都导致了能量消耗的急剧增大。

一般认为，每个港口装卸的集装箱中实际上大于 80％额定质量的集装箱比例小于 5％。如果采用 80％额定质量为起升机构电动机选择点，而对大于 80％额定质量的负荷则自动根据质量来选择加减速时间。随着电动机容量的降低，与其配套的变频器、主变压器容量都可降低，在这些设备上的待机损耗、工作损耗都可降低。电动机的功率减小，伴随着其配套设施容量的减小，特别是随着变压器容量的减小，其空载损耗、涡流损耗等都相应大幅度降低。

不同行驶速度对港口设备排放的影响不同，表 3-12 表明了某港集装箱卡车在不同速度的排放情况，基本趋势是速度越低，排放越大。

表 3-12 某港集装箱卡车不同速度下排放情况

| 速度 | ROG | CO | $NO_x$ | $PM_{10}$ | $SO_x$ | 单位 |
|---|---|---|---|---|---|---|
| 怠速 | 7.96 | 42.75 | 70.10 | 0.55 | 0.067 | g/h |
| 5 英里/h | 3.67 | 7.01 | 30.27 | 0.40 | 0.017 | g/英里 |
| 10 英里/h | 2.14 | 4.49 | 21.41 | 0.33 | 0.017 | g/英里 |
| 15 英里/h | 1.09 | 2.72 | 15.25 | 0.28 | 0.017 | g/英里 |
| 20 英里/h | 0.46 | 1.55 | 11.45 | 0.24 | 0.017 | g/英里 |
| 25 英里/h | 0.40 | 1.42 | 10.69 | 0.23 | 0.017 | g/英里 |
| 30 英里/h | 0.34 | 1.32 | 10.06 | 0.22 | 0.017 | g/英里 |
| 35 英里/h | 0.29 | 1.25 | 9.55 | 0.22 | 0.017 | g/英里 |
| 40 英里/h | 0.25 | 1.21 | 9.17 | 0.23 | 0.017 | g/英里 |
| 45 英里/h | 0.22 | 1.20 | 8.91 | 0.24 | 0.017 | g/英里 |

### 3.4.2 现场检测能耗数据的敏感性分析

敏感性分析(sensitivity analysis)理论原是自动控制和经济学的概念，指观察响应跟随激励变化的方法。具体到节能设计上就是固定不关心的设计参数、变动关心的设计参数、观察能耗值等目标参数的变化，从而确定设计参数的影响力。通过模拟发现，改变某些设计参数后能耗值的变化要远大于其他技术参数，这类参数就具有较高的敏感性，它们在节能管理过程中就更加值得关注。所以，可以通过敏感性分析计算重要技术参数的敏感性来确定其影响力。从现有文献可知，敏感性分析在建筑的节能因素分析中得到了一定的应用。

敏感性分析包括单因素敏感性分析和多因素敏感性分析。单因素敏感性分析是指每次只改变一个因素的数值来进行分析，估算单个因素的变化对目标函数产生的影响；而多因素敏感性分析则是同时改变两个或两个以上因素进行分析，估算多因素发生变化的影响。为了找出关键的敏感性因素，通常多进行单因素敏感性分析。

敏感性分析不可能也不需要对项目涉及的所有技术参数都进行分析，而只是对那些可能对目标函数影响较大的重要的关键技术参数进行分析。关键技术参数可根据行业特点和经验进行选择和确定。

敏感度是指目标函数的变化量与关键技术参数的变化量之比。敏感度高表示目标函数对该技术参数的敏感程度高，应重视该技术参数对目标函数的影响。敏感度的计算公式如下：

$$E=\Delta A/\Delta F \tag{3-9}$$

式中：$E$——目标函数 $A$ 对技术参数 $F$ 的敏感度；

$\Delta A$——技术参数 $F$ 发生 $\Delta F$ 变化时，目标函数 $A$ 的变化量；

$\Delta F$——技术参数 $F$ 的变化量。

在港口的能耗敏感性分析中，目标函数为能源消耗值，技术参数选择对能耗值影响较大的起升速度、小车运行速度等。由于大车一般不带载长距离运行，带载移动也只是微调，所以与起升速度相比，大车运行速度对能耗的影响不大。

根据现场检测的试验数据通过公式(3-9)计算得出敏感度的数值，对港口 A 和港口 B 的港口设备检测结果进行分析，得出不同技术参数的敏感度数值，见表 3-13 和表 3-14。

**表 3-13　起升速度和运行速度对能耗影响的敏感性分析(港口 A)**

| 起升作业 | 速度变化量 $\Delta F$ | 能耗变化量 $\Delta A$ | 敏感度 $E_1$ |
| --- | --- | --- | --- |
| 1 | 1.55 | −33.24 | 21.4451 |
| 2 | 3.37 | −28.81 | 8.55023 |
| 3 | 6.76 | −33.54 | 4.9609 |
| 小车运行 | 速度变化量 $\Delta F$ | 能耗变化量 $\Delta A$ | 敏感度 $E_2$ |
| 1 | 8.77 | −14.60 | 1.66504 |
| 2 | 15.34 | 0.43 | 0.02832 |
| 3 | 18.16 | −3.46 | 0.19076 |

**表 3-14　起升速度和运行速度对能耗影响的敏感性分析(港口 B)**

| 起升作业 | 速度变化量 $\Delta F$ | 能耗变化量 $\Delta A$ | 敏感度 $E_1$ |
| --- | --- | --- | --- |
| 1 | 6.25 | −0.306 | 0.049 |
| 2 | 12.5 | −2.650 | 0.212 |
| 小车运行 | 速度变化量 $\Delta F$ | 能耗变化量 $\Delta A$ | 敏感度 $E_2$ |
| 1 | 17.5 | −0.040 | 0.002 |
| 2 | 35 | −0.215 | 0.006 |

从表 3-13 和表 3-14 的计算结果可知：由起升速度变化引起的能耗变化的敏感度 $E_1$ 明显高于小车运行速度变化的敏感度 $E_2$，这说明与小车运行速度相比，起升速度对能耗影响的敏感程度高，是能耗的重要影响参数。

### 3.4.3　基于不同工况下的能耗指标影响趋势分析

根据现场检测的试验数据，进行图表分析整理，分析能耗指标对能耗的影响趋势，为港口设备能耗评价和分析研究的建立提供依据。

通过试验测得不同起升速度、小车运行速度、大车运行速度下的能耗的起升速度-能耗曲线，小车运行速度-能耗曲线，大车运行速度-能耗曲线，分别见图 3-13、图 3-14、图 3-15。

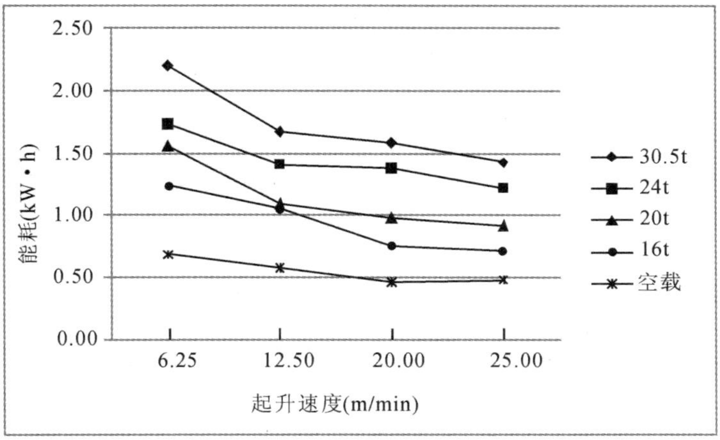


**图 3-13 机型 1 不同起重量的起升速度-能耗变化**

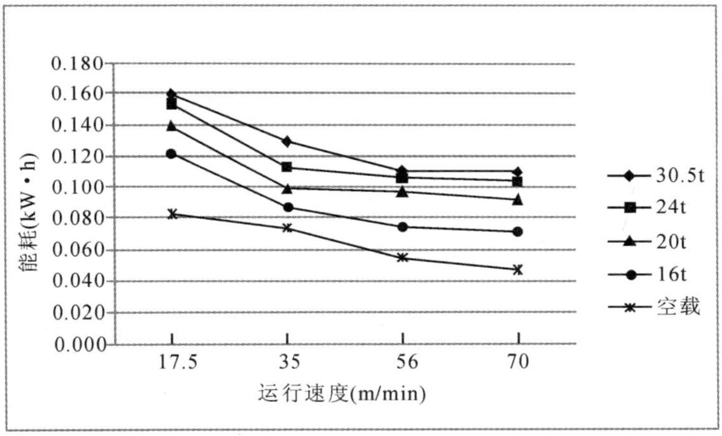


**图 3-14 机型 1 不同起重量的小车运行速度-能耗变化**

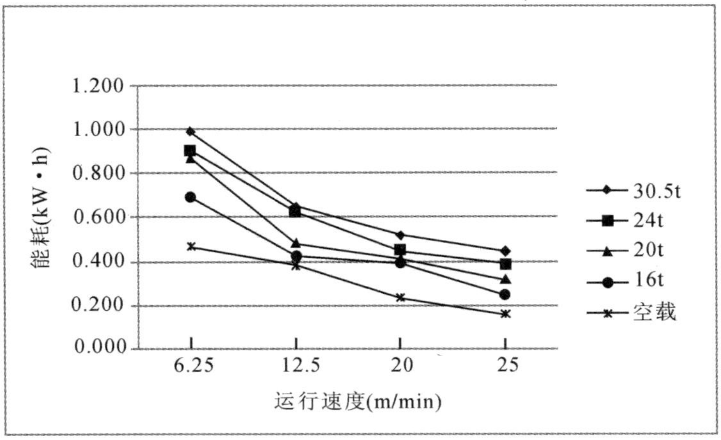


**图 3-15 机型 1 不同起重量的大车运行速度-能耗变化**

根据试验绘出机型 2 的起升速度-能耗曲线，小车运行速度-能耗曲线，分别见图 3-16、图 3-17。

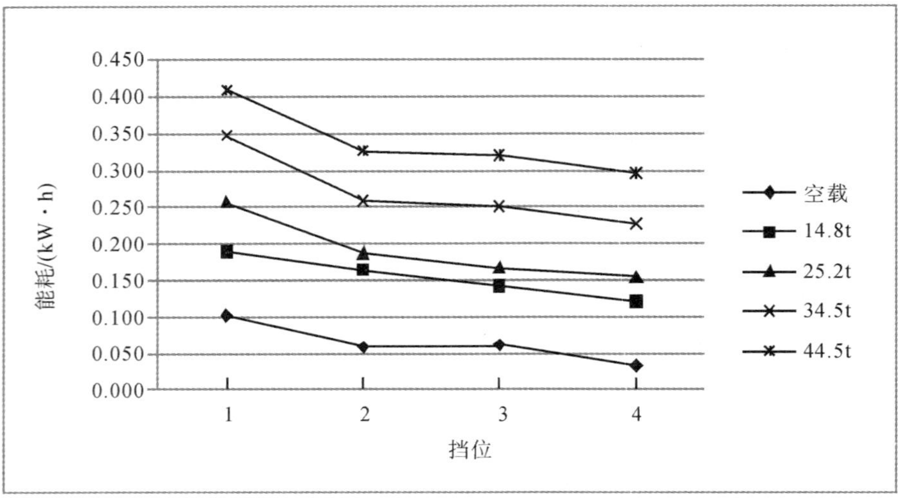


**图 3-16　机型 2 不同起重量的起升各挡位能耗变化趋势**

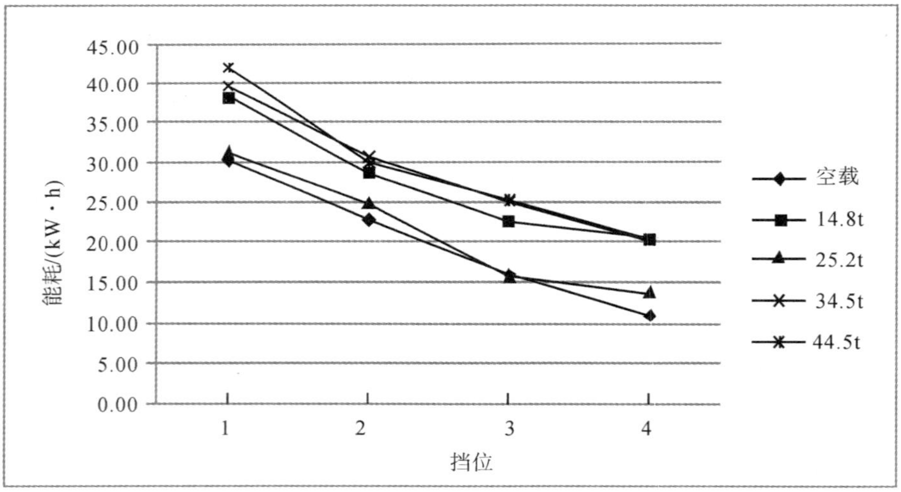


**图 3-17　机型 2 不同起重量的小车各挡位能耗变化趋势**

从图 3-13 至图 3-15 可以看出，起升速度、小车运行速度、大车运行速度与能耗成反比，即速度越快，能耗越小。且一般情况下，速度越高，装卸效率越高，因此，起升速度、小车运行速度、大车运行速度的选择应尽量高。同一挡速度下，起重量越大，能耗越大。

从图 3-13 至图 3-17 可以看出，整个工作循环过程中起升过程的能耗最大，小车运行过程的能耗较小，因此使用大跨距的轨道式集装箱门式起重机工作与小跨距的起重机能耗差别不大。

从图 3-16 可以看出，不同起重量的起升各挡位能耗变化趋势为：在同一个起重量下，起升速度越大，能耗越小；在同一挡位速度下，起重量越大，能耗越大。

从图3-17可以看出，不同起重量的小车各挡位能耗变化趋势为：在同一个起重量下，小车速度越大，能耗越小；在同一挡位速度下，起重量越大，能耗的影响不是很大，这是由于小车运行时，起重量的变化反映到运行阻力上要乘以一个很小的摩擦系数。由此可知起重量变化对起升作业环节的能耗影响较大，而对小车运行环节的影响很小，起升作业环节能耗占整个港口设备作业周期能耗的比重很大，所以起重量也是影响港口设备能耗的主要因素。

### 3.4.4　基于能源利用效率法的影响因素分析

*1. 岸边集装箱起重机试验及结果分析*

根据《港口电动式起重机能源利用效率检测方法》(JT/T 314—2009)，供给能的计算公式为：

$$Q_C=3.6\times10^6 D \tag{3-10}$$

式中：$Q_C$——供给能，J；

$D$——电能表测量值，kW·h。

有效能量的计算公式为：

$$Q_y=9800(G+G_1)h+500(G+G_1)v_1^2+9800(G+G_1+G_2)\mu S_1+500(G+G_1+G_2)v_2^2 +9800G_1h'+500G_1v'^2_1+9800(G_1+G_2)\mu S_1'+500(G_1+G_2)\ v'^2_2 \tag{3-11}$$

式中：$Q_y$——每一个工作过程的有效能，J；

$G$——集装箱载荷质量，t；

$G_1$——吊具质量，t；

$G_2$——小车质量，t；

$h$——集装箱提升高度，m；

$h'$——不吊集装箱时吊具提升的高度，m；

$v_1$——吊集装箱时提升集装箱的速度，m/s；

$v_1'$——不吊集装箱时提升吊具的速度，m/s；

$v_2$——吊集装箱时小车运行的速度，m/s；

$v_2'$——不吊集装箱时小车运行的速度，m/s；

$S_1$——吊集装箱时小车运行的距离，m；

$S_1'$——不吊集装箱时小车运行的距离，m；

$\mu$——摩擦系数，取0.015。

起重机能源利用效率的计算公式为：

$$\eta=\frac{Q_y}{Q_C}\times100\% \tag{3-12}$$

检测结果按上述的公式(3-10)至公式(3-12)进行计算处理，可以得出：

①港口C所测岸桥的平均效率为70%；港口D所测岸桥的平均效率为68%。起升

机构的能源利用效率较高，重载起升在 76% 左右，空载起升在 50%～60% 之间；小车运行机构的能源利用效率较低，因载荷、运行距离以及运行速度的不同，效率会有些差异，空载运行效率在 10%～20% 之间，重载运行在 30%～60% 之间。

②起升机构的有效能占总有效能的 90%～96%。起升机构动能占起升有效能的比重较小，在 2% 左右，小车机构动能占水平运动有效能的比重则在 40% 左右；起重机运行过程中总动能占总有效能的比重在 2% 左右。

③由上述可以看出起升机构对能耗的影响比小车运行机构要大很多。

2. 轨道式集装箱门式起重机试验及结果分析

$$
\begin{aligned}
Q_y = {} & 9800(G+G_1)h + 500(G+G_1)v_1^2 \\
& + 9800(G+G_1+G_2)\mu S_1 + 500(G+G_1+G_2)\ v_2^2 \\
& + 9800(G+\ G_1+G_3)\mu S_2 + 500(G+\ G_1+G_3)v_3^2 \\
& + 9800G_1 h' + 500G_1 v_2^{1\prime} \\
& + 9800(G_1+G_2)\mu S_1' + 500(G_1+G_2)\ v_2'^2 \\
& + 9800(G_1+G_3)\mu S_2 + 500(G_1+G_3)\ v_3'^2
\end{aligned}
\tag{3-13}
$$

式中：$Q_y$——一个作业周期的有效能，J；

$G$——集装箱载荷质量，t；

$G_1$——吊具质量，t；

$G_2$——小车质量，t；

$G_3$——整机质量，t

$h$——集装箱提升高度，m；

$h'$——不吊集装箱时吊具提升的高度，m；

$v_1$——吊集装箱时提升集装箱的速度，m/s；

$v_1'$——不吊集装箱时提升吊具的速度，m/s；

$v_2$——吊集装箱时小车运行的速度，m/s；

$v_2'$——不吊集装箱时小车运行的速度，m/s；

$v_3$——吊集装箱时大车运行的速度，m/s；

$v_3'$——不吊集装箱时大车运行的速度，m/s；

$S_1$——吊集装箱时小车运行的距离，m；

$S_1'$——不吊集装箱时小车运行的距离，m；

$S_2$——大车运行的距离，m；

$\mu$——摩擦系数，取 0.015。

供给能和能源利用效率的计算同公式(3-10)和公式(3-12)。

通过按公式(3-10)、公式(3-12)和公式(3-13)对测试结果进行计算分析可知：

①港口 D 的轨道式集装箱门式起重机的能源利用效率为 67%，港口 E 的轨道式集装箱门式起重机的能源利用效率为 76%。

②在整个工作行程中，港口 D 数据显示动能占总能耗的 2% 左右，势能占总能耗的

94%左右;港口E数据显示动能占总能耗的4%左右,势能占总能耗的87%左右。因此,起重机起升过程对能耗的影响最大,决定起升过程能耗的主要参数为负载质量和起升速度、起升高度。

3.桥式抓斗卸船机试验及结果分析

$$Q_y = 9800(0.52G + 0.72G_1)(h_1 - h_2)/2 + 9800(G+G_1)h + 500(G+G_1)v_1^2 + 9800(G+G_1+G_2)\mu S_1 + 500(G+G_1+G_2)v_2^2 + 9800(G_1+G_2)\mu S_1' + 500(G_1+G_2)v_2' \tag{3-14}$$

供给能和能源利用效率的计算公式同公式(3-10)和公式(3-12)。

检测结果经过计算处理,可以得出:

①港口F所测卸船机的平均效率为75%。起升机构的能源利用效率较高,重载起升在81%左右,空载起升在50%~60%之间;小车运行机构的能源利用效率较低,因载荷、运行距离以及运行速度的不同,效率会有些差异,空载运行效率在10%左右,重载运行效率在30%~50%之间。

②起升机构的有效能占总有效能的90%~95%。起升机构动能占起升有效能的比重较小,在2%左右,小车机构动能占水平运动有效能的比重则在40%左右;起重机运行过程中总动能占总有效能的比重在2%左右。

③由上述可以看出起升机构对能耗的影响比小车运行机构要大很多。

4.散货装船机的试验结果及分析

港口G所测的装船机的效率为85%。其中不同的输送量和输送速度的数据结果显示,输送量和输送速度对能耗影响较大,输送量越大能耗越大,输送速度越快能耗越大。输送量和输送速度是装船机的主要能耗影响因素。

综上所述,通过现场调研和对机型的数据检测,可以确定对港口设备能耗影响的技术指标包括起重量/载重量、起升速度、小车运行速度、大车运行速度、行驶(输送)速度、起升高度、前伸距、跨距(轨距)、后伸距等。

在进行能耗评价时,应优先考虑重要指标。在进行设备选型时应重点关注这些指标,以保证设备选型的合理性和节能环保性。影响典型机型的关键技术指标有起重量/载重量、起升/行驶/输送速度等。

# 4　港口节能增效技术及措施

## 4.1　结构节能增效

结构节能是指通过优化经济结构、产业结构和产品结构，降低高耗能产业或产品占比，提高产品工作质量，提高可再生能源在一次能源中的占比，节约使用各种物资等途径而达到的节约效果。结构节能是一种间接节能，是实现节能目标的关键。

产业结构偏重、能源效率偏低是我国实现碳达峰、碳中和的难点所在，转变发展方式、调整产业结构和工业内部结构成为能源节约的战略重点，在我国能源消费结构中，2017 年工业生产消费的能源占能源消费总量的 65.7%，交通运输行业的这一比例为 9.4%，交通运输的汽油和柴油占比仍然较高。能源消费结构调整的重点是减少煤炭、石油的消费，增加天然气、太阳能、风能、核能等清洁能源的消费。目前中国的火电排放标准比较高，但可再生能源发电比例逐步提高，重点企业生产的火电已经相对清洁，因此从污染严重、使用效率低的煤炭和石油消费转向相对清洁的电力消费，有利于促进节能减排和环境改善。

《节约能源法》第七条规定国家实行有利于节能和环境保护的产业政策，限制发展高耗能、高污染行业，发展节能环保型产业。国务院和省、自治区、直辖市人民政府应当加强节能工作，合理调整产业结构、企业结构、产品结构和能源消费结构，推动企业降低单位产值能耗和单位产品能耗，淘汰落后的生产能力，改进能源的开发、加工、转换、输送、储存和供应，提高能源利用效率。《节约能源法》从法律的角度规定了结构节能的重要性，合理调整产业结构、企业结构、产品结构和能源消费结构实现结构节能。

2005 年 12 月，《国务院关于发布实施促进产业结构调整暂行规定的决定》和《产业结构调整指导目录（2005 年）》为加强产业结构调整提供了指导性文件。产业分为鼓励类、限制类、淘汰类、允许类等，每一类别对应不同的产业政策。

如果仅从节能的角度考虑，港口企业可以根据各类码头能耗高低和效益的不同，调整产品结构，从而实现港口企业的结构节能。

### 4.1.1　促进港口转型升级和拓展服务

完善港口功能体系，港口企业在着力提升装卸仓储服务的基础上，积极拓展全方位服务功能，将港口与保税、临港物流园区经济相融合，利用保税区、自由贸易试验区等政策优势，大力发展物流、信息、商贸、金融、保险、咨询等现代服务业务，降低港口装卸高耗能产业占比。

优化港口产业结构。贯彻京津冀协同发展、长江经济带发展、粤港澳大湾区建设、长三角一体化发展等国家区域协调发展战略，完善港口布局规划，继续强化沿海港口和内河主要港口在全国综合交通运输体系中的枢纽作用和对区域经济发展的支撑作用。强化港口的区域性作用，通过管理创新、发挥资本纽带作用，优化资源配置，促进区域港口协调发展。

强化规划管理，加强新建码头和老港区的布局和功能调整，统筹新港区开发与老港区改造搬迁，促进港口与城市协调发展。优化总体规划布局，优化进出港、集疏运通道。提高码头的专业化、规模化水平，提高单位能耗的通过能力。

针对港口及周边集疏运布局问题进行优化调整，如内河港口因为空间狭小导致河道偏少，集装箱运输不畅，进出港口通道不足，导致进出通道拥堵，影响通过能力和生产效率，造成单位通过能力的能耗增加，必须通过整体结构布局调整促进能力提升。

### 4.1.2 构建综合交通运输枢纽

充分发挥港口衔接各种运输方式的优势，调整运输结构促进多式联运、水铁联运、江海联运发展，发展水转水运输，增加耗能低的水路运输和铁路运输的集疏运比例，降低公路运输的集疏运比例，构建绿色低碳的综合交通运输枢纽。

加强规划协调，尽量减少运输方式的种类，推进各种运输方式与港口的有效、无缝衔接，尽量做到零换乘，减少中间环节，降低能源消耗。

水转水运输是指进口船舶(一程船)到港的大宗货物卸到堆场或罐库，然后再从堆场或罐库装到二程船，运输至目的港的货物运输方式；或者是进口船舶到港的大宗货物直接用集装箱卡车或带式输送机或管道输送装到二程船，运输至目的港的货物运输方式。水转水运输分为国外进口水转水货物和国内水转水货物。进口货物的一程船就是远洋船，二程船就是接驳远洋船的内河船；出口货物的一程船就是接驳远洋船的内河船，二程船就是远洋船。水转水运输具有运输时间短、装卸效率高、综合物流成本低的优势。

集装箱码头水转水装卸工艺主要流程为：

海船 ⟷岸桥⟷集装箱卡车⟷堆场⟷集装箱卡车⟷门机⟷驳船。

海船⟷岸桥⟷集装箱卡车⟷门机⟷ 驳船。

集装箱海船装卸船与驳船装船的效率须相互匹配，使整个码头的物流系统趋于平衡，才能有效提高吞吐量。

海河联运是指将货物通过船舶从外海(或内河)航区进入内河(或外海)航区，实现沿海和内河水路交通运输方式的无缝对接，使外海与内河成为有机整体。江海联运是指货物不经中转，由同一艘船完成江河与海洋运输的全程运输方式。江海联运的操作主要分为两个部分，即江段运输和海上运输。江海联运实现了内河运输和海上运输之间的连续运输。

如某港口海河联运主要采用水陆水中转，作业流程为：外海码头→汽车短驳→内河港池和码头→内河船舶→内河航区。虽然内河航道已经初步成网，但由于缺少港口主航道与内河港池的直接连接，沿海港口与内河码头之间需要汽车短驳，因此“水转水”运输中间的陆运问题严重制约了该港口海河联运的发展。

### 4.1.3 优化能源消费结构

港口能源消费结构变化可促进结构节能：一是天然气占比提升。天然气在全国能源消费中的占比从2005年的2.4%提高到2018年的7.8%。二是近几年来港口煤炭消费占比大幅减少。三是港口能源结构逐步由以化石能源为主转向为电力为主，化石能源在港口的比例逐渐减少，逐步被电力所替代。四是电力等替代能源、风能和太阳能等可再生能源占有比例逐步提高。电能替代推进进度加快，并且电力更加清洁化，水电、太阳能发电等清洁电力占比稳步提升，如非化石能源的一次电力及其他能源消费等在全国能源消费中的占比从2005年的7.4%提高到2018年的11.15%。

在港口规划和设计阶段，以及港口改造升级和设备升级中，应优先选用高效率、低耗能的港口设备，优先选用以清洁能源及新能源作为动力源的港口设备，在源头上谋划好能源消费结构。

## 4.2 管理节能增效

管理节能是指在不改变现有技术、设备、工艺等硬件措施的条件下，加强组织管理，通过各种途径减少原材料消耗，提高能源利用效率、降低能源漏损率等。管理节能是一种间接节能。

我国港口管理节能是在多方面的协作下进行的，政府主管部门制定节能标准和法规政策，指导、监督和考核港口节能工作；港口企业建立管理组织机构，制定自身节能的管理制度，设立能源管理岗位，落实节能目标责任，完善能源计量统计和监测工作，建立考核和激励制度，建立能源审计制度，上报能源状况报告，总结节能经验，开展合同能源管理，做好节能宣传、教育和培训工作，积极推进节能管理工作，使节能的约束性目标得以实现。

### 4.2.1 政府管理节能

#### 4.2.1.1 节能法律法规和政策文件

政府为了完成节约能源目标和能源管理，发布节能法律、法规和相关政策，如《节约能源法》是节能领域的基本法，为我国推进节能工作奠定了重要的法律基础，为企业开展节能管理工作提供了法律依据，港口企业应依法依规开展节能工作。

政府为推进能源和节能工作，不定期发布与能源效率、节能相关的指导意见、实施方案、通知等文件，为企业开展节能工作提供政策支撑。

4.2.1.2 节能目标责任制

《节约能源法》第六条规定国家实行节能目标责任制和节能考核评价制度，将节能目标完成情况作为对地方人民政府及其负责人考核评价的内容。省、自治区、直辖市人民政府每年向国务院报告节能目标责任的履行情况。

《公路、水路交通实施〈中华人民共和国节约能源法〉办法》第五条规定各级人民政府交通运输主管部门应当加强对节能工作的领导，建立健全公路、水路交通节能管理体制，实行节能目标责任制和节能考核评价制度，部署、协调、监督、检查、推动节能工作。

节能目标责任制是上级政府和下级政府之间，政府与企业之间，企业内部，以签订目标责任书的形式，规定相关责任人在某一时期内的或与基准期比较的节能目标，通过对节能数据的统计和监测，在期末对相关责任人进行考核的一种节能管理制度。

节能目标责任制主要包括节能目标的分解与确定、节能目标责任签署、节能统计与监测、目标责任考核。节能目标责任制的分解是政府的各级逐级分解节能目标，以保证总体目标的实现。节能统计、监测和考核体系是为了保证节能目标责任制的落实，在节能目标实现过程中实施节能统计、监测和考核体系。节能目标考核评价是对节能目标完成情况进行考核评价。

4.2.1.3 固定资产投资项目节能评估和审查制度

《节约能源法》第十五条规定国家实行固定资产投资项目节能评估和审查制度。不符合强制性节能标准的项目，建设单位不得开工建设；已经建成的，不得投入生产、使用。政府投资项目不符合强制性节能标准的，依法负责项目审批的机关不得批准建设。具体办法由国务院管理节能工作的部门会同国务院有关部门制定。

国家发展改革委发布了《固定资产投资项目节能审查办法》（国家发改委 2016 年第 44 号令），原《固定资产投资项目节能评估和审查暂行办法》（国家发展改革委令 2010 年第 6 号）同时废止。新办法规定固定资产投资项目节能审查意见是项目开工建设、竣工验收和运营管理的重要依据。政府投资项目，建设单位在报送项目可行性研究报告前，须取得节能审查机关出具的节能审查意见，而企业投资项目，只须在开工建设前取得节能审查机关出具的节能审查意见即可。建设单位应编制固定资产投资项目节能报告。节能审查机关受理节能报告后，应委托有关机构进行评审，形成评审意见。

固定资产投资项目节能审查由地方节能审查机关负责，取消了国家发展改革委的节能评估和审查。年综合能源消费量 5000 吨标准煤以上（改扩建项目按增量计算，电力折算系数按当量值）的固定资产投资项目，其节能审查由省级节能审查机关负责。其他固定资产投资项目，其节能审查管理权限由省级节能审查机关依据实际情况自行决定。年综合能源消费量不满 1000 吨标准煤，且年电力消费量不满 500 万千瓦时的固定资产投资项目，以及用能工艺简单、节能潜力小的行业的项目应按照相关节能标准、规范建设，不再单独进行节能审查。另外，强化了事中事后监管，明确把能耗“双控”管理要求等作为节能审查的主要内容。

4.2.1.4　能效标识制度

《节约能源法》第十八条规定国家对家用电器等使用面广、耗能量大的用能产品，实行能源效率标识管理。实行能源效率标识管理的产品目录和实施办法，由国务院管理节能工作的部门会同国务院市场监督管理部门制定并公布。

2016年2月国家发展改革委和国家质量监督检验检疫总局发布了《能源效率标识管理办法》(国家发展改革委国家质检总局令2016年第35号)。能源效率标识是指表示用能产品能源效率等级等性能指标的一种信息标识，属于产品符合性标志的范畴。国家对节能潜力大、使用面广的用能产品实行能效标识管理。具体产品实行目录管理。截至目前，我国已经连续发布了十五批《中华人民共和国实行能源效率标识的产品目录》，主要包括家用电器、照明灯具、商用设备、工业设备等，具体见附录2。

4.2.1.5　节能产品认证制度

《节约能源法》第二十条规定用能产品的生产者、销售者，可以根据自愿原则，按照国家有关节能产品认证的规定，向经国务院认证认可监督管理部门认可的从事节能产品认证的机构提出节能产品认证申请；经认证合格后，取得节能产品认证证书，可以在用能产品或者其包装物上使用节能产品认证标志。

节能产品认证制度是原国家经贸委为配合《节约能源法》的有效实施而推出的一项重要节能措施。中国节能产品认证管理委员会作为我国节能产品认证的最高权力机构，由来自相关部委的专家学者组成，具有代表性和权威性，接受国家质量监督总局的指导、管理和全社会的监督。中国节能产品认证管理委员会确定首批开展认证的产品有以下三大类：绿色照明产品，包括紧凑型荧光灯和交流电子镇流器；家用电冰箱；工业耗能产品，包括风机和水泵。

2015年9月国家质量监督检验检疫总局和国家发展改革委发布了《节能低碳产品认证管理办法》(质检总局国家发改委令第168号)，节能产品认证是指由认证机构证明用能产品在能源利用效率方面符合相应国家标准、行业标准或者认证技术规范要求的合格评定活动；低碳产品认证是指由认证机构证明产品温室气体排放量符合相应低碳产品评价标准或者技术规范要求的合格评定活动。

《节能产品评价导则》(GB/T 15320—2001)规定了节能产品的定义、分类、评价原则和方法。节能产品认证工作一般按国际上通用“二八”分配原则，也就是按市场上只有20%的产品能达到节能认证标志的比例来制定认证标准，以推动行业向更高的节能目标发展。

4.2.1.6　制定用能单位能耗定额标准

《公路、水路交通实施〈中华人民共和国节约能源法〉办法》第二十一条规定交通用能单位应当制定并执行本单位产品能耗定额标准，并定期对用能设备进行技术评定，对技术落后的老旧及高耗能设备，提出报废、更新、改造计划。如港口相关的标准有《集装箱码头单位产品能源消耗限额》(GB 31823—2015)、《干散货码头单位产品能源消耗限额》(GB 31827—2015)等。

4.2.1.7 高耗能特种设备节能监督管理

为加强高耗能特种设备节能审查和监管，提高能源利用效率，促进节能降耗，2009 年 7 月国家质量监督检验检疫总局发布了《高耗能特种设备节能监督管理办法》。高耗能特种设备是在使用过程中能源消耗量或者转换量大，并具有较大节能空间的锅炉、换热压力容器、电梯等特种设备。

### 4.2.2 企业管理节能

企业是节能的主体，港口节能管理主要体现在港口企业在日常生产运营及其他方面的集约化管理。企业在国家有关法律法规、标准规范的规定下，为降低能耗、提高能源利用效率，通过建立能源管理制度，完善能源计量、统计和监测技术，规范能源审计、合同能源管理、节能自愿协议等一系列管理措施推进节能管理工作。

4.2.2.1 设立管理组织机构和岗位

《节约能源法》第五十五条规定重点用能单位应当设立能源管理岗位，在具有节能专业知识、实际经验以及中级以上技术职称的人员中聘任能源管理负责人，并报管理节能工作的部门和有关部门备案。能源管理负责人负责组织对本单位用能状况进行分析、评价，组织编写本单位能源利用状况报告，提出本单位节能工作的改进措施并组织实施。能源管理负责人应当接受节能培训。设立能源管理岗位是企业加强能源管理的重要部分。

能源管理组织机构建设指的是港口企业设立专门的组织机构和岗位专项管理港口节能工作。沿海大型港口企业一般都设立了三级节能管理组织机构，一般由主管副总任组长，各部室负责人组成了集团节能领导小组，明确分工和职责，做到能源和节能管理分工明确、层层落实，为港口能源管理提供组织保障。各公司设立了节能专职部门，公司所属队、站、车间设立主管节能工作的领导和节能员。管理机构和岗位设立后，负责制定节能专项规划，推行节能的政策法规，并监督考核其执行程度。

4.2.2.2 增强能源管理和节能发展理念

加强港口节能管理工作的组织领导，在港口高层领导逐级树立节能发展理念，增强和提升节能减排意识。港口企业管理者节能意识的高低，直接影响着港口能源管理工作的好坏。管理者意识强，在日常的管理工作中始终贯穿节能理念，对港口企业节能工作是极大的促进，同时增强普通工人的节能意识。

4.2.2.3 建立能源管理体系和制度

港口应按照《能源管理体系要求》(GB/T 23331—2012)建立和推行能源管理体系，并把能源管理体系作为港口能力建设的重要组成部分。如根据德国工业标准化组织对汉堡哈芬物流公司和 HHLA 公司的认证，德国和波兰所有能源消耗量较大的 HHLA 公司现在都采用了能源管理体系。

港口企业在能源管理体系框架下，建立严格能源管理制度，通过制定和实施港口能源管理制度，贯彻《节约能源法》实施细则，制定和实施节能减排发展规划等政策文件，促进港口节能工作的有序开展。节能的管理制度包括落实节能目标责任、能源统计和计量制度、奖励激励制度、监督考核制度、能源状况报告制度等。

港口企业应落实节能目标责任。《节约能源法》第二十五条规定用能单位应当建立节能目标责任制，对节能工作取得成绩的集体、个人给予奖励。企业为落实政府下达的节能目标，在企业内部上级和下级之间以目标责任书的形式规定相关责任人在一定时期内完成的节能目标。根据公司能源管理任务和年底能耗指标，逐级下达港口生产能耗限额。

港口企业应建立能效考核制度。依据港口设备的定额计量，按相关能效标准进行定额考核，并进行奖惩，促进基层设备操作和管理者的节能。建设长效机制，促使水运企业积极履行社会责任，发挥主体节能减排作用。能耗统计和定额考核是港口企业节能工作的一项重要内容，做好能源消耗统计和制度制定是企业开展能耗定额考核的基础。如青岛港制定了“计量工作管理规定”“能源管理办法”等管理标准文件，对节能各项工作的执行都有详细的规定，对全港装卸设备按机种、使用年限、型号、货种制定了先进合理的能源消耗定额标准。厦门港制定了合理的内燃机千吨起运吨柴油消耗定额，并每季度考核一次。上海港也制定了能源使用的计量、记录、报告、奖惩等管理制度，制定了“司机能耗考核制度、燃油节能考核管理办法”、“对外供电管理办法”和“生活用水管理办法”等能源管理制度。秦皇岛港制定了“秦皇岛港务集团公司节约能源管理实施细则”，促进了集团节能工作制度化和标准化。

港口节能奖励激励制度是一项调动员工节能积极性的管理制度。青岛港激励员工积极创造节能新方法、新途径，在每季度总结表彰科技创新成果、软件开发应用成果、生产新纪录、“金点子”、员工品牌和行业专家等。天津港每年设立专项奖励资金用于优秀节能技改技措项目、优秀节能单位和个人的奖励，激励全体员工参与节能工作的积极性。

港口企业应建立节能监督考核制度。上海港将能源消耗指标纳入集团经济运行监控指标体系，结合集团预算编制工作，编制集团的能源消耗成本预算，在此基础上确定各单位的节能指标，并将其纳入基层领导的责任考核体系。各单位将本单位计划能耗指标，层层分解，落实到各部门、班组，一级抓一级，落实责任，实施监督并逐级考核。洋山港将节能指标纳入各部门的月度及年度考核之中，层层落实。

港口企业应建立能源利用状况报告制度。能源利用状况报告制度是国家对重点用能单位能源利用状况进行跟踪、监督、管理、考核的重要方式，也是企业查找节能潜力、明确节能方向、改进能源管理、进行节能技术改造的有效手段。《节约能源法》第二十七条规定用能单位应当建立能源消费统计和能源利用状况分析制度，对各类能源的消费实行分类计量和统计，并确保能源消费统计数据真实、完整。第五十三条规定重点用能单位应当每年向管理节能工作的部门报送上年度的能源利用状况报告。能源利用状况包括能源消费情况、能源利用效率、节能目标完成情况和节能效益分析、节能措施等内容。第五十四条规定了管理节能工作的部门应当对重点用能单位报送的能源利用状况报告进行审查。对节能管理制度不健全、节能措施不落实、能源利用效率低的重点用能单位，管理节能工作的部门应当开展现场调查，组织实施用能设备能源效率检测，责令实施能源审计，并提出书面整改要求，限期整改。《公路、水路交通实施〈中华人民共和国节约能源法〉办法》第二十五条规定交通重点用能单位(公路、水路交通年能耗超过5000吨标准煤的用能单位)应当定期向交通运输部、省级交通运输主管部门报送上一年度的能源利用状况报告，应当包括以下内容：(一)能源购入和消耗量；(二)节能量；(三)单位产品能耗或者产值能耗；(四)用能效率和节能效益分析；(五)节能措施；(六)其他需要报告的情况。

4.2.2.4　完善能源计量、统计和监测工作

《节约能源法》第二十七条规定用能单位应当加强能源计量管理，按照规定配备和使用经依法检定合格的能源计量器具。

《公路、水路交通实施〈中华人民共和国节约能源法〉办法》第十九条规定交通用能单位应当按照国家有关计量管理的法律、法规和有关规定，加强能源计量管理，配备和使用经依法检定合格和校准的能源计量器具，对各类能源的消耗实行分类计量。第二十条规定交通用能单位应当建立能源消耗统计制度，建立健全能源计量原始记录和统计台账，确保能源消耗统计数据真实、完整，并按照规定向有关部门报送有关统计数据和资料。

港口能源计量是指港口通过科学合理配备计量器具，以实现港口能源在存储、使用、管理等全过程的单位统一、量值准确可靠的活动。能源计量是港口能耗统计工作的基础，对港口能源消耗核算具有重要意义。通过能耗监测和统计可以了解港口行业能源消耗的变化趋势，分析能耗变化的原因，对节能降耗政策措施的执行效果进行评估。

《港口能源计量导则》(JT/T 1258—2019)规定港口应建立能源计量管理制度，配备能源计量人员。能源计量器具配备率应该符合规定要求，计量器具配备率根据用能单位能源消耗量限定值、主要用能设备能源消耗量限定值等进行确定。构建能源管理台账和信息化系统，实现对用能设备的能耗监控。

改变人工进行能源统计和监测方式，采用计量传感器与互联网相结合的方式进行能源计量、统计和监测工作，有利于实现能源计量和监测的实时化、及时化和智能化。

4.2.2.5　建立和加强能源审计制度

能源审计是一种能源科学管理和服务的方法。能源审计是专业的能源审计机构或具备资格的能源审计人员受政府主管部门或企业的委托，依据有关法律、法规和标准，对用能单位的用能系统、设备的运行、管理及能源利用状况等用能物理过程和财务过程进行检查、诊断、审核，找出高能耗的原因，对能源利用效率、消耗水平和能源利用经济效果做出评价，并提出改进措施或提高用能效率建议和意见，以增强政府或企业对用能活动

的监控能力和提高能源利用的经济效果。

《节约能源法》规定公共机构应当按照规定进行能源审计，并根据能源审计结果采取提高能源利用效率的措施。对节能管理制度不健全、节能措施不落实、能源利用效率低的重点用能单位，管理节能工作的部门应当开展现场调查，组织实施用能设备能源效率检测，责令实施能源审计。

《能源审计技术通则》(GB/T 17166—2019)是对《企业能源审计技术通则》(GB/T 17166—1997)的修订，该标准对能源审计的定义是根据国家有关节能法律、法规、标准，对用能单位能源利用的物理过程和财务过程进行调查、测试和分析评价的活动，能源审计应按照该标准的要求进行。另外，钢铁行业和建筑材料行业分别制定了各自行业的能源审计技术导则，主要是根据行业特点在《能源审计技术通则》(GB/T 17166—2019)的基础上细化、明确相关内容，更有针对性和指导性。

能源审计主要包括用能单位能源管理状况、能耗状况及用能过程、能源计量及统计状况、能源绩效参数计算分析、能源费用指标计算分析、节能机会及节能措施的技术经济分析等。

能源审计是港口企业开展能源和节能管理的前提、主要途径和重要手段。能源审计可将港口企业能源利用的过程分为能源购入储存、加工转换、输送分配和最终使用等环节，港口的能源主要是电力、柴油、天然气、汽油，部分港口还有少量煤炭和蒸汽等。港口企业能源审计可从能源、港口装卸工艺、设备、过程控制、管理制度和相关员工，以及港口服务或产品、废弃能等进行问题的查找、原因的分析和整改措施的提出。

#### 4.2.2.6 推行合同能源管理

《合同能源管理技术通则》(GB/T 24915—2010)定义的合同能源管理为节能服务公司与用能单位以契约形式约定节能项目的节能目标，节能服务公司为实现节能目标向用能单位提供必要的服务，用能单位以节能效益支付节能服务公司的投入及合理利润的节能服务机制。合同能源管理项目的要素包括用能状况诊断、能耗基准确定、节能措施、量化的节能目标、节能效益分享方式、测量和验证方案等。

合同能源管理是一种新型的市场化节能机制。其实质就是以减少的能源费用来支付节能项目全部成本的节能业务方式。能源管理合同在实施节能项目的企业(用户)与节能服务公司之间签订，有助于推动节能项目的实施。在合同能源管理方式中，一般不要求企业自身对节能项目进行大笔投资，项目投资是由节能服务公司完成。

日照港率先在港口推行合同能源管理模式，2006 年，日照港第三港务公司、科研检测中心与广东友美电源公司三方共同签订了第三港务公司场地照明系统节电改造项目协议书，共改造高杆灯 45 座，节电率达到 25%，预计年可节约电费 40 多万元。2007 年日照港又按照 EMC 模式与连云港亚太节能技术有限公司就日照港股份一公司场地照明系统节电改造项目达成了合作协议。这一机制的推行，使日照港在省下数百万元节能设备投资的同时，港口全年节电成本在 100 万元以上。

4.2.2.7 执行节能自愿协议

根据《节能自愿协议技术通则》(GB/T 26757—2011)的定义,节能自愿协议是为达到节能减排目标、提高能源利用效率,政府与用能单位或行业组织签订协议的一种节能管理活动。节能自愿协议一方面是用能单位或行业组织通过实施节能技术达到一定节能减排目标,另一方面是政府部门对完成节能减排目标的用能单位或行业组织给予利息、财政和税费等方面优惠的支持政策和荣誉奖励。

《节约能源法》规定国家运用财税和价格等政策,支持推广电力需求侧管理、合同能源管理及节能自愿协议等节能办法,这为节能自愿协议的实施奠定了法律基础。《节能自愿协议技术通则》(GB/T 26757—2011)是节能自愿协议的规范性文件,规定了节能自愿协议的定义、技术要求和协议样本,节能目标设定主要是通过对用能单位节能潜力评估,计算当前的能源消费总量、各工序用能和能效指标等,并结合以前能源和节能情况,设定节能目标。协议文本主要包括协议各方、能效基准、实施周期、节能目标、各方的权利和义务,以及节能效果核查和验证方案等内容。

目前,中国节能自愿协议还处于起步阶段,港口领域的应用还需进一步加大推广力度,节能自愿协议在第三方机构评估和审计的情况下,更有利于保证协议的实施。

4.2.2.8 总结节能经验并进行示范推广

港口企业应定期总结和借鉴行业内节能方面的最佳做法和经验,并在企业内部或行业内进行示范推广,形成示范效应,促进企业或行业节能减排目标的实现,推进全行业节能减排工作。

4.2.2.9 做好节能宣传、教育和培训工作

《节约能源法》第二十六条规定用能单位应当定期开展节能教育和岗位节能培训。《公路、水路交通实施〈中华人民共和国节约能源法〉办法》第七条规定各级人民政府交通运输主管部门应当组织开展交通运输行业节能的宣传教育,增强交通运输行业节能意识。

通过电子传媒、行业报刊、企业活动等途径,宣传能源和节能知识、节能成果,营造良好的舆论氛围,加大对专业人员的节能教育和培训,提高所有人员的节能意识。另外,通过参加行业节能减排技术交流等活动,提高能源和节能管理能力。如天津港在港口连续举行"节能周"活动,组织重点用能单位的主管人员参加节能先进单位经验交流会和节能技术、产品推广交流会;还组织节能知识讲座、培训及节能答卷活动、节能宣传板报展、节能操作技术比武等,同时还利用港口报刊和电视台等媒体加强节能的宣传。

人员的培训不仅包括对港口操作人员的技术培训,还包括对节能管理人员的管理培训。员工操作技能的高低直接影响着港口设备的能耗水平,影响着节能水平。如青岛港连续多年开展技术工人考工晋级和操作技术大比武,集团大部分技术工人都成为高级工、技师和高级技师,树立了一批示范典型。广州港对一线操作人员进行技能培训,提高司机的操作水平,提高装卸效率,推广节油驾驶、节能操作经验,同时也对节能管理人员

进行知识经验培训和交流。天津港实行节能管理人员持证上岗制，每年制定节能培训计划，并对专职人员进行能源审计方面的学习和培训。

港口企业之间应相互学习和借鉴节能经验，包括港口设备节能减排操作在内的先进经验，在互相学习节能操作实践经验中提高能源利用效率和管理水平。

## 4.3 技术节能增效

技术节能是采用新工艺、新设备、新技术和综合利用等方法，在能源系统流程各环节中减少跑、冒、滴、漏，减少能量损失，提高能源利用率，降低单位产品的能源消费量。

技术节能也叫直接节能，本书将工艺节能作为技术节能的一种来介绍，也有一些文献将工艺节能单独列为一项节能方式。

### 4.3.1 优化生产调度和操作方法

#### 4.3.1.1 优化港口生产组织和工艺

港口的装卸生产能耗占港口总能耗比例最大，在生产过程中的污染物排放也最多。因此，合理安排装卸工艺流程和优化组织调度对节能起到重要的作用。

通过加强港口生产运营管理，加强港口生产优化调度，优化港口货物运输组织和生产工艺流程，改善老旧港口基础薄弱、生产工艺落后、耗能严重、拖车等运输机械利用率较低、水平运输车辆空驶率高居不下的现状，降低港口生产装卸的单耗，使得港口装卸工艺更加先进、合理、科学。

根据泊位停靠船舶吨位和频次、装卸时间等条件，进行设备配置优化，在一定生产率的条件下确保港口装卸设备的拥有量合理，提高港口设备利用率，降低港口装卸设备数量和能耗。

合理安排装卸工艺流程是指在实际生产中，尽量合理安排资源使流程耗能量达到最小。例如天津港不断改进装卸工艺，提高作业效率和用能效率，降低生产能耗，进行装卸生产合理配置设备及资源优化，近年对新建的四个码头工程进行了仿真模拟测试，优选出节能工艺方案，研制了各种货类的专用及高效的工属具，提高了机具与生产的科学配套水平，如研制的轻型散货抓斗探索出传统装卸工艺节能降耗的新途径。厦门港的东渡分公司的散杂货类作业中，在多种装卸工艺可选择的情况下，依据实际状况尽量选择直装直取的生产工艺，因为此工艺生产效率最高、能耗少。随着直卸量的逐年上升，港口取得了较好的节能效果。

优化组织调度管理是指生产部门在安排装卸作业过程时，根据现有的资源条件，合理调度，提高工艺效率，尽量避免货物移场、重复堆垛而造成的人力、设备、能量的损耗。青岛港建成了青岛港信息中心、中央调度指挥中心、现代化的物流信息中心，应用信息化管理实施优化调度，实现了由中央控制室调度指挥、系统化、流程化作业。青岛港还开发了集装箱码头装卸工艺优化系统，将过去单条作业线固定配置机械设备变为现在的所有作业线随机智能调度机械设备，最大限度地减少了集装箱卡车空驶，RTG和岸桥的作业效率得到很大提高。

4.3.1.2 优化生产调度系统

1.集装箱牵引车“一拖双挂”技术

“一拖双挂”模式是指在有效牵引动力范围内，改变传统的一个牵引车拖挂一个挂车的形式，由一个牵引车拖挂两个挂车的一种先进运输组织模式。该运输模式能够有效提高车辆的有效荷载和设备利用效率，增加车辆的牵引动力和载重量，实现节能减排效果。“一拖双挂”模式可以充分利用原有半挂车，做适当改造，投入成本不高。但对码头平面布置的通过性要求较高，并且尽量避免双挂后出现牵引车动力不足等问题。

2.双箱牵引车作业

为配合双箱吊具岸桥作业出现了双箱牵引车，当两个集装箱由岸桥从船上卸下后，直接卸到双箱牵引车上，两个集装箱是并排放在牵引车的挂车车架上，增大了单次运输量外，还增加了车辆宽度，宽为5～6m，对整个港口的道路系统提出了更高要求。

3.集装箱牵引车共享及“重去重回”技术

(1)集装箱牵引车共享技术

传统的集装箱装卸工艺按照作业线来配置堆场和水平运输设备，如一台岸桥对应固定的水平运输设备，这样会造成不同作业线的设备的利用状态不同，有的作业线水平运输设备很忙，有的作业线的水平运输设备很闲。

集装箱牵引车共享技术就是按需分配，可以多条作业线内集装箱牵引车共享，集装箱牵引车不再仅仅对应一台岸桥服务，可以对应场内的多台岸桥，实现集装箱牵引车在场内的智能调度，使每一辆集装箱牵引车都能发挥最大的效能，在一定程度上降低集装箱牵引车的数量，实现集约和节约。另外，这种集装箱牵引车共享模式还可以扩展到相邻的几个码头相互共享，充分提高每一辆水平运输车辆的利用率，当然这种共享模式对智能调度系统提出了更高的要求。

集装箱牵引车共享技术可通过货物的智能调度实现集装箱牵引车的“重去重回”，进一步提高集装箱牵引车的重载率。

(2)“重去重回”技术

集装箱牵引车“重去重回”是指物流运输中往返均为满载，简单地说就是重箱去、重箱回，避免单程空载，实现降低运输成本、提高车辆燃油利用效率。集装箱重去重回也称为集装箱双重运输。“重去重回”的操作原理是当集装箱牵引车到达目的地将货箱甩留之后，集装箱牵引车再拖带其他装满货物的集装箱返回港口或者驶向新的地点。这种运输模式可以做到“集装箱停、车不停”，大大提高了运输效率，提高了车辆燃油有效利用率，节约了货物装卸的等待时间，降低了企业经营成本。

集装箱“重去重回”运输必须有合适的货源，做到目的地匹配。可利用互联网＋集装箱牵引车运输的模式，努力解决货源的匹配问题，缩短集装箱牵引车司机寻找货物的时间，提高运输效率，真正发挥集装箱牵引车“重去重回”运输的作用。

另外，为提高集装箱牵引车利用率，通过全场智能调控，根据作业线需求的优先级，兼顾路径最短化原则，动态配置集装箱牵引车作业，使场内所有的集装箱牵引车同时为所有的作业线服务。但存在作业线繁忙时，出现拥堵现象，对智能调度系统提出更大的挑战。

同倍位装卸技术是装船和卸船同时作业并且实现在同一倍位内同时装集装箱和卸集装箱的装卸技术。当岸桥从集装箱船上卸下一个集装箱后，随机又从岸上为集装箱船装上一个集装箱，岸桥不需要移动，实现边装边卸，大大降低了总的装卸时间。同倍位装卸技术与集装箱牵引车“重去重回”技术相结合，在实现岸桥重箱装、重箱卸的同时，实现了集装箱牵引车的重去重回，提高岸桥满载率的同时，也降低了集装箱牵引车的空载率。

同倍位装卸技术对集装箱船的配载、同一码头泊位的装船量和卸船量平衡等要求很高。

4. 集装箱码头智能配载系统和调控系统

广义的集装箱配载是指航运公司在其航线上各个港口的装载计划，狭义的配载是指集装箱码头根据航运公司的预配，确定每个集装箱在船上的位置的业务过程。集装箱配载是集装箱码头物流供应链管理环节，对码头作业资源调配起着非常重要的作用。集装箱配载是衔接船舶和堆场作业的关键业务，直接影响集装箱码头生产效率。

集装箱配载主要是通过数学规划方法、启发式方法、模拟进化方法和专家系统寻求码头智能化的配载优化算法，实现集装箱码头的岸桥、场桥等码头资源的智能调配、自动化、智能化的生产作业指挥，实现基于作业资源优化调配的集装箱智能配载，提高集装箱配载效率，从而优化作业流程、提高作业效率、降低生产能耗。

5. 堆场智能堆放系统

堆场智能堆放系统是总结操作和管理人员的经验，运用智能控制理论，通过设定一定的堆存规则，实现堆场的智能存放，提高堆放效率。堆存原则包括不限于出口箱“重压轻”、按排堆放、按位堆放，在安排位置时，同一船同一港口的集装箱尽量安排在一起，以提高装船效率。

6. 预约集疏运系统

预约集疏运系统是集装箱码头堆场和场外集装箱用户建立预约机制，通过统筹规划集装箱的集、疏运作业进行优化组织管理。预约集港系统是通过限定和合理分配不同时间段内的集装箱牵引车到达码头数量来降低高峰时段集装箱牵引车的等待时间，可以有效缓解集装箱牵引车拥堵、提高码头作业效率、减少集装箱牵引车在码头的排放。

青岛港采用了按单号堆码和按单号预约提箱技术，实现大客户按单号预约疏运。一般集装箱堆场作业模式下造成提箱翻倒较多，其主要原因为无序堆箱和码垛导致的生产不可控，进口箱卸船时，码头会根据自身堆存能力和设备配置自行设定操作规则，如作业线规则、货类规则、特殊堆存规则等，在原有操作模式下，货主提箱时按照箱号进行提箱，提箱时间不定，造成进口箱提箱无序，因此提箱时翻倒箱成为集装箱码头司空见惯的现象。采用按单号堆码和按单号预约提箱技术后，在卸进口船时，码头统一调度对同一提单号的进口箱进行集中堆码，客户需凭有效单据到码头进行预约提箱业务，提供集中提箱时间，码头提前安排堆场作业起重机到场地做提箱准备，大大缩短互相等待时间，减少码头集装箱牵引车的拥堵。提箱时，货主按提单号提箱，码头计算机系统根据当前场地情况，按货主提单中最优位置的集装箱派送提箱外集装箱牵引车，从而最大限度地降低翻倒箱率。

德国汉堡港采用集装箱计算机辅助技术优化储存位置，最大限度地减少运输设备的行驶距离，从而减少能源消耗和噪声污染。

7.合理规划流程和设备用电时间实现“削峰填谷”

根据不同作业流程和设备的用电规律，合理地、有计划地安排和组织各类流程和设备的用电时间。以降低负荷高峰时高电价成本，提高负荷低谷时用电量，实现用能终端的“削峰填谷”，降低用能成本。重庆港在编制港口装卸工艺流程时，利用峰谷用电期的不同价格，尽量将耗能高的设备安排在低谷期内作业，这样每年节省电费数万元。

4.3.1.3　优化设备控制方法

1.带式输送机逆流程启动技术

在带式输送机的传统启动工艺中，下游设备最先启动，启动后等待受料，待机时间长，其他各级转接带式输送机由下游到上游依次启动，空载等待的时间也依次减少，在这种顺向启动运行模式中，带式输送机的距离越长，空载等待的时间越长，空载损失的能量越大。

带式输送机逆流程启动技术是采用逆向启动流程，先启动靠近物料输送的上游给料设备，启动后就上料，根据带式输送机的长度和运行速度，可以计算物料到达下一条转运带式输送机的具体时刻，在该时刻前的足够安全时刻再提前启动下一条转运带式输送机，以这样的操作方式依次启动全部带式输送机，直到启动下游的受料设备。这样的逆流程启动顺序与传统的操作模式正好相反，大大降低了各级带式输送机的空载等待时间，通过秦皇岛港的研发和应用，该系统使得空载启动运行时间缩短了77％，带式输送机系统能耗降低约4％。

2.带式输送机的减电机控制技术

带式输送机设计时，是按照带式输送机满载运行所需要的传动功率来配置电动机，但是在带式输送机作业时，不论所输送的负荷多少，所有电动机都参与工作，当输送的物料没有达到额定负荷时，出现大马拉小车的现象，浪费大量的能源。

带式输送机减电机控制技术根据带式输送机负荷的大小优化调整运行电动机的数量。当输送机的负荷较少时，可以减掉1台至多台电动机，在满足输送系统正常工作的同时，达到节能和提高功率因数的目的，这种节能技术简称为“减电机”控制技术。

4.3.1.4 节能操作法

1. 斗轮堆取料机节能操作法

操作技术水平的高低对港口能耗有较大的影响，同一港口设备由不同水平的人员操作，能耗量大不相同。操作水平的高低与操作人员的素质、对港口设备的熟练程度、操作方法是否恰当、操作培训方法、设备本身操作的难易等有直接关系。如针对港口散货码头广泛使用的斗轮堆取料机，天津港就在实践中总结出了能够有效降低能耗的操作方法——“零空闲操作法”，该方法相比于传统的操作方法，节能效果明显。零空闲操作法的节能原理就是通过臂架换向过程中的提前操作，摒弃空转时间，减少设备空载时间，达到节能目的。另外，为减小斗轮机取料流量波动，实现取料流量平稳、高效，依据斗轮机臂架回转角度的大小，确定回转取料速度的大小，进行变速操作。

2. 港口起重机节能操作法

港口起重机的特点是起重量大、起重机外形尺寸大、部分机构速度快，节能操作方法如下：

熟悉起重机状况和货物情况。司机在操作起重机前，必须熟悉起重机的状况和各种操作方法，只有熟悉起重机本身的状况和各个工况的操作方法，才能轻车熟路地操纵起重机在最佳的状态工作。另外，司机也要熟悉所装卸的货物基本情况和分布情况，熟练掌握当前装卸对象和下一步的装卸对象，这样才会使得装卸过程连贯，提高装卸效率。

平稳起步。操作各个机构时，启动应平稳，并逐挡加速，每挡转换时间尽量短，严禁高挡启动。

换挡及时。换挡要快而及时，快速换挡可以充分利用电动机较大功率和最佳能耗区段，缩短由低挡到高挡的加速时间和加速行程，减少加速过程的耗能。

高速挡运行。起升或运行机构控制中，尽量在最高挡运行，最高挡下是最经济的运行方式。

降低单位载荷耗能量。在起重机或车辆状况允许的条件下，将起重机或车辆的载重量提高至额定载荷，即可提高生产率，又能使单位质量的耗能显著下降。

减少使用制动。在大车运行和小车运行到指定位置前，都应提前换挡减速，使起重机自然减速达到“以滑代刹”的目的，降低不必要的制动造成的能源消耗。

3. 港口车辆节能操作法

港口车辆的特点是牵引力大、扭矩大、行驶速度低，节能操作方法如下：

先暖车后启动。尤其是冬季气温低，是否先暖车再让车辆启动，燃料消耗的区别是明显的。一般来说，冬天出门前先热车一到三分钟，让水温达到 40℃以后才起步，并且让车子稳定行驶 1～2 km 后再加速。这样可以减少燃油的消耗，也对车辆的引擎和车辆部件都有好处。

平稳起步。挂低挡起步，缓缓地踩下油门踏板，缓慢加速。让车辆达到一定挡位速度时，学会听着发动机的声音来逐步把挡位从低换到高。这可以减少发动机的升温时间，增加燃油的利用率。如果启动时轰大油门来提速，这样不但伤车也会大大增加耗油量。平稳起步前不应轰油门，而应快速踏下离合器踏板，迅速分离离合器，挂上低挡后，慢松离合器踏板的同时，慢慢加大油门。这样，可减少空载运转和加速阻力，能平稳起步而节油。

使用经济车速。在驾驶车辆中应控制好安全、油耗和车速几方面的正确关系。尽量控制车速在额定速度运行，一般港口车辆速度为25～30km/h。

轻抬油门。轻抬油门能省油。如果猛抬油门，则会使发动机转速突然降低而起到牵阻作用，抵消一部分行驶惯性，并使车辆产生"颤动"，而使耗油量增加。

换挡及时。换挡要快而及时，特别在斜坡上行驶，换挡的时间越短，车辆的动力性就发挥得越好，就越能节省燃料。如果换挡不及时，并且手脚配合不好而空踩油门，那必然大大地增大油耗。快速换挡可以充分利用发动机较大功率和最小燃料消耗区段，缩短由低挡到高挡的加速时间和加速行程，减少加速过程的耗油。

尽量采用高速挡行驶。一般来说，尽可能使用高速挡行车，少用中间挡。要掌握好换挡时机，当发动机要"发抖"前，就要把挡位降下来，让车速提上去再换回高挡。在同一道路条件下，虽然发动机功率相同，但是在低挡行驶时，发动机负载低，燃料消耗高，而使用高挡时则相反。

减少使用制动。制动实质上是一种能量转化的过程，制动意味着能量的消耗，试验证明，载重汽车以30km/h的速度行驶时，紧急制动一次就会浪费50mL汽油。所以在通过交叉路口、下坡时，都应提前抬起油门，使车辆自然减速达到"以滑代刹"的目的。所以如果经常不合理使用制动，就会浪费能源，不仅增加车辆的耗油，而且会加速车辆轮胎的磨损。

保持车距。如果道路拥塞，而前车又经常刹车，就应该和前车保持足够的跟车距离，这样既可以从容减速，又可以减少制动次数，以达到省油的目的。

尽量降低车辆运行时的车辆自重。增加车辆自重将相应地增加油耗，因此，作业时在不影响作业效率的前提下应卸下车辆上不必要的附加设备和物品。

### 4.3.2 港口电能替代技术

#### 4.3.2.1 港口设备"油改电"

电能替代是在终端能源消费环节，使用电能替代燃油、散烧煤的能源消费方式，如电采暖、地源热泵、工业电锅炉、电动车辆、靠港船舶使用岸电、机场桥载设备、电蓄能调峰等。港口设备"油改电"就是使用电能替代燃油的能源消费方式。

我国政府大力推广电能替代政策，虽然电力在发电属地仍有污染，但是目前我国的火电技术在全球处于领先地位，我国执行的《火电厂大气污染物排放标准》(GB 13223—2011)已经非常严格，相当于美国和欧盟的排放标准(表4-1)，因此中国的火电相对是清洁的，火电排放的二氧化硫、氮氧化物及烟(粉)尘已经相对较少。

**表 4-1 部分国家或地区现有和新建发电厂排放限制**(单位为 $mg/m^3$)

| 国家或地区 | 政策法规 | 二氧化硫 | | 氮氧化物 | | 颗粒物 | |
|---|---|---|---|---|---|---|---|
| | | 现有 | 新建 | 现有 | 新建 | 现有 | 新建 |
| 中国 | 《火电厂大气污染物排放标准》 | 200～400 | 100 | 200 | 100 | 30 | 30 |
| 欧盟 | 《工业排放指令》 | 200～400 | 150～400 | 200～450 | 150～400 | 20～30 | 10～20 |
| 美国 | 《新污染源执行标准》 | 160～640 | 160 | 117～640 | 117 | 23 | 23 |
| 日本 | 《空气污染控制法》 | — | — | 123～513 | 123～513 | 30～100 | 30～100 |

港口设备“油改电”的重要意义在于：

①虽然目前“油改电”的环保效果还不是彻底消除污染物排放，但是随着我国进一步优化电力能源结构，清洁能源发电比重会进一步提高，中国的电力将会越来越清洁。

②“油改电”减少对燃油的消费，而燃油来源于石油，可以降低中国石油对外依存度，为保障中国的能源安全作出贡献。

③“油改电”技术相当于把原来分散的污染排放源集中到火电厂进行污染排放，将污染物集中起来，在传统技术中，每台燃油设备就是一个独立的污染源，而实施“油改电”技术方案后，把污染源转移到火电厂，而火电厂采用大规模、高效率的污染处理设备对排放的污染物进行集中治理，效率更高、效果更好。另外，“油改电”的污染转移功能还将港口产生的污染由人口密度较高的港口城市转移到人口密度相对较低的火电厂所在地区。

港口流动设备的机动性大，可以“满场飞”，因此通常港口流动设备主要以燃油为主，港口流动设备主要是港口水平运输设备(车辆)，还有少量起重设备，包括传统轮胎式集装箱门式起重机、港口牵引车、集装箱正面吊运起重机、空箱堆高机、叉车、装载机、挖掘机等，由于燃油价格高、消耗大，“油改电”能够实现节能。另外，港口二氧化碳排放主要是这些以燃油作为动力的设备导致的，同时伴随着污染物的排放，而电能在港口属地无污染物排放。因此，港口流动设备“油改电”是港口一个重要的节能减排技术，是国家支持的“电能替代”的一个重要技术方向。

1. RTG“油改电”

我国 90%以上的专用集装箱堆场使用的起重设备是传统轮胎式集装箱门式起重机(RTG)，传统 RTG 主要是以柴油发电机组为整机提供电力，柴油发电机组燃烧柴油污染环境、能耗大、发电机组维护成本高。自 2006 年以来，各个港口陆续采用市电替代柴油发电机机组，据初步统计，全国 85%以上的 RTG 已完成“油改电”。

RTG“油改电”主要有三种供电形式，分别为电缆卷筒式、刚性滑触线式和高架滑触线式。

电缆卷筒式供电是在 RTG 门架的一侧设置电缆卷筒，电缆缠绕在电缆卷筒上，电缆的一端与 RTG 的整机供电回路连接，另一端通过导缆架到码头地面的电缆槽，再连接至市电的地面固定接电箱上。电缆卷筒供电系统由电缆卷筒、导缆架、供电电缆、电缆插头、地面接电箱、控制系统等各部件组成。电缆卷筒供电形式广泛地应用于岸边集装箱起重机、轨道式集装箱门式起重机、门座起重机等轨道式运行的起重机上，技术成熟、投资省、操作简单。

刚性滑触线式供电是相对高架滑触线而言，也叫低架滑触线，在集装箱堆场的箱区内架设刚性滑触线供电线路，其设置高度大概在整机底梁的高度，一般为 2～3m，每隔约 3m 有一个支架作为支撑。刚性滑触线形式主要由滑触线系统、集电小车、支架及集电小车轨道、快速接头，以及安装保护、自动纠偏与防碰撞安全装置等构成。该形式具有工程量小、投资少、结构简单等特点。

高架滑触线式供电是通过架设高空铜滑线来实现市电电源向 RTG 供电。RTG 可以像公交电车那样从头顶上的高架滑触线获取电力，滑触线的高度高于整机的最大高度，一般在 25m 以上，每隔一定距离设有塔架支撑。该供电形式主要由布置在两排集装箱堆场间的塔架、高架滑触线、机上滑线集电器、地面配电箱等组成。该形式具有占用场地少、供电效率高、初期投资大、使用成本低、维护成本低等特点。

目前应用较广的三种供电形式的特点和应用场合优缺点比较见表 4-2。电动 RTG 供电形式的选择应综合考虑港区的自然条件、设备使用经验、陆域特点、投资情况、港区规模等因素。一般来讲，对于中小码头、堆场宽度较小的集装箱堆场适合用电缆卷筒方案；大中型码头、单条作业线较长、堆场通过能力较大的港区适宜选用刚性和高架滑触线形式，其中刚性滑触线应用较多。另外，还有采用锂电池作为 RTG 全动力的方案，但目前仅限于个别港口试用。

**表 4-2 电动 RTG 三种供电形式的比较**

| 项目 | 电缆卷筒供电 | 刚性滑触线供电 | 高架滑触线供电 |
|---|---|---|---|
| 场地占用 | 需铺设电缆槽，占用一定的场地，设置安全距离需要占用地面上场地 | 由于每隔 3m 须架设支架，占用场地大，设置安全距离需要占用地面上场地 | 架设塔架数量少，滑触线在高空中，占用场地小，占用的不是稀缺的场地 |
| 供电效率 | 较低(由于线损、变压器和自重等原因) | 铝材料，效率低；<br>铜材料，效率较高 | 铜材料，效率较高 |
| 维护工作 | 由于电缆在场地上拖动，电缆易磨损，寿命短，工作量较小；低空操作，安全性好 | 平常只需定时更换碳刷，工作量小，需要一定的维护工作；低空作业，安全性好 | 平常只需定时更换碳刷，工作量小，系统寿命长，需要一定的维护工作；高空作业，雷击影响大，安全性差 |
| 系统可靠性 | 供电质量高，但由于电缆拖在场地上，损耗大 | 供电质量高，但电线杆数量很多，易碰撞，安全性差 | 供电质量高，塔架高，须防雷、防台风、防覆冰，系统对可靠性要求高 |

**续表 4-2**

| 项目 | 电缆卷筒供电 | 刚性滑触线供电 | 高架滑触线供电 |
|---|---|---|---|
| 设备操作性 | 较差，对跑偏要求一般，易与周边发生碰撞，且防碰撞实施困难 | 差，对跑偏要求高，易与周边发生碰撞，需采取措施避免碰撞 | 好，对跑偏要求一般，与柴油发电机组供电的操作一样 |
| 0°过街区性能 | 不好，需要柴油发电机组辅助，人工拔插快速接头 | 不好，需要柴油发电机组辅助，人工拔插快速接头 | 好，无需拔插操作，直接正常操作过0°街区 |
| 90°转场性能 | 不好，需要柴油发电机组等辅助，人工拔插快速接头 | 不好，需要柴油发电机组等辅助，人工拔插快速接头 | 较好，需要柴油发电机组等辅助，司机可自动进行集电器等的切换 |
| 同一箱区近距离作业 | 受电缆槽影响，性能较差 | 近距离作业性能好 | 受集电器电杆影响，性能较差 |
| 设备成本 | 一次投入高（单台130万元），使用成本高，可以单台投入 | 一次投入低（铝滑线单台45～60万元），使用成本中等，维护工作中等，需要多台投入 | 一次投入中等（单台80～96万元），初期投资大，使用成本低，维护成本低，需要多台同时投入 |
| 适用场合 | 适用面广，特别适合于中小规模码头 | 适用面中等，特别适合于大中等规模码头 | 适用面有一定要求，特别适合规整和狭长的场地、大中规模码头 |

西班牙某港口集装箱码头RTG等燃油设备二氧化碳排放量占码头总二氧化碳排放量的68.1%。RTG“油改电”将减少43%的二氧化碳排放，降低二氧化碳的同时降低了能源消耗。电动RTG应用的典型港口码头见表4-3。

**表4-3 电动RTG应用的典型港口码头**

| 供电形式 | 供电电流 | 应用的典型港口码头 |
|---|---|---|
| 电缆卷筒形式 | 交流供电 | 深圳招商国际港务码头、天津港第一港埠有限公司、肇庆港、邯郸陆港、扬州港、连云港新东方国际货柜码头、宁波港梅山集装箱码头、苏州太仓港、佛山南港码头、惠州港、珠海港、洋浦港、深圳大铲湾港、曹妃甸港、厦门港海润码头、威海港青威集装箱码头、温州港金洋集装箱码头、挪威奥斯陆港、巴拿马曼萨尼约国际码头（MIT） |

**续表 4-3**

| 供电形式 | 供电电流 | 应用的典型港口码头 |
|---|---|---|
| 刚性滑触线形式 | 交流供电 | 青岛港、广州港、南京港、厦门港、深圳盐田国际集装箱码头、深圳蛇口集装箱码头、湛江港、福州新港国际集装箱码头、营口港、香港 MTL、美国 Georgia Ports Authority Garden City Terminal、土耳其伊斯坦布尔马波特溺谷码头、耶尔波特集装箱码头、香港 HIT |
| | 直流供电 | 天津港东方海陆等集装箱码头、宁波港北仑第二集装箱码头分公司、宁波大榭招商国际集装箱码头、大连港湾集装箱码头、福州港江阴港区、深圳赤湾集装箱码头、深圳妈湾港、美国萨凡纳港的花园城码头(GPA) |
| 高架滑触线形式 | 交流供电 | 上海港振东、沪东、闵东、浦东等集装箱码头,宁波港远东码头、港吉码头、北仑国际集装箱码头 |
| | 直流供电 | 深圳妈港仓码公司 |

2. RTG 转场技术

目前,电动 RTG 转场一般采用柴油发电机组和电池组,分别介绍如下:

(1)改造的电动 RTG 的原大功率柴油发电机组

一般情况下,RTG 原有的柴油发电机组保持不变,保留原有大功率柴油发电机组,柴油机额定功率一般在 400kW 以上,在此基础上进行“油改电”。RTG 正常堆场作业时,采用外接电力驱动;而 RTG 转场时,采用原柴油发电机组驱动,此时柴油发电机组具有很大的冗余,转场时对环境造成的污染较大。

(2)新制造电动 RTG 固定安装的转场小型柴油发电机组

对于箱量较少、堆存周期较长的中小型集装箱码头,RTG 转场作业机会较多,可采用 RTG 上固定安装的小型柴油发电机组,专用于 RTG 的转场使用,柴油机额定功率一般在 100kW 左右,只保证大车运行机构和控制系统、照明等的用电。

(3)新制造电动 RTG 专用的临时转场柴油发电机组

对于大中型集装箱码头,集装箱周转量大,RTG 配备数量一般充足,RTG 转场工作的机会较少,此时 RTG 上不需要每台都固定配备转场用柴油发电机组,而是根据需要多台 RTG 共用一台柴油发电机组单元。这样 RTG 可以取消柴油发电机组,既大大降低了设备投资,同时又降低了设备自重。

柴油发电机组单元作为独立单元,也可直接集成到 20 英尺集装箱内,柴油机额定功率只有 100kW 左右。在 RTG 需要转场时,通过吊耳、钢丝绳悬挂在集装箱吊具下方,起吊至一定高度,然后断开滑触线或电缆卷筒供电,改由柴油发电机组单元供电;转场到达指定位置后,再就近改由滑触线或电缆卷筒供电,将柴油发电机组单元放在地面上,由叉车运到指定位置放置。

(4)多台电动 RTG 共用的移动电源车

将柴油发电机组放到移动车辆的货箱内，将移动电源车开到需要转场的电动 RTG 的供电电源接头处，电源接到移动电源车的供电端，在转场时，移动电源车跟随电动 RTG 一起移动，转场到指定位置后，再改成滑触线或电缆卷筒供电，移动电源车可再去为其他的电动 RTG 转场供应电源，实现多台电动 RTG 共用一辆移动电源车。

(5)电池组为转场提供动力

可采用磷酸铁锂电池或铅酸蓄电池组为 RTG 的转场提供动力，省去柴油发电机组，彻底实现了全电力化的运行。另外，如加装能量回馈单元，在起升下降、机构制动过程产生的回馈能量可存储在电池组中，实现能量的节约利用。

3.轮胎起重机“油改电”

轮胎起重机是件杂货堆场装卸的主要设备，传统轮胎起重机采用柴油机组发电驱动或柴油机液压泵驱动，能源消耗、大气污染物排放、噪声均较大，进行轮胎起重机“油改电”能彻底解决上述问题。

为港口轮胎起重机加装电缆卷筒供电方式，原柴油机组作为转场电源和备用电源，利用电缆卷筒供电控制系统实现电缆卷筒的收放电缆速度与轮胎起重机的走行速度相匹配，将堆场按照网格划分区块，在每个网格的节点处设置供电装置，轮胎起重机在任何区块都可以从节点处的供电装置获取电力。“油改电”后的轮胎起重机增设动力切换系统，保证轮胎起重机转场时可以及时转换为柴油发电机组驱动。

传统发动机液压驱动形式的轮胎起重机也进行了油电双动力的推广应用。油电双动力轮胎起重机采用两套完全独立的供能系统，由发动机和电动机分别驱动。发动机驱动的液压供油系统主要通过弹性盘与发动机飞轮连接，其他各泵通过主泵的取力口获得动力；电动机驱动的液压泵采用变频器控制转速，电动机与液压泵之间通过弹性联轴器相连。在作业现场具有外接电力的条件下，起重机使用电动机模式可达到环保并能降低成本的作用。

4.水平运输车辆“油改电”

港口水平运输车辆是在码头前沿和堆场进行装卸搬运的车辆，主要是以柴油作为燃料驱动。港口水平运输车辆“油改电”是用电池+电动机驱动形式代替柴油机。

纯电动水平运输车辆的驱动包括电动机和储能装置等，常用的储能装置包括化学蓄电池和超级电容等。纯电动车辆中适用的能源是高比能量的化学蓄电池。蓄电池是电动车辆储能装置的主角，其中镍氢蓄电池和锂离子电池的比能量最高，但相应的价格也高。超级电容是通过电极上正负电荷的物理性吸附和脱落而进行充放电操作，具有优越的快速充放电特性，而且寿命也很长。通常情况下，超级电容一般不单独使用，而是在混合动力或纯电动车辆中，作为蓄电池或燃料电池的辅助装置使用。

(1)电动港口牵引车

①电动港口牵引车驱动形式

电动半挂港口牵引车的动力与传动系统包括驱动电动机(变速箱)、传动轴、驱动桥等。目前电动半挂港口牵引车驱动电动机多采用异步感应电动机或永磁同步电动机，变速箱不是电动半挂牵引车所必需的部件，主要根据驱动电动机的选型匹配，电动机直驱技术不使用变速箱。

电动半挂港口牵引车的充电通过两种方式实现：一是通过驾驶室的低压开关控制充电弓的升降来实现车辆从高压电网的充电；充电弓通过一个支架固定在驾驶室后侧的车架上，在车辆需要充电的时候，驾驶员可以直接通过操作驾驶室里面的翘板开关来进行充电操作，充电完成后，充电弓会自动进行降弓操作。二是车载直流充电插座通过充电动机来进行充电。整车可通过DC/DC转换器把高压直流电稳压输出为24V直流电，为低压蓄电池充电。

美国洛杉矶港使用电动集装箱拖挂车。目前，因为电池技术有待提高、供电设备设施不普及等因素，在短期内电动车辆广泛应用的前景并不看好，但是洛杉矶港早就开始了在集装箱码头应用电动牵引车的尝试，目前这一尝试仍在继续。洛杉矶港集装箱码头使用的35辆电动港口牵引车是由Balqon Corporation公司生产，电池控制系统是其核心技术，主要是改善电动汽车的动力性能。电动港口牵引车购置成本约为普通柴油港口牵引车的1.4～1.6倍，电池质量约1.25t，一次充电可以行驶80～100英里，电池充电时间约2h，洛杉矶港使用的每台电动港口牵引车配置一组电池，充电时车辆停驶。

按照通常港口牵引车行驶平均速度约25km/h计算，为应用电动牵引车替代普通柴油牵引车，需要多配置24%～28%的车辆，集装箱码头的牵引车配置成本增加70%～100%；此外，车辆行驶时总得背负1.25t重的电池，额外背负的质量高于普通柴油港口牵引车，增加了能耗。在这样的情况下，美国集装箱码头使用电动港口牵引车的原因如下：尽管美国将二氧化碳作为污染物看待，但是在港口环保实践中，更多注重的是对于周边社区居民生活环境和空气质量的影响，对于影响全球气候变化的二氧化碳的减排重视程度相对较低，港口使用电力代替燃油，将使用燃油影响港区周边环境和空气质量的污染物排放有效转移出去了，因此，美国港口将其视为“零排放”措施，将车辆电气化视为解决港口环境问题和推动港口绿色发展的最有效手段。

②超级电容电动形式

陕西汽车集团公司进行了超级电容作为动力源的电动牵引车的研究工作。陕汽开发的电动牵引车选用50组超级电容作为动力源，大功率电动机驱动的纯电动设计，具有启动力矩大、调速精度高、系统效率高、维护简便等优点，达到零排放、无污染、低噪声，预计使用费用比传统柴油机减少1/3左右，在短距离、固定区域内，运行机动灵活，性价比高。但由于各种原因，该电动牵引车并未在港口得到推广。

③锂电池电动形式

2018年，天津港集团公司、中国重汽集团公司和天津主线科技公司三方携手打造的无人驾驶电动集装箱卡车在天津港开启试运营。该电动集装箱卡车是由电池模块驱动，车上安装了北斗定位系统和激光雷达、毫米波雷达、摄像头等设备进行智能行驶。该车配备了世界先进的驾驶系统和成熟可靠的纯电中央驱动控制系统，整车满载行驶可达120km/h，并且充电时间小于1h。

电动牵引车以其低能耗、零污染的优点在国外已经得到了较广泛的应用，已在我国深圳妈湾港、广州港、武汉港、上海港、厦门港、宁波舟山港等港口得到了应用，但从长远发展来看，电动牵引车在国内有广阔的发展前景。

(2)电动自动导引车

电动自动导引车(AGV)有采用锂电池和铅酸电池两种常用方式，电池为电动机供电，电动机通过联轴节、驱动桥等机械元件驱使车轮运转，这种传动方式在工程车辆上广泛使用。

国外纯电动AGV技术已经非常成熟，并在一定范围内得到了应用，Gottwald在2009年与德国汉堡港合作试运行了铅酸蓄电池全电动AGV，目前已在荷兰鹿特丹的APMT和RWG、美国长滩LBCT等新码头实施应用；ZPMC在2002年开发的第一代样机率先采用了基于超级电容＋小型柴油机的混合动力系统，随后又在厦门全自动化码头上采用了锂电池电动AGV。

德国汉堡港配备86台电动AGV，是CTA“码头绿色效率”的最新成功案例。该项目于2011年9月完成了“零排放”试点，并获得了著名的“汉斯环球2011”可持续发展奖。该电动AGV有效载荷为60t，电池可在5min内被自动电池更换站(连续运行17h后)替换，电池驱动的AGV在CTA码头要求苛刻的运行环境中创造了新的经济和生态纪录。欧洲区域发展基金(ERDF)为这种转换为电池驱动的电力驱动车辆提供约800万欧元的资金，主要用于减少二氧化碳排放量，系统改造并使用可再生能源发电，每年将减少约15500t二氧化碳。同时减低了噪声、细颗粒物、烟尘和氮氧化物排放。

(3)电动空箱堆高机

世界各国制造厂商和用户正在尝试空箱堆高机的“油改电”。

2019年10月，美国洛杉矶港推出了号称全球第一台电动空箱堆高机，该设备由美国泰勒(Taylor)机械公司制造，配备了1MW的电池，可满足连续工作18h的需要，每台设备都配有一个数据记录器，用于跟踪运行时间、充电频率、能源使用情况和其他性能指标，数据收集还包括从设备操作、维护人员获取相关的信息。电动空箱堆高机是770万美元的Everport先进货物装卸示范项目的关键部分。加州能源委员会(CEC)正在为这一大规模零排放技术项目提供450万美元的可持续发展补助金。青岛港某集装箱码头改造了两台空箱堆高机，用锂电池＋电机驱动的形式代替了原来报废的发动机，改造费用为100多万元，改造后的使用情况良好。徐工集团生产的空箱堆高机由100kW驱动电机加120kW举升电机为系统提供动力，电池采用磷酸铁锂电池，容量为350kW·h。

(4)电动集装箱正面吊

徐工集团研制了电动集装箱正面吊，主电机直接与驱动桥连接，转速为1000r/min，采用422kW·h大容量免维护动力电池，拥有智能化的能源管理系统，再辅以回收率可达20%的能量回收技术，将集装箱吊具的重力势能及刹车时动能转化为电能，对电池进行充电，电池系统充电需要2h，可连续工作8h。

(5)其他电动车辆

博雷顿公司生产的纯电动装载机，额定载量为5t，最大磷酸铁锂电池容量为282kW·h，充电时间为0.8～1.5h，续航里程为6h，工作电机功率为200kW，驱动电机功率为240kW。

自2017年以来，德国汉堡港一直在努力使港口地面载重运输车辆的动力系统逐步替换成锂离子电池供电，为此需要建立一套全新的基础设施，包括充电站、变压器和电力线等。这套锂电池节能设备、系统和工艺不仅能够减少当地的污染物排放，而且具有经济效益，因此，汉堡港在进行新的和替代性投资时，特别注意使用节能、低排放的设备。2017年，所有电动车辆的车队增至79辆。汉堡港的电动车辆由可再生电力驱动，是一种低噪声、低维护的解决方案，在港口属地不会产生排放。电动车辆每年行驶约50万千米，可减少约160t二氧化碳排放。

由于我国电动车辆市场的发展缓慢，相应的电池产业链等技术落后，在一定程度上影响了新能源技术在港口水平运输车辆上的应用，因此我国在新能源港口水平运输车辆的研发上具有重大缺口，应加快新能源驱动技术的投入。

我国已经进行了各种电动车辆及电池的研发工作，但由于港口水平运输车辆的载重量大相应要求功率较大，采用先进的锂电池驱动，须突破体积与质量、安全性及电池、电动机和控制系统的匹配等问题，锂电池尤其是磷酸铁锂电池作为港口水平运输车辆的动力能源技术已经成熟，只是经济性问题。但是随着电池及相关技术的发展，锂电池和氢燃料电池成本逐步降低，采用电池为港口水平运输车辆提供动力是未来一个重要的发展方向。

5.水平运输车辆无接触式供电技术

无接触式供电技术类似于目前比较流行的手机无线充电技术，其供电原理是埋藏于地下的主线圈通电后，与车辆底部的副线圈之间通过电磁感应向车辆端传输电能。

无接触式供电板从设置在路面的地面充电板获得电能，通电时可为电动机供电，驱动车桥和车轮，使得整车运行，同时可为动力电池充电，当行驶到没有地面充电板的路段，由动力电池为电动机供电，驱动整车运行。

在水平运输车辆上设置无接触式供电板，与固定区域地面设置的能量输出组件相匹配，当水平运输车辆通过地面充电板区域时，充电板自动对水平运输车辆的无接触式供电板进行供电。其他交叉运行区域采用储能装置如锂离子电池对水平运输车辆进行供电。

6.电动集装箱吊具

传统集装箱吊具一般为液压驱动，液压集装箱吊具动力源一般采用电动机带动油泵的形式，把电能转化成压力能。吊具的所有机构由液压泵来驱动。液压集装箱吊具上的伸缩、转销开闭等动作均由液压动力驱动液压油缸提供，吊具上一般装有集成的液压动力站。而电动集装箱吊具上的伸缩、转销开闭等动作均由电动动力源驱动，由电动推杆代替液压油缸。电动吊具是近年来发展比较迅速的一种吊具，其运行原理、结构形式相对于液压伸缩式吊具区别很小，不同之处在于电动吊具用电动机等电动驱动装置来实现所有的动作。

电动吊具的能耗约是传统液压型吊具的十分之一。在传统液压型吊具上，由于液压动力站一直处于工作状态，因此液压吊具能耗大。而在电动吊具上，电动机只在需要动作时才通电，有效降低了能耗，从而降低了吊具的使用成本。

4.3.2.2 船舶靠港使用岸电技术

船舶靠港使用岸电技术是指船舶靠港时，将港口电网的电力通过岸上的供电设施，经过船-岸连接电缆，供应船舶使用，取代辅助发电机组（辅机）燃油发电，从而可以停掉辅机，避免了辅机燃油发电产生的污染物在港口的排放。在当前情况下，船舶靠港使用岸电是节能、环保、减噪、低碳的技术，随着国家电力越来越清洁、发电效率越来越高，船舶靠港使用岸电的环保和减碳、节能效果会更好。船舶靠港使用岸电技术不仅适用于港口停靠的外来船舶，同样适用于港口港作拖轮、公务船等。

船舶靠港使用岸电系统主要包括港口岸电设施、船岸交互部分和船舶受电设施三个部分。港口岸电设施是码头将供电部门提供的电力（35kV）经过码头变电站变为 10kV 后，再经过港口的变频变压（外贸码头停靠船舶的频率是 60Hz），一般港口岸电设施输出 6.6kV/60Hz 或 6.0kV/50Hz 的电力，以及 450V/60Hz 或 400V/50Hz、220V/50Hz 的电力。船岸交互部分包括码头的接线箱、船舶的电缆插头等。受电的船舶根据船舶接受电压的不同分为高压船舶和低压船舶，如高压船舶受电设施包括电缆卷盘、控制屏、监控系统等，低压船舶受电设施一般还包括变压器等设备，当然由于供电方式的不同系统的构成会有所差别。具体技术及应用情况详见《靠港船舶使用岸电技术及应用》（李海波等著，武汉理工大学出版社 2019 年出版）。

在交通运输部的大力推进下，船舶靠港使用岸电建设和使用已经初见成效。截至 2020 年 6 月，全国已建成岸电设施 5800 多套，覆盖泊位 7200 多个（含水上服务区），大部分岸电分布在内河区域。港口按照进度完成港口岸电布局方案目标，“十四五”时期在国家“双碳”目标推动下，船舶靠港使用岸电是碳达峰、碳中和的重要抓手，国家将进一步加大港口和船舶岸电建设力度，集装箱码头、客滚码头、邮轮码头、三千吨级以上客运码头、五万吨及以上干散货码头岸电泊位覆盖率将进一步提高。目前岸电主要的问题是船舶受电设施较少，整体岸电的使用率不高。

4.3.2.3 港口设备混合动力技术

港口设备混合动力技术主要是将柴油机或燃料电池与储能型电池相结合，从而降低柴油机或燃料电池功率的驱动技术。基于柴油机的混合动力技术是由柴油机驱动向完全电动化的过渡阶段技术，传统柴油机混合动力设备仍有小功率的柴油机在工作，港口设备最终目标是完全电动化，最终要走向使用氢燃料和实现零排放。

国外对混合动力轮胎式集装箱门式起重机(RTG)研发起步较早,技术较为先进,在转换效率、能量回收、柴油机气体排放、噪声、废油水泄漏等方面取得很好的效果。西门子的经济节能型轮胎式门式起重机(ECO-RTG)的柴油机组采用最新的驱动发电技术,充分体现了混合动力驱动和能量需求综合管理的技术优势,通过动态功率管理,使发动机始终处于最佳运行区域或怠速状态,最大限度地降低了油耗。日本株式会社安川电动机公司研发了满足节能控制要求的超级电容存储再生能量控制技术,以超级电容为储能系统。当 RTG 处于怠速等候状况时,发电机组直接向超级电容充电,而在各运行机构工作时,超级电容存储的能量和柴油发电机组共同提供所需电能。通过超级电容与小容量发电机组,达到节油和降耗目的。日本名古屋港的锅田集装箱码头采用了混合型 RTG,下降过程中产生的电力被存储在电力存储设备中,供 RTG 在起升周期中再次利用,这样废气排放量就减少了约 40%。上海振华重工(ZPMC)超级电容 HYBRID RTG 系统充分发挥超级电容的超大容量储能、快速充放电及长使用寿命的特性,组成包括超级电容能量回收系统的起重机。还可将锂电池应用于 RTG 上,利用多组高功率锂电池和一个小功率柴油发电机组组成的 RTG 锂电池动力系统取代传统 RTG 的大功率柴油机组可以获得很好的节能减排效果,大幅降低运营成本。

RTG 工作环境相对固定,可以由市电提供动力。而对于像集装箱正面吊等港口水平运输车辆,由于其机动性大,不能采用市电提供动力。港口水平运输车辆进行混合动力改造是一项重要的节能技术。目前,相对成熟的混合动力系统主要有燃油/电动混合动力(简称电动混合动力)和燃油/液压混合动力系统(简称液压混合动力),可根据不同情况对电动混合动力和液压混合动力进行选型研究。液压混合动力传动系统是基于二次调节静液传动技术而形成的一种新型传动系统,可回收车辆的制动动能,保证发动机工作于最佳燃油经济区。相对于电动混合动力技术,静液传动技术具有功率密度大的特点,存储能力强并在短时间内完成能量释放,在中、重型车辆和工程机械上具有较广的应用前景和较好的应用价值。

液压混合动力适用于燃油动力设备尤其是燃油液压驱动设备,不仅能够有效利用制动动能,而且通过改造能够利用吊重下降时的势能。液压混合动力的制动动能被送入液压蓄能器,并马上在车辆启动阶段得到重新利用,对于启动及停车周期频繁而短暂的车辆而言,液压混合动力是理想之选。尤其是港口的燃油动力设备的自重和起吊载荷都很大,以集装箱正面吊为例,最大吊载 45t 集装箱时,整机质量约为 115t。整机质量大,制动时可在短时间内蓄积大量的制动能量。液压混合动力改造有并联和串联液压再生系统两种方式,并联方式尤其适用于不带静压驱动的燃油动力车辆,在车辆上安装液压再生系统是作为一种辅助系统来使用;串联方式用于采用静压驱动的车辆上,充分利用静压传动系统现有部件节省燃油消耗。美国的 Eaton Corp 和 Parker Hannifin 两家公司都进行了液压混合动力系统的开发,其明显优势是提高了燃油经济性和减少了排放。Kalmar 的集团公司芬兰 Cargotec 公司与新加坡科技动力有限公司( ST Kvnetics) 合作，共同完成新加坡国家港务集团（PSA）液压混合动力技术的开发，将 hyPOWER 混合动力液压驱动装置整合到 Kalmar 的牵引车上，首台混合动力车已在 2009 年 11 月投入使用，能够实现节能减排 15%左右。美国 Capacity 公司开发出一种串联电动混合动力牵引车(PHETT)，可减少 60% 的燃油消耗，降低 30% 的噪声。

2013 年科尼公司推出混合动力集装箱正面吊，最大的起升能力是 45t，其动力系统由柴油发动机直接驱动发电机，整个行驶系统实现电气化驱动；液压起升系统由电动马达直接驱动；设备配备能量储存装置超级电容能源可再生系统，用于回收和储存能源，确保满足车辆牵引、提升等操作需求，传统的设备每小时的能耗为 20～26L，而混合动力正面吊每小时的能耗为 8～10L，在环境保护和成本节约方面具有显著优势。

燃料电池车辆非常适合混合动力技术，即燃料电池＋蓄电池的混动模式。混动的本质是系统可以根据外部载荷的不同，调整主动力的输出，而燃料电池自身调整负载非常复杂，如燃料电池管理系统中调整进气量，燃料电池电堆、空压机等核心部件适应不同工况等。储能蓄电池像一个蓄水池一样不断地进行充放电调整，以平衡供电系统的功率特性和容量特性。2010 年 4 月美国洛杉矶港引进由 Vision Industries 公司与 Capacity 公司合作开发的零排放插电式电动/氢燃料电池混合动力码头牵引车(ZETT)，由氢燃料电池和锂电池共同为车辆供电，该牵引车可连续工作 16h，充电仅需 15min，以明显的优势超过电池动力牵引车，每台设备的成本不超过 28 万美元。

丰田公司推出的燃料电池的电电混合模式，不仅具有能量回收功能，还能“削峰填谷”，从而让燃料电池工作在最佳的状态。燃料电池电电混合系统是由燃料电池、锂离子电池构成，燃料电池可以和锂离子电池同时出力，实现功率提升功能。

德国汉堡港采用传统的柴油-液压驱动集装箱跨运车（最高堆 4 层集装箱）进行集装箱的水平运输和垂直装卸，每台集装箱跨运车每小时消耗 30L 柴油。2004 年开始采用柴油-电力混合驱动后，节约 20%～30%的燃油，仅 2005 年至 2008 年就减少二氧化碳排放 22000t。2009 年通过优化集装箱跨运车的驱动技术，每台集装箱跨运车每年搬运作业时间为 4500h，40 台集装箱跨运车的车队每年节省 100000L 柴油。

港口轮胎起重机混合动力系统是在常规的轮胎起重机的柴油发电机组中加入蓄电池或超级电容等储能装置，降低柴油发电机组的能源消耗。

### 4.3.3 清洁能源及新能源利用

#### 4.3.3.1 港口设备“油改气”

天然气作为新型的车辆燃料具有显著的环保性、安全性、经济性等特点，由于天然气车辆的排放性能好、运行成本低、技术成熟、安全可靠，所以被世界各国公认为最理想的替代燃料车辆。天然气是车辆和船舶减少排放的重要过渡性能源。天然气包括液化天然气(LNG)和压缩天然气(CNG)，目前，液化天然气作为一种新型的清洁型燃料得到了广泛的应用。但“油改气”并不是一个彻底解决环境问题的措施，因为改为使用天然气后还会带来一定的污染物排放，尤其是氮氧化物的排放，而氮氧化物也是 PM2.5 的重要来源。

国家鼓励、支持试点采用清洁能源 LNG 驱动港作船舶、港作车辆及其他流动机械。2012 年国家发展改革委颁布的《天然气利用政策》中，明确规定 LNG 汽车属于"优先类"用气项目。国家清洁汽车行动已将天然气列为首选的车辆替代燃料。

国内外主要港口水平运输车辆生产商都推出了 LNG 车辆。国内的发动机制造商的天然气发动机技术已经成熟。国内沿海的多个港口已应用或试用了各种 LNG 港口水平运输车辆，国产的 LNG 港口水平运输车辆从技术上和市场上都不断进步和成熟，主要有：LNG 港口牵引车、LNG 集装箱正面吊、LNG 装载机、LNG 挖掘机等，其中 LNG 牵引车技术最为成熟。

1. LNG 牵引车/集装箱卡车

2009 年 7 月陕汽新试制两辆 LNG 半挂港口牵引车顺利下线并交付深圳盐田国际集装箱码头使用，成为国内将 LNG 技术应用到半挂港口牵引车的较早企业之一，盐田国际集装箱码头、宁波港等是国内最早使用 LNG 为燃料的半挂牵引车的港口。

2012 年哈工机械向市场推出了采用举升式鞍座的以 LNG 为燃料的 80t 半挂港口牵引车，并交付天津港使用。同期，中国重汽集团也有 LNG 燃料半挂港口牵引车供应市场。与柴油动力相比，LNG 发动机驱动的半挂港口牵引车节能减排效果显著。如对现有的使用柴油发动机的半挂牵引车进行改造，一般是将柴油发动机换成相应型号的 LNG 发动机，改造成本较大。

目前 LNG 牵引车在我国港口得到了广泛的应用，如深圳盐田港、宁波港、上海港、广州南沙港、青岛港、日照港、厦门港、天津港等港口均使用了 LNG 港口牵引车，其中深圳盐田港、宁波港、上海港、青岛港等应用数量在百台以上。目前国内在推进 LNG 车辆的过程中，存在 LNG 加气站审批程序复杂、建设难度大等问题，在一定程度上阻碍了 LNG 的推广。

国外一些港口设备制造厂家在制造港口水平运输车辆时已经根据不同用户的要求采用 LNG 发动机，如瑞典 Terberg 公司、Kalmar 公司和美国 Capacity 公司就有配备康明斯 LNG 或 CNG 发动机的码头牵引车，其技术性能和参数达到柴油发动机水平。我国一些港口引进了国外生产的以 LNG 为动力的流动机械，在节能减排方面已有显著成效。

长滩港、洛杉矶港实施清洁卡车（主要是 LNG 卡车）计划，清洁卡车计划要求所有服务于洛杉矶港和长滩港的卡车在 2012 年 1 月 1 日之前，在安全保障达标的基础上，满足 2007 年美国环保署制定的重型道路机动车辆排放标准规定。清洁卡车项目针对卡车换置计划需要大额财政投资。2009 年洛杉矶港务局和长滩港务局开始收取清洁卡车费（凡是不符合 2007 年及以后生产使用且装载集装箱的卡车需缴纳 35 美元以上的清洁卡车费），所收取的资金用于补贴符合条件的卡车更新为清洁卡车。洛杉矶港务局和长滩港务局、加州空气资源委员会、南海岸空气质量管理局为申请购买符合标准的卡车申请者提供 5 万美元的补贴。洛杉矶港务局提供每台 2 万美元的补贴，用以鼓励在圣佩德罗湾港区购买美国环保署发布的标准规定的集装箱卡车，补贴共计大约 4400 万美元。洛杉矶港务局、长滩港务局和南海岸空气质量管理局共同管理 2500 万美元的消费激励专项基金，鼓励购买 500 辆 LNG 卡车。在该项行动中，只要满足排放标准的卡车都有资格参与行动项目。为了鼓励港口集装箱卡车车队引入由替代燃料驱动的车辆，港务局特别设立了 LNG 卡车达到 50%的目标，希望补贴奖励机制可以促成这一目标。港务局也采取积极行动，开发并检验那些利用电池组和氢燃料电池驱动的先进卡车技术，以应用在港区的行动计划中。目前集装箱卡车登记中心约有 16000 台卡车(15100 辆柴油车和 900 辆 LNG 车)，2016 年 5 月，38%的发动机达到了 2010 年标准要求。

在洛杉矶港和长滩港运行的包括 LNG 集装箱卡车在内的清洁集装箱卡车每年将减少超过 30t 的颗粒物排放。美国 LNG 与石油相比较，经济优势显著，进出洛杉矶港和长滩港的集疏运集装箱卡车中目前已经有 1000 多辆的 LNG 动力卡车。美国通用电气油气公司(GE Oil & Gas)、美国环保协会(Environmental Defense Fund)等机构，均认为美国用能结构向更多使用 LNG 方向发展，符合美国的国家利益，但是目前美国港口使用 LNG 动力的港口设备和车辆不是很广泛，主要原因如下：使用 LNG 代替燃油，尽管减少了硫氧化物、颗粒物的排放，但是依然存在氮氧化物的排放，无法有效解决港口生产对周边社区的环境影响。

2. 其他 LNG 车辆

2010 年，徐工集团研发推出 LNG 装载机，随后在港口、矿山等领域得到推广应用。2012 年，8t LNG 装载机在连云港进行试验研究。随着我国经济的发展，国家对生态文明和绿色发展工作日益重视，LNG 装载机以其良好的社会效益、经济效益正在成为 LNG 利用的一个重要方向。2013 年以来，各制造商分别推出了 LNG 挖掘机、自卸车、轮胎吊、空箱堆高机等产品。

2013 年 Kalmar 开发了双燃料驱动正面吊，由柴油和 LNG 燃料驱动的发动机提供动力，可以减少对环境的影响和降低能源消耗。未来港口将建设越来越多的 LNG 加气站，会有更多正面吊等港口水平运输车辆使用 LNG。LNG 将减少污染物排放，在一定程度上也能降低运营成本，经过运行测试每小时能够降低 20%的燃油成本。这种双燃料正面吊将为客户提供一种更节能、更低排放量的港口水平运输车辆。

#### 4.3.3.2 港口设备“油改氢”

氢燃料电池是利用外部供给的反应物发电，通过依次排出生成物连续产生电能的电池，氢燃料电池是直接把化学能转换为电能，所以效率很高，而且反应排出气体的主要成分是水蒸气，具有较好的环保性。目前，国家正在加大港口柴油机污染的设备淘汰和大气污染物排放的治理力度，实现港口设备“油改氢”是解决港口区域大气污染、温室气体排放问题的最佳途径。

氢燃料电池的一种重要特点就是加气快，续航里程长，对于港口设备一班连续工作

12h 来说，完全没问题。在港口加氢站的布置相对来说也较容易，可在原加油站附近布置加氢站，另外，港口可以利用海上运输来的氢的优势使用氢能。目前氢气的使用成本较高，但随着终端设备用氢量的增加，在氢能推进前期，国家会有相应的补贴，在制氢、运输、储存等环节降低相应的成本。未来会有更多的柴油机驱动港口设备替换为氢燃料电池港口设备，甚至如果氢能的成本下降后，部分电力驱动港口设备替换为氢燃料港口设备。

如前文介绍，美国洛杉矶港引进的零排放电动/氢燃料电池混合动力牵引车具有充电快、连续工作时间长、成本相对较低的特点。

燃料电池在港口重型车辆方面的应用逐渐增多，2018 年 7 月，丰田正式对外展示其第二代氢燃料电池卡车。该车是零排放半挂卡车，续航里程升级后逾 300 英里(483km)。丰田指出，其燃料电池卡车原型车(第一代)于 2017 年 4 月开始运营，在长滩港口和洛杉矶港口之间的街道上行驶了近 1 万英里。此外新推出的第二代车型 Project Portal 2.0 将在进行实地测试，新款 Beta 的总质量为 8 万磅，采用氢燃料电池，每次填充的行驶里程超过 200 英里，其中包括一对 Mirai 燃料电池组和一个 12kW · h 电池，功率达到 670 马力。

燃料电池叉车的使用成为港口实现零排放的重要举措。截至 2019 年 9 月，全球燃料电池叉车保有量超过 2.5 万台，其中美国最多，占全球销量的 96.7%。

2019 年，江铃重汽推出了 4×2T 燃料电池半挂牵引车。半挂牵引车车重 8970kg，轴距为 4200mm，最高时速为 89km/h，主要用于公路运输，续航里程突破了 300km。大功率燃料电池实现了裸堆 110kW 以上功率输出、燃料电池系统 95kW 以上功率输出。对比纯电动车，氢燃料电池车型最大的优势是续航里程长，该车搭载有 8 个 140L 的氢气瓶和 127kW · h 的电池包，氢气瓶的规格是普通的 35MPa，续航里程可超过 400km。

2019 年 10 月，青岛港前湾集装箱码头公司参与研发、测试的 3 台氢能源集卡车正式投入测试运营，在全国同行业中率先成为氢能源集卡车运行应用的码头。该氢燃料集卡车采用氢燃料反应堆(输出功率为 60kW)配合锂电池(容量为 133kW · h)驱动，车辆综合续航能力为 210km，最高车速 35km/h。该集卡车以氢气和氧气为原料，反应后产生水和能量，解决了传统车辆环境污染的问题，是一款高效、清洁、零污染、零排放的新型新能源车辆。

2019 年 11 月，氢动力自动化轨道吊在青岛港完成试点测试并投入运行。该项目采用了青岛港自主研发、集成创新的氢动力自动化轨道吊、5G＋自动化技术等科技成果。通过在轨道吊上加装氢燃料电池组、大功率锂电池组以及自动充电系统，给自动化轨道吊提供动力，减轻了设备自重，并实现完全零排放。

2020 年 4 月初，福田汽车与北京民航机场巴士有限公司等企业，准备在加氢以及氢燃料电池客运车运营方面合作，称要引领客运“氢”时代，未来穿梭机场的巴士可能都是氢能源车。

#### 4.3.3.3　风能和太阳能应用技术

1. 太阳能加热和制冷技术

(1)太阳能加热技术

目前世界绝大部分国家已把发展可再生能源作为占领未来能源领域制高点的重要战略措施，我国太阳能等可再生能源发展较快，太阳能热水器年增长速度达到了20%以上，太阳能建筑已经成为开拓经济增长点、节约能源的有效途径，如天津港在太阳能建筑方面进行了有益的探索。

目前在建筑领域，已经实现太阳能热水器与建筑一体化。太阳能热水器可以为港口供应生活用水，用于生活区洗澡。除了可用于生活用水加热外，太阳能也可用于建筑采暖。

(2)太阳能制冷技术

太阳能制冷技术可用于替换空调制冷。主要有两种方式：一种是利用太阳能集热器实现光热转换，以热制冷；另外一种是利用光电转换器实现光电转换，以电制冷。目前太阳能制冷技术仍在发展中，需不断解决系统成本、系统可靠性和稳定性等问题。

2. 太阳能光伏发电技术

太阳能光伏发电是根据光生伏特效应原理，利用太阳电池将太阳能直接转化为电能，是未来改善港口能源消费结构、提高可再生能源比例的重要措施。将太阳能光伏设置在港口建筑物的屋顶、顶棚上，也可以充分利用闲置空地，进行光伏发电。太阳能发电可以应用于路灯、航标灯等供电，也可以直接将发电并入电网。

我国已有多个港口探索太阳能光伏发电技术在港口的应用。如厦门港结合自身特点，充分利用港区内仓库及办公场所屋顶面自然条件，开展太阳能光伏发电系统应用，目前已经完成多个分布式小型太阳能光伏系统的建设工作。比如厦门港海天码头机材仓库和机修车间屋顶建立光伏发电系统，占地面积约720$m^2$，电站装机容量60kW，共采用240块250W多晶硅光伏组件，预计1年光伏发电系统的发电量为6万kW·h。随着相关技术的发展，太阳能光伏发电成本越来越低。

3. 风能发电技术

风能开发利用的形式主要是以风力作为动力或风力发电。而现在风力发电成为风能利用的主要形式，受到各国的高度重视，发展速度较快。海岛和边远地区甚至海上的风力资源丰富，可以进行风力发电。如曹妃甸港在港口沿岸布置了4台风力发电机组，该风机系统可以为曹妃甸港口照明设备提供足够的电能，而且可以将其并入电网，为其他设备提供电能，以节约能源的使用，减少环境污染，对于改变港口用能结构具有重要意义。

欧洲安特卫普港建设了风力发电设施，取得了较好的经济效益和社会效益。德国汉堡港也建设了风力发电设施，为港口提供绿色电力，2020年在集装箱码头托勒港(CTT)，能源供应商汉堡能源太阳能公司安装和运营的光伏发电系统产生了94690kW·h的无二氧化碳电力。

江阴港在港区闲置区域内安装了分布式风力发电系统，装机容量为16.8MW，据统计，2020年发电3586万kW·h，其中由港口消纳2083万kW·h，港口用风力电量占风力总发电量的比例为58.1%，港口用风力电量占港口总用电量的比例为46.13%。目前天津港、大丰港等港口也在筹划建设风力发电。风力发电系统是港口实现碳中和的重要支撑。

4.风光互补供电技术

港口除了应用太阳能发电外，还有风能和太阳能相结合的典型应用——风光互补供电技术。其中风光互补照明技术是完全依靠太阳能和风能进行供电的节能、环保、自动化程度较高的照明技术，可以实现太阳能和风能相互弥补各自的缺点，保证稳定供电。风光互补照明灯是以白天太阳光/风能作为能源，利用太阳能电池及风力发电机给蓄电池充电，把太阳能及风能转换为化学能储存在蓄电池中，晚间使用时以蓄电池作为电源给节能灯提供能量，把蓄电池中的化学能转变成光能，使照明灯工作。太阳能照明系统包括太阳能电池板、充放电控制器、蓄电池和光源，既可直接产生低压直流电，也可通过逆变器转换成交流电，然后供给照明负载。

4.3.3.4　热泵节能技术

1.热泵技术原理

热泵是以消耗少量电能或热能为代价，将大量的低温热能输送到高温热能，其工作过程类似于水泵泵水过程，水泵消耗少量的电能（水泵的电动机）将大量的水从低位处泵送到所需的高位处。

热泵所泵取的有效能等于低温热能加上所消耗的电能或热能。与传统的热水器等加热装置所获得的热能小于所消耗的电能或热能相比，热泵所泵取的有用热能总是大于所消耗的电能或热能。因此，与传统加热装置相比，热泵实现的节能效果显著。

热泵按照工作介质不同，分为空气源热泵、地源热泵和水源热泵。

2.空气源热泵技术

空气源热泵是指工质通过换热器与室外空气换热而制取热量的热泵系统。空气源热泵以环境空气作为低品位热源，用来制取热水，是比太阳能热水器更为节能环保的热水系统。热泵工作时把空气中储存的能量在蒸发器中加以吸收，压缩机消耗少量电能将空气压缩，通过工质循环系统在冷凝器中释放能量，热泵输出的能量为从空气中吸收的能量和压缩机消耗的电能之和，由此可见热泵技术可以实现较大的节能。空气源热泵冷、热源合一，安装方便，适用范围广，但空气源热泵受环境温度影响较大，另外初始投资较高，噪声也较大。空气源热泵可与太阳能热水器相结合，与太阳能的利用实现优势互补。日照港空气源热泵生产出的热水可以用来作采暖的热源，也可以用来满足其他生产、生活需求。上海港空气源热泵系统满足职工生活热水的需求。

3.地源热泵技术

地源热泵系统是以岩土体、地下水或地表水为低温热源，由水源热泵机组、地热能交换系统、建筑物内系统组成的供热空调系统。地源热泵技术是利用浅层地温资源作为热源。地源热泵系统一般由室外地能换热系统、循环系统、地源热泵机组系统和建筑物采暖、空调系统等部分组成。地源热泵系统根据地热能交换系统形式不同分为土壤源热泵系统、地下水源热泵系统和地表水源热泵系统等三种类型。地源热泵系统具有充分利用地热能可再生能源、环境效益好、节能效果好、运行稳定可靠等特点,但产品成本和初始投资较大。港口企业因地制宜采用不同形式的地源热泵技术为改变能源消费结构提供了新思路,是对国家绿色港口政策的积极响应,在节约能源、防治环境污染方面有着较大意义。我国港口的综合办公楼、候工楼、食堂、职工公寓等辅助建筑物已开始采用地源热泵技术,如天津港、京唐港、河北港口集团黄骅港区等。天津港在地源热泵技术方面进行了十几年的有益探索,据统计截至2012年底天津港港区共有35万平方米以上的建筑采用了地源热泵空调系统。

4. 水源热泵技术

水源热泵是以水为介质来提取能量,实现制热和制冷的热泵系统。若采用地表水或地下水作为冷、热源的水源热泵属于"地源热泵"的一种。港口应用水源热泵技术主要以海水源热泵技术为主。

海水源热泵技术用于为港口提供生活热水等。大连港集团在矿石码头公司、散粮码头公司、杂货码头公司、集装箱码头公司等推广海水源热泵技术,整个集团采用该技术建筑物的总面积已达到45000 $m^2$。

#### 4.3.3.5 海洋能利用技术

海洋能是海洋所具有的能源,是海水运动过程中产生的可再生能源,主要包括潮汐能、波浪能、海流能、温差能、盐差能。

潮汐能是海水在月球和太阳等天体引力作用下,所进行的有规律的升降运动产生的能量,是指海水潮涨和潮落形成的水的势能。潮汐发电与普通水利发电原理类似,通过出水库,在涨潮时将海水储存在水库内,以势能的形式保存,然后在落潮时放出海水,利用高、低潮位之间的落差,推动水轮机旋转,带动发电机发电。

港区公共建筑临海建设,具备利用潮汐能发电的基本条件:一是潮汐的幅度必须大,按照目前的发电技术,3m以上潮差才具有实际利用价值;二是海岸的地形必须能储蓄大量海水,并布置土建设施。这两个条件对于港区利用潮汐能提出了限制,国内港口潮差较大,基本分布在东海、黄海沿岸,而潮差过大对于港口生产会造成不利影响。另外在港区海域中布置发电设施不利于船舶靠泊、驶离等作业安全。现有潮汐能发电工艺虽然在港口应用受到限制,但是作为一种极具潜力的可再生能源,随着技术发展成熟,将会在港口得到应用。

#### 4.3.3.6 生物质能利用技术

生物燃料是由生物质组成或萃取的固体、液体和气体燃料,通过生物资源生产的燃料乙醇、生物柴油和航空生物燃料等,可以替代由石油制取的汽油和柴油,是可再生能源开发利用的重要方向。

生物柴油是利用植物油脂或动物油脂等可再生资源制造出来的可以替代传统柴油的清洁安全的新型燃料。生物柴油与传统柴油具有相近的性能，并且具有：优良的环保特性（生物柴油排放的二氧化碳比传统柴油少40%～60%）、较好的低温发动机启动性能、较好的润滑性能、较好的安全性能、良好的燃烧性能、可再生性能、无须改动柴油机、可直接添加使用等特点，同时无须另添设加油设备、储存设备及人员的特殊技术训练。

由于生物柴油成本高，以及生物柴油原材料供给的有限性，可将生物柴油以一定比例与传统柴油混合使用，以降低成本、提高动力性，并降低大气污染物排放。康明斯公司声称满足欧美非公路用排放标准的工程机械发动机 QSB 4.5、QSB 6.7、QSC、QSL、QSM 和 QSX 都可以使用 B20 混合生物柴油（由80%的传统柴油加20%的生物柴油混合而成）。我国港口的集装箱正面吊和空箱堆高机大部分使用的是该公司的工程机械发动机，虽然排放标准已经达到了欧洲标准，但是为了进一步降低排放，可以考虑使用混合生物柴油。

美国是交通运输部门消耗石油燃料比例最多的国家之一，为改善石油类燃料的环保性，美国在石油燃料中添加生物燃料。生物柴油实际上是最初用于汽车的燃料，但后来被柴油所取代。如今生物柴油被添加到柴油中，改善柴油的性能。2018年，生物燃料消费总量约占美国交通运输部门能源消费总量的5%，其中生物柴油占1%，乙醇占4%，乙醇作为生物燃料添加到汽油中。美国也是世界生物燃料生产最多的国家之一，主要以大豆为原料生产生物柴油。

欧盟是世界上最主要的生物柴油生产地，生产原料主要是油菜籽和向日葵。欧盟声称2020年生物柴油的使用量将占所有交通燃料的10%。

### 4.3.4 港口设备轻量化技术

#### 4.3.4.1 港口设备结构轻量化

《交通强国建设纲要》指出推广新能源、清洁能源、智能化、数字化、轻量化、环保型交通装备及成套技术装备。面对全球倡导的绿色低碳循环理念，码头运营公司对码头主力设备也提出节能要求，即在满足各项性能指标的情况下，力求设备的轻量化及低能耗，从而有效降低码头长期运营费用。

港口设备轻量化技术就是指应用的机械零部件和整机质量大幅减少，同时在生产过程当中采用最先进的材料和技术，以优化产品性能，实现降低企业后续运营成本以及节能减排的目的。一方面，运用设备轻量化技术，在制造过程当中可以大量地减少钢材的使用量，对于环境保护而言则不仅降低了生产过程当中的能量消耗而且减少了碳排放。同时，在噪声污染方面，同样得到了有效的降低；另一方面，运用设备轻量化技术可以减少在运行过程当中接触力和摩擦力，也即提升了设备的整体动力性能，不仅实现了降低能量损耗的目的而且有利于提升设备的使用寿命。

整机结构轻量化包括在现有起重机结构基础上优化整机结构、优化整机布置，降低起重机上部质量，从而实现整机部件布置的优化。

(1)优化整机结构

结构的轻量化设计包括形状优化、尺寸优化和拓扑优化。通过多目标优化设计理论及有限元等分析软件，以整机质量最轻等为目标，对各个工况下的载荷进行优化计算。改变结构设计中传统经验公式取值做法，通过计算做到结构最优，在减轻自重的同时提高起重机的可靠性和使用寿命。

(2)优化整机布置

通过合理布置整机各机构，可实现轻量化。如传统轮胎式集装箱门式起重机由龙门架、起升机构、小车运行机构、大车运行机构、司机室、梯子平台、电气设备等组成。小车运行机构和起升机构一般布置在龙门架的上部，共同安装在小车架上，称为小车总成。

小车总成的质量占整个起重机质量的20%左右。按桥架类起重机自重估算的经验公式，移动载荷每降低10%，仅主梁就能降低4%的质量。通过优化布置，合理实现起升和小车运行功能，降低上部机构移动载荷质量，将整机重心下移，从而达到整机优化的目的。由于轻量化的关联性，降低了小车总成的移动载荷质量，相应地会降低小车架、主梁、门腿、大车运行机构等部件的质量，从而大大降低了整机质量。

交通运输部水运科学研究院研发了两种新型结构形式的轻型RTG，分别为四卷筒组合驱动起升与小车结构形式、牵引起升驱动结构形式。四卷筒组合驱动技术是将起重机的起升机构和小车运行机构共用驱动装置，并安装在下面两侧底梁上，分别由两侧底梁的两个卷筒组合控制起升和小车的运行。牵引起升驱动结构形式是将起升机构安装在下面的一侧底梁上，通过牵引方式实现货物的起升和下降，而小车运行通过“三合一”电机、制动器和减速器直接驱动来实现。

科尼公司推出了一种新型的BOXHUNTER集装箱门式起重机，起升机构布置在下部底梁上面，另一侧沿门腿设有起升配重，司机室布置在另一侧的底梁上，降低了小车的移动载荷，利用摄像头和激光技术获得最佳视野控制起重机的运行。

轻量化港口设备还有轻型集装箱跨运车，轻型集装箱跨运车改变了传统集装箱跨运车的功能，取消了进行高层堆垛的功能，主要是进行码头前沿和堆场之间的水平运输，整机高度大大降低，提高了稳定性，更适合快速的水平运输。

#### 4.3.4.2　关键零部件轻量化技术

对零部件进行集成化设计、功能整合、模块化设计，应用功能集成技术，减少冗余的零部件，不仅能够降低质量，而且能减少故障点。

大车和小车驱动采用“三合一”减速电动机驱动方式，即电动机、制动器和减速器合并组装成一个部件，可使运行机构紧凑、体积小、质量轻。与传统的分散式布置相比，高度集成化，降低质量。

RTG大车运行机构具有转向功能，利用回转轴承来实现，可以替代传统的“立轴＋滚动轴承”结构形式，布置简单、集成度高。

4.3.4.3 起重机平衡重节能技术

起重机平衡重节能技术主要是参照电梯升降的工作原理，在起重机的起升机构中引入平衡重技术，采用平衡配重来抵消集装箱吊具的质量，使得起重机每次吊载减少吊具无效载荷所消耗的能源，直接减少起升机构负载，降低动力消耗，从而达到节能效果。用平衡重装置后实现节电量为30%。该改造技术需要在原有起升机构中增加一套钢丝绳缠绕系统，应用时存在改变原有结构受力、平衡重布置困难及稳定性差等问题。

起重机平衡重技术已先后在上海盛东集装箱码头、上海冠东集装箱码头进行了应用。科尼集团也开发了类似平衡重的RTG，该起重机主要是将牵引起升形式与平衡重技术相结合。

### 4.3.5 电动机系统节能技术

4.3.5.1 电动机变频调速技术

电动机变频调速是改变电动机定子电源的频率，从而改变电动机的同步转速，实现调速的方法。变频调速效率高、特性好，调速过程中没有附加损耗。目前港口设备，如岸边集装箱起重机、轨道式集装箱门式起重机、轮胎式集装箱门式起重机、桥式抓斗卸船机等基本均采用变频电动机作为驱动。

如带式输送机采用变频电动机驱动，电动机可以根据负载大小调整输出功率，可以大大改善带式输送机的启动和运行时的能量浪费现象。

4.3.5.2 高效节能电动机技术

高效节能电动机主要是指采用冷轧硅钢片为导磁材料生产的三相异步电动机。该形式电动机采用新的设计方法、新工艺及新材料，通过降低电磁损耗、机械损耗和热损耗，使电动机的输出功率大大提高。高效节能电动机可以用于港口设备的驱动机构。

4.3.5.3 稀土永磁电动机技术

港口的起重设备中，如运行机构、起升机构、俯仰机构等需要提供一种低转速大扭矩的驱动能力。传统解决方案是采用异步电动机加减速器结构，但其具有结构复杂、效率低、安装维护费用高等缺点。

低速永磁同步电动机可采用直接驱动的方式，省去减速器，电动机本身效率与功率因数高、传动链短、无额外的损耗。相比异步电动机带减速器结构可节约30%电能。

永磁电动机体积小、质量轻、安装方便、可靠性高、基本实现免维护。缺点是价格高，国产大功率电动机成熟产品少，控制系统复杂。

新型稀土永磁电动机正向大功率、高转速、高转矩、高功能化方向发展，技术性能和可靠性都有明显的提高，将逐步成为常规电动机产品提升功效的重要途径。目前稀土永磁电动机在交通领域的电动汽车、电动公交车等应用较多。

### 4.3.6 能量回馈和利用技术

(1)能量回馈

能量直接回馈电网是将起重机减速停车或重物下降等起升电动机处于发电状态工

况时产生的电能，经整流、逆变、滤波后，回馈到起重机供电电网中，并提供给其他机械使用或送入电网，从而达到提高能源有效利用率的目的。

能量储能回馈电网是将起重机减速停车或重物下降等起升电动机处于发电状态工况时产生的电能，经储能介质储存，在起重机起升过程中回馈到起重机供电电网中，或提供给其他设备使用，充分利用能源。

(2)储能装置

目前新型储能介质主要包括锂电池、超级电容、飞轮等，分别对应化学、物理和机械三种储能形式。超级电容式 RTG 在电气回路中并接几组较大容量的电容用于回收多余能量，在需要时再释放出来以达到节能效果，这种方式电容成本较高，使用寿命尚待检验。目前部分港口探索用储能装置存储低谷时成本低电能，在成本高峰时使用。

### 4.3.7 供配电系统节能技术

#### 4.3.7.1 供电系统无功补偿节能技术

由于供电系统中的用电设备多为感性负载，所以会造成供电系统的功率因数降低。功率因数高可以减少系统的线路损耗，因此一般希望功率因数越大越好。

无功补偿是利用补偿设备提供必要的无功功率，来提高供电系统的功率因数，降低电耗，提高电压质量，实现节能。

#### 4.3.7.2 供电系统谐波污染治理技术

由于大功率可控硅变流以及变频器的大量使用，港口电网的次谐波污染带来的问题日益凸现，增加了输配电和用电设备的附加损耗。

谐波治理技术是通过无源滤波器、有源电力滤波器、混合型电力滤波器等方法进行谐波抑制，限制谐波源注入电网的谐波电流，将系统谐波电压控制在允许的范围内。

#### 4.3.7.3 配电变压器节能技术

配电变压器节能主要是解决配电变压器的能源损耗问题，主要措施有设置自动调压器、平衡三相负载、优化经济运行方案、选用新型节能变压器等。

一般配电系统在运行时，负荷会发生变化，在反复的变化中增加了电能耗损，再加上配电系统的自动调节能力不足，导致配电变压器的性能难以提升，电能耗损无法得到有效的控制。为解决此问题，应针对配电系统的负载自动化调控设置自动调压器，保证配电系统的稳定性与低耗能特性。

配电变压器如出现线路中三相负载的不平衡现象，会造成变压器三相压差过大，从而产生负序电压，导致供配电系统电压发生波动，就会引起整体电流的变化，影响配电质量。由于变压器某相绕组中负载电流变化大会增加铜损，增大变压器的能耗。所以需要采取措施进行三相负载的平衡，如将变压器设置在配电线路的中心，配电系统加装消谐及无功补偿系统等。

配电变压器一般为多台联合使用，一方面为提高供电容量，一方面是为了保证配电的稳定性。在配电变压器设计及分配过程中，进行负载方案的优化，可以降低配电变压器组的能耗，保证配电变压器组的经济运行。配电变压器按照相关标准操作，保证在经济运行区运行，降低运行能耗。

配电变压器厂家不断通过使用新技术、新材料来优化变压器的性能，推出节能型变压器产品，港口在进行变压器选型时可以优先选用新型节能变压器产品。

4.3.7.4 配电线路节能

配电线路节能主要包括减少配电线路运行中的损耗、线路的导线和电缆节能等方面。

在高压配电线路中，如果导线的电阻高，会使配电过程的线损增加，电能损耗增大。如采用新型的电阻小的导线会实现配电线路的节能。如铝合金、碳纤维复合导线等新型导线是未来配电线路导线的发展方向。

### 4.3.8 效率提升及智能化技术

4.3.8.1 港口设备提高作业效率的方法

船舶装载能力的最大化以及船舶在港时间的最小化要求大幅提高港口装卸作业效率，港口提高作业效率不仅仅是航运企业降低船舶在港时间的要求，也是港口企业降低运营成本和提高泊位利用率的要求。航运公司为了最大限度地发挥船舶的运载效率，要求停靠的时间短，尽快将货物卸下或装上，对港口设备装卸效率的要求越来越高。提高装卸效率可降低装卸成本，降低单位装卸量能耗。

(1)码头平面布置和装卸工艺

装卸效率与码头的平面布置、装卸工艺密切相关，如码头布置中的前沿轨道到码头外侧的距离、码头前沿与堆场的距离、堆场通道的布置方向、堆场堆存能力、码头车流组织、作业线安排、工艺流程的合理性等。

(2)设备数量和效率

装卸效率与岸边装卸设备、水平运输车辆、堆场作业设备的性能和数量以及匹配度密切相关。一方面在保证作业安全空间情况下尽可能提高同时装卸船作业设备的数量，如一个 10 万吨级集装箱泊位，最多可同时停靠 8 台岸边集装箱起重机进行装卸船作业，一般情况下为 4～6 台岸边集装箱起重机进行装卸船作业，同时作业的岸边集装箱起重机越多，泊位效率(船时效率)越高；另一方面选择效率高的设备，港口设备各个机构的速度越来越快，单次装卸的集装箱数量越来越多，目的就是为了提高作业效率。

在装卸船环节，集装箱码头可采用双小车岸边集装箱起重机，双小车可以接力式进行集装箱装卸，最新技术前小车可以采用远程人工遥控，后小车采用自动化运行。吊具可考虑采用双箱吊具，一次可起吊两个 40 英尺集装箱。新型双小车岸桥技术改变了传统的装卸集装箱的位置，不在门框之内而是在后伸距处装卸。水平运输车辆装卸区域在岸桥后伸距下方，不再经过转弯处进入岸桥门框内，有利于优化水平运输路线，提高装卸效率,又可避免水平运输车辆进入岸桥门框下接收 GPS 信号的盲区。另外,结合现代最新科技进步成果,岸边集装箱起重机综合节能技术的研究与应用已取得初步成效,并将全面推广应用,为码头创造直接、显著的节能效益。

在水平运输作业环节,为配合双箱吊具的岸边集装箱起重机,水平运输可以采用同时运输双 40 英尺集装箱牵引车,通过增加水平运输车辆的数量和合理调度优化,提高水平运输环节的效率,保证快速转运,避免出现拥堵现象。

在堆场作业环节,合理布置和设置统一堆场通道的起重机形式,尽量避免起重机间相互干扰。提高堆存能力和转运能力的同时,通过合理的码垛堆箱,减少倒箱率。通过合理安排堆存位置,尽量减少堆场起重机带重载集装箱整机行走的距离,可以大大降低堆存环节的能耗。在堆场的设备布置中,综合考虑箱位和车道布置,设置堆场起重机悬臂形式、装卸位置等参数,在设计时通过模拟仿真使得效率达到最优。

除了选用效率高的港口设备外,还要对设备定期进行维护保养,保证设备在最好的状态下进行港口作业。

(3)操作水平

操作水平是影响港口设备装卸和运输效率的重要因素,港口应加强操作人员管理,鼓励操作人员使用节能操作法,为操作人员创造良好的操作环境。对操作人员进行定量考核,通过各种激励措施让操作工人有良好的工作状态,提高装卸操作人员的工作效率。提高职工待遇,保证操作人员的稳定性。

4.3.8.2 自动化集装箱码头

自动化集装箱码头是指应用自动化作业设备以及配套的管理和控制软件,形成一个完整的可以全部或部分替代通常需要由人工控制的集装箱搬运和装卸作业的集装箱装卸作业工艺系统,使得需要配备的码头现场生产人员大量减少的集装箱码头。

目前,自动化集装箱码头一般可以达到集装箱堆场作业和水平运输的全自动化,岸边集装箱起重机装卸船作业的半自动化。按照物流流程,仅在堆场的装卸实现自动化的集装箱码头称为半自动化集装箱码头,在码头前沿实现半自动化、堆场作业和水平运输实现全自动化的集装箱码头称为自动化集装箱码头。自动化集装箱码头在一定程度上能够提升生产效率。

从 20 世纪 80 年代开始欧洲鹿特丹、汉堡港等相继建设自动化码头,近年来全球各大港口也纷纷致力于创建新的全自动化码头系统,降低人力成本高涨、操作效率低等因素对码头作业的影响,通过彻底改变码头传统作业方式来全面提高管理水平及赢利能力。据不完全统计,世界已建或在建的自动化集装箱码头约 50 个,目前我国厦门远海码头、青岛港、上海洋山港等自动化集装箱码头都已投产使用,广州港、京唐港、天津港、宁波-舟山港等港口也在筹建智慧码头。很多集装箱码头正在进行岸边集装箱起重机和堆场起重机的自动化改造。自动化集装箱码头的应用情况见表 4-4。

**表 4-4 自动化集装箱码头应用情况**

| 所在地区 | 码头名称 | 所在港区 | 建成年份 | 自动化程度 |
|---|---|---|---|---|
| 欧洲 | ECT 码头 Delta | 荷兰鹿特丹 | 1993 | 全自动化 |
| | ECT 码头 DDE | 荷兰鹿特丹 | | 全自动化 |
| | ECT 码头 DDW | 荷兰鹿特丹 | 2002 | 全自动化 |
| | Tham Esport 码头 | 英国伦敦 | 1996 | 半自动化 |
| | CTA 码头 | 德国汉堡 | 2002 | 全自动化 |
| | Euromax | 荷兰鹿特丹 | 2010 | 全自动化 |
| | CTB 码头 | 德国汉堡 | 2008 | 半自动化 |
| | 安特卫普门户码头 | 比利时安特卫普 | 2010 | 半自动化 |
| | TTI 码头 | 西班牙阿尔赫西拉斯 | 2010 | 半自动化 |
| | BEST 码头 | 西班牙巴塞罗那 | 2013 | 半自动化 |
| | 伦敦门户码头 | 英国伦敦 | 2013 | 半自动化 |
| | Maasvlakte Ⅱ 码头 | 荷兰鹿特丹 | 2014 | 全自动化 |
| | RWG 码头 | 荷兰鹿特丹 | 2014 | 全自动化 |
| | 泰晤士港自动化码头 | 英国 | 1993 | 半自动化 |
| | FATA 码头 | 意大利 | | 全自动化 |
| 亚洲 | 川崎自动化码头 | 日本川崎 | 1996 | 半自动化 |
| | 香港国际货柜码头 | 中国香港 | 1999 | 半自动化 |
| | TCB 码头 | 日本东京 | 2003 | 半自动化 |
| | 长荣码头 | 中国台湾高雄 | 2006 | 半自动化 |
| | 万海码头 | 日本名古屋 | 2008 | 全自动化 |
| | 韩进码头 | 韩国釜山 | 2008 | 半自动化 |
| | 现代码头 | 韩国釜山 | 2009 | 半自动化 |
| | PNC 码头 | 韩国釜山 | 2009 | 半自动化 |
| | 港巴西班让 | 新加坡 | | 半自动化 |
| | 台北港货柜码头 | 中国台湾台北 | 2009 | 半自动化 |
| | 高明码头 | 中国台湾高雄 | 2013 | 半自动化 |
| | K halifa 码头 | 阿联酋阿布扎比 | 2012 | 半自动化 |
| | 釜山新集装箱码头 | 韩国釜山 | 2012 | 半自动化 |
| | 厦门港远海码头 | 中国厦门 | 2014 | 全自动化 |
| | 拉蒙湾码头 | 印尼泗水 | 2016 | 半自动化 |
| | 川崎港 | 日本 | 1996 | 半自动化 |
| | 外高桥集装箱堆场 | 中国上海 | 2005 | 半自动化 |
| | 振华长兴岛示范基地 | 中国上海 | 2007 | 全自动化 |
| | 上海港洋山四期 | 中国上海 | 2017 | 全自动化 |
| | 青岛港新前湾 | 中国青岛 | 2017 | 全自动化 |
| | 广州港南沙四期 | 中国广州 | 2021 | 全自动化 |
| | 天津港 | 中国天津 | 2021 | 全自动化 |

续表 4-4

| 所在地区 | 码头名称 | 所在港区 | 建成年份 | 自动化程度 |
|---|---|---|---|---|
| 北美 | 弗吉尼亚码头 | 美国弗吉尼亚 | 2007 | 半自动化 |
| | GCT 码头 | 美国纽约 | 2014 | 半自动化 |
| | 长滩中港码头 | 美国长滩 | 2016 | 全自动化 |
| | Trapac 码头 | 美国洛杉矶 | 2016 | 全自动化 |
| 澳洲 | 布里斯班码头 | 澳大利亚布里斯班 | 2013 | 半自动化 |
| | 悉尼国际集装箱码头(SICTL) | 澳大利亚悉尼 | 2013 | 半自动化 |
| | 帕特里克码头(Patrick 码头) | 澳大利亚布里斯班 | 2014 | 全自动化 |
| | 维多利亚国际集装箱码头 | 澳大利亚墨尔本 | 2017 | 全自动化 |

德国汉堡港不断升级自动化集装箱码头系统。集装箱码头 Altenwerder(CTA)是世界上自动化程度最高的集装箱码头之一。自 2002 年运营以来,CTA 一直在不断地研究和探索,以改善和扩大码头的自动化。从一开始,就建立了将自动化工作区域分开、隔离并禁止工作人员进入的工作模式,以保证作业安全。然而,这种模式正在阻碍自动化过程的加快,因为它不可避免地将它们排除在人们使用的领域之外。“集装箱码头 4.0——通过人机交互而非分离实现集装箱码头自动化的转变”的研究作为德国政府的创新港口技术奖励计划项目的一部分,该项目的主要目标是为码头使用的各种集装箱起重机系统开发自动化解决方案,这些系统位于人员和设备共享的工作区域(如船舶和卡车旁边),并作为原型加以实施。同时,在此过程中收集的经验、知识和数据将在制定安全标准方面发挥基本作用,为未来的自动化码头建立可靠的框架。

#### 4.3.8.3 集装箱码头自动化改造

(1)码头前沿岸桥自动化改造

集装箱船、岸桥的日益大型化使得司机作业时靠人工肉眼对箱变得越来越困难,岸桥司机劳动强度增大、综合效率降低。近年来,全新研发的船型扫描半自动系统、自动放大系统及远程操作系统可实现岸桥作业的自动化功能,即自动选取最优行车路线、自动提供最清晰作业视角,司机工作地点从小车转移到下横梁或码头后方中央控制室,作业过程中司机不再跟随小车高速往返,大大降低劳动强度,该技术已在部分超大型岸桥上得到应用,将来会越来越普遍。目前改造的码头主要有深圳盐田港、厦门港、天津港、日照港、威海港等。

(2)码头堆场自动化改造

对集装箱进行安全高效的堆放一直是集装箱码头作业所追求的目标。在集装箱堆场使用的传统起重机主要是 RTG 或 RMG,依靠驾驶室人工操作运行、集装箱对准等作业,人力成本较高且设备定位精度、作业效率受司机个体技术差异、疲劳程度等因素影响较大。堆场的自动化改造对于提高集装箱堆场和设备的利用率、减少人为安全事故、降低运营成本起到了非常重要的作用，采用自动化集装箱门式起重机（ARMG或ARTG）的集装箱堆场无人化操作已成为未来集装箱堆场发展趋势。目前已有天津港、深圳赤湾集装箱码头等进行了堆场自动化改造。

4.3.8.4 自动化散货码头

全自动化散货码头作业方式的概念已经提出很长时间，但实际生产及设备的发展还没有达到人们的期望。目前全自动操作技术在不断探索中，受太多不确定因素的影响，技术上仍需不断完善。全自动化卸船机仍需要人干预，船底少量货物需要人工清仓。堆场设备全自动操作技术在国内外码头发展较快，堆取料设备自身的全自动化程度比较高，可以实现无人化操作。全自动化散货码头要突破物料轮廓和分布自动检测技术、位置测量与精确定位技术、卸船策略优化技术及装船路径规划技术、散货工艺流程智能管控技术、基于数字化堆场的全自动无人装卸技术、料堆轮廓实时扫描及堆场建模技术、堆取料流量/流程控制工艺优化技术、袋装物料自动堆存技术等关键技术。

目前我国已经建好的自动化散货码头黄骅煤炭码头，对翻、堆、取、装全流程工作环节开展智能化改造，实现煤炭码头的全流程远程作业，系统控制机械自动完成前后移动寻找作业点、起落等动作，不仅节省了人力和时间，更降低了人为出错的概率，提高了装卸效率。山东烟台港西港区也改造了自动化干散货码头，东营港实现了门座起重机作业自动化。

码垛装车也在不断地智能化，主要是通过智能装卸、搬运机器人来实现，在粮食、化工和水泥行业应用较为广泛，将其应用于港口码头的散货码垛作业可有效推进实现港口智能化装卸和搬运，提高码垛效率和整车装车效率，并大幅降低人力需求和提高作业安全性。

4.3.8.5 3D打印技术在港口应用

3D打印技术可直接从计算机三维图形数据中生成任何形状的零件，从而极大地缩短设备零部件的研制周期，提高生产率和降低生产成本。

鹿特丹港采用3D金属打印机打造备件制造现场实验室（Fieldlab）。鹿特丹配备了金属打印机等硬件设备，以及金属打印、3D扫描、3D设计和认证领域开发中心。该实验室将为所有相关企业提供一个协作平台，以加速这一领域的发展并合力推动在行业中的应用，该实验室位于鹿特丹的“创新码头”，这是在鹿特丹港区内的创新基地，企业、科研人员和学生将齐心协力合作塑造全新的智能制造业。鹿特丹港务局启动了使用3D打印技术生产船舶备件的试点项目，而现场实验室正是该项目的延伸。鹿特丹港希望成为世界上最智能的港口，并能在此类创新应用领域成为领导者。鹿特丹现场实验室项目投资高达数百万欧元，其中一台3D金属打印机就将花费近100万欧元。该现场实验室的最终规模将取决于企业和机构的参与程度，目前已有15家企业签署了加入该现场实验室的意向声明，该实验室预计将很快投入运营。

4.3.8.6 港口设备智能维护系统

港口设备智能维护系统是综合利用状态监测系统所获得的各种数据和信息，对设备本身的运行状态、健康状况进行分析和专家系统评估，并制订相应的维护计划，系统主要涉及远程预知维修(状态信息感知、健康状态评估)、远程故障诊断(故障预测预警、故障信息提取)、安全模拟仿真等关键技术。

(1)远程预知维修技术

远程预知维修即远程状态检修，是以远程港口设备运行状态数据为基础的维修。港口设备配备各类传感器的数据自动采集系统，实行在线监测，远程系统具备高级诊断功能，可实行离线诊断，根据状态监测和诊断技术提供的信息来判断设备是否异常，预知设备故障，执行最有效率的维修资源调度策略，在故障发生前适当时机进行维修，提高港口设备运行的安全性和稳定性。

(2)远程故障诊断技术

远程故障诊断技术是利用港口设备各传感器所获取的故障特征参数信息，通过网络传输至故障诊断系统，并进行分析与识别，提出诊断结论。故障诊断的实质是机器学习与模式识别问题，用已知故障模式的样本训练分类器，进而识别设备故障状态，并提出相应解决方案。故障诊断是模式识别应用领域的一个重要部分，基于数据驱动的故障诊断方法是其中重要的理论方法。随着人工智能、大数据及工业网络化的发展，基于大数据的智能远程故障诊断技术将是港口设备故障诊断发展的必然趋势。

### 4.3.9 能耗监测和评价技术

港口能耗监测系统可以采集港口设备的能耗数据，通过人工或系统分析能耗的高低，与历史数据、行业平均数据或标准数据进行对比，找出能耗变化的原因，提出有针对性的改进措施，实现港口节能。港口能耗监测技术详见“9 港口设备能耗监测和诊断技术”部分。

港口能耗评价技术是通过标准规范对港口能耗统计和评价进行规定，我国已经制定了大量的港口和港口设备能耗统计、检测方法，能效评价方法等标准规范，这些可以为能耗监测提供可行的依据。港口能耗标准详见“6 港口设备能耗评价方法及标准”部分。

### 4.3.10 设备维护节能技术

港口设备故障排除和维修是节能管理中容易忽略的部分，如不注重设备维护管理，也会使港口企业造成很大的能源浪费。

首先做好港口设备的日常维护，保证设备始终处于良好的状态，保证港口正常作业，及保证港口设备在最佳能源消耗率下工作。

港口起重机械要按厂家维护说明书定期保养，如电动机等零部件的维护保养等。

港口水平运输车辆维护时选好润滑油是关乎发动机能否减少功率消耗、降低燃料消耗量的关键因素。根据外部环境选择合适的发动机润滑油，冬、夏季应选用不同规格和牌号的润滑油。定期维护发动机，使得发动机压缩比提高，有利于混合气的燃烧、膨胀，使发动机的热效率提高，燃料消耗降低。可采取的维护措施是：降低进气系统的阻力，滤清器要及时清洁、保养，保证有足够的空气及时地进入气缸，保持车辆有良好的状况。另外，燃烧室内的积炭会使压缩比有自动提高的倾向，过高的压缩比及积炭易使气缸产生爆燃，引起油耗增加，因此，清除积炭是非常必要的；再者，进、排气门的间隙一定要调到规定值，因为间隙过大、过小都会引起油耗量的增加。

国内一些港口针对港口设备的使用和维护采取了节能减排措施。如宁波港对空箱堆高机采取定期保养、认真做好各类故障排除、重视液压节能、节油先减重和培养良好的驾驶习惯等节能减排措施，港区内 9 台设备共实现一年节约 10t 燃油。使用高效的柴油消烟节能添加剂能有效提高燃烧热效率，易与燃料油混溶，性能稳定，无毒无污染，节能减排。柴油清净剂能有效地清除炭烟和降低尾气排放，在欧美国家早已普遍使用，我国现在也在大力推广使用柴油清净剂。

### 4.3.11 液压系统节能技术

液压系统是港口设备的重要部件，如传统吊具的伸缩、回转，旋锁的转动，集装箱正面吊的俯仰起升，臂架伸缩等主要机构，空箱堆高机的起升机构和吊具均为液压驱动，装载机的举升等机构、挖掘机的臂架和挖掘机构等也均为液压驱动，可以说液压系统在港口设备中仍占有重要位置。但由于效率低、液压泄露等原因，人们正在用电动方式替代液压驱动方式。

液压系统包括液压泵、液压马达、液压油缸、液压附件、液压管路和控制系统等。液压系统工作时电动机和液压泵把电能转化为流体势能，再通过液压执行元件把流体势能转化为机械能，能量损失较大，所以效率较低。

液压系统的能量消耗与液压泵的工作性能有很大关系，当然也与其他元件的工作状况密不可分。液压泵的压力和流量决定系统所需要的能量。通过对液压泵的压力和流量的优化控制，降低能耗。比如采用变量泵，或者在不工作状况时对系统进行卸荷，都可以降低液压系统的能耗。采用负载敏感变量泵系统，在不工作待机时，压力和流量都降低到较低值，从而降低系统的待机功率，节约能源。

液压元器件尽量选用效率高、能耗低的元件，如选用效率较高的变量泵，可根据负载的需要改变压力，减少能源消耗，选用集成阀以减少管连接的压力损失，选择压降小、可连续控制的比例阀等。液压系统的压力补偿控制、负载感应控制以及功率协调系统等技术是提高液压系统效率、降低能耗的重要手段。

液压系统管路和元器件之间的连接应正确和可靠，防止泄漏和能量损失。液压系统的能量损失全部以热能的形式释放。应尽量降低液压泵和液压马达的发热、各类控制阀节流引起的能量损失等。

### 4.3.12　港口新材料利用技术

#### 4.3.12.1　港口设备应用新材料

港口设备可以合理使用新材料和轻质材料，如高强钢、塑料、玻璃纤维或碳纤维复合材料、铝合金、镁合金、陶瓷等。

港口设备可选用高强钢代替普通钢。由于高强钢强度高，在等强度条件下，用高强钢制作钢结构，比用普通钢制作钢结构的钢板厚度或者截面尺寸小，使结构质量减轻。如岸边集装箱起重机在选择材料时，根据结构各部位受力的不同，不同受力部位选择不同强度的钢材，做到充分合理地利用材料的力学性能，降低制造成本，达到节材和节能的目的。钢材选择对起重机主体结构的制造、性能及使用寿命都有着至关重要的影响。对岸桥来说，一般受力部位可采用符合《碳素结构钢》(GB/T 700—2006)的 Q235 钢。主要受力杆件如主结构箱体的翼缘板和腹板、拉杆等应选用符合《低合金高强度结构钢》(GB/T 1591—2018)的 Q345 钢或国际通用的 ASTM A709M 345 级钢。近年来，随着起重机大型化趋势，为了控制板厚，确保钢板性能及控制整机质量，也将高强度钢板用于局部应力较大部位，常选用 ASTM A709M 485 级或者同等强度高强钢板。根据起重机结构各部位受力的不同，因地制宜地设置钢板材料，有利于充分发挥钢材性能，实现降低设备质量和减少能耗。

港口设备的防护材料可选用复合材料。如工程塑料具有强度高、密度低、耐腐蚀等特点，具有优良的综合机械性能，但价格较高。在起重机设备设计中可选用 MC 尼龙滑轮，不仅具有自润滑功能，可以延长钢丝绳的使用寿命，质量轻方便高空安装，同时减轻小车等机构质量。电动机、制动器等罩壳采用玻璃钢等轻质材料，不仅减轻质量，而且方便维护和保养。

#### 4.3.12.2　照明灯具应用新材料

港区照明是电能消耗的主要方面，照明的节能措施包括选择高效电光源和高效灯具、选择合理的照度、合理安装布置照明灯具、应用智能照明控制系统等。传统港口生产照明主要采用高压钠灯，经过几十年的发展虽然照度、光效、寿命已有大幅度提高，并广泛应用于各个行业。但随着新技术、新材料的发展，相比高压钠灯，陶瓷金属卤化物灯、LED 灯等节能灯具在光效、平均寿命等技术指标均有较大幅度的提升，且较高压钠灯节能 50%以上，可以显著节约能源、改善工作环境。

除了在港区应用新材料、新技术的节能灯具外，加强照明管理是实现节能的有效手段。上海港研发了高杆节能灯，功率因数高，电网损耗下降，工作电流明显减少，发光达到规定照度，可以达到 20%以上节能率。德国汉堡港 CTA 码头，将所有 52 台堆场起重机的照明转换为满足需求的 LED 灯，除了减少照明排放外，与以前的传统照明系统相比，LED 灯耗电量减少了约 90%。

#### 4.3.13　余热余压利用技术

余热余压利用技术通常指回收企业在生产过程中逸散的热量、压力，并加以利用的过程。余热余压利用技术主要是从生产工艺上来改进能源利用效率，通过改进工艺结构和增加节能装置，以最大幅度利用生产过程中产生的势能和余热。

热交换技术是采用换热器置换出余热源的能量进行二次利用，回收的热量可用于原料、水等预热，也可用于生活厨房、洗浴中心，是工业领域最常见、应用最广泛的节能技术之一。余热余压技术主要应用于工业，在港口应用主要是锅炉余热的利用。

## 4.4　港口节能现状及发展方向分析

#### 4.4.1　港口结构转型升级仍在持续推进

港口长期积累的结构性矛盾尚未根本解决，粗放型发展方式尚未根本转变。能源结构还是以化石能源为主，替代能源、可再生能源占有比例低。沿海港口规划及布局有待继续调整和升级，港口资源整合力度还需加强。老港口基础薄弱、生产工艺落后、耗能严重。

内河港口发展水平较落后，存在布局不合理，功能不完善，规模化、专业化不足等问题。内河高等级航道偏少，部分沿海港口集疏运通道不畅、进出港航道能力不足。码头泊位大型化、专业化和现代化水平还有待提升，影响了水路运输和港口生产节能的规模化、集约化效应。

#### 4.4.2　港口能源精细化管理需要加强

港口能源消耗管理能力的提升也是亟待解决的重点问题之一。港口能源精细化管理意识有待增强、理念有待提升。应在港口推行能源管理体系，并把能源管理体系作为港口能力建设的重要组成部分。

应在各个管理层面完善港口能耗的管理，建立能耗在线监测系统实现精细化管理，进一步加强港口生产运营管理，优化港口货物运输组织和生产工艺流程，提高装卸设备利用率，改善拖车等运输机械利用率较低、空驶率高居不下的现状。

港口能源管理负责人和能源管理岗位上的专业技术人员需要定期进行专业培训，不断进行知识更新，提高能源精细化管理和创新能力。

#### 4.4.3　技术节能仍需不断创新

近年来，在交通运输主管部门的大力推进和港口企业的不断技术升级改造下，轮胎式集装箱门式起重机（RTG）“油改电”、船舶靠港使用岸电、照明节能、减电机输送系统、变频调速、港口水平运输车辆节能减排等技术在港口得到了应用，也取得了较好的节能效果，但与国际上先进国家比较，我国港口节能的潜力空间仍然很巨大。尽管节能改造技术的研究和应用取得一些成果，但大量低水平存量装卸工艺和设备的存在，使总体能效水平不高。大部分港口节能减排科技研发投入不足，创新激励机制不够完善，节能环保型运载工具、替代燃料等一些重大共性和关键技术研究开发不够，缺乏鼓励新技术新产品推广的配套激励政策和机制，推广应用进展缓慢。港口信息化水平还有待进一步提升，现代信息技术应用推广还比较滞后。同时，具有综合服务能力的技术机构不多，面向港口从事节能技术诊断和能效技术评估服务的能力尚有不足，迫切需要加强技术创新管理，规范港口节能技术产品市场，开展港口节能技术评估、能源审计与认证活动。

### 4.4.4　基础和配套设施需不断完备

节能技术的推广需要有配套基础设施的支撑。如我国氢气推广面临的主要问题是制氢成本高昂，加氢站等基础设施缺乏，氢能发展相关配套政策和标准规范不足，企业和公众对氢能的重视程度不够。从国家以及地方层面，应该在配套建设上更具前瞻性地布局，在氢能生产、运输，加氢站建设等瓶颈方面，有更具有操作性的落地规划或实施方案。

LNG 的推进也需要基础配套设施支撑，LNG 加气站的缺失是各港口应用 LNG 车辆积极性不高的重要原因。各地主管部门因为安全问题，对 LNG 加气站建设审批程序把关严格。

2019 年中共中央、国务院发布的《交通强国建设纲要》提出加强充电、加氢、加气和公交站点等设施建设。未来充电站、加氢站和加气站不足问题将会得到逐步完善。

### 4.4.5　节能标准和规范尚需完善

我国港口在能源和节能评价技术和标准规范方面开展了开创性的工作，逐步建立了港口节能标准体系和评价制度，但还存在以下问题：港口节能减排法规标准体系还不完善，节能减排的统计监测等基础性工作薄弱，节能减排的绩效评价考核体系尚未建立，交通节能减排监管能力和水平有待提升，节能减排长效机制尚未形成。港口设备缺乏完善的节能评价技术指标体系和评价方法；评价内容不全面，以定性评价居多，主观随意性大，可操作性不强，严重影响评价结果的客观性等。需要以法规化和制度化的方式强化基础管理，提升港口在能源计量、能源统计、能效评价、能源审计等方面的技术和管理水平。

# 5 港口及港口设备能耗现状分析

## 5.1 我国港口能耗情况

### 5.1.1 水运行业能源消耗情况

水运行业的主要消耗能源包括沿海和内河的船舶运输、港口运作消耗的能源，中国水运行业能源消耗占交通运输行业的能源消耗总量的16%～20%，港口能源消耗总量占水运行业能源消耗总量的10%左右。美国水运行业能源消耗占交通运输行业的能源消耗总量的6%左右。

根据兰天阳的交通运输和能源消耗的关系研究，2005—2014年十年发展时期关于交通运输与能源消耗相关数据统计，可知在能源资源（石油、LNG、柴油等）消费方面，主要包括城市公共交通产业、水上运输业、航空运输业、管道运输业、铁路运输业、道路运输业，其中道路运输业能源消耗占总消耗量的35%，铁路运输业为14%，水上运输业为17%，城市公共交通产业为14%，航空运输业为9%，管道运输为3%。

### 5.1.2 港口能耗变化情况

近年，港口吞吐量和能耗情况见表5-1。我国港口吞吐量增长较快，2018年吞吐量是2005年的3倍多，是2011年1.4倍，但港口生产综合单耗呈逐年下降趋势，2018年单耗比2011年下降27%。2018年全国港口完成货物吞吐量143.51亿吨，比上一年增长2.5%。2018年港口企业每万吨单耗2.3吨标准煤，比上一年下降4.1%。2019年港口企业每万吨单耗2.1吨标准煤，由于自2019年起，对港口统计范围进行了调整，因此本书没有对2019年的数据进行对比分析。

表5-1 港口吞吐量和能耗情况

| 项目 | 2005年 | 2011年 | 2012年 | 2013年 | 2014年 | 2015年 | 2016年 | 2017年 | 2018年 |
|---|---|---|---|---|---|---|---|---|---|
| 吞吐量/亿吨 | 48.54 | 100.41 | 107.76 | 117.67 | 124.52 | 127.50 | 132.01 | 140.07 | 143.51 |
| 港口生产综合单耗/（吨标准煤/万吨吞吐量） | 5.16 | 3.16 | 3.0 | 2.9 | 2.7 | 2.6 | 2.5 | 2.4 | 2.3 |
| 港口生产综合能耗/万吨标准煤 | 250.50 | 317.30 | 323.28 | 341.24 | 336.20 | 331.50 | 330.03 | 336.17 | 330.07 |

资料来源：交通运输发展统计年报。

以上港口吞吐量和生产综合单耗是按全国平均水平进行统计的，沿海港口生产单耗与内河港口生产单耗对比见图 5-1，沿海港口生产单耗要高于内河港口生产单耗，约高出 50%。

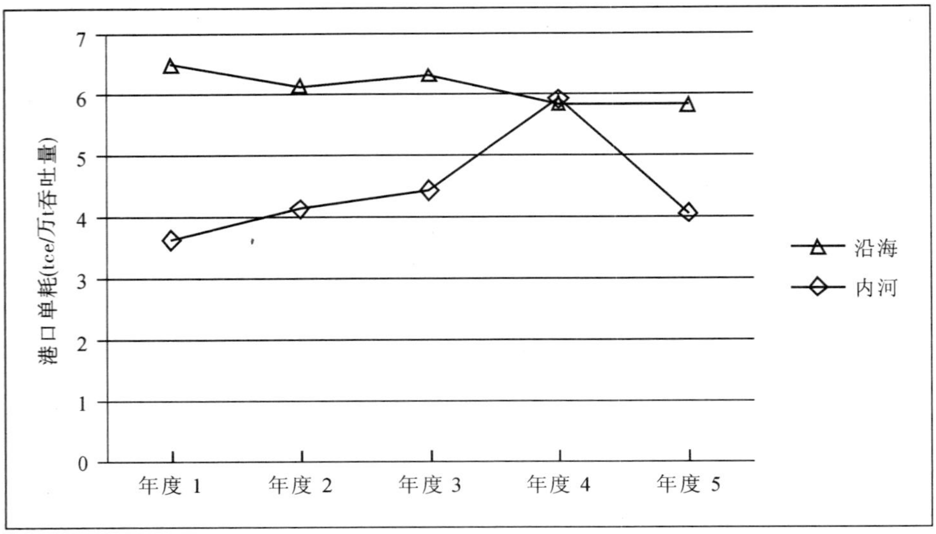


**图 5-1　沿海和内河港口生产单耗对比**

由图 5-2 港口吞吐量和单耗的变化趋势可以看出，港口生产综合单耗与吞吐量的相关度已经大大减弱，综合单耗下降趋势平缓，将接近极限区域。如果不采用新技术措施改变现有的工艺与技术条件，节能的空间将十分有限。因此，若想取得明显的节能效果，就应当大力应用节能新技术，改进工艺提高效率。

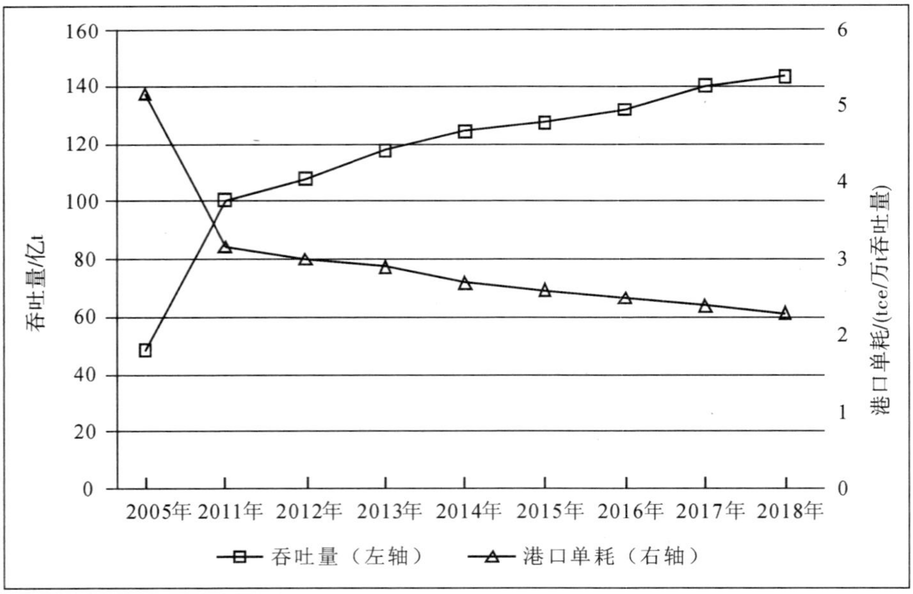


**图 5-2　港口吞吐量和单耗变化趋势**

按照《交通强国战略研究》(第三卷)的水运强国战略目标,到 2030 年建成水运强国,我国水运发展水平总体进入世界前列,港口企业每万吨单耗为 1.5 吨标准煤;到 2045 年,水运建设总体处于世界领先地位,港口企业每万吨单耗为 1.0 吨标准煤。从水运强国战略目标来看,水运降低单耗的任务十分艰巨。

### 5.1.3 港口能源消费结构

中国公路运输的能源消耗主要以化石能源为主,最近几年,电动汽车应用逐渐增多。相对来说,水路运输的其他能源应用也较多。2020 年 1 月开始船舶在航行期间使用 0.5%硫含量低硫油,也有采用 LNG 发动机驱动船舶,以及小功率的太阳能船舶,船舶停靠港口时优先使用岸电。到 2020 年底,中国主要港口岸电设施的泊位覆盖率将超过 50%,船舶靠港使用岸电的比率将大幅度提高。

除了部分港口水平运输车辆、岸边集装箱起重机、轨道式集装箱门式起重机、门座起重机、桥式抓斗卸船机、带式输送机、斗轮堆取料机等大部分港口设备是电气驱动,港口电耗占有很大比例外,目前还主要以燃油为主的港口水平运输车辆包括集装箱正面吊、空箱堆高机、轮胎起重机、装载机等,这些设备主要以柴油为主。一些主要港口的港口牵引车已经采用 LNG 发动机作为驱动动力,全国 85%的轮胎式集装箱门式起重机已经实现"油改电",新购置轮胎式集装箱门式起重机基本采用电力驱动。

港口消耗能源的种类主要有汽油、柴油、重油、煤炭和电力等。中国沿海主要港口能耗结构中,能源结构差别也较大,见图 5-3,根据统计 2000 年到 2005 年沿海港口的电耗占总能耗的比例从 31.7%增加到 45.1%。由于从 2003 年开始,特别是 2005 年之后全国港口开始大规模地实施轮胎式集装箱门式起重机"油改电",所以电耗占总能耗的比例会

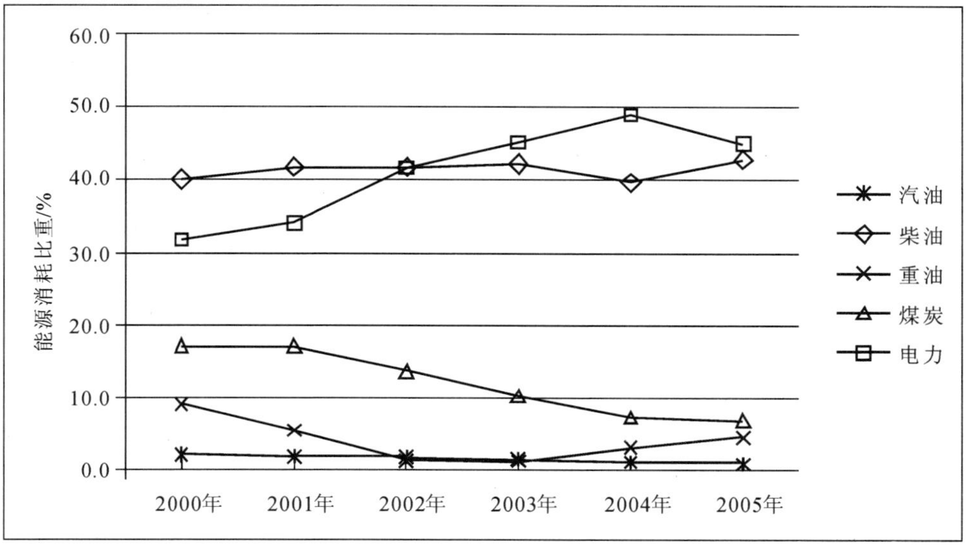


**图 5-3 沿海港口主要能源消耗比重**

更高。虽然能源利用结构得到了一定程度的改进，但油耗和煤耗在能源消耗中所占比例仍然偏高。我国内河港口主要能源消耗比重趋势见图 5-4。

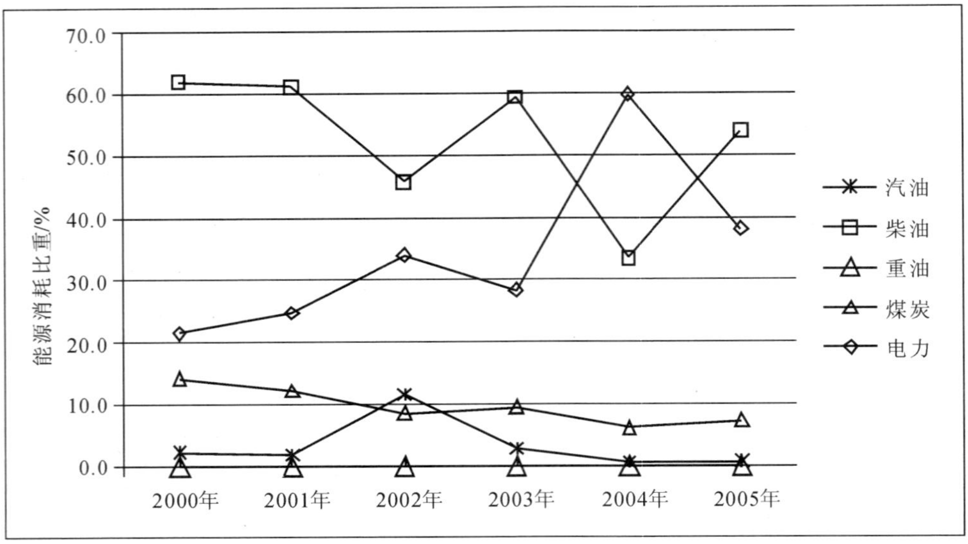


**图 5-4 内河港口主要能源消耗比重**

近年来，我国港口吞吐量单耗呈逐年下降的趋势，港口能源消费结构也逐步向好。本书选取了 8 个典型港口近几年的能源消费结构进行分析。

本书在将电力折算成标准煤的过程中，选择了两个标准煤系数，算出的结果分别见表 5-2 和表 5-3，当电力折算标准煤系数为 0.330kgce/(kW·h)，为电力的等价值系数。港口主要以电力和柴油两种能源为主，这时电力的占比高于柴油的占比，电力的占比为 36.22%～66.52%，平均为 53.14%；柴油的占比为 26.65%～54.80%，平均值为 37.08%；只有部分港口使用了 LNG，而且占比较低。

**表 5-2 典型港口能源消费结构数据(一)(单位为%)**

| 港口 | 电力 | 柴油 | 汽油 | 煤炭 | 天然气 | 其他 |
|---|---|---|---|---|---|---|
| P1 | 44.81 | 54.80 | 0.37 | 0.02 | 0.00 | 0.00 |
| P2 | 52.62 | 43.59 | 0.80 | 1.01 | 1.98 | 0.00 |
| P3 | 49.55 | 26.65 | 0.40 | 14.27 | 0.00 | 9.13 |
| P4 | 36.22 | 28.71 | 26.24 | 3.79 | 0.00 | 5.04 |
| P5 | 57.09 | 34.74 | 0.43 | 0.00 | 0.00 | 7.74 |
| P6 | 66.52 | 32.25 | 1.23 | 0.00 | 0.00 | 0.00 |
| P7 | 47.92 | 43.93 | 0.72 | 0.00 | 5.52 | 1.91 |
| P8 | 65.33 | 34.67 | 0.00 | 0.00 | 0.00 | 0.00 |
| 平均 | 53.14 | 37.08 | 3.77 | 2.21 | 0.94 | 2.87 |

注：电力折算标准煤系数取 0.330kgce/(kW·h)。

当电力折算标准煤系数为0.1229kgce/(kW·h),为电力的当量值系数,港口主要以电力和柴油两种能源为主,这时柴油的占比高于电力的占比,电力的占比为17.46%～42.53%,平均为29.89%;柴油的占比为37.16%～76.24%,平均值为56.03%。电力当量值系数小于等价值系数,这时算出的电力消耗少,因此占比也就相应降低。

**表5-3 典型港口能源消费结构数据(二)(单位为%)**

| 港口 | 电力 | 柴油 | 汽油 | 煤炭 | 天然气 | 其他 |
|---|---|---|---|---|---|---|
| P1 | 23.21 | 76.24 | 0.51 | 0.03 | 0 | 0.01 |
| P2 | 29.26 | 65.08 | 1.19 | 1.5 | 2.96 | 0.01 |
| P3 | 26.78 | 38.67 | 0.58 | 20.71 | 0 | 13.26 |
| P4 | 17.46 | 37.16 | 33.96 | 4.9 | 0 | 6.52 |
| P5 | 33.14 | 54.15 | 0.66 | 0 | 0 | 12.05 |
| P6 | 42.53 | 55.36 | 2.11 | 0 | 0 | 0 |
| P7 | 25.52 | 62.83 | 1.03 | 0 | 7.89 | 2.73 |
| P8 | 41.23 | 58.77 | 0 | 0 | 0 | 0 |
| 平均 | 29.89 | 56.03 | 5.01 | 3.39 | 1.36 | 4.32 |

注:电力折算标准煤系数取0.1229kgce/(kW·h)。

### 5.1.4 港口能源消费成本

由于各类能源的使用比例和价格不同,能源成本的差别也较大,港口能源结构对整个能源成本的影响较大。可通过计算各种能源的吨标煤成本和权重来计算整个能源成本,吨标准煤成本不仅可以方便地估算能源成本支出,并且可以精确地测算目前和潜在的节能效益。

由于各个港口各种能源使用比例不同,市场价格也不相同,各种能源折算吨标准煤的成本不同。吨标准煤成本由各种能源按标准煤折算系数乘以能源价格和权重得出:

$$\text{折算吨标准煤成本} = \sum \text{能源折算标准煤系数} \times \text{能源价格} \times \text{能源权重} \quad (5\text{-}1)$$

其中能源权重是根据消耗的各类能源折算标准煤后除以总消耗量得出的比例。

### 5.1.5 港口能源消费弹性系数

能源消费弹性系数可以反映经济指标与能源消费之间的关系。在港口行业测算的是港口吞吐量与能源消费间的弹性系数,也就是能源消费增长率与吞吐量增长率之比,可以根据吞吐量的增长预测能源的需求量。用公式表示为:

$$\text{能源吞吐量弹性系数} = \text{能源消费量增长率}/\text{吞吐量增长率} \quad (5\text{-}2)$$

计算出能源吞吐量弹性系数,不仅能够看出能源消费增长与吞吐量增长之间的变化关系,而且可以方便地预测未来的能源消耗需求。

根据2011年到2018年中国港口平均吞吐量和生产能源消耗量计算增长率和弹性系数,见表5-4。

表 5-4 港口能源消费弹性系数

| 项目 | 2005 年 | 2011 年 | 2012 年 | 2013 年 | 2014 年 | 2015 年 | 2016 年 | 2017 年 | 2018 年 |
| --- | --- | --- | --- | --- | --- | --- | --- | --- | --- |
| 吞吐量增长率/% | 16.35 | 12.42 | 7.32 | 9.20 | 5.82 | 2.39 | 3.54 | 6.11 | 2.46 |
| 能耗增长率/% | 1.92 | 7.65 | 1.89 | 5.56 | −1.48 | −1.40 | −0.44 | 1.86 | −1.81 |
| 能源消费弹性系数 | 0.12 | 0.62 | 0.26 | 0.60 | −0.25 | −0.58 | −0.13 | 0.30 | −0.74 |

如 2013 年能源消费弹性系数为 0.60，即吞吐量每增长 1%，能源消耗将增长 0.60%。

2014 年、2015 年、2016 年和 2018 年的港口能源消费弹性系数为负数，说明能源消耗降低的情况下还实现了港口吞吐量的增长。这几年能源消费下降的可能原因如下：一是能源结构调整，能源合理化，导致能源消费总体下降。二是港口生产率提高，消耗较少的能源创造更多的吞吐量。三是能源利用效率不断提高。由于采用新工艺、新技术、新设备，淘汰高耗低效设备，加上节能技术的广泛应用和管理水平的提高，港口能源利用效率不断提高。

## 5.2 国外港口能耗情况分析

### 5.2.1 国外典型港口能耗情况

从港口的大气污染物排放和二氧化碳排放比例可以看出能源消耗情况。

国外典型港口的大气污染物排放和二氧化碳排放比例见图 5-5 至图 5-11。从图中可以看出，包括远洋船舶和港务船舶的大气污染物排放比例为 56%～80.8%，其中美国奥克兰港的船舶排放占比达到 80.8%。远洋船舶和港务船舶的二氧化碳排放比例为 42.6%～59%，其中加拿大温哥华的二氧化碳排放比例达到 59%。上述分析结果表明，船舶靠港期间的大气污染物排放和二氧化碳排放都是港口区域排放的主要来源，占比均基本达到港口总排放的 50%以上，因此船舶的大气污染物和二氧化碳排放的控制对于港口及周边的环境非常重要。

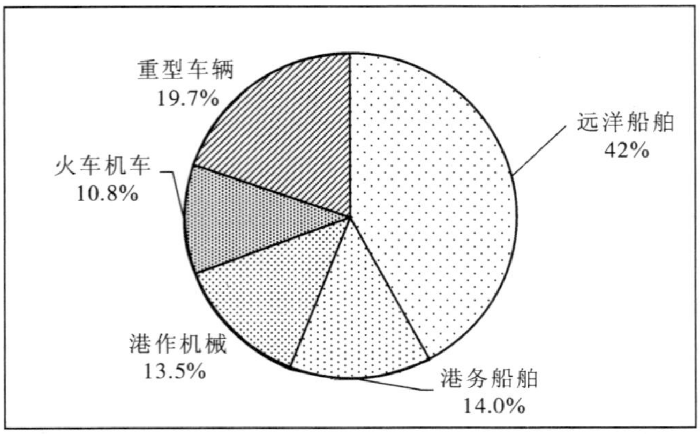


图 5-5 美国洛杉矶港大气污染物排放比例

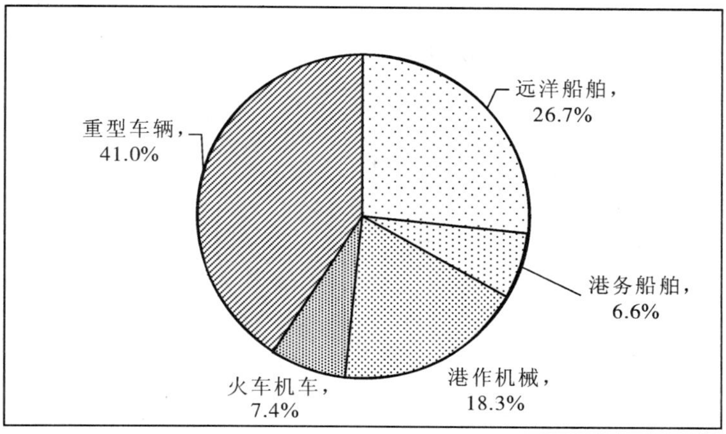


**图 5-6 美国洛杉矶港二氧化碳排放比例**

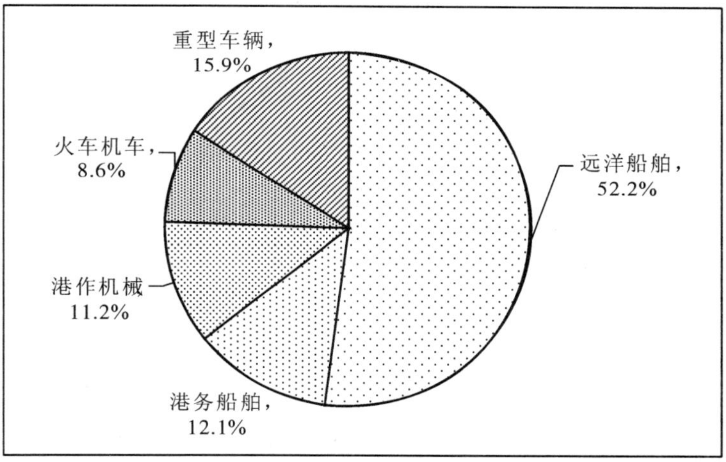


**图 5-7 美国长滩港大气污染物排放比例**

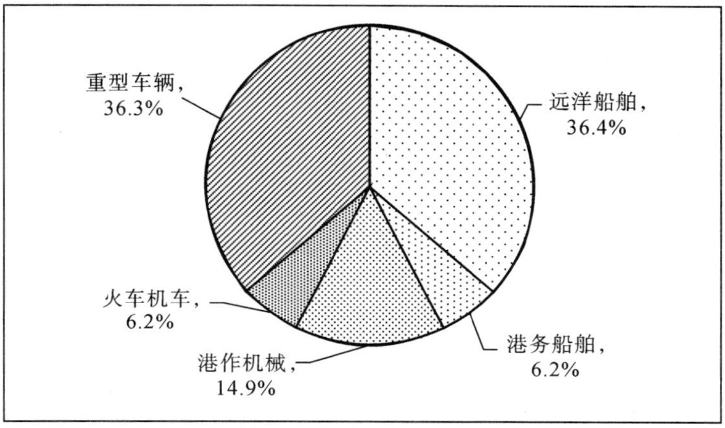


**图 5-8 美国长滩港二氧化碳排放比例**

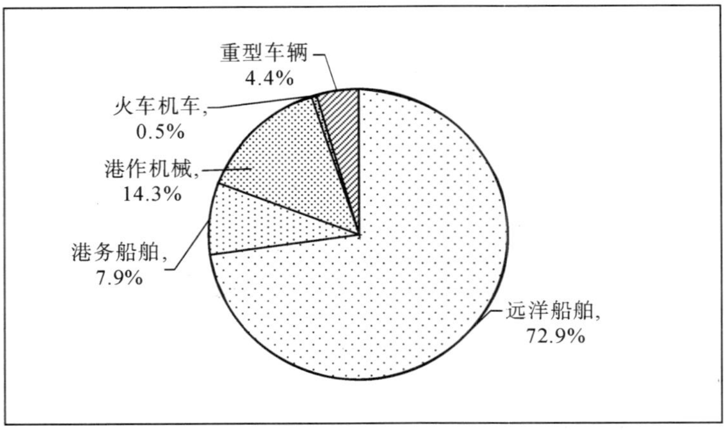


**图 5-9　美国奥克兰港大气污染物排放比例**

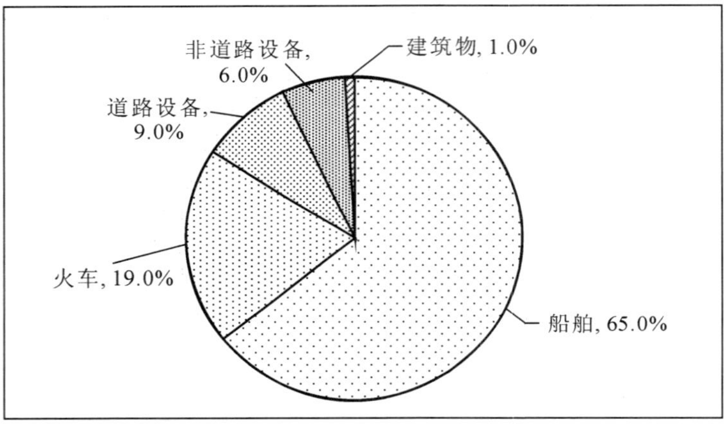


**图 5-10　加拿大温哥华港大气污染物排放比例**

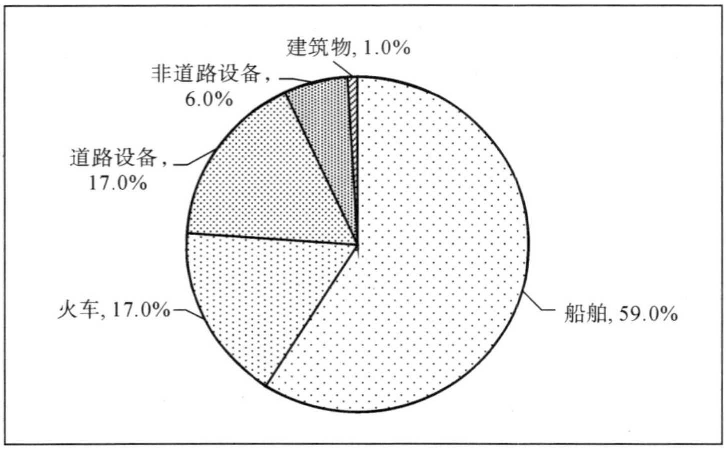


**图 5-11　加拿大温哥华港二氧化碳排放比例**

### 5.2.2　德国汉堡港能源现状分析

国外港口越来越重视能耗问题，以德国汉堡港为例，从图 5-12 至图 5-14 可知，HHLA 公司 2011 年使用燃油的比例与 2010 年相比有所下降，电力比例上升，但 2011 年 72%的二氧化碳是由消耗燃油的集装箱跨运车和自动导引车等燃油动力设备所排放，燃油动力设备是控制节能工作的重点，但其他电力设备也同样是节能工作重点。

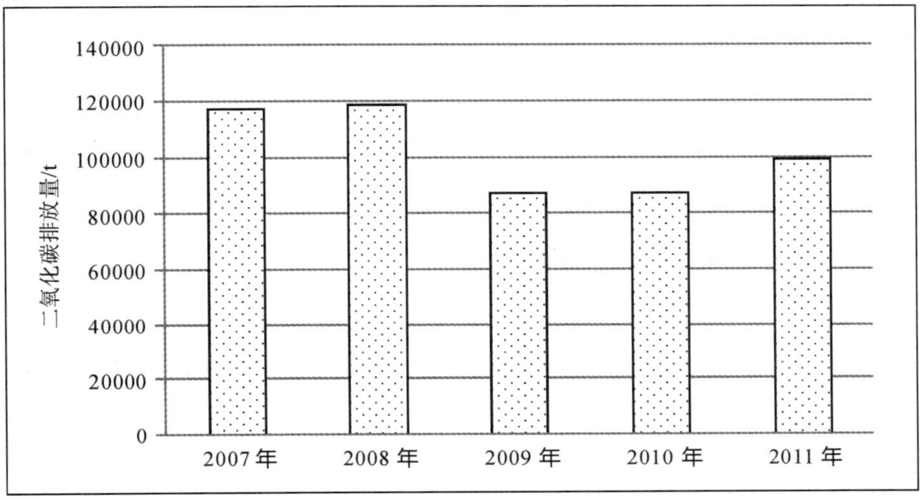


**图 5-12　德国汉堡港二氧化碳排放量情况**

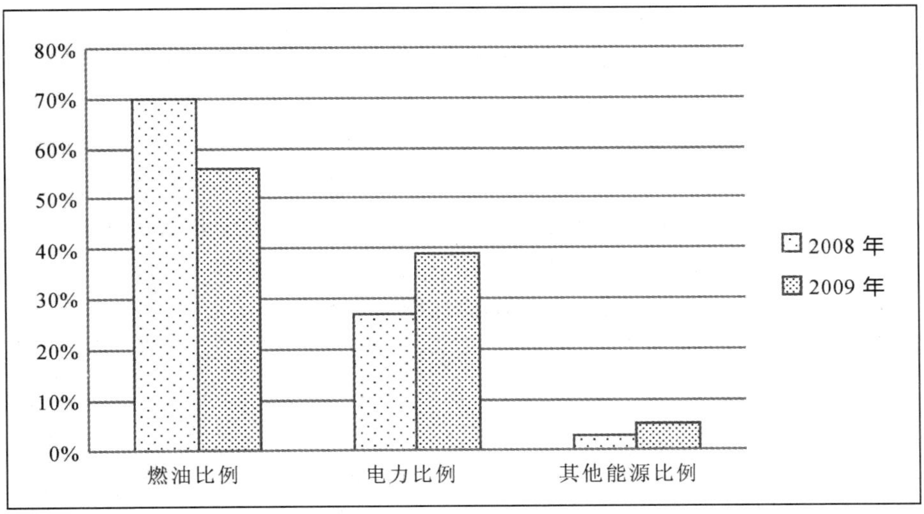


**图 5-13　德国汉堡港各类能源比例**

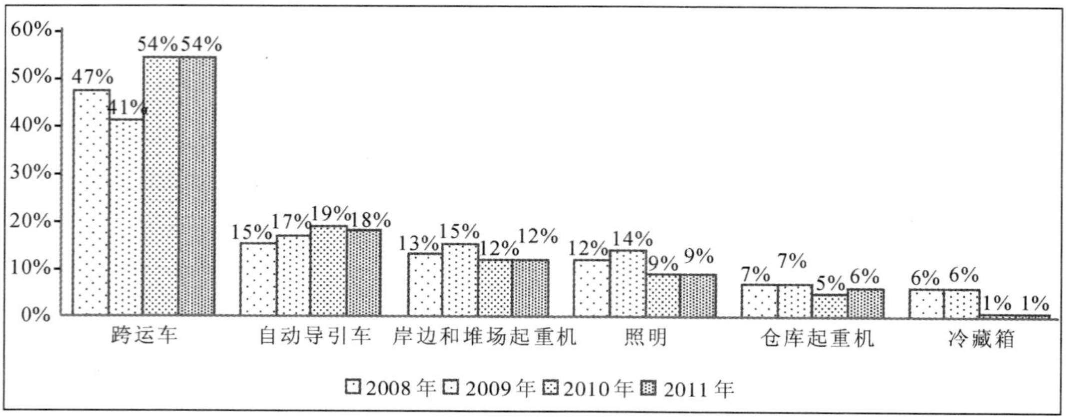


图 5-14　德国汉堡港各种设备二氧化碳排放比例

### 5.2.3　德国汉堡港的能源消费结构

德国汉堡港长期提高集团能源结构中的电力使用比例，使公司能够利用更多的可再生能源电力，从而大幅减少碳排放。因此，德国汉堡港正在将越来越多的港口设备动力转换为电力。电力驱动港口设备产生的排放更少，噪声也更少，也更容易维修。汉堡港的所有办公楼和车间、CTA 集装箱码头、CTB 集装箱码头、CTT 集装箱码头的起重机所需的电力都是来自于可再生能源。

节能的港口工艺、设备和系统不仅减少了港口排放，而且具有经济效益。汉堡港在进行设备更新和改造时，特别注重使用节能、低排放的设备。2018 年，全电动车辆增至 81 辆，电动车辆由可再生能源电力驱动，不会产生任何本地排放，电动车辆每年行驶约 50 万 km，可减少约 160t 二氧化碳排放。

德国汉堡港能源消费结构见表 5-5，从表中可以看出，2008 年港口电力消耗占比为 60.04%，柴油的占比为 36.68%，电力的比例较高。2018 年港口包括牵引机车的电力消耗比例达到 75.09%，电力的比例基本都是逐年提高的趋势，柴油比例由 2008 年的 36.68%下降到 20.85%，LNG 的比例由 2008 年 2.54%提高到 3.19%。

表 5-5　德国汉堡港各类能源消费结构(单位为%)

| 年度 | 柴油和取暖用油 | LNG | 设备用电 | 牵引机车用电 | 区域供热用电 |
|---|---|---|---|---|---|
| 2008 | 36.68 | 2.54 | 60.04 | | 0.74 |
| 2009 | 30.40 | 3.44 | 65.24 | | 0.91 |
| 2010 | 31.17 | 3.42 | 62.81 | | 2.61 |
| 2011 | 34.25 | 2.57 | 61.00 | | 2.18 |
| 2012 | 33.29 | 2.55 | 55.61 | 6.72 | 1.83 |

续表 5-5

| 年度 | 柴油和取暖用油 | LNG | 设备用电 | 牵引机车用电 | 区域供热用电 |
|---|---|---|---|---|---|
| 2013 | 29.44 | 3.33 | 52.28 | 13.32 | 1.62 |
| 2014 | 29.61 | 1.80 | 50.48 | 16.90 | 1.21 |
| 2015 | 22.63 | 1.95 | 38.37 | 36.15 | 0.89 |
| 2016 | 21.54 | 1.92 | 36.44 | 39.16 | 0.94 |
| 2017 | 21.64 | 2.80 | 34.53 | 40.11 | 0.92 |
| 2018 | 20.85 | 3.19 | 32.16 | 42.93 | 0.88 |

注:2008—2011 年无牵引机车数据,与设备用电合并。

## 5.3 国内港口能耗排放清单分析

### 5.3.1 沿海港口能耗排放清单分析

按照港口设备和船舶的能耗和碳排放计算方法,得到某港口能耗和碳排放清单如表 5-6 所示,从表 5-6 中可以看出,研究区域内 2018 年的总能耗为 117588.30 吨标准煤,其中,船舶的能耗最大,年能耗为 97857.22 吨标准煤,约占总能耗的 83.22%;港口机械年能耗为 17021.27 吨标准煤,约占总能耗的 14.48%。

**表 5-6 港口能耗和碳排放清单**

| 主要设备 | 能耗/tce | 碳排放/吨二氧化碳 |
|---|---|---|
| 港口机械 | 17021.27 | 32937.01 |
| 外集装箱卡车 | 2709.81 | 6044.53 |
| 船舶 | 97857.22 | 187378.07 |
| 合计 | 117588.30 | 226359.61 |

港口机械能耗和碳排放清单如表 5-7 所示,从表 5-7 中可以看出堆场港口机械的能耗和碳排放最大,能耗和碳排放分别约占总能耗和总碳排放的 49.62%和 51.48%,水平运输部分的港口机械的能耗和碳排放最小,分别占总能耗和碳排放的 15.15%和 17.23%。其中,堆场中轮胎式集装箱门式起重机(RTG)的能耗和碳排放最大,分别为 6743.21 吨标准煤和 13557.40t 二氧化碳。对于内集装箱卡车而言,虽然有部分内集装箱卡车以 LNG 为动力,约为以柴油为动力的内集装箱卡车数量的 2 倍,但以 LNG 为动力的内集装箱卡车的能耗仅为 10.01 吨标准煤,该能耗值是以柴油为动力的内集装箱卡车的能耗的 0.4%。

表 5-7 港口机械能耗和碳排放清单

| 区域 | 设备 | 能源类型 | 能耗/tce | 碳排放/吨二氧化碳 |
|---|---|---|---|---|
| 码头前沿 | 岸桥 | 电力 | 5919.57 | 10307.96 |
| 码头前沿小计 | | — | 5919.57 | 10307.96 |
| 水平运输 | 内集装箱卡车 | 柴油 | 2535.20 | 5645.73 |
| 水平运输 | 内集装箱卡车 | LNG | 10.01 | 19.21 |
| 水平运输小计 | | — | 2545.21 | 5674.26 |
| 堆场 | RTG | 电力 | 3033.23 | 5281.87 |
| 堆场 | RTG | 柴油 | 3709.98 | 8275.53 |
| 堆场 | 堆高机 | 柴油 | 1002.04 | 2235.16 |
| 海关 | 正面吊 | 柴油 | 99.54 | 222.04 |
| 堆场 | 铲车 | 柴油 | 66.98 | 149.41 |
| 堆场 | 其他机械 | 柴油 | 103.93 | 231.83 |
| 堆场 | RMG(重箱) | 电力 | 138.68 | 241.50 |
| 堆场 | RMG(空箱) | 电力 | 182.30 | 317.44 |
| 堆场和海关小计 | | — | 8336.69 | 16954.78 |
| 合计 | | — | 16801.47 | 32937.01 |

集装箱码头主要的能耗和碳排放源有船舶、岸桥、内集装箱卡车、外集装箱卡车、轮胎式集装箱门式起重机(RTG)、轨道式集装箱门式起重机(RMG)、正面吊、堆高机、叉车、其他港作机械。

从能耗和碳排放总量来看,船舶的能耗和碳排放总量最大,约占港口所有能耗和碳排放源总量的 83.22%和 82.78%,为港口最主要的能耗和碳排放源。该能耗和碳排放主要源于船舶进港停靠码头前沿作业过程中船舶的辅机和锅炉运行消耗。从减少能耗和碳排放角度考虑,船舶应选用高效节能型的动力装置,采用废气余热节能技术、可再生能源辅助动力、LNG 燃料等,可有效减少船舶能耗和碳排放。就港口设备而言,RTG 的能耗和碳排放最大,其次为岸桥和内集装箱卡车。因此,要推进 RTG 的“油改电”技术和全电转场技术应用,ERTG 上加装电能回馈装置,实现电能的高效利用。对于岸桥的节能减排,可加强对吊具防摇和精确定位技术和整机轻量化技术的应用,提高作业效率,减少能耗和碳排放。对于水平运输设备内集装箱卡车和外集装箱卡车而言,二者能耗和碳排放相近,其能耗和碳排放占比较大,约占整个港口设备碳排放比例的三分之一。因此,水平运输设备也应加强节能减排,如内集装箱卡车和外集装箱卡车“油改电”和“油改气”技术的应用。

### 5.3.2　内河港口排放情况

内河港口的排放情况以长三角地区为例，船舶污染占比约60%，港口设备、外来卡车对污染的占比各为20%左右，船舶污染占整个港口区域的污染比例较高，只有将船舶的污染降下来，才能降低整个港口区域的污染物水平。

## 5.4　港口典型设备能耗现状分析

本书对多个港口和场站进行了港口典型燃油设备的能耗调研或现场测试，对港口牵引车、集装箱正面吊和轮胎式集装箱门式起重机几种机型的能耗情况总结分析如下：

港口牵引车以燃烧柴油为主，不同机型的能耗差别较大，说明物流组织调度和设备本身的性能对能耗的影响较大。根据现有的统计数据，港口牵引车的能耗为0.04～0.08 kg/t。实际能耗情况与港口牵引车行驶里程关系很大，因此在标准规范中，港口牵引车能耗通常用kg/(t·km)来表示。集装箱码头港口牵引车的能耗范围为0.4～2.2 kg/TEU。

集装箱正面吊以燃烧柴油为主，能耗与季节环境的影响不大，主要与物流组织调度和设备本身的性能有关。集装箱正面吊的能耗为0.45～0.91kg/TEU。由正面吊与牵引车能耗对比分析可知，虽然正面吊装机功率大于牵引车，但正面吊的能耗小于牵引车能耗，说明正面吊处理集装箱主要以装卸为主，而不是以水平运输为主。

传统柴油发电机组驱动RTG的能耗值为0.81～1.32 kg/TEU，平均值为1.06 kg/TEU。

传统RTG“油改电”后，能耗为1.1～2.5kW·h/TEU。与传统的消耗柴油的RTG相比，能源成本大大降低。

港口的混合动力RTG的不同设备的能耗有一定区别，节能率从6.5%到64%，平均节能率为39.9%，改造为混合动力后的平均油耗约为0.398kg/TEU。

# 6 港口设备能耗评价方法及标准

## 6.1 港口设备能耗评价方法

港口设备能耗评价方法是评价港口设备能耗水平高低和实现能源精细化管理的方法。港口设备能耗检测及评价方法应可以用于绝大部分设备的能耗评价,能够反映设备实际能耗水平,评价参数可以用以说明不同配置设备之间的能耗区别,评价结果能够被设备的设计者、生产企业、选购者和使用者接受,并方便理解和使用。

### 6.1.1 港口设备能耗检测和评价方法

由港口设备能耗现状分析可知,统计数据差别较大,为了方便能耗比较必须建立统一的检测和评价标准。

目前,国内外研究港口设备特别是港口起重运输设备的能耗评价方法不多。但有关电梯能效评价方法的研究较多,由于电梯也是一种特殊的起重机,所以其能效评价方法对于港口设备能效评价也有重要的借鉴意义。

电梯能效评价是对不同类型的电梯的能耗性能进行合理的比较分析。设置能效评价参数是电梯能耗评价的主要方法和途径。目前主要电梯能效评价方法有:固定行程和固定速度下的能耗、电梯平均每次运行的能耗、电梯能耗质量和行程之积的比值、电梯能效系数和每吨千米的耗电量等,分别分析如下:

(1)固定行程和速度下的电梯能耗

以固定行程和速度下的电梯能耗作为电梯能效的评价参数。该方法认为电梯的额定载荷、额定速度和行程是影响电梯能效评价的主要因素。所有被检测电梯的配置情况和运行的工况是相同的,该方法可以有效地比较不同配置电梯能效的差别。但该方法只能说明特定情况下的电梯能效情况。

(2)电梯平均每次运行的能耗

以平均每次启动的电梯能耗作为电梯能效的评价参数,以电梯的启动次数和额定载荷作为影响电梯能效评价的主要因素。由于使用者对电梯的使用偏好不同和工作场所不是完全相同,电梯的启动次数不能全面反映电梯的客流情况,因此本方法也有局限性。

(3)电梯能效系数

电梯能效系数是运送载荷所做的功与能耗的比值,是一个无量纲的参数,与电冰箱、空调器的"能效标识"类似,可以表示能源利用效率的相对高低,但不能直观地反映能耗情况。

(4)电梯每吨千米的耗电量

可采用每吨千米的耗电量作为电梯能效的评价参数对电梯能效情况进行评价。每吨千米的耗电量是指电梯在规定的工作周期内,完成的工作量达到平均耗电量,能够一目了然地反映出电梯的能耗数值。该方法不仅考虑了电梯的载荷情况,而且考虑了行程的情况,电梯能耗评价的结果也简单,便于理解。但是由于电梯能耗测量过程中所设定的行程工况与实际运行工况之间可能还存在较大的差距,所以能耗情况与实际能耗情况存在一定差异。

综上所述,在对起重机能耗进行评价的时候,不仅需要考虑起重机自身的能耗特性,而且需要考虑起重机的实际运行状况,进行能耗评价的检测工况应尽可能与实际工况接近,检测的能耗数值才能真实地反映实际的能耗数值。

而且起重机只有在相同的条件下进行能耗的比较和评价才有意义,这些条件包括:起升高度、载荷情况、各种速度参数、操作习惯等。能耗评价参数最好能够同时反映这些因素的影响。

采用的检测方法主要有以下几种:

①仿真工况检测法——以与起重机实际工作状况最接近的状况下检测模式,最能反映实际能耗,但检测过程复杂。目前已发布的《港口设备能源消耗评价方法》国家标准就是采用仿真工况模式确定一个统一的工况,以便进行对比。

②空载模式检测法——以起重机空载的工况下运行的检测模式,单一的空载工况,检测简单,但不能反映实际能耗。

③典型工况检测法——以起重机载荷25%、50%、75%或其他载荷工况下的检测模式。

实际选择检测方法时应以基本能够反映实际的能耗情况,又能方便日常检测为准则。

本书通过对比国内外类似设备能耗的不同评价方法,提出了操作性强的适用于港口设备的能耗检测方法,即按照港口设备新产品、在用港口设备和改造后港口设备的不同分为两种检测方法:

①在用港口设备和改造后的港口设备能耗测试时的载重量为额定起重量的80%或100%。

②港口设备新产品能耗测试的载重量,分别按额定起重量的25%、50%、75%、100%进行测量,能耗计算时乘以相应的权重进行求和。

### 6.1.2 典型工况法权重分析

1.检测数据的统计和计算

(1)在用和改造后港口设备

对设备的能源消耗检测数据进行处理,在用港口设备和改造后的港口设备能耗测试取三次检测的平均值作为能耗测试值，载重量为80%或100%额定起重量。

在用和改造后起重机的能源消耗以起重机完成单位载重量的耗电量来表示，按式(6-1)计算。

$$e=\frac{E_e}{W_z} \tag{6-1}$$

式中：$e$——起重机的能源消耗，即起重机完成单位载重量的耗能量，tce/ t；

$E_e$——起重机在规定的工作周期内消耗的能量，tce；

$W_z$——起重机在测试周期内装卸的载重量，t。

(2)港口设备新产品

港口设备新产品能耗测试分别取不同载重量的三次检测结果的平均值作为能耗测试中间值，最终的能耗测试值是能耗测试中间值与相应的加权系数乘积的加权值按式(6-2)计算。额定载重量的0、25%、50%、75%、100%相对应的加权值为$\alpha_0$、$\alpha_{25}$、$\alpha_{50}$、$\alpha_{75}$、$\alpha_{100}$。

$$e=\alpha_0\frac{E_{e0}}{W_{z0}}+\alpha_{25}\frac{E_{e25}}{W_{z25}}+\alpha_{50}\frac{E_{e50}}{W_{z50}}+\alpha_{75}\frac{E_{e75}}{W_{z75}}+\alpha_{100}\frac{E_{e100}}{W_{z100}} \tag{6-2}$$

式中：$\alpha_0,\alpha_{25},\alpha_{50},\alpha_{75},\alpha_{100}$——额定载重量的0、25%、50%、75%、100%相对应的加权值；

$E_{e0},E_{e25},E_{e50},E_{e75},E_{e100}$——额定载重量的0、25%、50%、75%、100%相对应的港口设备在规定的工作周期内消耗的能量，tce；

$W_{z0},W_{z25},W_{z50},W_{z75},W_{z100}$——额定载重量的0、25%、50%、75%、100%相对应的港口设备在测试周期内装卸的载重量，t。

2. 不同载重量的权重系数的确定

本书研究分析港口设备的装卸货物质量分布情况即载荷状态，各种箱重的统计采用调查分析法获取港口的数据。装卸货物的质量分布主要与港口设备的起重量、所卸货物的船舶容量、航班航线的载货情况有关。由于各个港口的情况会有所不同，因此可根据港口装卸量的统计分析情况来初定各个载重量下的权重系数。

《起重机设计规范》(GB/T 3811—2008)定义了起重机的载荷状态系指起重作业的情况，即在起重机的设计预期寿命期限内，它的各个有代表性的实际工作起升载荷的大小及各相对应的起吊次数，与起重机的起升载荷的大小及总的起吊次数的比值情况。起重机的载荷状态说明见表6-1。根据上海港机重工编制的《港口起重机设计规范》列举的典型起重机的载荷状态和工作级别见表6-2。

**表6-1　起重机的载荷状态**

| 载荷状态 | 对应的比例说明 |
|---|---|
| Q1 | 极少起吊额定起重量，一般起吊较轻质量 |
| Q2 | 较少起吊额定起重量，一般起吊中等质量 |
| Q3 | 有时起吊额定起重量，一般起吊较重质量 |
| Q4 | 有规律地经常起吊接近额定起重量的质量 |

表 6-2 相关起重机的典型载荷状态和工作级别

| 序号 | 起重机类型 | 用途特点 | 载荷状态 |
| --- | --- | --- | --- |
| 1 | 岸边集装箱起重机 | 集装箱吊具 | Q2—Q3 |
| 2 | 集装箱门式起重机 | 集装箱吊具 | Q2—Q3 |
| 3 | 桥式抓斗卸船机 | 抓斗 | Q4 |
| 4 | 散货装船机 | 皮带、连续 | Q3—Q4 |

结合表 6-1 和表 6-2 可以看出不同港口设备的载荷状态，在确定不同载重量的检测工况时在此载荷状态的基础上进行补充和完善。

上述由港口装卸量的统计分析，以及典型港口起重机载荷状态的经验数据，可以作为确定各种载重量的权重系数初步依据。在此基础上利用德尔菲法(Delphi Method)进行权重系数的研究论证和优化。

德尔菲法是一个使专家集体在各个成员互不见面的情况下对某一项指标的重要性程度达成一致看法的方法，它是编评价方案过程中进行加权时经常使用的一种方法。德尔菲法因出自古希腊德尔菲地区的预言家而得名，它最早是古希腊德尔菲地区的预言家预测未来时经常使用的方法。德尔菲法在现代的运用是从 20 世纪 50 年代开始的，在美国兰德公司的进一步发展下，德尔菲法的应用范围迅速扩大，在未来学以外的其他领域特别是评价领域得到了广泛的运用，为在解决各种形式的复杂问题，如判定某一指标的重要性程度时促进信息交流并取得一致意见发挥了重要作用。评价中的德尔菲法实际上是一种在编制评价方案时为了取得对某一指标或某些指标重要性程度的一致认识而进行的专家意见征询法，它以分发问题表的形式，征求、汇集并统计一些资深人员对某一项指标重要性程度的意见或判断，以便在这一问题的分析上使大家取得一致的意见。

应用德尔菲法分配权重值的步骤是：

(1)设计意见征询表

设计意见征询表时，对不同载重量的分布情况进行列表分级，明确定义各种情况下的适用范围，避免词语的误解造成误判，从而影响意见征询的科学性。

(2)选择专家并请他们填写问卷表格

在港口装卸作业领域内选择参加咨询的专家，要求他们不署名地根据要求将对某一指标或某些指标重要性程度的看法写在问卷表格中。选择专家时既要考虑专家有权威性又要有代表性，即所选择的专家应是对所要咨询的问题有深入了解和研究的人士，所持的观点具有权威性；同时所选择的专家来源应涉及要咨询问题有关的各个方面，即所选择的专家应是各个方面如行政管理人员、科研人员、实际工作者等的代表。按照以上原则，专家组的成员确定为：①港口企业的管理者、操作和维护者、港口设备的制造单位、港口设备的设计单位和研究院所等领域的专业技术人员；②具有高级技术职称；③在领域内有 10 年以上工作经验；④共邀请 20 位专家进行问卷咨询。

(3)整理和反馈专家意见

所有专家将意见征询表格填好交回后，整理专家们的意见，求出某权重值平均数，同时求出每一专家给出的权重值与权重值平均数的偏差，然后将求出的权重值平均数反馈给各位专家，进行第二轮意见征询，以便确定专家们对这个权重值平均数同意和不同意的程度。

①每一指标权重值的平均数

$$M_{(W_i)} = 1/n\sum W_{ij} \tag{6-3}$$

式中：$M$——权重值的平均数；

$i$——第 $i$ 项指标；

$W_i$——第 $i$ 项指标的权重值；

$M_{(W_i)}$——第 $i$ 项指标权重值的平均数；

$W_{ij}$——第 $j$ 项专家对第 $i$ 条指标给出的权重值。

②每一位专家给出的权重值与权重值平均数的偏差

$$\Delta_{ij} = W_{ij} - M_{(W_i)} \tag{6-4}$$

式中：$\Delta_{ij}$——与权重值平均数的偏差。

(4)不断整理和反馈专家意见

再一次将权重值平均数反馈给各位专家并给出某些专家不同意这个平均数的理由，让各位专家在得知少数人不同意这个平均数的理由后再一次作出反应。重复进行上述整理和反馈专家意见的步骤，直至再重复下去观点集中程度或认识统一程度不能增加多少时停止。这样重复几次以后，各位专家对某一指标或某些指标的权重值的看法就会趋向一致，组织者也就可以由此得到比较可靠的权重值分配结果。

经过以上研究分析，检测方法的额定载重量的25%、50%、75%、100%相对应的加权值见表6-3。

**表 6-3　不同载重量的加权系数**

| 港口设备典型机型 | 额定载重量的百分数 | | | |
|---|---|---|---|---|
| | 25% | 50% | 75% | 100% |
| 岸边集装箱起重机 | 0.1 | 0.2 | 0.4 | 0.3 |
| 轨道式集装箱门式起重机 | 0.1 | 0.2 | 0.4 | 0.3 |
| 桥式抓斗卸船机 | 0 | 0 | 0.1 | 0.9 |
| 散货装船机 | 0 | 1 | 9 | 0.8 |

### 6.1.3 能效分级及评价限值

参照微型计算机、三相异步电动机、永磁同步电动机、水(地)源热泵机组、道路和隧道照明用LED灯具、配电变压器、离心通风机等产品的3级能效评定方法，为了更好地表示港口设备的能耗情况，按照港口设备能耗高低的不同划分为不同的能效等级。能效等级分为1、2、3级，等级1最高，等级3最低。含义如下：

——等级1：表示产品最节能，即耗能最低；

——等级2：表示产品的能源消耗为我国市场的平均水平；

——等级3：表示产品能源消耗情况差。

将检测试验分析结果应用到实际能耗评价方法的标准编制中，构建主要影响因素指标与能耗分级及数值评价体系表。以岸边集装箱起重机为例不同起升高度、不同额定起重量对应的能源消耗值见表6-4。

**表 6-4 不同能效等级的能源消耗数值**

| 起升高度(m) | 能效等级 | 单位能耗$e$(kW·h/t) | | |
|---|---|---|---|---|
| | | $G<50$ | $50 \leqslant G<60$ | $G \geqslant 65$ |
| $H<40$ | 1 | | | |
| | 2 | | | |
| | 3 | | | |
| $40 \leqslant H<50$ | 1 | | | |
| | 2 | | | |
| | 3 | | | |
| $50 \leqslant H<60$ | 1 | | $e \leqslant 0.205$ | |
| | 2 | | $0.205<e \leqslant 0.242$ | |
| | 3 | | $e>0.242$ | |
| $H \geqslant 65$ | 1 | | | |
| | 2 | | | |
| | 3 | | | |

表6-4画出了根据不同起重量和不同起升高度确定能效等级的方法，如某一型号的起重机的起升高度是55m，额定起重量$G$是60t，那么可以按照表6-4中的粗虚线箭头的方向查得该型号起重机的各级能效数值，即虚框内的数值，从上到下分别为：1级能效数值为小于或等于0.205kW·h/t，2级能效数值为大于0.205kW·h/t且小于或等于0.242kW·h/t；3级能效数值为大于0.242kW·h/t。如果根据检测工况测试数据及计算处理后的能效为0.2kW·h/t，根据表中的实线箭头方法查得，该机型的能效等级为1级。

### 6.1.4 能效等级评价与判定

根据对港口设备的能耗检测结果和计算分析，按表6-4确定被评价设备的能效等级。能效等级的评价与判定可按下列要求进行管理：

(1)能效等级为3级的港口设备新产品不应出厂；

(2)能效等级为3级的在用港口设备，检测机构应当将检测结果及有关情况报告上级部门，以便及时采取改造或节能监管措施。

## 6.2　相关行业能耗标准

建立健全能源标准体系是节能工作有效贯彻落实的有力保障，我国目前出台的与能源相关的标准包括能源管理标准、产品能效标准、产品生产能耗限额标准、计量监测标准、设备经济运行标准等系列，这些标准能够有效促进《中华人民共和国节约能源法》的贯彻落实，节能管理的加强，我国能源利用率的提高。

具体相关行业能耗标准见附录 1 和附录 2。

### 6.2.1　能源管理标准

能源管理标准是用能单位进行节能管理的方法和依据，我国制定发布了大量能源管理标准，主要有《综合能耗计算通则》(GB/T 2589—2020)、《单位产品能源消耗限额编制通则》(GB/T 12723—2013)、《用能单位节能量计算方法》(GB/T 13234—2018)、《节能监测技术通则》(GB/T 15316—2009)、《能源审计技术通则》(GB/T 17166—2019)等。

### 6.2.2　产品能效标准

我国于 20 世纪 80 年代中期开始能效标准的研究与制定工作，已经颁布了近百项产品能效标准，内容包括用能产品的能效限定值(功效耗电量)、节能评价值、目标值、试验方法和检验规则等方面，涉及领域主要有家用电器、照明器具、工业设备、交通运输设备、起重机械电力机构、电动机、永磁同步电动机等。

### 6.2.3　生产能耗限额标准

强制性单位产品能耗限额国家标准主要涉及火力发电、钢铁、有色金属、建材和石油化工 5 大行业 22 类高耗能产品，规定了这些行业的企业单位产品能耗限定值、新建准入值和能耗先进值。交通运输行业的单位产品能源消耗限额主要有:《集装箱码头单位产品能源消耗限额》《散货码头单位产品能源消耗限额》。

### 6.2.4　计量监测标准

为了配套能源管理标准的使用，我国现已制定发布了节能监测方法标准以及行业企业能源计量器具配备和管理标准，主要包括锅炉、电炉、电热设备制冷系统、风机系统、行业计量设备等。

### 6.2.5　设备经济运行标准

我国制定发布设备经济运行标准，为企业新设备的配置及设备的经济运行提供技术支持，主要包括电动机、变压器、风机、泵、锅炉、空调等。

## 6.3　港口码头的能耗标准

### 6.3.1　港口能耗相关标准规范

随着港口能源消耗的不断增长，交通运输行业对港口节能工作长抓不懈。自从20世纪80年代，根据国家提出的“开发与节约并重，把节约放在优先地位”的能源方针，港口制定了大量的能源和能效标准规范，主要有：《水运工程节能设计规范》(JTS 150—2007)、《港口能源消耗统计及分析方法》(GB/T 21339—2020)、《绿色港口等级评价指南》(JTS/T 105-4—2020)、《集装箱码头单位产品能源消耗限额》(GB 31823—2015)、《干散货码头单位产品能源消耗限额》(GB 31827—2015)等。

《港口能源消耗统计及分析方法》(GB/T 21339—2020)规定了港口能源消耗的统计指标及计算公式，能源消耗统计要求和分析方法。主要包括综合能源消耗量、生产综合能源消耗量、装卸生产能源消耗量、辅助生产能源消耗量、主要用能设备能源消耗量等。其中，对港口的节能评价主要采用生产综合能源单耗来评价，可用下式表示：

$$e_{zf}=E_s/T_b \tag{6-5}$$

式中：$e_{zf}$——生产综合能源单耗，tce/万 t；

$E_s$——生产综合能源消耗量，tce；

$T_b$——完成的吞吐量，万 t。

该评价方法是对整个港口的生产按照吞吐量的多少进行能源消耗量的评价，港口企业尤其是大型港口企业在节能管理中，一般制定能耗定额，按照上述的港口生产综合单位能耗量来评价节能情况。而对单机设备和单个生产工艺的分析评价，虽各企业各有其特点，但也只是停留在单机的能耗总量的简单统计核算上。

一些地方省级部门制定了港口能源消耗限额标准，如山东省制定了《沿海港口能源消耗限额》(DB 37/838—2016)，规定了各类沿海港口的能耗限额，见表6-5。按照该标准港口年吞吐量越大相应的生产综合单位能源消耗量越小。

**表6-5　沿海港口能源消耗限额**(单位为吨标准煤每万吨)

| 考核指标 | 港口年吞吐量 X(吨) | 2008年 | 2010年 | 2012年 |
|---|---|---|---|---|
| 生产综合单位能源消耗量 | $X\geqslant1$ 亿吨 | 6.7 | 6.4 | 6.1 |
| | 1千万吨$<X<$1亿吨 | 5.5 | 5.2 | 4.9 |
| | $X\leqslant1$ 千万吨 | 4.0 | 3.8 | 3.6 |

《绿色港口等级评价指南》(JTS/T 105-4—2020)在“行动”中对港口设备应用的节能减排技术进行评价，在“效果”中对港口生产综合能源单耗进行评价，评价采用《港口能源消耗统计及分析方法》(GB/T 21339—2020)的统计方法。

《集装箱码头单位产品能源消耗限额》(GB 31823—2015)规定了集装箱码头单位产品能源消耗限额的技术要求、计算范围和计算方法、节能管理与技术措施。标准适用于国内集装箱码头生产能源消耗的计算、考核,以及对新建和扩建集装箱码头的能源消耗控制。该标准用单位集装箱吞吐量消耗的能源量(装卸生产+辅助生产)作为指标分析单位产品能源消耗,并给出了集装箱码头单位产品能源消耗的限定值、准入值和先进值,这三个指标的含义分别是:限定值指标制定的原则是淘汰20%～30%的落后产能,属于强制性指标;准入值指标是落实《节约能源法》的相关要求而设定的准入门槛值,主要是在固定资产投资项目节能评估和审查中,对新建和改扩建项目的一个强制性的准入值,是一个跟产业政策相协调的指标;先进值指标制定的原则是选取国际先进水平或国内领先水平,给企业一个奋斗目标,属于推荐性指标。

《干散货码头单位产品能源消耗限额》(GB 31827—2015)规定了干散货码头单位产品能源消耗限额的技术要求、计算范围和计算方法、节能管理与技术措施。标准适用于国内干散货码头生产能源消耗的计算、考核,以及对新建和扩建干散货码头的能源消耗控制。该标准用单位货物吞吐量消耗的能源量(装卸生产+辅助生产)作为指标分析单位产品能源消耗,并给出了码头单位产品能源消耗的限定值、准入值和先进值。

### 6.3.2 港口设备能效相关标准规范

《水运工程节能设计规范》(JTS 150—2007)基于港口统计数据给出了部分港口设备的能耗指标,见表6-6和表6-7。

**表6-6　集装箱码头装卸机械及其他用能设备单位能耗指标**

| 装卸机械及其他用能设备名称 | 标准中单位能耗指标 | 台时效率/(自然箱/h) |
|---|---|---|
| 岸边集装箱起重机 | 3.0kW·h/吞吐 TEU | 30～66 |
| 小型岸边集装箱起重机 | 2.5kW·h/吞吐 TEU | 20～35 |
| 轨道式集装箱门式起重机 | 2.5kW·h/操作 TEU | 20～35 |
| 电动轮胎式集装箱门式起重机 | 2.5kW·h/操作 TEU | 20～35 |
| 轮胎式集装箱门式起重机 | 0.85 kg/操作 TEU | 20～35 |
| 半挂集装箱牵引车 | 0.81kg/操作 TEU | 4～15 |
| 集装箱空箱堆高机 | 0.27kg/操作 TEU | 30 |
| 集装箱正面吊 | 0.50kg/操作 TEU | 15～25 |
| 集装箱重箱叉车 | 0.60kg/操作 TEU | — |
| 集装箱空箱叉车 | 0.34kg/操作 TEU | — |
| 冷藏箱 | 140.0kW·h/冷藏箱吞吐 TEU | — |

注:①表中机械设备的用能品种为电力和柴油,电力计量单位为kW·h,柴油计量单位为kg。

②小型岸边集装箱起重机指额定起重量40.5t及以下的起重机。

表 6-7　煤炭、矿石专业化码头装卸机械单位能耗指标

| 装卸机械名称 | 标准中单位能耗指标 | 备注 |
| --- | --- | --- |
| 移动式装船机 | 0.076kW·h/操作吨 | 统计值 |
| 桥式抓斗卸船机 | 0.450kW·h/操作吨 | 统计值 |
| 推耙机 | 0.050kg/操作吨 | 统计值 |
| 单斗装载机 | 0.045kg/操作吨 | 统计值 |
| 装车机 | 0.032kg/操作吨 | 统计值 |
| 翻车机 | 0.023kW·h/操作吨 | 统计值 |
| 螺旋卸车机 | 0.110kW·h/操作吨 | 统计值 |
| 带式输送机 | 0.00018kW·h/操作吨米 | 统计值 |
| 臂式堆料机 | 0.062kW·h/操作吨 | 统计值 |
| 斗轮取料机 | 0.130kW·h/操作吨 | 统计值 |
| 斗轮堆取料机 | 0.350kW·h/操作吨 | 统计值 |

注:表中机械的用能品种为电力和柴油。电力计量单位为 kW·h,柴油计量单位为 kg。

### 6.3.3　港口设备的产品和能效标准

由于我国港口开放较早,港口企业对先进的生产设备的使用和我国港口专用设备的制造商实力不断增强,这些设备设施的技术水平已达到国际领先水平,使得有关作业的设备设施标准与国外相关标准差别不大,一些标准已达到国际先进水平。

在港口设备方面形成了比较全面的标准体系,编制完成了以产品标准、技术条件、试验方法、安全规程等为代表的一批国家标准或行业标准,包括岸边集装箱起重机、轨道式集装箱门式起重机、桥式抓斗卸船机、集装箱正面吊运起重机、港口门座起重机、港口轮胎起重机等港口设备,为我国港口发展奠定了标准化基础。典型港口设备标准情况见表 6-8。

表 6-8　港口设备相关的标准情况

| 类别 | 机型 | 产品 | 安全规程 | 修理技术规范 | 能效标准 | 能源利用效率标准 |
| --- | --- | --- | --- | --- | --- | --- |
| 电动起重机 | 岸边集装箱起重机 | GB/T 15631—2009 | GB/T 21920—2008 | JT/T 295—2008 | GB/T 36410.1—2018 | JT/T 314—2009 |
| | 轨道式集装箱门式起重机 | GB/T 19683—2005 | JT/T 566—2004 | — | GB/T 36410.2—2018 | |
| | 电动轮胎式集装箱门式起重机 | JT/T 806.1—2011 ～JT/T 806.4—2011 | GB/T 19912—2005 | — | JT/T 1323.2—2020 | |
| | 港口门座起重机 | GB/T 17495—2009 | JT/T 400—2016 | GB/T 17496—1998 | JT/T 1323.1—2020 | |
| | 桥式抓斗卸船机 | GB/T 26475—2001 | GB/T 18224—2008 | — | GB/T 36410.3—2018 | |

**续表 6-8**

<table>
<tr><th>类别</th><th>机型</th><th>产品</th><th>安全规程</th><th>修理技术规范</th><th>能效标准</th><th>能源利用效率标准</th></tr>
<tr><td rowspan="3">港口流动起重机</td><td>集装箱正面吊</td><td>GB/T 26474—2011</td><td>GB/T 17992—2008</td><td>—</td><td>—</td><td rowspan="3">JT/T 1322—2020</td></tr>
<tr><td>空箱堆高机</td><td>GB/T 26945—2011</td><td>—</td><td>—</td><td>—</td></tr>
<tr><td>传统轮胎式集装箱门式起重机</td><td>GB/T 14783—2009</td><td>GB/T 19912—2005</td><td>—</td><td>—</td></tr>
<tr><td rowspan="5">港口流动车辆</td><td>港口牵引车</td><td>JT/T 880—2013</td><td>JT/T 1056—2016</td><td>—</td><td>GB/T 36410.5—2018</td><td rowspan="5">—</td></tr>
<tr><td>自动导引车</td><td>JT/T 1377—2021</td><td>—</td><td>—</td><td>—</td></tr>
<tr><td>推耙机</td><td>JB/T 7306—1994</td><td>—</td><td>—</td><td>—</td></tr>
<tr><td>装载机</td><td>GB/T 10170—2010</td><td>GB 25684.3—2010</td><td>—</td><td>—</td></tr>
<tr><td>自卸车</td><td>GB/T 35193—2017</td><td>GB 25684.6—2010</td><td>—</td><td>—</td></tr>
<tr><td rowspan="4">连续输送机械</td><td>螺旋式连续卸船机</td><td>JT/T 1044—2016</td><td>GB/T 13561.6—2006</td><td>—</td><td>—</td><td rowspan="2">JT/T 1370—2020</td></tr>
<tr><td>链斗式连续卸船机</td><td>JT/T 1072—2016</td><td>GB/T 13561.6—2006</td><td>—</td><td>—</td></tr>
<tr><td>散货装船机</td><td>JT/T 1073—2016</td><td>GB/T 13561.6—2006</td><td>JT/T 136—1994</td><td>GB/T 36410.4—2018</td><td>—</td></tr>
<tr><td>带式输送机</td><td>GB/T 10595—2017</td><td>GB 14784—2013</td><td>—</td><td>—</td><td>JT/T 326—2009</td></tr>
</table>

### 6.3.4　通用起重机的能效标准

起重机是港口重要的作业设备，也是港口重要的能耗单元。我国制定了多项通用起重机械能效标准，对起重机械的能效检测进行了规范。这些标准主要以有效能与供给能的比值百分数的形式表示能效，主要有以下标准：

(1)《起重机械用电动机能效测试方法　第1部分：YZP系列变频调速三相异步电动

机》(GB/T 29562.1—2013)

(2)《起重机械用电动机能效测试方法 第2部分:YZR/YZ系列三相异步电动机》(GB/T 29562.2—2013)

(3)《起重机械用电动机能效测试方法 第3部分:锥形转子三相异步电动机》(GB/T 2956.3—2013)

三种电动机的能效测试方法基本相同,只是对输入功率的处理上有所区别。电动机能效试验应在额定负载下待热稳定之后进行。电动机的基准工作制为S3-40%,在1 h内完成6个工作循环,每个工作循环10 min,额定负载运行4 min,每个循环均需测定输入电功率和输出机械功率。用电能表对输入功率进行测量,并进行修正。使用转矩转速传感器和扭矩测量仪对输出转速、转矩进行采样测量,通过计算求得输出功率。最后计算输出功率和输入功率的比值求得能效。

(4)《起重机械用电力驱动起升机构能效测试方法》(GB/T 30222—2013)

通过电度表法或电流电压法测出供给能,进行数据处理后以焦耳为单位,是实际消耗的电能。有效能通过起升机构提升货物到一定高度的做功即起重量与起升高度的乘积来计算,是理论上的有效能,最后有效能除以供给能即得出能效。

(5)《起重机械用电力驱动运行机构能效测试方法》(GB/T 30223—2013)

通过电度表法或电流电压法测出供给能,进行数据处理后以焦耳为单位,是实际消耗的电能。有效能通过运行机构平移货物到一定距离的做功来计算,是理论上的有效能,最后有效能除以供给能即得出能效。该运行机构分为大车运行机构和小车运行机构。

上述标准是对起重机电动机或某个机构的能效测试方法,均采用有效能与供给能之比的方法计算能效,其中,供给能指按测试方法要求完成一个测试工作周期时实际消耗的能量,有效能指按测试方法要求完成一个测试工作周期时理论上消耗的能量。以上标准只是规定了能效检测方法,并没有给出能效限值。

### 6.3.5 车辆的相关能耗评价标准

我国在港口流动设备方面已经形成了比较全面的标准体系,编制完成了以产品标准、技术条件、试验方法、安全规程等为代表的一批国家或行业标准,但是能耗评价标准仍空缺。港口流动设备能耗评价方式类似于道路运输车辆的能耗评价方式,而面对道路运输燃料消耗量的不断增长,国家在道路运输车辆方面已经制定和正在制定部分相关的能耗标准和能耗评价标准,有效遏制运输燃料消耗量的增长势头。

与道路运输车辆相关的能耗标准和能耗评价标准有:

(1)《道路运输车辆燃料消耗量检测评价方法》(GB/T 18566—2011)

该标准规定了道路运输车辆燃料消耗量的检测评价参数、检测方法、检测工况、检测设备、检测准备、检测程序、检测结果评价等。适用于燃用柴油或汽油、额定总质量大于3500kg的在用营运客车和营运货车。道路运输车辆燃料消耗量检测工况由速度工况和载荷工况构成。能耗检测方法为:通过汽车平稳驶上底盘测功仪,模拟受检汽车道路行驶，按照道路运输车辆燃料消耗量检测工况运行。该标准规定了不同车辆的燃料消耗量限值，当检测的汽车百千米燃料消耗量小于或等于限值，判定该车燃料消耗量为合格；当检测的汽车百千米燃料消耗量大于限值，允许复检两次，一次复检合格，则判定该车燃料消耗量为合格；当检测的汽车百千米燃料消耗量和复检结果均大于限值，判定该车燃料消耗量为不合格。

(2)《汽车节油技术评定方法标准》(GB/T 14951—2007)

该标准规定了在用汽车节油技术的评定指标、试验方法和试验数据处理及评定项目计算，适用于在用汽车各类节油技术使用效果的评定。

汽车节油技术是在降低汽车燃料消耗同时对汽车的其他使用性能无不良影响的技术。标准规定，通过各项对比试验(包括发动机性能台架对比试验、汽车性能道路对比试验、节油添加剂理化性能试验)，对试验数据进行处理，再进行经济性项目评价计算、动力学项目计算和排气污染物净化率计算。其中经济性评价项目包括各种运行模式节油量和节油率计算、汽车多工况节油量和节油率计算、汽车运行百千米节油量和节油率计算。动力性项目包括转矩对比系数、功率对比系数、加速时间对比系数、滑行距离对比系数。排气污染物净化率包括汽车排气污染物净化率、柴油车排气污染烟度净化率计算等。

(3)《公路运输能源消耗统计及分析方法》(GB/T 21393—2008)

该标准规定了营业性公路运输车辆能源消耗统计的车型分类、统计指标、调查方法、指标计算及能源消耗分析等方法。适用于公路运输业对营运性公路运输载客汽车和载货汽车的能源消耗统计及分析。

公路运输能源消耗统计指标包括调查指标和推算指标。其中调查指标包括子类汽车行驶里程和子类汽车百千米燃料消耗量；推算指标包括子类汽车百吨(千人)千米燃料消耗量、燃料消耗量、综合百吨(千人)千米燃料消耗量。

根据标准给定的指标调查方法和指标计算方法，比较不同时期统计的公路运输能耗指标，分析各指标的变化趋势；通过比较不同时期统计的子类与总体、部分与部分的燃料消耗量指标，分析公路运输能源消耗结构及变化趋势；通过比较能源利用指标，分析公路运输的节能潜力；通过比较各种相关因素对千米运输能耗指标的影响程度，分析公路运输用能的合理性；通过对各子类汽车百吨(千人)千米燃料消耗量主要影响因素的分析，利用调查数据，并建立数学模型，即可确定里程利用率和载质(客)量利用率对百吨(千人)千米燃料消耗量的影响程度。

(4)《汽车燃料消耗量试验方法　第1部分：乘用车燃料消耗量试验方法》(GB/T 12545.1—2008)

该标准规定了乘用车的燃料消耗量试验方法。适用于最大设计质量不超过3.5t的 $M_1$ 和 $N_1$ 类车辆。标准中车辆燃料消耗量的试验方法，包括《轻型汽车污染物排放限值及测量方法(中国第Ⅲ、Ⅴ阶段)》(GB 18352.3—2005)规定的工况循环燃料消耗量试验、90km/h 等速行驶燃料消耗量试验和 120km/h 等速行驶燃料消耗量试验。对试验结果进行重复性检验，并进行计算，再按照标准状态进行校正，即可得到车辆的燃料消耗量。

(5)《商用车辆燃料消耗量试验方法》(GB/T 12545.2—2001)

该标准规定了 $M_2$、$M_3$类和最大总质量大于或等于 2t 的 N 类车辆的燃料消耗量试验方法。标准中车辆燃料消耗量的试验方法,包括等速行驶燃料消耗量试验和多工况循环燃料消耗量试验。对试验结果进行重复性检验,并进行计算,再按照标准状态进行校正,即可得到车辆的燃料消耗量。

(6)《载货汽车运行燃料消耗量》(GB/T 4352—2007)

该标准规定了载货汽车运行条件分类以及运行燃料消耗量的计算方法和修正系数,适用于行驶在公路和城市道路上使用汽油或柴油作为燃料的载货汽车运行燃料消耗量的计算。

按照《商用车辆燃料消耗量试验方法》(GB/T 12545.2—2001)中规定的试验方法,对不同运行模式下的载货汽车进行燃料消耗量试验,对试验结果进行计算,得到不同运行模式下载货汽车基本燃料消耗量及满载燃料消耗量、载货汽车质量变化附加燃料消耗量,将上述计算结果结合载货汽车运行燃料消耗量道路修正系数、气温修正系数、海拔高度修正系数等,即可得到某种运行模式的载货汽车运行燃料消耗量。

(7)《载客汽车运行燃料消耗量》(GB/T 4353—2007)

该标准规定了载客汽车运行条件分类以及运行燃料消耗量的计算方法和修正系数,适用于行驶在公路和城市道路上使用汽油或柴油作为燃料的载客汽车运行燃料消耗量的计算。按照《商用车辆燃料消耗量试验方法》(GB/T 12545.2—2001)中规定的试验方法,进行燃料消耗量的测算。

(8)《重型商用车辆燃料消耗量测量方法》(GB/T 27840—2011)

该标准规定了重型商用车辆燃料消耗量的测量方法,标准适用于最大设计总质量大于 3500 kg 的燃用汽油和柴油的商用车辆。按照 C-WTVC 循环进行测试,即以世界重型商用车辆瞬态循环(WTVC,World Transient Vehicle Cycle)为基础,调整加速度和减速度形成的驾驶循环。该标准给出了碳平衡法、质量法和体积法确定燃油消耗量的计算公式。

(9)《轻型汽车燃料消耗量试验方法》(GB/T 19233—2020)

该标准规定了通过测定汽车二氧化碳、一氧化碳和碳氢化合物排放量,用碳平衡法计算燃料消耗量的试验、计算方法以及生产一致性的检查和判定方法,适用于以点燃式发动机或压燃式发动机为动力,最大设计车速大于或等于 50km/h 的 $N_1$ 类和最大设计总质量不超过 3500kg 的 $M_1$、$M_2$ 类车辆。最大设计总质量超过 3500kg 的 $M_1$ 类车辆可参照执行。该标准适用于能够用汽油或柴油的车辆,不适用于混合动力电动汽车。

### 6.3.6 港口设备能效检测和评价标准

对目前的几类港口设备能耗检测、评价方面的标准进行介绍分析。

1. 能源利用效率检测方法类标准

(1)《港口电动式起重机能源利用效率检测方法》(JT/T 314—2009)、《港口带式输送机能源利用效率检测方法》(JT/T 326—2009)

这两个标准是对港口电动式起重机和带式输送机的能源利用效率进行检测的方法，供给能通过电能测量仪测得，有效能通过公式计算求得，能源利用效率为有效能与供给能的比值，它提出的能源利用效率是无量纲的百分数，不能直观地反映实际消耗的能耗值，标准中也没有给出能源利用效率的限值。

(2)《港口内燃机驱动起重机能源利用效率检测方法》(JT/T 1370—2020)

该标准规定了内燃机驱动轮胎式集装箱门式起重机、集装箱正面吊运起重机、集装箱空箱堆高机、港口轮胎起重机等机型的能源利用效率检测方法，供给能通过流量计等测得，有效能通过公式计算求得，能源利用效率为有效能与供给能的比值。

另外，交通运输部还组织编写了《港口连续卸船机能源利用效率检测方法》(JT/T 1370—2020)，检测原理基本与上述标准相同。

2. 港口设备能源消耗评价方法类标准

交通运输部水运科学研究院在交通运输部的领导下组织制定了《港口设备能源消耗评价方法》(GB/T 36410—2018)系列标准，对岸边集装箱起重机、轨道式集装箱门式起重机、桥式抓斗卸船机、散货连续装船机、港口牵引车等港口设备的能源消耗检测要求、检测方法和评价方法等进行了规定，这些标准在统一工况下起吊或运载相同载荷，采用单位工作量能耗的表示方法，更加直观地表达能效，可以和统计的数据进行对比，完善了港口设备能效评价标准体系，但是该系列标准为推荐性标准，有效的实施才能促进港口设备能源消耗的评价工作。标准名称如下：

《港口设备能源消耗评价方法　第1部分：岸边集装箱起重机》(GB/T 36410.1—2018)、《港口设备能源消耗评价方法　第2部分：轨道式集装箱门式起重机》(GB/T 36410.2—2018)、《港口设备能源消耗评价方法　第3部分：桥式抓斗卸船机》(GB/T 36410.3—2018)、《港口设备能源消耗评价方法　第4部分：散货连续装船机》(GB/T 36410.4—2018)、《港口设备能源消耗评价方法　第5部分：港口牵引车》(GB/T 36410.5—2018)等。

交通运输部组织制定了《集装箱码头设备能效限值及等级评定　第1部分：集装箱门座起重机》(JT/T 1323.1—2020)、《集装箱码头设备能效限值及等级评定　第2部分：轮胎式集装箱门式起重机》(JT/T 1323.2—2020)，评价方法与GB/T 36410基本相同。

## 6.4　典型港口设备能效标准实施案例分析

本节根据《港口电动起重机能源利用效率检测方法》等标准进行实际测试案例分析、主要机构能耗检测和影响因素分析。

### 6.4.1　岸边集装箱起重机主要机构能耗检测

1. 测试工况

为了使测试方法和测试结果具有可比性，规定岸边集装箱起重机的一个完整的作业过程：

(1)提升集装箱；

(2)小车重载运行；

(3)放下集装箱；

(4)提升吊具；

(5)小车空载运行；

(6)下降吊具，使吊具回到起吊的位置。

2. 测试步骤

测试步骤见表 6-9。

**表 6-9 岸边集装箱起重机能耗测试步骤**

| 序号 | 工况 | 操作 | 次数 |
|---|---|---|---|
| 1 | 重载起升 | 记录 | 重复三次 |
| | 重载下降 | 记录 | |
| 2 | 小车重载运行 | 记录 | 重复三次 |
| 3 | 空载起升 | 记录 | 重复三次 |
| | 空载下降 | 记录 | |
| 4 | 小车空载运行 | 记录 | 重复三次 |

3. 测试线路图

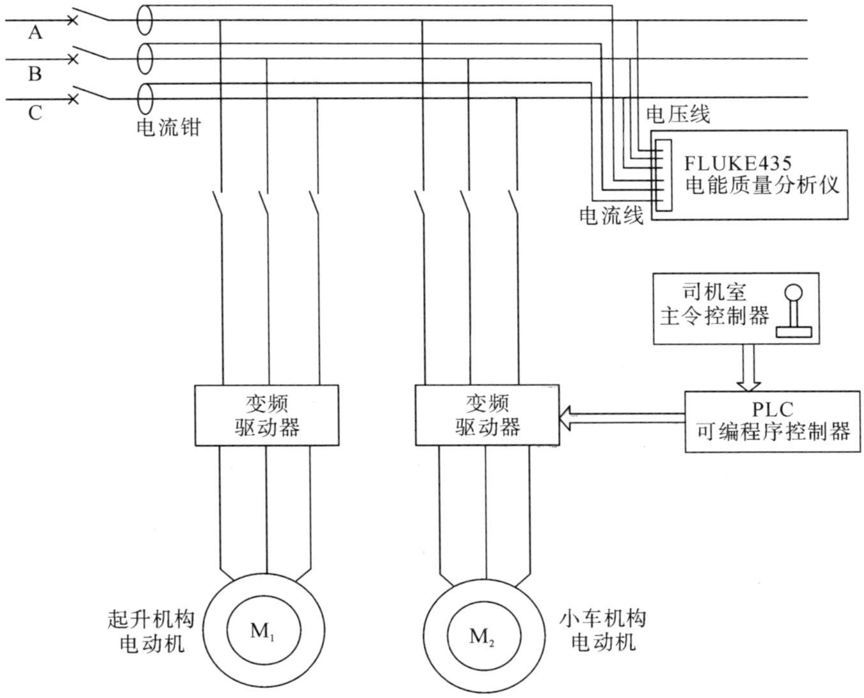


**图 6-1 岸边集装箱起重机检测线路图**

### 6.4.2　岸边集装箱起重机能耗影响因素检测

1.起重量的变化对能耗的影响

典型工况：在地面上固定装卸箱位置，使每次试验小车运行距离相等，保证每次起升高度相等。

测定起重量的变化对能耗的影响程度时，起升速度以额定值运行，小车运行速度以额定值运行。检测时，岸边集装箱起重机运行一个完整的循环。按以下工况进行试验：

将吊具运行至靠近陆侧门腿的跨中第一箱位处→下降至地面→锁定地面上的集装箱→起升至预定高度，记录所消耗电能→小车往前伸距方向运行至预定距离，记录所消耗电能→吊具下降，记录所消耗电能。

将集装箱再起升运行至起始位置计为1次试验。

2.起升速度的变化对能耗的影响

测定起升速度的变化对能耗的影响程度时，将地面上的集装箱起升至规定位置，然后再下降至地面，起升速度根据挡位控制，分别测定每一挡位起升速度下的电能消耗量，并用测速仪测出每挡的速度值。按以下进行试验：

将小车运行至海陆侧门腿之间→吊具下降至地面，锁定地面上的集装箱→起升至15m高度，记录所消耗电能→吊具下降→将集装箱放置于地面上，记录所消耗电能。

3.小车运行速度的变化对能耗的影响

测定小车运行速度的变化对能耗的影响程度时，不需测整个工作循环，将小车的运行距离固定，测定小车以不同挡位运行所消耗的电能，并用测速仪测出每挡的速度值。按以下进行试验：

将小车运行至海陆侧门腿之间→吊具下降至地面，锁定地面上的集装箱→起升至预定高度→小车运行至规定起始位置，记录所消耗电能→小车运行至指定距离停止，记录所消耗电能。

4.大车运行速度的变化对能耗的影响

大车带载运行，将大车运行的距离固定，测定大车以不同挡位运行所规定的距离的能耗，并用测速仪测出每挡的速度值。按以下工况进行试验：

将吊具下降至地面，锁定地面上的集装箱→起升至预定高度→大车运行至规定起始位置→大车运行预定距离停止，记录所消耗电能。

然后可将大车运行至起始位置停止，记录所消耗电能。

5.数据整理与试验结果分析

将上述4种情况下的数据进行整理，分别绘出起重量-能耗曲线，起升速度-能耗曲线，小车运行速度-能耗曲线，大车运行速度-能耗曲线。

### 6.4.3　RMG主要机构能耗检测

1.测试工况

为了使测试方法和测试结果具有可比性，规定轨道式集装箱门式起重机(RMG)的一个完整的作业过程为：

(1)提升集装箱；

(2)小车重载运行；

(3)大车重载运行；

(4)放下集装箱；

(5)提升吊具；

(6)大车空载运行；

(7)小车空载运行；

(8)下降吊具，使吊具回到起吊的位置。

2. 测试步骤

测试步骤见表 6-10。

**表 6-10 RMG 检测步骤**

| 序号 | 工况 | 操作 | 次数 |
| --- | --- | --- | --- |
| 1 | 重载起升 | 记录 | 重复三次 |
|  | 重载下降 | 记录 | 重复三次 |
| 2 | 小车重载运行 | 记录 | 重复三次 |
| 3 | 空载起升 | 记录 | 重复三次 |
|  | 空载下降 | 记录 |  |
| 4 | 小车空载运行 | 记录 | 重复三次 |
| 5 | 大车空载运行 | 记录 | 重复三次 |

3. 测试线路图

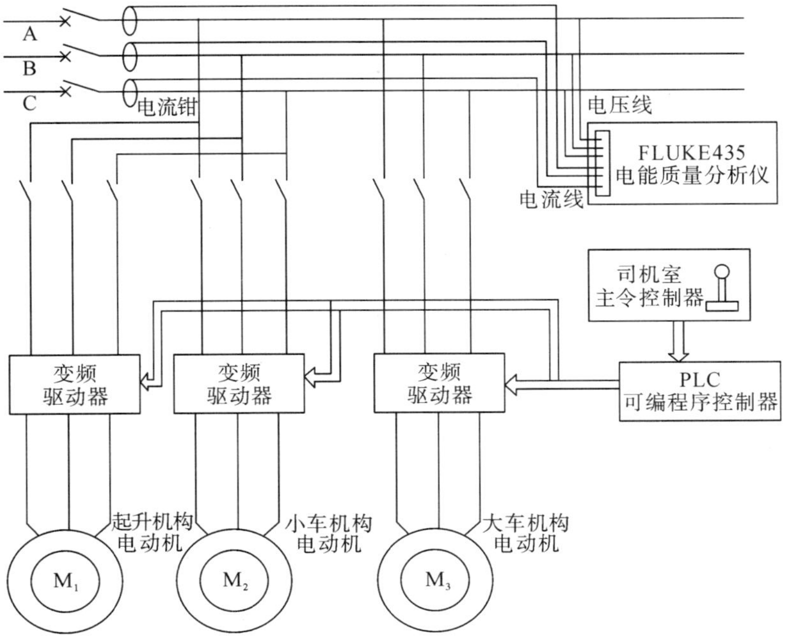


**图 6-2 RMG 检测线路图**

### 6.4.4 RMG 能耗影响因素检测

对 RMG 的能耗情况进行检测试验，对起升速度、小车运行速度、大车运行速度的变化对能耗的影响进行试验研究。

测定不同起升速度、小车运行速度、大车运行速度下的电能消耗的试验工况如下：

(1)测定不同起升速度下的能耗

将吊具下降至地面，锁定地面上的集装箱→起升至指定高度，记录所消耗电能→吊具下降→将集装箱放置于地面上，记录所消耗电能。

(2)测定不同小车运行速度下的能耗

将吊具下降至地面，锁定地面上的集装箱→起升至指定高度→小车运行至规定起始位置→小车运行停止，记录所消耗电能。

(3)测定大车运行速度下的能耗

将吊具下降至地面，锁定地面上的集装箱→起升至指定高度→大车运行至规定起始位置→大车运行停止，记录所消耗电能。

# 7　港口能效评价体系及案例分析

## 7.1　港口设备能效评价体系现状

目前，对于单一港口设备能效的评价既可以用百分比法来评价港口设备能效大小，也可以用单位工作量能耗法来评价港口设备能效所处水平，均为单要素评价指标。但针对港口整体的设备能效评价尚未形成一套完备的评价体系，无法从整个港口层面对港口设备能效进行整体评价。评价体系的研究分析方法有多种，且相对成熟，可将此方法应用于港口设备能效评价中，构建港口设备能效评价体系，即基于多要素的能效评价体系。常见的评价体系研究方法主要有：

(1)AHP-模糊综合评价，也叫作层次模糊综合评价方法，是将层次分析法与模糊综合评价法相结合的一种评价方法。李志春根据我国港航系统的客观实际建立了完善的节能评价指标体系，应用层次分析法(AHP)确立了评价指标体系的权重，并应用模糊综合评价法对其进行了综合评价。通过实例研究，认为该方法在一定程度上减小了主观因素对评价的影响。卢志刚应用了层次分析法和综合模糊评估，针对火电厂的节能评估指标体系进行量化计算，并以 300MW 燃煤火电动机组为例确定评估模型，进行了仿真分析，从而更为科学地评估了电厂的节能效果。

(2)数据包络分析法(DEA)。宋马林应用了超效率数据包模型，探讨了社会协同地区的节能评价模式，把节能所包含的系统看成一个个单元在一定可能的范围内通过一定数量的投入而产出一定数量的“产品”的活动。使用 DEA 多种模型中的扩展 DEA 模型-超效率的评价模型，对国内各地区节能投入产出的效率作了评价。

(3)粗糙集理论方法(Rough)。程瑞设计了一种基于粗糙集和 Shannon 熵理论的节能效果评价建模方法。粗糙集理论是国际上新兴的处理不确定性问题的工具。首先建立一个基于粗糙集理论的节能效果综合评价模型，然后运用 Shannon 的信息熵对数据进行了分析，得出了指标的权重。应用粗糙集理论中的多目标决策方法给出各省节能效果的排名。由此改进了传统的以单位 GDP 能耗为唯一评价指标的节能效果评价方法。

(4)其他方法。李亮提出了把节能和减排两大任务并入一个系统内进行效用分析和评价，构建了包含 COD、$SO_2$ 和单位 GDP 能耗三个子系统的节能系统，给出了节能系统的综合效用模型，提出了一种针对整个节能系统的综合评价考核办法。张尊华应用了因子分析法评价了船舶类企业节能评价指标体系。宋马林基于 7E 理念，通过分析如何建立节能评价体系、监测体系和考核体系，构建了基于三维组合模型的评价体系、基于

SDSS 的监测体系和基于 BP Neural Network 的考核体系基础上的节能协同体系递进闭合系统。郭英玲提出了一种面向节能的简式生命周期评价方法，在全生命周期评价方法的基础上，减小了研究范围和简化了影响评价方法，针对节能环保措施的目标建立评价指标体系，对污染物排放和资源消耗的影响进行评价。

综上所述，港口设备能效评价体系尚不完备，需要结合评价体系研究方法进行构建和完善。本书将探讨从不同角度建立评价指标体系。

## 7.2 港口设备节能综合评价指标体系

港口设备节能综合评价指标体系的设计是在确定评价目的和范围的基础上，根据行业和组织特点，确立评价指标的选择原则，并在此原则框架下，通过采取一定的方法进行指标逐层筛选分析之后确定的。本节重点阐述港口设备节能综合评价指标体系的构建，并通过能耗等级指标的确定提出能耗水平评价的基准。

### 7.2.1 节能综合评价指标体系构建原则和依据

节能综合评价指标体系研究的关键在于如何选取能耗指标以全面反映港口设备能耗的情况、如何确定各港口设备能耗指标的权重以建立有机的综合评价指标体系。在研究分析港口设备主要影响因素的基础上，建立一个由多个分项指标(单要素指标)组成的综合指标体系。在实际应用中可以采用指标组合的形式来表示港口设备节能评价指标。

评价体系是由若干个具有相互作用的要素构成的复合体，是整体与部分的统一，具有各个构成要素所没有的新的性质和功能。体系结构决定了系统功能，因此，相同要素的不同结构会有不同的功能和评价导向效果。为了使所建立的评价指标体系能够综合反映具体港口设备节能评价水平的各个方面，保证指标的选取合理、结构清晰、具有优越性，节能评价指标体系构建应遵循以下原则：

(1)科学性和独立性原则

评价技术指标体系是否科学，取决于其应用的理论和方法的科学性，主要是指在评价指标的选取过程中，需要运用一定的统计学指标筛选方法对指标的重要性进行判定，对“价值”相等的指标进行剔除，最后选取最能代表港口节能减排水平的指标。另外，在指标权重的确定上面，要运用科学的方法对指标权重进行确定，使之能够代表真实的客观情况。此外，各指标应该相对独立，减少指标间的重复现象。选择指标时应尽量避免各指标间相互影响的现象，降低指标间的相关性。评价一项特定的内容和对象，应尽量选择最能反映该项内容或对象特点、又不受其他指标影响而相对独立的单一指标。

节能综合评价指标体系应当充分反映和体现绿色港口发展的内涵和要求；评价指标的选取应遵循系统论、控制论和信息论的科学方法论；评价指标应定义准确，易于理解，且要数据真实，来源可靠；研究确定的评价指标及其评价标准值应合理、可行，在满足国家、行业总体要求的前提下，不宜过于超前和脱离实际，应能得到行业主管部门及港口企业的共同认可，便于交通运输部主管部门综合评价，便于港口企业有效贯彻落实。

(2)系统性和层次性原则

在评价体系的建立过程中，还应把港口节能减排系统作为一个整体系统，整体的顶层就是港口节能减排的效益，然后一层一层地将影响和反映港口节能减排水平的指标因素体现出来，最后建立涵盖所有重要影响因素的完整评价指标体系。构建港口能效评价体系时，应从系统性角度出发，把一系列与港口能效相关的指标有机地联系起来，既要注意指标体系的层次性，也要注意同级指标的互斥性，避免指标的重复与遗漏。

(3)可操作性和定量化原则

设计的指标体系一方面为行业主管理部门制定、调整和实施相关政策提供支持，另一方面，应服务于港口企业的日常生产，使企业能够运用评价指标体系来判断、选择和调整自身的生产经营方式，从而有助于企业向绿色低碳方向发展。

确定的评价指标一是应便于和过去的历史情况进行对比，以说明工作成效；二是便于在不同港口之间进行横向对比，为评优工作提供依据；三是尽可能采用国际上通用的名称、概念与计算方法，便于和其他国家相比较。

影响港口设备节能减排技术指标的因素很多，因此衡量节能减排的指标也比较多，包括起重量、速度、运行距离等，可以通过检测及计算给出具体数值，进行定量分析。在节能减排评价技术体系中，尽量选择量化指标，对于难以量化的指标合理确定其评价标准，以减少人为的主观评价误差。在构建评价指标体系过程中，应充分考虑评价指标的数据检测及计算的可操作性，尽量选取可检测和容易处理的评价指标。

(4)导向性和开放性原则

评价指标体系的设计以节能为主线，同时还兼顾机构制度、员工管理、设备管理、产品生产和节能新技术研发及应用等系统各要素协同发展的思路，构建指标体系设计的框架。评价指标体系中各指标的内容、级别以及各自的权重，可以反映出系统节能工作的导向性。级别较高、权重较大的指标，往往是节能工作的重点。在既定的节能目标规划下，这些权重可以不断改变，以调整节能工作的重心，以引导节能未来发展方向。指标体系的设计应充分体现耗能系统节能水平，对节能技术推广起到促进作用，促进行业发展。

评价指标和评价方法是港口设备节能综合评价指标体系的核心内容，在确定评价指标和评价方法过程中，应深入了解港口相关的最新技术、法规、标准，运用层次分析法对节能的影响因素进行深入分析，并对港口节能技术现状进行广泛的调研和专家咨询。在上述工作基础上确定节能评价指标和评价方法，指标体系能较好地度量节能水平。设计的指标灵敏度高，综合功能强，既有持续性指标、协调性指标，监测预警指标的功能，同时能促进耗能系统管理，指标的选择具有综合性、代表性、层次性、合理性和现实性。

(5)统筹兼顾与区别对待原则

港口行业是一个整体，具有较大的共性和相似性，因此，应提出适用于港口行业的共性评价指标，不同类型（区别在于功能、规模、货类等）的港口、码头之间在能源结构方面存在差异，导致部分评价指标标准值不同，为确保评价指标体系的科学性和合理性，必须做到统筹兼顾和区别对待，确定适当的评价指标及标准值。

节能评价指标体系构建的依据主要是国家和交通运输部围绕节能减排工作制定的大量的法规和标准规范。节能评价指标体系对港口企业的节能减排工作提出了具体要求，是指导节能减排工作的基础，也是建立节能评价指标体系的依据。与港口节能减排相关的文件、法规、标准和规范，见附录1。

### 7.2.2 评价方法

随着计算机技术飞速发展和普遍应用，用于定量评价多指标问题的多指标综合评价法被广泛应用到经济、生活的各个方面，特别是 SAS、SPSS 等统计软件的使用更加提高综合评价法的实用性。目前用于分析多指标体系的综合评价方法主要有层次分析法、德尔菲法、主成分分析法、数据包络分析法、模糊综合评价法和因子分析法等，不同方法的评价结果是依据指数或分值对参评对象的综合状况进行排序评价。在港口设备能耗评价方法及标准的典型工况法权重分析中使用了德尔菲法，本节以层次分析法为例展开说明。

(1)基本原理

层次分析法(Analytic Hierarchy Process)，是指将与决策相关的元素分解成目标、准则、方案等层次，在此基础之上进行定性和定量分析的决策方法。该方法是美国运筹学家匹茨堡大学教授萨蒂于 20 世纪 70 年代初，在为美国国防部研究"根据各个工业部门对国家福利的贡献大小而进行电力分配"课题时，应用网络系统理论和多目标综合评价方法，提出的一种层次权重决策分析方法。该方法将决策问题按总目标、各层子目标、评价准则直至具体的方案的顺序分解为不同的层次结构，然后用求解判断矩阵特征向量的办法，求得每一层次的各元素对上一层次某元素的优先权重，最后再用加权求和的方法递阶归并各备择方案对总目标的最终权重，此最终权重最大者即为最优方案。本研究主要利用层次分析法确定指标的权重。

(2)具体步骤

①层次结构模型的建立

将决策的目标、考虑的因素（决策准则）和决策对象按它们之间的相互关系分为目标层、准则层和方案层，绘出层次结构图（图 7-1）。目标层是指决策的目的、要解决的问题，方案层是指决策时的备选方案，准则层是指考虑的因素、决策的准则。对于相邻的两层，称高层为目标层，低层为因素层。

②判断矩阵构建

构建层次分析的第二个重要步骤是通过专家打分确定权重。在确定各层次之间的权重时，如果把所有指标放在一起打分，则主观影响因素大，不易被别人接受。为了提高权重的准确性，通常采用两两比较的方法来确定权重，即萨帝标注法。假如某层有 $n$ 个

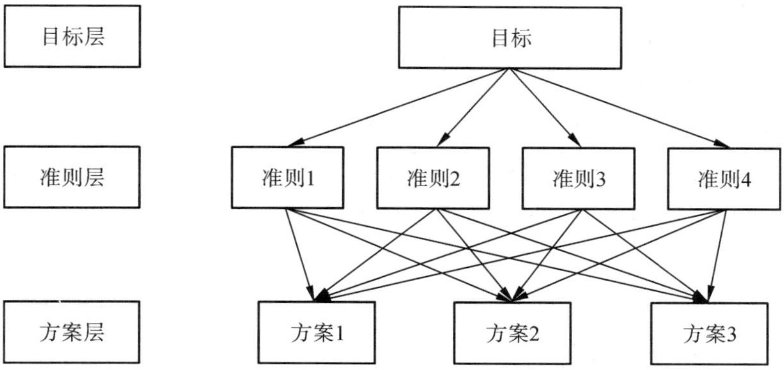


**图 7-1　层次结构模型**

指标，我们要知道各指标之间的重要程度，可以用两两因素比较得来的分数来代表它们之间重要程度参照度量表。

$a_{ij}$为要素$i$与要素$j$重要性比较结果，如表 7-1 所示。该判断矩阵具有如下性质：

$$a_{ij}>0, a_{ij}=\frac{1}{a_{ji}}, a_{ii}=1 \tag{7-1}$$

**表 7-1　比例标度表**

| 因素 $i$ 比因素 $j$ | 量化值 |
|---|---|
| 同等重要 | 1 |
| 稍微重要 | 3 |
| 较强重要 | 5 |
| 强烈重要 | 7 |
| 极端重要 | 9 |
| 相邻判断的中间值 | 2,4,6,8 |

③层次单排序及一致性检验

层次单排序主要是为了确定下层的因素对上层某个因素的影响程度，由于专家确定重要性具有一定的主观性，要对构建的判别矩阵进行一致性检验。

a. 对判断矩阵的每一列进行归一化处理：

$$\overline{\partial}_{ij} = \partial_{ij} / \sum_{i=1}^{n} \partial_{ij} \qquad (i = 1,2,\cdots,n) \tag{7-2}$$

b. 对按列归一化的矩阵进行求和：

$$\overline{w}_i = \sum_{i=1}^{n} \partial_{ij} \qquad (i = 1,2,\cdots,n) \tag{7-3}$$

c. 将$w_i=(\overline{w}_1, \overline{w}_2, \cdots, \overline{w}_n)$向量归一化：

$$w_i = \overline{w}_i / \sum_{i=1}^{n} \overline{w}_i \qquad (i = 1,2,\cdots,n) \tag{7-4}$$

d. 计算最大特征值：

$$\boldsymbol{\lambda}_{\max} = \sum_{i=1}^{n}(AW)_i/nw_i = \frac{1}{n}\sum_{i=1}^{n}(\sum_{j=1}^{n}\partial_{ij}w_i/w_i) \qquad (i=1,2,\cdots,n) \tag{7-5}$$

为了验证专家打分权重的合理性，可以通过一致性检验来判断。一致性检验是通过判断构造矩阵和一致性矩阵的差异程度，判断矩阵各指标相对权重的合理性与否。其合理性通过对一致性指标 $CI$ 来判断，$CI$ 的计算可以通过 $\lambda_{\max}$ 和 $n$ 的计算结果得出：

$$CI=(\boldsymbol{\lambda}_{\max}-n)/(n-1) \tag{7-6}$$

$\boldsymbol{\lambda}_{\max}$ 是最大特征向量，$n$ 是判断矩阵的阶数。$CI$ 的值越大，一致性越差；$CI$ 的值越小，一致性越好，矩阵设置越合理。评价随机一致性指标为 $RI$，判断矩阵的一致性系数为 $CR$，$CR=CI/RI$，其中，$RI$ 可以查表得出，$n=1,2,\cdots,9$ 的 $RI$ 值如表 7-2 所示：

**表 7-2 维数及相应的 *RI* 值**

| 维数 | 1 | 2 | 3 | 4 | 5 | 6 | 7 | 8 | 9 |
|---|---|---|---|---|---|---|---|---|---|
| *RI* | 0 | 0 | 0.58 | 0.92 | 1.12 | 1.12 | 1.32 | 1.41 | 1.45 |

当 $n \geqslant 3$ 时，若 $CR<0.1$，则表示判断矩阵符合合理性，通过检验；反之，则不通过，需要对判断矩阵进行修改。

④层次总排序及一致性检验

确定某层所有因素对于总目标相对重要性的排序权值过程，称为层次总排序。这一过程是从最高层到最底层依次进行的。对于最高层而言，其层次单排序的结果也就是总排序的结果。

目前，层次分析法可使用专用软件程序直接计算分析。

### 7.2.3 港口设备节能综合评价指标体系

评价指标是评价指标体系的重要元素，评价指标的选取是构建评价指标体系的首要环节。指标选取是否科学、全面对于整个评价指标体系的科学性和合理性具有决定性的作用。

(1)评价指标的范围

节能评价涉及两个基本要素：管理评价、技术评价。管理评价指的是对组织在能源管理中所推行的管理制度和措施进行评价，一般可参考相关管理标准的规定；节能技术评价则指建立真实客观反映企业能效水平的一套评价指标体系以及与之相关的一套评价基准数据。

(2)指标的筛选

指标的筛选一般采取德尔菲法(专家咨询法)。专家咨询法是专家会议评估法的一种发展，其核心是通过匿名方式进行几轮咨询征求专家意见。对每一轮的意见都进行汇总整理，作为参考资料再寄发给每位专家，供专家们分析判断，提出新的论证意见。多次反复到意见趋于一致，最后得到一个比较一致的且可靠性较大的结论。

(3)节能评价技术指标体系构建

采用层次分析法构建港口设备节能评价技术指标体系。

本书基于港口设备节能相关影响因素分析和评价指标体系构建原则，根据典型机型的实地检测结果，结合港口企业节能减排工作实际，提出港口设备节能评价指标，见表7-3。

**表7-3　港口设备节能评价指标体系**

| 一级 | 二级 | 三级评价指标 |
|---|---|---|
| 节能管理 | 组织及制度 | 节能专项机构制度、计划及落实考评 |
| | | 能源管理体系认证 |
| | | 实施能耗审计 |
| | | 能耗统计和监测制度 |
| | | 依法配备能耗计量器具、定期检定校准 |
| | | 建立班组操作人员节能考核制度 |
| | 节能计划和培训 | 节能淘汰、改进计划 |
| | | 节能宣传及节能技术培训 |
| | 能源消费结构 | 应用电动、LNG等清洁能源和新能源比例 |
| | | 优化作业错峰消费电力 |
| | 节能法规和标准 | 贯彻执行相关法律法规及地方性规章 |
| | | 执行高能耗产品能耗限额标准 |
| | | 新、改、扩建项目按节能设计 |
| 节能技术应用 | 清洁能源新能源应用 | 燃油设备"油改电"情况 |
| | | 燃油设备LNG应用情况 |
| | | 燃油设备"油改氢"应用情况 |
| | 新技术应用情况 | 能量回馈应用 |
| | | 永磁电机应用 |
| | | 变频或直流驱动技术应用 |
| | | 利用节能新技术程度 |
| | 能源监测和能效评价 | 能耗在线监测系统建设情况 |
| | | 能效评估和评价情况 |
| 能耗效果评价 | 码头总体能耗 | 码头单位吞吐量可比综合能源消耗 |
| | 设备主要工作能耗 | 单位操作量能耗 |
| | 能源利用情况 | 能源利用效率 |
| | 辅助工作能耗 | 必要的空载运行能耗 |
| | | 检测维护能耗 |
| | | 其他辅助工作能耗 |

表 7-3 表明了港口设备节能评价指标体系的层次结构，在评价体系应用时还需要确定各层次相对权重，即相对重要性标度。设某层有 $N$ 个影响因素要比较它们对上一层某一准则或者目标的影响程度，确定在该层中相对某一准则所占的比重。上述比较式两两因素之间进行的比较，用 $a_{ij}$ 表示第 $i$ 个因素对第 $j$ 个因素的比较结果，则两两比较矩阵：

$$\boldsymbol{A}=(\boldsymbol{a}_{ij})_{n\times n}=\begin{pmatrix} a_{11} & a_{12} & \cdots & a_{1n} \\ a_{21} & a_{22} & \cdots & a_{2n} \\ \cdots & \cdots & & \cdots \\ a_{n1} & a_{n2} & \cdots & a_{nn} \end{pmatrix}$$

层次总排序一致性验证 $CR=0.005<0.1$，一致性验证通过。验证结果表明判断矩阵具有满意的一致性，最大特征值稍大于矩阵阶数，其余特征值接近零，港口设备节能评价指标体系构建合理可靠。

从表 7-3 可以看出，对港口设备进行节能综合评价，在定量指标方面主要是考察港口设备作业过程的能耗水平，这就需要对港口设备进行能耗检测及能耗分析评价，制定能耗限值等指标标准。

## 7.3 港口设备能效评价指标体系

港口设备能效评价指标体系是以港口设备的能效等级为指标建立的评价体系，主要基于港口主要耗能设备的能效检测，是从港口设备角度对港口能效的综合反映。港口设备能效评价指标体系的建立不仅能实现港口企业对港口设备能效系统全面地了解和合理高效地管理，促进港口进一步降耗提效、高质量发展，同时也能在一定程度上对绿色港口评价体系进行必要的补充，从港口设备能效角度推进绿色港口建设。鉴于不同码头类型，港口设备不同，港口设备能效评价指标也不同，集装箱码头的港口设备相对统一，且港口设备能效检测标准相对较成熟，因此，本节以集装箱码头为例，开展集装箱码头港口设备能效评价指标体系研究，以期为其他类型港口设备能效评价指标体系研究的开展奠定基础。

### 7.3.1 评价体系和评价指标

评价指标是评价体系的重要元素，评价指标选取是否科学合理，关系到整个评价体系的科学性和合理性。在构建评价指标体系时，一定要注重系统性，评价指标的选取应全面反映港口设备现有能效水平。本研究建立的港口设备能效评价体系注重对港口设备能效的评价，因此，把港口设备能效评价作为总的目标层；港口设备为评价的对象，作为准则层；鉴于港口设备类型多样，能耗情况不同，采用德尔菲法确定主要的港口设备，并将港口设备的平均能效作为指标层。以集装箱码头为例，集装箱码头港口设备评价指标如表 7-4 所示。

**表 7-4　集装箱码头港口设备能效评价体系**

| 目标层 | 准则层 | 序号 | 指标层 |
|---|---|---|---|
| 港口设备能效评价 | 港口设备 | 1 | 岸边集装箱起重机能效 |
| | | 2 | 轨道式/轮胎式集装箱门式起重机能效 |
| | | 3 | 港口牵引车能效 |
| | | 4 | 空箱堆高机能效 |
| | | 5 | 集装箱正面吊能效 |

### 7.3.2　权重确定

权重的确定首先根据典型码头的主要设备的能耗情况，计算相应比例，得出各个设备的能耗比例范围，然后采用层次分析法确定权重数值。

在评价体系中，不同的指标对于整个体系的重要程度不同，即指标的权重不同。为确定本指标体系中不同指标的权重，采用层次分析法，通过指标判断矩阵的构建、单层次排序和一致性检验、总层次排序和一致性检验，最终确定指标权重。以集装箱码头为例，港口能效指标体系评价的满分为 100 分，经核算，考核指标体系中评价项目、评价指标层的分值及权重见表 7-5。

**表 7-5　集装箱码头港口设备能效评价指标体系分值表**

| 总目标 | 评价项目 | 序号 | 评价指标 | 分值 | 权重 |
|---|---|---|---|---|---|
| 港口设备能效评价 | 港口设备 | 1 | 岸边集装箱起重机能效 | 22 | 0.22 |
| | | 2 | 轨道式/轮胎式集装箱门式起重机能效 | 27 | 0.27 |
| | | 3 | 港口牵引车能效 | 36 | 0.36 |
| | | 4 | 空箱堆高机能效 | 8 | 0.08 |
| | | 5 | 集装箱正面吊能效 | 7 | 0.07 |

### 7.3.3　评价指标释义、内容和标准

港口设备能效等级既可以采用综合能效等级方法，通过确定百分比能效法和单位工作量能耗法的权重系数 $k_1$ 和 $k_2$，来核算确定港口设备的能效等级，也可以采用现有能效检测相关标准中的能效等级确认方法来确定港口设备的能效等级。鉴于现有港口设备的百分比能效法测港口设备能效的等级方法尚不完善，能效等级方法相对复杂，为便于计算与评价，本文采用现有港口设备能效检测相关标准来确定港口设备能效等级，开展港口能效评价体系研究，具体的评价指标情况如下。

7.3.3.1　*岸边集装箱起重机能效*

【指标释义】　指岸边集装箱起重机的单位能源消耗。

【考核内容】 岸边集装箱起重机的能效等级及单位能耗限值。

岸边集装箱起重机单位能耗值位于能效等级为 1 的单位能耗值范围时，得 22 分；岸边集装箱起重机单位能耗值位于能效等级为 2 的单位能耗值范围时，得 18 分；岸边集装箱起重机单位能耗值位于能效等级为 3 的单位能耗值范围时，得 14 分。根据检测结果确定能效等级，岸边集装箱起重机能效等级及单位能耗限值如表 7-6。

**表 7-6　岸边集装箱起重机能效等级及能耗限值**

| 起升高度 | 能效等级 | 单位能耗 $e$ /(kW·h/t) | | |
|---|---|---|---|---|
| | | $G^a<50$ | $50 \leqslant G^a<65$ | $G^a \geqslant 65$ |
| $H<40$ | 1 | $e \leqslant 0.181$ | $e \leqslant 0.192$ | — |
| | 2 | $0.181<e \leqslant 0.223$ | $0.192<e \leqslant 0.236$ | — |
| | 3 | $e>0.223$ | $e>0.236$ | — |
| $40 \leqslant H<50$ | 1 | $e \leqslant 0.188$ | $e \leqslant 0.198$ | $e \leqslant 0.219$ |
| | 2 | $0.188<e \leqslant 0.235$ | $0.198<e \leqslant 0.240$ | $0.219<e \leqslant 0.270$ |
| | 3 | $e>0.235$ | $e>0.240$ | $e>0.270$ |
| $50 \leqslant H<60$ | 1 | $e \leqslant 0.192$ | $e \leqslant 0.205$ | $e \leqslant 0.233$ |
| | 2 | $0.192<e \leqslant 0.236$ | $0.205<e \leqslant 0.242$ | $0.233<e \leqslant 0.277$ |
| | 3 | $e>0.236$ | $e>0.242$ | $e>0.277$ |
| $H \geqslant 60$ | 1 | — | $e \leqslant 0.212$ | $e \leqslant 0.239$ |
| | 2 | — | $0.212<e \leqslant 0.253$ | $0.239<e \leqslant 0.280$ |
| | 3 | — | $e>0.253$ | $e>0.280$ |

注：[a]表示 $G$ 为吊具下起重量，单位为吨(t)。

7.3.3.2　轨道式/轮胎式集装箱门式起重机能效

【指标释义】 指轨道式/轮胎式集装箱门式起重机的单位能源消耗。

【考核内容】 轨道式/轮胎式集装箱门式起重机能效等级及单位能耗限值。

轨道式/轮胎式集装箱门式起重机单位能耗值位于能效等级为 1 的单位能耗值范围时，得 27 分；轨道式/轮胎式集装箱门式起重机单位能耗值位于能效等级为 2 的单位能耗值范围时，得 22 分；轨道式/轮胎式集装箱门式起重机单位能耗值位于能效等级为 3 的单位能耗值范围时，得 17 分。根据检测结果确定能效等级，轨道式/轮胎式集装箱门式起重机能效等级及单位能耗限值范围如表 7-7 和表 7-8 所示。

表 7-7 轨道式集装箱门式起重机能效等级及能耗限值

| 堆码高度 | 能效等级 | 单位能耗 $e$/(kW·h/t) | | |
|---|---|---|---|---|
| | | $G^a \leqslant 41$ | $41 < G^a < 50$ | $G^a \geqslant 50$ |
| 堆 4 过 5 及以上 | 1 | $e \leqslant 0.157$ | $e \leqslant 0.171$ | $e \leqslant 0.178$ |
| | 2 | $0.157 < e \leqslant 0.202$ | $0.171 < e \leqslant 0.212$ | $0.178 < e \leqslant 0.219$ |
| | 3 | $e > 0.202$ | $e > 0.212$ | $e > 0.219$ |
| 堆 5 过 6 | 1 | $e \leqslant 0.171$ | $e \leqslant 0.178$ | $e \leqslant 0.181$ |
| | 2 | $0.188 < e \leqslant 0.212$ | $0.178 < e \leqslant 0.219$ | $0.181 < e \leqslant 0.226$ |
| | 3 | $e > 0.212$ | $e > 0.219$ | $e > 0.226$ |
| 堆 6 过 7 及以上 | 1 | $e \leqslant 0.174$ | $e \leqslant 0.181$ | $e \leqslant 0.192$ |
| | 2 | $0.174 < e \leqslant 0.215$ | $0.181 < e \leqslant 0.226$ | $0.192 < e \leqslant 0.236$ |
| | 3 | $e > 0.215$ | $e > 0.226$ | $e > 0.236$ |

注：[a]表示 $G$ 为吊具下起重量，单位为吨(t)。

表 7-8 轮胎式集装箱门式起重机能效等级及能耗限值

| 轨距 $S$/m | 结构形式 | 能效等级 | 单位能耗 $e$/(kW·h/t) | |
|---|---|---|---|---|
| | | | $G < 40$ | $40 \leqslant G \leqslant 41$ |
| 23.47 | 堆 4 过 5 及以下 | 1 | $e \leqslant 0.137$ | $e \leqslant 0.144$ |
| | | 2 | $0.137 < e \leqslant 0.198$ | $0.144 < e \leqslant 0.201$ |
| | | 3 | $e > 0.198$ | $e > 0.201$ |
| | 堆 5 过 6 及以上 | 1 | — | $e \leqslant 0.147$ |
| | | 2 | — | $0.147 < e \leqslant 0.205$ |
| | | 3 | — | $e > 0.205$ |

#### 7.3.3.3 港口牵引车能效

【指标释义】 指集装箱码头港口牵引车的单位能源消耗。

【考核内容】 集装箱码头港口牵引车能效及单位油耗限值。

港口牵引车单位油耗值位于能效等级为 1 的单位油耗值范围时，得 36 分；港口牵引车单位油耗值位于能效等级为 2 的单位油耗值范围时，得 30 分；港口牵引车单位油耗值位于能效等级为 3 的单位油耗值范围时，得 24 分。根据检测结果确定能效等级，港口牵引车能效等级及单位能耗限值范围如表 7-9 所示。

表 7-9　港口牵引车能效等级及能耗限值

| 能效等级 | 单位油耗 $e$/[L/(t·km)] |
| --- | --- |
| 1 | $e \leqslant 0.0102$ |
| 2 | $0.0102 < e \leqslant 0.0140$ |
| 3 | $e > 0.0140$ |

7.3.3.4　空箱堆高机能效

【指标释义】 指集装箱码头空箱堆高机的单位能源消耗。

【考核内容】 集装箱码头空箱堆高机能效及单位能耗限值。

空箱堆高机单位能耗值位于能效等级为 1 的单位能耗值范围时，得 8 分；空箱堆高机单位能耗值位于能效等级为 2 的单位能耗值范围时，得 5 分；空箱堆高机单位能耗值位于能效等级为 3 的单位能耗值范围时，得 2 分。空箱堆高机的能效等级及能耗限值标准待发布后参考。

7.3.3.5　集装箱正面吊能效

【指标释义】 指集装箱码头集装箱正面吊的单位能源消耗。

【考核内容】 集装箱码头集装箱正面吊能效及单位能耗限值。

集装箱正面吊单位能耗值位于能效等级为 1 的单位能耗值范围时，得 7 分；集装箱正面吊单位能耗值位于能效等级为 2 的单位能耗值范围时，得 4 分；集装箱正面吊单位能耗值位于能效等级为 3 的单位能耗值范围时，不得分。集装箱正面吊的能效等级及能耗限值标准待发布后参考。

7.3.3.6　港口设备能效评价级别

基于港口设备能效评价体系中的各评价指标分值，加和各评价指标分数，可获得综合指标分数，并可据此将港口设备能效评价等级分为五个等级。

(1)等级 1：90<综合指标分数≤100，港口设备能效水平高。港口可继续应用港口设备，保持此港口设备能效水平。

(2)等级 2：75<综合指标分数≤90，港口设备能效水平较高。港口可适度加强港口设备能效管理，改善生产能效，提高生产能力。

(3)等级 3：60<综合指标分数≤75，港口设备能效水平一般。港口需要有针对性地查找能效较低的港口设备，加强对港口设备能效管理，改善生产能效，提高生产能力。

(4)等级 4：50<综合指标分数≤60，港口设备能效水平较差。港口需要系统全面地梳理港口主要耗能设备能效情况，并替换能效较低的港口设备，采用能效水平较高的港口设备。

(5)等级 5：综合指标分数≤50，港口设备能效水平非常差；港口需大幅减少生产，替换所有能效水平较低的港口设备，加强对港口设备的能效管理。

## 7.4 港口设备能效评价体系案例分析

### 7.4.1 评价对象

本节选取我国某典型集装箱码头作为评价对象，该码头主要港口设备情况如下：岸边集装箱起重机 27 台；轮胎式集装箱门式起重机(RTG 和 E-RTG)70 台，其中，62 台为电动或油电混合动力，7 台为纯柴油动力；内集装箱卡车有 190 台，其中，65 台实现“油改气”，56 台油气混合动力；空箱堆高机、正面吊、叉车和其他机械 100 台。

### 7.4.2 评价过程

该集装箱码头设备数量较多，研究过程中首先统计了该码头近 5 年的港口设备能耗，将占港口设备总能耗 95%的港口设备作为评价对象，并进行分类：岸边集装箱起重机、轮胎式/轨道式集装箱门式起重机、集装箱卡车、空箱堆高机、集装箱正面吊；其次，通过统计分析，对同一类型的港口设备的单位能耗统计数据进行分析，对单位能耗相近的设备，随机选择 1～3 台进行能效检测，并对其进行能效等级评定；再次，基于检测结果，对该类型的港口设备的平均能效等级进行核算；最后，根据每种类型的港口设备的能效值和能效等级给予该类型港口设备的评分，并加权各港口设备评分，给予港口设备能效综合评价结果。

### 7.4.3 评价结果

港口设备能效评价既可以应用于港口设备能效评价体系，评价港口整体设备能效水平，也可以作为绿色港口评价体系的一部分，评价绿色港口建设水平。基于此，典型港口的能效评价体系评价结果如下：

通过对港口设备能效评价指标中各指标内容的数据收集、材料审核、实地调研、现场测试等，获得港口设备能耗评价结果，如表 7-10 所示。该码头的综合评价结果为 88 分，港口设备能效等级为 2 级，说明该码头的港口设备能效水平较高。港口可适度加强港口设备能效管理，改善生产能效，提高生产能力。但同时也应实时监测港口设备能效情况，以便及时更新港口设备能耗，使港口设备始终保持高能效运行状态。

**表 7-10 港口设备能耗评价结果**

| 总目标 | 评价项目 | 评价指标 | 指标内容及标准 | 得分 |
| --- | --- | --- | --- | --- |
| 集装箱码头港口设备能效评价 | 港口设备 | 岸边集装箱起重机 | 岸边集装箱起重机单位能耗值位于能效等级为1的单位能耗值范围时，得22分；岸边集装箱起重机单位能耗值位于能效等级为2的单位能耗值范围时，得18分；岸边集装箱起重机单位能耗值位于能效等级为3的单位能耗值范围时，得14分 | 22 |
| | | 轨道式/轮胎式集装箱门式起重机 | 轨道式/轮胎式集装箱门式起重机单位能耗值位于能效等级为1的单位能耗值范围时，得27分；轨道式/轮胎式集装箱门式起重机单位能耗值位于能效等级为2的单位能耗值范围时，得22分；轨道式/轮胎式集装箱门式起重机单位能耗值位于能效等级为3的单位能耗值范围时，得17分 | 27 |
| | | 港口牵引车 | 港口牵引车单位油耗值位于能效等级为1的单位油耗值范围时，得36分；港口牵引车单位油耗值位于能效等级为2的单位油耗值范围时，得30分；港口牵引车单位油耗值位于能效等级为3的单位油耗值范围时，得24分 | 30 |
| | | 空箱堆高机 | 空箱堆高机单位能耗值位于能效等级为1的单位能耗值范围时，得8分；空箱堆高机单位能耗值位于能效等级为2的单位能耗值范围时，得5分；空箱堆高机单位能耗值位于能效等级为3的单位能耗值范围时，得2分。空箱堆高机的能效等级及能耗限值标准待发布后参考 | 5 |
| | | 集装箱正面吊 | 集装箱正面吊单位能耗值位于能效等级为1的单位能耗值范围时，得7分；集装箱正面吊单位能耗值位于能效等级为2的单位能耗值范围时，得4分；集装箱正面吊单位能耗值位于能效等级为3的单位能耗值范围时，不得分 | 4 |
| 综合评分 | | | | 88 |

# 8　港口设备能效评级及认证路径

认证是一种信用保证形式。按照国际标准化组织(ISO)和国际电工委员会(IEC)的定义,认证是指由国家认可的认证机构证明一个组织的产品、服务、管理体系符合相关标准、技术规范或其强制性要求的合格评定活动。《中华人民共和国认证认可条例》(国务院令 2016 年第 666 号修正)所定义的认证,是指由认证机构证明产品、服务、管理体系符合相关技术规范、相关技术规范的强制性要求或者标准的合格评定活动。

通常认证可分为体系认证和产品认证两大类。体系认证是指企业通过第三方机构对企业的管理体系进行认证的行为,体系认证通常是自愿认证,如 ISO9001 质量体系认证。产品认证是指由第三方通过检验评定企业的质量管理体系和样品形式试验来确认企业的产品、过程或服务是否符合特定要求,是否具备持续稳定地生产符合标准要求产品的能力,并给予书面证明的程序。产品认证分为强制认证和自愿认证两种,如 CCC 国家强制性认证和 CE 欧盟安全认证。

无论强制认证还是自愿认证,体系和产品认证可以实现以下功能:指导消费者选购满意的商品;给销售者带来信誉和更多的利润;帮助生产企业建立健全有效的质量体系;节约大量检验费用;国家可以将推行产品认证制度作为提高产品质量的重要手段;实行强制性的安全认证制度是国家保护消费者人身安全和健康的有效手段;提高产品在国际市场上的竞争能力。

## 8.1　能效等级认证现状

### 8.1.1　国内节能产品能效等级认证现状

《节约能源法》第二十条规定:用能产品的生产者、销售者,可以根据自愿原则,按照国家有关节能产品认证的规定,向经国务院认证认可监督管理部门认可的从事节能产品认证的机构提出节能产品认证申请;经认证合格后,取得节能产品认证证书,可以在用能产品或者其包装物上使用节能产品认证标志。禁止使用伪造的节能产品认证标志或者冒用节能产品认证标志。《节约能源法》为开展节能产品认证奠定了法律基础。

节能产品认证,是指依据国家相关的节能产品认证标准和技术要求,按照国际上通行的产品质量认证规定与程序,经中国节能产品认证机构确认并通过颁布认证证书和节能标志,证明某一产品符合相应标准和节能要求的活动。1998 年《节约能源法》颁布后,成立了中国节能产品认证中心,作为国家对节能产品实施认证的、唯一的、最高的权威机构。中心挂靠于原国家质量技术监督局中国标准化研究院下，属于第三方认证机构，具有独立的法律地位。2004 年 8 月，国家发展改革委、国家质检总局联合制定并发布《能源效率标识管理办法》，标志着我国开始实施能源效率标识制度。该办法规定从 2005 年 9 月 1 日起，凡列入《中华人民共和国实行能源效率标识的产品目录》的产品都必须张贴能效标识。目前全球已有 100 多个国家实施了能效标识制度。

能源效率标识简称能效标识(英文名称为 China Energy Label)，是附在产品或产品最小包装物上的一种信息标签，用于表示用能产品的能源效率等级、能源消耗量等性能指标的一种信息标识，为各级政府、企业和个人的购买决策提供必要信息，以引导和帮助消费者选择高能效的产品，倡导节能概念。2004 年 12 月，财政部和国家发展改革委联合发出《节能产品政府采购实施意见》，加速了节能产品的认证进程。该意见要求在政府采购中优先采购通过节能认证的产品，所附节能产品政府采购清单，包括冰箱、空调器、荧光灯、计算机等 8 类 84 家企业生产的近 1500 个型号产品，它们均获得了国家节能产品认证证书，配之以绿色的节能标志。为加强节能管理，推动节能技术进步，提高用能产品能源效率，依据《中华人民共和国节约能源法》、《中华人民共和国产品质量法》、《中华人民共和国进出口商品检验法》及其实施条例、《中华人民共和国认证认可条例》，制定《能源效率标识管理办法》并于 2016 年 6 月 1 日起施行。

### 8.1.2　国外节能产品能效等级认证现状

#### 8.1.2.1　美国

能源之星(Energy Star)，是美国能源部和美国环保署共同推行的一项政府计划，旨在更好地保护生存环境，节约能源。1992 年由美国环保署参与，最早在电脑产品上推广。现在纳入此认证范围的产品已达 30 多类，如家用电器、制热/制冷设备、电子产品、照明产品等等，目前针对的产品有：荧光灯、装饰性灯串、LED 灯具、电源适配器、开关电源、天花板风扇灯、消费视听产品、电池充电设备、打印机、家用电器和其他各类产品。全球共有七个国家和地区参与美国环保署推动的能源之星计划，分别为美国、加拿大、日本、中国台湾、澳洲、新西兰、欧盟等，并自 2001 年起每年召开国际能源之星计划会议。目前在中国市场上做得最多的是照明产品，包括节能灯(CFL)、灯具(RLF)、交通信号灯和出口指示灯。

#### 8.1.2.2　日本

能效“领跑者”源于日本，是日本独创的一种“鞭打慢牛”的促进企业节能的措施。能效“领跑者”计划的核心是领跑者能效标准。领跑者标准系统主要由产品范围和类型、目标年限、领跑者能效标准值、测量/测定方法、达成率判定方法和标识六部分组成。达成率判定是后评估方式，在目标年限内，节能效果是否达到标准值，由每个制造企业按其所制造的产品种类用加权平均法计算。随着产品更新和技术进步，对产品能效每年进行一次调查，当达到领跑者能效标准值的产品比标准制定时增加 30%时，将重新制定领跑者能效标准值，并于每年4月1日进行制定标准的调整。

8.1.2.3　澳洲和新西兰

GEMS(Greenhouse and Energy Minimum Standards Bill 2012)是针对澳洲及新西兰市场的电子电器产品所做的强制性认证，该标准于2012年10月1日生效。涵盖了以前主要政策性工具：强制性的最低能源性能(MEPS)，能源的效益标签(ERLS)，设备的能源效率计划(E3)；并且把能源效率扩大到减少温室气体排放和提升能源效率的范畴，引导企业和消费者从整个产品生命周期中运行成本最低的角度做出最佳选择。GEMS认证产品范围主要包括：电源适配器、充电器；电视机；数字机顶盒；紧凑型荧光灯、特低电压转换器、双端荧光灯、荧光灯镇流器、白炽灯；洗衣机、干衣机、洗碗机；电热水器、空调和热泵、三相电动机；家用制冷器具、制冷塔/精密空调、商用冰箱；陈列柜、配电变压器等。

8.1.2.4　德国

德国工程师协会(VDI)发布了VDI 4707《电梯能源效率认证》标准。它由来自德国、瑞士及奥地利的专家根据瑞士能效使用机构(S. A. F. E)的研究结果制定，于2009年3月开始正式在欧洲施行。电梯根据其自身特定的需能量被赋予能效等级。一共规定了7个能效等级，贴上从字母A到G的标签，其中，能效等级A对应的是最高能源效率，这和欧洲家电的认证等级一致(表8-1)。

**表8-1　德国电梯的能效等级**

| 能效等级 | 特定需能量/[MW · h/(kg · m)] | | | |
|---|---|---|---|---|
| | 使用类别 | | | |
| | 1 | 2 | 3 | 4 |
| A | ≤1.45 | ≤1.01 | ≤0.90 | ≤0.84 |
| B | ≤2.51 | ≤1.62 | ≤1.39 | ≤1.28 |
| C | ≤4.41 | ≤2.63 | ≤2.19 | ≤1.97 |
| D | ≤7.92 | ≤4.37 | ≤3.48 | ≤3.04 |
| E | ≤14.41 | ≤7.33 | ≤5.56 | ≤4.67 |
| F | ≤26.88 | ≤12.67 | ≤9.11 | ≤7.33 |
| G | >26.88 | >12.67 | >9.11 | >7.33 |

8.1.2.5　墨西哥

NOM标志是墨西哥的强制性安全标志，用以表示产品是否符合相关的NOM标准，强制性认证的产品普遍是电压超过24V交流电或者直流电的电子电器产品。其标志适用于大部分产品，包括电信及信息技术设备、家庭电器用品、灯具和其他对健康及安全具有潜在威胁的产品，不管是在墨西哥本地制造产品还是进口的产品，均需符合相关的NOM标准及产品标注规定。主要认证产品范围包括：(1)供家庭、办公室及工厂使用的电子或电气产品;(2)电脑局域网设备;(3)照明装置;(4)轮胎、玩具及学校用品;(5)医疗设备;(6)有线及无线通信产品,例如有线电话、无线电话等;(7)电气、丙烷、天然气或电池驱动产品。

从国内外产品能效等级认证现状可以看出,各个国家都对各式各样的产品进行了不同程度的产品能效标识的认证,引导消费者优先选择节能产品。但这些产品大多为日常用品或趋于小型化产品,以及工业通用产品,对于港口设备的能效等级认证工作并未开展。港口设备能耗是港口能源消耗的重要组成部分,因此,亟须开展港口能效等级认证工作,提高资源利用的高效性,推动绿色港口建设和港口绿色低碳发展。

## 8.2 港口设备能效等级认证路径研究

目前,设备/产品能效等级认证的方法主要有国家能效标识认证和行业第三方能效等级认证两种方式。国家能效标识认证是指国家对节能潜力大、使用面广的用能产品实行能效标识管理,并对具体产品实行目录管理。行业第三方能效等级认证主要指行业认可度高的机构/企业的认证,并由其颁发产品/设备能效等级认定证书。虽然很多工业用能产品的能效等级认证工作已经开展,但港口设备的能效等级认证工作仍处于空白。因此,本书基于已有设备/产品能效等级认证工作,探索港口设备能效等级认证的方法、路径。

### 8.2.1 国家能效标识认证

#### 8.2.1.1 能效等级

能效标识是能效等级认证最明显的标志,又称能源效率标识,是附在耗能产品或其小包装物上,表示产品指标的一种信息标签。按照《能源效率标识管理办法》规定,能效标识通常包含生产者名称、产品规格型号、能效等级、能效指标、依据的能源效率强制性国家标准编号和能效信息码。中国能效标识一般共分为 5 个或 3 个等级(图 8-1),5 级能效依次为:

(1)等级 1,表示产品达到国际先进水平,节能,即耗能低;

(2)等级 2,表示比较节能;

(3)等级 3,表示产品能源效率为我国市场的平均水平;

(4)等级 4,表示产品能源效率低于市场平均水平;

(5)等级 5,是市场准入指标,低于该等级要求的产品不允许生产和销售。

能效等级展示栏用 3 种表现形式来直观表达能源效率等级信息:一是文字部分“耗能低、中等、耗能高”;二是数字部分“1、2、3、4、5”;三是根据色彩所代表的情感安排的等级指示色标,其中红色代表禁止,橙色代表警告,绿色代表环保与节能。

**图 8-1 中国能效标识**

8.2.1.2 中国能效标识的产品范围

我国对部分用能产品实行目录管理，规定统一适用的产品能效标准、实施规则、能效标识样式和规格，要求列入目录的用能产品生产者和进口商应当向国家质检总局和国家发展改革委授权的中国节能产品认证中心备案能效标识及相关信息。目前，中国能效强制实施的产品见附录 2，主要有：显示器、液晶电视机、等离子电视机、家用洗衣机、电冰箱、储水式电热水器、节能灯、打印机、电风扇、电动机、容积式空气压缩机、电力变压器、通风机、热泵热水机、水(地)源热泵机组等。

8.2.1.3 能效标识申请流程

能效标识制度采用的是企业自我声明＋备案＋监督管理的模式，其检测和备案流程如下：

第一步：产品检测

按照《能源效率标识管理办法》第八条要求列入目录的用能产品生产者和进口商，可以利用自有检测实验室或者委托依法取得资质认定的第三方检验检测机构，对产品进行检测，并依据能源效率强制性国家标准，确定产品能效等级。在产品依据相应能源效率国家标准检测合格之后，自检实验室或者有资质认定的第三方检验检测机构出具能源效率检测报告。检测报告是产品能效标识所标注能耗指标的重要依据。报告原件要提交给能效标识管理中心审核和备案。

第二步：制作能效标识

可采用 CorelDRAW 格式的可编辑的能效标识样本。用 CorelDRAW 11.0 以上版本(带方正字库)打开，标注生产者名称、规格型号、能效等级和能效指标。能效等级和能效指标应根据检测报告确定。能效指标应不超过相应能效等级的取值范围，被测样品的能效指标应能满足能效标识中的标注值。

能效标识要用规定铜版纸印刷，粘贴在产品或小包装的明显位置。备案时要提供一个标识样本进行审核。

第三步：网上填写备案信息

首先要在中国能效标识网（www.energylabelrecord.com）注册企业用户。注册成功后登录，添加产品备案相关信息，主要是能效标识所标注的信息。

(1)企业需在“中国能效标识网”上注册后登录，添加产品备案相关资料。

(2)出具能源效率检测报告的实验室（包括企业实验室和检测机构）需在“中国能效标识网”中实验室备案系统中注册，并提交相关实验室备案资料。产品备案资料中能效检测报告也需在“中国能效标识网”中的实验室备案系统中提交。

(3)生产者营业执照或登记注册证明复印件。生产者是指对产品负有法律责任的产品品牌所有者或使用者。生产者的营业执照或登记注册证明应真实有效。

(4)能效标识备案企业信息表

①生产者名称和地址应与营业执照上的信息保持一致；

②生产者简称应与能效标识上的生产者名称保持一致；

③生产厂家应包括所有为生产者生产相关产品的企业；

④该表未加盖生产者公章无效。

(5)能源效率标识样本

①能效标识可参照各类产品《能源效率标识实施规则》相关要求进行印制或张贴标示；

②能效标识的样式和规格详见各类产品《能源效率标识实施规则》要求；

③备案时每个规格型号都要提供一个标识样本。

(6)能源效率标识备案表

①备案表中的信息应与能效标识标注信息一致；

②该表未加盖备案方公章无效。

(7)能源效率检测报告

①出具能源效率检测报告的实验室应按照各产品《能源效率标识实施规则》的要求，先申请能效标识实验室备案。

②检测报告注意事项。制造单位即产品的生产厂家名称，检测报告中所附的铭牌、照片应清晰可辨；检测报告中检测项目的额定值应是产品铭牌或用户说明书中的明示值；报告中实测值应比标准规定值多保留一位小数；报告无“检测报告专用章”或“检测单位公章”无效；复制报告未重新加盖“检测报告专用章”或“检测单位公章”无效；报告无主检、审核、批准人签字无效，报告应加盖骑缝章；报告涂改无效。

(8)品牌使用授权书

①授权书中应明确被授权人应承担的法律及质量责任；

②授权书无品牌授权方盖章无效。

第四步：递交备案所需文本材料

(1)向中国能效标识管理中心递交以下文本材料：

①生产者营业执照或登记注册证明复印件；

②能效标识备案企业信息表；

③能效标识样本；

④能效标识备案表；

⑤能效检测报告。

(2)涉及品牌授权或 OEM 生产时，需要提供：

①品牌使用授权书；

②能效标识备案 OEM 声明函。

(3)境外注册的企业，因此还需要提供：

①进口商营业执照或登记注册证明复印件；

②进口商企业信息表；

③进口商与境外生产者订立的相关合同副本。

能效标识管理中心收到书面备案材料后，在规定时间内反馈或整改。备案完成后将在中国能效标识网公示，相关信息可按备案号、生产者名称或型号进行查询。

8.2.1.4 能效等级第三方认证要求

我国在产品能效检测及等级认证相关规范、管理办法和标准中对能效等级第三方认证有严格的要求。

2009 年中国标准化研究院能效标识管理中心发布了《能效标识能源效率检测实验室能力要求》，其中对第三方检测机构实验室的组织和管理、技术要求等多方面做了明确的规定，主要有：第三方检测机构实验室应为独立法人；能够参加能效标识管理中心组织的实验室间比对和能力验证活动；建立文件化的实验室质量控制要求；能源效率检测项目不应有分包；实验室人员应具备相应的教育培训、经验或可证明的技能进行资格确认并持证上岗；严格按照现行有效的国家标准、相关规范实施能效标识能源效率检测工作等。

《能源效率标识管理办法》规定，第三方检验检测机构接受生产者和进口商的委托，应当依据相关产品能源效率强制性国家标准规定的检测方法和要求进行检测，保证检测结果客观公正、真实准确，保守受检产品和企业的商业秘密，并承担相应法律责任。

第三方认证机构必须经相关业务主管部门的审核，通过中国能效标识管理中心的文本备案，有资格向社会提供符合法律法规的且起证明作用的检测结果与数据。

### 8.2.2 行业第三方机构能效等级认证

行业第三方机构能效等级认证，是指对行业具有影响力的知名企业/机构具备专门的产品检验检测实验室，取得了中国国家认证认可监督管理委员会的认证机构批准书，依法对批准书中所列范围的产品进行能效等级认定，并给予行业认可的认证标志，证明该产品符合相应的国际/区域/国家/地方/行业/企业/内部标准。如，TÜV 南德意志集团认证是行业第三方机构能效等级认证的典型，TÜV 南德中国认证标志证书适用于中国国家认证认可监督管理委员会授予南德认证检测（中国）有限公司的认证机构批准书（CNCA-RF-2002-08）中所列范围的产品，是公认的质量、安全与可持续性的独立、公正的象征，其认证标志和证书代表了全球知名组织授予的第三方认可。本书借鉴 TÜV 南德意志集团认证，依据相关法律法规、标准规范总结分析了行业第三方机构能效等级认证资质申请及能效等级认证过程，具体如下：

8.2.2.1　资质申请法律依据

《中华人民共和国认证认可条例》（国务院令 2016 年第 666 号修正）第十六条规定，向社会出具具有证明作用的数据和结果的检查机构、实验室，应当具备有关法律、行政法规规定的基本条件和能力，并依法经认定后，方可从事相应活动，认定结果由国务院认证认可监督管理部门公布。

8.2.2.2　资质申请条件

（1）依法成立并能够承担相应法律责任的法人或者其他组织；

（2）具有与其从事检验检测活动相适应的检验检测技术人员和管理人员；

（3）具有固定的工作场所，工作环境满足检验检测要求；

（4）具备从事检验检测活动所必需的检验检测设备设施；

（5）具有并有效运行保证其检验检测活动独立、公正、科学、诚信的管理体系。

8.2.2.3　资质申请流程

资质申请流程图如图 8-2 所示，具体流程如下：

（1）申请资质认定的检验检测机构向国家认监委提交书面申请和相关材料；

（2）国家认监委对申请人提交的书面申请和相关材料进行初审，作出受理或者不予受理的决定，并书面告知申请人；

（3）国家认监委对申请人的技术评审，由于申请人整改或者其他自身原因导致无法在规定时间内完成的情况除外；

（4）资质认定部门收到技术评审结论之后，作出是否准予许可的书面决定。

8.2.2.4　能效等级认证流程

产品能效等级认证流程如图 8-3 所示，具体能效认证流程如下：

（1）认证申请

认证申请人应提出申请并提交认证申请表，并按照相应的产品认证实施规则准备，提交需要的资料和样品。

（2）能效检验

第三方能效等级认证机构对相应的产品按照能效检测标准实施能效检验，并提供相应的结论。

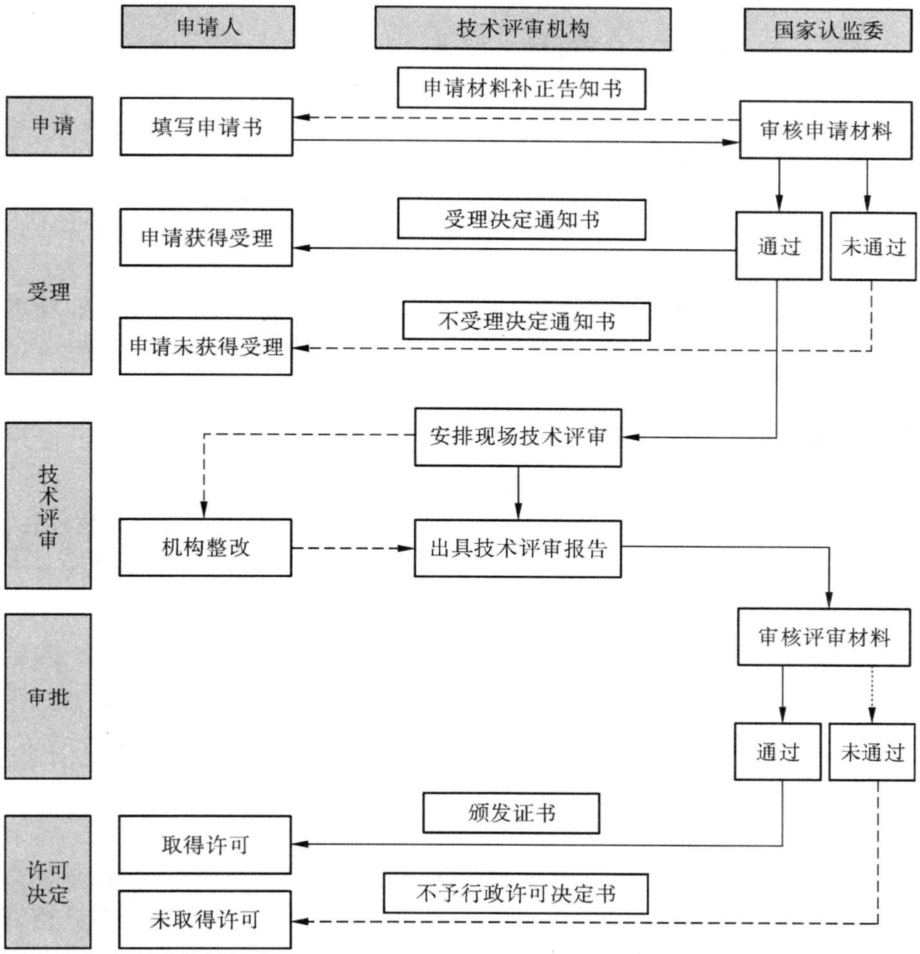


**图 8-2 资质申请流程图**

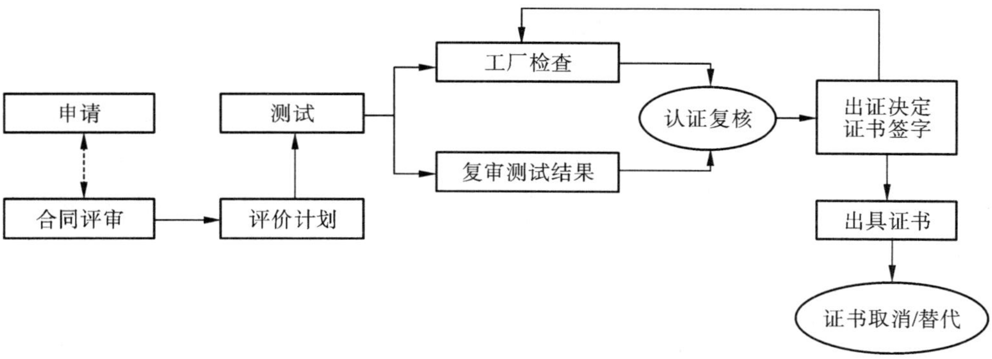


**图 8-3 产品能效等级认证流程图**

(3)初始工厂检查

第三方能效等级认证机构依照相应的产品认证实施规则进行初始工厂检查并提供检查结论。

(4)认证结果评价和批准

第三方能效等级认证机构负责对现场检测、工厂检查结果进行复核,并根据复核结果作出认证决定。批准认证的,第三方能效等级认证机构向申请人颁发认证证书。

(5)获得证书后监督

第三方能效等级认证机构依照相应的产品认证实施规则对生产场地进行定期监督,并对存在问题的产品给予定期整改意见,决定是否继续保持证书或终止证书。

### 8.2.3　港口设备能效等级认证方法、路径

#### 8.2.3.1　国家能效标识认证方法和路径

基于一般节能产品能效标识认证方法和路径研究,分析港口设备能效等级认证方法和路径如下:

(1)纳入能效标识产品目录

国家对节能潜力大、使用面广的用能产品实行能效标识管理。港口设备要进行能效等级认证,可先纳入由国家发展改革委、国家市场监督管理总局、中国国家认证认可监督管理委员会制定的《中华人民共和国实行能源效率标识的产品目录》,以便于规定统一适用的产品能效标准、实施规则、能效识别样式和规格。

(2)港口设备能效等级认证机构选择

能效等级认证机构可以选择自检实验室或具有资质认定的第三方检验检测机构,不论是自检实验室还是第三方检验检测机构都应具备国家授权的能效实验室资质,即通过了中国合格评定国家认可委员会(CNAS)认可,在中国能效标识管理中心进行文本备案,有资格、有能力按能源效率标准进行检测,向社会提供符合法律法规的检测结果与数据。鉴于港口设备的特殊性,可优先选择交通运输部认可的具备港口水运行业从业资质的单位作为港口设备能效第三方检测机构。

(3)港口设备检测

获得资质的港口设备能效等级认证机构可对设备进行能效检测并出具检测报告,确定港口设备能效等级,提交给能效标识管理中心审核和备案。鉴于目前已有的两种港口设备能效检测方法各有利弊,建议能效检测采用能量/能量指标测算法和能量/物理指标测算法相结合的方法测得的设备能效情况。

(4)港口设备能效定级

根据检测报告结果,确定港口设备能效级别。

(5)制作能效标识

能效标识需要标注生产者名称、产品规格型号、能效等级、能效指标、依据的能源效

率强制性国家标准编号和能效信息码。能效等级和能效指标应根据检测报告确定。能效指标应不超过相应能效等级的取值范围，被测样品的能效指标应能满足能效标识中的标注值。

能效标识的制作和粘贴应符合相关规定，备案时要提供一个标识样本进行审核。

(6)网上备案

港口设备网上备案流程同普通产品能效标识网上备案流程。

8.2.3.2 行业第三方能效等级认证方法和路径

(1)认证资质申请

第三方能效等级认证机构须按照认证认可条例等规定，向中国国家认证认可监督管理委员会提出资质认定申请，经认定通过后，方可从事相应的能效检验检测活动。

(2)港口设备能效检测

第三方能效等级认证机构对提供的港口设备严格按照能效检测标准实施能效现场检测，并提供相应的结论。

(3)初始工厂检查

第三方能效等级认证机构依照港口设备能效认证实施规则进行初始工厂检查并提供检查结论。

(4)认证证书颁发及监督

第三方能效等级认证机构负责对现场检测、工厂检查结果进行复核，并根据复核结果作出认证决定。批准认证的，第三方能效等级认证机构向申请人颁发认证证书，同时对生产场地进行定期监督检查，并可通过消费者的反馈、监管机构的信息等对其进行再次检测，并决定是否继续保证证书有效性。

# 9 港口设备能耗监测和诊断技术

原国家计委1990年2月发布的《节约能源监测管理暂行规定》(计节能〔1990〕60号)第二条定义的节能监测是政府授权的节能监测机构,依据国家、行业和地方能源的法规(或行业、地方的规定)和技术标准,对能源利用状况进行监督、检测以及对浪费能源的行为提出处理意见等执法活动的总称。节能监测是国家对节约能源的宏观管理,强化和监督企业降低能源消耗,有利于确保国家能源安全、确保提高能源利用效率、优化能源结构、保护环境和应对气候变化等目标的实现。

本书讨论的港口设备能耗监测不仅包括政府或政府授权的监测机构进行的能耗监测,还包括企业自身进行的能耗监测。前面章节已经分析了国家对能源计量管理的要求,港口应该加强能源计量管理,按照规定配备和使用依法检定合格的能源计量器具。港口设备能耗监测是将能源计量的数据进行收集和处理,加上诊断分析,有利于促进港口企业的能源精细化管理。

国家发展改革委要求重点用能企业应建立能耗在线监测系统,并按照规定上传数据。因此港口设备能耗监测不仅仅是国家对于能源消耗监控、节能监督管理、评价企业能源利用状况管理的要求,也是企业自身进行能源管理、提高能源管理水平、优化能源结构、提高能源利用效率、降低生产经营成本、提高经济效益和市场竞争力的有力手段。

目前港口采用人工抄表定期向交通运输部上报港口能耗监测数据,存在程序复杂、数据的准确性差等问题。交通运输企业,尤其是重点用能单位有必要建立能耗在线监测系统,不仅能够满足相关政府主管部门对重点用能企业建立能源消耗监测系统的要求,而且可以用于企业自身进行能源消耗的精细化管理。

## 9.1 港口设备能耗监测方案

### 9.1.1 系统构成

港口设备能耗监测包括现场定期监测、在线监测。定期监测是政府主管部门或企业根据能源管理需要,按照一定的标准和程序,定期对重点的耗能设备进行监测;港口能耗在线监测是通过港口设备安装的各类能源计量传感器,通过数据传输系统传送到港口后方控制室的能源数据管理系统,对港口设备的能耗进行实时监测。

港口能耗在线监测系统应由能源数据采集系统、数据传输系统和能源数据管理系统三部分组成。能源数据采集系统主要是安装在港口设备上的各类能源计量传感器,传感器应符合相应标准的性能和精度要求。数据传输系统是按照一定数据协议、格式以无线的方式将港口设备上采集的数据传送到后端的数据管理系统。能源数据管理系统包括服务器、UPS、交换机、管理系统软件等，具有数据处理、动态分析、专家诊断、实时报警等功能。

### 9.1.2　技术方案

港口设备能耗监测技术是以建设全范围、全区域港口能耗远程监测平台为目标，加快推进重点用能单位能耗在线监测系统建设。

例如，全国港口能耗监测系统由码头现场的港口设备传感器将数据上传给码头的数据管理系统软件，然后再将数据逐级上传，最后数据上传到全国港口能耗远程监测平台。全国港口能耗监测系统网络示意图见图 9-1。

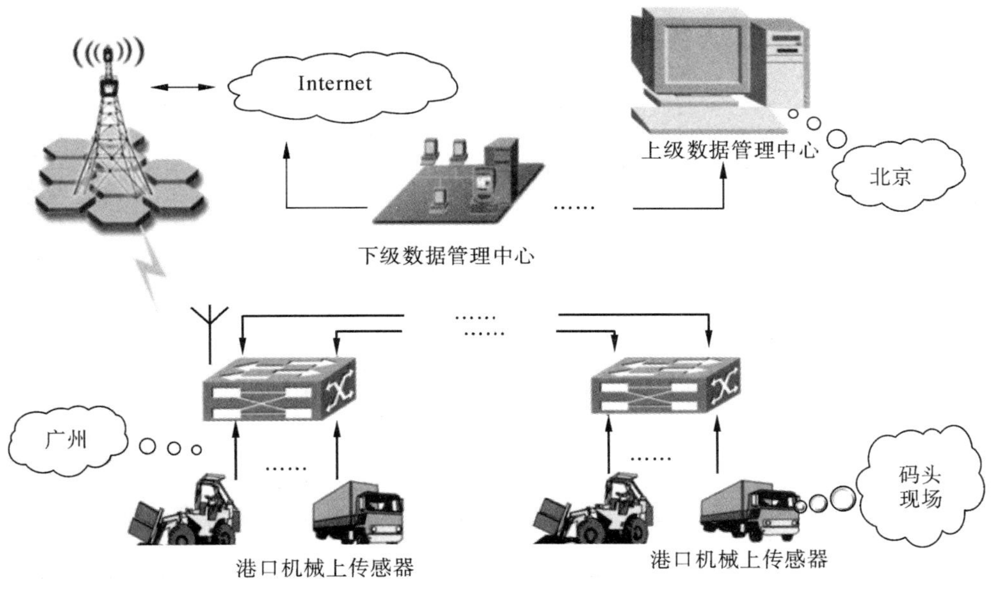


**图 9-1　港口能耗监测系统网络示意图**

一般港口能耗监测系统架构见图 9-2，系统主要包括信息感知、网络传输、数据处理和应用服务等四个层面：

信息感知主要通过各种流量计等传感器获取港口设备能耗数据，流量计传感器上有通信模块，一般可采用手机卡连接 4G 或 5G 无线网络，可实时地上传数据。

网络传输是完成数据的传输任务，主要是选择合适的传输协议，如 Modbus 协议、CAN 协议、GPRS 网络协议等，传输的数据要设置统一的数据格式。

数据处理是根据需求对获取的数据进行处理，包括数据的汇总、计算、修正、分析等。

应用服务是根据需求进行应用层面的节能分析、能耗预测、智能控制等服务，并将能耗数据和图表在指定的客户端进行显示。

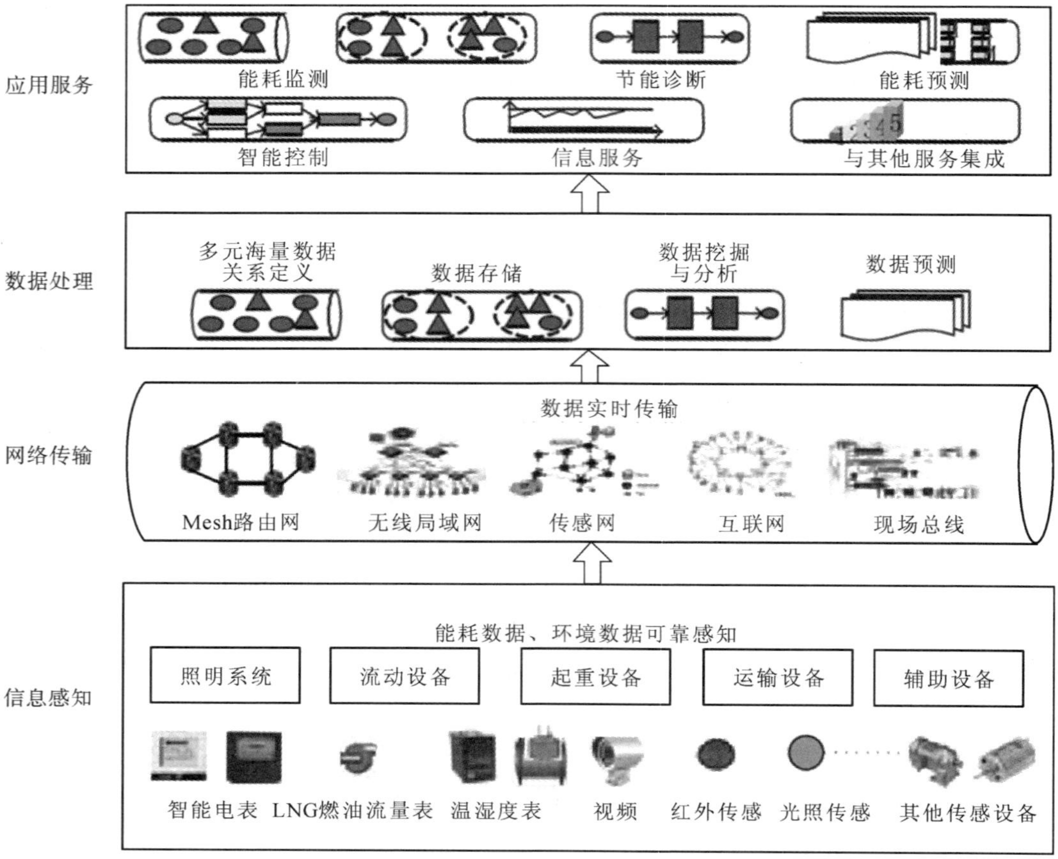


**图 9-2 能耗监测系统架构图**

港口设备的主要耗能部件的监控终端可包括能耗监测和环境参数监测，能耗监测主要是监测设备的运行状态、设备终端的电表、流量计等传感器；环境参数监测主要是由温度、湿度、大气污染物等传感器和检测设备构成。

### 9.1.3 监测系统功能

港口能耗监测系统能够实现的功能特点：

高精度的能源计量。根据设备的能源种类不同，选用不同的高精度能源计量监测终端表具实现精确计量。

安装简单、操作方便。这是由于车辆的空间有限、原有管路复杂，因此要求能源计量仪器具有安装简单、方便快捷的特点，以实现快速检测。

能耗监测和分析。可对整个系统范围内的设备用能情况进行持续的监测，并可对分类分项能耗使用情况进行分析。可以对各个设备和各个过程用电情况进行详细的记录与分析，以表格的形式进行显示，同时可以切换成以棒图、折线等更为直观的形式进行横向和纵向比较。

能源消耗统计和分析。系统为监测用户提供综合的分类分项能耗统计报表，可以随时对日、月、季节、年的用能情况进行统计与打印。通过对整个系统数据的分析，包括故障报警及趋势曲线图，可以对重要设备的电流和功率、油耗等进行监控，可以实现故障的及时修正和预测、设备的运行调配管理。

专家诊断功能。智能的监测系统具有专家诊断功能，能够根据专家库信息进行设备能耗的对比分析、对标分析，并提出相应改进建议。

报警和事件管理。系统可以在用能负荷发生突变时，发出信息语音提示，报警信息可以通过电子邮件、手机短信等形式通知相关人员。

历史数据和报表管理。系统可基于数据库完成历史数据管理，所有实时采样数据均可保存到历史数据库。全国港口能耗监测系统可动态收集各港口能耗数据。

## 9.2　港口设备能耗检测和监测设备

港口企业要按照《中华人民共和国节约能源法》《中华人民共和国计量法》《重点用能单位节能管理办法》《能源计量监督管理办法》《用能单位能源计量器具配备和管理通则》《用能单位能源计量审查规范》等法律法规和标准规范要求配备计量设备。

如果企业没有合理配备能源计量器具，能源管理部门就难以获得准确可靠的能源计量数据，对企业的节能监测、能源审计、能源统计、能源利用状况也就难以进行科学的分析和统计。随着科学技术的不断进步，能源计量器具的种类和功能不断增加，能源计量器具的数字化、自动化、智能化程度不断提高，能源计量器具的准确度也不断提高。

通常能源消耗与大气污染物、二氧化碳排放有着直接的关系，建立能耗监测系统检测能源的消耗量，实现节约能源是保护环境最基本的手段。事实上，目前世界上温室气体的排放量一般是通过能源消耗量推算得来的，这就更需要准确定量地计量用能单位的能源消耗量，从而达到节约能源、准确评估温室气体排放的目的，因此准确的港口设备能耗监测计量仪器对于能源和环境保护管理具有重要意义。

### 9.2.1　电力能耗测量和监测设备

电力的监控终端设备主要是高精度的智能电表、专用的电能质量分析仪、功率分析仪等测量设备。电力能耗数据也可以从设备管理系统中读取主要电气设备的电流和电压等数据进行计算，但是多个参数造成误差积累，准确度低，如果原有设备 PLC 中无能耗数据处理模块，需要修改程序，另外获取数据也有数据通信问题。因此电力能耗监测还是主要以仪器测量为主。

#### 9.2.1.1　智能电表

智能电表是智能电网数据采集的基本设备之一，是最经济的电参数测量设备，主要进行原始电能数据采集、计量和传输，是实现数据采集、信息集成、分析优化和信息展现的基础。智能电表除了具备传统电表基本用电量的计量功能以外，为了适应智能电网和新能源的使用，还具有双向多种费率计量功能、用户端控制功能、多种数据传输模式的双向数据通信功能、防窃电功能等智能化的功能。通过智能电表提供的信息，可以构建用户能量管理系统，实现能量管理的服务、减少能源消耗、减少污染物排放的目标。

电表分为感应式和电子式。感应式电表是采用电磁感应原理把电压、电流、相位转变为磁力矩，推动铝制圆盘转动，圆盘的轴带动齿轮驱动计度器的鼓轮转动，转动的过程即是时间量累积的过程。电子式电表是运用模拟或数字电路得到电压和电流向量的乘积，然后通过模拟或数字电路实现电能计量功能。由于应用了数字技术，各种类型的计费电表和智能电表得到了广泛的应用。电子式智能电表具有通信功能，配有 RS485 通信接口，支持 Modbus 协议，可以通过 RS485 线与数据采集器连接，实现远程自动采集电量等电参数数据。

电表的准确度等级一般划分为 0.5 级、1 级和 2 级，如 0.5 级表示电表的误差不超过 ±0.5%。按照《起重机械用电力驱动起升机构能效测试方法》(GB/T 3022—2013)要求，智能电表应具有记录反向电能功能，准确度不应低于 0.5 级，有效分辨力不应低于 0.001度。

9.2.1.2　电能质量分析仪

电能质量分析仪是对电网运行质量进行检测及分析的专用便携式检测仪器。可以提供电力运行中的谐波分析及功率品质分析等电能质量分析以及用能数据分析等功能，得出实时的电耗数据，能够对电网运行进行长时间的数据采集监测。电能质量分析仪可以对单个设备或系统的能耗进行记录，并可进行分析。

电能质量分析仪可以测量三相或电相电流和电压，测量有功、无功功率，以及检测回馈到电网的电能质量问题，如电压波动、谐波、电压不平衡，还可以测量用能数据等，可以对港口设备的能量回馈情况进行测量。

电能质量分析仪主要包括检测主机、电压检测传感器和电流检测传感器。电压检测传感器一般采用鳄鱼夹的钳式，直接钳到线路的裸露处；电流检测传感器一般采用电流互感器，是一种柔性交流电探头，环形套在线路电缆的外面，应该注意电流的流向。电能质量分析仪具有四个输入端口通过电流钳夹连接电流，及五个输入端口通过电压检测传感器连接电压，在仪器上有明确的指示。

目前电能质量分析仪国产设备较少，大部分仪器需要进口，主要品牌包括福禄克、日本日置等，价格较贵。电能质量分析仪与配电系统的连接方式如图 9-3 所示，其能源测量精度为±2%，主要是电流钳的测量精度影响了整个能源测量精度。

9.2.1.3　功率分析仪

功率分析仪主要用来测量电动机、变频器、变压器等功率转换装置的功率、效率。功率分析仪能测量用电功率和其他电参数，并支持谐波闪边分析、频谱分析、采样波形显示

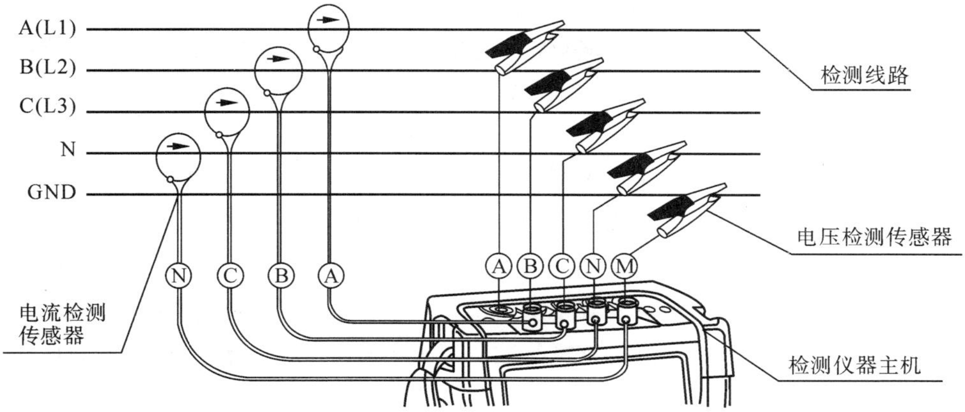


**图 9-3 电能质量分析仪与配电系统连接图**

和矢量图等，功率分析仪也可以用来测量电耗。功率分析仪使用数字计算准确测量有功功率、无功功率和功率因数等，测量精度高。

### 9.2.2 燃油能耗测量和监测设备

《用能单位能源计量器具配备和管理通则》(GB 17167—2006)中 4.3.8 条对相应的用能量(包括产能量、输出能量、能源消耗量)单位或设备的能源计量器具(如衡器、电能表、油流量表和气体流量表)的准确度等级分别提出了具体要求。对用于能源计量的流量计的准确度等级的要求是：对于成品油，为 0.5 级；对于重油和渣油，为 1.0 级；对于煤气和天然气，为 2.0 级；对于蒸汽，为 2.5 级；对于水，为 1.5 级($D \geqslant 250$ mm 时)或 2.5 级($D < 250$ mm 时)。采用流量计(质量式或体积式)测定燃油消耗量时，测量精度不低于 0.5%。

港口设备燃油能耗监测主要通过 CAN 总线读取发动机 ECU 油耗数据、油路串联燃油流量计、油箱安装液位传感器、排气管处碳平衡质量法测量油耗等四种方式获得油耗数据。

目前，燃油的监控终端设备主要是采用流量计，燃油流量计主要有涡轮式流量计、容积式流量传感器、超声波流量计，以涡轮式流量计应用最多。流量计存在的问题是安装复杂，需要匹配各种管路的口径，另外测量的精度有待提高。除了流量计外，较常用的是液位传感器和超声波传感器。

9.2.2.1 燃油流量计

流量计按其工作原理的不同，分为容积式流量计、差压式流量计、浮子流量计、涡轮式流量计、电磁流量计、涡街流量计、超声流量计和质量流量计。用于车辆测量汽油和柴油消耗量的流量计主要有：涡轮式流量计、容积式流量计等。

(1)涡轮式流量计

涡轮式流量计是速度式流量计的一种，它是采用多叶片的转子(涡轮)感受流体平均流速，从而推导出流量或总量的仪表。在流体流动的管道内安装一个能自由转动的叶轮，当流体经过时其动能使叶轮旋转，流体流速越大，动能越大，叶轮转速就越高。利用置于流场中叶轮旋转速度与流体流速有一定的比例关系，通过检测叶轮转速来测得流量。

涡轮流量计的特点有：涡轮流量计测量不受流体密度、黏度、温度、压力和电导率变化的影响；测量管内无阻碍流动部件，无压损，直管段要求较低；燃油流量计可与传感器组成一体型或分离型；流量计为双向测量系统，内装三个积算器：正向总量、反向总量及差值总量；燃油流量计采用表面安装技术(SMT)，具有自检和自诊断功能。

燃油流量计安装采用法兰连接、螺纹连接及夹装式。安装时液体流动方向应与传感器外壳上指示流向的箭头方向一致。

(2)容积式流量计

容积式流量计是直接根据排出流体体积进行流量累计的仪表。应用最多的是齿轮型容积式流量计，这种流量计的壳体内装有两个转子，直接或间接地相互啮合，在流量计进口与出口之间的压差作用下产生转动。通过齿轮的旋转，不断地将充满在齿轮与壳体之间的“计量空间”中的流体排出。通过测量齿轮转动次数，可得到通过流量计的流体量，该类型流量计由两椭圆齿轮相互啮合进行工作。

用于港口车辆的液体容积式流量计，具有量程范围大、准确度高、可靠性高、安装简易方便等优点。

另一种齿轮型容积式流量计是腰轮容积流量计，也称罗茨型容积流量计。这种流量计的工作原理和工作过程与椭圆齿轮型基本相同，同样是依靠进出口流体压力差产生运动，每旋转一周排出四份“计量空间”的流体体积量。所不同的是在腰轮上没有齿，它们不是直接相互啮合转动，而是通过安装在壳体外的传动齿轮组进行传动。

(3)压差式流量计

压差式流量计包括锥形流量计、孔板流量计等形式。

锥形流量计是一种新型的可精确测量各种雷诺数的高精度流量计，可满足各种介质的应用条件要求，其操作原理同其他各种类型的差压原理相同，都是基于密封管道中的能量守恒定理，锥形流量计由于具有独一无二的设计结构，因而性能更优。锥形流量计是在管道中心处悬挂一锥形节流件，锥形件阻碍介质的流动，重塑流速曲线，在锥形性的下游可立即形成低压区，管道上游的正压同经节流件节流后的下游的负压之间有一差压，将正、负压从取压口取出，正压口位于管道的上游，负压口位于锥体的末端，通过测量两者之间压差，根据伯努力方程即可计算出管道中的流量，锥体位于管线中心，可对所测介质的流速曲线进行优化，因此测量精度高，对仪表上、下游的直管段要求低。

孔板流量计是孔板配合各种差压计或差压变送器测量流量的差压发生装置，是测量流体通过管道介质的流量，应用最为广泛的一种流量计，最为普通的是压差式孔板流量计，可测量液体、气体的流量。充满管道的流体，当它们流经管道内的节流装置时，流束将在节流装置的节流件处形成局部收缩，从而使流速增快，静压力低，于是在节流件前后便产生了压力降，即压差。介质流动的流量越大，在节流件前后产生的压差就越大，所以孔板流量计可以通过测量压差来衡量流体流量的大小，具有结构简单、可靠性高、维护方便等特点。

9.2.2.2 液位传感器

液位传感器主要是通过测量油箱液位的方法，计算液位变化的差额，再乘以油箱的截面积，最后得出油箱油量的变化。液位传感器按照工作原理的不同分为电容式液位传感器、超声波液位传感器。

(1)电容式液位传感器

电容式液位传感器是将被测量介质面位置的变化转换成电容量的一种液位测量装置，具有结构简单、分辨力高、工作可靠、动态响应快、可非接触测量，并能在高温、辐射和强烈振动等恶劣环境下工作等优点。传统的电容式液位传感器采用模拟电路，新型的电容式液位传感器采用全数字化电容测量方法，并运用多参数补偿技术，测量精度高。

(2)超声波液位传感器

超声波液位传感器的工作原理是在测量中超声波脉冲由传感器(换能器)发出，声波经液体表面反射后被同一传感器接收或超声波接收器接收，通过压电晶体或磁致伸缩器件转换成电信号，并由声波的发射和接收之间的时间来计算传感器到被测液体表面的距离。

超声波液位传感器是采用非接触测量，传感器放置于油箱外部，被测介质几乎不受限制，可广泛用于各种液体高度的测量。由于安装方便，超声波液位传感器可以用于港口车辆的燃油消耗量检测。为了便于计算容积，要求油箱的外形规整，截面积一致。

9.2.2.3 碳平衡法

采用流量计的直接测量法，精度较高，但需要拆解车辆燃油管路，连接流量计和测试管路，需要匹配各个连接接口，操作复杂、耗费时间多。据调查，交通运输系统的车辆检测站虽然都配备了汽车燃油消耗直接测量仪，但是由于使用不方便等原因，实际应用很少。因此采用间接测量的碳平衡法在燃油消耗的快速测量中得到了应用。

碳平衡法燃油消耗量测试仪器是根据燃油在发动机燃烧后排气中碳质量总和与燃油燃烧前的碳质量总和相等的质量守恒定律测算车辆燃油消耗量的方法。碳平衡法计算燃油消耗量的基本原理为质量守恒定律，燃料经过燃烧之后，碳原子由燃料向尾气转移，排气中的碳质量总和与燃烧前燃料中的碳质量总和相等。通过测量车辆排放尾气中一氧化碳(CO)、二氧化碳($CO_2$)和碳氢化合物(HC)等各组分的含碳量即可利用公式间接计算出车辆的燃油消耗量。

碳平衡油耗测量仪属于间接测量法，可分为排气稀释测量法和排气直采式测量法。排气稀释测量法是对车辆的尾气进行一定比例的稀释，对稀释后的车轮尾气进行流量测量及尾气分析，再根据碳质量守恒推导车辆油耗。排气直采式是直接采集车辆尾气，测量车辆尾气的流量，利用尾气分析仪对气体进行碳元素的比例分析，然后通过碳平衡法推导出车辆的油耗。排气直采式存在以下不足：排气中含有大量的水，气样在输送过程中会发生冷凝现象，排气存在压力波动，温度高，精确计量排放流量比较困难，普通的涡街式、孔板式和涡轮式流量计保证排放流量的长期高精度测量比较困难，取样接头与排气管要密封连接，车辆排气管管径不一样，实现快速可靠的密封连接困难，测量误差较大。因此目前排气稀释测量法应用较多，包括一些标准规范中均采用此种方法进行碳平衡测量。

基于排气稀释测量法的碳平衡油耗仪见图 9-4。排气稀释碳平衡油耗仪由排气稀释装置、稀释排气温度和压力测量装置、稀释排气流量测量装置、含碳气体浓度测量装置等构成。其中稀释排气流量测量装置用来测量稀释排气流量，要求准确度应在±1%之内，并应定期校准。

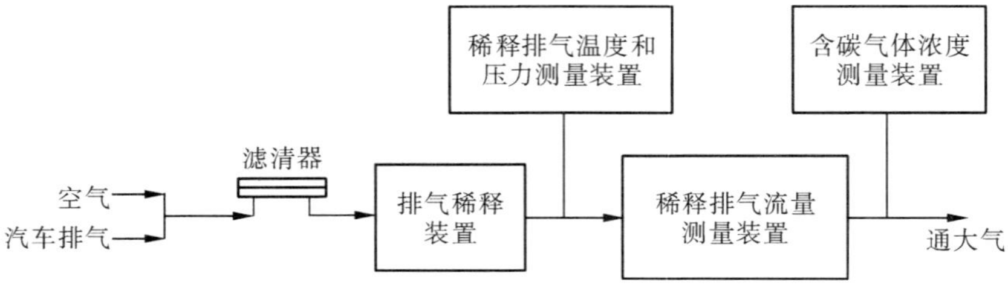


**图 9-4 排气稀释测量法碳平衡油耗仪示意图**

热式气体质量流量计是基于热扩散原理测量流量的仪表，流体在流过发热的物体时，发热的物体散失的热量与流经的流体流量成一定的比例关系。热式气体质量流量计上的传感器由两个基准级热电阻传感器组成，一个用来作为热源，一个用来测量流经的流体温度，流体在流经的过程中，两个流量计的温度差与流体流量的大小构成非线性的关系，再将非线性关系转换成用来测量流体流量的信号作为线性输出。热式气体质量流量计按安装方式分为：插入式和管段式。热式气体质量流量计可用于测量尾气的流量。

我国已颁布实施的法规标准中规定可基于碳平衡法来计算出燃料消耗量。如《重型商用车辆燃料消耗量测量方法》(GB/T 27840—2011)、《轻型汽车燃料消耗量试验方法》(GB/T 19233—2008)、《道路运输车辆燃料消耗量检测评价方法》(GB/T 18566—2011)等，三个标准均给出了碳平衡计算公式，要求采用碳平衡法计算燃料消耗量时，假定汽油和柴油的氢-碳比例分别为 1.85 和 1.86，碳平衡的计算公式为：

对于港口设备常用的柴油机车辆碳平衡的计算方法见公式(9-1)：

$$Q=\frac{0.1155}{\rho_g}[(0.866\times HC)+(0.429\times CO)+(0.273\times CO_2)] \tag{9-1}$$

式中：$Q$——燃料消耗量，L/100 km；

HC——测得的碳氢化合物排放量，g/km；

CO——测得的一氧化碳排放量，g/km；

$CO_2$——测得的二氧化碳排放量，g/km；

$\rho_g$——15℃下的燃料密度，kg/L。

碳平衡油耗测量仪一般需要进口，常在车辆尾气分析仪器中集成计算模块，测定车辆尾气中的大气污染物的各组分及所含的比例，然后通过公式计算修正，输出碳平衡燃料测量结果。碳平衡油耗测量仪的相对误差应不超过±4%。

碳平衡油耗测量仪安装在排气管上，较为方便，只需布置测量仪在车辆合适的位置。与流量计类测量仪器相比，方便快捷，适用于现场的快速检测。但由于目前碳平衡测量仪产品体积较大，并不适用于车辆能耗的长期和在线监测。

### 9.2.3　天然气能耗测量和监测设备

天然气车辆燃料消耗量计量主要采用流量计测量法，在港口设备供气管路中加装一个流量计来测量燃气消耗量。根据流量计测量原理的不同，主要有容积式、差压式、速度式和质量式。在流量计选型时应考虑流体特性、仪器性能、安装条件、环境条件和经济性等因素综合确定，其中安装条件和便捷性是港口设备能耗监测需考虑的重要条件。

(1)差压式流量计

差压式流量计是基于流体流动的节流原理，利用流体流经节流装置时的压力差来进行流量测量，是目前实践经验成熟、应用历史悠久的天然气流量测量仪器，主要有孔板流量计、文丘里流量计、均速管流量计等形式，其中标准孔板差压式流量计已经成为全世界最主要的天然气流量计。压差式流量计具有结构简单、性能好、标准规范全面等优点，但是测量时压损较大、测量范围较窄、重复性不高、精度一般等缺点，为克服以上缺点，出现了可换孔板节流装置等改进方法。

(2)速度式流量计

速度式流量计通过测得管道截面上流体的平均流速，然后与管道横截面面积相乘来计算体积流量。速度式流量计包括超声波流量计、叶轮流量计、涡街流量计、电磁流量计、涡轮流量计等。速度流量计具有精度高、耐高压、测量范围宽、压损小、安装使用费用低等优点，但受流体的密度和黏度影响较大。气体涡轮流量计属于速度式流量计，是用气体推动流量计的转子转动，并通过测量转子转动次数来计量气体流量的一种装置。气体涡轮流量计仅次于孔板压差式流量计，被广泛应用于天然气流量测量，品种规格多，应用范围广泛。气体涡轮流量计的优点是结构简单、安装方便、外形尺寸相对较小、精确度高、重复性好、范围宽。

(3) 容积流量计

用作天然气计量的旋转式容积流量计主要是气体腰轮流量计，不仅可用来计量干气，也可用来计量湿气(即伴生气)。由于孔板流量计和涡轮流量计不适应测量含有液滴的伴生气，气体腰轮流量计因没有严格要求，所以相对具有一定的优越性。容积式流量计的另一个优点是对流动脉动不敏感。

(4)质量式流量计

质量式流量计是通过测量单位时间内流过管路中的燃油质量来计算天然气车辆燃油消耗量。常用的质量流量计包括冲量式质量流量计、科式质量流量计、热式质量流量计、差压式质量流量计。质量流量计具有测量精度高、范围广、性能强的优点，但具有零点不稳定、不适用于低压气体、对外界干扰较为敏感、安装固定要求高等缺点。

## 9.3　港口设备能耗监测系统应用

用能单位的在线监测系统建立好后，可以将数据逐级上传，构建全国能耗在线监测系统。按照国家发展改革委公布的《重点用能单位能耗在线监测系统　第1部分　总体架构规范》(NHJC—01—2018)标准，重点用能单位在线监测系统采用“国家平台＋省级平台＋重点用能单位端系统”的架构，为各级节能主管部门和质监部门、重点用能单位等对象提供不同层次的服务。总体架构图见图9-5。

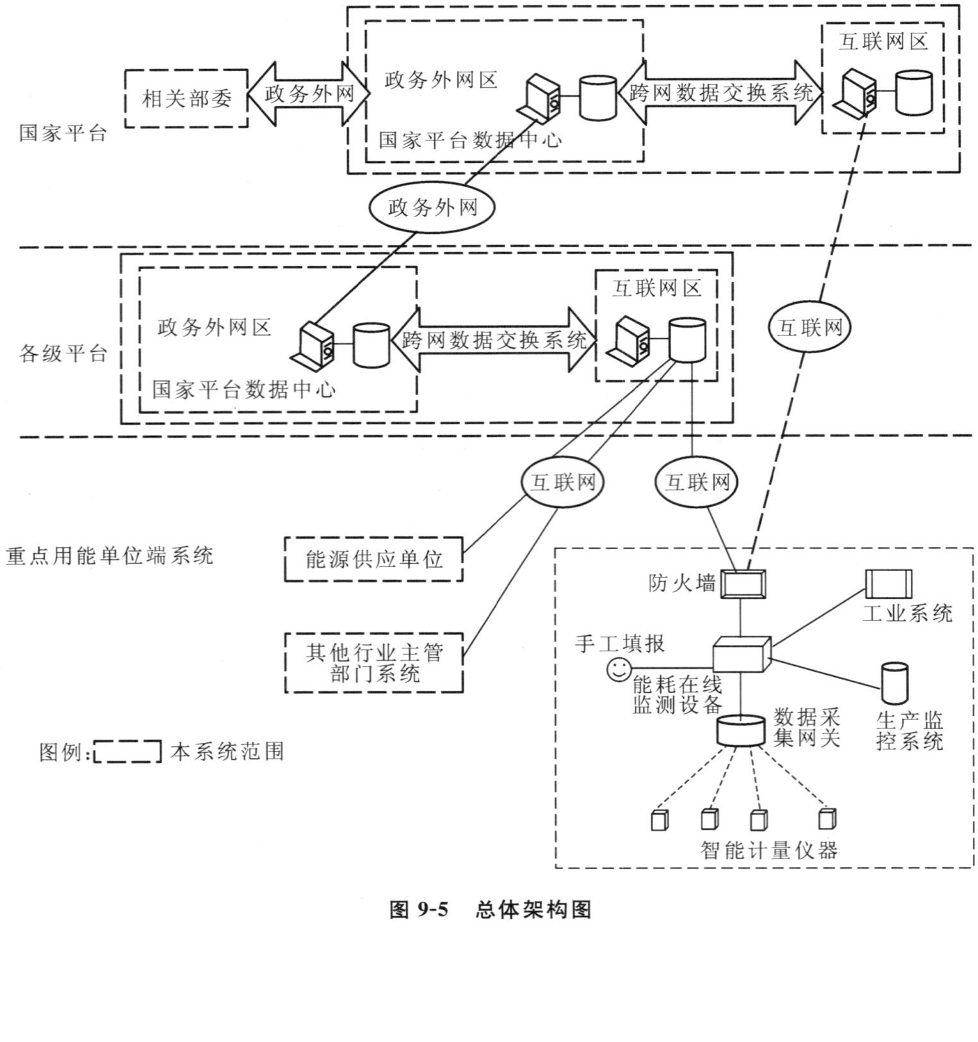


图 9-5　总体架构图

# 10 世界能源及能源消耗发展趋势

## 10.1 能源生产和消费情况

### 10.1.1 世界能源的基本情况

能源是世界经济和社会发展的驱动力和重要基础。世界能源结构在不断优化中提高，各国都试图可承受范围内降低化石能源比例，提高可再生能源占比，并努力寻找新的可用能源。

根据英国石油《2019 年 BP 世界能源统计年鉴》，世界各种能源中一次能源消费中比变化情况见图 10-1，从图中可以看出，石油和煤炭占比呈下降的趋势，而天然气、水电、可再生能源的占比总体呈上升的趋势，核电在近些年的总体稳定增长中，呈下降趋势。

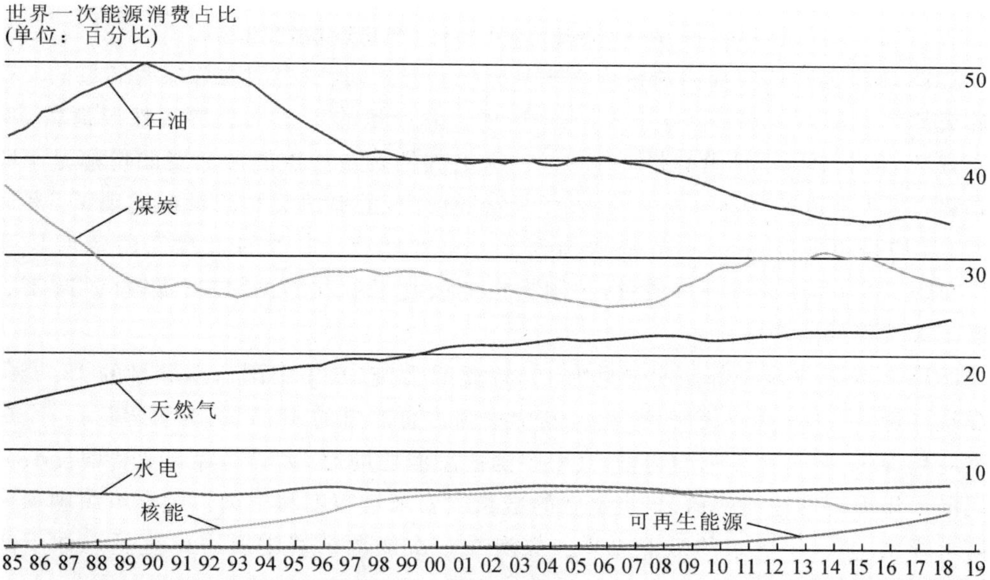


石油仍是占比最大的一次能源。煤炭位居第二，但其份额已经在2018下降至27%，为近15年最低点。天然气占比上涨至24%，使之与煤炭的差距缩小至3个百分点。水电（7%）和核能（4%）的比重较为稳定。可再生能源增长势头强劲，所占比重增至4%，紧核技能之后。

**图 10-1 世界一次能源占比变化情况**

如图 10-2 所示，2018 年世界一次能源消耗量为 138.65 亿吨油当量，比 2017 年增长 2.9%，该增速约为之前十年平均水平的两倍，达 2010 年以来最高水平。各类燃料消费需求均处于增长态势,天然气增量(占全球增长的 43%)和可再生能源增量(占全球增长的 18%)尤为强势。这与各国大力推进清洁能源与新能源政策密切相关。

2018 年世界石油的探明储量为 17297 亿吨,中国占总探明储量的1.5%;石油产量4474.3百万吨,中国石油产量占总产量的 4.2%;石油消费量为 4662.1 百万吨油当量,中国石油消费量占石油总消费量的 13.8%。石油一次能源消费量的占比为 31%,石油仍是占比最大的一次能源,但石油份额已呈逐年下降的趋势。

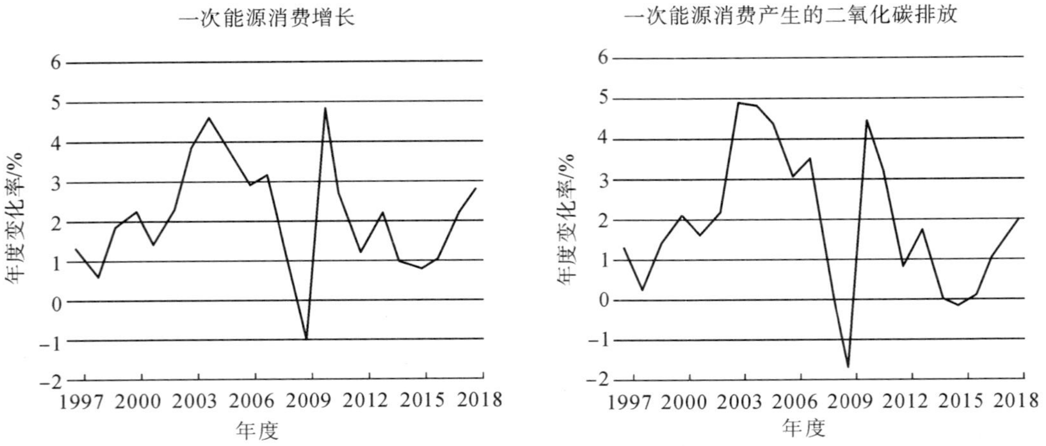


**图 10-2 世界一次能源消费增加和二氧化碳排放变化情况**

2018 年世界天然气探明储量为 196.9 万亿立方米,其中中国占总探明储量的3.1%;世界天然气产量为 38679 亿立方米,其中中国占总产量的 4.2%;世界天然气消费 38489 亿立方米,其中中国占消费总量的 7.4%。天然气消费占一次能源消费的份额呈不断上升趋势,2018 年达到 24%。2018 年天然气发展较快,世界消费和产量都实现了 5%以上的增长,均是近三十年以来的最快增速之一。2018 年,中国的天然气消费增长高达 18%,这是因为为了改善空气质量,中国提出的鼓励工业和居民用户“煤改气”政策有力刺激了天然气的消费增长。

2018 年全球煤炭全部探明储量为 1054782 百万吨,其中中国占总储量的 13.2%;全球煤炭产量为 3916.8 百万吨油当量,其中中国占总产量的 46.7%,为世界第一;全球煤炭消耗量为 3772.1 百万吨油当量,其中中国占总消耗量的 50.5%,煤炭消费增长 1.4%,为之前十年平均增速的两倍,煤炭消费的增长主要来自印度和中国。经合组织国家的煤炭需求降至 1975 年以来的最低水平。煤炭在一次能源消费中所占比重呈总体下降趋势,2018 年下降至 27.2%,为之前十五年来最低。

2018 年全球核能总消费量为 611.3 百万吨油当量,其中中国占总消耗量的 10.9%。核能消费量占一次能源总消费量的 4.4%,总体稳定。全球水电总消耗量为 948.8 百万吨油当量,其中中国占总消耗量的 28.7%,水电消费占总能源消费量的比重呈上升趋势,2018 年达到 6.8%。全球风能、热能、太阳能、生物质能和垃圾发电等其他类型可再生能源消耗量为 561.3 百万吨油当量,其中中国占总消耗量的 25.6%。可再生能源增长

14.5%，中国再次成为可再生能源增长的最大贡献者。可再生能源消费量占总消费量的比重逐年上升，2018年占比为4%。

2018年全年二氧化碳排放33890.8百万吨，其中中国占总碳排放的27.8%。碳排放增长2.0%，为之前七年最高增速。

中国、美国和世界主要能源生产情况见表10-1。在能源结构上，中国的煤炭和电力明显高于美国，但在石油和天然气的生产量上，美国是中国的3～4倍，中国是世界第一大能源生产国，在总量上高于第二的美国四个百分点。

**表10-1　2018年中国、美国和世界主要能源生产情况**

| 国家或地区 | 石油/百万吨 | 天然气/百万吨油当量 | 煤炭/百万吨油当量 | 电力/百万吨油当量 | 合计 | 占世界能源比例 |
|---|---|---|---|---|---|---|
| 中国 | 189.1 | 138.9 | 1828.8 | 592.65 | 2749.45 | 19.73% |
| 美国 | 669.4 | 715.2 | 364.5 | 371.73 | 2120.83 | 15.22% |
| 世界 | 4474.3 | 3325.8 | 3916.8 | 2217.90 | 13934.80 | 100% |

资料来源：《2019年BP世界能源统计年鉴》。

在当前社会迫切增加低碳能源比例、降低大气污染物排放时，2018年全球一次能源需求增长2.9%，与此同时能源消费产生的碳排放增长2%，能源需求和碳排放的增长速度都是近年来最快的，这与世界各国所希望的能源需求增长和碳排放降低的目标是相违背的。各国或地区对一次能源消费增长的贡献率见图10-3。中国、美国、印度对一次能源消费增长的贡献率最大。能源需求和碳排放的总体趋势仍然在增长，按目前的发展趋势，要实现碳排放的控制目标仍有很大困难。

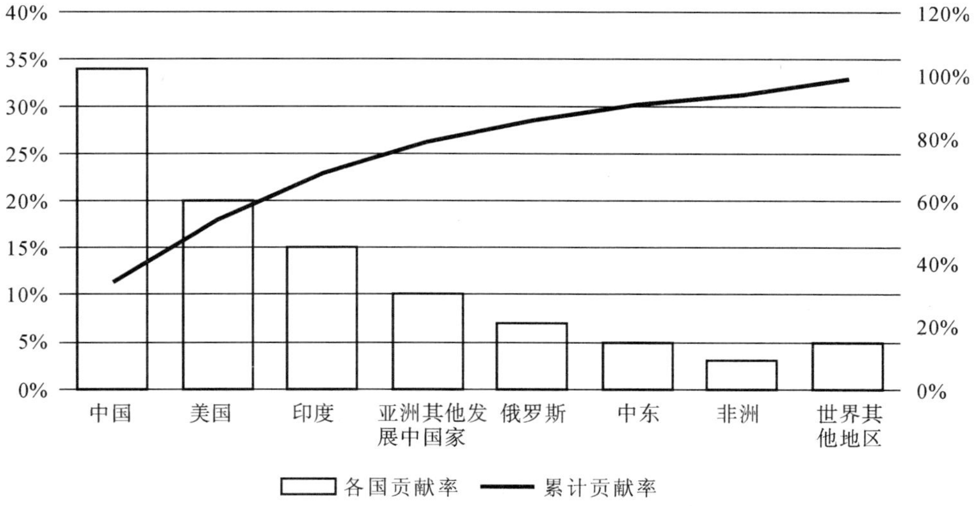


图10-3　2018年各国或地区对一次能源消费增长的贡献率

2018年世界主要国家或地区能源消费情况见表10-2，从表中可以看出，世界一次能源消费中，前三位能源分别是石油、煤炭和天然气，占比分别为31%、26%、23%。石油、煤炭和天然气三种化石能源合计消费量，占2018年世界一次能源消费总量的80%，说明当今世界的能源消费仍处于传统的化石能源时代。

**表 10-2 2018年世界主要国家或地区能源消费情况**（单位为百万吨油当量）

| 国家或地区 | 石油 | 天然气 | 煤炭 | 核能 | 水电 | 可再生能源 | 总计 |
|---|---|---|---|---|---|---|---|
| 加拿大 | 110.0 | 99.5 | 14.4 | 22.6 | 87.6 | 10.3 | 344.4 |
| 墨西哥 | 82.8 | 77.0 | 11.9 | 3.1 | 7.3 | 4.8 | 186.9 |
| 美国 | 919.7 | 702.6 | 317.0 | 192.2 | 65.3 | 103.8 | 2300.6 |
| 阿根廷 | 30.1 | 41.9 | 1.2 | 1.6 | 9.4 | 0.9 | 85.1 |
| 巴西 | 135.9 | 30.9 | 15.9 | 3.5 | 87.7 | 23.6 | 297.6 |
| 智利 | 18.1 | 5.5 | 7.7 | — | 5.2 | 3.5 | 40.1 |
| 法国 | 78.9 | 36.7 | 8.4 | 93.5 | 14.5 | 10.6 | 242.6 |
| 德国 | 113.2 | 75.9 | 66.4 | 17.2 | 3.8 | 47.3 | 323.9 |
| 意大利 | 60.8 | 59.5 | 8.9 | — | 10.4 | 14.9 | 154.5 |
| 西班牙 | 66.6 | 27.1 | 11.1 | 12.6 | 8.0 | 16.0 | 141.4 |
| 英国 | 77.0 | 67.8 | 7.6 | 14.7 | 1.2 | 23.9 | 192.3 |
| 俄罗斯 | 152.3 | 390.8 | 88.0 | 46.3 | 43.0 | 0.3 | 720.7 |
| 伊朗 | 86.2 | 193.9 | 1.5 | 1.6 | 2.4 | 0.1 | 285.7 |
| 沙特阿拉伯 | 162.6 | 96.4 | 0.1 | — | — | 0.05 | 259.2 |
| 埃及 | 36.7 | 51.2 | 2.8 | — | 3.1 | 0.8 | 94.5 |
| 南非 | 26.3 | 3.7 | 86.0 | 2.5 | 0.2 | 2.8 | 121.5 |
| 澳大利亚 | 53.3 | 35.6 | 44.3 | — | 3.9 | 7.2 | 144.3 |
| 中国 | 641.2 | 243.3 | 1906.7 | 66.6 | 272.1 | 143.5 | 3273.5 |
| 中国香港 | 22.2 | 2.6 | 6.3 | — | — | 0.05 | 31.1 |
| 印度 | 239.1 | 49.9 | 452.2 | 8.8 | 31.6 | 27.5 | 809.2 |
| 印度尼西亚 | 83.4 | 33.5 | 61.6 | — | 3.7 | 3.3 | 185.5 |
| 日本 | 182.4 | 99.5 | 117.5 | 11.1 | 18.3 | 25.4 | 454.1 |
| 新加坡 | 75.8 | 10.6 | 0.9 | — | — | 0.3 | 87.6 |
| 韩国 | 128.9 | 48.1 | 88.2 | 30.2 | 0.7 | 5.0 | 301.0 |
| 中国台湾 | 50.0 | 20.3 | 39.3 | 6.3 | 1.0 | 1.5 | 118.4 |
| 泰国 | 65.8 | 42.9 | 18.5 | — | 1.7 | 4.0 | 133.0 |
| 越南 | 24.9 | 8.3 | 34.3 | — | 18.3 | 0.1 | 85.8 |
| 其他国家和地区 | 937.9 | 754.4 | 353.4 | 76.9 | 248.4 | 79.8 | 2450.4 |
| 总计 | 4662.1 | 3309.4 | 3772.1 | 611.3 | 948.8 | 561.3 | 13864.9 |

资料来源：《2019年BP世界能源统计年鉴》。

2018 年中国能源消耗量为 32.74 亿吨油当量(约合 46.7 亿吨标准煤,注:此数据与中国统计局的数据稍有出入),占世界一次能源消耗总量的 23.6%,自 2009 年后连续 10 年居世界第一位,中国是世界最大的能源消费国,世界第二大能源消费国是美国,能源消费量为 23.0 亿吨油当量,占世界一次能源消费量的 15.6%。在 2009 年之前的 100 年,美国一直是世界第一大能源消耗国,一方面说明中国的经济发展速度加快,另一方面中国也面临着优化能源结构和减排的巨大压力。在能源消费结构方面,发达国家的能源消费主要以油、气、水电为主。而中国主要以煤为主,中国的能源消费结构正在不断优化之中。

### 10.1.2　中国能源的基本情况

1. 中国能源生产情况

(1)能源生产总量情况

能源生产总量是指一定时期内国家一次能源生产量的总和。该指标是观察一个国家能源生产水平、规模、构成和发展速度的总量指标。一次能源生产量包括原煤、原油、天然气、水电、核能及其他动力能(如风能、地热能等)发电量,不包括低热值燃料生产量、太阳热能等的利用和由一次能源加工转换而成的二次能源产量。

根据《中国统计年鉴 2019》,中国能源生产总量及构成见图 10-4,该图列出了 1978—2018 年中国能源生产总量及各类能源占能源生产总量的比重,从图中可以看出,中国能源生产总量呈逐年递增的趋势,2018 年中国能源生产总量是 1978 年的 6 倍,2018 年比 2017 年增长 5.2%。在能源生产的各类能源占比方面,中国能源以煤为

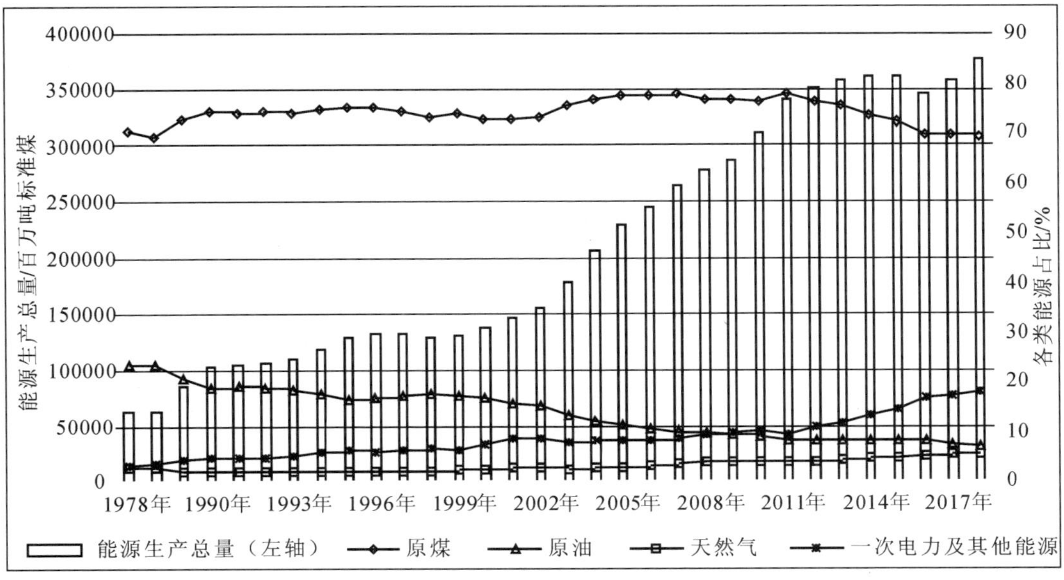


图 10-4　中国能源生产总量及构成

主的格局没有改变，在2016年原煤占能源生产总量首次降低到70%以下后，2018年该比例为69.3%。原油占能源生产总量的比重呈逐年下降的趋势，由1978年的23.7%下降到2018年的7.2%，下降比例较大。天然气占能源生产总量的比重呈逐年上升的趋势，由1978年的2.9%上升到2018年5.5%。一次电力主要是指计入一次能源的电力，主要是核电、水电、风电及太阳能发电的电力。一次电力及其他能源的比重呈逐年上升的趋势，由1978年的3.1%上升到2018年的18.0%。

（2）能源生产弹性系数情况

能源生产弹性系数是研究能源生产增长速度与国民经济增长速度之间关系的指标。计算公式为：能源生产弹性系数＝能源生产量年平均增长速度/国民经济年平均增长速度。

弹性可简单地理解为反应性或敏感性，它是衡量某一变量的变化引起另一相关变量的相对变化的指标，能源生产弹性系数用来衡量经济增长对能源消费增长的影响，也就是反映了能源消费增长速度与国民经济增长速度之间的比例关系。

能源生产弹性系数处于不断变化之中，见图10-5，1998年和2016年的能源生产弹性系数为负，说明能源生产降低的情况下还实现了国内生产总值的增长。近两年能源生产下降的主要原因如下：一是能源产品需求减少。由于1998年亚洲金融危机的冲击，直接影响中国国民生产总值，国内需求疲软，导致对能源产品需求的减少。二是能源生产量下降。耗能高、污染大的企业被关闭，从而造成能源生产量下降。

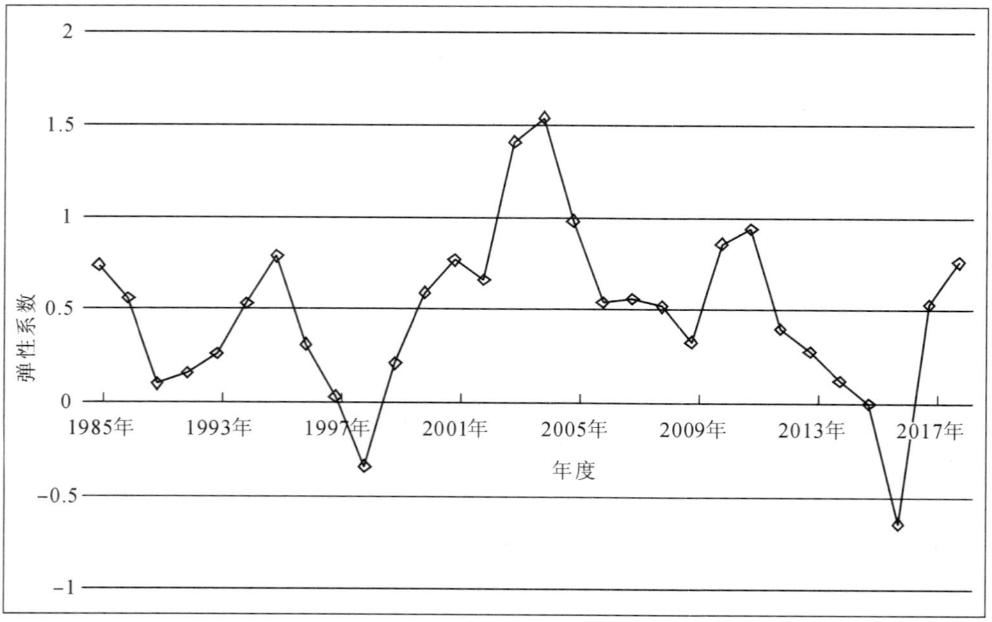


**图 10-5　中国能源生产弹性系数**

2. 中国能源消费情况

(1)能源消费总量情况

能源消费总量是指一定地域内，国民经济各行业和居民家庭在一定时期内消费的各种能源的总和。包括：原煤、原油、天然气、水能、核能、风能、太阳能、地热能、生物质能等一次能源；一次能源通过加工转换产生的洗煤、焦炭、煤气、电力、热力、成品油等二次能源和同时产生的其他产品；其他化石能源、可再生能源和新能源。其中水能、风能、太阳能、地热能、生物质能等可再生能源，是指人们通过一定技术手段获得的，并作为商品能源使用的部分。能源消费总量分为终端能源消费量、能源加工转换损失量和能源损失量三部分。

根据《中国统计年鉴 2019》，中国能源消费总量及构成见图 10-6，该图列出了 1978—2018 年中国能源消费总量及各类能源占能源生产总量的比重。中国能源消费总量呈逐年递增的趋势，自 1978 年起，中国能源消费总量从 5.71 亿吨标准煤，增长到 2018 年的 46.4 亿吨标准煤，2018 年中国能源消费总量是 1978 年的 8 倍，比上一年增长3.4%，中国经济的快速增长伴随着巨大的能源消费。

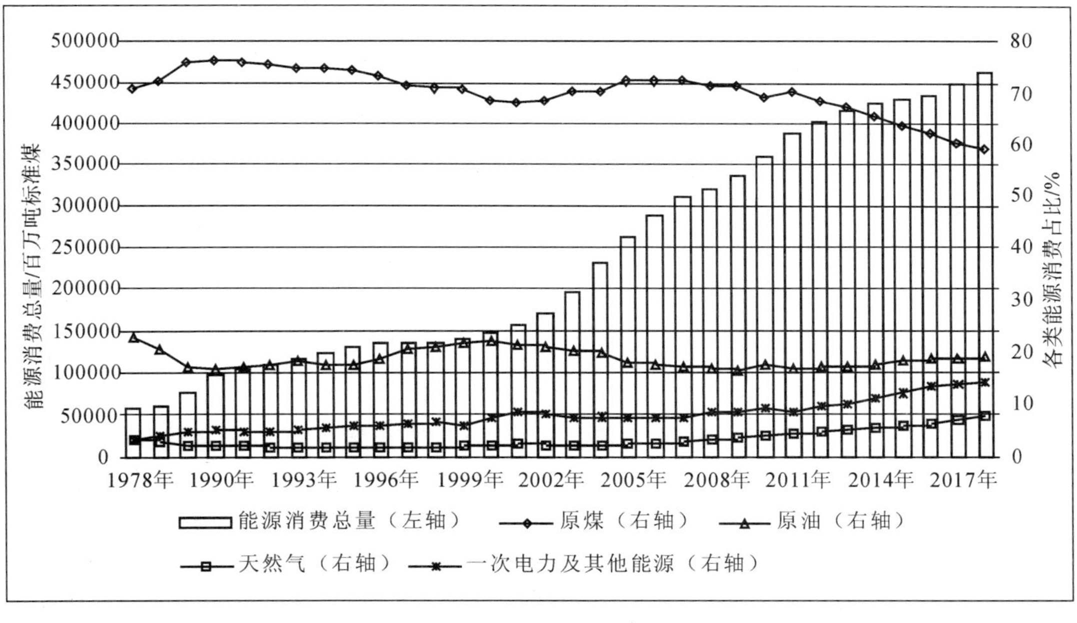


**图 10-6 中国能源消费总量及构成**

根据《2019 年 BP 世界能源统计年鉴》，2018 年中国占世界能源消费量的 24%和世界能源消费增长量的 34%，连续 18 年成为全球能源增长的最主要来源。2018 年中国一次能源消费增长 4.3%，达 2012 年来最高增速。自 2010 年以来，中国一直是世界第一能源消费大国。

2018 年，中国的能源结构持续改进。在各类能源占比方面，能源消费品种的比重发生很大的变化，煤炭的消费下降显著，而天然气、一次电力及其他能源的消费增长较快。2018 年中国可再生能源消费总量为 143500 吨石油当量，占全世界可再生能源消费比重的 25.57%；可再生能源消费增长 29%，创造了近些年的最大增长，占全球增长的 45%；天然气消费增长 18%，占全球天然气消费净增长的 22%。尽管煤炭仍是中国能源消费中的主要燃料，但煤炭在中国一次能源结构中的占比由 2008 年的 72%下降至 2018 年的 59% 。

2018 年中国非化石能源的比重为 14.3%，与中国政府提出要确保实现 2030 年非化石能源消费比例提高到 20%的目标还有一定差距。因此，未来十年中国将引导非化石能源消费，并且逐步提高非化石能源消费比例。

(2)能源消费弹性系数情况

能源消费弹性系数是反映能源消费增长速度与国民经济增长速度之间比例关系的指标。计算公式为：能源消费弹性系数＝能源消费量年平均增长速度/国民经济年平均增长速度。通常情况下，发展中国家在由低收入向中等收入发展的时期，经济增长对能源需求主要依靠能源量的投入，并且能源消费增长速度超前于经济增长，说明能源的大量投入和消耗不能换取国民经济的快速增长，这时能源消费弹性系数大于 1；当能源的消耗与国民经济的增长基本保持平衡时，能源消费弹性系数等于 1；当随着能源结构的改善、科学技术的进步，能源消耗不断下降，能源的消耗刺激国民经济的快速发展，能源消费弹性系数小于 1。一般发达国家的能源消费弹性系数较小。

根据图 10-7，中国能源消费增幅从 2010—2015 年一直减缓，但 2016 年和 2017 年增幅又开始增大。中国能源消费弹性系数大幅下降，除 2003—2005 年三年的能源消费弹性系数大于 1 外，其他年份均小于 1。从能源消费弹性系数变化情况看，2011 年中国能源消费弹性系数为 0.76，表明经济发展对能源消费的依赖程度较高。2012 年和 2013 年下降到 0.5 以下，2014 年下降到 0.29，2015 年最终下降到 0.14，2016 年反弹至 0.21，2017 年为 0.50，能源消费弹性系数在不断地波动中。

2003—2005 年能源消费弹性系数大于 1，能源消费增长快于经济增长的主要原因：一是由于投资高速增长导致钢铁、水泥、电解铝等高耗能产业迅速扩张，从而造成能源消费快速增长。高耗能产品的迅速增长必然带动能源消费的快速增长。二是产业结构变化导致能源消费增长加快。因重工业单位产出能耗要远大于轻工业，因此重工业比重上升必将使整个工业的能源消费增长加快。除了以上的客观原因，还与这几年中国经济快速增长是在消耗大量能源和原材料基础上取得有关，经济增长方式粗放，并由此造成能源供需缺口不断扩大，能源价格持续上涨。

(3)能源消费强度变化情况

中国单位 GDP 能耗呈逐年下降的趋势，见图 10-8。2017 年全国万元 GDP 能耗水平为 0.57 吨标准煤，比 2016 年下降 5%。

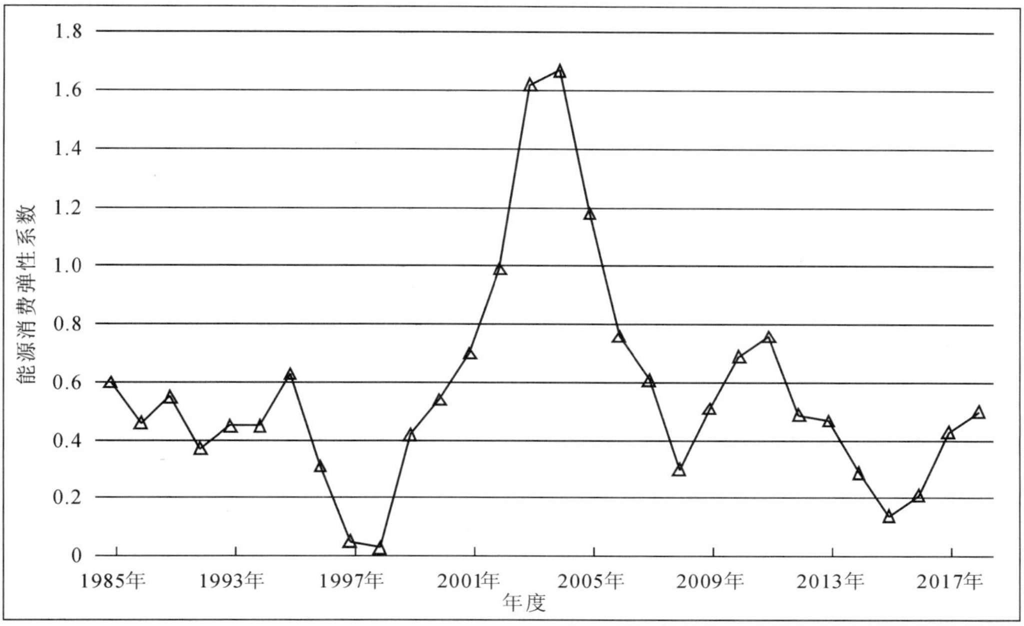


**图 10-7　能源消费弹性系数**

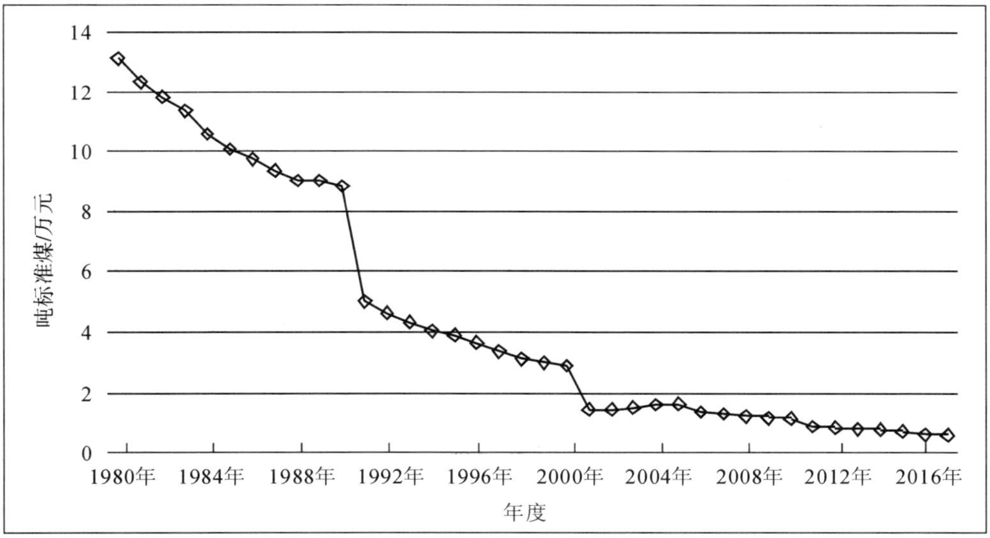


**图 10-8　平均每万元国内生产总值能源消耗量**

3. 中国能源生产和能源消费的综合分析

中国能源生产、消费变化与国民经济增长不同步。中国能源生产增长率、能源消费增长率和国内生产总值增长率的关系见图 10-9，从国内生产总值增长率和能源生产、能源消费的增长率的对比可以看出，国内生产总值增长率一直高于能源生产和消费的增长率。能源生产弹性系数和能源消费弹性系数变化情况见图 10-10，只有 2003

年和 2004 年的能源生产弹性系数和 2003 年、2004 年和 2005 年的能源消费弹性系数大于 1，其他年份的能源生产系数和能源消费弹性系数均小于 1。

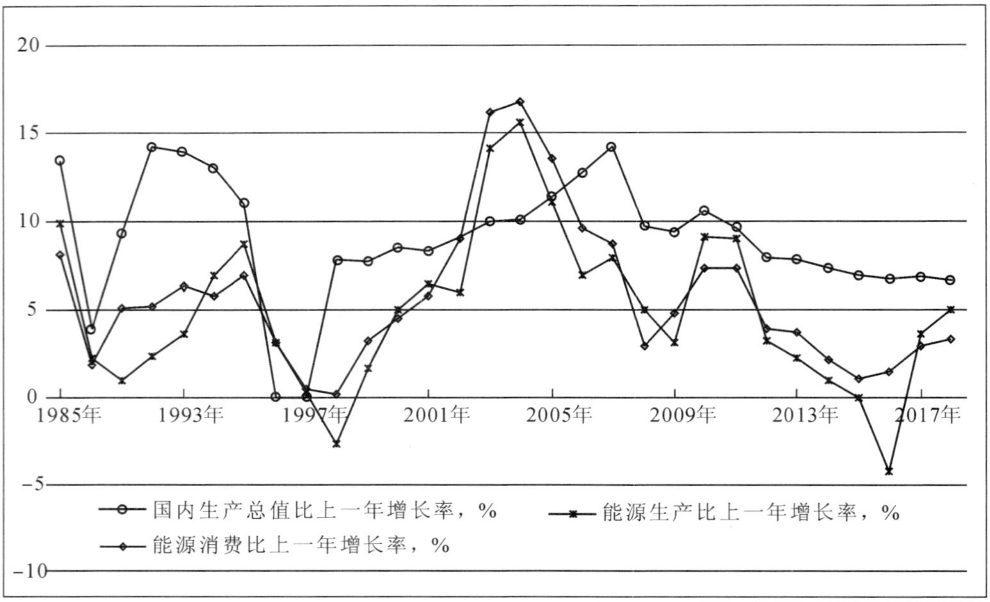


图 10-9　经济、能源增长率对比

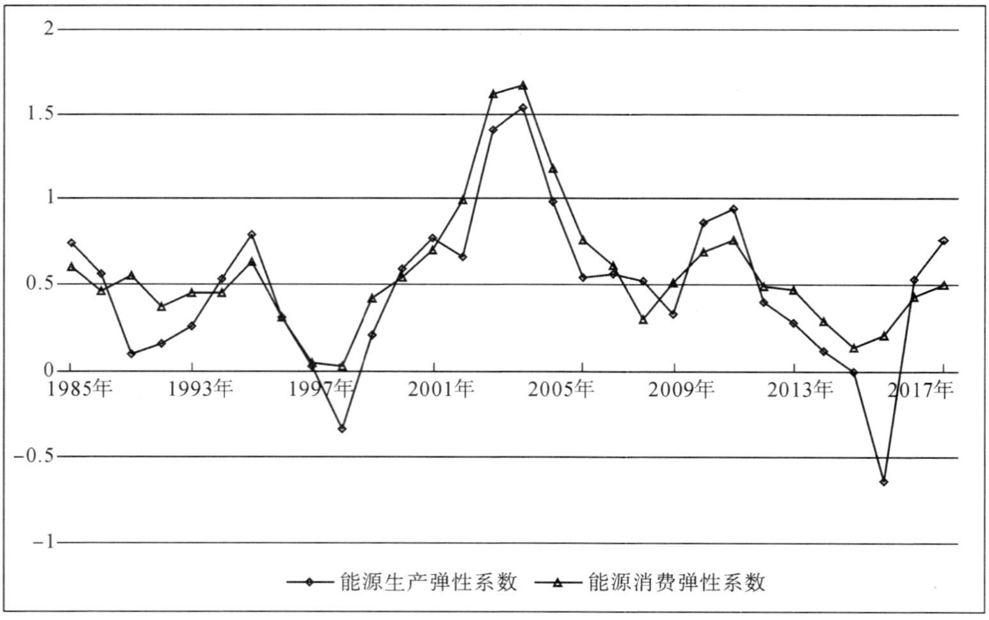


图 10-10　能源生产、消费弹性系数对比

### 10.1.3 交通运输能源情况分析

10.1.3.1 中国交通运输能耗情况

根据中国统计年鉴各行业能耗消耗量数据(表10-3),2017年中国工业能源消耗量占全国能源消耗总量的65.66%,交通运输行业占全国能源消耗总量的9.41%。交通运输业能源消费增长较快,是继工业和生活消费之后的第三大能耗产业。由于中国能源消耗量统计口径的问题,交通运输的能耗有低估的可能,目前我国的统计中,交通运输行业仅包括从事运营的交通运输工具的燃料消耗量,非交通运输行业的道路或水运交通工具,和社会非运营交通工具(如私人车辆)的燃油消耗并没有纳入交通运输行业的能源消耗统计中。因此,实际交通运输能源消耗量要大于目前统计口径的交通运输能源消耗量。根据王庆一核算中国能源效率过程研究,据世界银行的调查,汽油全部用于交通运输,柴油方面,除交通运输部门用油外,工业部门用柴油的10%,农业部门用柴油的20%也用于交通运输。交通运输部门的汽油和柴油量要多于统计部门公布的数据。

**表10-3 中国各行业能源消耗量及占比(2017年)**

| 行业 | 农林牧渔 | 工业 | 建筑业 | 交通运输行业 | 批发零售住宿餐饮 | 其他行业 | 生活消费 | 合计 |
|---|---|---|---|---|---|---|---|---|
| 能耗消费总量/万吨标准煤 | 8931.23 | 294488 | 8554.51 | 42190.79 | 12475.43 | 24268.83 | 57620.31 | 448529.14 |
| 各行业总量占比 | 1.99% | 65.66% | 1.91% | 9.41% | 2.78% | 5.41% | 12.85% | 100.00% |
| 煤炭消耗量/万吨 | 2833.93 | 365480.27 | 732.82 | 352.71 | 3461.05 | 3579.96 | 9282.52 | 385723.25 |
| 各行业煤炭占比 | 0.73% | 94.75% | 0.19% | 0.09% | 0.90% | 0.93% | 2.41% | 100.00% |
| 汽油消耗量/万吨 | 229.34 | 382.1 | 472.32 | 5698.53 | 264.46 | 2075.05 | 3294.17 | 12416.27 |
| 各行业汽油占比 | 1.85% | 3.08% | 3.80% | 45.90% | 2.13% | 16.71% | 26.53% | 100.00% |
| 柴油消耗量/万吨 | 1546.82 | 1459.94 | 596.06 | 11253.69 | 233.77 | 1233.3 | 672.96 | 16996.54 |
| 各行业柴油占比 | 9.10% | 8.59% | 3.51% | 66.21% | 1.38% | 7.26% | 3.96% | 100.00% |
| 煤油消耗/万吨 | 1.52 | 14.55 | 9.75 | 3173.31 | 11.30 | 88.36 | 27.58 | 3326.36 |

**续表 10-3**

| 行业 | 农林牧渔 | 工业 | 建筑业 | 交通运输行业 | 批发零售住宿餐饮 | 其他行业 | 生活消费 | 合计 |
|---|---|---|---|---|---|---|---|---|
| 各行业煤油占比 | 0.05% | 0.44% | 0.29% | 95.40% | 0.34% | 2.66% | 0.83% | 100.00% |
| 燃料油消耗/万吨 | 1.31 | 3043.74 | 43.24 | 1771.34 | 15.15 | 12.51 | 0 | 4887.30 |
| 各行业燃料油占比 | 0.03% | 62.28% | 0.88% | 36.24% | 0.31% | 0.26% | 0.00% | 100.00% |
| 天然气消耗量/亿立方米 | 1.14 | 1575.25 | 1.8 | 284.71 | 57.56 | 52.95 | 420.3 | 2393.7 |
| 各行业天然气占比 | 0.05% | 65.81% | 0.08% | 11.89% | 2.40% | 2.21% | 17.56% | 100.00% |
| 电力消耗量/亿千瓦时 | 1175.12 | 44959.84 | 789.22 | 1417.98 | 2526.65 | 4880.59 | 9071.57 | 64820.97 |
| 各行业电力占比 | 1.81% | 69.36% | 1.22% | 2.19% | 3.90% | 7.53% | 13.99% | 100.00% |

1. 交通运输能源消费总量逐年增加

交通运输能耗增长率总体上要高于全国能耗增长率，见表 10-4。交通运输行业能源消耗总量逐年增加，2017 年比 2011 年增加了 13655 万吨标准煤，年均增长 7.6%。图 10-11 是能耗增长率比较曲线，从图中可以看出 2005—2017 年交通运输和全国能耗增长率的变化情况。除了 2009 年和 2013 年外，其他时间点的数据均为交通运输业能耗增长率高于全国能耗增长率。

**表 10-4　交通能耗和社会能源增长情况**

| 年度 | 2005 年 | 2011 年 | 2012 年 | 2013 年 | 2014 年 | 2015 年 | 2016 年 | 2017 年 |
|---|---|---|---|---|---|---|---|---|
| 全国消费总量/万吨标准煤 | 223319.3 | 348001.7 | 361732 | 416913 | 425806.1 | 429905.1 | 435818.6 | 448529.1 |
| 全国同比增长率/% | 9.89 | 7.10 | 3.95 | 15.25 | 2.13 | 0.96 | 1.38 | 2.92 |
| 交通运输、仓储和邮政业/万吨标准煤 | 16671.81 | 28535.5 | 31524.71 | 34819.02 | 36336.43 | 38317.66 | 39651.21 | 42190.79 |
| 交通同比增长率/% | 10.38 | 9.46 | 10.48 | 10.45 | 4.36 | 5.45 | 3.48 | 6.40 |
| 交通能耗占总能耗比重/% | 7.47 | 8.20 | 8.71 | 8.35 | 8.53 | 8.91 | 9.10 | 9.41 |

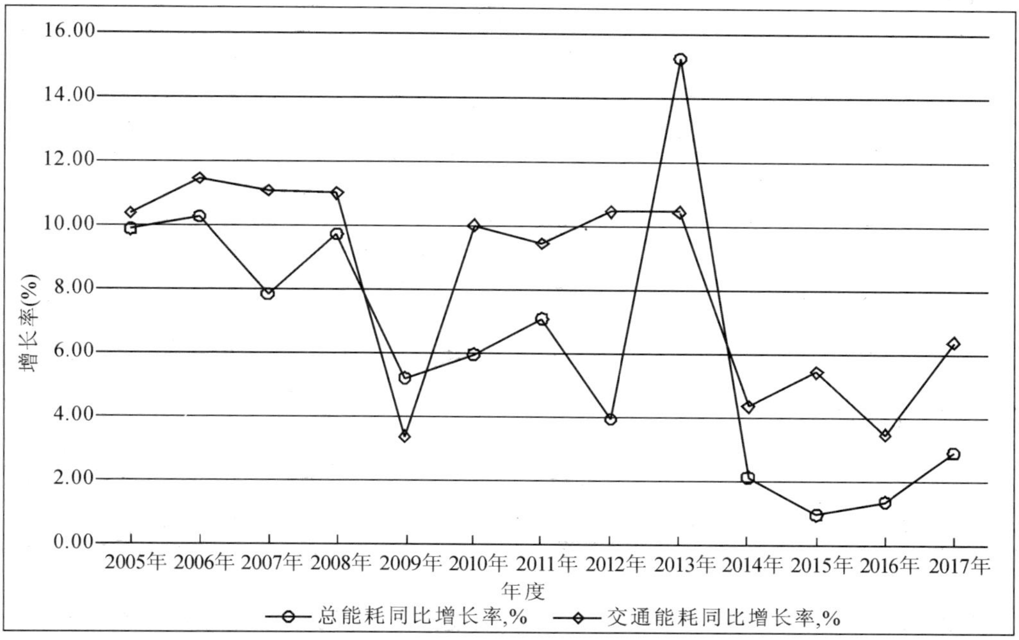


**图 10-11　全国总能耗与交通能耗增长率情况**

2. 交通运输能源消费结构逐渐完善

全国及交通运输各类能源增长率见表 10-5，煤炭呈逐年下降的趋势，2017 年降低 12.67%，明显低于全国的煤炭增长率。交通运输行业使用汽油和柴油的增长率基本与全国持平。交通运输行业天然气的用量增长较快，在 2014—2015 年增长率一度超过全国增长率，这与交通运输车辆和船舶“油改气”密切相关。交通运输行业电力用量增长也很快，2011—2017 年增长率明显高于全国增长率，这与交通运输使用的电动汽车、火车使用的电力及各种“油改电”技术密切相关。

**表 10-5　全国及交通运输各类能源增长率(%)**

| 比较项目 | | 2005 年 | 2011 年 | 2012 年 | 2013 年 | 2014 年 | 2015 年 | 2016 年 | 2017 年 |
|---|---|---|---|---|---|---|---|---|---|
| 煤炭 | 全国 | 11.86 | 9.84 | 3.12 | 20.01 | −3.02 | −3.55 | −3.14 | 0.30 |
| | 交通 | −2.02 | 1.04 | −4.89 | 0.19 | −9.33 | −11.89 | −17.85 | −12.67 |
| 焦炭 | 全国 | 28.60 | 13.29 | 3.17 | 16.45 | 2.25 | −6.03 | 3.19 | −3.78 |
| | 交通 | −40.22 | −25.00 | 0.00 | 2355.56 | 22.17 | 11.85 | 6.29 | 87.23 |
| 原油 | 全国 | 4.65 | 2.55 | 6.17 | 4.23 | 5.95 | 4.93 | 3.58 | 5.13 |
| | 交通 | 2.46 | −33.29 | 13.28 | 24.56 | −69.84 | −20.07 | −37.68 | −61.19 |
| 汽油 | 全国 | 3.35 | 7.40 | 10.07 | 15.05 | 4.38 | 16.29 | 4.38 | 4.64 |
| | 交通 | 7.00 | 5.26 | 11.25 | 16.75 | 6.46 | 13.75 | 3.85 | 3.40 |

**续表 10-5**

| 比较项目 | | 2005 年 | 2011 年 | 2012 年 | 2013 年 | 2014 年 | 2015 年 | 2016 年 | 2017 年 |
|---|---|---|---|---|---|---|---|---|---|
| 煤油 | 全国 | 1.51 | 4.17 | 7.70 | 10.60 | 7.92 | 14.06 | 11.52 | 11.97 |
| | 交通 | 7.65 | 2.83 | 8.55 | 11.81 | 10.90 | 13.03 | 12.38 | 12.73 |
| 柴油 | 全国 | 10.89 | 6.84 | 8.51 | 1.09 | 0.09 | 1.14 | −3.00 | 0.94 |
| | 交通 | 20.02 | 11.35 | 13.09 | 1.80 | 1.12 | 1.09 | −0.84 | 1.67 |
| 原料油 | 全国 | −11.32 | −2.53 | 0.56 | 7.35 | 11.29 | 5.94 | −0.66 | 5.53 |
| | 交通 | 0.92 | 1.40 | 2.88 | 3.26 | 4.02 | −3.15 | 4.99 | 17.20 |
| 天然气 | 全国 | 20.77 | 21.34 | 12.08 | 16.57 | 9.59 | 3.36 | 7.57 | 15.19 |
| | 交通 | 47.24 | 29.66 | 11.68 | 13.77 | 21.98 | 10.82 | 7.22 | 11.75 |
| 电力 | 全国 | 13.51 | 12.08 | 5.88 | 8.92 | 4.02 | 2.90 | 5.65 | 5.75 |
| | 交通 | −4.29 | 15.51 | 7.89 | 9.35 | 5.83 | 6.27 | 11.18 | 13.30 |

数据来源：中国统计年鉴(各年)。

交通运输行业能源消费结构主要以油耗为主，其次是天然气、电力的消费，还有少量煤炭等能源。2017 年油耗占比为 75.83%，电力占比为 2.19%，天然气占比为 11.89%，煤炭占比为 0.09%。

交通运输油耗占全国油耗比重大。在分类的能源消耗中，交通运输行业的汽油和柴油消耗量占比分别为 45.9%、66.21%，处于绝对领先的位置，这主要是因为汽车消耗的汽油和柴油较多。交通运输行业的煤油占全国消耗量的 95.4%，主要是航空的飞机所消耗。交通运输行业燃料油消耗占比为 36.24%，仅次于工业消耗，主要用于船舶燃料等。交通运输行业消耗汽油、柴油、煤油、燃料油等石油类燃料的占比均较大，说明交通运输主要以石油类燃料为主，尽管交通运输总能耗占全国总能耗的比例不是很大(排名第三，比例为 9.4%)，但由于油类所占比例大，其能耗状况直接影响和决定着整个社会的节能效果，以及对环境的影响程度。

根据《公路水路交通运输节能减排“十二五”规划》，2008 年交通运输业石油消费量约占全国石油终端消费总量的 36%，其中公路运输、水路运输、城市客运在交通运输业中的比例分别约为 44%、20%和 15%。

交通运输业油耗占交通运输总能耗比重见表 10-6，目前中国交通运输行业的能耗具体表现为以石油消耗为主，油耗占总能耗的比重总体上呈逐年下降的趋势，但下降的幅度较小，从 2005 年的 84.49%降为 2017 年 75.83%。

**表 10-6　交通运输业油耗占交通运输总能耗比重**

| 年度 | 2005 年 | 2011 年 | 2012 年 | 2013 年 | 2014 年 | 2015 年 | 2016 年 | 2017 年 |
|---|---|---|---|---|---|---|---|---|
| 交通运输总消耗量/万吨标准煤 | 16671.81 | 28535.5 | 31524.71 | 34819.02 | 36336.43 | 38317.66 | 39651.21 | 42190.79 |
| 交通运输油类消耗量/万吨标准煤 | 14086.48 | 23279.39 | 25929.76 | 27553.74 | 28402.73 | 29866.78 | 176280 | 31994.7 |
| 油类消耗占交通总能耗比重/% | 84.49 | 81.58 | 82.25 | 79.13 | 78.17 | 77.95 | 77.10 | 75.83 |

如表 10-7 所示，交通运输电耗占交通运输总能耗的比例低，总体来看电力在交通运输的比例是逐步增加的，而且在 2016 年之后增加的速度较快。

**表 10-7　交通运输行业电耗占交通运输总能耗比例**

| 年度 | 2005 年 | 2011 年 | 2012 年 | 2013 年 | 2014 年 | 2015 年 | 2016 年 | 2017 年 |
|---|---|---|---|---|---|---|---|---|
| 交通运输总消耗量/万吨标准煤 | 16671.81 | 28535.5 | 31524.71 | 34819.02 | 36336.43 | 38317.66 | 39651.21 | 42190.79 |
| 交通运输电耗量/万吨标准煤 | 1738.57 | 3427.62 | 3698.09 | 4043.72 | 4279.33 | 4547.46 | 5056.02 | 5728.64 |
| 电耗占交通总能耗比重/% | 10.43 | 12.01 | 11.73 | 11.61 | 11.78 | 11.87 | 12.75 | 13.58 |

交通运输行业的天然气消耗占总消耗量的 11.89%，主要是交通运输行业应用天然气车辆和船舶逐步增多的原因。总体来说，交通运输行业的能源结构调整的任务仍很艰巨，需进一步降低化石能源的占比，提高清洁能源和新能源的占比。根据《交通运输节能环保“十三五”发展规划》，交通运输行业清洁能源使用比重不足 5%，能源利用效率尚需提高。

当前，能源成本占交通运输企业生产总成本的 30%～40%。特别是在能源紧缺和油价上涨等背景下，能源成本已成为企业经营成本和核心竞争力的重要影响因素。

10.1.3.2　美国交通运输能耗情况

美国俗称为汽车轮子上的国家，2018 年美国能源消费中的 28%用于运送人和货物的交通运输行业。交通运输用能主要由以下能源构成，分别为由原油炼制和天然气加工产生的汽油、柴油、航空燃料、残渣燃料油和丙烷，乙醇和生物柴油构成的生物燃料，天然气，电力(由多种能源生产)。2018 年美国交通运输能源占比情况见图 10-12，美国运输用各类能源占比为：油类占 92%；生物燃料占 5%；天然气占 3%，主要用于车辆、船舶等；电力不到 1%，主要用于公共交通系统。汽油是美国交通燃料中最重要的能源，2018 年石油类汽油(不包括乙醇)占交通运输用能的 54%，蒸馏油(主要是柴油)占 23%，航空燃料占 12%。

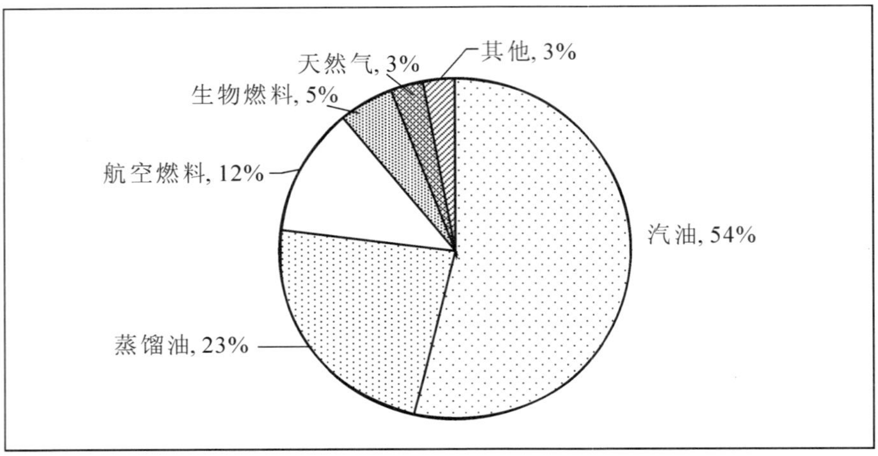


**图 10-12　美国 2018 年交通运输能源占比情况**

为改善石油类燃料的环保性，美国在石油燃料中添加生物燃料。乙醇和生物柴油实际上是最初用于汽车的燃料，但后来被汽油和柴油所取代。现在由于环保的需要乙醇被添加到车用汽油中，生物柴油被添加到柴油中。2018 年，生物燃料消费总量约占美国交通运输部门能源消费总量的 5%，其中乙醇占 4%、生物柴油占 1%。

10.1.3.3　欧盟的交通运输能耗情况

近些年，欧盟运输部门的温室气体排放量有所增加，而 2017 年，新乘用车的平均二氧化碳排放量首次增加，交通运输排放仍然是空气污染的重要来源，特别是颗粒物和二氧化氮，尽管这些排放量在过去十年中有所减少，它也是欧洲环境噪声的主要来源。运输部门约占整个欧盟能源最终消费的 30%。

(1)欧盟运输部门相关的能耗和排放政策

运输部门是欧洲的一个重要经济部门。因此，减少对环境和气候的压力对于实现欧盟第七个环境行动计划(7EAP)“在我们的星球范围内生活得好”的长期愿景至关重要。欧盟委员会 2011 年交通白皮书提出了到 2030 年，运输温室气体排放量比 2008 年减少 20%，到 2050 年，运输温室气体排放量比 1990 年减少 60%的目标。与运输部门在气候方面有关的具体目标主要基于以下欧盟立法：

《可再生能源指令》(2009/28/EC),规定到2020年,每个成员国的可再生能源在交通部门最终能源消耗中所占份额为10%。

《关于新型乘用车(443/2009)和新型轻型商用车(510/2011)二氧化碳排放的法规》规定,到2021年(新车)的二氧化碳平均排放限值为95g/km,到2020年(新车)的二氧化碳平均排放限值为147g/km。

《燃料质量指令》(98/70/EC)规定了有关在其领土内出售用于公路运输的汽油和柴油质量的报告要求。成员国应要求供应商在2020年12月31日前逐步减少燃料和能源供应的每单位能源的生命周期温室气体排放量,最多减少10%。

根据目前数据及趋势分析,欧盟运输部门目前很难实现过去温室气体排放总量、2017年新车平均二氧化碳排放量、石油消费量和可再生能源使用量的政策目标。

(2)运输部门温室气体排放量正在逐年增加

2007年至2013年间,排放量逐年减少。但之后运输(包括国际航空,但不包括海运)产生的温室气体排放量一直在增加,目前占欧盟温室气体排放总量的四分之一左右。到2016年,交通排放量比1990年高出26.1%。如果考虑到2017年的初步数据,它们比1990年的水平高出28%。与1990年的水平相比,运输部门仍然是温室气体排放量增加的唯一主要欧盟经济部门。公路运输占运输温室气体排放量的82%,占欧盟温室气体排放总量的五分之一,自2014年以来一直在增长。

(3)运输用油量仍在不断提高

欧盟运输仍然非常依赖石油,石油燃料占运输最终能源消耗的95%。在2007年达到峰值后,运输石油消耗(包括海运燃料)持续下降,直到2013年,比2007年的水平低11%。这是由于能源效率的提高,经济衰退的影响导致随后的运输需求下降,以及2010年之后的一段高油价时期用能需求受到经济因素的抑制。自2014年以来,运输业的石油消费量一直呈上升趋势,平均每年增长1.7%。

道路运输占运输行业化石能源的最大份额,因为2016年,公路运输占欧盟总消费量的77%。尽管自2007年以来有所下降,但2016年公路运输能耗仍比1990年高出26%。2000年至2016年间,道路运输中使用的柴油比例继续增加,从占公路运输燃料总量的51%增至67%以上。这证实了这一时期欧洲车队的柴油化程度在不断提高。

(4)可再生能源应用占比仍然较低

根据《可再生能源指令》,到2020年,所有欧盟成员国必须在运输部门实现可再生能源消费最低占10%的份额。根据2017年的初步估计,可再生能源在运输中的使用比例从2016年的7.1%增长到2017年的7.2%。在欧盟层面,可再生能源份额占比的趋势仍远低于2020年的目标。可再生能源在交通运输中所占的份额各国不同,从30%(瑞典)到接近0.4%(爱沙尼亚)。也仅有瑞典和奥地利已经实现到2020年可再生能源在交通运输中所占份额达到10%的目标。运输中使用的可再生能源主要来自生物燃料(接近90%),电力对可再生能源比例的贡献仍然很小。

(5)公路运输的电气化程度有所提高

电动汽车预计将成为欧洲交通系统的关键组成部分，有助于减少对气候变化和空气质量的影响，但这与电力结构关系很大，如使用可再生能源发电的电动汽车的生命周期排放量可能比同等内燃机汽车低近 90%，但目前使用煤炭发电的电动汽车的生命周期排放量高于内燃机汽车。此外，虽然纯电动汽车的废气排放为零，因此有助于改善空气质量，但来自轮胎和制动器磨损以及道路磨损等非废气排放以及能源生产排放仍然存在。未来，随着在欧洲电力生产中更多地使用低碳能源，电动车辆的推广使用在降低温室气体和减少大气污染物排放方面的效果会更好。欧盟电动汽车的使用逐年增加，2017 年，电动汽车占欧盟新乘用车注册总量的 0.6%，欧盟各成员国出台了购买电动汽车的财政激励措施，并鼓励消费者选择更清洁的汽车。

(6)运输部门已大幅度减少了某些大气污染物的排放

在 2000 年至 2016 年期间，运输部门显著减少了硫氧化物($SO_x$)、氮氧化物($NO_x$)和颗粒物等大气污染物的排放。这是由于采用了燃料质量标准、欧洲车辆排放标准和使用了更清洁的技术。运输业占所有行业氮氧化物排放量的一半以上，其他大气污染物的总排放量占比也较大。

(7)水路运输占比份额仍然较低

2013 年，公路运输占运输行业能源消费的 82%，其次是航空运输占 14%，铁路和水运只占 2%，这些能源消费占比几乎与 2000 年相同。欧盟所有国家的目标都是减少道路在运输中的份额，以此减少能源消费和排放，然而欧盟的大多数国家，被认为高效的铁路和水路运输方式的占比正在下降，但荷兰和瑞典是个例外，它们是铁路和水路运输份额最高的国家(分别为 53%和 46%)，也是铁路和水路占比发展最快的国家之一。因此，欧盟多数国家的运输结构调整任务仍很艰巨。

## 10.2　中国能源面临的主要问题与挑战

### 10.2.1　煤炭和石油等化石能源占比仍较高

通过与世界主要国家或地区能源消费情况对比可以看出，中国能源消费结构与发达国家存在较大差异，煤炭在中国的能源消费结构中所占比例始终在 60%以上，石油所占比例比较稳定，占消费总量的 30%左右，天然气所占比例较小。而世界能源消费始终是以石油为主，煤炭、天然气消费量相似。与世界能源消费结构对比，中国的能源消费结构较为单一，对煤炭能源的依赖程度较大，而对核能、天然气、水电等能源利用较少。过量使用煤炭给环境带来很大的污染，这是中国能源消费结构存在的主要问题之一。

中国能源消费结构正向火电、煤炭为主，水电、光伏发电、燃油、天然气和其他能源为补充的能源消费结构转化。煤炭、石油等化石能源不仅储量有限，总有用完的时候，而且对环境的影响很大，危害人类的身体健康。太阳能、风能等可再生能源受天气的影响很大，而氢能如果大规模开发成功的话，可以实现能源革命，摆脱对化石能源的依赖。

### 10.2.2 能源利用效率低

能源加工转换效率是反映能源利用效率的指标，是指一定时期内，能源经过加工、转换后，产出的各种能源产品的数量与同期内投入加工转换的各种能源数量的比率。该指标是观察能源加工转换装置和生产工艺先进与落后、管理水平高低等的重要指标。中国能源加工转换效率见表10-8。中国能源加工转换效率处于逐步提升中，但与发达国家相比，仍有较大差距。

**表10-8 中国能源转换加工效率(%)**

| 年度 | 总效率 | 发电及电站效率 | 炼焦 | 炼油 |
|---|---|---|---|---|
| 1985年 | 68.29 | 36.85 | 90.79 | 99.10 |
| 1990年 | 66.48 | 37.34 | 91.28 | 90.19 |
| 1995年 | 71.05 | 37.31 | 91.99 | 97.67 |
| 2000年 | 69.38 | 37.78 | 96.20 | 97.32 |
| 2005年 | 71.11 | 38.97 | 97.14 | 96.94 |
| 2010年 | 72.52 | 41.99 | 96.38 | 97.00 |
| 2011年 | 72.19 | 42.13 | 96.30 | 97.41 |
| 2012年 | 72.68 | 42.81 | 95.65 | 97.11 |
| 2013年 | 72.96 | 43.12 | 95.60 | 97.65 |
| 2014年 | 73.49 | 43.55 | 95.07 | 97.54 |
| 2015年 | 73.72 | 44.22 | 92.34 | 97.55 |
| 2016年 | 73.85 | 44.60 | 92.76 | 97.81 |
| 2017年 | 73.69 | 45.07 | 92.83 | 97.60 |

根据《2019年BP世界能源统计年鉴》的能耗数据，2018年美国能源消耗量为2300.6百万吨油当量，国内生产总值(GDP)为205130.00亿美元；日本的能源消耗量为454.1百万吨油当量，GDP为50706.26亿美元；中国的能源消耗总量为3273.5百万吨油当量，GDP为134572.67亿美元。根据以上数据计算美国、日本和中国的单位GDP能耗分别为1.12吨油当量/万美元，0.90吨油当量/万美元和2.43吨油当量/万美元。以上直接根据GDP计算能耗强度，中国的计算结果偏高，根据中国能源消费强度数据分析看出，与发达国家相比，也有较大差距。

中国港口虽然同样使用了世界上先进的装卸设备，中国的装卸量和装卸效率居世界前列，但港口单位能耗也较高，处于不断的提高中。

### 10.2.3　能源供应安全面临挑战

中国能源安全面临严峻挑战。能源安全是指保障能源可靠和合理的供应。随着中国经济的快速发展，能源需求快速增长，由于中国能源储备有限，对外能源需求不断增加，能源供应安全问题日益突出。

1. 经济发展对能源的需求不断增加

中国经济快速发展，GDP保持在6%以上，经济的快速发展需要更多的能源作为支撑。中国能源消费总量不断增加，根据国家统计局数据，2018年中国能源生产总量是46.4亿吨标准煤，相比2017年增速为3.4%。中国对于煤炭、石油、天然气的需要量仍然很大。

2. 中国能源储备与供应

中国的能源需求不断增加，但能源储备有限，能源的供应也有限。2018年中国石油、天然气和煤炭三大化石能源储备及与世界总储量的占比见表10-9。

**表10-9　中国主要能源储量及占比**

| 能源类型 | 石油 | 天然气 | 煤炭 |
|---|---|---|---|
| 储量 | 35亿吨 | 6.1万亿立方米 | 138819百万吨 |
| 占世界储量比例 | 1.5% | 3.1% | 13.2% |

3. 中国能源进口量不断提高

中国石油和天然气的供应仍依赖于进口。中国是石油净进口国，保障石油的可靠供应对国家安全至关重要。

中国成为世界第一大油气进口国。2018年中国进口原油464.5百万吨，进口成品油81.9百万吨，进口天然气1213亿立方米。中国进口煤炭146.5百万吨油当量，比2017年增长4.6%。

2018年，中国石油对外依存度达72%，为近五十年来最高，这个数值远远高于国际上认为对外依存度50%的安全警戒线，对能源安全风险的担忧继续上升。

近年来在大力推进天然气政策的促进下，天然气占能源结构的比重持续提升，2018年中国天然气的消费量增长到2839.8亿立方米，而天然气的产量为1610.2亿立方米，天然气的对外依存度达到了43.3%，随着中国推进天然气政策的落实和天然气发展障碍的破除，天然气的需求将持续提升，如果天然气的产量不能实现大幅度提升，天然气的对外依存度将继续加大，也会给中国的能源安全带来潜在的威胁。

4. 能源安全问题日益突出

现代社会能源安全不仅仅局限于能源本身的供应和价格安全，能源安全还表现为各类能源的可获得性，基础设施、供应链、贸易途径的安全和可靠性，以及能源安全的系统性和应急反应机制，另外能源安全与环境、气候变化等问题密切相关。

纵观人类历史，当能源或原料短缺影响经济增长的时候，就会投入资金进行科学研究解决能源问题，或者有效地利用能源，或者发现了全新的能源。因此，也可以说，世界缺的不是能源，而是能够驾驭并转换符合我们所需要的知识或科技创新能力。从这个角度说，世界的能源始终都在，虽然经济社会发展，不断地消耗能源，但随着我们的认识和技术不断地进步，不仅能够提高能源效率，而且会发现或发明更多的可利用的能源。虽然不同时期、不同阶段当发生能源危机时，总会有新的技术能够发现和创造更适用的能源。但由于技术水平高低和发展阶段的不同，对于一个国家来讲，能源供应安全问题仍是一个重大的战略问题。

### 10.2.4 能源环境问题日益突出

随着中国经济的高速发展，中国作为能源消费第一大国，能源环境问题更加突出，生态文明建设面临着巨大挑战，同时能源环境问题对经济发展的影响较大。随着经济的快速发展和生活水平的提高，一方面对能源的需求越来越大，另一方面人们对环境质量的要求越来越高，中国政府对环境问题也更加重视，相应的环境保护法律法规和标准规范也更加严格。

1. 能源对环境造成大量的污染

能源是目前人类活动造成大气污染物的最大来源。大气污染物包括二氧化硫、二氧化氮、一氧化碳、颗粒物等，其中二氧化硫和氮氧化物的排放几乎完全是由于能源生产和使用，85％一次颗粒物也是来源于能源。以煤炭和石油为主的化石能源消费是导致污染物排放的根本因素。随着中国政府对生态环境的日益重视，能源消费带来的生态环境污染问题逐渐成为各级政府能源经济运行情况的衡量指标之一，经过能源结构的调整，大气污染综合治理，我国的大气污染物排放近年来逐年下降，如图 10-13 所示。

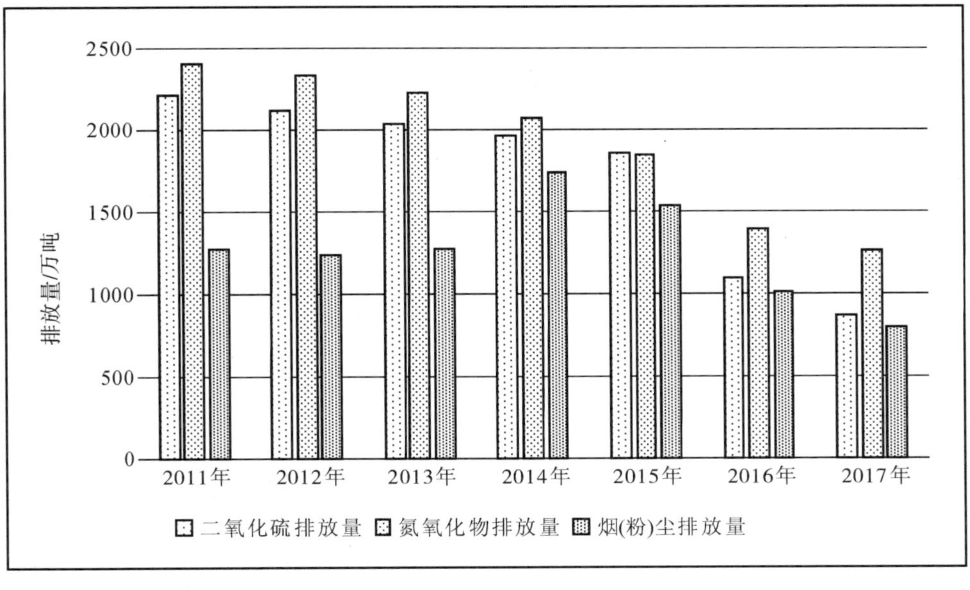


**图 10-13 中国大气污染物排放情况**

尽管交通运输行业积极采用新技术、新装备，出台新政策，但交通运输行业仍是大气污染物的主要来源之一。根据国际能源署的统计，交通运输行业的排放占世界能源消费排放近 1/3，预计到 2030 年，交通运输能耗和排放比重将超过 50%。

交通运输对环境的影响具有以下特点：一是交通运输对生态环境的破坏主要集中为对大气环境的破坏，这部分污染主要来自于运输工具特别是机动车辆的尾气排放，另外还有噪声、固体废弃物、交通事故和拥挤等带来的生态环境和生活环境破坏的影响。二是交通运输对环境的影响具有一定的区域特性，这一区域主要集中在运输线路周围及其他运输活动聚集区，如港口生产活动主要是对港口周边环境的影响，目前，尤以对城市区域的影响为主。三是交通运输特别是陆路交通运输（公路运输与铁路运输）尾气的排放更接近地面，对于生态环境和人们的健康的负面影响更为明显。

随着经济的快速发展，能源生产和使用对环境的影响日益严重，要想实现绿色低碳发展和可持续发展必须解决能源使用的环境问题。

2. 能源造成的温室气体排放增加

温室气体主要是二氧化碳、甲烷、一氧化二氮等使地球变暖的气体，其中二氧化碳含量约占温室气体的 80%。温室气体使地球表面变得更暖，类似于温室截留太阳辐射，并加热温室内空气。

根据 BP 世界能源统计年鉴，中国的一次能源消费和二氧化碳排放增长情况见图 10-14，二氧化碳排放跟能源消费密切相关。2018 年，中国因能源使用产生的二氧化碳排放增长 2.2%，相较于之前五年平均增速（0.5%）呈现反弹趋势。

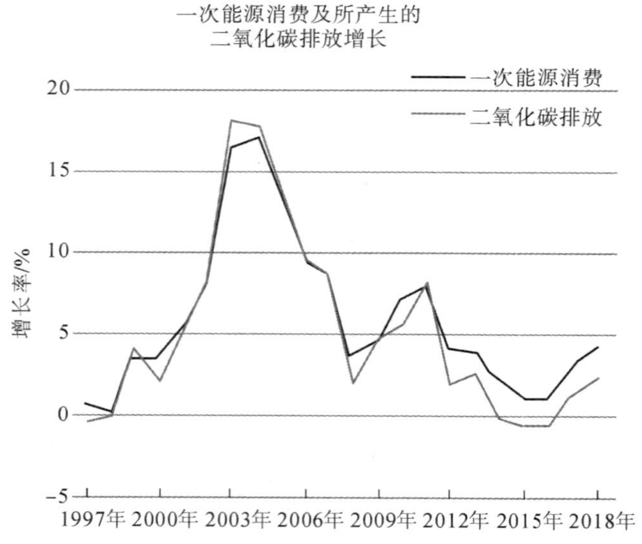


**图 10-14　中国的一次能源消费和二氧化碳排放增长情况**

中国是世界最大的能源消费国，同时也是世界最大的二氧化碳排放国，2018 年中国化石能源相关的二氧化碳排放为 94.3 亿吨，占世界排放总量的 27.8%，根据图 10-15 中国二氧化碳排放及与世界总排放占比可以看出，中国二氧化碳排放在 2013 年之后有个降低过程，这说明中国的能源结构调整和节能减排政策的效果开始显现。

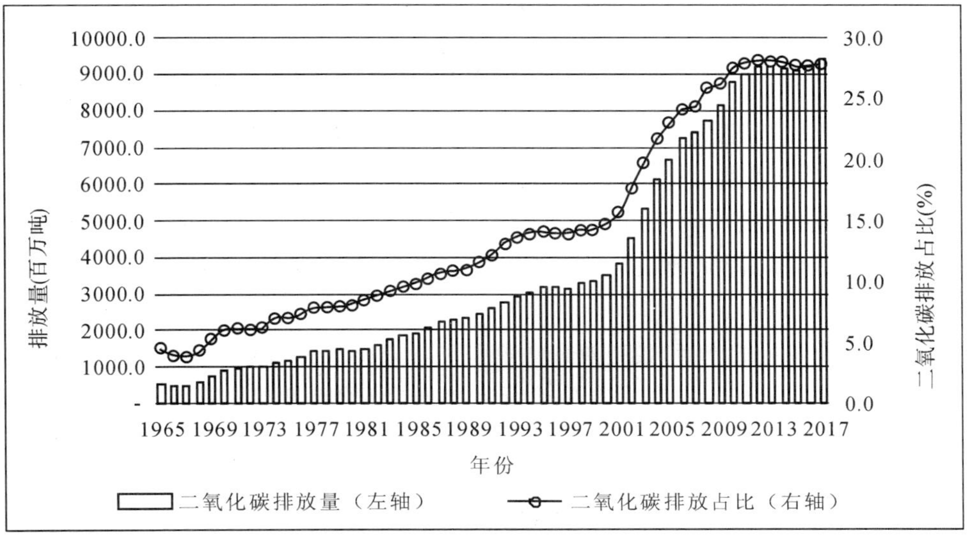


**图 10-15 中国二氧化碳排放及占世界排放量比例**

从全球范围来看，交通运输业在世界能源消费和温室气体排放中所占比重超过 20％，在增长速度上仍然较快，交通运输节能减排任务艰巨。世界各国纷纷将发展绿色低碳交通作为抓手，中国交通运输行业作为能源消费和温室气体排放的重点领域之一，虽然目前中国交通运输温室气体排放占总排放的比例约为 11％，但受到国际影响不断加大，特别是在国际航运领域可能将率先面临直接的减排压力。

3. 能源造成的酸雨和臭氧层破坏

酸雨是指 pH 值小于 5.6 的降雨，酸雨的主要引起物质是硫氧化物和氮氧化物，主要来源于化石燃料的燃烧。酸雨对水生生态系统、陆生生态系统、各种物体和人体健康等造成影响。

臭氧层破坏是指高空 25km 附近臭氧密集层中臭氧被损耗、破坏而稀薄的现象。造成臭氧层破坏的原因主要是人类过多地使用氟氯烃类物质和燃料燃烧产生的氮氧化物，臭氧的前体物主要是挥发性有机物和氮氧化物。臭氧层的破坏会使过量的紫外辐射到达地面，造成健康危害；使平流层温度发生变化，导致地球气候异常，影响植物生长、生态平衡等后果。

4. 国际社会对生态环境保护要求日益提高

国际社会尤其是发达国家发展较早，已经经历过工业化、高耗能发展的阶段，这些国家对环境质量要求高，同样它们也希望发展中国家跟它们一样对环境保护采取严格要求。

中国虽然在前期发展过程中，以推动经济的发展为主，但随着国家经济的快速发展和经济总量的逐渐强大，对环境保护的要求越来越高，同时随着人民生活水平的提高，人民对美好环境、美好生活和健康身体的需求和向往越来越强烈。中国生态文明建设和环境保护正处于压力叠加、负重前行的关键期。

党的十八大以来，生态文明建设、绿色发展理念深入人心。中国已经全面打响了污染防治攻坚战，全面加强生态环境保护和生态文明建设，努力建设资源节约型、环境友好型社会，促进全社会的高质量可持续发展，不断满足人民日益增长的优美生态环境需要。2015 年开始实施的新《环境保护法》，对于污染治理提出了更为严格的排放控制要求和责任追究制度。节约能源是建设生态文明、实现绿色发展、打好污染防治攻坚战的重要抓手。

交通运输是发展的先行，也是资源消耗型和污染排放型行业。交通运输行业的船舶与港口污染防治等已列入国家污染防治行动计划，治理任务十分艰巨。建设美丽交通、美丽水路、美丽港口对能源管理和使用提出了更高要求。

## 10.3 世界能源的发展趋势

目前，从事世界能源发展预测的机构有很多，国际上有诸如国际能源署、欧佩克等政府间组织，各国国内有诸如美国能源信息署、日本能源经济研究所等权威能源机构，还有BP(英国石油公司)、埃克森美孚等大型能源运营公司，武德麦肯兹等知名能源咨询公司。这些机构长期从事能源统计与展望工作，发布的能源展望报告具有较高知名度和影响力。由于统计口径的不同，不同统计机构的有关统计数据存在一定的差距，另外各个机构所处的立场不同，报告会有倾向性，但研究成果总体能够反映能源发展的总体趋势。

本书主要以《2019 年 BP 世界能源展望》为主，结合其他机构的预测，分析到 2040 年，未来 20 年世界能源的发展特点。

1. 能源需求持续增长，中国能源结构发生显著变化

由于经济的快速增长，发展中国家经济体日益繁荣，到 2040 年，世界国内生产总值(GDP)将会翻番，能源需求增长约 33%，这一数据比国际能源署预测的到 2040 年全球能源需求增长为 20%偏高一些。到 2040 年中国将占世界能源消费总量的 22%。中国能源结构将发生显著变化，在“渐进转型”情景下，煤炭在一次能源中的占比将从 2016 年的 62%下降至 2040 年的 36%，天然气比重将翻番至 13%，可再生能源增长迅速，将从 2016 年的 3%攀升至 2040 年的 18%，可再生能源将接替石油成为中国第二大能源来源。根据《能源生产和消费战略规划》，展望 2050 年，能源消费总量基本稳定，非化石能源占比超过一半，将建成能源文明消费型社会。

2. 天然气和可再生能源增长较快

各类能源的增长趋势见图 10-17，对石油和其他液体燃料的需求前景的第一阶段将

增长,然后逐渐趋于平稳。全球能源年平均增速为1.2%,与过去20年大于2%的年增速相比有所降低,反映了人口增长放缓和能源强度加速降低。天然气比石油和煤炭增长更快,到2040年,天然气在一次能源中占比增至26%,并接近于石油的占比。可再生能源是增长最快的能源,为全球能源供应增长贡献一半,到2040年可再生能源占一次能源的比例将从目前的4%增长到15%。中国是第一产氢大国,具有丰富的氢源基础。统计显示,目前国际制氢年产量6300万吨左右,中国制氢年产量约2200万吨,占世界氢产量的三分之一,成为世界第一产氢大国。据估算,到2030年中国将成为世界最大的氢能与燃料电池市场;到2040年,氢能或将支撑中国10%的能源需求。据《中国氢能产业基础设施发展蓝皮书》预测,到2030年,氢能产业产值将突破1万亿元;加氢站数量达到1000座,燃料电池车辆保有量达到200万辆。我国氢气资源丰富,具有丰富的焦炉煤气、煤制甲醇等工业副产氢气,风力发电、太阳能光伏发电及水力发电等可再生能源中制氢,以及煤气化、天然气重整等传统能源规划化制氢。据估算,中国每年可获得低成本工业副产氢气超过800亿立方米。

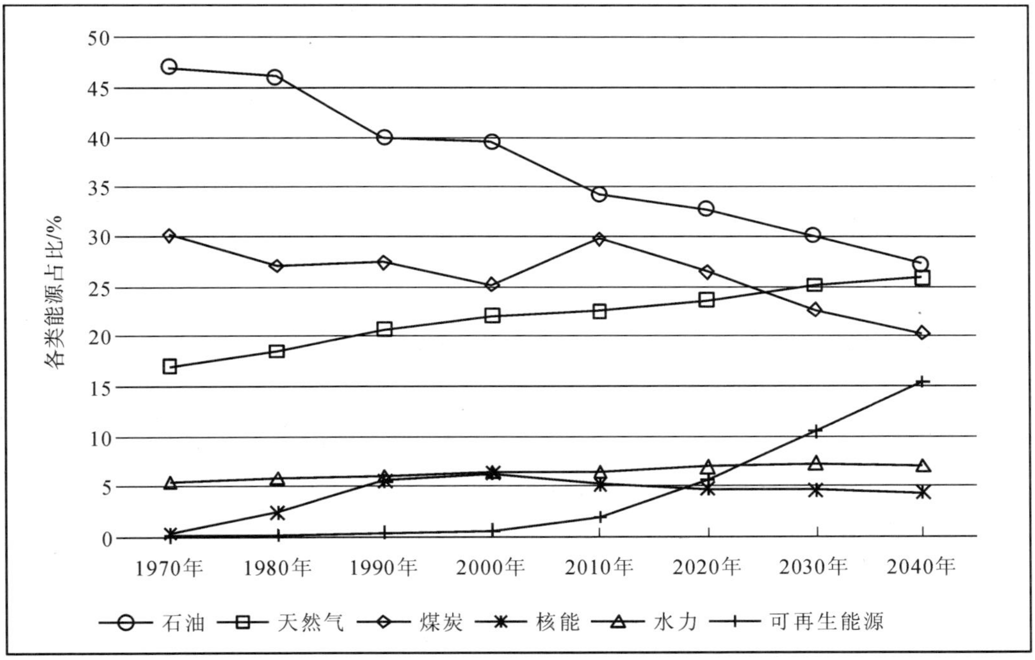


**图 10-17　各类能源的占比变化预测**

3.煤炭和石油消费呈下降趋势,但仍是主要能源

BP预测煤炭消费在展望期间大体平缓,2040年煤炭在一次能源中的比例下降至20%,虽然发电的燃料结构将发生重大转变,煤炭到2040年仍是电力的最主要能源来源,占比近30%。在未来20年内,石油占比将下降到27%,但石油作为交通的主要能源地位仍无法被替代,电动汽车对石油影响有限。新能源汽车对石油的替代在比例上仍然

较小，未来中期甚至长期，替代量不足以对石油产生颠覆性影响。汽车用燃料只占石油消耗的20%左右，因此虽然电动汽车呈较快速度增长，但不会导致石油需求的快速降低。随着商业运输和化工行业需求的快速增长，石油在全球能源结构中仍占主导地位。

目前，中国的电动汽车推广较快，主要是因为部分城市购买燃油汽车的指标有限，所以促进了电动汽车的消费，而没有这一政策限制的城市，电动汽车的推广进度较慢。

4. 碳排放将达到峰值

全球能源系统面临着对“更多能源和更少碳排放”的需求的双重挑战。能源使用产生的二氧化碳排放量继续上升，到2040年将增加近10%，而不是目标中期望的大幅下降。如果要实现到2040年二氧化碳排放量减少45%，几乎一半是通过减少能源使用产生的碳排放量来实现。BP预测碳排放将于2026年达到峰值。其他机构预测的碳排放峰值稍有不同，行业研究机构彭博新能源财经（BNEF）则认为全球电力行业碳排放量将在2027年达到峰值。中国向《联合国气候变化框架公约》秘书处提交的《强化应对气候变化行动——中国国家自主贡献》文件中承诺在2030年达到碳排放峰值。交通运输是能源消耗和碳排放的重要领域，目前中国仅公路和水路运输能耗就占全国石油及制品消耗总量的30%以上，据预测，交通运输行业碳排放到2030年难以达到峰值，交通运输行业减排任务艰巨。2020年9月国家主席习近平在第七十五届联合国大会上提出中国将提高国家自主贡献力度，采取更加有力的政策和措施，二氧化碳排放力争于2030年前达到峰值。因此进一步明确了二氧化碳排放峰值的时间，对于交通运输行业来说，需进一步加大能源转型，按照国家要求力促二氧化碳排放在2030年达到峰值。

5. 电力行业使用能源更趋清洁化

电力行业是全球能源增长的关键动力。未来全球将继续电气化，根据预测约75%的一次能源需求增量用于发电，电力能源的需求将快速增长。电力行业使用的能源变化趋势见图10-18。2040年天然气的发电比重约为20%，可再生能源发电的比重将达到30%，而煤电的比例将大幅度下降。未来中国煤炭市场份额大幅下滑，预计从2017年的60%降至2040年的35%左右，主要通过增加可再生能源和天然气的份额来替换煤炭的消耗。港口的电力能耗占比较大，未来港口使用的电力将更加清洁。根据美国能源信息署预测，到2050年，可再生能源产生的电力中有超过70%由风能和太阳能提供，风能和太阳能发电在绿色电力中扮演重要角色。

6. 交通行业清洁能源及新能源应用更广泛

目前，交通运输能源消耗约占世界能源总消耗的21%，仅次于工业部门的50%和居民与商业建筑的29%。未来随着车辆效率的提高，交通运输需求的增长将急剧放缓。到2040年，受全自动驾驶汽车和共享汽车服务日益增长的支撑，由电动汽车提供25%左右的载客里程，高于全球汽车15%的电气化比例。尽管交通运输服务的需求迅速增长，但能源效率的迅速提高减缓了交通运输所用能源的增加。虽然根据预测交通运输服务需求将增加两倍，但是交通运输能源只是增加20%。随着能源利用效率提高的加快，所有

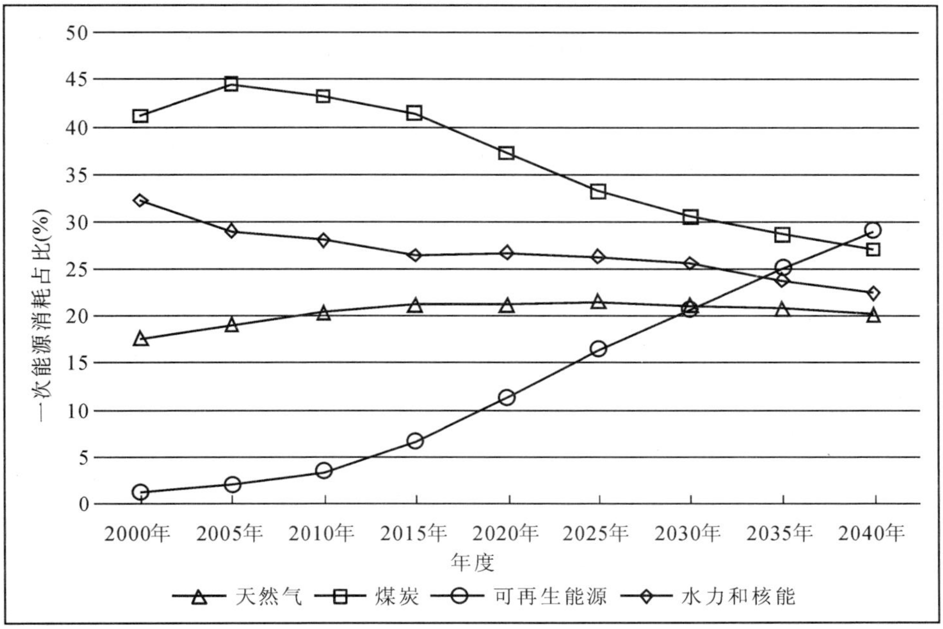


**图 10-18　发电使用能源的变化趋势**

行业的能源消耗增长都会放缓，其中交通运输业的需求增长放缓最为明显，交通运输能源需求增长速度不足前 20 年增速一半，这主要得益于车辆效率的提高。因此能源利用效率提高对于解决能源供应具有重要作用。

未来交通运输行业的各类能源消耗见表 10-10，虽然交通运输业增加天然气、电力和生物燃料的使用，但运输需求继续以石油为主。到 2040 年，石油在交通运输业中的份额将从目前的 94%下降到 85%左右。天然气、电力和生物燃料消费总和占了交通运输能源需求增量的一半以上。交通运输行业电力、天然气增量大致相当，电力增加主要集中在乘用车和轻型卡车上；天然气需求的增长主要来自长途公路运输和海运。未来氢能在电动汽车中扮演重要角色，但根据预测，氢能占比相对石油来说，仍是很小一部分。

**表 10-10　交通运输行业的能源消耗**(百万吨油当量)

| 能源类型 | 2000 年 | 2010 年 | 2020 年 | 2030 年 | 2040 年 |
|---|---|---|---|---|---|
| 电力 | 16 | 23 | 33 | 56 | 148 |
| 天然气 | 3 | 29 | 58 | 122 | 165 |
| 石油 | 1886 | 2284 | 2710 | 2832 | 2833 |
| 其他 * | 11 | 64 | 96 | 135 | 148 |

注：* 表示其他包括生物燃料、煤制油和氢能。

未来交通低碳发展的技术措施主要有以下几个方面：

一是提高设备和车辆效率，使 2040 年内燃机汽车的平均效率比现在提高 55%左右，新卡车和新轮船的效率提高速度也加快，在交通运输降低碳排放方面，提高效率比燃料替代的效果更加显著，提高效率主要是通过收紧车辆排放标准和降低车辆报废年限等措施来实现。如车辆的报废年限由12年左右缩短到8年，提高全球在运汽车的平均效率和加快电气化的进度。在港口方面，通过实施能效标准，加强监测和监督，淘汰耗能高的设备，港口设备的效率将会更高。目前，中国正在加快推进淘汰老旧、能耗高的港口车辆和集疏运车辆，如部分地区规定国Ⅳ以下的车辆不能进港。生态环境部等十一个部门联合发布了《柴油货车污染治理攻坚战行动计划》，到2020年京津冀及周边地区、汾渭平原加快淘汰国Ⅲ及以下排放标准营运柴油货车100万辆以上，柴油车排气管口冒黑烟现象将基本消除。2020年底前，全国实施非道路移动机械第四阶段排放标准，港口新增和更换的岸吊、场吊、吊车等作业机械，主要采用新能源或清洁能源机械。《上海市人民政府关于划定高排放非道路移动机械禁止使用区的通告》中，外环线(含)以内区域自2019年10月1日起，禁止使用《非道路移动机械用柴油机排气污染物排放限值及测量方法》(GB 20891—2007)中国Ⅰ及以前标准(2009年10月1日前生产)的非道路移动机械。在该区域内使用的机械排放应满足《非道路柴油移动机械排气烟度限值及测试方法》(GB 36886—2018)中的Ⅲ类限值要求。外环线以外区域自2020年10月1日起，禁止使用《非道路移动机械用柴油机排气污染物排放限值及测量方法》(GB 20891—2007)中国Ⅰ及以前标准(2009年10月1日前生产)的非道路移动机械。

二是增加电气化，在道路运输方面，包括到2040年或从更早开始在经合组织(OECD)和中国的大部分地区禁止销售所有内燃发动机汽车；到2040年，全球销售的一半新卡车和公共汽车采用电动或氢燃料驱动。在港口方面，电气化的趋势将加快，随着电池成本下降和电池寿命延长，港口燃油设备将逐步替换成电力。目前，中国的自动化集装箱码头水平运输设备均采用电动自动导引车，在关键的运输环节实现了电气化。中国一些理念先进的港口逐步探索电动集卡、电动空箱堆高机、电动集装箱正面吊等设备的应用，港口燃油设备的电能替代是解决耗能高、排放大的重要技术措施。

三是增加共享出行服务的普及，包括更加方便消费者的“微型公交车”；提升电动车载客里程比例，并通过共享弥补全球道路车辆“载客率”的下降。在港口方面，牵引车等外包业务将增多，港口设备载货率将更趋于合理、经济。

四是到2040年，经合组织和中国将生物燃料在道路运输中的份额提高到20%(在世界其他地区提高到10%)；同样，发达国家将生物燃料在航空燃料中的份额提高到20%。燃料替代方案主要包括电能替代、生物燃料和天然气，其中电能替代约占一半。在港口向全面电气化过渡过程中，添加到柴油中的生物柴油的使用将会越来越多。

## 10.4 港口能效和节能的发展趋势

根据以上世界和中国能源生产、消耗以及专业机构能源发展预测，结合目前港口能源消耗和节能技术管理现状，分析港口能效和节能的发展趋势。港口节能增效技术已在第 4 章进行了重点分析，本章仅针对未来应用的前瞻技术进行分析。

### 10.4.1 能源消费结构更优化

从某种程度说，节能和能效是最大的“能源”，所以应同时挖掘节能和能源效率提升的巨大潜力。

港口燃油设备即水平运输车辆能源转型是关键。目前港口水平运输车辆主要以燃油为主，占港口能耗比重较大。针对各种运输方式缺乏有效衔接、高效运输组织推广缓慢等问题进行提升，通过综合运输方式的有效应用等途径提高运行效率，通过合理规划运行路线，降低水平运输车辆的移动距离，降低水平运输车辆的能源消耗从而降低化石能源的消耗，逐步全面推进港口水平运输车辆的电气化。优化能源消耗结构，提高可再生能源发电比例，使电动车辆使用的能源更加清洁，因此港区内集装箱卡车等港口水平运输车辆、港区周边集疏运车辆的能源消费结构转型是关键。

港口使用的能源越来越清洁，其基本路径是化石能源清洁化和清洁能源规模化，以此推动港口能源清洁化。前者包括燃油的清洁化利用，加大天然气的开发使用和推广力度，后者包括加快推进可再生能源发展，提高可再生能源的竞争力。

港口应不断改变和优化能源系统。港口不再使用石油和天然气取暖，而是转向绿色电力和绿色氢。这就需要从太阳能和风能等可持续能源中获取大量且价格合理的电力。除了太阳能和风能等可持续能源外，地热能也是化石能源的替代品。如鹿特丹港管理局正研究在西部港口地区开发地热热源，用于工业蒸汽、取暖、生活用水等场合。

### 10.4.2 港口碳中和

碳中和（$CO_2$-neutral，carbon neutral）是在一定的状态下，将排放到大气中的二氧化碳或温室气体的净量减少到零，因为它通过减少或抵销这些排放的行动来达到平衡，碳中和也可以理解为净零碳足迹。碳中和指将碳排放量与相应的捕集或抵销量相平衡，或购买足够的碳信用来弥补不平衡的差额，实现净零碳排放。碳中和的关键是“净”，可以认为是一种碳的收支平衡，为达到平衡需要通过减少或捕集或抵销排放的碳。例如，一栋带有太阳能光伏发电的港口建筑，如果将这种可再生的太阳能发电输送到电网中，输入到电网的电量正好等于这栋港口建筑从电网中使用的电量，那么这栋港口建筑就可以被视为“净零”碳排放或碳中和。

碳中和和零碳排放、负碳排放还是有区别的，三者可以理解为碳排放逐级降低的不同阶段。零碳排放是从源头上就没有碳排放，因此不需要捕集或抵销碳。例如一个脱离电网、完全依靠太阳能运行、使用零化石燃料的商业或居民建筑可以将其称为零碳排放。负碳排放是通过一系列技术从大气中大规模清除二氧化碳，使碳排放为负数。负碳排放与广泛使用的可再生能源相结合，将是规避失控的气候变化的关键因素。

碳中和的最终目标是实现净零碳排放。以碳交易实现的碳中和对环境来说仍很危险,以一个在使用化石燃料的效率很低的建筑中运营的组织者为例。即使他们通过碳交易花钱用可再生能源来抵销这种能源,但他们使用能源所产生的二氧化碳仍释放到大气中。如果想要环境气候稳定下来,最好的解决办法就是完全摆脱化石燃料,转向100%的可再生能源。否则,碳中和不会阻止气候变暖。

工业和交通领域企业正在不断尝试实施碳中和计划。例如,ABB在德国建立了碳中和工厂,主要是采用ABB光伏发电技术建设一座太阳能发电厂,在晴天时可满足工厂100%的电力需求。这一智能生态系统涵盖能源生产和分配的各个方面,提高了能源效率、资源节约和可持续性,能够实现能源的自给自足。该光伏系统占地3500$m^2$,安装在公司的停车场上,每年可提供约1100MW的碳中和太阳能电力,发电量约为3360户私人家庭的年需求量。该电厂发电量比现场需要的能源多14%左右,剩余的电力被送入公共电网,为该地区的电力提供可持续供应。为了满足需求高峰,保证额外的能源均为绿色能源,100%的碳中和生产,该系统除了配备能源管理系统和带逆变器的光伏系统外,整个系统还汇集了输出功率为200kW、容量为275kW·h时的电池储能系统(BESS)负责储能。

实现碳中和的港口可称为“零碳”港口。荷兰鹿特丹港计划到2050年成为一个碳中和港口,为实现这一目标,它将重点放在工业的能源转型以及港口物流业务上,例如整个港口地区的运输,特别是集装箱的公路运输;例如即使只考虑短途旅行(不到30km),每天也会有12000人穿越港口。如果实现这些短途旅行的无排放,将减排50万吨的二氧化碳。鹿特丹港的目标是确保在2040年前,与港口相关的短途公路运输将实现无排放,采取的措施包括采用电动集装箱卡车等,利用绿色电力为集装箱卡车充电就能实现碳中和。荷兰超过三分之一的能源需求来自工业,主要用于为工业过程或电力生产提供热量,目前使用的主要是石油和天然气等化石燃料,这会释放大量的二氧化碳。对于一个碳中和的港口,需要用电力和氢能来代替石油和天然气的使用。

国家主席习近平在第七十五届联合国大会上提出努力争取2060年前实现碳中和。碳中和将是未来碳排放领域重要的奋斗目标,因此,未来港口是否可以实现碳中和是港口能源使用和碳排放处理的一个重要考核标准,也是港口经营人承担企业社会责任的一个重要体现。

### 10.4.3 港口碳捕集和封存

碳捕集和封存技术(carbon capture and storage,简称CCS),是指将工业、交通等排放源产生的二氧化碳收集,并且长时间储存,以减缓二氧化碳进入大气层的速度,是一种消除温室效应的可行方法,是达到碳中和的一项重要措施。碳捕集和封存是能够降低大气环境中碳排放的一个重要技术,该技术仍在不断的探索中,是未来解决碳排放的一个重要技术方向。碳捕集技术分为燃烧前捕集、燃烧后捕集和空气捕集三大类。封存技术主要有深海储存、碱性土壤储存和提高石油采收率(enhanced oil recovery ,EOR)等。

目前中国也将该技术称为碳捕集、利用与封存技术(CCUS)。

欧盟制订了《2050 能源技术路线图》等战略计划,突出可再生能源在能源供应中的主体地位,提出了智能电网、碳捕集与封存、核聚变以及能源效率等方向的发展思路,启动了欧洲核聚变联合研究计划。

鹿特丹港管理局和相关方正在共同研究在鹿特丹港区建立一个收集和运输二氧化碳的基础设施设备,并采用将其储存在北海海底的(空的)气田中等储存方式将二氧化碳封存起来。

《能源技术革命创新行动计划(2016—2030 年)》提出,我国在二氧化碳封存利用领域,要重点发展驱油驱气、微藻制油等技术。加强煤化工与火电、炼油、可再生能源制氢、生物质转化、燃料电池等相关能源技术的耦合集成。加强二氧化碳捕集、利用与封存技术(CCUS)创新,重点开发低能耗、大规模捕集技术,二氧化碳可靠封存、监测与运输技术。

### 10.4.4　电力规模化和绿色电力应用

1. 电力应用范围会更广

提高终端用能电力比重,是全世界能源结构调整的发展趋势,未来全世界能源消费结构将进一步实现电气化,电能替代步伐进一步加快。在港口区域,港口燃油设备和在港船舶仍是主要的能源消耗单元,未来进一步提高电能在港口燃油设备和在港船舶的应用比例,用电力替代柴油和燃料油,主要发展港口燃油设备电气化技术、岸电技术等。港口的电气化可以大量地减少温室气体排放和大气污染物排放。

美国洛杉矶港正在努力推进商业上可行的电气化解决方案,以实现到 2030 年将港口所有货物装卸设备转变为零排放的目标。

荷兰鹿特丹港通过电动集装箱卡车进行整个港口集装箱运输,为了实现鹿特丹港及其周边地区的重型运输的可持续发展,港口选择转向使用电动集装箱卡车。使用电动集装箱卡车可防止发动机在港口属地排放二氧化碳,使用绿色电力充电的电动集装箱卡车甚至可以实现零排放。另外,使用电动集装箱卡车在港口属地没有污染物排放,还减少了燃油发动机造成的噪声干扰。

根据鹿特丹港的研究表明,到 2024 年,购买一辆锂电池电动集装箱卡车的整个使用寿命成本比购买一辆柴油集装箱卡车要便宜。然而,在日常操作中必须优化电动集装箱卡车的使用设施,需要建立良好的电力和充电基础设施,向锂电池电动集装箱卡车在“夜间充电”。未来电力驱动的电动车辆每千米成本低于柴油机驱动的成本,部分原因是电动机的效率更高和维修费用更低,由于电动机的运动部件和易损部件比内燃机少,预计所需的维修量也会减少。虽然电动集装箱卡车已经在一些港口进行试用,但目前还没有特别成熟的、性价比高的可用于集装箱运输的电动集装箱卡车。由于技术不断发展、配件价格下降以及电池和动力系统的容量增加，电动集装箱卡车很快就会实现大规模生产和使用。预计电动集装箱卡车最终将成为跨越许多站点和距离的最佳运输方式。另外，根据预测，预计到2030年氢燃料电动集装箱卡车的价格会比柴油机驱动集装箱卡车便宜，届时锂电池电动集装箱卡车的价格仍会更便宜，会有更多的港口企业选择电动集装箱卡车，电力化比例将进一步提高。

德国汉堡港的电力使用比例越来越大。汉堡港长期提高集团能源消费中的电力使用比例，使公司能够利用更多的可再生能源，从而大幅减少其碳足迹。因此，汉堡港正在将越来越多的港口设备动力转换为电力，电力港口设备产生的排放物更少，噪声也更少，也更容易维修。汉堡港的Altenwerder(CTA)集装箱码头和Burchardkai(CTB)集装箱码头的全电动堆场起重机系统、所有办公楼和车间所需的电力均来自可再生能源，因此绿色电力将是未来港口使用的主要能源。

2. 电力更绿色

根据目前电力情况和对未来电力的预测，电力越来越清洁，越来越绿色。随着国家电力越来越清洁，港口使用的电力中将会有更多的以太阳能和风能为基础的绿色电力取代化石能源产生的灰色电力，加上港口自身利用太阳能和风能自发电产生的绿色电力，港口使用绿色电力的比重将越来越大。

随着电能替代的深入，未来港口对电力的需求将会持续增加。为了能够长期大规模实现电气化，实现真正的零排放，需要大量的绿色电力，特别是太阳能、风能和水电等能源，港口可以自发电，如利用海上风电场生产绿色电力。利用绿色电力生产港口运营过程所需的能量，利用绿色电力生产氢气，为氢燃料电池设备提供燃料。

未来，港口使用的电力将更多地由可再生能源供电，电力越来越清洁，绿色电力和电动港口设备共同为港口碳中和和绿色发展作出贡献。

3. 港口可再生能源发电

港口可以利用自身的可再生能源独立发电，实现港口部分电力的自给自足。

(1)风力发电

风力发电可以充分利用港口水域的风电场，提高可再生能源发电比例。

例如，在鹿特丹港将可再生能源发展作为公司可持续发展的一个重要方向。目前，鹿特丹港区安装的风电动机组总容量为200MW，这约占荷兰风能总容量的10%。荷兰政府已颁布法令，到2020年，荷兰能源产量的14%来自可再生能源，到2023年，这一比例将达到16%。鹿特丹港管理局通过《鹿特丹港风能实现协议》(2009年)贯彻这一法令。根据该协议，到2020年，公共港口地区将至少再产生150MW的新风能。在港口远景规划中，港务局和各合作伙伴已同意到2020年实现总装机容量300MW。鹿特丹港正在实现其成为西北欧可持续发电厂的远大目标。

荷兰政府已经选定了未来几年可以开发海上风电场的地区，选择的是大型风电场，而不是海上的几个小型风电场，地址的选择要同时考虑航运的安全。

(2)太阳能发电

太阳能发电与风能一样,属于可再生能源发电,对港口碳中和至关重要。

例如,鹿特丹港管理局认为,该港口公司非常有必要用太阳能等可再生能源发电。因此,港口地区的公司建筑物越来越多地安装了太阳能电池板,这对环境有利,而且可以降低能源成本。目前该港口使用太阳能还处于初级阶段,但有许多潜力可以挖掘。建筑屋顶区域可用于大规模生产太阳能,另外一些空地也可利用。鹿特丹港在 Kloosterboers Delta 码头的冷藏设施上也安装了太阳能电池板。新加坡港也大力推进港区太阳能发电。

(3)潮汐能发电

潮汐能是港口特有的能源。由于海潮的作用,海潮中的水位和码头水位经常大幅度地变化,所以港口企业在码头前沿水域设立防波堤或海闸,这样可以保证码头前沿水深,使码头 24h 都能装卸各种适用的船舶。例如,安特卫普港利用潮汐能进行发电,目前有 7 个海闸,利用大量的海水流来发电。因此未来港口可以通过配备水轮机等发电设备,在港口及附近区域利用潮汐能发电。

### 10.4.5 蓝氢和绿氢的应用

面对越来越严峻的节能环保压力,氢能为人类带来了新的曙光。发展氢能,可以解决能源与环境问题,实现能源转型和绿色发展。

氢是宇宙中最为丰富的元素。作为能源,氢具有能量密度高、存储方便并且无碳的特点。氢气可像液化天然气一样利用储罐或管道运输。氢气可直接用作氢燃料发动机的燃料,也可通过燃料电池的电化学反应直接转换成电能。在全球能源转型过程中,氢是一种无碳燃料,氢是最佳的碳中和能源载体。

氢气的制造、储存、运输和加氢是氢能使用的四个重要环节。随着我国燃料电池车辆产业的持续发展,未来氢的规模化储运将以高压及低温液态氢储运为主,氢能相关的基础设施将越来越完善,加氢站将逐步向高储氢量的 70MPa 等级及液压储氢加氢站发展。

2019 年,欧盟、韩国和日本等国家和地区相继发布氢经济路线图,在以氢气供应体系及安全监管领域、燃料电池为动力的出行领域、发电领域等做出了面向未来的发展规划。我国在同年由生态环境部等 11 个部门联合发布《柴油货车污染治理攻坚战行动计划》,提出了鼓励各地组织开展燃料电池货车示范经营;在国务院《政府工作报告》中首次提出"推动充电、加氢等设施建设"。

氢气的制造环节可广泛地从水、化石燃料等含氢物质中制取,根据不同的提取方法和发展阶段,氢分为灰氢、蓝氢和绿氢等三种。

1. 灰氢

灰氢主要来自化石燃料,化石燃料制氢技术成熟,但环保性低,通过天然气蒸汽重整技术、精炼油的部分氧化或煤气化技术制取的氢气，该过程制造的氢气成本较低，但是会有大量的二氧化碳排放，因而环境效益和可持续性差，这种类型的氢被称为灰氢，仅适于市场初期阶段使用。

灰氢的价格较为便宜，煤气化制氢成本最低，其次是天然气制氢，天然气制氢约占世界氢气生产的一半，目前世界范围内的天然气价格差别较大，灰氢的价格也有较大差异。未来灰氢的价格将保持在较低水平。但也要考虑灰氢的二氧化碳排放成本将会增加，可能会影响灰氢的价格。

2. 蓝氢

蓝氢是通过天然气(或甲烷)蒸汽重整技术或煤气化加上碳捕集和封存(CCS)制取的氢气，产生的碳排放较低，成本较高，环境效益和可持续性较好。相比于灰氢，更清洁的蓝氢的生产过程产生的碳排放物将被捕集和封存，或者被重复使用。

蓝氢的价格主要受天然气价格和碳捕集和封存成本的影响。蓝氢是社会大规模使用绿氢之前必须经历的技术阶段。

3. 绿氢

绿氢是使用可再生能源和核能进行电解水制取的氢气，绿氢是最清洁的氢气，它是由可再生能源生产的，不产生任何碳排放，环境效益和可持续性好，但成本最高。

可再生能源风能发电、太阳能发电不稳定，很多地方建了风电，光伏没有全部利用，加上并入电网困难，弃风弃光现象严重，据统计每年有1000亿度电被浪费掉，如果使用这部分绿色电力作为制氢的电源非常有利，由于本来不制取氢气也会弃掉，所以成本非常低。绿氢和绿色电力完美结合，可以有效地将可再生能源产生的电力在低谷时或电力过剩时，用电力电解制氢，使得电能以氢能的形式储存起来，需要的时候，使用燃料电池为设备提供电能。

绿氢的价格主要受电解成本和绿色电力价格的影响，电解成本是利用可再生能源从水中生产氢的过程成本，绿色电力价格主要受地区太阳能和风能发电成本的影响，随着太阳能和风能发电成本的逐渐降低及电解技术的提高，绿氢的成本将会越来越低。另外，绿氢可以在港口区域用风力发电制氢，这种氢气的分散生产和应用是氢能利用的重要形式，可大大降低氢气储存和运输成本。

当使用的电力由太阳能或风电场产生时，这一过程和产品是完全可持续的，但目前还没有足够的风力和设备满足这一需求。这使得即使在2030年之后，绿氢将仅仅是一种选择。法国的氢战略提出工业中使用绿氢的目标，到2022年工业绿氢使用率为10%，2027年工业绿氢使用率达到20%～40%。绿氢是氢气制取的最终目标，预计2030—2050年开始逐步大规模生产和使用。

比利时联合企业提出了一项使用氢的绿色能源计划，该计划旨在使佛兰德斯的二氧化碳排放量每年减少。比利时的Oostende、DEME、PMV联合在奥斯坦德港建造一座氢能工厂，2025年投入运营，生产燃料作为电力、热量和工业原材料的来源。普拉森代尔1

号港区的 Hyport 工厂将只生产绿色氢气，即使用可再生能源生产的氢气，它的目标是每年减少 50 万至 100 万吨二氧化碳排放。为了兑现绿色氢能承诺，该港计划新的海上风电特许经营，安装 399 台海上风电动机组，总容量为 2.26GW。最终，计划总容量将达到 4GW，可为一半比利时家庭提供电力。德国《国家氢能发展战略》，到 2030 年，绿氢将在德国氢气市场中占比 20%，主要用于运输和工业。

随着蓝氢和绿氢的大量生产，加氢站等基础设施的配备，氢燃料电池的能源供给得到保障，并且排放不污染环境，因此使用蓝氢或绿氢的燃料电池是非常清洁的，推广应用前景广阔。

### 10.4.6 港口储能技术

储能就是能源存储，是指通过一种介质或设备，把一种能量形式用同一种或者转换成另一种能量形式存储起来，并基于未来应用需要，以特定能量形式释放出来的循环过程。在港口应用较多的储能主要是储电，也就是电力储能。

一是用于储存太阳能、风力发电的电能。由于太阳能、风能等可再生能源本身具有随机性和不确定性的特点，电压和频率的波动使其实现大规模入网存在困难，如在港口区域内将使用太阳能、风能等可再生能源发出的电能直接储存起来，通过储能系统，可以实现发电功率的平滑输出，提高发电质量，实现港口本地化的使用，或是再大规模并入电网，促进太阳能和风能发电的应用。

二是可以在用电低谷时候存储电能，在用电高峰的时候使用。储能装置可将晚上用电低谷期的电力储存起来，并在白天电力高峰时段使用，既能满足白天的用电需求，又能减少晚上的电力损失，对于港口企业可以在晚上低谷期的电价低的时候存储电能，用来在用电高峰时使用，这样可以利用电价差大大降低港口企业的用电成本。

三是可以利用港口电动车辆的锂电池进行储能。港口电动车辆的锂电池容量很大，如果港口电动车辆的锂电池达到一定数量后，这些锂电池可以构成一个庞大的移动电源，可以供港口设备之间互相调用，主要用于港口的货物装卸和运输，除此之外，这些锂电池还可以供港口周边的电网满足电力不足的需求，即在电力低谷时进行充电，把电力在这些设备的锂电池中储存起来，而在用电高峰时可以以港口为主使用，还可以供其他需要用电的场合使用。港口大量的移动锂电池可以为区域电力平衡调节起到重要作用，保障区域电力供应的稳定性。另外，车辆上的锂电池还能将车辆制动时的部分动能转化为电能并储存在储能设备中，实现能量回收。

四是可以利用电力制取氢气进行存储，不仅可以为港口燃料电池车辆提供燃料，而且可以为其他场合提供氢能。另外，燃料电池车辆可以提供外部接口，提供交流电。

企业积极探索储能技术应用。例如 ABB 公司在建立太阳能光伏发电系统的同时，还建立了输出功率为 200kW、容量为 275kW · h 的电池储能系统，主要负责储能。此外，ABB 的充电站可以免费为附近的工作人员和电动车辆充电，保证区域内使用绿色电力。

日本出台了《面向 2030 年能源环境创新战略》等战略计划，提出了能源保障、环境、经济效益和安全并举的方针，推进节能和可再生能源利用，发展新储能技术等。

连云港集团计划实施建设 5MW 储能系统，包括 4MW/4MW · h 的锂电池系统和 1MW/15s 的超级电容系统。主要用于满足总量 10MW 以上以及单个泊位 3MW 以上岸电接入需求，岸电满负荷运行的情况下，留有足够裕量，用于其他需求。

### 10.4.7 提高能源利用效率

提高能源利用效率是比单纯的节约能源更加有效的降低能耗的方式。中国的能源效率仅为 36%，与发达国家先进水平仍有 8%的差距，能源利用效率提升还有较大空间。

虽然大部分港口设备已经达到国际先进水平，港口的能源效率比其他行业稍高些，但是码头的能源管理水平仍有提升空间。港口企业对整个港口能源和吞吐量单耗关注多些，而基本没有关注单机设备能耗水平，港口设备能耗精细化管理手段缺失。另外我国中小码头众多，港口设备性能水平参差不齐，能源利用效率堪忧。

港口企业应落实港口及港口设备能源利用效率的标准规范，通过港口设备能耗监测系统，对单机设备操作人员进行能源考核，对单机设备进行能耗等级评定，并进行对标管理。政府管理部门加强对港口设备的能源单耗评定和监督管理，根据国家和行业发展适时提高能效标准，缩短港口高耗能、高排放车辆的报废年限，倒逼港口提高能源利用效率。

### 10.4.8 应用节能创新技术

人类社会的发展就是在不断地创新之中，港口也同步应用世界最先进的各类技术，如目前比较流行的 5G、物联网、区块链、3D 打印、大数据等等，在港口都能找到应用的缩影。港口能源利用效率的提高的一个重要的驱动力就是创新，不断地开发各种节能增效的新技术。

国家大力推进绿色低碳循环经济，港口集约发展应做好资源的循环利用。应进一步提升岸线资源、土地资源的利用率，提高疏浚土、港口污水和路面材料等的循环利用率。生产、创新和循环利用在循环经济中非常重要，尽量重复使用和利用相关物质。如鹿特丹港区有许多循环经济项目，绿色氢将大规模用作工业能源和化工原料，该港口还将是废物、塑料等二次原料和可持续生物燃料的重要进港口，循环利用需要整个生产链各环节，包括产品设计、获得原材料、生产过程、修理、再利用和再循环的合作。

无接触式移动供电技术等在港口的应用，将解决港口燃油设备的“油改电”问题，能够实现对电池的无接触式供电。未来，与港口相关的水平运输、短距离集疏运都将实现无排放，这需要通过不断地创新，开发出适用的新技术。

港口智能化进程不断加快，智能化水平不断提升，智能化使生产更加安全，智能化带来生产效率的提高，在一定程度上会实现港口的节能减排。

# 附录 1　港口能耗相关政策法规和标准规范汇总表

| 序号 | 名称 | 主要内容 | 实施日期及修订情况 |
|---|---|---|---|
| 一 | 法规 | | |
| 1 | 《中华人民共和国节约能源法》 | 该法明确了节约能源是我国的基本国策，把节约放在首位的能源发展战略 | 1998 年 1 月 1 日施行，2018 年 10 月 26 日修正 |
| 2 | 《中华人民共和国可再生能源法》 | 该法对我国可再生能源的资源调查与发展规划、产业指导与技术支撑、推广应用、价格管理与费用分摊、经济激励与监督措施及法律责任等方面进行了规定 | 2006 年 1 月 1 日施行，2009 年 12 月 26 日修正 |
| 3 | 《中华人民共和国清洁生产促进法》 | 该法是为了促进清洁生产，提高资源利用效率，减少和避免污染物的产生，保护和改善环境，保障人体健康，促进经济与社会可持续发展 | 2003 年 1 月 1 日施行，2012 年 2 月 29 日修正 |
| 4 | 《中华人民共和国电力法》 | 该法规定电力建设、生产、供应和使用应当依法保护环境，采用新技术，减少有害物质排放，防治污染和其他公害。国家鼓励和支持利用可再生能源和清洁能源发电 | 1996 年 4 月 1 日施行，2018 年 12 月 29 日修正 |
| 二 | 政策文件 | | |
| （一） | 国家层面 | | |
| 1 | 《交通强国建设纲要》 | 提出两个阶段推进交通强国建设：到 2035 年，基本建成交通强国；到 21 世纪中叶，全面建成人民满意、保障有力、世界前列的交通强国。提出绿色发展节约集约、低碳环保，优化交通能源结构，推进新能源、清洁能源应用 | 2019 年 9 月 |

| 序号 | 名称 | 主要内容 | 实施日期及修订情况 |
| --- | --- | --- | --- |
| 2 | 《国务院关于印发"十三五"节能减排综合工作方案的通知》(国发〔2016〕74号) | 提出到2020年,全国万元国内生产总值能耗比2015年下降15%,能源消费总量控制在50亿吨标准煤以内。全国化学需氧量、氨氮、二氧化硫、氮氧化物排放总量分别控制在2001万吨、207万吨、1580万吨、1574万吨以内,比2015年分别下降10%、10%、15%和15%。全国挥发性有机物排放总量比2015年下降10%以上 | 2017年1月5日 |
| 3 | 《国务院关于印发"十二五"节能减排综合性工作方案的通知》国发〔2011〕26号 | 该方案提出"十二五"期间节能减排的主要目标和重点工作,把降低能源强度、减少主要污染物排放总量、合理控制能源消费总量工作有机结合起来,形成"倒逼机制",推动经济结构战略性调整,优化产业结构和布局,强化工业、建筑、交通运输、公共机构以及城乡建设和消费领域用能管理,全面建设资源节约型和环境友好型社会 | 2011年8月31日 |
| (二) | 部委层面 | | |
| | 国家发展改革委、国家能源局 | | |
| 1 | 《关于促进生物天然气产业化发展的指导意见》(发改能源规〔2019〕1895号) | 明确了到2025年,生物天然气具备一定规模,形成绿色低碳清洁可再生燃气新兴产业,生物天然气年产量超过100亿立方米;到2030年,生物天然气实现稳步发展。规模位居世界前列,生物天然气年产量超过200亿立方米,占国内天然气产量一定比重的发展目标 | 2019年12月4日 |
| 2 | 《重点用能单位节能管理办法》(国家发展改革委令〔2018〕15号) | 规定了重点用能单位的范畴、管理措施、奖惩措施、法律责任等内容 | 2018年5月1日 |
| 3 | 《重点用能单位能耗在线监测系统推广建设工作方案》(发改环资〔2017〕1711号) | 给出了重点用能单位能耗在线监测系统推广建设工作方案,并要求各省(区、市)节能主管部门、质监部门要联合编制本地区监测系统建设工作方案,明确建设目标、建设内容、牵头部门、承担单位、进度安排等 | 2017年9月25日 |

| 序号 | 名称 | 主要内容 | 实施日期及修订情况 |
| --- | --- | --- | --- |
| 4 | 国家发展改革委 国家能源局关于印发《能源生产和消费革命战略（2016—2030）》的通知（发改基础〔2016〕2795号） | 首次从消费革命、供给革命、技术革命、体制革命，以及国际合作和能源安全等六个方面，全面系统地部署推进我国能源革命，提出了2020年、2030年和2050年三个阶段的能源目标要求，被认为是我国能源革命的具体路线图 | 2016年12月29日 |
| 5 | 《国家发展改革委 国家能源局关于印发能源发展“十三五”规划的通知》（发改能源〔2016〕2744号） | 明确了中国“十三五”期间的能源发展目标和主要任务 | 2016年11月17日 |
| 6 | 《能源效率标识管理办法》（中华人民共和国国家发展改革委、国家质量监督检验检疫总局令第35号） | 明确了能效标识的实施、监督管理和罚则 | 2016年6月1日 |
| 7 | 《关于推进电能替代的指导意见》（发改能源〔2016〕1054号） | 从指导思想、基本原则和总体目标三个方面提出了要求，根据替代方式的技术经济特点，在居民采暖、生产制造、交通运输、电力供应与消费等四个领域分类推进，同时对加强规划指导、发挥示范项目引领作用、制定完善配套支持措施、加强配套电网建设改造、加强科技研发与产业培育等五个方面提出保障措施，并对这些环节工作进行了部署 | 2016年5月16日 |
| 8 | 国家发展改革委 国家能源局关于印发《能源技术革命创新行动计划（2016—2030年）》（发改能源〔2016〕513号） | 提出到2020年能源自主创新能力大幅提升，能源技术创新体系初步形成和到2030年建成与国情相适应的完善的能源技术创新体系，进入世界能源技术强国行列的总体目标 | 2016年4月7日 |

| 序号 | 名称 | 主要内容 | 实施日期及修订情况 |
| --- | --- | --- | --- |
| 9 | 《关于印发万家企业节能低碳行动实施方案的通知》(发改环资〔2011〕2873 号) | 该方案中提出万家企业节能低碳行动实施方案及各地区“十二五”万家企业节能量目标 | 2011 年 12 月 7 日 |
| | 交通运输部 | | |
| 1 | 《关于建设世界一流港口的指导意见》(交水发〔2019〕141 号) | 在加快绿色港口建设的主要任务中,构建清洁低碳的港口用能体系。实施既有设施设备改造,推广应用节能节水新技术、新工艺 | 2019 年 11 月 6 日 |
| 2 | 《交通运输部关于印发〈靠港船舶使用岸电 2016—2018 年度项目奖励资金申请指南〉的通知》(交规划函〔2017〕100 号) | 奖励对象包含 2016 年 1 月 1 日—2018 年 3 月 31 日期间完成交工验收的靠港船舶使用岸电项目。奖励标准分别不超过项目设施设备购置费的 60%、50%和 40% | 2017 年 1 月 24 日 |
| 3 | 《交通运输节能环保“十三五”发展规划》 | 提出要把绿色发展理念融入交通运输发展的各方面和全过程,并明确了 6 方面 17 项主要任务 | 2016 年 5 月 31 日 |
| 4 | 《交通运输部办公厅关于开展交通运输能耗监测试点工作的通知》(交办法〔2014〕182 号) | 提出将在北京、邯郸、济源、常州、南通和淮安 6 个城市交通运输部门开展交通运输能耗监测试点工作 | 2014 年 9 月 5 日 |
| 5 | 《关于印发“十二五”水运节能减排总体推进实施方案的通知》(交水发〔2011〕474 号) | 以政策法规、标准规范、示范推广、重点技术攻关四方面为重点,明确了 10 项重点工作、35 项具体工作任务及实施计划 | 2011 年 9 月 5 日 |
| 6 | 《关于印发公路水路交通运输节能减排“十二五”规划的通知》(交政法发〔2011〕315 号) | 提出的“十二五”港口节能减排指标:以 2005 为基础年,能源强度方面,2015 年实现港口单位吞吐量的能耗总体下降 8%左右,其中沿海港口下降 8%左右,内河港口下降 3%左右 | 2011 年 6 月 27 日 |

| 序号 | 名称 | 主要内容 | 实施日期及修订情况 |
|---|---|---|---|
| 7 | 《关于港口节能减排工作的指导意见》(交水发〔2007〕747号) | 该文件就新建港口工程项目、现有港口技术改造项目、新建码头建设和老港区的功能调整等提出了十六条指导意见 | 2007年12月28日 |
| | 其他部委 | | |
| 1 | 《科技部　交通运输部关于印发“十三五”交通领域科技创新专项规划的通知》(国科发高〔2017〕121号) | 针对轨道交通、道路交通、水运交通、空中交通、综合交通与智能交通等交通运输主要模式和方向,分别明确了在系统集成与共性技术、载运工具、基础设施、营运管理、创新能力等方面的发展重点、任务及目标,体现了覆盖科技创新全过程的全链条部署、一体化设计的要求 | 2017年5月2日 |
| 2 | 关于印发《船舶报废拆解和船型标准化补助资金管理办法》的通知(财建〔2015〕977号) | 该办法主要对1)海船提前报废更新;2)内河船拆解、改造和新建示范船;3)渔船报废拆解、更新改造和渔业装备设施建设进行资金补助,并明确了补助资金标准及申请和审核程序 | 2015年11月9日 |
| 3 | 《关于节约能源、使用新能源车船车船税优惠政策的通知》(财税〔2015〕51号) | 规定自2015年5月7日起,对节约能源的车船,减半征收车船税;对使用新能源的车船,免征车船税。并给出节约能源、使用新能源车辆减免车船税目录管理规定 | 2015年5月7日 |
| 4 | 关于印发《节能技术改造财政奖励资金管理办法》的通知(财建〔2011〕367号) | 该办法包含总则、奖励对象和条件、奖励标准、奖励资金的申报和下达、审核机构管理、监督管理、附则等七部分 | 2011年6月21日 |
| 5 | 《交通运输节能减排专项资金管理暂行办法》(财建〔2011〕374号) | 该办法包含总则、专项资金支持范围和方式、专项资金申请、审核与拨付、专项资金的监督管理、附则等五部分 | 2011年6月20日 |
| (三) | 地方层面 | | |

| 序号 | 名称 | 主要内容 | 实施日期及修订情况 |
|---|---|---|---|
| 1 | 山东省发展和改革委员会关于印发《山东省区域节能审查实施办法(试行)》的通知(鲁发改环资〔2020〕830号) | 提出对山东省规划手续完备、地理空间确定、产业定位明晰、监管能力有保证的各类开发区、工业园区、新区和其他有条件区域开展节能审查。并对节能报告内容、节能审查要求等进行了规定 | 2020年6月30日 |
| 2 | 《山东省人民政府办公厅关于印发山东省氢能产业中长期发展规划(2020—2030年)的通知》(鲁政办字〔2020〕81号) | 本规划是山东省今后一个时期氢能产业发展的指导性文件,是地方编制氢能产业发展规划或行动计划的重要依据 | 2020年6月17日 |
| 3 | 《关于印发山东省新能源产业发展规划(2018—2028年)的通知》(鲁政字〔2018〕204号) | 规划内容包括发展基础、发展形势、发展思路原则目标、重点任务和保障措施5个部分,涵盖新能源汽车、核电、智能电网及储能、热泵、太阳能、风能、生物质能、氢能、可燃冰、海洋能等领域 | 2018年9月17日 |
| 三 | 标准规范 | | |
| | 国家标准 | | |
| 1 | 《建筑材料行业能源审计技术导则》(GB/T 38294—2019) | 标准规定了建筑材料行业能源审计的一般原则、内容、依据、流程和要求。适用于从事水泥、玻璃、陶瓷、墙体材料等建筑材料生产的企业开展能源审计工作 | 2020年7月1日 |
| 2 | 《钢铁行业能源审计技术导则》(GB/T 38284—2019) | 标准规定了钢铁行业企业能源审计的一般原则、内容和依据、实施的流程与要求等。适用于钢铁行业从事炼铁、炼钢、钢压延加工的企业开展能源审计工作 | 2020年7月1日 |
| 3 | 《能源审计技术通则》(GB/T 17166—2019) | 标准规定了能源审计的一般原则、内容和依据、实施的流程与要求等。适用于用能单位开展能源审计工作 | 2020年5月1日 |

| 序号 | 名称 | 主要内容 | 实施日期及修订情况 |
| --- | --- | --- | --- |
| 4 | 《港口设备能源消耗评价方法 第1部分：岸边集装箱起重机》(GB/T 36410. 1—2018) | 规定了岸边集装箱起重机能源消耗检测要求、检测方法和评价方法等。适用于岸边集装箱起重机的能源消耗评价 | 2019年1月1日 |
| 5 | 《港口设备能源消耗评价方法 第2部分：轨道式集装箱门式起重机》(GB/T 36410.2—2018) | 规定了轨道式集装箱门式起重机能源消耗检测要求、检测方法和评价方法等。适用于轨道式集装箱门式起重机的能源消耗评价。不适用于专门装卸空箱的轨道式集装箱门式起重机 | 2019年1月1日 |
| 6 | 《港口设备能源消耗评价方法 第3部分:桥式抓斗卸船机》(GB/T 36410.3—2018) | 规定了桥式抓斗卸船机能源消耗检测要求、检测方法和评价方法等。适用于桥式抓斗卸船机的能源消耗评价 | 2019年1月1日 |
| 7 | 《港口设备能源消耗评价方法 第4部分:散货连续装船机》(GB/T 36410.4—2018) | 规定了散货连续装船机能源消耗检测要求、检测方法和评价方法等。适用于港口装卸散料散货连续卸船机的能源消耗评价 | 2019年1月1日 |
| 8 | 《港口设备能源消耗评价方法 第5部分：港口牵引车》(GB/T 36410.5—2018) | 规定了港口牵引车的能源消耗检测要求、检测方法和评价方法等。适用于以燃油为能源的运输集装箱的半挂港口牵引车的能源消耗评价，其他类型的以燃油为能源的牵引车亦可参照试用 | 2019年1月1日 |
| 9 | 《企业能源计量网络图绘制方法》(GB/T 33656—2017) | 对企业能源计量网络图的绘制原则、绘制方法进行了规范，进一步规范化能源计量工作 | 2017年12月1日 |
| 10 | 《干散货码头单位产品能源消耗限额》(GB 31827—2015) | 标准规定了干散货(煤炭、矿石)码头单位产品能源消耗限额的技术要求、计算范围和计算方法、节能管理与技术措施。适用于国内干散货(煤炭、矿石)码头生产能源消耗的计算、考核，以及对新建和改、扩建干散货码头的能源消耗控制 | 2016年7月1日 |

| 序号 | 名称 | 主要内容 | 实施日期及修订情况 |
|---|---|---|---|
| 11 | 《集装箱码头单位产品能源消耗限额》(GB 31823—2015) | 标准规定了集装箱码头单位产品能源消耗限额的技术要求、计算范围和计算方法、节能管理与技术措施。适用于国内集装箱码头生产能源消耗的计算、考核,以及对新建和改、扩建集装箱码头的能源消耗控制 | 2016年7月1日 |
| 12 | 《公共机构能源审计技术导则》(GB/T 31342—2014) | 标准规定了公共机构能源审计的定义、程序、方法和基本要求等内容。适用于各类公共机构,其他非财政性质资金支持的、进行社会服务的机构可参照执行 | 2015年7月1日 |
| 13 | 《非道路移动机械用柴油机排气污染物排放限值及测量方法(中国第三、四阶段)》(GB 20891—2014) | 标准规定了非道路移动机械用柴油机(含额定净功率不超过37kW的船用柴油机)和在道路上用于载人(货)的车辆装用的第二台柴油机排气污染物排放限值及测量方法。适用于以下(包括但不限于)非道路移动机械装用,在非恒定转速下工作的柴油机的形式核准、生产一致性检查和耐久性要求 | 2014年10月1日 |
| 14 | 《单位产品能源消耗限额编制通则》(GB/T 12723—2013) | 规定了单位产品能源消耗限额标准的内容、编制依据和原则、单位产品能源消耗限额的取值原则以及单位产品能源消耗限额标准的应用 | 2014年7月1日 |
| 15 | 《起重机械用电动机能效测试方法　第1部分:YZP系列变频调速三相异步电动机》(GB/T 29562.1—2013) | 规定了YZP系列起重及冶金用变频调速三相异步电动机的能效测试方法。适用于YZP系列起重及冶金用变频三相异步电动机,凡属本系列电动机所派生的各种系列电动机均可参照执行 | 2014年1月1日 |
| 16 | 《起重机械用电动机能效测试方法　第2部分:YZR/YZ系列三相异步电动机》(GB/T 29562.2—2013) | 规定了YZR/YZ系列起重及冶金用绕线/笼型转子三相异步电动机的能效测试方法。适用于YZR/YZ系列起重及冶金用绕线/笼型转子三相异步电动机,凡属本系列电动机所派生的各种系列电动机均可参照执行 | 2014年1月1日 |

| 序号 | 名称 | 主要内容 | 实施日期及修订情况 |
| --- | --- | --- | --- |
| 17 | 《起重机械用电动机能效测试方法　第1部分：锥形转子三相异步电动机》(GB/T 29562.3—2013) | 规定了钢丝绳电动葫芦锥形转子三相异步电动机的能效测试方法。适用于钢丝绳电动葫芦锥形转子三相异步电动机，凡属本系列电动机所派生的各种系列电动机均可参照执行 | 2014年1月1日 |
| 18 | 《船舶能效设计指数计算方法》(GB/T 30009—2013) | 规定了船舶能效设计指数的计算方法。适用于《节能型船舶能效设计指数基准线值》(GB/T 30008—2013)表1所列的12种国际航行海洋运输船舶、表2所列的3种国内航行海洋运输船舶和表3所列的6种内河运输船舶的EEDI的计算，不适用于具有柴油-电力推进、透平推进或混合式推进系统的船舶 | 2013年11月1日 |
| 19 | 《船舶能效设计指数验证方法》(GB/T 30010—2013) | 规定了设计阶段和试航阶段对船舶能效设计指数(EEDI)的验证方法，为验证船舶达到的EEDI值提供指导。适用于《节能型船舶能效设计指数基准线值》(GB/T 30008—2013)表1所列的12种国际航行海洋运输船舶、表2所列的3种国内航行海洋运输船舶和表3所列的6种内河运输船舶“达到的EEDI值”验证，不适用于这些船舶类型中具有柴油-电力推进、透平推进或混合式推进系统的船舶 | 2013年11月1日 |
| 20 | 《起重机械用电力驱动运行机构能效测试方法》(GB/T 30222—2013) | 规定了电力驱动的起重机械起升机构的能效测试方法。适用于电力驱动的起重机械起升机构，采用电动葫芦为起升机构的除外 | 2014年7月1日 |
| 21 | 《道路运输车辆燃料消耗量检测评价方法》(GB/T 18566—2011) | 规定了道路运输车辆燃料消耗量的检测评价参数、检测方法、检测工况、检测设备、检测准备、检测程序、检测结果评价等。适用于燃用柴油或汽油、额定总质量大于35000kg的在用营运客车和营运货车 | 2012年3月1日 |

| 序号 | 名称 | 主要内容 | 实施日期及修订情况 |
|---|---|---|---|
| 22 | 《节能自愿协议技术通则》(GB/T 26757—2011) | 规定了节能自愿协议的定义、技术要求和协议样本,节能目标设定主要是通过对用能单位节能潜力评估,计算当前的能源消费总量、各工序用能和能效指标等 | 2011年11月1日 |
| 23 | 《合同能源管理技术通则》(GB/T 24915—2020) | 规定了合同能源管理的术语和定义、技术要求和参考合同文本。适用于合同能源管理项目的实施 | 2011年11月1日 |
| 24 | 《能源管理体系——要求及使用指南》(GB/T 23331—2020) | 规定了建立、实施、保持和改进能源管理体系的要求,旨在使组织通过系统方法实现能源绩效和能源管理体系的持续改进。该标准:①适用于任何组织,无论其类型、规模、复杂程度、地理位置、组织文化或其提供的是何种产品和服务;②适用于由组织管理和控制的影响能源绩效的活动;③适用于任何数量、用途或种类的能源消耗;④要求证实持续的能源绩效改进,但未规定实现能源绩效改进的程度;⑤可单独使用,或与其他管理体系协调或融合 | 2021年6月1日 |
| 25 | 《节能监测技术通则》(GB/T 15316—2009) | 规定了对用能单位的能源利用状况进行监测的通用技术原则,适用于制定单项节能监测技术标准和其他用能单位的节能监测工作 | 2009年11月1日 |
| 26 | 《港口能源消耗统计及分析方法》(GB/T 21339—2020) | 标准规定了港口能源消耗统计指标及计算公式,能源消耗统计要求和分析方法。适用于国内沿海、内河港口能源消耗统计及分析 | 2021年6月1日 |
| 27 | 《用能单位能源计量器具配备和管理通则》(GB 17167—2015) | 标准规定了用能单位能源计量器具配备和管理的基本要求。适用于企业、事业单位、行政机关、社会团体等独立核算的用能单位 | 2007年1月1日 |
| 28 | 《节能产品评价导则》(GB/T 15320—2001) | 规定了节能产品的定义、分类、评价原则与方法,适用于节能产品的评价和认证、用能产品能效标准的制定 | 2001年7月1日 |

| 序号 | 名称 | 主要内容 | 实施日期及修订情况 |
|---|---|---|---|
| | 交通部标准 | | |
| 1 | 《港口内燃机驱动起重机能源利用效率检测方法》(JT/T 1322—2020) | 本标准规定了港口内燃机驱动起重机能源利用效率的检测要求和流程、测试方法和计算。适用于港口内燃机驱动的轮胎式集装箱门式起重机、集装箱正面吊运起重机、集装箱空箱堆高机、港口轮胎起重机,其他内燃机驱动起重机可参照使用 | 2020年11月1日 |
| 2 | 《集装箱码头装卸设备能效等级及评定方法　第1部分:集装箱门座起重机》(JT/T 1323.1—2020) | 本标准规定了集装箱门座起重机能源消耗的检测要求、检测方法和评定方法等。适用于集装箱门座起重机的能效等级评定 | 2020年11月1日 |
| 3 | 《集装箱码头装卸设备能效等级及评定方法　第2部分:轮胎式集装箱门式起重机》(JT/T 1323.2—2020) | 本标准规定了轮胎式集装箱门式起重机能源消耗的检测要求、检测方法和评定方法等。适用于轮胎式集装箱门式起重机的能效等级评定,不适用于专门装卸空箱的电动轮胎式集装箱门式起重机,也不适用于以柴油发电机组为动力的轮胎式集装箱门式起重机 | 2020年11月1日 |
| 4 | 《港口能耗在线监测系统技术要求》(JT/T 1277—2019) | 标准规定了港口能耗在线监测系统的系统架构,以及功能、性能、质量和安全等技术要求。适用于港口能耗在线监测系统的设计、开发和建设 | 2019年10月1日 |
| 5 | 《港口能源计量导则》(JT/T 1258—2019) | 标准规定了港口能源计量种类和范围、能源计量管理、能源计量器具及能源计量数据。适用于沿海、内河港口用能单位的能源计量 | 2019年7月1日 |
| 6 | 《港口建设项目节能验收报告编制规范》(JTS/T 121—2018) | 适用于新建、改建和扩建的港口建设项目节能验收报告编制 | 2018年9月15日 |
| 7 | 《港口能效管理技术规范》(JTS/T 196—13—2017) | 适用于集装箱码头和煤炭、矿石干散货码头生产能效管理 | 2017年9月1日 |

| 序号 | 名称 | 主要内容 | 实施日期及修订情况 |
|---|---|---|---|
| 8 | 《港口电动式起重机能源利用效率检测方法》(JT/T 314—2009) | 规定了港口电动式起重机能源利用效率测算方法,包括现场测试运行数据采集、供给能测量及起重机各机构有效能计算等 | 2010年4月1日 |
| 9 | 《港口连续卸船机能源利用效率检测方法》(JT/T 1370—2020) | 规定了港口连续卸船机(如螺旋连续卸船机、链斗式连续卸船机等)能源利用效率检测方法,包括现场测试运行数据采集、供给能测量及有效能计算等 | 2021年3月1日 |
| | 其他行业、地方标准 | | |
| 1 | 《交通运输用能单位能源审计报告编制及审核技术规范》(DB 11/T 1207—2015) | 标准规定了交通运输业用能单位能源审计报告的术语和定义、编制总体要求、主要内容、格式要求及审核要求。适用于交通运输、仓储和邮政业中的道路运输业、航空运输业、铁路运输业和水上运输业用能单位能源审计报告的编制及审核,管道运输业、装卸搬运和运输代理业、仓储业、邮政业用能单位能源审计报告的编制及审核可参照执行 | 2015年11月1日 |

# 附录 2　能效标识产品概况

| 批次 | 序号 | 产品类别 | 能效标识实施日期 | 能效标准 | 标准批准日期 | 标准实施日期 |
|---|---|---|---|---|---|---|
| 第一批 | 1 | 家用电冰箱 | 2005.3.1<br>2010.3.1<br>2016.10.1 | GB 12021.2—2003<br>GB 12021.2—2008<br>GB 12021.2—2015<br>《家用电冰箱耗电量限定值及能源效率等级》 | 2003.5.23<br>2008.10.8<br>2015.9.18 | 2003.11.1<br>2009.5.1<br>2016.10.1 |
| | 2 | 房间空气调节器 | 2005.3.1<br>2010.6.1 | GB 12021.3—2004<br>GB 12021.3—2010<br>《房间空气调节器能效限定值及能源效率等级》 | 2004.8.23<br>2010.2.26 | 2005.3.1<br>2010.6.1 |
| 第二批 | 3 | 家用电动洗衣机 | 2007.3.1<br>2013.10.1 | GB 12021.4—2004<br>《电动洗衣机耗电量、用水量限定值及能效等级》<br>GB 12021.4—2013<br>《电动洗衣机能效水效限定值及等级》 | 2004.10.21<br>2013.6.9 | 2005.5.1<br>2013.10.1 |
| | 4 | 单元式空气调节机 | 2007.3.1 | GB 19576—2004<br>《单元式空气调节机能效限定值及能效等级》 | 2004.8.23 | 2005.3.1 |
| 第三批 | 5 | 自镇流荧光灯 | 2008.6.1<br>2013.10.1 | GB 19044—2003<br>GB 19044—2013<br>《普通照明用自镇流荧光灯能效限定值及能效等级》 | 2003.3.17<br>2013.6.9 | 2003.9.1<br>2013.10.1 |
| | 6 | 高压钠灯 | 2008.6.1 | GB 19573—2004<br>《高压钠灯能效限定值及能效等级》 | 2004.8.15 | 2005.2.1 |
| | 7 | 冷水机组 | 2008.6.1<br>2017.1.1 | GB 19577—2004<br>GB 19577—2015<br>《冷水机组能效限定值及能效等级》 | 2004.8.23<br>2015.12.10 | 2005.3.1<br>2017.1.1 |
| | 8 | 中小型三相异步电动机 | 2008.6.1<br>2012.9.1 | GB 18613—2006<br>GB 18613—2012<br>GB 18613—2020<br>《电动机能效限定值及能效等级》 | 2006.12.12<br>2012.5.11<br>2020.5.9 | 2007.7.1<br>2012.9.1<br>2021.6.1 |

| 批次 | 序号 | 产品类别 | 能效标识实施日期 | 能效标准 | 标准批准日期 | 标准实施日期 |
|---|---|---|---|---|---|---|
| 第三批 | 9 | 家用燃气快速热水器和燃气采暖热水炉 | 2008.6.1<br>2016.10.1 | GB 20655—2006<br>GB 20655—2015<br>《家用燃气快速热水器和燃气采暖热水炉能效限定值及能效等级》 | 2006.12.12<br>2015.5.15 | 2007.7.1<br>2016.6.1 |
| 第四批 | 10 | 转速可控型房间空气调节器 | 2009.3.1<br>2013.10.1 | GB 21455—2008<br>GB 21455—2013<br>《转速可控型房间空气调节器能效限定值及能效等级》 | 2008.2.18<br>2013.6.9 | 2008.9.1<br>2013.10.1 |
| | 11 | 多联式空调 | 2009.3.1 | GB 21454—2008<br>《多联式空调（热泵）机组能效限定值及能源效率等级》 | 2008.2.18 | 2008.9.1 |
| | 12 | 储水式电热水器 | | GB 21519—2008<br>《储水式电热水器能效限定值及能效等级》 | 2008.4.1 | 2008.11.1 |
| | 13 | 家用电磁灶 | 2009.3.1<br>2015.1.1 | GB 21456—2008<br>GB 21456—2014<br>《家用电磁灶能效限定值及能效等级》 | 2008.2.18<br>2014.4.28 | 2008.9.1<br>2015.1.1 |
| | 14 | 计算机显示器 | 2009.3.1<br>2016.10.1 | GB 21520—2008<br>GB 21520—2015<br>《计算机显示器能效限定值及能效等级》 | 2008.4.1<br>2015.9.18 | 2008.11.1<br>2016.10.1 |
| | 15 | 复印机、打印机和传真机 | 2009.3.1<br>2012.1.1<br>2015.1.1 | GB 21521—2008<br>《复印机能效限定值及能效等级》<br>GB 25956—2010<br>《打印机、传真机能效限定值及能效等级》<br>GB 21521—2014<br>《复印机、打印机和传真机能效限定值及能效等级》 | 2008.4.1<br>2011.1.1<br>2014.4.28 | 2008.11.1<br>2011.7.1<br>2015.1.1 |

| 批次 | 序号 | 产品类别 | 能效标识实施日期 | 能效标准 | 标准批准日期 | 标准实施日期 |
|---|---|---|---|---|---|---|
| 第五批 | 16 | 电饭锅 | 2010.3.1<br>2018.6.1 | GB 12021.6—2008<br>《自动电饭锅能效限定值及能效等级》<br>GB 12021.6—2017<br>《电饭锅能效限定值及能效等级》 | 2008.10.20<br>2017.12.19 | 2009.6.1<br>2018.6.1 |
| | 17 | 交流电风扇 | 2010.3.1 | GB 12021.9—2008<br>《交流电风扇能效限定值及能效等级》 | 2008.10.20 | 2009.6.1 |
| | 18 | 交流接触器 | | GB 21518—2008<br>《交流接触器能效限定值及能效等级》 | 2008.4.1 | 2008.11.1 |
| | 19 | 容积式空气压缩机 | | GB 19153—2009<br>《容积式空气压缩机能效限定值及能效等级》 | 2009.4.8 | 2009.12.1 |
| 第六批 | 20 | 电力变压器 | 2010.11.1 | GB 24790—2009<br>GB 20052—2020<br>《电力变压器能效限定值及能效等级》 | 2009.12.15<br>2020.5.29 | 2010.7.1<br>2021.6.1 |
| | 21 | 通风机 | | GB 19761—2009<br>GB 19761—2020<br>《通风机能效限定值及能效等级》 | 2009.10.30<br>2020.5.29 | 2010.9.1<br>2021.6.1 |
| 第七批 | 22 | 平板电视与机顶盒 | 2011.3.1<br>2013.10.1<br>2021.8.1 | GB 24850—2009<br>GB 24850—2013<br>GB 24850—2020<br>《平板电视与机顶盒能效限定值及能效等级》 | 2010.6.30<br>2013.6.9<br>2020.7.23 | 2010.12.1<br>2013.10.1<br>2021.8.1 |
| | 23 | 家用和类似用途微波炉 | 2011.3.1<br>2018.6.1 | GB 24849—2010<br>GB 24849—2017<br>《家用和类似用途微波炉能效限定值及能效等级》 | 2010.6.30<br>2017.12.19 | 2010.12.1<br>2018.6.1 |
| 第八批 | 24 | 数字电视接收器 | 2012.1.1 | GB 25957—2010<br>《数字电视接收器(机顶盒)能效限定值及能效等级》 | 2011.1.10 | 2011.7.1 |

| 批次 | 序号 | 产品类别 | 能效标识实施日期 | 能效标准 | 标准批准日期 | 标准实施日期 |
|---|---|---|---|---|---|---|
| 第九批 | 25 | 远置冷凝机组冷藏陈列柜 | 2012.9.1 | GB 26920.1—2011《商用制冷器具能效限定值及能效等级 第1部分:远置冷凝机组冷藏陈列柜》 | 2011.9.29 | 2012.5.1 |
| | 26 | 家用太阳能热水系统 | 2012.9.1 | GB 26969—2011《家用太阳能热水系统能效限定值及能效等级》 | 2011.9.29 | 2012.8.1 |
| 第十批 | 27 | 微型计算机 | 2013.2.1 | GB 28380—2012《微型计算机能效限定值及能效等级》 | 2012.5.11 | 2012.9.1 |
| 第十一批 | 28 | 吸油烟机 | 2015.1.1 | GB 29539—2013《吸油烟机能效限定值及能效等级》 | 2013.6.9 | 2013.10.1 |
| | 29 | 热泵热水机(器) | | GB 29541—2013《热泵热水机(器)能效限定值及能效等级》 | 2013.6.9 | 2013.10.1 |
| 第十二批 | 30 | 家用燃气灶具 | 2015.12.1 | GB 30720—2014《吸油烟机能效限定值及能效等级》 | 2014.6.9 | 2015.4.1 |
| | 31 | 商用燃气灶具 | | GB 30531—2014《商用燃气灶具能效限定值及能效等级》 | 2014.4.28 | 2015.1.1 |
| | 32 | 水(地)源热泵机组 | | GB 30721—2014《水(地)源热泵机组能效限定值及能效等级》 | 2014.6.9 | 2015.4.1 |
| | 33 | 溴化锂吸收式冷水机组 | | GB 29540—2013《溴化锂吸收式冷水机组能效限定值及能效等级》 | 2013.6.9 | 2013.10.1 |
| 第十三批 | 34 | 普通照明用非定向自镇流LED灯 | 2016.10.1 | GB 30255—2013《普通照明用非定向自镇流LED灯能效限定值及能效等级》 | 2013.12.18 | 2014.9.1 |
| | 35 | 投影机 | | GB 32028—2015《投影机能效限定值及能效等级》 | 2015.9.18 | 2016.10.1 |

| 批次 | 序号 | 产品类别 | 能效标识实施日期 | 能效标准 | 标准批准日期 | 标准实施日期 |
|---|---|---|---|---|---|---|
| 第十四批 | 36 | 家用和类似用途交流换气扇 | 2018.6.1 | GB 32049—2015《家用和类似用途交流换气扇能效限定值及能效等级》 | 2017.12.19 | 2018.6.1 |
| | 37 | 自携冷凝机组商用冷柜 | | GB 26920.2—2015《商用制冷器具能效限定值和能效等级 第2部分：自携冷凝机组商用冷柜》 | 2017.12.19 | 2018.6.1 |
| 第十五批 | 38 | 永磁同步电动机 | 2020.7.1 | GB 30253—2013《永磁同步电动机能效限值及能效等级》 | 2013.12.18 | 2014.9.1 |
| | 39 | 空气净化器 | 2020.7.1 | GB 36983—2018《空气净化器能效限定值及能效等级》 | 2018.11.19 | 2019.12.1 |
| | 40 | 道路和隧道照明用LED灯具 | 与对应能源效率强制性国家标准实施日期一致 | GB 37478—2019《道路和隧道照明用LED灯具能效限定值及能效等级》 | 2019.4.4 | 2020.11.1 |
| | 41 | 风管送风式空调机组 | 与对应能源效率强制性国家标准实施日期一致 | GB 37479—2019《风管送风式空调机组能效限定值及能效等级》 | 2019.4.4 | 2020.5.1 |
| | 42 | 低环境温度空气源热泵(冷水)机组 | 与对应能源效率强制性国家标准实施日期一致 | GB 37480—2019《低环境温度空气源热泵(冷水)机组能效限定值及能效等级》 | 2019.4.4 | 2020.5.1 |
| | 43 | 单元式空气调节机 | 与对应能源效率强制性国家标准实施日期一致 | GB 19576—2019《单元式空气调节机能效限定值及能效等级》 | 2019.4.4 | 2020.5.1 |
| | 44 | 房间空气调节器 | 与对应能源效率强制性国家标准实施日期一致 | GB 21455—2019《房间空气调节器能效限定值及能效等级》 | 2019.12.31 | 2020.7.1 |
| | 45 | 室内照明用LED产品 | 与对应能源效率强制性国家标准实施日期一致 | GB 30255—2019《室内照明用LED产品能效限定值及能效等级》 | 2019.4.4 | 2020.11.1 |

# 附录3　各种能源折算系数等基础数据

各种能源折算标准煤系数参见附表3-1。

**附表3-1　各种能源折算标准煤系数**

| 能源名称 | 单位 | 折算标准煤系数 |
|---|---|---|
| 原煤 | kgce/kg | 0.7143 |
| 汽油 | kgce/kg | 1.4714 |
| 柴油 | kgce/kg | 1.4571 |
| 煤油 | kgce/kg | 1.4714 |
| 燃料油 | kgce/kg | 1.4286 |
| 天然气 | kgce/$m^3$ | 1.100～1.330 |
| 液化天然气 | kgce/kg | 1.7572 |
| 液化石油气 | kgce/kg | 1.7143 |
| 甲醇(用作燃料) | kgce/kg | 0.6794 |
| 乙醇(用作燃料) | kgce/kg | 0.9144 |
| 氢气(用作燃料,密度为0.082kg/$m^3$) | kgce/kg | 0.3329 |
| 电力(当量值) | kgce/(kW·h) | 0.1229 |
| 电力(等价值) | kgce/(kW·h) | 0.3049 |
| 热力(当量值) | kgce/MJ | 0.0341 |

注:①1kg标准煤的低位发热量等于29.273MJ(7000kcal);

②此表数据参考GB/T 2589—2020及《中国电力行业年度发展报告2021》。

BP各类能源换算油当量系数见附表3-2。

**附表3-2　各种能源折算油当量系数**

| 能源名称 | 单位 | 折算油当量系数 | 备注 |
|---|---|---|---|
| 硬煤 | t油当量/t | 0.6667 | |
| 褐煤与次烟煤 | t油当量/t | 0.3333 | |
| 电力 | t油当量/(MW·h) | 0.0833 | |
| 天然气 | t油当量/$m^3$ | 1163 | |

注:1t油当量大约等于42 GJ。

常用燃油比重参见附表 3-3。

**附录 3-3　常用燃油相对密度**

| 能源名称 | 相对密度 | 单位 |
| --- | --- | --- |
| 汽油 | 0.74 | L/kg |
| 柴油 | 0.86 | L/kg |

# 参考文献


[1] 李志春，金志伟. 基于 AHP-模糊综合评判的港航系统节能减排的评价研究[J]. 船海工程，2009，38(5)：173-176.

[2] 宋马林，杨杰，孙欣. 国内各地区节能减排评价研究[J]. 资源开发与市场，2008，24(1)：31-33.

[3] 程瑞. 一种基于 Rough 集和 Shannon 理论的节能减排效果评价建模方法的设计[C]//系统仿真技术及其应用学会会议，宜昌，2009.

[4] 李亮，吴瑞明. 节能减排效用分析与评价研究[J]. 科学技术与工程，9(1)：1-4.

[5] 郭英玲，刘红旗，郭瑞峰，等. 面向节能减排的简式生命周期评价方法[J]. 环境保护，2009(3B)：8-10.

[6] 中华人民共和国国家市场监督管理总局. 港口设备能源消耗评价方法　第 1 部分：岸边集装箱起重机：GB/T 36410. 1—2018[S]. 北京：中国标准出版社，2018.

[7] 中华人民共和国国家市场监督管理总局. 港口设备能源消耗评价方法　第 2 部分：轨道式集装箱门式起重机：GB/T 36410. 2—2018[S]. 北京：中国标准出版社，2018.

[8] 中华人民共和国国家市场监督管理总局. 港口设备能源消耗评价方法　第 3 部分：桥式抓斗卸船机：GB/T 36410. 3—2018[S]. 北京：中国标准出版社，2018.

[9] 中华人民共和国国家市场监督管理总局. 港口设备能源消耗评价方法　第 4 部分：散货连续装船机：GB/T 36410. 4—2018[S]. 北京：中国标准出版社，2018.

[10] 中华人民共和国国家市场监督管理总局. 港口设备能源消耗评价方法　第 5 部分：港口牵引车：GB/T 36410. 5—2018[S]. 北京：中国标准出版社，2018.

[11] 中华人民共和国工业和信息化部. 氧化铝生产专用设备能耗等级：YS/T 126—2009[S]. 北京：中国标准出版社，2009.

[12] 中华人民共和国交通运输部. 港口电动式起重机能源利用效率检测方法：JT/T 314—2009[S]. 北京：中国标准出版社，2009.

[13] 关伟，许淑婷. 辽宁省能源效率与产业结构的空间特征及耦合关系[J]. 地理学报，2014，69(4)：520-530.

[14] 杨阳. 港口节能减排评价研究[D]. 武汉：武汉理工大学，2010.

[15] 张进，冯双昌，吴峰崎. 岸边集装箱起重机能效检测与分析[J]. 起重运输机械，2015(8)：76-80.

[16] 李海波. 港口机械能耗检测和评价方法的探讨[J]. 港口装卸，2014(4)：46-49.

[17] 李海波. 港口流动设备能效评价现状和趋势分析[J]. 中国水运，2018，18(10)：115-119.

[18] 亚洲开发银行. 节能评价指标体系的设计与应用[M]. 北京：海洋出版社，2011.

[19] 闫利. 建筑节能设计的敏感性分析方法[J]. 制冷与空调，2010(8)：49-52.

[20] MEHTA D P. Dynamic thermal response of buildings and systems [D]. USA：Iowa State University，1980.

[21] CASE K E，FAIR R C. Principles of Economics [M]. USA：Prentice-Hall，1989.

[22] 刘红光，刘卫东，唐志鹏. 中国产业能源消费碳排放结构及其减排敏感性分析[J]. 地理科学进展，2010(6)：670-676.

[23] 中华人民共和国交通运输部. 2011 中国交通运输节能减排与低碳发展年度报告[M]. 北京:人民交通出版社,2012.

[24] PAIPAI E . Guidelines for port environmental management[J]. Maritime Engineering & Ports ii,1999.

[25] Goulielmos A. M. European policy on port environmental protection[J]. Global Nest. 2000,2(2).

[26] GUPTA A K ,GUPTA S K ,PATIL R S. Environmental management plan for port and harbour projects[J]. Clean Technologies & Environ mental Policy,2005,7(2):133-141.

[27] 洪辉. 关于岸边集装箱起重机节能降耗的探讨[J]. 港口科技,2008(8):14-17.

[28] 彭传圣. 岸边集装箱起重机作业能耗分析[J]. 港口装卸,2010,000(005):8-11.

[29] 习江鹏,郗恩崇. 交通运输节能减排的本质及经济分析[J]. 铁道运输与经济,2009(2):12-15.

[30] 郑又新,马韵馨. 港口节能减排的措施与建议[J]. 集装箱化,2009(8):26-29.

[31] 彭传圣. 港口节能减排与运作和管理要求的协调[J]. 港口装卸,2008(5):1-5.

[32] 包起帆,江霞,谢云. 港口节能降耗新技术研究与实践[J]. 港口科技,2007(6):43-47.

[33] 许家帅,胡明,张亚敏. 浅谈我国港口节能减排技术现状及其应用[J]. 天津科技,2009,036(004):119-120.

[34] 郭英玲,刘红旗,郭瑞峰,等. 面向节能减排的简式生命周期评价方法[J]. 环境保护,2009(6):8-10.

[35] 张尊华. 港航系统节能减排评价方法研究[D]. 武汉:武汉理工大学,2009.

[36] 兰天阳. 交通运输和能源消耗的关系研究[J]. 中国经贸,2016(1):42-42.

[37] 王晚香. 西部港口的现状分析和问题建议[J]. 珠江水运,2003(3):27-29.

[38] 乔丽,白中科. 矿区生态文明评价指标体系研究[J]. 金属矿山,2009(11):113-118.

[39] 孙红霞,仪垂杰,郭健翔,等. 企业节能评价方法研究与应用[J]. 工业技术经济,2007(11):105-107.

[40] 刘宇辉. 生态工业园区循环经济评价指标体系研究[J]. 商业时代,2009(31):113-118,104-105.

[41] 雷明,钟书华. 生态工业园区综合评价指标体系研究[J]. 中国科技论坛,2009(11):110-115.

[42] 宋杰鲲,张在旭,孙宁. 油田企业节能评价指标体系设计与应用[J]. 价值工程,2007(3):6-9.

[43] 彭传圣. 集装箱港口陆路集疏运的节能减排措施[J]. 集装箱化. 2008(8):17-21.

[44] 李庆祥,彭传圣. 国外港口减少废气排放的措施[J]. 港口科技. 2008(11):37-40.

[45] 彭维德. 西部现代港口节能减排之路[C]// 2008 年第五届科技兴港论坛,苏州,2008.

[46] Grigalunas T, Luo M, Chang Y. Comprehensive framework for sustainable container port development for the United States east coast[C]// 7th Annual Marine Transportation System Research and Technology Coordination Conference,2005.

[47] 刘甲申. 上东港航节能减排见成效[J]. 港口科技,2008(4):12-14.

[48] 冯锡荣. 节能减排 理念为本 建立技术先进,经济合理,操作可行的港口设计,评估方法[C]// 2008 年第五届科技兴港论坛,苏州,2008.

[49] 曹斌,蒋学明. 空气源热泵在港口的规模化集成应用[J]. 港口装卸,2008(5):6-8.

[50] Peris-Mora E ,JMD Orejas, Subirats A ,et al. Development of a system of indicators for

sustainable port management[J]. Marine Pollution Bulletin,2005,50(12):1649-1660.

[51] 王彦彭. 我国节能减排指标体系研究[J]. 煤炭经济研究,2009(2):32-33+40.

[52] 李爱军. 基于层次分析法的湖北省节能减排综合评价研究[C]//中国系统工程学会第十五届年会,南昌,2008.

[53] 杨华峰,姜维军. 企业节能减排效果综合评价指标体系研究[J]. 工业技术经济,2008,27(10):55-58.

[54] 张砚."节能减排"监管评价指标体系的设置与度量[C]//安徽节能减排博士科技论坛,合肥,2007.

[55] 吕安涛,张存保,石永辉,等. 山东省港航系统节能减排评价指标体系研究[J]. 交通信息与安全,2009,27(006):52-54.

[56] 凌强. 上海绿色港口评价指标体系初步研究[J]. 港口科技,2010(1):4-7.

[57] 卢志刚,曹良晶. 基于综合模糊评估的节能减排研究[C]//中国高等学校电力系统及其自动化专业第二十四届学术年会,长沙,2009.

[58] 宋马林,杨杰,孙欣. 国内各地区节能减排评价研究[J]. 资源开发与市场,2008,24(001):31-33,82.

[59] 李亮,吴瑞明. 节能减排效用分析与评价研究[J]. 科学技术与工程,2009,9(1):1-4.

[60] 张尊华. 基于因子分析模型的船舶企业节能减排评价及应用[J]. 船海工程,2010(1):66-68.

[61] 宋马林. 节能减排协同体系:基于 7E 理念的递进闭合系统[J]. 节能技术,2008(5):61-64.

[62] 王庆一. 中国的能源效率及国际比较[J]. 节能与环保,2005(6):13-16.

[63] 郭旭,刘磊磊. 港口用能设备能耗在线监测系统构建技术方法研究[J]. 水道港口,2018,39(6):110-116.

[64] 廖述龙,俞超. 配电变压器节能技术研究[J]. 现代建筑电气,2011(8).

[65] 周吉萍. 能源审计与能效管理[M]. 北京:科学出版社,2019.

[66] 黄素逸,林一歆. 能源与节能技术[M]. 3 版. 北京:中国电力出版社,2016.

[67] 李海波,李睿瑜,贾远明,等. 靠港船舶使用岸电技术及应用[M]. 武汉:武汉理工大学出版社,2019.

[68] 中国汽车工程学会. 世界氢能与燃料电池汽车产业发展报告(2019)[M]. 北京:机械工业出版社,2020.

[69] 陶德馨. 工程机械手册——港口工程[M]. 北京:清华大学出版社,2017.

[70] 国家统计局. 中国统计年鉴 2019. http://www. stats. gov. cn/tjsj/ndsj/2019/indexch. htm,2020-8-17.

[71] 交通运输部. 交通运输部"十三五"节能环保规划解读. https://max. book118. com/html/2018/0315/157380334. shtm,2020-8-17.

[72] https://www. portofantwerp. com/en/energy-and-environment-new-solutions-sustainable-future. 2020-8-15.

[73] https://www. hafen-hamburg. de/en/terminal/hhla-container-terminal-altenwerder-gmbh-hamburg-7944. 2020-8-15.

[74] Cameron Brown. What's the Difference Between Carbon Neutral, Zero Carbon & Negative Emissions. https://cleantechrising.com/whats-the-difference-between-carbon-neutral-zero-carbon-and-negative-emissions/. Oct 4, 2018.

[75] Progress of EU transport sector towards its environment and climate objectives. https://www.eea.europa.eu/themes/transport/term/, 2020-8-17.

[76] 郭英玲，刘红旗，郭瑞峰，等. 面向节能减排的简式生命周期评价方法[J]. 环境保护，2009(6)：8-10.

[77] Heath Parsons, Capacity of Texas, Inc. Launching Vast Power Source Options[DB/OL]Capacity of Texas, Inc. (2010. 2. 1)[2010. 5. 20], http://www.capacity.

[78] Kalmar. Cargotec to cooperate with ST Kinetics to bring hydraulic hybrid technology in terminal tractors[EB/ OL](2009-11-16)[2010-5-20]. http://www.kalmarind.com/show.php? id=1269406.

[79] 胡成彪. 浅谈港口集装箱堆高机的节能减排[J]. 港口科技，2008(8)：28-30.

[80] 岳国良，李楠. 柴油机节能减排技术研究发展趋势[J]. 交通节能与环保，2009(4)：25-28.

[81] 刘昕晖. 液压混合动力优势明显[DB/OL]. 科技日报(2009-7-3)[2010-5-20], http://www.stdaily.com/kjrb/content/2009-07/03/content_78871.htm.

[82] 巩利平. 生物柴油的优点与研究现状[J]. 太原大学学报，2007(4)：132-134.

[83] 苏铭华. 机动车燃料“油改气(LNG)”的方向性浅述[J]. 广西节能，2002(1)：24.

[84] 赖元楷. LNG 燃料汽车的发展前景[J]. 天然气工业，2005(11)：104-106.

[85] 苏欣，张琳，陈瑾. 我国 CNGV 和 LNGV 研究和应用现状[J]. 天然气与石油，2007(6)：8-12.

[86] Li H B. Study on port energy consumption inventory and monitoring technology, ictis 2019.

[87] 孙晓伟，李海波. 港口设备能效等级认证方法和路径[J]. 中国水运，2019(11)：105-106.

[88] 李益琴. 港口流动机械能耗指标评价研究[J]. 港口装卸，2016(4).

[89] 孙建锐. 岸边集装箱起重机能耗等级试验研究[J]. 港口装卸，2016(4).

[90] 孙建锐，明威. 港口牵引车能耗与环保指标评价体系与计算方法研究[J]. 起重运输机械，2014(4).

[91] 李海波，贾志平，姚立柱. 港口燃油动力设备节能减排技术[J]. 水运工程，2010(12).

[92] 孙建锐，刘乃峰，李海波. 港口牵引车工艺系统分析及能耗环保指标研究[J]. 交通信息与安全，2014(6).

[93] 李海波. 集装箱正面吊节能减排技术[J]. 集装箱化，2014(7).

[94] 李海波. 节能减排技术在港口集装箱牵引车上的应用[J]. 港口装卸，2012(1).

[95] 国家统计局能源统计司编. 中国能源统计年鉴 2019[M]. 北京：中国统计出版社，2020.

[96] 林伯强. 中国能源发展报告 2019[M]. 北京：北京大学出版社，2019.

[97] 林伯强. 中国能源发展报告 2020[M]. 北京：北京大学出版社，2020.

[98] 周吉萍. 能源审计与能效管理[M]. 北京：科学出版社，2019.

[99] 国家发展改革委经济运行调节局，国家电网公司营销部，南方电网公司市场营销部. 欧盟能效指令与白色证书[M]. 北京：中国电力出版社，2013.

[100] 邹艳芬. 中国能源利用效率统计测度研究[M]. 北京：社会科学文献出版社，2013.

[101] 夏家群,马文会,何屏.节能监测技术[M].北京:冶金工业出版社,2016.
[102] 吴金星,刘泉,赖艳华.工业节能技术[M].北京:机械工业出版社,2018.
[103] 黄素逸,林一歆.能源与节能技术[M].3版.北京:中国电力出版社,2019.
[104] 中国能源研究会储能委员会,中关村储能产业技术联盟.储能产业发展蓝皮书[M].北京:中国石化出版社,2019.
[105] 姜子刚.节能技术(上、下)[M].北京:中国质检出版社,中国标准出版社,2015.
[106] 徐壮.节能法制与政策制度(上、中、下)[M].北京:中国质检出版社,中国标准出版社,2014.
[107] 国家电网公司营销部.能效管理与节能技术[M].北京:中国电力出版社,2015.
[108] 兰天阳.交通运输和能源消耗的关系研究[J].中国经贸,2016(1):42.